LA PRISIONERA DE LA

Christian Furquet

A Luis, su otro *guardián*, por desearlo más que yo.

"Nadie inventa nada, porque todo está escrito en la naturaleza.

La originalidad consiste en volver al origen"

Gaudí

La Prisionera de la Cumbre Nevada

- 112, Castilla y León. ¿En qué puedo ayudarle?
- ¡Por favor, envíe una ambulancia rápido! ¡No sé si está muerta!
- ¿Cuál es su nombre?
- Me llamo Cristina Domínguez, estoy con mi marido en el bosque de Las Batuecas y acabamos de tropezar con un cuerpo. Creo que no respira.
- ¿Podría describirme brevemente al sujeto, en qué estado se encuentra?
- No hace falta. Estoy segura que es ella…
- ¿Conoce a la víctima?
- ¡Claro! ¡Es la chica que sale en las noticias, la del cabello rosa!
- Transfiero la llamada a la comisaría de policía más cercana.

Esta llamada fue el inicio de un caso que llevaba meses estremeciendo a la población de La Alberca, en Salamanca. Penélope Santana, una joven de la zona, había desaparecido sin dejar rastro. Desde entonces, nunca más se volvió a saber de su paradero.

Hasta ahora...

DIA 1

Jueves, 8 de noviembre de 2018
Bosque de los Espejos, Las Batuecas (Salamanca)
06:51 de la mañana

Leo Baeza tardó varios segundos en reaccionar. La llamada de teléfono que le había sacado de la cama para arrojarle minutos más tarde a una vieja carretera cargada de pinos, se resistía a abandonarle. Apenas percibió el constante balanceo del limpiaparabrisas. Su mano, soldada aún al volante, ejercía una grave tensión sobre la piel de sus nudillos. Tal vez se maldijo en voz baja mientras intentaba pulverizar sus mandíbulas con el único propósito de eliminar cualquier rastro de culpabilidad. Tal vez como una manera de sacarle de su propia parálisis y asumir de una vez la razón que le había llevado varios meses de trabajo. Pero para cuando quiso girar la cabeza y adivinar tras el vaho incrustado a su ventanilla que aquella silueta sombreada se estaba aproximando, el sargento de la Guardia Civil, Leo Baeza, no tuvo más remedio que apagar el motor del coche y salir.

- ¿Dónde está? – asaltó a bocajarro al agente Pacheco.

- Bajando por ese terraplén, jefe.

Enseguida advirtió que su rostro estaba perlado por diminutas gotas de agua y entonces cayó en la cuenta que una cortina de *mojabobos* vagaba en el ambiente.

- ¿Quién dio el aviso?

- Una pareja de senderistas. Llamaron a la Comisaría de Béjar alrededor de las seis.

Leo Baeza se *cagó* literalmente en su suerte y en los términos comarcales que le atribuirían – sospechó –, todos y cada uno de los trámites burocráticos sobre el caso.

- ¿Hay alguien tomándoles declaración? – prosiguió mientras encaminaban los pasos hacia el lugar.

- Portu está con ellos en el Puesto. Por lo visto llevan dos días alojados en una casa rural en San Martín del Castañar. Esta mañana se levantaron temprano porque querían conocer la zona antes de reanudar la marcha a Salamanca. No sé si le he dicho que están haciendo el Camino de Santiago.

Negó con la cabeza a medida que se adentraban en un bosque de coníferas y consideró que la tibia luz del alba que rayaba el horizonte apenas atravesaría su espesura.

- Tengo que avisar al juez de guardia – dijo.

- Está de camino, jefe. Uno de los polis de Béjar ya se encargó. Viene acompañado por el secretario judicial. El médico forense y los peritos llevan trabajando algo más de media hora.

Rápidamente comenzaron a descender el terraplén, sorteando rocas y pinos silvestres que salpicaban cada rincón en un trazado irregular. Leo levantó la vista y se perdió en la frondosidad de sus ramas, donde las copas parecían arañar aquella porción de cielo que pasaba del púrpura a una bruma azulada. Sintió la humedad bajo las suelas de sus zapatos. También en sus huesos. Luego reparó en el musgo que reptaba por la corteza de los árboles y notó que un ligero escalofrió sacudía su espalda.

Una amplia explanada se abría paso tras el bosque que dejaron a sus espaldas. *Es allí*, señaló el agente. Leo divisó un potente haz de luz que parecía proceder de varios focos instalados en un recodo y que despedazaba la penumbra aún suspendida en el entorno. A unos metros de distancia, los coches patrulla alumbraban con los faros parte del suelo. Leo distinguió algunas figuras que permanecían en corrillo tras los vehículos, como si estuvieran conversando sobre el protocolo de actuación. A medida que se acercaban, reparó en Rosales, el inspector jefe de la comisaría de Béjar; luego en sus hombres, con los que solía alternar de vez en cuando. También estaban sus agentes de la guardia civil.

Leo aceleró el paso y mostró al grupo un rictus de gravedad.

- Sargento…– pronunció Rosales estrechándole la mano. El resto prefirió mantenerse en un segundo plano mientras le saludaban de manera concisa.

- ¿Alguna novedad?

- La forense está examinando el cuerpo con los peritos – entonces elevó las cejas, como si quisiera guiarle hacia los reflectores de luz que tenía a sus espaldas.

Baeza giró instintivamente el cuello y supo que tras el cordón policial que estrechaba el perímetro, se encontraba Elisa Vázquez, la forense predilecta del juez Castillo, la misma que había llevado la mayoría de autopsias por homicidio en la provincia de Salamanca y que Leo conocía de sus años de servicio en la capital.

- No sé cómo cojones ha podido pasar – soltó. Los demás enmudecieron – Llevo meses trabajando en el caso, buscando cualquier indicio desde que desapareció, entrevistando a familiares y amigos, reconstruyendo una y otra vez las horas previas, atendiendo personalmente las llamadas de los que creían haberla visto, informando a los medios para que su nombre no cayera en el olvido... ¡Mierda!

- Baeza, todos sabemos lo que te implicaste – suavizó el inspector – Hiciste cuanto estuvo a tu alcance. Tampoco debes reprocharte nada.

- Pero he fallado. ¡La he fallado! – gritó, señalando con el brazo hacia los reflectores – Su madre tenía todas sus esperanzas puestas en mí. ¿Vas a ser tú el encargado de comunicárselo?

Rosales rebuscó en el bolsillo de su chaqueta y sacó un paquete de tabaco. Luego extrajo un cigarro y se lo encendió, expulsando la primera bocanada de humo con prisa.

- Vamos, jefe – interrumpió Benítez, uno de sus hombres de confianza – Nadie quería esto.

- Ahórrate el discurso, ¿vale?

- ¿Qué está pasando aquí?

La forense apareció por detrás mientras deslizaba los guantes de látex por sus manos y los guardaba hechos un gurruño en el bolsillo de su traje de bioseguridad criminalística. Después retiró la capucha de su cabeza y mostró enseguida su media melena cobriza. Pese a rondar los cincuenta, Baeza pensó que aquellas lentes transparentes le conferían un aire de lo más interesante.

- ¡Leo, no te había reconocido! Se me había pasado que eres el nuevo comandante de la zona.

- El próximo mes cumplo dos años de servicio en La Alberca.

- Supongo que querrás que vayamos al grano como encargado del caso.

- ¿Es ella? – lanzó con la esperanza de hallar en su mirada un atisbo de rectificación.

- Sí, es ella. Es Penélope Santana.

Nadie tuvo el amago de contradecirla.

- Necesito que me acompañes mientras te comento lo que he descubierto. Ya casi tengo el informe. En cuanto el juez Castillo se persone y dé el visto bueno, podremos trasladarla al Anatómico Forense de Salamanca.

- ¿Está visible?

Elisa se percató de las sospechas que carcomían su mente y le intentó tranquilizar.

- Puedes verla. Te doy mi palabra. Lo único que está desnuda.

- ¿Cómo dices…?

- Su ropa no está. Nadie de mi equipo la ha encontrado.

Leo miró al inspector Rosales y creyó entrever en sus ojos el permiso que le tendía sin palabras. Por un momento se olvidó de dónde estaba y retomó su rol de sargento.

- Escuchadme todos, quiero que forméis dos grupos. Los agentes de Policía peinareis palmo a palmo un radio de trescientos metros en dirección noroeste. Mis hombres, por el contrario, estrechareis el círculo en dirección suroeste. Cualquier indicio, cualquier pista por insignificante que os parezca, me la comunicareis de inmediato. Tened los ojos bien abiertos y llevad con vosotros una unidad canina.

El grupo se disolvió bajo la atenta mirada del inspector jefe, la forense y el sargento. Los nacionales se acercaron a uno de los coches patrulla y abrieron el maletero. Tres pastores alemanes salieron escopetados hasta uno de los policías que estaba silbando. Luego le ofreció uno de los perros al agente Pacheco y se perdió con él en la penumbra recortada del bosque. Leo atisbó a varios de los hombres de Rosales que caminaban en parejas bajo el itinerario marcado: Luis Sastre y David Ochoa iban a acotar el sendero que conducía al río; Agustín Velasco y Estefanía Reyes, el perímetro que lindaba con la carretera; Jorge Ruiz y Nicolás Sáenz, parte del territorio que integraba el Asentadero. Después quiso volver la cabeza y escudriñar la ruta de sus guardias. Pero cuando tropezó con la mirada de Elisa, decidió abortar la misión.

- ¿Listo?

Leo asintió, resguardando sus manos en los bolsillos de su anorak verde oliva.

- Yo prefiero esperar al juez – anunció el inspector jefe con la voz áspera – Tiene que estar al caer…

Elisa pronunció un *como quieras* un tanto desafiante y aceleró el paso acompañada del sargento. Las lámparas reflectantes alumbraban la fina capa de lluvia espolvoreada en el aire. Leo percibió de nuevo la humedad en las suelas de sus zapatos y comprobó la pasta arcillosa mezclada con hojas amarillas que se estaba formando en el suelo. El frío parecía gotear dentro de su cuerpo, como si el aliento helado del bosque intentara anunciarle hacia dónde se dirigía. Por un instante sintió el deseo de dar media vuelta y regresar al coche; quizás de no ser el sargento Baeza. Pero para entonces, sus ojos se detuvieron en la ligera hondonada arañada sobre el terreno donde los peritos, vestidos con sus trajes blancos y gafas de seguridad, salpicaban de flashes y pequeños carteles con números el cuerpo de Penélope Santana.

Leo no reparó en ella. No en ese momento. Aquella puerta blanca abierta a las entrañas del bosque le cortó la respiración, como si el leve chirrido que emitía cada vez que el aire la embestía, le impidiese avanzar. ¿Qué diablos pintaba esa puerta ahí, suspendida por dos gruesos marcos de madera?, pensó. ¿Quién se estaba jactando con aquella macabra escena?

- Manuel de Arrilucea – respondió Elisa – Ése es el nombre del autor. La obra se titula *Al Otro Lado* y representa el intento por traspasar el otro mundo, un universo paralelo. Forma parte del conjunto artístico que la Diputación de Salamanca ha instalado con el fin de incrementar el número de senderistas en la zona.

Leo continuó absorto sin saber muy bien qué decir.

- Mi equipo tampoco dio crédito cuando lo vio – prosiguió – Fue el fotógrafo perito quien encontró la información en su móvil. ¿Tú sabías algo?

- Algo leí en la prensa, pero tampoco le hice mucho caso la verdad.

- ¿Seguimos?

La forense saludó a dos de los técnicos y se acercó a una mesa plegable para recoger otros guantes de látex y una carpeta en tonos ocres. Leo apenas pudo fijar la vista en aquel bulto extraño con irisaciones metalizadas a la luz de los focos. Tan sólo miró de refilón cuando percibió un rastro rosáceo que sobresalía de su caparazón como tentáculos arrastrándose sobre la tierra mojada. El sabor del arrepentimiento se anudó a su estómago. Le costaba hacerse a la idea, ponerle un rostro distinto al que se ofreció en los carteles que repartieron por calles y pueblos. Pero cuando la forense le solicitó con los brazos en suspensión, supo que Penélope ya no formaba parte de su mundo.

- Hemos cubierto el cuerpo con una manta isotérmica para protegerlo de la humedad y agentes externos – arrancó su informe pericial a escasa distancia de la víctima – Después de una primera inspección ocular, hemos determinado como éste el lugar de los hechos. Si tus hombres encontrasen sus ropas, podríamos ser mucho más precisos. Ya sabes, por si hubiera desgarros, manchas... Pero por ahora estamos convencidos que fue aquí donde murió.

- ¿Cuándo? – le lanzó de sopetón.

- Buena pregunta, aunque difícil de saber teniendo en cuenta la temperatura del ambiente, que acelera todavía más si cabe la del propio cuerpo. Considerando que la temperatura desciende un grado por hora, los factores medioambientales, lo que revela su hígado, las lividices aparecidas en sus dorsales y el rigor mortis que aún está en fase de instauración, yo diría que lleva muerta alrededor de diez horas.

Baeza hizo sus cálculos y fijó la hora entre las 20:00 y 22:00 del día anterior.

- Supongo que ahora querrás saber cómo murió – le desafió la forense, devolviéndole de nuevo a su estudio pericial – En el cuerpo no se aprecian señales de defensa o lucha. Cierto es que la víctima presenta deshidratación y pérdida de musculatura si lo comparo con el primer informe policial que se hizo tras su desaparición, donde la madre aportó fotografías recientes y unos informes médicos.

- ¿Qué quieres decir?

- Que en todo este tiempo, Penélope no se alimentaba bien.

Las palabras de Elisa Vázquez le sumieron en un confuso mutismo.

- ¿Por qué? – le inquirió, intentando adivinar qué ocultaban las frases garabateadas de su carpeta.

- No lo sé. Cuando tome muestras de sus fluidos y le haga una analítica completa en el Anatómico, podré ser más concisa. Lo que sí puedo afirmarte es que su muerte me resulta bastante sospechosa. No descartaría a priori algún indicio de origen criminal.

- Pero tú antes dijiste...

- ¿Que no se aprecian señales de lucha? – le cortó – Y así es, no hay rastros en su cuerpo que nos hablen de una escena violenta. Pero tampoco podemos hablar de una muerte súbita o natural si nos ceñimos a la falta de antecedentes familiares o factores de riesgo por enfermedades cardiovasculares.

- ¿A dónde quieres llegar, Elisa?

- A confirmarte que a Penélope Santana la mataron. De eso sí estoy segura.

Leo Baeza clavó sus ojos en los de la forense para, segundos más tarde, detenerse en el cabello rosa que sobresalía por debajo de la manta isotérmica. De algún modo era consciente de lo que había ocurrido, del final de una historia que también le pertenecía, aunque quizás decidió ignorarlo durante aquel amanecer de principios de noviembre hasta que alguien dio voz a sus pensamientos.

- ¿Cómo? – emitió con la garganta dolorida.

- Aún es demasiado pronto. Tal vez estrangulándola con algún objeto blando para no dejar lesiones superficiales. Se me ocurre una bolsa de plástico o una almohada. Pero antes necesitaría practicarle un examen externo. Es todo lo que puedo decirte hasta el momento. A ti, y al juez en cuanto aparezca.

- No lo entiendo. Hay algo que se nos escapa.

- Posiblemente la autopsia nos revele más información.

- No me refiero a eso – elevó la voz – La buscamos día y noche durante meses, investigamos las posibles hipótesis que barajábamos, inspeccionamos el terreno varias veces, peinamos con voluntarios los pueblos de alrededor, el monte, miles de contendedores... ¡Me puedes decir qué cojones se me escapó como para no darme cuenta que alguien sabía de su paradero?

Leo comprobó que los peritos habían parado de trabajar para observarle fijamente.

- Lo siento – masculló – ¿Hemos terminado?

- Necesitaría que la vieses por ser el máximo representante del partido judicial donde ha aparecido el cadáver. Pero si lo prefieres, puede encargarse Castillo. ¿Qué me dices?

El sargento no dijo nada en cuanto esquivó a la forense y se detuvo delante de aquel papel satinado rociado por la lluvia fina. Sus ojos volvieron a deambular por el cabello rosa que asomaba. Entonces recordó su cara, los mechones cayendo simétricamente por sus hombros, la sonrisa congelada en el papel. Elisa

Vázquez le ofreció sus guantes de látex y avisó a uno de los técnicos para que le acercara un paraguas. Nada más desplegarlo, Leo comprendió que era el momento de descender a su propio infierno.

- Será sólo un segundo – le prometió.

Leo se acuclilló y se enfundó los guantes con torpeza. Después miró a la forense desde allí abajo e intuyó por la proximidad del paraguas que podía retirar la manta isotérmica.

Penélope apareció ante sus ojos como la viva estampa de una virgen del renacimiento. Su piel, semejante al mármol, traslucía una ramificación de venas azules en ambos antebrazos y parte del pecho. También se fijó en la posición de sus brazos, ligeramente separados del tronco y con la palma de su mano izquierda abierta al universo en un intento de súplica o, como bien pensó, de echar a volar. Su rostro emulaba un rictus de sorpresa, quizá de desconcierto, como si apenas hubiese tenido tiempo de reaccionar y procesar un ataque fortuito. Los labios, totalmente sellados, mostraban un aspecto gélido; al igual que su cabello rosa, echado hacia atrás y empapado por la lluvia de las primeras horas.

Cuando por fin se detuvo en su mirada, comprobó que una película blanquecina sombreaba su iris. Parecía observar algo bajo el dominio de sus telarañas, tal vez el paraguas que aún sostenía Elisa, a lo mejor el rostro opaco de su asesino. Leo alargó el brazo y suspendió el desplazamiento a un palmo de su nariz.

- Tengo que cerrarlos – pronunció con la voz dura.

- Leo, no puedes. El Juez tiene que verla como la encontramos. Aparte que el rigor ya ha empezado a…

Ni siquiera le dejó terminar la frase cuando sintió el frío de sus párpados a través de sus guantes. Tan sólo friccionó con suavidad hasta que notó que sus dedos se hundían en las cuencas de sus ojos. Entonces, emergieron a la luz. Su trazo oscuro e irregular sombreaba la piel de cada párpado. Leo no comprendió su mensaje, el significado de aquellos símbolos revelados como un gran secreto; pero en ese preciso instante, dudó de conocer a Penélope Santana.

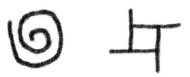

A 80 kilómetros de distancia, en el Barrio del Oeste de Salamanca, el teléfono móvil de Aura Valdés comenzó a vibrar encima de su mesilla. El zumbido que emitía cada segundo y medio venía acompañado por un halo azulado que aclaraba la habitación, aún sumida en la oscuridad. Aura se removió deprisa por debajo del edredón, como si el continuo temblor procediese de su propio sueño. Luego carraspeó, se frotó los ojos con los nudillos y estiró el brazo hacia el cabecero.

El golpe que recibió en su mano derecha le ayudó a despertarse. Giró el cuerpo hacia la mesilla y atrapó el móvil. Leyó en la pantalla: *Agencia de noticias Satellite*. Aura se incorporó y dudó si coger la llamada. En el fondo sabía que lo acabaría haciendo; pero en esa millonésima fracción de microsegundos que transcurrieron, tuvo el propósito de dar media vuelta a su teléfono y regresar al calor de las sábanas.

- Buenos días, Aura. ¿No te habré despertado?

Enseguida reconoció la voz de Coto, el mismo que le ingresaba dinero a su cuenta cada vez que terminaba un reportaje; el jefe al que jamás se le podía ofrecer un *No* por respuesta.

- Qué va – masculló con torpeza – Me pillas desayunando. ¿Ocurre algo?

- Ocurre que te necesito urgentemente. Dime una cosa, ¿estás en Salamanca?

- Sí, claro. ¿Por…?

- Quiero que dejes el reportaje que estabas haciendo sobre la exhumación de Franco en el Valle de los Caídos y que cojas una libreta y boli.

- Coto, tenía pensado enviártelo hoy mismo – contestó molesta, calibrando el retraso de un trabajo no presentado y, por ende, un nuevo impago en el alquiler del piso.

- Acaban de encontrar el cuerpo sin vida de Penélope Santana.

Aquel nombre le devolvió el aluvión de noticias que se publicaron en casi todos los medios del país y que sin saber por qué, ya le resultaba familiar.

- ¿Ésa no es la chica del pelo rosa que desapareció en La Alberca...? – le lanzó, conociendo de antemano su respuesta.

- Ya veo que estás informada. El caso es que he recibido el chivatazo por un colega de la profesión a primera hora. Tienes que dirigirte a La Alberca y enterarte de todo lo que puedas antes de que los demás medios se hagan eco de la noticia y se dirijan al pueblo. Quiero la exclusiva, Aura. ¿Me sigues? Quiero que te informes y me cuentes dónde ha aparecido, cómo está el cadáver, qué sabe la Guardia Civil, quién la ha matado...

La mente de Aura se encasquilló ante la marea de cuestiones que Cotobal le lanzó de sopetón. Por supuesto, no conocía su respuesta; pero tampoco es que se hubiese documentado sobre el caso en todo ese tiempo.

- Hay algo que se me escapa, Coto. ¿No estaba Juárez cubriendo la noticia?

- Claro. Y supongo que leíste el último aviso que mandé por email a toda la agencia.

Aura sintió como si le hablaran en chino mandarín. Luego maldijo su correo electrónico y al que inventó el infalible sistema de enviar los correos importantes a la bandeja de *no deseado*.

- ¿Sigues ahí...?

- Disculpa, estaba tomando algunas notas – mintió.

- Juárez se fue la semana pasada a Londres para cubrir los últimos avances del Brexit y lo que piensan los españoles afincados en Gran Bretaña. Creo que no vuelve hasta dentro de diez días.

- ¿Pero tendrás a alguien más en la agencia que esté especializado en sucesos y pueda desplazarse a La Alberca?

- ¡Aquí, en Madrid? Aura, los únicos periodistas que cubrís la zona de Castilla y León sois Juárez, que se encuentra en Inglaterra, Almudena, que está de baja por maternidad, y tú. ¿Me puedes decir ahora de quién puedo tirar, o te hago mucho trastorno si te pido que vayas a cubrir el caso que miles de lectores siguen desde hace meses?

Las palabras de Coto sonaban amenazantes. Aura sintió que se le agotaban las excusas y no tuvo más remedio que ir directamente al grano.

- No puedo – respondió al otro lado del teléfono.

- Aura, ahora sí que no puedes fallarme.

- ¡Te recuerdo que el único requisito que pedí al entrar en la agencia fue no cubrir ese tipo de noticias! – elevó la voz sin darse apenas cuenta – Lo siento, pero prefiero que te busques a otro.

- ¡Te has vuelto loca? Estamos hablando de Penélope Santana. ¿Te has parado a pensar en los beneficios que nos reportarían, en el valor añadido que te supondría si desearas ascender en otra empresa?

Aura se lo tomó como un *mejora tu currículum que no vas a estar conmigo de por vida, guapa.*

- ¿Qué pasa si me niego?

- Que no te dejaría por la sencilla razón que siempre he respetado tu *problemilla* y nunca he puesto ninguna pega al respecto; pero eres periodista y sabes mejor que nadie que en este mundillo hay prioridades, y más trabajando por tu cuenta. Aura, te quiero allí en una hora. Envíame esta tarde al correo un informe con todo lo que veas y escuches.

Y colgó.

Una extraña sensación ascendió hacia su rostro a medida que salía de la cama y subía la persiana de su habitación. Afuera, la ciudad seguía hibernando bajo un cielo plomizo que salpicó de gotas el cristal de la ventana. Llovía en la penumbra de aquel amanecer descolorido. A Aura le asqueó. Le asqueó de la misma forma que la conversación que acababa de mantener con su jefe y que venía a decirle que ya estaba moviendo el trasero y desechando sus condiciones si todavía deseaba seguir en la agencia *Satellite*.

Después se ajustó la correa de su inseparable *Flik Flak* y contempló los dos muñequitos que marcaban las 07:51 de la mañana. Entonces, comenzó a vestirse a toda prisa delante del espejo: primero los vaqueros, luego el jersey de punto, más tarde sus *Converses* y el abrigo de montaña. Se pintó la raya con un *eyeliner* grueso y removió con los dedos su corta cabellera castaña, deslizando el flequillo hacia la altura de sus cejas.

Aura sacó del armario una bolsa de viaje y metió todo lo que necesitaría para los días que aquel caso la retuviese en La Alberca. *Listo*, pronunció al cabo de unos minutos. Franqueó la puerta de la cocina con la bolsa a cuestas y cogió una manzana del frutero para comérsela de camino. Antes de salir, comprobó que llevaba su amuleto anudado al cuello. Después esbozó una tibia sonrisa al tocar con las yemas de los dedos el contorno labrado de la llave.

El sonido de la cremallera quebrantó sus propios pensamientos. Leo Baeza se cercioró bajo el cielo cargado de nubes que los peritos acababan de cerrar la bolsa con los restos mortales de Penélope Santana en su interior. Dos operarios de la funeraria les ayudaron a introducir el cuerpo en la parte trasera del vehículo para su posterior traslado al Anatómico Forense. La vida pareció entonces recobrar su ritmo habitual.

El tiempo que transcurrió tras su desaparición, Leo conjeturó mil y una hipótesis sobre el verdadero paradero de Penélope. Señaló en un mapa de la comarca los lugares que habían inspeccionado con ayuda de voluntarios; en otro, el resultado de incesantes llamadas telefónicas donde creían haberla visto (en la feria de un pueblo, en la marquesina del autobús; la última acompañada de un joven para cruzar la frontera), pero filtrando en la medida de lo posible el rastro que parecía más viable del que se alejaba. Él y sus hombres entrevistaron a su círculo más cercano, informaron a los medios de los escasos avances que había, incluso tuvo que amonestar a una supuesta médium que se puso en contacto vía email con la excusa de conocer el verdadero paradero de Penélope Santana a cambio de una sustanciosa nómina. Él y sus hombres despejaron posibles rutas de investigación sin un final aparente. Era, como repitió en más de una ocasión, como si se la hubiese tragado la tierra. ¿Dónde? Ésa fue otra cuestión que le devanó los sesos durante muchas noches.

Pero ahora, mientras sus roídos pensamientos se diluían en su cabeza, se percató que Elisa le lanzaba una mirada para advertirle – creyó – que se marchaba. Leo hizo un gesto con la cabeza y observó entonces que el juez se dirigía a él con paso firme. Los rizos entrecanos que asomaban por detrás de sus orejas se mecían en cada nueva zancada. Pronto adivinó que no le había dado tiempo a afeitarse y que la sombra de su incipiente barba le confería un aire criminal.

- Te estaba buscando – descerrajó con los ojos un tanto hinchados. Según las malas lenguas, esa mirada era producto de beber más de la cuenta.

- Qué hay, Castillo. ¿Dónde has dejado al becario?

El juez supo que se refería al secretario judicial, un treintañero con cara de pardillo que seguía siendo el hazmerreír de los pasillos del Ministerio.

- Menos guasas Baeza, y al lío. Ya me ha dicho Elisa que has efectuado un dispositivo con varios policías y guardias civiles para que peinen la zona y localicen las pertenencias de la chica. ¿Alguna novedad?

- Nada. En cuanto tengamos algo, te lo haré saber para que lo incluyas en el acta. Me ciño al protocolo.

- De acuerdo. Por ahora hay que andarse precavidos para que no llegue a oídos de la prensa y se difundan bulos. Seguid acordonando el área y que tus hombres despejen la zona ante posibles curiosos. Es probable que comiencen a acudir periodistas y familiares. Supongo que no tardará en correrse la voz, por lo que debemos estar alerta y actuar rápido. ¿Alguna hipótesis sobre quién ha podido hacerlo?

La voz rota del juez Castillo le hizo precipitarse hacia un abismo contagiado de interrogantes y secretos. ¿Quién se suponía que sabía de su paradero? ¿Quién era el hijo de puta que le había arrebatado la vida? Y por supuesto: ¿quién era Penélope Santana?

- No me toques los cojones, Castillo. Sabes perfectamente que el caso se encontraba en un punto muerto. No he parado de buscarla en todos estos meses. ¿Y vosotros? ¿Qué habéis hecho vosotros mientas tanto?

- Te equivocas si piensas que alguien está juzgando tu trabajo. Sólo intento ayudarte en la averiguación de indicios para que todo vaya lo más ágil posible y el Ministerio se quede conforme.

- ¿Alguna idea? – le espetó, por no decirle *fuera de mi vista y no vuelvas hasta que haya archivado el caso.*

- Los datos preliminares de la autopsia te abrirán una nueva vía de investigación. Es posible que nos den una visión más amplia de quién lo hizo; no sé, una edad aproximada, si se trata de un hombre o una mujer, algún rastro biológico…

- A mí lo único que se me viene a la cabeza es quién es el animal que ha podido hacerle eso a una cría de diecisiete años. ¡Joder Castillo, que hasta le han pintado dos símbolos en los párpados, que la forense dice que se encontraba desnutrida!

Leo notó que su ritmo cardiaco crecía descontrolado a medida que escupía palabras por su boca.

- ¿Y eso no te da qué pensar? – le lanzó, escrutándole a corta distancia.

- Lo único que se me ocurre es que pudo haber sido retenida.

- Acabas de encontrar la vía que estabas buscando.

- ¿Y ya está? ¿He estado tan ciego como para no darme cuenta que estaba aquí, en esta zona y no en cualquier otra parte de España?

- Más raro es que alguien aparezca muerto en el mismo lugar que desapareció, y encima tiempo después. ¿No te parece…?

La teoría era sin duda factible. Nadie hasta el momento le había proporcionado una pista fiable y eso se traducía a que posiblemente jamás hubiera salido de la comarca al encontrarse retenida contra su voluntad.

- Puede que me equivoque, pero puestos a divagar… ¿Y si te dijera que Penélope escapó en algún momento de su raptor?

- ¿Con qué motivo? – preguntó Leo intrigado.

- No sé. ¿Pero por qué su asesino ha decidido entregárnosla ahora? ¿Se trata de una mera casualidad…?

- ¿… O la castigó por saltarse las reglas?

- De ser así, la volvió a encontrar.

- O quizá la esperó en el único lugar que sabía que acabaría acudiendo: su casa.

Leo pronunció aquellas dos palabras con la sensación de que algo se le escapaba. ¿Y si fuera cierto?, pensó. ¿Y si la chica decidió regresar a su casa una vez que pudo huir de su raptor? ¿Alguien la vio? ¿Se valió por sí misma? ¿O simplemente acabó topándose con su asesino…?

- No nos dimos cuenta que estaba más cerca de lo que pensábamos… – balbució Leo con la mirada prendida al furgón que transportaba el cadáver.

- Lo más sensato sería registrar su habitación de nuevo, por descartar que hubiese estado allí horas antes de ser asesinada. Voy a hablar con Rosales para que te acompañe algún agente de Policía.

- Puedo hacerlo con mis hombres.

- No puedes – sentenció Castillo – Tienes que hablar con su madre antes de que encienda la televisión y se entere que hemos encontrado a su hija esta mañana.

- No me jodas. Pensé que alguien del Ministerio...

- ¿...Iba a hacer el trabajo por ti? No me hagas reír Baeza, que nos conocemos de hace años. Tú eres el único responsable del caso. Ascender a sargento de la Guardia Civil no era sólo recibir condecoraciones y atender a unos pocos vecinos. Penélope Santana era de La Alberca y tú te has convertido en la máxima autoridad de dicho partido, por lo que te compete la responsabilidad exclusiva sobre la investigación.

El varapalo le dejó sin habla. En el fondo, sabía que el juez tenía razón, que desplazarse hasta la vivienda familiar y comunicarle a su madre que acababan de encontrar a su hija muerta, formaba parte de los sinsabores de su profesión. No sabía que palabras utilizar, cómo abordar el tema, ni siquiera qué decir en cuanto abriese la puerta con la mirada cargada de esperanza.

- Se lo debes a Gustavo – interrumpió el juez sus oscuros pensamientos.

- Eso ha sido un golpe bajo – le recriminó, mirándole a los ojos.

- Sabes que nunca he sacado el tema; incluso respeté que no quisieras hablar de ello. Pero te recuerdo que no sólo erais colegas, Leo. Él también era su padre.

Aura Valdés tiró la manzana mordisqueada contra el salpicadero del coche.

Llevaba algo más de veinte minutos al volante cuando notó que el frío comenzaba a reptar por sus manos. Vio que tenía los dedos sonrojados, por lo que estiró el brazo hacia la guantera y buscó deprisa sus mitones de lana. Fue entonces, mientras conseguía ponerse el primero de ellos, cuando reparó en aquel cielo tormentoso que se adivinaba sobre las montañas del fondo. La luz, tupida por una cerrazón de nubes, empañaba el paisaje que atravesaba a 90 km/h por la comarcal SA-210.

Comenzaron a caer las primeras gotas. Aura activó el limpiaparabrisas mientras varios carriles de agua surcaban los laterales del cristal. Después presionó el botón de la calefacción, pero enseguida cayó en la cuenta que se había olvidado pasarse por el taller para que se lo arreglasen. ¡*Mierda!*, imprecó;

como si la *ley de Murphy* no quisiera abandonarla desde que empezara el día con la fulminante llamada de su jefe. Intentó distraerse encendiendo la radio. Seleccionó varios programas de noticias por si estuviesen informando del hallazgo de Penélope Santana. Nada. Sólo algunos apuntes políticos, la previsión del tiempo y cuñas deportivas.

Aura giró la cabeza y vio su móvil entre la ropa que sobresalía de su bolso de viaje en el asiento del copiloto. Lo cogió deprisa y ojeó la pantalla: ningún correo electrónico, ninguna entrada en su blog, tampoco un *WhatsApp*. Lo colocó dentro del posavasos de su Golf y localizó en la agenda el nombre de *Juárez*. Pensó que era el único que podía ayudarla cuando el cartel de la carretera le anunció que quedaban 47 kilómetros para llegar a La Alberca.

- Sabía que eras tú.

La voz de Juárez vibró en el interior del vehículo tras un primer tono.

- ¿Ya has hablado con Coto? – le preguntó, admitiendo cuál iba a ser su respuesta.

- Y me ha quedado claro que no soy de los que tiene una estrella en el culo. ¿Pero por qué a mí, justo la semana que estoy en Londres? Y encima sin cafeína en las venas y sin haber probado bocado.

Aura se echó a reír y admitió que de todos los periodistas con los que trabajaba, Juárez era de los pocos que no le hubiese puesto una zancadilla a su regreso por usurparle el caso.

- Más me ha fastidiado a mí, que ya sabes que no quiero cubrir ese tipo de sucesos. Coto no me ha dado alternativa. Me ha dicho que me quiere en La Alberca en una hora y punto. ¡En qué momento se me ocurrió hacerme *freelance* y vender basura a una agencia de noticias?

Sus palabras le hicieron retroceder cinco años atrás. Después de estudiar los primeros años de carrera en la Universidad Pontificia de Salamanca, decidió solicitar una beca *séneca* en la Complutense de Madrid que le fue concedida por sus buenas calificaciones. Allí se licenció, y allí hizo sus prácticas como redactora de informativos en una conocida cadena de televisión que le acabó dando la patada en el trasero en cuanto otros becarios se prestaron a realizar lo mismo por la mitad de su sueldo.

Durante meses estuvo buscando trabajo. Sólo encontró de camarera en un bar de la Plaza Santa Ana. Desde la barra bregaba con el tirador de la caña, con la multitud de pinchos fríos y calientes que abarrotaban los expositores de cristal, con los gritos de la gente. Aura llegaba agotada a casa a las tantas de la madrugada y sin ganas de ponerse a buscar en los portales de empleo que invadían la red. A punto estuvo de regresar a Salamanca hasta que alguien le recomendó la agencia *Satellite*.

Se presentó en las oficinas para entregar su currículum y recibió una llamada al cabo de quince días. Cotobal – Coto para los de casa –, dueño de aquel emporio que nutría a los medios locales y varios nacionales con sus noticias, le entrevistó en su despacho para, una hora después, ofrecerle la oportunidad que estaba buscando al ver en ella atributos que consideraba esenciales para el puesto: soltera, agilidad en las respuestas y ganas de prosperar. Aura aprendió rápido a desenvolverse en el medio. Recogía la información a pie de calle, la trataba en el portátil para darle su propio estilo y la enviaba al correo de Coto, que se encargaba de modificar el contenido y remitirla vía email a sus abonados, entre los que se encontraban cadenas radiofónicas, diarios, periódicos locales y portales de internet.

Durante algo más de un año, Aura peleó por hacerse un hueco en *Satellite*. Tan sólo le puso una condición a su jefe: no cubrir sucesos o similares. No quería, y tampoco podía. Le explicó el motivo mientras los brazos se le engarrotaban y su voz palidecía en su garganta. Le aterraba que lo reconsiderase, se le formó un nudo en el estómago al escarbar en su memoria; pero cuando Coto pronunció un *lo comprendo*, Aura por poco rompió a llorar.

La recién contratada no tuvo más remedio que aceptar con el tiempo la oferta que le tendió sobre la mesa de su despacho. La crisis estaba haciendo mella con la aparición de nuevas agencias y Coto necesitaba aligerar la carga. Le propuso seguir trabajando, pero como *freelance*. Cobraría por noticia pactada y se llevaría un plus adicional si había cobertura fotográfica. Aura asintió con gran pesar, aunque no calculó que habría un segundo requisito. Se trataba de volver a Salamanca. *¿Por qué?*, le lanzó. Por la sencilla razón que tenía a dos periodistas cubriendo la mitad norte de Castilla y León y necesitaba a alguien que hiciese el resto, le entendió.

De modo que cuatro años más tarde, y con los ojos fijos en la carretera, Aura reconoció que aquel puesto de *freelance* era una mierda mayúscula que la tenía viajando de una punta a otra y que no le daba ni para pagar el maldito alquiler.

- ¿Sigues ahí?

Juárez le robó los pensamientos.

- Perdona, pensé que te había perdido – mintió.

- Aura, no te molestes en pelear contra el mundo porque aún no te has dado cuenta que en estos momentos eres la mujer más afortunada. Tienes un gran titular entre las manos, lo que cualquiera de la profesión estaría deseando firmar.

- Si tú lo dices... – contestó, escéptica – La verdad es que no estoy muy puesta en el caso, de ahí mi llamada. No entiendo qué la diferencia del resto de desapariciones.

- Muy sencillo: adolescente con el pelo teñido de rosa desaparece misteriosamente de La Alberca y nadie, ni siquiera la Guardia Civil, encuentra una sola pista. Los medios se vuelcan en el caso, los vecinos organizan batidas en el bosque, pero Penélope Santana sigue sin aparecer... Hasta hoy. ¿Dónde ha estado durante estos meses? ¿Por qué nunca se descubrió un solo indicio de su paradero si rastrearon palmo a palmo los alrededores? Entonces, ¿es que nunca salió de la zona? Y lo más importante: ¿quién la mató?

Aura Valdés analizó los contrapuntos que le lanzó con el fin de persuadirla y por un instante quiso darle la razón.

- Lo siento, pero sigo sin comprender la cobertura que se le ha dado. En España desaparecen miles de personas y la inmensa mayoría apenas son tratadas en los medios. ¿Por qué con ella fue distinto?

- Porque lo que hizo que este suceso fuera más llamativo, que la gente deseara seguir profundizando en su historia, el misterio que envolvía a Penélope Santana y su repentina desaparición, fue, sencillamente, lo que vino después.

- No te sigo... – le aclaró.

- Y seguirás sin entenderlo hasta que no te adjunte en un correo todo lo que se especuló de ella en la prensa. Hice un extenso dossier sobre el caso y creo que ya es hora de que le eches un vistazo si pretendes conocer de una vez el caso Santana.

- Dicho así, suena al típico argumento de novela policiaca.

- Suena a que me debes el cuarenta por ciento de las ganancias y los meses que me ha llevado elaborarlo. ¿Estamos?

A Aura no le dio tiempo a dar una respuesta cuando Juárez colgó la llamada. Tan sólo trazó una sonrisa tibia en su rostro mientras dejaba atrás un pueblo solitario. Más allá, las montañas exhalaban una cortina de nubes vaporosas que camuflaban sus cumbres nevadas. La oscuridad sumía el horizonte de sombras frías, inquietantes, donde la arboleda se revelaba como el único testigo silencioso. Aura bajó la ventanilla y asomó la cabeza.

De pronto, notó el rugido de la tierra en sus entrañas.

Después de buscar sin éxito las pertenencias de Penélope Santana por los alrededores, el sargento Leo Baeza tomó el mando de la operación y seleccionó a varios nacionales y guardias civiles para que le acompañasen al domicilio de la víctima. Leo recorrió el camino de vuelta por la misma carretera comarcal y se acordó de la despedida que mantuvo con la comitiva judicial mientras posaba los ojos en aquel amanecer plomizo donde la lluvia había cesado. Castillo le había insistido en que le informase de todos los avances que hiciese a lo largo del día. Se mantendría a la espera de una temprana respuesta por parte de la forense para intentar localizar nuevos hallazgos en el cuerpo de la joven y conducir con precisión la línea de investigación; pero, mientras tanto, se conformaba con que Baeza siguiera el protocolo de actuación y le comunicase a la madre el desenlace de aquella historia que le había sumido en un perpetuo desconsuelo durante seis meses.

Leo miró por el espejo retrovisor y descubrió que otras tres patrullas le seguían con las luces de las sirenas accionadas, salpicando de destellos azules y rojizos los aledaños del bosque, todavía ensombrecidos. Las ramas de los pinos parecían estrechar el perímetro de la carretera, formando una especie de tejadillo de acículas. Sólo el silencio parecía acompañarles en el trayecto a medida que se adentraban por la falda de la montaña sembrada de curvas y atendían a las primeras luces del pueblo que divisaron al fondo.

Nada más tomar el desvío y subir la pendiente, Leo accionó la frecuencia de radio para ponerse en contacto con sus hombres. Les indicó detenerse delante de la casa de Penélope Santana. El resto confirmó la orden con una respuesta breve. Al cabo de unos minutos, aparecieron por la primera calle del pueblo. Leo comprobó que la vida en La Alberca aún se resistía a abandonar el calor de las chimeneas y estufas. Apenas vio gente caminando por sus callejuelas empedradas, ni siquiera las tiendas habían levantado sus trapas. Miró el reloj del salpicadero y los números fluorescentes le revelaron que eran las 08: 42 de la mañana.

Cuando doblaron la glorieta y enfilaron la última travesía ubicada a extramuros del pueblo, Baeza activó de nuevo la radio y carraspeó antes de emitir el aviso: *el domicilio se encuentra a doscientos metros. Id apagando las sirenas. No quiero que esto se convierta en un espectáculo.*

El domicilio se trataba de un chalet de estilo serrano con muros de piedra cara vista, dos plantas más buhardilla y una pequeña zona ajardinada tras los setos que hacían de tapia. El sargento estacionó el vehículo delante de la puerta de entrada y echó un vistazo a los demás, que aparcaron dentro de un recinto de arena donde un cartel anunciaba la construcción de un nuevo edificio. Rápidamente salió al encuentro del cuerpo policial y encaminó los pasos hasta el centro de la calzada, donde oteó de una pasada el complejo de caserones y casas de campo que jalonaban el final de la calle.

- ¿Jefe...?

Leo reconoció la voz del agente Pacheco y giró entonces el cuerpo sobre sus talones. Los tres guardias civiles de La Alberca y los otros tres nacionales de la comisaría de Béjar le miraron impacientes a la espera de nuevas órdenes.

- Veamos, quiero que registréis la habitación de Penélope para descartar que hubiese estado aquí. No es del todo seguro, pero existe la posibilidad de que escapara de su raptor e intentase esconderse en su casa. Necesito que inspeccionéis su habitación palmo a palmo, que busquéis cualquier indicio que nos revele que pudo pasarse horas antes de ser asesinada.

- Pero sargento, ¿la madre no hubiese detectado algo?

Luis Sastre, uno de los policías de Béjar, le lanzó la pregunta ante el asombro de sus compañeros. Leo se percató que no le trataba delante de sus guardias con la misma familiaridad que solía cada vez que alternaban en un pub del pueblo. Pero aunque Leo se reuniera con los nacionales para echarse unas risas y tomar unas cañas, en ese instante el uniforme de Luis, su actitud circunspecta y las facciones duras, revelaron justo lo contrario. No existía esa complicidad; o al menos eso denotó igualmente en el rostro de David Ochoa, otro de los polis.

- Hubiese detectado algo de no ser por la celosía para la enredadera que trepa hasta la habitación de Penélope y que la madre, durante los primeros registros que se practicaron, confesó que su hija a veces utilizaba para bajar. Sé que suena a película, pero vuelvo a repetir que no es del todo seguro y que únicamente lo hacemos por descartar una posible vía de investigación. ¿Alguna otra pregunta?

Nadie más se atrevió a cuestionar al sargento, como si en el fondo estuviesen deseando terminar el trabajo y salir de allí cuanto antes.

- Diana, una cosa – se dirigió a la única guardia civil que había en el Puesto de La Alberca – Necesito que me acompañes cuando le demos la noticia a la madre. Creo que serás de ayuda si...

Leo percibió que Diana enarcó las cejas para dirigirle con la mirada hacia un punto concreto. Entonces dio media vuelta y comprendió el mensaje. La madre de Penélope Santana observaba la escena desde la puerta de su chalet, ataviada con una chaqueta de punto gordo que ocultaba la rigidez de su cuerpo. Se atusó deprisa su melena castaña mientras sus ojos intentaban comprender aquella inesperada aparición. Leo y su equipo reanudaron la marcha con el rostro serio y atravesaron la cancela, coronada por un rosal que se mantenía pelado a causa del frío. Leo fue el primero en subir los tres peldaños que le separaban de ella y enseguida se percató que estaba mucho más delgada desde la última vez que se vieron.

- Hola Anabel, ¿podemos pasar? – Leo se dio cuenta por la inexactitud de su semblante que necesitaba abordarla por segunda vez – Tengo que hablar contigo en privado.

Diana y Leo se miraron fugazmente a medida que Anabel Ruiz, la madre de Penélope, la misma que había acudido a algún que otro programa de televisión para pedir a los espectadores cualquier información que pudiese ser de utilidad para localizar a su hija, atravesó el pasillo de su domicilio custodiada por siete agentes. Luego se detuvo en la puerta del salón y vio extrañada como los demás accedían escopetados a la segunda planta por las escaleras de madera.

- ¿Alguien puede explicarme qué está pasando? – preguntó, mirando directamente a los ojos del sargento.

- Necesitamos hacer un nuevo registro en la habitación de Penélope.

- ¿Por qué? ¿Qué me estás ocultando, Leo?

- Antes nos gustaría hablar contigo – y señaló con la cabeza a Diana, la cual mostró una sonrisa forzada con los labios apretados.

Sin mediar palabra, franquearon la puerta del salón. Leo observó a su paso cada rincón de la estancia: la chimenea con restos de hollín, un cesto de mimbre con piñas en su interior, la ventana protegida por unas cortinas con motivos campestres, dos sillones separados por una mesa de madera, al lado una lámpara de lectura y unas cuantas fotografías esparcidas sobre un aparador, donde Leo apenas resistió la mirada de Gustavo, que parecía recriminarle su trabajo desde el fondo del marco. El aire rústico de la habitación invitó a los dos guardias a tomar asiento en uno de los sofás cuando su propietaria se acomodó en el de enfrente.

- ¿Queréis café? – rompió el incómodo silencio – Acababa de hacerlo.

- No es necesario – respondió, percibiendo esa brizna dulzona que flotaba en el aire.

- ¿Qué pasa, Leo? ¿Por qué han subido esos hombres a la planta de arriba?

Baeza sintió la tensión de su mirada e intentó rebuscar en su cabeza la manera de arrancar. ¿Cómo se le podía comunicar a una madre que había aparecido su hija muerta?, se preguntó.

- Hemos encontrado a Penélope en el bosque – se adelantó Diana – Unos senderistas dieron el aviso al amanecer.

La perplejidad de Leo se reveló tras el complejo rictus que empañó su cara. Anabel cubrió su boca con la mano y alzó la cabeza, intentando completar el final en su mente. Leo quiso socorrerla, pero Diana detuvo su propósito extendiendo el brazo. Quizá estaba en lo cierto y era necesario otorgarle unos segundos para que supiera encajar el golpe, si es que existía la manera, dentro de su organismo.

- En estos momentos va camino del Anatómico Forense – articuló Leo, evitando en la medida de lo posible utilizar las palabras *cadáver* y *Penélope* – Una patrulla te llevará a Salamanca para que puedas reconocerla.

- Si te ves con fuerzas – puntualizó Diana.

Anabel continuaba sin reaccionar, por lo que Leo optó por seguir hablando.

- Creemos que pudo haberse pasado por casa horas antes de...– frenó – Es una teoría, aunque tampoco estamos seguros. En cuanto acaben mis hombres de registrar la habitación, nos marcharemos. Te lo prometo.

Baeza supuso que querría estar a solas y desahogarse en ese mismo salón ante su desconcertante mutismo. Apenas pestañeaba; ni siquiera movió un solo músculo de su cara. Anabel continuó procesando la información con la mirada fija en el techo.

- ¿Anabel...? – Leo deseó llegar a su encuentro.

De pronto comenzó a bajar la cabeza, lentamente, casi con esfuerzo, hasta que se adivinó una ramificación de arañas capilares que surcaban sus ojos.

- Llevaba tiempo esperando este momento – dijo con la voz entumecida – Penélope no es una niña de desaparecer de buenas a primeras. Se lo dije en varias ocasiones a esos periodistas que se ponían delante de mi casa: Penélope no es así, ella no, puede que a veces sea testaruda, pero nunca se iría...

A Leo le sorprendió que no rompiese a llorar. Intentaba mantenerse entera.

- ¿Cuándo dices que podré verla?

- Puedes tomarte un tiempo – le sugirió – Cualquiera de mis agentes te acercará en el momento que digas.

- Estaba pensando que mañana me gustaría llevar al tinte el vestido azul que tanto le gustaba.

Leo y Diana se miraron confusos.

- Estaba tan guapa...– divagó con una sonrisa en su cara – Estuvo ahorrando cerca de un mes para comprárselo. Decía: *mamá, quiero que todo el mundo se fije en mí, que nunca se olviden del vestido que estrené en la fiesta de fin de curso.* Desde que lo vio en el escaparate, no hablaba de otra cosa...

Una lágrima rodó por su mejilla. Leo sintió un nudo que aprisionaba su esófago y se resistió a cortar su soliloquio.

- ¿Sabéis cuándo me la devolverán? – les espetó sin más – Me gustaría preparar con calma su entierro, el que ella hubiese querido; ya me entendéis: con sus amigas, sus compañeros de clase...

- Supongo que en unos días, en cuanto la forense termine con su trabajo – abrevió.

- Mamá, ¿por qué están esos señores en casa?

La hermana pequeña de Penélope se asomó por la puerta del salón con su pijama de *Hello Kitty* y el pelo enmarañado. Leo recordó con su repentina aparición que no había vuelto a ver a Martina desde que vino a su casa a tomar declaración a su madre, de eso hacía ya seis meses. La encontró mucho más alta que la vez anterior para sus ¿ocho, nueve años?, calculó. La niña cruzó el salón con cierto reparo y observó de soslayo a los dos guardias que había sentados en el sofá. Leo se percató que Anabel se secaba los ojos con el puño de su chaqueta para mostrarle enseguida una sonrisa de complicidad.

- No pasa nada, mi vida. Sólo han venido a visitarnos. ¿Por qué no vas a la cocina a desayunar? Tienes tus cereales favoritos en la primera balda de la despensa.

La niña articuló un *vale* con cierto recelo y se esfumó, sospecharon, a la cocina.

- No puedo derrumbarme por ella – le aclaró – Es lo único que me queda.

- Creo que será mejor que nos marchemos.

- Una cosa más, Leo. ¿Sabéis quién ha sido?

- Por ahora no – respondió con el sabor de la frustración disuelto en su saliva – Pero te juro que daré con quien lo hizo.

El sargento se incorporó del sofá y las dos mujeres le acompañaron. Tenía el cuerpo dolorido, como si hubiese estado arrastrando montones de cajas durante toda la noche. Anabel avanzó por el salón y se detuvo en el quicio de la puerta. Leo no pudo esquivar el rostro de Gustavo, que seguía congelado en la fotografía del aparador. Quiso pedirle perdón, pero algo por dentro se lo impedía.

- Jefe, ¿puede venir?

La irrupción del agente Benítez en mitad de la escalera generó cierto reparo en los tres individuos. Su mirada traslucía un poso de incertidumbre.

- ¿Qué ocurre? – bajó la voz sin saber muy bien por qué.

- Tiene que ver esto.

Leo Baeza comenzó a subir los primeros peldaños sabiendo que Diana y Anabel se mantendrían en el mismo lugar a la espera de nuevos acontecimientos. Percibió el crujido de la madera bajo sus pies. Era como si todo conservase el mismo aspecto que la última vez que acudió: el tiesto con helechos en la entreplanta, el tragaluz en el centro de la pared, varios cuadros colocados en escalada. Nada parecía haber cambiado de posición pese a que todo le resultaba distinto: la luz, el aroma, las miles de sensaciones que corrían apresuradas por su cuerpo. Leo alcanzó la segunda planta sin mediar palabra y avanzó por un pasillo que conocía de memoria. La habitación de los padres. El baño. La habitación de Martina. Fin de trayecto.

El sargento franqueó el dormitorio de Penélope como si en cierto modo atravesase las puertas de sus propios miedos. El corazón le dio un vuelco a medida que examinaba cada rincón, la huella impresa en cada uno de sus elementos decorativos: la cama con la colcha del Real Madrid, los posters en paredes y techo, el escritorio frente a la ventana, el armario empotrado a la derecha, la alfombra junto a la papelera de unicornios y el resto de objetos personales desperdigados por doquier. Los cuatro hombres (tres nacionales, uno de la guardia civil), pararon de rebuscar en cuanto Leo apareció junto a Benítez.

- ¿Y bien? ¿Qué nove...?

Ni siquiera le dio tiempo a acabar la frase. David Ochoa, el poli más joven de Béjar, se acercó con su casi metro ochenta de estatura, el cuerpo recio bajo su uniforme azul y la cabellera rapada oculta por una gorra, para entregarle un recorte de periódico.

- ¿Qué es esto?

- Será mejor que lo lea – le retó, pasándose los dedos por su barba un tanto espesa.

Sus ojos se abrieron más de la cuenta al leer el titular y parte de la entradilla. Después, no pudo retirar la vista de la fotografía que acompañaba a la noticia.

- ¿Qué cojones hace esto aquí? – escupió furioso – ¿Dónde ha aparecido?

- Dentro del armario – intervino Luis esta vez. Leo se fijó que el policía, un treintañero que llevaba algo más de un año de destino en Béjar, se había quitado la gorra para mostrar su repeinado tupé – Estaba en el suelo hecho una bola.

- Pero la habitación fue registrada por mis hombres hace seis meses. ¡Y esta puta noticia se publicó mucho antes!

Todos enmudecieron al elevar la voz.

- ¡Quién fue el responsable de registrar el armario la primera vez?

- Fui yo – confesó Benítez a su lado – Le juro por mi santa madre que no había nada.

- ¿Estás seguro?

- Creo que sí.

- ¡Cree que sí! – exclamó tras una risa hueca.

- Había muchos zapatos, y botas, y también varias cajas apiladas – enumeró nervioso.

- Quizá sea verdad – interrumpió David, intentando lanzar un salvavidas al guardia – A la teoría me refiero. Quizá sea cierto que Penélope se pasó por aquí sin ser vista y dejara esta pista para nosotros. Al menos, todo encaja.

Leo Baeza echó un último vistazo al papel impreso y pronunció:

- Es imposible. Demasiada casualidad.

Aura Valdés comenzó a subir en su Golf blanco aquel repecho colmado de vegetación. Se imaginó a vista de pájaro una carretera sinuosa que seccionaba en dos mitades el bosque habitado de pinos y helechos que escalaba la pendiente de la montaña. Pronto la radio emitió interferencias. Aura la apagó deprisa y desempañó después la ventanilla con el puño de su cazadora, resguardada por una fina capa de vaho. El termómetro del cuentakilómetros marcaba siete grados. Afuera, la humedad reptaba con su aliento glacial hacia las cumbres nevadas. Se fijó que en uno de los picos sobresalía una torre de piedra que se perdía en la bruma del cielo. Supuso que se trataba de un repetidor de telecomunicaciones. Continuó avanzando por la solitaria carretera hasta que un cartel le anunció que quedaban 2,5 km para llegar a su destino. Aura aceleró el último tramo, donde los vallados de piedra salpicaban las escasas planicies de la ladera a medida que las raíces de los pinos se descollaban de la tierra en multitud de formas retorcidas.

Aura descubrió al fondo las primeras casas. Las chimeneas expulsaban columnas de humo que se perdían en la bruma grisácea del horizonte. Nada más entrar en el pueblo, un nuevo cartel le dio la bienvenida, indicándole que se encontraba en La Alberca. Cogió el móvil del posavasos y accedió al *tomtom* para que le condujese al Puesto de la Guardia Civil. *Gire dentro de 300 metros a la derecha y continúe el camino*, le apremió una voz. Su intención no era otra que hablar con la máxima autoridad y preguntarle por los últimos avances en el caso. *Gire la rotonda y continué*, volvió a repetirle. Se figuró que nadie abriría la boca hasta que se convocase a todos los medios para el comunicado oficial. Aun así, debía intentarlo. *A quinientos metros, encontrará su destino.*

Minutos más tarde, la periodista contempló el edificio de ladrillo cara vista de dos plantas y escalinata de acceso. Un letrero rezaba: *Puesto de la Guardia Civil de La Alberca*. La bandera española ondeaba desde el balcón central. Se fijó también que habían habilitado un pequeño aparcamiento con dos plazas para minusválidos. Aura decidió hacer caso a su instinto y rodeó el edificio hasta toparse con un callejón en la parte trasera. Estaba desierto. Sólo una puerta metálica y algunas ventanas del Puesto aderezaban las anodinas vistas. Aura estacionó a un lateral y salió del coche. Un profundo aroma a leña invadió su olfato mientras su mente capturaba imágenes de un pueblo invernal rendido al calor de la hoguera.

Enseguida comprobó que no había nadie caminando por las calles. Pensó que tal vez la noticia habría llegado a oídos de sus vecinos y se resistían a abandonar sus hogares por miedo a lo desconocido. La periodista dobló la esquina del edificio y subió las escalinatas de dos en dos. Una puerta de cristal cedió automáticamente. Aura atravesó el vestíbulo alicatado de arriba abajo por planchas de mármol y se percató de la presencia de un guardia civil, que la retaba con la mirada desde su mesa de trabajo. Notó cierto malestar en sus facciones cuando aparcó el periódico sobre el teclado del ordenador. Según avanzaba, reparó en el imponente vientre que tensaba los botones de su camisa. Aura Valdés le ofreció una sonrisa profesional y frenó el paso delante de lo que parecía el mostrador de información.

- Buenos días. Estoy buscando al sargento.

- Baeza no se encuentra. ¿Quién es usted? – le miró con desconfianza.

- Me llamo Aura Valdés y trabajo para la *Agencia Satellite*. Me gustaría saber si…

- Ya le he dicho que no se encuentra en las dependencias – le interrumpió.

- ¿Sigue todavía en el lugar donde ha aparecido el cadáver de Penélope Santana?

Sus ojos se entrecerraron.

- Mire señorita, no estoy capacitado para dar ese tipo de información. Si quiere hablar con el sargento, será mejor que se pase más tarde. ¿Le puedo ayudar en algo más?

Aura comprendió que el guardia le estaba invitando a abandonar el edificio en cuanto se levantó de la silla con el ceño fruncido. Sin mediar palabra, retomó el camino de vuelta y atravesó las puertas de cristal. El frío de la sierra le embistió nada más detenerse en el primer escalón. No sabía a dónde ir. Miró su *Flik Flak* y vio que las divertidas agujas marcaban las 09:40 horas. Pensó que un café caliente le sentaría bien.

Con las manos metidas en los bolsillos de su abrigo, Aura se adentró por las primeras calles de La Alberca. El musgo arañaba los rebordes de la calzada y reptaba junto con la hiedra por las tapias de piedra. Era como si la humedad traspirase tras los gruesos muros. Al fondo, las callejuelas se tornaban tortuosas, dispuestas en una encrucijada laberíntica donde los balcones de las fachadas parecían rozarse unos con otros. Aura se fijó en los dinteles cincelados con fechas e inscripciones, con signos y anagramas religiosos, que advertían al forastero de sus ancestrales leyendas. A ratos, el olor a leña se mezclaba con el de embutido. Las tiendas aún tenían las luces apagadas mientras se dirigía a ninguna parte por aquella antigua judería de calles empedradas y casas con entramados de madera que guardaban secretos remotos.

La periodista continuó profundizando en el corazón del pueblo a medida que tomaba fotos con su teléfono móvil. Nadie parecía habitar entre aquellos callejones infestados de humedad y moho. El agua que vertía un caño, se derramaba por las esquinas del abrevadero, formando un curioso manantial que descendía por la calzada hasta perderse en una alcantarilla con restos de óxido. Entonces, sus ojos tropezaron con una vieja pared. Las plantas trepadoras lamían lo poco que quedaba de cemento para dar paso a un ventanuco con varias velas en su interior. A cada lado, una hornacina enrejada sobresalía a la superficie y mostraba dos calaveras desgastadas por el paso del tiempo. Aura utilizó el zoom de su móvil y fotografió la espeluznante escena. Luego echó un vistazo al cartel que había un poco más abajo: *"Fieles cristianos acordémonos de las benditas almas del purgatorio con un padrenuestro y un avemaría por el amor de Dios.*

Otro padrenuestro y otro avemaría por los que están en pecado mortal para que su Divina Majestad los saque de tan miserable estado". El vello se le erizó.

Más adelante, la torre de la iglesia se elevaba majestuosa hacia el cielo encapotado, tiznado por el humo gris de las chimeneas. Aura giró a la derecha y apareció en una plaza rodeada de soportales suspendidos sobre columnas y capiteles de granito, recorrida por grandes balconadas de forja con infinidad de flores que caían en cascada. Un soberbio crucero presidía el centro de la plaza. Rápidamente se percató que un camarero estaba colocando varias mesas en un recodo. Aura notó un rugido en su estómago y se dirigió hacia la cafetería con el cuerpo entumecido.

Nada más abrir la puerta, se fijó en la hoja que había pegada al cristal. La fotografía de Penélope Santana se veía algo descolorida. Apenas tuvo tiempo de esquivar su mirada, la sonrisa perpetua, su cabello rosa bajando por sus hombros. Algo se removió en su interior cuando leyó la palabra **Desaparecida** en un trazo grueso y oscuro. Ahora sonaba ofensivo, pensó. Sonaba a quién podía haberla matado.

- ¿Qué va a ser?

Aura dio un brinco al escuchar su voz por detrás. Después giró el cuello y descubrió al camarero con la mirada solícita y una bandeja entre las manos.

- Un café con leche y algo para picar.

- Marchando un cafetito y un croissant de chocolate. ¿Lo quiere tomar fuera? Parece que ya no va a llover.

- Mejor en la barra, estoy muerta de frío.

Mientras el camarero entraba jovial al interior, Aura no dudó en acompañarle. Le vio desplegar una sección de la tarima nada más sentarse en el primer taburete y se dispuso a investigar las fotografías expuestas por las paredes. Lo primero que llamó su atención fue el retrato en sepia de dos ancianas con vestimenta charra, acicaladas con la típica joyería serrana y portando en ambas manos una especie de campanilla.

- La esquila de las ánimas – le explicó el camarero junto a la cafetera – No sé si conoce la tradición. La moza va acompañada por otras mujeres al caer la noche para hacer el recorrido por las calles mientras hacen sonar la esquila y rezan el salmo.

- ¿Por qué? – preguntó intrigada.

- Algunos le dirán que para pedir por las almas del purgatorio, otros que por mantener viva una superstición que se remonta al siglo dieciséis.

- ¿Y tú? – le tuteó – ¿Qué opinas?

- Que la gente sigue rindiendo culto a la muerte porque tienen miedo a lo desconocido. ¿El café lo quiere con espuma?

Aura le dio vueltas a aquella suposición durante algo más de media hora. Después miró su reloj de pulsera y consideró que era hora de ponerse a trabajar. Pagó su consumición y regresó por el mismo entramado de callejuelas, donde la ladera del bosque parecía precipitarse a escasos metros. La aparente calma del pueblo empezaba a desmenuzarse con el sonido de los primeros coches. Aura se apresuró con el frío aún metido en el cuerpo hasta que reconoció el edificio de la Guardia Civil.

Dos patrullas aparecieron como por arte de magia por una de las calles. Otro vehículo le seguía a escasos metros. Aparcaron delante del edificio y bajaron a continuación varios agentes uniformados. Aura se dio cuenta que llevaban algo de prisa. ¿Sería por el hallazgo de Penélope? Comenzaron a subir las escaleras mientras seguía sin saber qué hacer. Era la oportunidad que estaba buscando, la que su jefe le solicitó desde Madrid. Pero se bloqueó. Aura se bloqueó y un cosquilleo empezó a invadir su pecho a medida que las puertas mecánicas se abrían. El primer agente traspasó la entrada. Después, un segundo. Con el tercero, su voz emergió de las profundidades.

- ¡Sargento!

Aura comprobó que uno de ellos se detuvo en el último peldaño y giró la cabeza. Los demás traspasaron la entrada sin percatarse siquiera. A medida que avanzaba, se fijó en él. Tal vez lo que se imaginó en un principio no correspondía con el hombre de cabello revuelto y barba recortada que la miraba según bajaba los escalones. Calculó que tendría alrededor de cuarenta años, con una complexión atlética que se intuía por debajo del uniforme. Aura confirmó que se trataba de uno de esos maduritos atractivos que poblaban los parques al cuidado de sus hijos. Por un instante reparó en el color avellanado de sus ojos; también en el mechón oscuro que se escurría por su frente. Era algo más alto que ella y su actitud, de recelo por la tensión que ejercía en sus brazos, le forzó a colocar una barrera inquebrantable sin darse apenas cuenta. Aura esbozó una sonrisa con intención de romper el hielo y garantizarle cierta confianza. Al menos, eso leyó en un manual para lograr el éxito y desarrollo personal en diez fáciles pasos.

- ¿Sargento Baeza?

Leo asintió, intentando adivinar quién era esa chica que le sonreía con encanto.

- Soy Aura Valdés, de la Agencia *Satellite*. Quisiera preguntarle si es cierto que el cuerpo de Penélope Santana ha aparecido esta mañana en los alrededores. ¿Hay algún sospechoso? – le espetó, dando rienda suelta a su táctica periodística con un bloc de notas de la mano.

- En estos momentos no puedo contestar a ese tipo de preguntas – respondió con sequedad, interesado en deshacerse de aquella situación intimidatoria – Ya se informará a los medios a su debido tiempo.

- ¿Pero cómo explicaría que la chica apareciese tan cerca del pueblo sin que nadie la viese durante todos estos meses? ¿No le resulta extraño?

Leo la frenó, extendiendo igualmente el brazo.

- ¿No me ha oído? – le devolvió la pregunta enojado – Ya se les informará cuando se convoque la rueda de prensa. Mientras tanto…

- ¿Me está echando?

- Señorita, ¡no tiene nada mejor que hacer? – alzó la voz – Déjenos trabajar y no moleste. Ya han hecho demasiado daño metiendo las narices en el caso.

Aura se quedó desconcertada mientras el sargento retomaba de nuevo las escaleras. Entonces, le maldijo; Aura Valdés le maldijo de camino al coche con las mismas palabras desfilando una y otra vez en su cabeza: *¡será gilipollas!* Pero lo que no se imaginaba es que Leo la siguió con la mirada hasta que dobló la esquina del edificio.

El Puesto de la Guardia Civil de La Alberca contaba con varias oficinas de atención ciudadana, una sala de interrogatorios, un despacho para recepción de denuncias, un área de investigación, una sala de reuniones, otra de menores y cuatro calabozos en el sótano. Además, El Servicio de Protección de la

Naturaleza (Seprona) abarcaba cualquier delito medioambiental de la zona, velando por la conservación del suelo, el agua, y la defensa de la flora y fauna. La organización operativa garantizaba un mínimo de dos patrullas en cada turno (mañana, tarde y noche), así como un apoyo a otros cuarteles, prestando, si era necesario, servicios supramunicipales.

Sin embargo, el sargento Leo Baeza franqueó la sala de reuniones sin atender al resto de guardias que pululaban por las dependencias del Puesto. Su cometido no era otro que llegar lo antes posible a la pared del fondo mientras sus hombres, los mismos que aparecieron en la escena del crimen horas antes, se intercambiaban miradas desde sus asientos ante la que se les avecinaba. Leo se dio cuenta que aún quedaban trazas de rotulador azul sobre la pizarra magnética. Después oteó la corchera, donde la fotografía de Penélope presidía la composición junto a varias anotaciones con fechas y horas.

El sargento dio la vuelta a su mesa y se paró delante de sus hombres. Los seis agentes se mantenían callados, entre miradas huidizas y algún que otro carraspeo. Sacó del cajón varios informes y acto seguido presionó con los dedos el tabique de su nariz. Algo le decía que el día no había hecho más que empezar. Fue entonces, al levantar la vista, cuando reparó en ellos. Diana Barrios parecía sonreírle desde la primera fila. A su lado, Hugo Medina mordisqueaba el tapón de su bolígrafo ensimismado. Leo sospechó que estaría estudiando la manera de acercarse a su compañera (su única tarea desde que le destinaron a La Alberca hacía ya un año), sin desatar entre los demás el pitorreo de la última vez cuando le aseguraron que aquel trasero no estaba diseñado para semejante polluelo. Dos filas más atrás, se hallaban los guardias más veteranos: Felipe Quintanilla y Pedro Oliveira, alias el Portu. El primero, un divorciado empedernido que se gastaba el sueldo en la manutención de sus tres hijos y en la máquina expendedora de sándwiches y chucherías varias. El segundo, un portugués acostumbrado a acatar el protocolo y las órdenes a rajatabla. Por último, en la fila de atrás, asomaban los rostros de Rafita Benítez y Álex Pacheco; dos treintañeros de buen ver donde, al parecer, Diana bebía los vientos por Benítez pese a saber que iba a casarse con su novia de toda la vida ya que de Pacheco, el alto y robusto Pacheco, se rumoreaba que era gay.

Leo se acercó al mapa de la comarca prendido a la pared con chinchetas y continuó desmadejando los hilos de la principal hipótesis que auspiciaron en la habitación de Penélope Santana.

- El cadáver fue hallado por los senderistas en este punto de Las Batuecas, en una ruta conocida como *El Bosque de los Espejos* – trazó una equis sobre el mapa – Si la forense está en lo cierto y Penélope lleva muerta alrededor de doce horas, posiblemente lo que encontramos en su habitación se encuentre dentro de este perímetro – rodeó una amplia extensión con el rotulador – Estoy casi convencido, pero habría que darse prisa.

Todos se mantuvieron expectantes ante la nueva maniobra.

- Barrios, Medina, quiero que cubráis la zona noroeste en un radio de trescientos metros. Quintanilla, Portu, lo mismo, pero por las inmediaciones del río. Benítez y Pacheco, necesito que peinéis los caminos del sur que llevan al bosque. Y por supuesto, todos con el *pocket* operativo – se refirió al *walkie talkie* – Quiero que me informéis con regularidad de vuestra posición. Cualquier rastro, cualquier detalle, me la comunicareis antes de actuar por vuestra cuenta. ¿De acuerdo?

- ¿Y si no está? – le cuestionó Medina con intención de llamar la atención de Diana. Tal vez deseaba que viera en él un atisbo de profesionalidad y no a un novato.

- La Policía de Béjar, en apoyo y colaboración ante las nuevas circunstancias en el caso, se ocupará de cubrir las carreteras principales y secundarias – eso fue lo que le escribió el inspector Rosales al móvil nada más salir de casa de Penélope – Nosotros nos encargaremos del bosque. ¿Alguna duda más?

Nadie se atrevió a alzar la mano.

- Pues todo el mundo a trabajar.

A medida que sus hombres abandonaban la sala de reuniones con gran estrépito, notó que su teléfono móvil comenzó a vibrar en el bolsillo de su pantalón. Baeza comprobó en la pantalla que se trataba del juez Castillo. *Mierda*, se lamentó en voz baja. Salió deprisa de allí y recorrió el mismo pasillo de todos los días sin saludar siquiera al resto de agentes con los que se cruzaba. Después giró a la derecha y se coló en su despacho. Al cerrar la puerta, un fuerte latigazo sacudió su cabeza.

- Tú dirás, Castillo – le saludó, si es que se podía concebir de esa manera.

- Acaban de informarme que la carretera que sube a La Alberca está repleta de furgones de casi todos los medios nacionales del país – imaginó que su fuente no era otra que el propio inspector Rosales, fieles camaradas que compartían su afición por el golf – Supongo que ya es oficial. La noticia ha saltado por los aires y ahora mismo todos los ojos están puestos en Penélope Santana, y por qué no decirlo, en nuestra actuación. Así que no me andaré por las ramas e iré directamente al grano: ¿qué tienes pensado hacer al respecto?

Leo dudó unos segundos de su respuesta. Quizá no era el mejor momento para revelarle lo que habían encontrado en la habitación de la chica.

- He mandado a varios agentes a inspeccionar diferentes partes del bosque. Es cuestión de horas que acabemos teniendo novedades.

- Pero no es suficiente. Ahora sí que no nos queda tiempo – hizo una pausa forzada – Soy consciente que se trata de tu primer caso de envergadura desde que fuiste ascendido como sargento en el Puesto de La Alberca; pero Leo, créeme, no es suficiente, y menos para esos carroñeros que sólo buscan desperdicios de los que alimentarse. Tienes que convocar una rueda de prensa hoy mismo, si es posible al mediodía.

- ¿Tan pronto?

Un fuerte dolor comenzó a oprimir su pecho.

- ¡Qué prefieres, que esos periodistas vuelvan a manipular a la ciudadanía con más relatos escabrosos? – le increpó al otro lado de la línea – Tienes que dar la cara. Necesitan escucharte. Puede que aún no te hayas dado cuenta, pero medio país está esperando conocer la verdad.

- ¿Y cuál se supone que es la verdad? – le reprendió, zarandeado por el agobio – ¿Qué se supone que debo decirles: que alguien sabía de su paradero, que el muy hijo de puta la desnudó, que le pintó dos símbolos en los párpados? ¿Eh, Castillo? ¿Es ésa la verdad? ¿O prefieres que cuente que no he sabido hacer bien mi trabajo y que posiblemente su asesino haya escapado?

- Será mejor que te calmes y te pongas con la rueda de prensa antes de que el Ministerio se eche encima y saque las tijeras de cortar los cojones.

Y colgó. El Juez Castillo le mostró cuál era su postura sin opción a una nueva réplica y Leo no pudo por menos que propinar una patada a la silla que tenía delante. Se sentía hundido. Había trabajado muchas horas en el caso y ahora no sabía por dónde empezar.

Baeza abrió furioso la puerta de su despacho y enseguida advirtió que no estaba solo. Diana Barrios y Portu le observaron detenidamente sin entender muy bien qué estaba pasando.

- Pensé que estabais de camino – dijo con la voz cansada.

- Estamos ultimando los detalles del operativo – le aclaró Barrios – ¿Ocurre algo?

- Dile a Bayón que redacte el informe y publique un aviso en la entrada. Voy a dar la rueda de prensa al mediodía.

Cuando los agentes desaparecieron por el pasillo, Leo regresó al despacho. Descubrió el termo de café encima de su escritorio. Vertió la mitad del contenido en su taza de siempre con aquel mensaje estampado entre nubes de colores: *es imposible derrotar a una persona que nunca se rinde*. Se preguntó en qué estarían pensando sus hombres cuando se la regalaron el día que le ascendieron a sargento. Leo sorbió un poco de café y notó que estaba frío. Le disgustó. Después abrió el primer cajón de su mesa y sacó una caja de analgésicos. Supuso que con dos pastillas despejaría las brumas que asfixiaban su cabeza. Pero lo que no sospechó fue que al acercarse a la ventana minutos más tarde y deslizar con los dedos las lamas metálicas de la persiana, se encontraría con aquella periodista en el interior de su coche que se afanaba en comprender quién era exactamente Penélope Santana.

Durante aproximadamente una hora, Aura Valdés se empeñó en descifrar los entresijos de una historia que parecía no acabar nunca. Quizás llegó a la conclusión que un titular podía resumir a grandes rasgos la existencia de una vida, al igual que podía arruinar para siempre la suya y la de su familia con según qué verbos e insinuaciones.

Instalada en el asiento trasero del coche, Aura no tuvo palabras para describir lo que aquellas noticias recopiladas por Juárez deseaban sugerir en el lector si leía por orden cronológico todo lo que se había publicado hasta la fecha. Puede que se arrepintiera de descargar el dossier que su compañero, muy amablemente, le había enviado desde Londres con el propósito de que se empapara del caso Santana. Pero para entonces, Aura ya había bajado todo el material a su Tablet. Se repantingó a lo largo del asiento con los cascos de su mp3 enchufados y sacó una bolsa de gominolas algo rancias que encontró en la guantera.

Sin prisas, Aura comenzó por el principio. Las *5W* (quién, qué, cuándo, dónde y por qué, pero en inglés) que todo aspirante a periodista debía conocer, se revelaron en las primeras noticias de algunos periódicos locales: *"Buscan a una joven de 17 años desaparecida en La Alberca. Penélope Santana es el nombre de la chica a la que se busca después de que se denunciase su desaparición en el Puesto de la Guardia Civil de dicha localidad. Se trata de una joven de 1,70 metros de altura, con el cabello largo y teñido de rosa. Las redes sociales y establecimientos hosteleros de la zona han difundido el cartel de la joven, en paradero desconocido desde la pasada madrugada al no regresar a casa. Por el momento, la Guardia Civil ha organizado un operativo de búsqueda con voluntarios"*.

Aura leyó la fecha: 9 de mayo del 2018. En menos de un mes, la difusión local se transformó en un caso mediático donde varios diarios sensacionalistas se habían tomado la molestia de rentabilizar su desaparición con hechos escabrosos en vez de informaciones puramente judiciales. Alguien lo atildaba como el síndrome de la mujer blanca desaparecida; un fenómeno sociológico donde los medios sólo se interesaban en casos determinados con características concretas: mujer blanca, joven, atractiva y de clase media-alta. ¿Tal vez ésa era la diferencia que separaba a Penélope Santana de las 10.000 personas de las que se perdía su rastro al cabo de un año?

Aura tomó su propia conclusión a medida que avanzaba en su Tablet por el resto de titulares: *"¿Desavenencias familiares en el entorno de Penélope Santana?"*; *"Así describen algunas compañeras del instituto a Penélope Santana: le gustaba mucho la fiesta, fumar porros y conocer tíos en los chats"*; *"La joven desaparecida utilizaba una famosa red social para mostrar su vida con fotografías insinuantes"*; ¿Tuvo Penélope Santana algo que ver en el distanciamiento de sus padres? Algunos vecinos de la localidad salmantina apuntan a que la joven pudo provocar continuas discusiones a raíz de sus trastornos alimenticios"*; *"Nuevos datos sobre la joven desaparecida en La*

Alberca: ¿Padecía anorexia?"; "El gran drama de la familia Santana: Gustavo, padre de la joven, sufrió un aparatoso accidente un año antes que le dejó en coma"; "¿La joven discutió acaloradamente con su padre la tarde que tuvo el accidente de coche?".

La primera entrega no escatimaba en aportar detalles perniciosos sobre un caso que traía en vilo a un sinfín de lectores, atrayendo, incluso, a supuestos médiums o nigromantes que parecían saber la localización exacta del cuerpo de la chica. Aura se sintió consumida por la ingesta cantidad de noticias que los periódicos locales y nacionales divulgaron a diario. No había tiempo de asimilar tanta información, tantos testimonios, tanta basura recopilada a lo largo de varios meses donde hubo un ligero parón a partir de septiembre. Aura se sintió avergonzada de su gremio; no tanto de sus compañeros de profesión (simples mandados), sino de aquella cúpula que controlaba desde sus despachos lo que era vendible y rentable.

La periodista se estiró como pudo en el asiento trasero y sintió un chasquido en sus cervicales. Después guardó la Tablet en la bolsa de viaje y se quitó los cascos de un tirón. Sus oídos captaron el alboroto formado fuera. Se colgó la cámara al cuello y salió del coche para comprobar qué sucedía. Nada más doblar la esquina de la comandancia, observó que varios operarios portaban al hombro sus cámaras mientras enfocaban la entrada del edificio. Aura salió corriendo y se adentró a empujones entre la algarabía formada tras las escalinatas de acceso. Calculó que habría más de veinte reporteros, todos ellos de distintas cadenas de televisión. Cuando por fin encontró un hueco a pocos metros de la escalera, se dio cuenta que un rubiales engominado le estaba mirando con intención de iniciar una pronta conversación.

- Mucho frío, ¿verdad? – se frotó las manos – Oliver Casado, de Canal Madrid.

- Aura Valdés, de Agencia *Satéllite* – se presentó – Por cierto, ¿qué está pasando?

- Han convocado una rueda para las doce. Ya era hora que alguien de la Guardia Civil compareciera ante los medios. ¡Qué se pensaban, que no íbamos a hacer el trabajo por nuestra cuenta?

- Estoy de acuerdo – le siguió la corriente – ¡Mira! Parece que ya vienen.

Un aluvión de flases salpicó la fachada del edificio, emergiendo de las sombras las siluetas de tres hombres. Aura reconoció al sargento Baeza y le volvió a mandar por el mismo lugar una vez más. Le notó bastante serio mientras se acercaba junto a sus hombres a una especie de púlpito atestado de micrófonos de distintos canales. Los periodistas comenzaron a llamar su atención. *¡Sargento!* *¡Sargento Baeza! ¡Aquí!* El ruido de fondo se volvió ensordecedor hasta que algunos se pusieron a chistar. De pronto, hubo un silencio.

- Gracias – pronunció con la voz grave. Los micrófonos emitieron un silbido estridente – Soy Leo Baeza, sargento del Puesto de la Guardia Civil de La Alberca y responsable de las labores de búsqueda e investigación en torno a la desaparición de Penélope Santana. En primer lugar, me gustaría pedir respeto por la familia de la joven y también por la sensibilidad mostrada en la sociedad española y fuera de nuestras fronteras. Igualmente quiero añadir que el caso se encuentra en secreto de sumario, por lo que habrá algunas cuestiones que no podré aclarar. En cuanto a los hechos, son los siguientes: el cuerpo de Penélope Santana ha sido hallado por dos senderistas esta madrugada, ocho de noviembre del dos mil dieciocho, en una zona conocida como El Bosque de los Espejos, en Las Batuecas. Los restos mortales han sido trasladados al Anatómico Forense de Salamanca para que se les practique su pertinente autopsia y pueda revelarnos más datos sobre la causa de la muerte. Aparentemente el cadáver no mostraba signos de violencia, pero prefiero ser cauto y no expresar más datos. La Guardia Civil, junto con la Policía Nacional de Béjar, informaron a la familia a primera hora de la mañana. Su madre, Anabel Ruiz, fue conducida al Anatómico para que reconociera el cuerpo. Sobre el autor de los hechos, aún no tenemos indicios de ningún sospechoso. Estamos trabajando en ello para capturarlo y ponerlo lo antes posible a disposición judicial. Y es aquí donde me gustaría hacer un inciso…

Aura se percató que tras la bocanada de aire que acababa de expulsar, existía un miedo lacerante que brotaba de su mirada.

- Durante los seis meses que Penélope estuvo desaparecida, ha habido demasiadas informaciones que no se ajustaban a la realidad. La grave filtración de la prensa ha ocasionado que la investigación se precipitase en algunos momentos, sin pensar en el daño que podía acarrear a la familia ciertos titulares, ciertas portadas de un periódico, de por vida. Por eso me gustaría pedir en su nombre y en los de aquellos agentes que se dejan la piel cada día, que no difundan más datos erróneos que provocan controversias en la sociedad y entorpecen de algún modo la operación.

Los periodistas se percataron que un guardia salió de pronto por la puerta del edificio y se dirigía raudo hacia el sargento. Nada más posicionarse a su altura, Baeza interrumpió su discurso mientras el hombre colocaba la mano alrededor de su boca con intención de susurrarle algo al oído. Aura se percató que la mirada del sargento se tiñó de oscuridad. Después, carraspeó antes de dirigirse al público.

- Por asuntos urgentes que debo atender, la rueda de prensa queda finalizada.

El sargento dio media vuelta ante el estupor de los medios y se dirigió precipitadamente al interior del Puesto. Pronto comenzaron a escucharse los primeros abucheos. La gente estaba indignada. Aura oyó que algunos se quejaban de la poca formalidad de la Guardia Civil y el silencio que parecía rodear al caso desde que la chica desapareció. ¿Por qué tuvo que interrumpir el comunicado de prensa?, se preguntó extrañada. ¿Qué le había chivado su agente al oído?

- ¡No me lo puedo creer! – exclamó Oliver Casado. El periodista era incapaz de apartar la vista de la pantalla de su móvil.

- ¿Pasa algo...?

- ¡El milagro que todos esperábamos! – le reveló con una amplia sonrisa – ¡Gente, la madre de Penélope está llegando al pueblo! – gritó.

La calma que precedió dio paso a una brutal estampida donde los periodistas echaron a correr por una de las calles del pueblo mientras los cámaras guardaban sus equipos en los furgones. Aura se quedó inmóvil, sin saber muy bien qué hacer.

- ¿No vienes...? – le preguntó Oliver azorado.

Pero antes de darle una respuesta, Aura Valdés supo que ya no había vuelta atrás.

El coche patrulla avanzaba lentamente la última travesía. Los periodistas congregados delante del domicilio de Penélope, comenzaron a inquietarse a medida que el vehículo se aproximaba. *¡Es ella! ¡Sí, es ella!*, gritaron varios. Aura sacó su cámara fotográfica y miró por el visor. En cuanto enfocó el parabrisas del vehículo, se ayudó del zoom para colarse en el interior. El agente que estaba al volante movía los labios con premura mientras al fondo, resguardada por las sombras del asiento trasero, Anabel Ruiz se mantenía estática tras unas gafas oscuras. *Te tengo*, masculló Aura nada más arrojar contra el coche una lluvia de flashes. Le siguieron otra tanda en cuanto la patrulla se detuvo delante del chalet y el guardia ayudó a salir a esa madre de la que todo el mundo hablaba. Su figura quedó aclarada por los fogonazos de luz, agachando reiteradamente la cabeza ante aquel horizonte cegador. Llevaba el cabello recogido y un chal negro que caía en pliegues desiguales hasta sus rodillas. Después se acercó a los medios y se tomó varios segundos antes de pronunciar unas palabras. Aura sacó el móvil de su abrigo y encendió la grabadora para registrar la declaración.

- Quiero agradecer la extraordinaria labor que la Guardia Civil ha llevado a cabo durante estos meses; y también a vosotros, por no permitir que el nombre de mi hija cayera en el olvido.

Aura sintió un nudo en la garganta.

- ¿Ha podido verla? – le lanzó una reportera.

- Sí – respondió con la voz ahogada – Ya he estado con ella. La encontré tan guapa… – dibujó una tierna sonrisa – Está como la última vez que la vi, con su cabello rosa y su carita angelical…

Los periodistas enmudecieron.

- ¿Sabe cuándo se oficiará el funeral? – se escuchó al fondo.

- Supongo que lo antes posible. Estoy deseando que me la entreguen y poner fin a una pesadilla que ha durado demasiado tiempo – una lágrima brotó por debajo de sus gafas – Al menos, ahora sabré donde encontrarla.

Anabel Ruiz se tapó la boca con las dos manos en un amago de retardar la llantina que se asomaba como lava caliente en su compungido rostro. El guardia la tomó por los hombros y la condujo hasta la entrada del chalet bajo el revuelo de flashes y otras preguntas. El quejido se intuyó tras la tapia abrigada de setos. Aura tragó saliva y vio cómo el agente le ayudaba a entrar en su casa. Después, enfiló pesarosa el pasillo hasta que la puerta se cerró.

Leo Baeza se percató que no había ningún periodista merodeando por la zona cuando salió precipitadamente del Puesto. Se puso la chaqueta de su uniforme mientras bajaba las escaleras y soltó su arma en el asiento del copiloto una vez que entró deprisa en el coche patrulla. Todavía era incapaz de admitir lo que su agente le había susurrado al oído durante la rueda de prensa. El temor brotó una vez más en su mirada. Tenía que darse prisa antes de que fuera demasiado tarde; antes incluso de que se arrepintiera.

Arrancó el coche sin mirar por el espejo retrovisor y se perdió por las calles del pueblo bajo una nube de polvo que los neumáticos levantaron a su paso. El olor a goma quemada reptó hasta su olfato cuando bajó el cristal de la ventanilla. Después, sacó el móvil de su chaqueta y buscó en la agenda. Una vez que localizó el número, pulsó el manos libres. El primer tono resonó en el interior del vehículo al adentrarse por la vieja carretera colmada de pinos.

- Jefe, todo controlado – arrojó Portu sin rodeos – Ya ha vuelto en sí y parece que coordina. La ambulancia está de camino y...

- ¡Cómo cojones ha sucedido? – le interrumpió – No sé si te han informado que tuve que retirarme delante de todos los medios.

- Lo siento Jefe, ni yo mismo lo sé. Acabábamos de llegar al cruce que linda con el río cuando Quintanilla me propuso que nos separásemos para peinar la zona. Acepté y decidí inspeccionar los aledaños del puente de piedra, ya sabe, por si acaso allí…

- Al grano, Portu – le apremió.

- El caso es que el *walkie* se activó y reconocí la voz de mi compañero entre interferencias. Intentaba decirme algo, le insistí varias veces, pero al no responder, regresé al punto de inicio pensando que había descubierto algo. Fue entonces cuando me lo encontré tirado en el suelo, con la cabeza hundida sobre las raíces de un árbol y con sangre en su frente. Estaba inconsciente. Luego comencé a darle palmaditas en la cara hasta que, al cabo de unos minutos, recobró el sentido.

- ¿Se encuentra bien?

En el fondo, Leo estaba deseando que Portu le asegurase que tenía hombre para rato.

- Bastante mareado, aunque no me extraña con semejante pitera. He descubierto que le agredieron con un canto de río. Por cierto, ahí no acaba la historia. Quintanilla se ha percatado que le han quitado el arma.

Los ojos de Leo se abrieron más de la cuenta.

- No me jodas... – escuchó Portu al otro lado de la línea cuando sus pensamientos se hicieron visibles – Dame la posición.

- Estamos en el kilómetro tres, dirección *Las Casas del Conde*. Dejamos la patrulla estacionada en el arcén de la carretera, justo al ras del bosque.

- De acuerdo, voy de camino – le confirmó – Al final va a ser cierto. Parece que el muy cabrón ha salido de su escondrijo.

En cuanto Leo colgó, no dudó en accionar su *pocket* para dar el aviso al resto de sus hombres. *Aquí el sargento. Quintanilla ha sido herido a la entrada del bosque. Posición: kilómetro 3, dirección Las Casas del Conde. Necesito que todas las unidades suspendáis lo que estabais haciendo y cerquéis la zona en un radio de 5 kilómetros.* Al momento, todos los guardias confirmaron la orden.

Leo aceleró el coche mientras se adentraba por aquella carretera que zigzagueaba en la penumbra del bosque. La profusión de árboles salpicaba la ventanilla de movimientos relampagueantes. De vez en cuando giraba la cabeza intentando adivinar al fondo, tras la espesura, alguna nota discordante. *¿Dónde te escondes?*, se preguntó en alto. Leo descubrió al fondo el coche patrulla de sus agentes. Estaba aparcado en el arcén tal y como le aseguró Portu, con el parachoques delantero ligeramente inclinado hacia la cuneta. Leo estacionó detrás y salió del vehículo. El desnivel de la ladera sembraba de pinos el horizonte. Una extraña inquietud se coló en su cuerpo a medida que descendía el terreno ayudado por los troncos que encontró a su paso. La corteza, espolvoreada de verdín, se mantenía húmeda por la lluvia. Vio que la hiedra crecía salvaje alrededor y se columpiaba entre sus ramas.

Enseguida advirtió la presencia de sus hombres al final del repecho. Quintanilla se encontraba sentado sobre las raíces salientes de un pino al tiempo que Benítez agitaba los brazos al aire para captar su atención. Leo se apresuró, hincando las botas sobre el terreno arcilloso.

- La ambulancia tiene que estar al caer – soltó Portu visiblemente impactado.

- ¿Cómo estás, Felipe?

Leo se posicionó delante de él y comprobó que su camisa exhibía pequeños rastros de sangre. Apenas pudo levantar la vista mientras apretaba con la palma de su mano la herida abierta en su cabeza.

- Mareado, jefe. No sé cómo ha podido suceder – se lamentó – Fue muy rápido, ni siquiera me dio tiempo a verle la cara. Me abordó por detrás y me golpeó. Portu me ha dicho que estaba inconsciente y que...

- Es suficiente – le interrumpió al ver su estado – En cuanto los sanitarios te echen un vistazo, informaré al Puesto para que vengan a recogerte y te lleven a casa.

- Hay algo más, jefe. No estoy muy seguro, pero hay una imagen que me viene una y otra vez a la cabeza.

Los dos guardias le miraron expectantes.

- Unas zapatillas blancas. O unas deportivas, pero blancas. Estaban justo ahí, delante de Portu. Es lo único que recuerdo. ¿Lo habré soñado?

La sirena de la ambulancia quebró sus propias ensoñaciones. Sin embargo, Leo Baeza acababa de tener una corazonada. Se distanció de sus hombres y regresó de nuevo al coche, escalando con dificultad el suelo resbaladizo de la ladera. Una vez que alcanzó la carretera, explicó a los sanitarios dónde se encontraba el herido. Después abrió la puerta de la patrulla y extrajo de la guantera una vieja guía Michelin.

Leo extendió el mapa sobre el capó y trazó una equis en el punto exacto donde se hallaban sus agentes. Si Quintanilla estaba en lo cierto – pensó –, posiblemente el dueño de aquellas deportivas blancas huiría bosque adentro, cercado incluso por el río que discurría al margen derecho. *¿Hacia dónde te diriges?*, se preguntó en alto. De pronto, detuvo el dedo índice sobre unas palabras que se leían borrosas sobre el papel del mapa. *¡Te tengo!*, exclamó. Rápidamente entró en el interior del vehículo y activó el *walkie*. *A todas las unidades que se encuentren al norte, necesito que peinéis a pie el sector ocho. El sujeto se dirige a las ruinas de la vieja ermita. Atención: va armado. Repito: el sujeto va armado.* Una vez que los agentes confirmaron la orden y su posición,

Leo se dirigió al maletero y se puso el chaleco antibalas. Luego enganchó su *pocket* al hombro y comprobó que su pistola estaba cargada.

Minutos más tarde, su figura se diluyó en las tinieblas.

Aura Valdés llevaba algo más de una hora elaborando el reportaje cuando el volumen de la televisión disipó su propio ensimismamiento. Se remangó el puño de la cazadora y comprobó que su reloj marcaba las 13:21 horas. Había decidido regresar a la cafetería de la plaza tras su paso por el chalet de Anabel Ruiz. El mismo camarero de la anterior vez le ofreció un nuevo café con un pincho de tortilla mientras se enfrascaba en la descripción pormenorizada del ambiente del pueblo, transcribiendo las palabras del sargento durante la rueda de prensa y alimentando el misterio que rodeaba al caso. Sin embargo, la voz de la presentadora retumbó en el interior. Aura levantó la vista y leyó el rótulo que cruzaba la parte inferior de la pantalla: *localizado el cuerpo sin vida de Penélope Santana. El Sargento de la Guardia Civil confirma que aún no tienen ningún sospechoso.* Una pequeña ventanita abierta al margen superior, reponía constantemente imágenes de la joven en distintos lugares y ambientes.

La periodista se percató que algunos clientes comenzaron a especular acodados sobre la barra. *Esa cría dio mucha guerra a sus padres*, aseguraba uno. *Con esas pintas, no me extrañaría que se fuera con cualquiera*, le secundó otro. *Seguro que quien lo hizo, no es de la zona. ¿O no?*, se cuestionó Aura en silencio. ¿Por qué no podía ser del pueblo? La musiquita de la máquina tragaperras solapaba de vez en cuando sus veredictos; tal vez incluso sus propios temores, como si en el fondo la joven hubiese elegido ese final para su historia. Los parroquianos regresaron de nuevo a su solitaria rutina, rumiando para sus adentros lo que quizá no se atrevían a declamar con otro tubo de cerveza.

Con el rumor de la televisión de fondo, Aura volvió a sus quehaceres y abrió su correo electrónico. Seleccionó la cuenta de su jefe – cotobalagenciasatellite@gmail.com – y adjuntó el texto, ya definitivo, junto con el material fotográfico que realizó a lo largo de la mañana. Sospechó que Coto lo vendería a los principales medios de comunicación y a la prensa local escrita con la que trataba desde hacía años. El tintineo de la campanilla de la entrada ni siquiera interrumpió su tarea. Situó el ratón en el espacio de *Asunto* y escribió: *Rueda de prensa y declaración de Anabel Ruiz. 8 de noviembre de 2018*. Una sombra se detuvo a la altura del teclado en el momento que intentó pulsar la tecla *Enter*.

- ¿Trabajando a estas horas, chica *Satellite*? Pensé que la agencia os concedía unos minutos para comer.

Aura esbozó una sonrisa fingida al periodista de Canal Madrid y creyó ver en su actitud al típico lameculos que nunca faltaba en cualquier redacción.

- ¿Puedo?

Pero para entonces, ya se había sentado delante de ella. Después giró el cuerpo y pidió al camarero otro café con leche.

- Espero no haber interrumpido nada importante. Si lo prefieres, puedo ir a otra mesa.

- Tranquilo, ya casi he terminado… Oliver. ¿Verdad?

- Veo que no se te escapa una – Aura no se sorprendió al ver que su ego rozaba límites insospechados – Llevo ocho años currando en el Canal, casi desde que me licencié. Ahora estoy haciendo un master en locución y presentación en radio y televisión. Ya sabes, por si suena la flauta en algún casting.

El camarero apareció con el café y lo depositó sobre la mesa. Después miró a Aura y enarcó las cejas a modo de: *la que te ha caído, bonita*.

- Por cierto, ¿qué tal es tu hotel? Porque el mío, el que está al principio del pueblo, es pésimo. Ya he llamado a los de Recursos Humanos para advertirles que la próxima vez se metan los doscientos cincuenta euros por donde les quepa y me busquen una habitación con wifi, y a poder ser, que no huela a chorizo.

Aura se contuvo de no reírse y prefirió no relatarle la aventura con la que posiblemente bregaría a la noche cuando tuviera que dormir en el asiento trasero de su coche a menos tres grados. Era bastante factible que se acordase de Coto y de su árbol genealógico al completo. *¿En qué momento de tu existencia decidiste hacerte freelance, so estúpida?*, le cuestionó su voz interior.

- Seguro que tiene fácil solución – intentó zanjar el tema – A todo esto, ¿es normal que el máximo responsable en la investigación interrumpa la rueda de prensa de esa manera? No es que esté puesta en casos de homicidios, pero me resultó extraño.

- Y más si uno de tus agentes decide aparecer delante de los medios para decirte algo al oído. Seguramente hayan averiguado algo.

- Eso mismo pensé, pero me escamó que Anabel Ruiz no justificase su actuación durante su intervención. Creí que lanzaría algún tipo de información delante de las cámaras; no sé, los medios siempre han estado pendientes de los avances del caso, ayudaría a concretar el perfil del sospechoso, a acelerar la propia búsqueda, algo...

- No te fíes – puntualizó Oliver con el gesto grisáceo.

- ¡De quién, de la madre de Penélope? – le inquirió, expectante – No sé a qué te refieres. A mí me provocó mucha ternura cuando habló de su hija. Cualquier madre empatizaría con ella, y más si rompe a llorar.

- Matizo: mostrar una lágrima con las gafas puestas mientras las cámaras te graban. Porque si recuerdas todas sus intervenciones, es la primera vez que exhibe una pizca de fragilidad en estos seis meses.

- Ya veo que no la tragas.

- No tengo nada contra ella. Sólo digo que no te fíes de las apariencias.

- ¿Por qué...?

Oliver miró a un lado y otro de la mesa para comprobar que podía hablar con seguridad. Luego inclinó el cuerpo hacia delante.

- Lo que voy a contarte jamás se ha publicado – arrancó el relato con cierto matiz misterioso en su voz – Lo sé por mis propias fuentes. Y te aseguro, compañera, que éstas sí son de fiar.

- Parece grave – agregó Aura.

- Más bien diría que nada es lo que parece. ¿Sabías que Anabel dio informaciones muy confusas sobre las últimas horas de su hija, y que además intentó ocultar a la Guardia Civil algunos aspectos de su convivencia con Penélope?

- ¿Por ejemplo? – le retó con suspicacia al otro lado de la mesa.

- Gracias a mi fuente, pude acceder al historial clínico de Penélope Santana. En su última analítica de sangre, aparecían ciertos valores que no correspondían con la joven de diecisiete años llena de vida y felicidad que tantas veces se encargó la madre de repetirnos. Hablamos, por supuesto, de las benzodiacepinas.

Exactamente del Triazolam: un medicamento utilizado como sedante para el insomnio grave no muy común entre las adolescentes, ¿no crees?

La periodista fue incapaz de emitir una palabra.

- Los valores mostraban signos de sobredosis al estar muy por encima de los 0,125 miligramos recomendados, por lo que te puedes imaginar sus síntomas: confusión, pérdida de la coordinación muscular, estupor… ¡Pudo provocarse incluso un paro cardiaco! En cristiano: Penélope Santana estaba enganchada a las pastillas de dormir y jugó en muchas ocasiones con su propia vida. Por lo que mi pregunta es bien simple: ¿la madre prefirió no ver lo que ocurría en casa, o decidió mostrar al mundo una imagen que no se ajustaba a la realidad?

- Supongo que estaría al tanto. Ese tipo de medicamentos no los venden sin receta. Y al ser menor de edad…

- ¡*Equilicuá*! – exclamó, dando un pequeño brinco – Penélope necesitaba de un adulto para conseguirlas. Y teniendo en cuenta que su padre está en coma y su hermana tiene ocho años…, únicamente nos queda un solo candidato. El mismo que adquiría el Triazolam con receta en la farmacia y que mi fuente tuvo la bondad de enseñarme un extracto del original con su firma correspondiente. Hablamos, por supuesto…

- De Anabel Ruiz – añadió Aura a los puntos suspensivos – De acuerdo, la madre compraba las pastillas por el motivo que fuese. Pero tampoco se le puede acusar de suministrar el Triazolam a su hija. Penélope podía sustraerlo a escondidas.

- ¿Y por qué? – ahora era Oliver quien prefirió retarla – ¿Por qué una cría de esa edad necesitaba abusar de esas pastillas? ¿Qué quería tapar durmiendo diez, doce horas seguidas, que por sí misma era incapaz de solucionar? Entiendo que el padre se encontraba en coma a raíz del accidente de coche y que tuvo que ser un varapalo para la familia. ¿Pero eso justifica que Anabel Ruiz, la que se enorgullecía ante los medios de conocer muy bien a su hija, no alertase a nadie del calvario que estaba sufriendo Penélope?

Aura Valdés se quedó pensativa. Quizá Oliver tuviera razón al conocer de primera mano los entresijos de una historia que Anabel Ruiz se negaba a desenmascarar. ¿Y si tuvo algo que ver en la desaparición de Penélope? ¿Y si nunca contó a los medios toda la verdad? Aura albergó cierta desconfianza a medida que asimilaba la información que un periodista – del cual no sabía nada – le ofreció sin nada a cambio. Aunque también reconsideró su postura inicial y por no contradecir a Oliver, supuso que Anabel Ruiz habría puesto en conocimiento de la Guardia Civil la cuestión del Triazolam.

- En fin, se me hace tarde – anunció Oliver mientras sacaba la cartera de su mochila. Luego soltó cinco euros sobre la mesa – Supongo que ya nos veremos por aquí.

- Seguramente – dudó – Por cierto, gracias por la información.

Y cuando le vio desaparecer por la puerta de la cafetería, Aura sintió una angustia en su estómago mientras enviaba el correo electrónico a su jefe.

El graznido de varios cuervos detuvo el avance de Leo Baeza. No sabía cuánto tiempo llevaba caminando, ni siquiera qué hora era. El millar de pinos que le rodeaba, le provocó cierta desazón, como si aquella atmósfera cargada de humedad le hubiese desorientado por completo. Leo levantó la cabeza e intentó llegar hasta la porción de cielo que se consumía tenebroso más allá de las ramas. Apenas era capaz de distinguir las nubes sobre el fondo neblinoso. Por un instante se percató que la penumbra helada parecía apagar los contornos del entorno. Las rocas se fundían a la tierra embarrada mientras el liquen de los troncos se transformaba en gigantescas orugas. Leo apretó los ojos e intentó eliminar de su cabeza cualquier vestigio de culpabilidad. Necesitaba hacerlo; deseaba con todas sus fuerzas tenerlo delante y soltarle el primer tiro en el pecho. Luego comprobaría si había acertado, y en caso de no moverse, se aseguraría de mandarlo al infierno descerrajándole un nuevo tiro sobre la frente.

Continuó adentrándose en la confusión del bosque hasta que divisó a lo lejos las viejas ruinas de la ermita. El silencio abrigaba esa calma inquietante que envolvía el propio equilibrio de la naturaleza. Leo se parapetó tras un arbusto y oteó en la distancia el campo que se abría tras los pinos silvestres. Unas escaleras de piedra se elevaban desgastadas entre el musgo y la hiedra, prolongándose hasta el esqueleto de una pared con las esquinas derruidas. La techumbre de la ermita parecía haberse hundido, resistiendo únicamente unos cuantos muros a las inclemencias del tiempo. A un lateral, devorada por las plantas trepadoras, se encaramaba sobre una roca una enigmática vidriera con formas sinuosas y colores estridentes. Supuso que se trataría de otra obra artística aprobada por la Diputación de Salamanca para aumentar las visitas en la zona.

De pronto, su *walkie talkie* emitió un crujido. Se había olvidado por completo de sus hombres. Leo presionó el botón y susurró: *dadme posiciones*. La agente Diana Barrios fue la primera en manifestarse: *ruinas a la vista, posición noroeste*. Al cabo de unos segundos, Pacheco también apareció: *acercándome al objetivo junto a Benítez*. Hugo Medina hizo la última entrada: *vigilando a unos quince metros. Posición sur.*

El sargento dio la orden de salir y apagó su *pocket*. Rápidamente abandonó su escondite hasta alcanzar la planicie que se abría paso tras los árboles. La luz fría de la tarde esparcía sombras invernales a su alrededor. Leo subió sigiloso las escaleras de piedra y se cubrió con el arma una vez que alcanzó el muro de la ermita. La hendidura que sirvió en otro tiempo de puerta, exhalaba un aliento gélido mezclado con pequeñas briznas a madera. Leo se arrimó a la pared y comenzó a filtrar la mirada en el oscuro agujero. Después sacó el resto del cuerpo y apuntó con su pistola al fondo. Otra nueva pared sobresalía a escasos centímetros, lamida por la maleza que trepaba desde el suelo. *¡Joder!*, farfulló. Entonces, escuchó un golpe a sus espaldas. Leo giró el cuerpo y comprobó que no había nadie. El corazón trotaba apresuradamente bajo su pecho. Enseguida cayó en la cuenta que la piña que había a sus pies rodaba por el suelo. Leo esbozó un extraño rictus en su cara y dio media vuelta.

Nada más traspasar el hueco, se dio cuenta que la pared del fondo dividía el camino en dos. Podía girar a la derecha o la izquierda. *Difícil elección*, pensó. Se dejó guiar por su instinto y dobló por el estrecho pasillo de la derecha, sembrado de más piedras y mugre. La oscuridad comenzó a cercar su figura. La profunda cerrazón asfixiaba su visión en cada nueva zancada. Leo apuntó al frente y siguió sorteando el camino con cuidado de no tropezar. Un recodo de luz despejó las sombras del nuevo pasillo que doblaba a la izquierda. Procedía de un diminuto ventanuco horadado a la siguiente pared. Se fijó que las motas de polvo se columpiaban como pavesas por su pajiza claridad. Más allá, la estructura se volvía opaca entre muros quebrados y hojarasca.

De pronto, una sombra correteó al fondo del pasillo hasta fundirse en la oscuridad. Leo empuñó el arma y estiró el brazo hacia la pared contigua. Las secciones de muro que descansaban en el suelo aclaraban tímidamente el espacio de lo que parecía una habitación. Sospechó que se trataría de la sacristía o de algún otro lugar sagrado vencido por el deterioro físico. Leo atravesó el boquete y caminó apoyado a la siguiente pared. Las esquirlas de luz vaporosa perforaban un recodo del fondo. Parte de la techumbre y la pared se habían desplomado, dejando una herida abierta a la intemperie.

Leo aceleró el paso con intención de salir de allí. Sentía que el aire entraba con dificultad en sus pulmones. Medina, el mismo que bebía los vientos por la agente Barrios, atravesaba en ese momento la brecha hendida al muro de carga. Se fijó que llevaba el arma empuñada. Perfiló una débil sonrisa en su rostro y decidió avisarle para que no se asustara al verle. Pero entonces, aquel disparo retumbó en el interior.

Hugo Medina cayó abatido mientras aquel brazo regresaba de nuevo a las sombras de una habitación colindante.

- ¡Alto, la Guardia Civil! – gritó Leo – ¡Baje el arma y salga donde pueda verle!

Nadie respondió. Sólo las voces del resto de agentes que corrían a socorrer a Medina retumbaban una y otra vez en su cabeza. Leo apretó el paso y se detuvo a unos metros del agujero escarbado a la piedra mohosa. Después hizo una señal a sus hombres para que no entrasen y se mantuvieran a cubierto.

- ¡Le habla la Guardia Civil! – vociferó una vez más – ¡Baje el arma y salga donde pueda verle!

Baeza ni siquiera percibió el destello metálico cuando aquella pistola le descerrajó un tiro que por poco le alcanza. La prolongada detonación acuchilló su tímpano a medida que se reponía y se atrincheraba contra la pared. El sargento apoyó la espalda contra el muro y comenzó a dar pequeñas zancadas. Calculó la distancia que le separaba de su objetivo: unos ocho metros. Y en cada nueva zancada, un miedo lacerante se agarraba con fiereza a sus entrañas. Diminutas gotas de sudor brotaron en su frente. Sabía que no tendría escapatoria si mostraba un ápice de duda.

Una nueva descarga clareó las ruinas de la ermita. También la mano ejecutora. El estruendo del disparo volvió a dañar sus oídos a medida que se recomponía. Entonces, se dio cuenta que la claridad de fuera dibujaba vagamente el contorno de su brazo. Iba a hacerlo; iba a volver a dispararle. Leo sintió que la ira fluía deprisa en sus venas y corrió a su encuentro, sorteando los obstáculos que halló en su camino. Ni siquiera le dio tiempo a examinar los rostros de asombro que sus guardias mostraron al otro lado de la ermita. Leo rememoró las escenas de su vida a cámara lenta mientras alcanzaba la pared abierta y descerrajaba el primer tiro contra la tupida oscuridad.

Quizá intuyó su rostro durante los segundos que duró el primer fogonazo. Tal vez descubrió que ya estaba muerto cuando sintió el impacto de una bala contra su vientre. Pero antes de darse por vencido, mucho antes incluso de intuir su propio final, Leo y su contrincante descargaron los cartuchos bajo el lánguido resplandor de la muerte.

Aura Valdés volvió a mirar los graciosos muñequitos de su *Flik Flak*. Las 18:14 de la tarde. Emitió un leve resoplido en el asiento trasero de su coche y estiró el brazo hasta rozar la radio con los dedos. La noche caía helada tras los cristales, donde el vaho del interior lamía los laterales. Aura cambió el programa de noticias por uno de música y bajó el volumen hasta pasar casi inadvertido. Entre sus planes no estaba distraerse con la que se había formado fuera. Lo descubrió nada más volver de la cafetería, donde un puñado de periodistas decidió hacer guardia delante del Puesto por si acaso averiguaban algún dato más sobre aquel caso que había tambaleado a la opinión pública desde hacía horas. Aura estuvo con ellos un buen rato. Después, regresó al coche con las manos sonrojadas para continuar repasando el dossier que Juárez le envió a su correo electrónico. Al fin y al cabo, la trifulca de la anterior vez volvería a darle el aviso.

Aura encendió la pantalla de su Tablet y leyó un nuevo titular: *"Se cumplen tres meses de la desaparición de Penélope Santana y la Guardia Civil no baraja ninguna pista"*. Enseguida se adentró en el cuerpo de la noticia: *"¿Dónde está Penélope Santana? Esta incógnita tiene movilizados a familiares, vecinos y fuerzas de seguridad desde el pasado mes de mayo, cuando la joven fue vista por última vez en la localidad salmantina de La Alberca. Desde su desaparición, las batidas han sido constantes. La Guardia Civil, junto con la participación de vecinos, ha peinado a fondo el monte y otros pueblos cercanos. Según el último comunicado, por ahora las tareas de búsqueda no se centran en hallar un cadáver, sino en encontrar indicios – ya sea un objeto personal o en las declaraciones de los testigos – que puedan llevar al paradero de la joven. Cualquier cosa que ayude a desvelar el misterio que...".*

El sonido de una sirena retumbó en las inmediaciones a medida que un resplandor anaranjado se introducía por el parabrisas trasero de su coche. Aura soltó la Tablet y abrió a toda prisa la puerta. La patrulla de la Guardia Civil se dirigía a la entrada principal mientras la torreta desbrozaba con sus luces estroboscópicas la penumbra que enturbiaba el horizonte. Aura cogió el bolso y sacó su cámara fotográfica. Algo grave debía suceder como para intentar llamar la atención de los periodistas allí congregados.

De repente, otra patrulla apareció tras él y se coló por el callejón con las luces apagadas. A Aura le escamó. *¿Por qué intenta pasar desapercibido?*, se preguntó. Supuso que su intención no era otra que despistar a los medios de comunicación. *¿Con qué motivo?* Aura encendió su cámara y comenzó a disparar fotos. Una nube de flashes aclaró los contornos grises del callejón mientras la patrulla se detenía delante de la única puerta del edificio. Enseguida reconoció al sargento Baeza nada más abandonar el asiento del copiloto. La raquítica luz de la farola le confería un aire siniestro, alargando la sombra de su cuerpo hasta la tapia del fondo. Pronto le devolvió una mirada intimidatoria, como si su deseo fuera alejarla del perímetro y enviarla con el resto de periodistas. Sin embargo, Aura continuó sacando fotos a medida que otros dos guardias salían del vehículo.

Uno de ellos acudió rápido a su encuentro.

- Señorita, no puede estar aquí – le ordenó el agente con cara de pocos amigos. A Aura le impresionó la hercúlea complexión que se intuía bajo su uniforme – Coja el coche y diríjase a la parte principal del edificio.

Aura desvió la mirada y comprobó que uno de los guardias sacaba de la patrulla a un individuo. Llevaba puesta la capucha de su sudadera negra y tenía las manos esposadas a la espalda. Alguien del Puesto abrió la puerta desde dentro y el sargento Baeza no dudó en agarrar del brazo al detenido para ayudarle a subir los cuatro peldaños de rejilla. Sin pensárselo, Aura deslizó con la uña una pestaña de su cámara. Después le ofreció una sonrisa al guardia y colocó el objetivo a la altura de su muslo. Una ráfaga de flashes comenzó a bombardearles.

- ¡Señorita, pare de hacer fotos y salga inmediatamente de aquí si no quiere que la arreste por desacato a la autoridad! – le gritó con los ojos enfurecidos.

- Estoy haciendo mi trabajo en la calle. ¿Eso también es un delito?

Sin mediar palabra, el guardia la tomó del brazo y tiró de ella.

- ¡Suélteme! ¡No pienso moverme hasta que alguien me explique desde cuándo está prohibido tomar fotos en la calle! ¡Me está escuchando...? ¡Suélteme!

El detenido frenó el paso en el último escalón para observar a la aguerrida periodista que se resistía a que el guardia tirase de ella. Su boca se entreabrió unos segundos hasta que el sargento le atizó un empujón por la espalda para que siguiese caminando. *No puede ser*, farfulló. Antes de que sus deportivas blancas cruzasen el umbral, su sonrisa se volvió oscura.

El cansancio hizo mella en Leo Baeza al cabo de seis horas. El reloj de la sala de interrogatorios pasaba de la medianoche cuando se detuvo delante del espejo ahumado y descubrió que unas profundas ojeras sobresalían violáceas por debajo de su mirada. Tal vez lo achacó al hecho de no probar bocado desde la noche anterior; o quizá a los nervios que se desataron en su estómago cuando vio a Medina semiinconsciente.

Él estaba bien; su chaleco antibalas había absorbido el impacto que recibió a la altura de su vientre. El agente, en cambio, pareció debatirse entre la vida y la muerte. Apenas respondía a las palmaditas que le propinó en la mejilla de camino al Centro de Salud de La Alberca. Hugo, con los ojos en blanco, masticaba palabras complejas. Parecía estar delirando. Una vez que se dio el aviso y dos enfermeros salieron a recoger al herido en una camilla, el sargento optó por despistar a los medios reunidos delante del Puesto con el plan que bosquejó en su mente. Todo salió según sus expectativas, aunque no contó con que aquella periodista seguiría acampada en el callejón.

Dos horas más tarde, Diana le informó que Medina se encontraba estable. La bala le había provocado una ligera quemadura al rozar la piel de su brazo y su desvanecimiento era producto del traumático *shock* que había experimentado, según palabras del doctor de guardia. Baeza le dio permiso para que se tomara dos días de descanso y continuó enfaenado junto a sus agentes en los trámites burocráticos del interrogatorio, donde el sargento prefirió saltarse ciertos aspectos de un reglamento que sólo servían para retrasar su deber. Así que una vez que comprobaron que el detenido se hallaba en plenas facultades físicas y mentales – ni siquiera fue capaz de reducirle de un disparo en la oscuridad que abrigaba la ermita – pasaron directamente al interrogatorio. Acompañado por dos de sus hombres, acribillaron al detenido con miles de preguntas en relación al caso Santana. Se aseguraron de no darle tiempo a pensar las respuestas, le obligaron a repetir una y otra vez su propia versión, incluso le amenazaron con adjudicarle otros delitos para que el juez los tuviese en consideración a la hora de barajar la condena. Pero de nada sirvió.

Las mandíbulas de Leo comenzaron a sobresalir por debajo de su piel a medida que apretaba los dientes con intención de reducir la ira que se propagaba irremediablemente por su cuerpo. Los resoplidos se hicieron cada vez más intensos y los dos cafés que se tomó, tampoco le ayudaron a despejar su mente. Leo estaba a punto de estallar cuando se cercioró que el reloj de la sala pasaba de las doce. No habían conseguido sonsacarle ni un solo atisbo de veracidad en su confesión en lo que llevaban practicándole aquel *tercer grado*. Baeza se percató que se estaba riendo de ellos y no pudo por menos que invitar a sus hombres a que salieran. Los agentes se miraron atónitos y abandonaron la sala sin comprender muy bien lo que estaba pasando.

En cuanto Leo escuchó la puerta, se dirigió al reflejo que mostraba el espejo central de la pared. Tal vez averiguó al fondo la figura opaca de un hombre consumido por sus propios fracasos. Puede que viera en sus ojos el miedo que le acechaba de cerca. Pero mientras los guardias comentaban la escena al otro lado de la habitación, Leo ya había escogido el itinerario de la operación. Arrastró la silla hasta una esquina de la mesa y la giró, ofreciéndole el respaldo a su contrincante. Luego se sentó en ella a horcajadas y le obsequió con una mirada furibunda a escasos centímetros.

- Llevamos encerrados varias horas y se me está empezando a agotar la paciencia – le miró fijamente a los ojos – Si colaboras, yo mismo haré que el juez lo tenga en cuenta. No sé si te has percatado que te enfrentas a varios delitos; entre ellos, el de atentar contra una autoridad, quebrantamiento de condena, y por supuesto, homicidio.

Leo comprobó por su semblante afable que no estaba dispuesto a pronunciar una sola palabra. Parecía impasible, como si el tiempo transcurrido dentro de la sala no le hubiese afectado en absoluto.

- ¿De qué conocías a Penélope Santana? – le lanzó a quemarropa por enésima vez.

- De la prensa, como todo el mundo – Leo percibió una mota agria en su aliento – Supongo que sabrás que se nos permite acceder a los medios digitales en una sala.

- ¿Y se puede saber por qué encontramos este recorte en su habitación esta mañana?

El sargento volvió a colocar bocarriba aquel papel arrugado. El hombre se reconoció en la fotografía que aparecía en el centro de la noticia y levantó con sutileza una ceja.

- Ahora dirás que cosas del destino.

- Muy oportuno – le respondió con una débil sonrisa dibujada en su rostro.

- No me vengas con ostias, que no cuela. Dime: ¿por qué iba a esconder Penélope en su habitación una noticia que se publicó hace cuatro años?

- Que yo sepa, está sacada de internet – puntualizó con cierto retintín – Me sorprende la facilidad que tienen los jóvenes de rastrear en la web. Aunque, ahora que lo pienso, quizá me admirase. ¡Eso es! Y la escondió por miedo a que alguien descubriese su secreto. No es fácil admitir que idolatras a un… Bueno, eso es lo de menos. El caso es que Penélope se divertía buscando en internet cosas sobre mí y por eso encontraron el recorte en su habitación. Fin de la historia. Ahí tiene la respuesta, sargento. No es la primera chica que me envía cartas a prisión.

A Baeza le asombró su agilidad mental y la facilidad que tenía de creerse sus propios embustes. Pronto presagió que aún le quedaba una larga noche por delante.

- De acuerdo. Acepto la teoría. Pero de ser así, ¿me puedes explicar cómo es que uno de los presos que más cobertura recibió por parte de la prensa, se fuga de Topas el día antes de aparecer el cadáver de Penélope Santana en el bosque? – le arrojó a un palmo de su cara – Y segundo: ¿qué cojones hacía merodeando por la misma zona? Fíjate que cuando los funcionarios me remitieron la información de tu huida, te daba en algún país exótico y no en un pueblo perdido de la mano de Dios. Qué cosas tiene la vida, ¿verdad?

La mirada del hombre comenzó a inquietarse hacia los lados, como si deseara rescatar de su mente una respuesta creíble. Sus manos, por el contrario, se mantenían reposadas sobre su regazo con los dedos entrelazados.

- Necesito beber agua. Me siento algo indispuesto – le sugirió, impasible. Leo se percató que estaba echando otra vez balones fuera.

- Ahora le digo a uno de mis hombres que te traiga una botella. Pero antes dime por qué lo hiciste, cómo sabías del paradero de la chica si nadie tenía una pista fiable. Supongo que alguien te daría el chivatazo. ¿No es así?

- Ése es su trabajo: descubrir quién lo hizo – le retó con la mirada – Aunque sin pruebas… Difícilmente podrá averiguar la verdad.

- Pero si colaboras, yo mismo me encargaré de que el juez sea menos severo. No creo que le divierta ver el regocijo con el que actuaste cuando le pase las fotos del escenario del crimen y descubra lo que le pintaste en los párpados.

- Que si el juez esto, que si el juez lo otro. ¿Cree que soy tan estúpido como para caer en ese ridículo juego? – elevó la voz irritado – Lo que quiero es hablar con un abogado ahora mismo. Ése es mi único derecho.

Leo esquivó su mirada y volvió a contemplarse en el espejo templado de la pared. Un veneno negro comenzó a invadir su cuerpo a medida que clavaba las uñas contra las palmas de sus manos.

- Es todo – concluyó.

El sargento volcó la rabia contra él y lo levantó de la silla por la pechera de su sudadera al tiempo que sentía que sus ojos se inyectaban de sangre. El rostro del hombre se mostró imperturbable.

- ¡Nadie va a avisar a un abogado hasta que confieses que mataste a Penélope Santana, te enteras? – le gritó, apresándole con más fuerza – ¡No intentes vacilarme porque te juro que me encargaré personalmente de que no salgas de prisión en lo que te quede de vida! ¡Y quita esa puta sonrisa de la cara!

La puerta de la sala de interrogatorios se desbloqueó tras un corto pitido. Benítez y Pacheco accedieron a toda prisa y forcejearon con el sargento para que soltase al detenido. Una vena abultada cruzaba un lateral de su frente. Su boca, completamente rígida, ejercía una grave presión sobre sus mandíbulas. Finalmente Leo destensó sus manos y el hombre cayó en la silla, con un rictus inexpresivo en su semblante. Después se recolocó la sudadera, como si lo que acababa de suceder no fuera con él.

- Jefe, ¿por qué no va a casa y descansa un rato? – le sugirió Benítez mientras lo conducía hasta un recodo de la sala – Nosotros podemos seguir.

Leo negó con la cabeza, intentando recobrar el aliento. Notó que el corazón le iba a mil. Luego se miró al espejo y confirmó por sus oscuras ojeras que aquellas exaltaciones le estaban pasando factura.

- Está bien. Hablaré.

Su voz cavernosa se asomó por su espalda. Leo giró el cuerpo y le miró confuso.

- Pero sólo lo haré con ella. Es mi única condición.

- ¿Con quién? – preguntó, absorto.

- Con la periodista. La chica que estaba en la calle cuando me trajisteis aquí.

Aura Valdés era incapaz de conciliar el sueño en el asiento trasero de su coche. Con el cuerpo en posición fetal y la cabeza cubierta con la capucha de su abrigo, apenas podía controlar los espasmos que sacudían sus brazos a causa del frío. Por un instante se acordó de su habitación y el edredón nórdico que cubría su cama. También de la conversación que mantuvo en la cafetería con Oliver Casado, el engreído periodista de Canal Madrid, y la placidez con la que dormiría en su hotel a gastos pagados. Aura sintió cierta inquina en su estómago y farfulló una palabrota al tiempo que cambiaba de posición. Notó que el asiento, duro como una piedra, estaba acabando con sus dorsales.

De repente, alguien golpeó la ventanilla de su coche. Aura se sobresaltó y giró el cuello aterrada. Tras el vaho adherido al cristal, descubrió una silueta recortada a través de la mortecina luz de la farola. Aura quiso chillar, pero enseguida cayó en la cuenta que nadie la escucharía en aquel callejón solitario. Entonces se incorporó y sacó el móvil de su abrigo. Le temblaba el pulso. Nerviosa, comenzó a marcar el 091. Pero justo cuando el individuo volvió a golpear con los nudillos el cristal, reconoció su voz de inmediato.

- Soy el sargento Baeza.

Aura sospechó que iba a sermonearla por lo ocurrido horas antes (desacatamiento a la autoridad, hacer fotos a un detenido...), y se apresuró a bajar el cristal con la manivela.

- Si es por el coche, ahora mismo lo cambio de sitio – soltó lo primero que se le vino a la cabeza.

Sin embargo, los ojos del sargento deambularon extrañados por el interior del vehículo (*¿qué hará esta chiflada en el coche a estas horas?*, se preguntaría), hasta que reparó en el cartón vacío de *noodles* que había sobre el salpicadero.

- Disculpe que la moleste a estas horas. ¿Es usted Aura Valdés?

La periodista no encajó esa inusitada amabilidad y pronunció un *sí* algo timorata al hombre que ahora la observaba con el cuerpo flexionado al otro lado de la ventanilla.

- ¿Podría acompañarme al Puesto? Necesito hablar con usted. Es importante.

Aura abandonó el coche con cierta desconfianza y atravesó a su lado la penumbra de la noche. A medida que se acercaban a la puerta trasera del edificio, sintió una bocanada de humedad vagabundear por el callejón. Acto seguido subieron los peldaños de rejilla y franquearon el umbral, donde los ojos de Aura se perdieron en un largo pasillo con las paredes pintadas en tonos ocres. Según avanzaban, comprobó las distintas puertas que se alineaban a cada lado. Un lejano rumor se colaba de vez en cuando. Supuso que sus hombres estarían trabajando en alguna sala a pesar de las horas. Después giraron a la izquierda y continuaron en silencio hasta que Baeza se detuvo delante de la última puerta. Aura leyó la palabra *Despacho* sobre un rótulo que halló a un margen de la pared. Ambos cruzaron la entrada mientras las luces reflectantes se encendían por fases.

- Siento el desorden – pronunció con la voz rota – No tenía prevista ninguna reunión.

Aura Valdés apenas le prestó atención mientras examinaba detenidamente el lugar. Una mesa en el centro con varios torreones de papeles a los lados, el ordenador encendido, la ventana protegida por una persiana con lamas de aluminio y vistas – sospechó – al callejón, componían a groso modo el despacho del sargento Baeza. La puerta corredera del armario estaba abierta, donde infinidad de archivadores se asomaban a la luz con varias fechas inscritas en cada lomo.

Leo tomó asiento en su anodina silla de despacho y le invitó a que hiciese lo mismo. Aura accedió y se sentó en una de las dos butacas que había delante. Comprobó que la única nota de color que albergaba la estancia procedía de aquella taza con restos de café que había sobre la mesa, con un mensaje grabado entre nubes de colores: *es imposible derrotar a una persona que nunca se rinde.* Aura comprendió su significado. Sin embargo, el hombre que tenía enfrente se hallaba abatido y con la mirada intranquila.

- La verdad, no sé por dónde empezar – articuló mientras pasaba los dedos por su barba recortada – Supongo que por el hecho que nos ha traído hasta aquí. Para qué andarnos con rodeos, ¿no?

Aura se sintió intimidada cuando sus ojos se adentraron en los suyos.

- Si es por las fotos que hice al hombre que llevaban detenido, puedo eliminarlas de la tarjeta de memoria. Sólo intentaba hacer mi trabajo – se justificó angustiada.

Leo no pudo por menos que soltar una breve carcajada.

- ¿En serio creías que iba a hacerte venir de noche a mi despacho para regañarte por sacar unas fotos en la calle? – Aura estaba cada vez más perpleja – ¿Me permites que te tutee?

- Claro – respondió molesta. Baeza se percató de ello, al igual de que era la primera vez en mucho tiempo que no escuchaba su propia risa.

- Siento que te hayas imaginado lo que no era. La Guardia Civil no es tan cruel como algunos diarios se empeñan en afirmar – puntualizó – El motivo de la entrevista, lo que me ha hecho irte a buscar al coche, es bien distinto.

Leo estiró el brazo hacia la pila de documentos y cogió el primero de ellos, donde los *post-it* de colores sobresalían del taco de hojas. Después echó un vistazo al interior y en cuanto localizó la página que estaba buscando, se la ofreció a Aura junto con el resto del expediente. Sus ojos tropezaron al instante con una ficha policial escaneada, con los datos personales rellenados a mano y dos fotografías, una de frente y otra de perfil, del detenido.

- Lorenzo Garrido, alias el Serbio, uno de los criminales más vilipendiados por la opinión pública en los últimos años. Se le condenó en 2014 después de entregarse a la policía por el asesinato de Ainhoa Liaño, una joven de diecinueve años que desapareció al regresar de una discoteca en Oñate, Guipúzcoa. Su cadáver fue localizado por un vecino en un descampado tres semanas más tarde. El jurado popular no tuvo reparos a la hora de declararle culpable, imponiéndole el juez una pena de quince años y el ingreso inmediato en el Centro Penitenciario de Topas.

Aura apenas pestañeó al otro lado de la mesa y dejó que continuase ahondando en el historial policial que aún sostenía entre sus manos.

- Ayer me dieron el aviso que el Serbio se había fugado de prisión aprovechando que se encontraba en la enfermería por tragarse una pila. Supongo que lo planearía con antelación para llevarlo a cabo en el momento que consideró oportuno.

- ¿Hablamos del mismo hombre que vi esposado esta tarde? – le interrumpió.

- Así es. Estamos seguros que él asesinó a Penélope Santana – anunció tajante – Casualmente, esta mañana encontramos esto en su habitación.

Leo tomó un nuevo informe de la mesa y extrajo un folio arrugado. Después se lo entregó a Aura y leyó en voz baja el titular: *"Se cierra el trágico capítulo del crimen de Oñate"*. En la fotografía central, aparecía Lorenzo Garrido entrando en prisión.

- La noticia fue publicada el mismo año de su detención. Ahora bien, ¿por qué una chica de diecisiete años se molestaría en sacar algo así de internet? – Aura se acordó de su compañero Juárez y de lo que hubiese dado por estar presente en aquel despacho – Creemos que el Serbio y Penélope mantenían cierta relación, aunque todavía es pronto para adivinar de qué tipo. El caso es que sabía de su paradero en los meses que estuvo desaparecida…

- O retenida – insinuó con la misma rapidez.

- Tampoco lo descartamos. Pero él es el único que puede esclarecernos lo que ocurrió realmente.

- Hace tiempo leí un reportaje sobre la facilidad de vender móviles y otros aparatos electrónicos en las cárceles españolas. Quizá ése fuera el medio que utilizó para tener contacto con el exterior.

- Quizás – agregó – Pero hay más. Las marcas encontradas en el cuerpo de Penélope coinciden con las de la chica de Oñate. He leído en su informe que pese a llover durante las semanas que estuvo en paradero desconocido, las marcas halladas en el vientre de Ainhoa Liaño resistieron gracias al anorak que cubría su torso.

- Me estoy perdiendo – le cortó enseguida – ¿Qué marcas...?

- Los dos símbolos dibujados sobre los párpados de Penélope.

Leo Baeza volvió a introducir la mano en el interior del portafolio donde almacenaba el informe del caso Santana y colocó sobre la mesa dos fotografías del tamaño de un folio. Los ojos de la periodista se abrieron más de la cuenta al observar aquellos símbolos bosquejados con trazo oscuro sobre su piel. Parecían formar parte de un extraño ritual.

- No entiendo nada – vocalizó impresionada – No entiendo qué hago aquí ni por qué me cuentas todo esto... – hasta que por fin se atrevió a desafiarle con la mirada – ¿A dónde quieres llegar?

- El Serbio ha solicitado hablar contigo – disparó. El rostro de Aura se tiñó de dudas.

- ¿Cómo dices...?

- Mis hombres y yo llevamos cuatro horas interrogándole y no hemos sido capaces de sonsacarle el más mínimo detalle que nos lleve a una posible confesión. Se niega a colaborar. Sólo quiere hablar contigo y la verdad, después de meditarlo y sopesar los pros y los contras, creo, creemos, que puedes conseguir que se abra.

Leo buscó una reacción en su rostro. Parecía estar en *shock* cuando volvió a asegurarse a sí mismo que aquél era el único camino para llegar a Penélope Santana. Sabía de antemano que se estaba saltando el protocolo, conjeturó las severas sanciones que los de *Arriba* acatarían en cuanto llegase a sus oídos que el máximo responsable del caso había filtrado a una periodista. Pero hasta entonces, Leo sólo deseaba una cosa: adentrarse en la mente del Serbio.

- Vale. Hay una cámara oculta en el despacho y todos os estáis cachondeando a mi costa. ¿No es eso?

- ¿Es lo que parece?

- ¡Pero yo no conozco a ese hombre! – exclamó sobresaltada – ¡No lo he visto en mi vida, ni siquiera me sonaba el crimen de Oñate! – por no decirle que esos sucesos los aborrecía y nunca, jamás, de ningún modo, habría cubierto una información similar en la agencia salvo, como era el caso, una tarea obligada.

- Entiendo que ahora mismo dudes y necesites unos minutos para pensártelo. Pero de no ser así, te juro que jamás hubiese accedido a esa clase de petición.

- ¿Y qué te hizo cambiar de opinión?

- Recordar que se lo debo a Gustavo Santana, el padre de Penélope. Era, mejor dicho, es un buen policía y un magnifico compañero. Sé que ha transcurrido un año de aquello y que cada día que pasa, corre en su contra. No sé si llegará a despertar del coma, pero si lo hiciera, me gustaría que se sintiese orgulloso de mí.

Aura percibió un brillo acuoso en su mirada.

- Pero volvemos a lo mismo: ¿Por qué ese señor quiere hablar conmigo? ¿De qué narices me conoce?

- Quizá sea por tu trabajo. ¿Sales habitualmente en la tele? ¿Sueles firmar tus propias noticias?

Una hebra de luz perforó la cerrazón que cegaba su mente y pensó que tal vez sí que sabía de su existencia por la cantidad de artículos y reportajes que solía firmar tanto al principio del texto como al pie de cada foto.

- De acuerdo. Imagina que accedo a hablar con él. ¿En qué consistiría el trabajo?

- El trato es el siguiente. Necesito que le sonsacases toda la información que puedas, a ser posible que confiese que es el autor del crimen, a cambio de darte la exclusividad del caso. Tendrías ciertos privilegios respecto a tus compañeros de profesión: datos decisivos, acceso a las principales vías de investigación, las nuevas pesquisas… Digamos que jugarías en una liga superior siempre y cuando no se vulnerase el secreto de sumario. Porque eso es lo que te ha traído a La Alberca, ¿no?

Ahora era Leo quien procuró desafiarla al otro lado de la mesa sabiendo por adelantado cuál iba a ser su reacción. Era imposible que dijese que no. La propuesta era apetecible y Aura valoró en un segundo si estaba siendo una ingrata rechazando una oferta que el destino, la suerte o la divina providencia, le estaba sirviendo en bandeja de plata, por no hablar de la repercusión mediática, los ceros que nutrirían su siguiente nómina y, por ende, el relanzamiento que le otorgaría en el mundillo periodístico.

- Sólo una cosa – continuó – De aceptar el trato, estarías obligada a firmar un acuerdo de confidencialidad por el cual te comprometes a no revelar ningún tipo de información relativa a la investigación hasta que yo mismo te dé el visto bueno. Es más que nada por seguridad; para no comprometer a ninguno de mis hombres y evitar que alguien se percate de nuestro acuerdo.

- Comprendo – musitó con cierto temor – Yo tampoco busco problemas. Prefiero que seamos cautos y actuemos con cabeza.

- ¿Entonces eso es un *sí*? – Leo dibujó media sonrisa en su cara.

- Eso significa que antes necesito conocer al hombre con el que voy a entrevistarme.

- Puedes estar tranquila. El Serbio llevará las manos esposadas y estarás vigilada en todo momento. Me reuniré con mis hombres en la habitación contigua para supervisar el interrogatorio.

- Sigues sin entenderme – le cortó con brusquedad – Formularé la pregunta de otro modo: ¿quién es Lorenzo Garrido?

Leo enarcó su ceja derecha sin comprender muy bien lo que deseaba averiguar. Abrió de nuevo el expediente que Aura había dejado sobre la mesa y rebuscó deprisa entre sus páginas. En cuanto localizó el historial, se dispuso a sintetizar la información que constreñía la cara del folio.

- Veamos, Lorenzo Garrido, cincuenta años, natural de Logroño. Se enroló en 1993 a las tropas españolas destinadas a Bosnia para combatir en el conflicto internacional que se desarrolló en Los Balcanes. Allí estuvo prácticamente un año, hasta que fue alcanzado por la metralla de una explosión y decidieron retornarlo a España pese a que sus heridas no revestían gravedad. Según el informe psicológico que se le practicó en prisión, aquella experiencia le ayudó a crearse una máscara para no mostrar ningún signo de debilidad. Tiene una personalidad obsesiva-compulsiva, falta de remordimientos y empatía hacia los demás, y es manipulador y egocéntrico. Al parecer, tuvo varios episodios de alcoholismo que se iniciaron al poco tiempo de aterrizar en Bosnia. La última recaída la sufrió semanas antes de ingresar en Topas, tras el revuelo mediático que giró en torno al caso Oñate y la pérdida de su familia. La que fuera su mujer y su única hija, decidieron empezar de cero en Inglaterra por el acoso que padecieron por parte de los vecinos y la prensa.

- Me basta – concluyó Aura.

- ¿Y bien...?

- Voy a intentarlo, aunque tampoco doy garantías – intentó justificarse a sí misma – ¿Tienes a mano ese acuerdo de confidencialidad?

- Le diré a uno de mis agentes que vaya redactándolo. ¿Me dejas tu *dni*?

En cuanto Aura lo encontró en el bolsillo de su abrigo y se lo entregó, Leo no pudo por menos que ojear su fecha de nacimiento. 8 de agosto de 1988. Quizá no estaba del todo seguro, pero en ese momento se dio cuenta que acababa de entregar el peso de varios meses de trabajo a una joven de treinta años que no conocía de nada.

La puerta de la sala de interrogatorios se desbloqueó tras un largo pitido.

- Intenta estar tranquila – le alentó Leo a su izquierda – Estaré viéndolo todo al otro lado del espejo. Tan sólo serán veinte minutos...

Aura se acordó del tiempo que habían estipulado para ese primer encuentro mientras la agente Barrios, situada en una mesa al fondo de la sala, transcribía sus datos personales en un acuerdo de confidencialidad de lo más primitivo. Aura lo rubricó con cierto pesar, planteándose si estaba haciendo lo correcto. Tenía miedo de que aquello pudiera acarrearle consecuencias irreparables, que estuviese cometiendo un error del que más tarde se arrepintiera sin opción a remendarlo. Según avanzó por el pasillo en dirección a la sala de interrogatorios, notó que le sudaban las palmas de las manos. Empezó a sentir un calor que ascendía en vaharadas hacia su rostro a medida que su corazón se agitaba inquieto. Leo la reconfortó de camino y le dio algunas instrucciones para que pudiera conducir con éxito el interrogatorio.

Pero para cuando Aura Valdés asió el pomo de la puerta y cruzó el umbral aterrada, aquellas recomendaciones acabaron por evaporarse de su cabeza. Sus ojos tropezaron con los de Lorenzo Garrido en el mismo instante que notó que la puerta se volvía a cerrar a sus espaldas. Estaba sentado en el centro de la sala, con las manos apoyadas en la mesa y los dedos entrelazados. Los puños de su sudadera dejaban entrever el brillo metalizado de las esposas. Rápidamente se percató de la media sonrisa que curvó en su cara, como si por una parte se sintiera conforme de la visita.

- Hola – masculló Aura con las suelas de sus *Converses* clavadas al suelo. Sus músculos, duros como el hielo, ni siquiera le respondían.

- Hola Aura. Estaba impaciente por saber si vendrías – y arrastró con el pie la silla que tenía delante.

Aura reanudó el paso con cierta dificultad y reparó en la lámpara suspendida a escasos centímetros de su cabeza que iluminaba completamente la mesa rectangular. El resto de focos se mantenían apagados, llenando el espacio de sombras mortecinas que se extendían como una espesa niebla hasta las esquinas de la habitación. La insonorización de la sala le produjo una sensación de aislamiento. Las paredes, revestidas en un tono neutro, contrastaban con el color del suelo, de un gris plomizo. Aura se detuvo delante de la silla y acarició con las yemas de sus dedos el respaldo. Enseguida advirtió el espejo unidireccional que se hallaba a espaldas del detenido. Imaginó que los guardias estarían tomando notas con los sistemas de grabación en funcionamiento.

Los ojos del Serbio la invadieron nada más tomar asiento. Aura se sintió intimidada, como si su mirada se adentrase lentamente en ella y reptara por sus secretos más recónditos. Aquella sonrisa le inquietó. También la disposición de su cuerpo, con la espalda echada hacia delante y los brazos apoyados sobre la mesa. Se fijó que las canas de su incipiente barba sobresalían como púas de la barbilla. Lo mismo ocurría en su cabello, clareado en la parte de las sienes hasta entremezclarse con su color zaíno. Aura percibió en él un aire seductor que en nada correspondía con las fotos que vio en el informe policial y que revelaba, además, su verdadera edad: 50 años.

Garrido desplegó despacio sus labios y los humedeció con la punta de la lengua. Su sonrisa continuó suspendida en su rostro. Luego le mostró sus dientes, blancos y alineados, y percibió el olor mentolado de su aliento.

- Gracias por aceptar mi invitación – dijo con la voz conciliadora. Aura descubrió que tenía un caramelo en la boca.

- Supongo que antes me dirás por qué me has hecho venir – disparó.

- Pensé que querrías conocerme. Cualquiera en tu situación estaría frotándose las manos.

- ¿Y con qué motivo? ¿Acaso nos conocemos?

- Con calma, Aura. Tampoco hace falta mostrarse a la defensiva – le sugirió con la mirada sonriente – Sigo tu carrera profesional desde hace un par de años. He leído todo lo que has escrito en la prensa local, sobre todo lo que publicabas en ese diario que desapareció. Me gusta tu estilo; quizá profundizaría un poco más en esos temas sociales que a veces tratas en tus reportajes, aunque nada que se no pueda subsanar a base de años y experiencia. Por lo demás, te felicito.

- Sigues sin responder a mi pregunta – le cortó, tajante – ¿Por qué quieres hablar conmigo?

- Supuse que al ser una de mis periodistas fetiche, querrías tener la información de primera mano. ¿No es eso lo que hacéis en la calle, buscar vuestras propias fuentes? – sus brazos conquistaron la mitad de la mesa en un intento de acortar la distancia que los separaba, como si con ello pudiera entrar un poco más en ella – Dime Aura, ¿no te gusta la idea?

La mirada del Serbio se movía ágil entre sus marcadas facciones, ensombrecidas por la luz cenital. Aura sintió miedo por primera vez en su vida y supo que debía mantenerse fuerte si no quería que sus palabras jugasen falsas interpretaciones en su cabeza.

- ¿Qué quieres de mí? – le preguntó sin rodeos.

- Quiero que se tenga en cuenta mi propia versión de los hechos, mi punto de vista. No lo que otros interpreten por mí.

- Los medios no tomamos partido por ningún bando, sólo informamos de lo que acontece, intentamos ser todo lo imparciales que se nos permite – contestó rotunda.

- ¿Eso crees? – lanzó la duda al aire mientras entrelazaba los dedos de sus manos – Entonces sabrás explicarme por qué Penélope Santana ha pasado de ser la jovencita descarriada que a todo el mundo molestaba, a la víctima de una historia que la prensa comenzará a vender con elocuentes embustes de lo ocurrido. Yo también tengo derecho a dar mi propio testimonio antes de que otros se lo inventen. Necesito que alguien se encargue de administrar mi verdad, que lo que llegue a los lectores sea real, fidedigno, dejando a un lado ese sensacionalismo tan obvio del gremio. Quiero que la persona encargada seas tú, Aura.

El silencio que se escurrió entre ambos, le ayudó a interpretar la tarea que el Serbio le estaba encomendando al otro lado de la mesa. Todavía seguía sin entender por qué había sido seleccionada. ¿Qué estaba buscando bajo aquella fría apariencia? Dudó antes de darle una respuesta.

- ¿Qué propones, una entrevista?

- Parece que vamos entendiéndonos – su sonrisa, perfecta y calculada, reveló una vez más su dentadura.

- De acuerdo. Si es lo que deseas, ¿por qué no empiezas por decirme de qué conocías a Penélope Santana?

- Ya le dije al sargento Baeza que absolutamente de nada – contestó implacable.

- Entonces, ¿cómo explicas que apareciese el cadáver de la chica justo un día después de fugarte de la cárcel? Sin contar, por supuesto, que de todos los lugares que podías haber elegido para escabullirte, decidieras ocultarte aquí, en este recóndito lugar.

- Muy sencillo: simple y pura casualidad.

A Aura comenzó a mosquearle su jueguecito y la sonrisita ladeada que perfilaba en su rostro en cada respuesta.

- ¿También es casual que Penélope compartiese los mismos signos dibujados en sus párpados con los hallados en el cadáver de Ainhoa Liaño, la chica de Oñate por la que te inculparon en 2014? No sé si sabes que esta mañana se encontró en el dormitorio de Penélope una noticia del día que fuiste encarcelado. ¿Qué me dices a eso?

- Tal vez las fuerzas y cuerpos de seguridad estén mirando por el camino equivocado y desconozcan cierto tipo de información relevante al caso.

- ¿Por ejemplo…?

- A lo mejor había otras personas de su entorno interesadas en quitarse a Penélope del medio.

A Aura le chirriaron sus palabras.

- ¿Qué intentas insinuar? – le lanzó deprisa ahora que el Serbio se estaba abriendo.

- Me sorprende que siendo periodista, hables como esos guardias y no veas más allá de tus narices. Piensa Aura, ¿Penélope era feliz? ¿Temía por su vida? ¿Alguien la estaba acechando?

- No sé a qué…

- ¡Contesta! – alzó la voz con la mirada inquieta.

- Supongo que se comportaría como cualquier otra chica de diecisiete años.

- ¡Ah, si…? ¿Y por qué estás tan segura?

- Tampoco me la imagino concibiendo un complot que atentara contra su vida.

- Entonces, ¿cuál sería para ti la pregunta? – le desafió – Vamos, Aura. El tiempo corre en tu contra. ¿Qué le preguntarías a Penélope?

- ¿Qué te pasó…?

- Muy bien. ¿Y ella? ¿Qué respondería ella? – la contracción de su boca revelaba un placer casi lascivo.

- No lo sé.

- ¡Pregúntale! – vociferó – La tienes delante, Aura. Pregúntale por qué la estaban acosando, de quién se escondía. Pregúntale si tenía miedo, si consumía algún tipo de sustancia para evadirse, si alguien de su entorno deseaba que desapareciera.

- ¡Ya basta! – gritó.

Aura jadeó unos instantes mientras intentaba recobrar el aliento delante de un hombre que aún la observaba impertérrito. Luego desenlazó sus manos y emergieron a la luz cuatro dígitos grabados con tinta verdosa en la cara interna de su dedo anular: **0714**. El Serbio se percató que no paraba de mirarlos y decidió regresar a las sombras a medida que reclinaba la espalda hacia el respaldo de la silla. Sus ojos, aún sonrientes, brillaban como dos fósforos en la penumbra. Aura se levantó de su asiento y escuchó el pitido de la puerta. Deseó con todas sus fuerzas salir de allí. Según avanzaba por la sala, notó que sus piernas le flaqueaban. Creyó que iba a desplomarse de un momento a otro. Una vez que asió el pomo, escuchó su nombre. Aura giró el cuello desconfiada.

- Escucha su voz y encuéntrala. Es la única manera de que descubras por ti misma la verdad. Entonces, volveremos a reunirnos y seguiremos con nuestra conversación. Mientras tanto, dulces sueños *mi Rosa de los Vientos*.

No sabía qué hora era. Ni siquiera se percató del *Flik Flak* que llevaba en la muñeca. La mente de Aura se encasquilló sin remedio a las oscuras imágenes que desfilaban atropelladamente por sus ojos desde el despacho del sargento Baeza. Apenas era capaz de arrinconarlas; su voz, la mirada felina, su sonrisa helada, continuó reptando por su organismo desde que abandonó la sala de interrogatorios. Era como si sus palabras, la forma de mirarla, sus pensamientos latentes, se hubiesen colado en ella para no marcharse. El vello de su nuca se erizó. Posiblemente ahora era consciente de quién era el Serbio. Pero, ¿quién era en realidad? Eso mismo volvió a preguntarse llena de contradicciones. No tenía la más remota idea. Por una parte, deseaba seguir adentrándose en su particular telaraña tejida a base de incógnitas y acertijos. Pero el simple hecho de imaginárselo, le aterró.

Aura dio un sorbo a la taza de tila que la agente Barrios le ofreció una vez que la acompañó al despacho. Se fijó en las dos bolsas amarillentas que yacían deformes en el interior. Allí decidió esperar al sargento mientras preparaban el traslado del detenido a las celdas situadas en los sótanos del edificio. Tampoco quería regresar a su coche. No tenía sueño, y menos aún quedarse sola en aquel callejón solitario; por lo que decidió esperarle sentada en la butaca hasta que minutos más tarde, escuchó unos pasos. Aura miró inquieta la puerta. Supuso que era él. Pero en aquel instante, mientras el corazón le latía con fuerza, no pudo por menos que acordarse de la sonrisa del Serbio.

- Disculpa el retraso – pronunció Baeza a medida que rodeaba la mesa y se sentaba en su sitio. Su rostro revelaba el desafortunado encuentro con Lorenzo Garrido.

- ¿Y bien? – se atrevió a preguntarle.

- Ya está en el calabozo. Al muy cretino parecía divertirle la situación. Sólo espero que mañana no vuelva a jugárnosla en el interrogatorio. Me duele hasta la cabeza.

- Hay algo que me gustaría comentarte.

Leo le miró expectante.

- Creo que sabe algo – dijo – Es más, creo que lo que intenta es que investiguemos fuera.

- Explícate.

- Si viste el interrogatorio, recordarás que el Serbio se cuestionó si Penélope consumía algún tipo de sustancia, incluso si alguien de su entorno querría que desapareciese. Pues bien, puede que en parte sea cierto y esté diciendo la verdad.

- Sigo sin entenderte – le confesó inseguro.

- Esta mañana conocí a un periodista de Madrid que me aseguró que Penélope consumía Triazolam: un potente sedante para combatir el insomnio. Al parecer, tuvo acceso a su historial médico y vio que los valores de su última analítica mostraban signos de sobredosis. También me contó que Anabel Ruiz, su madre, era la encargada de adquirir el medicamento con receta en la farmacia. Y que nadie sabía de ello, ni siquiera la Guardia Civil, porque Anabel se ocupó de esconder el secreto y dar otra imagen de su relación con su hija a los medios de comunicación.

Leo intentó recomponer en su cabeza las nuevas piezas de un relato que se negaba a creer.

- ¿Tu fuente es de fiar?

- Ya te digo que le conocí esta mañana. Aunque mi impresión fue que decía la verdad.

- ¿Y por qué Anabel no me confesaría algo así? – se cuestionaron sus pensamientos en voz alta – ¿También fue ella quien puso el recorte de prensa en el dormitorio de Penélope?

- Puede que el Serbio te haya mostrado un callejón que desconocías.

- Pero de ser así, ¿por qué diablos lo sabía? – Leo se paró unos segundos antes de continuar – Tengo que volver a casa de Anabel y comprobar si es cierto. Por supuesto, de esto ni una palabra. Espero que cumplas con tu parte del trato.

- En estos momentos, con el cuerpo aún engarrotado y la cabeza embotada, la duda ofende, ¿no crees?

- Apunta mi teléfono móvil. Llámame si te enteras de algo más.

Anotó su número en un trozo de papel y se lo pasó.

- Gracias, sargento.

- De ahora en adelante, Leo. La duda ofende, ¿no era así?

DIA 2

El alba rayaba el horizonte cuando Aura Valdés encaminó los pasos hacia la cafetería de la plaza. Se había quedado traspuesta un par de horas en el interior del coche después de entrevistarse con el Serbio en la sala de interrogatorios y deducir que, aparte de reírse de los allí presentes, poseía algún tipo de información relacionada con el caso Santana. Aura volvió a sospechar de Anabel Ruiz. Si era cierto lo que el Serbio le insinuó dentro de aquel juego de palabras (que alguien del entorno de la chica estaba interesado en hacerla desaparecer), todo encajaba con el perfil que Oliver Casado, el periodista de Canal Madrid, le esclareció sobre la madre la tarde anterior. Si Penélope llegó a tomar Triazolam hasta provocarse una intoxicación por los valores en sangre que el periodista – supuestamente – vio en una analítica, supuso que jamás llegaría a saber la verdad pese a que Leo se empeñara en regresar a casa de Anabel Ruiz.

Ésas y otras sensaciones similares le acompañaron por las calles vacías de La Alberca mientras la niebla barría con su aliento las losas del suelo. Sintió la humedad bajo las suelas de sus *Converses*. El *mojabobos* suspendido en el aire perló su rostro de minúsculas partículas de agua y decidió entonces ponerse la capucha de su abrigo. A medida que avanzaba por aquel espacio gris, escuchó el tintineo de una esquila. Aura se apresuró con el frío y el miedo en el cuerpo y sin saber por qué, se acordó de la sonrisa hueca de Lorenzo Garrido. Por más vueltas que le había dado, existían dos cosas que aún seguía sin comprender. La primera de ellas, cómo alguien que parecía de lo más vulnerable, había herido a dos agentes y, con toda seguridad, asesinado a una joven de diecisiete años. La otra cuestión que le devanó los sesos una vez que salió del Puesto fue: *¿Por qué a mí?*

Eso mismo se volvió a preguntar a medida que atravesaba aterida de frío el banco de niebla. Aura albergaba una sensación extraña, como si algo en él le resultase familiar, un gesto, una señal. No concebía de ningún modo que le hubiese seleccionado entre el resto de periodistas por una cuestión de afinidad hacia su trabajo. Había algo más, sospechó. Otro tipo de interés que no quiso desvelarle durante el interrogatorio. ¿Por qué? Todavía lo desconocía; pero mientras continuaba rumiando la idea en su cabeza, distinguió la ambarina claridad de los ventanales de la cafetería, que traspasaba tímidamente el velo neblinoso. El sonido de la campanilla robó la atención del camarero en cuanto Aura se asomó por la puerta.

- Dichosos los ojos – declaró enérgico al otro lado de la barra – Tenía pensado abrir en media hora, pero por ser tú te dejaré que pases si me permites invitarte a un café.

- Te lo agradezco – respondió con una sonrisa. Tampoco sabía muy bien qué decirle y se notó algo espesa por culpa del cansancio y los nervios de la noche anterior.

- ¿Unos churritos? Acabo de hacer una primera tanda. ¿No huele...?

- Huele a que será mejor que me pongas unos cuantos si pretendo remontar el día.

- Pues no se hable más. ¡Marchando cinco churros para la joven de la barra!

El camarero descorrió la cortina sujeta al marco de la cocina y regresó con un plato a rebosar. Luego le preparó un café con leche y lo depositó igualmente sobre la barra.

- ¿Algo nuevo sobre la chica desaparecida? – a Aura le pilló desprevenida mientras vertía el azúcar en la taza – Porque tú también eres periodista como los otros, ¿no?

Sin embargo, por más que deseara relatarle dónde había pasado la noche, que se había entrevistado nada más y nada menos que con el sospechoso número uno en relación al caso Santana, prefirió mantenerse cauta y no quebrantar el acuerdo de confidencialidad al que había llegado con el sargento (Leo a partir de ahora) en su despacho. Supuso que lo harían oficial en cuestión de días.

- No se sabe gran cosa. Todos esperamos que la Guardia Civil filtre nuevos datos de la investigación a lo largo del día.

- Estoy convencido que ha sido alguien del pueblo – expulsó sus propias sospechas – La chica fue secuestrada y se la cargaron por el motivo que fuera.

- ¿Se baraja algún nombre? ¿La gente del pueblo desconfía de alguien? – le asaltó con su particular método aprendido a base de horas en la calle.

- Para el carro, que sólo era una suposición. Los vecinos tienen miedo, pero nadie se atreve a señalar un nombre. Por cierto, si utilizas mi declaración, no se te olvide poner al lado que viene del Sebas. Para una vez que soy famoso...

- ¿Acaso lo dudas? – le mostró una sonrisa de complicidad – Ahora, si no te importa, voy a trabajar en la mesa del fondo. Aún tengo bastante tarea por delante.

Aura se acomodó junto al ventanal, donde la cortina de vapor suspendida en el aire continuaba abrillantando con su lengua húmeda los adoquines de la calzada. El crucero de piedra ubicado en el centro ni siquiera parecía existir. Aura sacó la Tablet de su bolso y empezó a tomar notas de su conversación tanto con el sargento como con Lorenzo Garrido, por si necesitase elaborar un extenso reportaje cuando Leo diese luz verde a su futura publicación. No quería olvidarse de ninguna señal, de las palabras que todavía vagaban en su mente, las sensaciones que percibió, los olores, el miedo agazapado, su corazón latiendo deprisa, cualquier detalle que la salvaguardase del error que estaba cometiendo al involucrarse personalmente en el caso.

Tardó cerca de una hora en plasmar en una página de *Word* todo lo que había visto y escuchado hasta el momento en su primer día en La Alberca. Y mientras perfilaba en primera persona una narración cuajada de opiniones y bastante temor, los asiduos a la cafetería comenzaron a inundar la barra entre cafés y voces. Aura dio por finalizado su trabajo y vio en el reloj de su Tablet que eran las 9:20 de la mañana. No sabía muy bien a dónde dirigirse. El cansancio se reveló en un ligero picor de ojos y su mente, aún aletargada, le mostraba imágenes del asiento trasero de su Golf blanco. Aura estiró el cuello hasta notar un crujido en sus cervicales y oteó una vez más por fuera del ventanal: la niebla se disolvía lentamente, devolviendo a cada lugar su aspecto original. Pensó en acudir al Puesto por si los periodistas estuviesen reunidos, pero desechó rápido la idea. Nadie del gremio asistía a una rueda de prensa hasta pasadas las once.

Aura cogió el móvil y verificó que no tenía ningún *WhatsApp*. Tampoco un correo de Coto, su jefe. Entró en su blog *"Una Mirada al Mundo a través de Aura Valdés"* (donde compartía con sus lectores las noticias que publicaba en los distintos medios nacionales y locales) y se percató que no había vuelto a tener ninguna entrada desde que colgó su último trabajo a mediados de octubre. Se trataba de un reportaje sobre la necesidad de pertenencia en los adolescentes que causó cierta controversia al desgranar, entre otros muchos ejemplos, el consumo de alcohol y drogas entre menores de 16 años para ganarse un puesto en la pandilla. Aura constató la interacción que hubo en la comunidad, recibiendo un total de 231 mensajes. Algunos le parecieron graciosos; otros, en cambio, le reprochaban que hubiese abordado el tema con tanta frialdad.

De pronto, sus ojos se detuvieron en un *Nick*. *Es imposible*, murmuró. Comenzó a inquietarse en la silla a medida que las imágenes asaltaban su mente como breves fogonazos de luz. Abrió la página que acababa de redactar en la cafetería y descubrió que estaba en lo cierto. Entonces deslizó el dedo por la pantalla de la Tablet y entró de nuevo en su blog. El *Nick* seguía allí, suspendido en el espacio como una broma de mal gusto. *Rosa de los Vientos*. Eso fue lo último que pronunció el Serbio. La sangre se le heló. Copió deprisa el nombre del usuario en el buscador del blog y recuperó todas las entradas que había recibido en tres años. 37 mensajes. Se trataban en su mayoría de escuetos comentarios con alguna que otra felicitación sobre el contenido publicado. En otros, *Rosa de los Vientos* le animaba a que siguiese descubriendo la verdad. *Que nada te frene*, escribió en el último mensaje. Y siempre en la misma franja horaria: entre las 16:00 y las 16:30. *¿Por qué?*, se preguntó. Aura creyó saber el motivo. Posiblemente el Serbio hubiese conseguido un *Smartphone* y sólo podía usarlo durante esa media hora. Había leído sobre la venta clandestina de móviles y otros aparatos electrónicos en las prisiones, y la facilidad de conseguirlos a través de los propios funcionarios. Sin embargo, Baeza no le dio mayor importancia cuando se lo comentó en su despacho. *Todo encajaba*, pensó, incluso que mantuviese algún tipo de relación con el exterior. El rostro de Penélope brotó deprisa en sus pensamientos. Había una posibilidad, pero no estaba segura. Tenía que comunicárselo a Leo lo antes posible.

- Creo que tienes visita.

Aura se sobresaltó cuando el camarero le abordó por la espalda. Su mirada le condujo hasta la entrada de la cafetería, donde el reportero de Canal Madrid le saludaba con una sonrisa fingida. Aura le devolvió el saludo y adivinó que se lo había tomado como una invitación mientras esquivaba las mesas que se apelotonaban hasta la suya.

- Supuse que te encontraría aquí. ¿Puedo? – pero Oliver Casado ya se había sentado a su lado frente al ventanal.

- Me pillas enfrascada en la transcripción de la rueda de prensa – le mintió.

- Acabo de encontrarme con dos periodistas de Valladolid. Al parecer, creen que hoy se emitirá un comunicado con lo que ha descubierto la forense en la autopsia – se le veía animado por los avances del caso, aunque Aura sospechó que se trataba de otro embuste – Se especula que fue alguien del pueblo, un vecino que la conocía bien.

Sus palabras le confirmaron que nadie más sabía de la existencia de Lorenzo Garrido.

- Oliver, hay algo que ayer no me atreví a preguntarte – el periodista enarcó las cejas, en un intento por descifrar de qué podía tratarse.

Aura se dio cuenta que debía esforzarse si deseaba desvelar aquel misterio que le estaba reconcomiendo. Decidió entonces mostrarle una tierna sonrisa.

- ¿Recuerdas que ayer me contaste que Penélope tomaba Triazolam y que no te fiabas de la madre porque pensabas que había ocultado información, como esa analítica a la que pudiste acceder y que demostraba que la chica había abusado de las pastillas? – Oliver asintió, confuso – ¿Podrías decirme quién era tu fuente?

Después de tomarse varios cafés, Baeza esperó a que el reloj de su despacho marcase las 9:30 de la mañana. Consideró que aquella hora era la más adecuada para pasarse por casa de Anabel Ruiz y averiguar qué sabía en torno a ese medicamento que Aura le confesó horas antes de abandonar el Puesto. Todavía le costaba creer que pudiese haber ocultado información cuando Leo le tomó declaración al principio de desaparecer su hija. Recordó que estaba muy afectada, que no paraba de repetirle que Penélope no era como esas chicas que se fugaban de casa de buenas a primeras, que todo tenía que tener una explicación, que era muy extraño, que siempre habían tenido buena relación pese al dolor que se desató tras el accidente del padre y la nueva situación que les estaba tocando vivir. Leo rememoró aquellas palabras y abandonó deprisa la comandancia.

Todavía seguía sin comprender por qué Garrido se aprovechó de su entrevista con Aura para lanzarle aquel señuelo. ¿Qué más conocía el Serbio que él mismo ignoraba? ¿Por qué la instigó con una sonrisa a que investigase en el entorno de Penélope? ¿Qué otra verdad existía aparte de la oficial? Eso mismo se preguntó de camino al chalet de Anabel Ruiz mientras cruzaba en su patrulla las calles solitarias de La Alberca. Leo descubrió que la gente se resistía a abandonar sus hogares. Pensó que tal vez era el momento de poner ya rostro al asesino y que los medios se ocupasen de él; aunque de igual forma conjeturó que era demasiado pronto para soltarle a los pies de los caballos. Algo le decía que debía esperar.

Una vez que giró la última rotonda y enfiló la tranquila vía residencial resguardada por el bosque, advirtió a lo lejos la vivienda de la familia Santana. Se sorprendió de no ver al grupo de periodistas haciendo guardia en la puerta. El sargento aparcó el automóvil con las ruedas delanteras dentro de la acera y abrió la puerta con la sensación de estar cometiendo un gravísimo error si le aclaraba a Anabel el motivo de su visita. Opinó que debía cambiar de táctica si no deseaba hacer el viaje en balde.

En cuanto Leo pisó la calzada, descubrió una especie de altar contra la tapia de la casa. Centenares de velas de distintos colores llameaban bajo una cubertura de plástico junto con peluches y varias cartas que mostraban sus condolencias. Leo emitió un hondo suspiro y cruzó la cancela con la cabeza llena de contradicciones. Por un lado, necesitaba sincerarse con la esposa de uno de sus mejores amigos y decirle que acababan de atrapar al hijo de puta que le había hecho eso a su pequeña; pero por otro, prefirió mantenerse precavido y averiguar si lo que decía ese periodista era cierto. Una cadenciosa melodía resonó cuando Leo presionó el timbre. Aguardó impaciente unos minutos hasta que alguien liberó el cerrojo de seguridad. El rostro de Anabel Ruiz se asomó sin vida a la luz de la mañana. Llevaba el cabello recogido con un prendedor y la misma chaqueta de punto que disimulaba aquel cuerpo consumido por los nervios y la falta de apetito. Leo tuvo la sensación que tampoco había pegado ojo por la palidez de su tez.

- Hola Anabel, ¿vengo en buen momento? – Leo se fijó en sus pupilas dilatadas e imaginó que se habría servido de algún fármaco para sobrellevar la noche.

Anabel abrió del todo la puerta y regresó por el pasillo, arrastrando los pies dentro de unas viejas zapatillas de estar por casa. Luego giró a la izquierda y franqueó el salón, donde el sargento le acompañó en silencio unos metros por detrás. Sus ojos tropezaron de nuevo con la fotografía de Gustavo sobre el aparador. Intentó esquivar su mirada, lo que deseaba transmitirle desde el fondo del marco con aquella sonrisa suspendida en el tiempo, pero advirtió que era demasiado tarde. Cruzó el salón con incesantes ganas de huir de allí y se sentó en el mismo extremo del sofá que la vez anterior.

- Tú dirás... – arrastró fatigada la última sílaba.

- Quería saber cómo estabas. Si puedo hacer algo por tu hija Martina o por ti. Cualquier cosa – Leo se notó bastante inseguro.

- Nadie puede devolvérnosla – escupió con la misma templanza que exhibía su cuerpo, ovillado sobre el sofá de enfrente – Sólo me interesa que cojáis al culpable y que se le castigue por no sentir piedad de mi niña.

- Mi equipo está trabajando sin descanso. Te juro que no pararé hasta dar con quien lo hizo. Te lo prometí, Anabel. Y lo encontraremos.

Leo se percató que estaba clavando las uñas contra el reposabrazos del sillón. Tal vez se sintió incapaz de expulsar la rabia que le devoraba por dentro como una bacteria infecciosa.

- Hoy voy a ver a Gustavo. Puedo darle recuerdos de tu parte si quieres. Me gustaría contarle lo mucho que has trabajado en el caso de nuestra hija.

Leo no supo cómo encajar aquello y decidió asentir con la cabeza.

- Desde que lo trasladaron al hospital de Béjar, solía ir a diario. Ahora sólo acudo los domingos. Mi otra hija también me necesita, ¿sabes? Fue ella quien me lo pidió. Me dijo que nunca estaba en casa y que la vecina que la cuidaba se había molestado. Pero hoy voy a hacer una excepción. Esta mañana, mientras miraba por la ventana, he pensado que él también tiene derecho a saber la verdad. No sé cómo se lo diré, tampoco quiero despertarle y que se sobresalte; pero estoy segura que juntos lo afrontaremos, ¿no crees? Gustavo me necesita más que nunca.

El sargento esgrimió un rictus de difícil interpretación. No sabía qué decir, qué palabras utilizar, cómo ayudar a esa mujer que quizá decidió esa fría mañana de noviembre vivir enclaustrada en su propio pasado. Tal vez así era feliz; pero hasta entonces, Leo comprendió que su presencia en aquella casa se tornaba como una sombra más a la que alimentar con recuerdos insanos.

- Anabel, debo regresar al Puesto – quebró sus volátiles pensamientos – Volveré a pasarme en cuanto tengamos alguna pista fiable. ¿Podría usar un momento el cuarto de baño, si no es mucha molestia...?

- Tienes el de invitados al fondo del pasillo.

Leo Baeza se sirvió de una sonrisa templada para cruzar el salón y girar instintivamente a la izquierda, donde la escalera de acceso a la segunda planta se encaramaba bajo una claridad cenicienta. No dudó en subir los primeros peldaños mientras intentaba suavizar en cada pisada el crujido que emitía la madera. El sudor le resbalaba por la frente a medida que oteaba los cuadros que escalaban por la siguiente pared y el cielo que se adivinaba plomizo por el tragaluz de la entreplanta. Una vez que llegó al piso de arriba, se dirigió a la habitación de Penélope. Necesitaba comprobar si realmente Anabel Ruiz era sospechosa y sabía de la existencia de aquellas pastillas.

Cuando entornó la puerta del dormitorio, un efluvio a perfume penetró en su olfato. Vio que el armario seguía tal y como lo dejaron sus hombres junto a los otros tres policías, con una de las puertas abatibles abierta. Entonces sacó el teléfono móvil de su anorak y comenzó a fotografiar todo lo que encontró a su paso mientras abría cajones y revolvía entre sus efectos personales. Miró en su ropa colgada en perchas, después hurgó en el cubo de unicornios con algunos envases de plástico en su interior. También debajo de la cama. Leo masculló una palabrota mientras disparaba una última foto a la habitación y se escabullía de puntillas.

Empezó a inquietarse. De pronto, Leo sintió la necesidad de regresar a la planta baja y cerciorarse que Anabel no le había descubierto. A medida que arrastraba los pies por el suelo de madera, observó el resto de habitaciones que dejaba a su paso. Martina seguía durmiendo en su dormitorio cuando avanzó sigiloso por el pasillo. Luego traspasó un cuarto de baño, donde vio unas cuantas *barbies* sentadas al borde de la bañera. Una vez que consiguió llegar a la escalera, reparó en la habitación de Anabel Ruiz y Gustavo Santana al otro lado del pasillo. A su derecha, la puerta de una nueva habitación le reveló que se trataba de otro cuarto de baño.

Leo tuvo una corazonada. Se dejó llevar por su instinto y avanzó los diez metros que le separaban de su objetivo hasta que por fin se coló en el interior. Era bastante grande, con dos lavabos unidos por la misma encimera, la ducha acristalada en un rincón y las paredes forradas con losetas mates de aspecto envejecido. Abrió el armario de espejo que había encima de los lavabos y rebuscó entre las diferentes baldas atestadas de cremas, cepillos de dientes y gomas para el pelo. Se agachó y miró en los cajones del mueble: rollos de papel higiénico, un secador, varios neceseres con maquillaje y una máquina de depilar. Baeza se sintió un miserable y se arrepintió de fisgonear en los enseres de Anabel. En cierto modo estaba saboteando la confianza que el uno con el otro había depositado desde hacía meses. Entonces, reparó en el cesto de la ropa sucia. Tampoco supo muy bien por qué, pero para cuando quiso darse cuenta, Leo acababa de agarrar la tapa de listas de bambú y se acuclilló para introducir la mano entre las toallas allí depositadas. Al cabo de unos segundos, sus cejas enarcadas confirmaron lo que en un primer vistazo parecía imposible. No dudó en coger aquel frasco de pastillas y leer de nuevo la etiqueta: Triazolam. Lo primero que pensó fue que Aura tenía razón; el Serbio sabía algo. Leo sacó una foto al medicamento y lo volvió a dejar en su sitio, con cuidado de no cambiar su posición. Después salió del baño y retomó las escaleras de madera, clavando las suelas de sus zapatos con disimulo. El crujido era inevitable.

Cuando llegó sofocado a la planta baja, se topó con Anabel en el pasillo. Su rostro rezumaba un poso de contrariedad.

- ¿A qué has venido? – cruzó sus brazos esperando una respuesta creíble.

- No encontré el baño y subí arriba por no molestarte

La aclaración que improvisó sonaba a embuste en su boca. Anabel asió el pomo de la puerta que tenía a su izquierda y la abrió para mostrarle el cuarto de baño.

- Será mejor que te marches, Leo.

El sargento recorrió abatido el pasillo y agachó la cabeza para no cruzarse con su mirada. Una vez que consiguió alcanzar la puerta de salida, Anabel volvió a pronunciar su nombre.

- Espero que la próxima vez no me la juegues – le advirtió, dándole la espalda.

Leo entró en el coche patrulla descompuesto. En cuanto arrancó el motor, golpeó con furia el volante. ¡Joder!, vociferó. Se apresuró a salir de allí a toda prisa y notó que el móvil le vibraba dentro de su chaqueta. Activó el manos libres.

- ¿Sí? – preguntó serio al número desconocido que leyó en su pantalla.

- Soy Aura. ¿Podemos vernos? Tengo novedades – se apresuró a decirle.

- Y yo. Acabo de estar con Anabel. ¿Quedamos en mi despacho en cinco minutos?

- De acuerdo. Voy para allá. No te imaginas a quién sobornó el periodista de Canal Madrid para acceder a los informes médicos de Penélope Santana.

Aura entró por las puertas acristaladas del Puesto minutos más tarde. Pensó que se encontraría a Leo en el vestíbulo cuando se topó con el guardia que le atendió de malas formas el día anterior. Le comunicó que había quedado con el sargento en su despacho. El hombre, escudriñándola de arriba abajo, decidió descolgar el teléfono y esperar a que le atendieran con el periódico extendido sobre el teclado del ordenador. El agente no tardó en recibir una orden en cuanto anunció al otro lado de la línea que había una chica que aseguraba tener una cita con Baeza. Su rostro se tiñó de escepticismo nada más cortar la llamada y explicarle sin necesidad cómo llegar a su despacho.

Aura Valdés se perdió por el mismo pasillo en tonos ocres y descubrió tras las puertas abiertas de algunas salas que los hombres de Leo trabajaban afanosamente – o al menos eso creyó por las voces– en el caso Santana. Una vez que giró a la derecha, vio al fondo el letrero con la palabra *Despacho* sobre la pared. La periodista aceleró el paso y golpeó la puerta con los nudillos antes de asomar la cabeza y pronunciar un *¿se puede...?* Leo levantó la vista desde el reducido espacio que poseía entre su escritorio y la ventana, y le indicó que pasase. Aura ni siquiera le pidió permiso para sentarse en la butaca.

- No sé si has visto el móvil – Aura percibió cierta reserva en sus palabras – Acabo de enviarte las fotos que he hecho en casa de Anabel Ruiz. Tenías razón: encontré el bote de pastillas. Pero eso tampoco nos permite acusarla de...

- ¡Entonces era cierto? – le interrumpió sobresaltada – ¡El Serbio decía la verdad!

- Y también el periodista con el que hablaste – precisó – No es que lo podamos asegurar al cien por cien, pero es posible que Anabel tuviese algo que ver en la desaparición de su hija.

- Puede que esto te guste más. Esta mañana, cuando fui a desayunar a una cafetería, estuve dándole vueltas a mi entrevista con el Serbio. El caso es que dijo una cosa que no podía quitarme de la cabeza, algo que me resultó cercano, incluso familiar...

- ¿Algo como qué? – se apresuró a conocer el enigma.

- *Rosa de los Vientos* – pronunció. Leo perfiló una extraña contracción en su rostro – El mismo nombre que alguien usó durante tres años para escribir mensajes en mi blog personal donde cuelgo los reportajes que publico en los medios. Estoy segura que Lorenzo Garrido se esconde tras ese *Nick*. Por eso mismo lo pronunció cuando se despidió en la sala de interrogatorios. Estaba ayudándome a recordar. He echado un vistazo a sus mensajes y no hay nada que llame mi atención salvo que siempre los enviaba alrededor de las cuatro de la tarde.

Aura comprobó que los ojos de Leo se movían ágiles de un lado a otro.

- A esa hora es cuando suelen descansar en sus celdas – precisó – En caso de que el Serbio hubiese conseguido un móvil en prisión, aprovecharía ese rato para escribir.

- Lógico – añadió – Y por esa razón quiso entrevistarse conmigo; no por el simple hecho de admirar mi trabajo tal y como me confesó, sino porque me reconoció en el callejón. Ahora sí que tengo claro que está jugando con nosotros.

- Entonces, ¿por qué narices insinuó que alguien del entorno de Penélope deseaba que desapareciese? Es más, ahora que lo recuerdo, también sugirió que consumía algún tipo de sustancia para evadirse. ¿Acaso hablaba de Anabel Ruiz?

- Yo formularía la pregunta de otra manera: ¿Lorenzo Garrido se comunicaba desde prisión con la madre de Penélope?

El silencio que apareció después, les ayudó a recolocar las ideas. Tal vez era el momento de comenzar a distribuir sobre la mesa las primeras piezas de una historia que se enmarañaba según se adentraban en ella.

- De ser cierto que Anabel mantenía contacto con él, sigo sin comprender qué pinta el Triazolam. ¿Por qué una chica de su edad querría abusar de esas pastillas? ¿Tan mal lo estaba pasando como para querer desaparecer de la faz de la tierra diez, doce horas seguidas? Yo mismo he visto el medicamento esta mañana y, francamente, cualquiera puede acceder a él. Pero lo que sigue sin entrarme en la cabeza es por qué cojones Anabel nunca me habló del tema.

- Quizá sí que exista alguien que pueda desvelarnos el misterio.

La mirada del sargento se quedó suspendida unos segundos en la boca de Aura, como si de esa forma pudiera colarse en las palabras que palpitaban en la punta de su lengua. Creyó por un instante que los periodistas parecían manejar más información que él.

- Que conste que me ha costado sonsacarle el nombre al reportero de Canal Madrid – le aseguró a modo introductorio – No estaba por la labor de revelarme su fuente. Pero después de insistirle e invitarle a un café, me hizo prometer que no dijera nada.

- ¿De quién se trata? – le consultó inquieto al otro lado del escritorio.

- De Jonathan Muñoz, el novio de Penélope – el silencio se desplomó entre las cuatro paredes del despacho – Al parecer, accedió a hablar con el periodista a cambio de dinero.

- Jonathan Muñoz... – balbució el sargento a medida que se levantaba, como si su mente intentase encuadrarle dentro de aquella compleja historia – Recuerdo que fue interrogado poco después de que la chica desapareciese. Estuvo asistido por el abogado de la familia, pero al estar amparado por la Ley del Menor, tuvimos que ceñirnos al tiempo que nos concedieron los de *Arriba*, que fue insuficiente.

Sin embargo, Baeza se acercó al mueble donde guardaba los expedientes y extrajo uno con las tapas marrones. Una vez que localizó lo que buscaba, se dirigió a Aura, que le miraba expectante desde su butaca.

- El chico declaró que el día que Penélope desapareció, él no se encontraba en La Alberca. Su coartada fue corroborada igualmente por su madre – leyó, saltando con el dedo índice cada párrafo – ¡Qué casualidad! – exclamó – Adivina cuándo cumple los dieciocho.

- ¿Mañana? – dijo Aura lo primero que se le ocurrió.

- Dentro de cuatro días. Pero aun así, es mucho tiempo. Voy a pasarme por su casa para que me cuente qué sabe en relación a esas pastillas. Ahora mismo él es el único que puede llevarnos hasta la verdad.

Leo quedó en avisar a Aura por teléfono cuando decidió pasarse por casa de Jonathan Muñoz y averiguar qué información conservaba en torno a Penélope y sus secretos más privados. Miró el reloj de pared y se cercioró que eran las once y media de la mañana. El sargento abandonó el Puesto de la Guardia Civil con la consabida de que estaba saltándose las normas. Sabía que no podía visitar al chaval pese a que el tiempo jugaba en su contra; ni siquiera le estaba permitido interrogarle sin un abogado que velase por su minoría. Pero mientras Leo se abrochaba la cremallera de su anorak y descendía la escalinata exterior (comprobó que los periodistas habían optado por esfumarse de allí hasta nuevos acontecimientos), se dio cuenta que no podría ocultar al Serbio mucho más tiempo. No, si no deseaba que le abriesen un expediente disciplinario por ocultar información y retener a un preso fugado sin notificarlo antes a la Central.

Así que cuando el sargento se introdujo por las calles empedradas del pueblo, sintió que su único cometido en ese momento no era otro que adivinar qué escondía Jonathan Muñoz y que osó compartir con un periodista de Madrid. Leo saludó a algunos vecinos con los que se encontró de camino mientras la niebla se desgastaba por las esquinas de las callejas. El olor a chimenea le sedujo a medida que observaba la hiedra que reptaba por algunas tapias. Continuó atravesando su laberíntica estructura hasta que localizó su objetivo al fondo de una calle. La casa era una de esas viviendas unifamiliares de dos plantas con la fachada revestida por paneles murales que imitaban a piedra y tejadillo a dos aguas. Leo se aproximó a la puerta y dudó si habría alguien en el interior. Por los informes que leyó, sabía que Jonathan era otro de esos *ninis* que poblaban ciertos programas de televisión donde, según sus palabras recogidas la mañana que se le tomó declaración, pasaba de estudiar porque no servía de nada, amén de holgazanear por los bares y recreativos del pueblo. Así que cuando Leo decidió presionar el timbre, una tos se manifestó de la nada y supo que no se encontraba solo. Baeza se retiró unos metros y se percató que la tapia anexa al domicilio formaba parte del mismo recinto. Supuso que se trataría de un recodo del jardín en cuanto asió la manilla de la puerta de chapa que había a un lateral y la abrió con disimulo.

Enseguida reparó en Jonathan Muñoz. Estaba de espaldas a él con el cuerpo apoyado contra el tronco de un abeto. Más allá, se intuía la piscina cubierta por un armazón de uralita semejante al que había visto en algunos invernaderos. Leo advirtió que el chaval no se había percatado de su presencia y le vio apurando un cigarrillo mientras oteaba de vez en cuando hacia la puerta acristalada del porche. Imaginó que estaría fumándoselo a escondidas, atrincherándose tras aquel árbol ante cualquier mirada indiscreta. Llevaba una cazadora vaquera con el cuello de borrego y unos pantalones del mismo tejido. El cabello, despeinado adrede, le confería un aire macarra; o al menos así lo catalogó en su imaginario cuando pronunció su nombre. Jonathan pegó un bote y escondió el cigarro entre sus dedos a medida que daba media vuelta. El sargento observó su reacción y descubrió una brizna de temor en su mirada celeste. También se fijó en sus labios carnosos y en su rostro lampiño que le otorgaba – intuyó – un aspecto que las más jovencitas del pueblo sabrían apreciar.

- ¡Qué hay, sargento! – pronunció perplejo – Mis padres están en casa.
- No es precisamente con ellos con los que quiero hablar.

Baeza apreció en su rostro un gesto de confusión y dedujo que aún se encontraba alterado por la cantidad de noticias que los medios habían estado bombardeando desde que se localizase el cadáver de la joven el día anterior. Se propuso inmiscuirse en sus propios miedos y le miró fijamente a un palmo de distancia.

- Vengo a hablar contigo. Y espero que por tu bien me cuentes la verdad.
- Ya les dije todo lo que sabía.
- ¿Seguro? – le inquirió – Jonathan, no me gustan los jueguecitos. No quisiera tener que llevarte al Puesto esposado.
- Te equivocas. Conozco mis derechos y antes pienso llamar a mi abogado.

Leo le sujetó con fuerza del brazo y tiró de él.

- De aquí no te mueves hasta que me digas porqué ostias Penélope consumía Triazolam – le sondeó en voz baja. – ¡Qué pasa, que si no hay dinero de por medio no sabes hablar? A ver si eres igual de gallito cuando le cuente a tu abogado los trapicheos que te traías con el periodista de Canal Madrid.

Los ojos de Jonathan se abrieron más de la cuenta.

- Yo no sé nada… – respondió con torpeza.
- ¿Le preguntamos a Oliver Casado?

El silencio que apareció después apenas duró unos segundos.

- Vale. Creo que tomó alguna vez.
- ¿Crees, o de veras consumía esas pastillas hasta llegar a provocarse alguna que otra intoxicación?

- Por lo que Penny me contó, sólo lo hizo en alguna ocasión.

- ¿Por qué? – disparó, sabiendo de antemano que quien se escondía tras aquel cariñoso diminutivo no era otra que Penélope.

- Sé que su madre tenía esas pastillas por los episodios de depresión que sufrió a raíz del accidente de coche de su marido. Se tiraba dormida la mayor parte del día, como si en el fondo también deseara estar en coma y no enfrentarse a la realidad.

- ¿Y ella? ¿Por qué Penélope siguió su mismo ejemplo?

- Pues por no soportar la tensión que se respiraba en casa. Penny estaba muy unida a su padre y supongo que haría la estupidez de tomarse alguna pastilla para comprobar si a ella también le funcionaba. No estoy seguro si su madre se lo aconsejó; ya me entiende, por evadirse de los problemas durante unas horas. Aunque Penny ya llevaba mucha carga a cuestas.

- ¿A qué te refieres? – le lanzó con curiosidad.

- Sus padres estaban mal desde hacía tiempo. Sé que discutían por todo, e incluso que Gustavo llegó a amenazarla con divorciarse. Pero si no lo hicieron, fue porque había dos hijas de por medio. O al menos, eso me aseguró Penny.

- ¿Se puede saber por qué no dijiste nada durante el interrogatorio? Esta información habría aclarado muchos aspectos de la investigación, ¿no crees?

- Tampoco pensé que su desaparición se relacionaría con el hecho de que tomara Triazolam. Era bastante evidente que tenía problemas en casa. Pero Gustavo era amigo suyo, algo le tuvo que insinuar. ¿O también va a decirme que lo desconocía?

- Baja esos humos chavalote, que resulta que alguien te ayudó a refrescar la memoria cuando te propuso sacar tajada de todo esto. Es más, quiero que me entregues ahora mismo esa analítica que le mostraste al periodista.

- ¡Qué analítica? – elevó la voz– Yo lo único que le dije a ese gilipollas fue lo que deseaba escuchar: que Penny tomó benzodiacepinas. Ya está.

- Pero él asegura lo contrario – le presionó.

- ¡Miente! ¡Y si no que venga aquí y me lo demuestre! No pienso comerme el marrón yo solo.

La puerta corredera del porche emitió un chirrido en cuanto la madre de Jonathan apareció tras ella con cara de circunstancias. Le acompañaba su marido, igual de extrañado que su mujer, y otras dos parejas que sujetaban una copa de vino en sus manos. Leo descubrió que se trataba del teniente alcalde y su esposa (concejala del mismo equipo de Gobierno para más detalle) y de un joven matrimonio que acababa de abrir una casa rural en la zona.

- ¿Ocurre algo? – preguntó soliviantada.

- Hola Maite. Gerardo – saludó a los padres por igual, arqueando sutilmente las cejas.

- ¡Cree que tengo algo que ver en la muerte de Penny! – escupió Jonathan de pronto.

- ¿Cómo? – soltó su madre perpleja – ¿Es eso cierto, Leo? ¿En mi casa? ¿Sin una autorización?

- Jonathan, sube a tu habitación – le ordenó su padre a la vista de la que se avecinaba. El resto de invitados salieron del porche y se situaron asombrados de espaldas a la mujer.

Leo barruntó en milésimas de segundo las consecuencias que aquello le podría acarrear como jefe del caso, y dilucidó que lo más sensato sería pedir disculpas y no mencionar el motivo de su inapropiada visita.

- Menudo jardín en el que te has metido, sargento – se adelantó el teniente alcalde con cierta sorna en su voz.

- Esto no va con nosotros – le reprendió la concejala en voz baja mientras tiraba de la manga de su chaqueta.

- Lo siento, Maite. No sabía que estabais reunidos. Tampoco pretendía molestaros.

- ¡A qué has venido, a recordarle que Penélope está muerta? – le gritó – ¡Tú también Leo? ¿Tú también eres como esos periodistas que intentan buscar un culpable? Te equivocas si piensas que vas a callarme por entrar en mi casa y aprovechar que no estábamos presentes para interrogarle. ¡Por el amor de Dios, que sólo tiene diecisiete años! ¡Hasta cuándo va a durar todo esto?

- Sólo intento hacer mi trabajo – añadió, tensionado por la situación.

- ¡Ah sí? ¡Y cómo, metiéndole más miedo en el cuerpo? – le cuestionó con la mirada cargada de odio – Será mejor que te marches. Algunos todavía pretendemos ayudar a una madre que acaba de perder a su hija. ¿O también vas a sospechar de nosotros?

Leo ni siquiera se atrevió a contradecirla. Simplemente emprendió callado el camino de vuelta hasta que alcanzó la puerta y se esfumó deprisa de allí.

Pero lo que no se imaginaba es que Jonathan Muñoz contempló la escena desde la ventana del segundo piso de su habitación. A oscuras, regresó a su cama y arrastró unos centímetros la mesilla, con un flexo y un libro de fantasía como único aderezo. Entonces, extrajo una pequeña caja amarilla. Jonathan se fijó en la fina capa de polvo que la cubría. Después la colocó sobre su edredón y la abrió. Durante varios segundos, contempló el disco compacto con aquel *6* grabado en rojo sobre su superficie. El vello de sus brazos se le erizó al recordar las imágenes que contenían. *¿Qué hago, Penny?*, susurró. Pero cuando escuchó unos pasos que se aproximaban, Jonathan cerró la caja y volvió a esconderla en el mismo lugar.

El sargento subió las escaleras de la comandancia con cara de pocos amigos. Las palabras que la madre de Jonathan le exhortó delante de sus invitados, todavía merodeaban en su cabeza cuando traspasó las puertas acristaladas y saludó con la mano al guardia que parecía custodiar el vestíbulo desde su mesa. Sin embargo, el agente se levantó de un brinco y miró a Leo con inquietud.

- ¿Qué ocurre, Lucena? – le preguntó con desinterés. Aunque en el fondo deseaba averiguar qué se escondía tras su soporífera existencia.

- Castillo se encuentra en el despacho – soltó como si se vaciara de la pesada carga que oprimía su pecho – Se ha enterado de todo y está que muerde.

- ¡Mierda! – exclamó.

Leo salió pitando de allí. El nerviosismo que se desató en su estómago le acompañó de camino al despacho a medida que intentaba organizar un discurso en su mente con las respuestas que podría ofrecerle sin que nadie – ni él mismo – saliese mal parado. Una vez que abrió la puerta, se encontró al juez sentado en la butaca de Aura, con los labios apretados y las cuencas de sus ojos un tanto inflamadas. Por la expresión de su rostro, parecía no albergar cierta simpatía tras un frío recibimiento. Castillo cruzó entonces sus piernas y estiró con ambas manos su americana. Leo rodeó su escritorio con intención de tomar asiento.

- ¿Cuándo tenías pensado contarme que habéis capturado a Garrido? – disparó con un poso de repugnancia en sus facciones.

- Lo siento Castillo. Te juro que iba a hacerlo, pero en cuanto le hubiese sonsacado a ese hijo de puta una confesión.

Se instaló un incómodo silencio entre los dos.

- ¡Pero has perdido la cabeza o qué? – gritó – ¡Sabes que no puedes atribuirte ciertos intereses sin el consentimiento de otros, Baeza! ¡Qué pretendías, que te abriesen un expediente por hacer con el reglamento lo que te saliese de los cojones? Que sea la última vez que no me avisas ante un hecho de tal magnitud, ¿me oyes? Te lo digo en serio, Baeza. No voy a ser yo quien te rescate si la prensa de ahí fuera se entera y llega a oídos del Ministerio.

- De acuerdo – le interrumpió con la voz conciliadora – No volverá a repetirse.

- Si tú lo dices… – agregó. Leo le ofreció una mueca extraña – ¿Tampoco me mires así? Sabes que tengo razón y que es anticonstitucional – sentenció – Y bien, ¿qué tenemos hasta el momento?

- Poca cosa. El Serbio se negó a cooperar cuando le metimos anoche en la sala de interrogatorios. Algunos de mis hombres estuvieron persuadiéndole, pero tampoco hubo suerte. Parece ser que sólo colaborará si le entrevista…

Leo se detuvo ante el abismo que se abrió en su horizonte y buscó la manera de remediarlo. Sin embargo, vio que ya era demasiado tarde. Castillo le mostró un gesto de desconfianza a medida que echaba el cuerpo hacia delante.

- ¿Quién quiere que le entreviste…? – repitió al otro lado de la mesa.

- Aura Valdés – sintió que el corazón le latía bajo sus sienes – Una periodista que está colaborando en el caso. Al parecer, Garrido la reconoció cuando le trasladamos al Puesto y dijo que sólo hablaría de Penélope con ella. Es posible que acabe confesando la verdad.

- ¡Pero tú te has vuelto loco? – volvió a gritarle. Leo supuso que tendría a toda la plantilla detrás de la puerta – ¡Cómo cojones se te ocurre infiltrar a una periodista en una investigación en curso?

- Le he hecho firmar un contrato de confidencialidad para que no publique nada sin mi consentimiento – le aseguró.

- ¿Me estás puteando, Baeza? Porque si lo que buscas es que me retire del caso, le paso el expediente a otro y me lavo las manos.

- Sólo te pido que confíes en mí. Aura no entorpecerá la investigación y estoy seguro que el Serbio la utilizará como su confidente. Es cuestión de horas que hable.

- Se acabó – dijo amenazante – No pienso quedarme de brazos cruzados viendo cómo echas a perder este Puesto. Es más, creo que nunca tuvieron que ascenderte. Sabía que aún no estabas preparado y al final el tiempo me ha dado la razón. Voy a llamar al Centro Penitenciario para que pongan al preso a disposición judicial.

Castillo se levantó de la butaca y sacó su teléfono de la americana. Mientras localizaba en su agenda el número de Topas, Leo se alarmó. No sabía cómo detenerle. Tenía que hacer algo deprisa si deseaba seguir ahondando en un caso que de pronto supo que le pertenecía. No podían dárselo a otro; pues las horas invertidas, los interrogatorios, las batidas por el monte e incluso que el Serbio se hallase en los sótanos, todo eso – confirmó hacia sus adentros –, todo eso era suyo.

- ¡Escúchame! – voceó mientras el juez se mantenía a la espera con el móvil pegado a la oreja – Una semana. Dame sólo una semana y te prometo que el Serbio habrá confesado el crimen – Castillo se negaba a prestarle atención – No puedes hacerle esto; ¡tú también conocías a Gustavo! Sabes que si la policía mete las narices y se lo lleva a prisión, el Serbio se cerrará en banda. ¡Jamás confesará la verdad, joder! Le juzgaran por homicidio y el caso quedará archivado. ¿Es eso lo que buscas para la hija de Santana? Dime, ¿vas a decírselo tú a la cara si algún día despierta del coma?

Castillo detuvo su mirada en la suya mientras una voz hablaba al otro lado de la línea.

- Sólo una semana – le suplicó por última vez – Al menos, déjame intentarlo.

Pero justo cuando Leo descubrió que ya no había vuelta atrás, el juez colgó la llamada.

- Siete días – puntualizó – Siete días en los que me informarás de todos los avances que sucedan. La prioridad en estos momentos se llama Lorenzo Garrido.

Castillo guardó el móvil en su americana y guio sus pasos hacia la puerta de salida. Una vez que asió el pomo, le miró a los ojos.

- Puede que tu emotivo discurso me haya convencido, pero sobre esa periodista... Espero por tu bien que estés en lo cierto y sirva de algo; porque de lo contrario, y esto que te quede bien claro, tu carrera como sargento será lo siguiente que muera.

Y se marchó.

Media hora más tarde, Leo descubrió por las lamas de la persiana que Aura se encontraba en el interior de su Golf blanco. Rápidamente esbozó una sonrisa y decidió hacerle una visita con un café en cada mano. Aura se percató de su presencia cuando le vio descender las escaleras del callejón. Salió entonces a su encuentro y le esperó con el cuerpo apoyado contra la puerta trasera de su coche.

- ¿Y bien? – le lanzó de sopetón – ¿Te pasaste a ver a Jonathan Muñoz?

- Mejor no preguntes. No podía haber salido peor – le ofreció uno de los vasos de cartón. Aura se percató que se trataba de un café por el dulce aroma que despedía.

- ¿Pero Jonathan te confesó que su novia tomaba Triazolam?

- Eso parece – abrevió – Aunque tampoco tenemos nada contra el chaval. La próxima vez recuérdame que vaya con una orden judicial.

Aura se dio cuenta que su rostro desprendía una brizna de abatimiento.

- Por cierto, acabo de informar al juez que estás colaborando en el caso.

- ¿Ah sí...? – se extrañó – ¿Y qué ha dicho?

- Digamos que me ha concedido una prórroga para que sigas entrevistando al Serbio. Pero antes me gustaría saber si estás dispuesta a continuar.

Leo temió por primera vez escuchar su respuesta. Ahora sí que la necesitaba a su lado.

- Te vuelvo a repetir lo que te dije de madrugada en el despacho: en estos momentos la duda ofende, ¿no crees, Leo? – le soltó tras dar un sorbo al café –Yo también quiero descubrir la verdad y adivinar qué papel juega Lorenzo Garrido en todo esto.

- Sólo era por cerciorarme – le regaló una sonrisa – ¿Sabes ya dónde vas a instalarte?

- Lo tienes delante de ti. Aparte de que no puedo pagar una habitación de hotel con lo que andan pidiendo – de pronto, se acordó de Oliver Casado y de sus ínfulas de periodista consagrado.

- Ni hablar – le reprendió – Voy a llamar a una vecina que tiene un chalet aquí cerca y que a veces suele alquilar alguna de sus habitaciones. Te informo con lo que sea, ¿vale? Ahora debo volver a la rutina.

Y cuando le vio cruzar el callejón y entrar por la puerta trasera del edificio, Aura pensó que quizá no era tan gilipollas como creyó la primera vez.

La niebla se había disipado por completo cuando Aura recibió un *WhatsApp* de Leo con las señas de Carmen, la mujer con la que conviviría mientras permaneciese en La Alberca. La periodista envolvió en el papel de aluminio el sándwich de pavo que estaba almorzando en el interior del coche y escribió en el *tomtom* la nueva dirección. La voz del manos libres le indicó el camino que debía seguir. Aura arrancó el Golf y abandonó el callejón – con una sonrisa dibujada en su cara – para siempre.

Enseguida se introdujo por un ramal de calles vacías mientras observaba la soporífera tranquilidad que acompañaba a la siesta. *Gire a la derecha y recorra doscientos metros.* El aire frío de la sierra barría las hojas macilentas que encontraba arrinconadas en el suelo. *Gire de nuevo y avance hasta el final.* A lo lejos, el bosque se encaramaba en un húmedo verdor, salpicando de pinos y frondosos helechos la ladera de la montaña. *A quinientos metros encontrará su destino.* Aura bajó el cristal de la ventanilla y oteó desde su asiento aquella encantadora casita de dos plantas sacada de un cuento nórdico. La fachada de piedra se entremezclaba con distintas vigas de madera y un balcón sembrado de hortensias. El techo a dos aguas sobresalía de los muros, concediéndole a la vivienda una pincelada rústica bastante acogedora. Aura salió del coche y cogió su bolsa de viaje del maletero. Una vez que franqueó el pequeño jardín por una pasarela de losetas de pizarra, se fijó en el pequeño invernadero con algunas hortalizas dentro de unos contenedores fabricados con palés. Aura se acercó a la puerta – decorada por una corona natural hecha con piñas y muérdago – y pulsó el timbre. Una dulce melodía se escapó al fondo. Entonces, escuchó unos pasos y esperó impaciente al otro lado.

Carmen apareció ante sus ojos con una sonrisa de oreja a oreja. Tenía el cabello corto en tonos cobrizos y apenas maquillaje en su rostro. Sus mejillas, algo sonrojadas, le otorgaban cierto aire campestre. Aura calculó que tendría alrededor de cincuenta años.

- ¡Tú debes ser Aura! – le espetó con la voz jovial. Aura asintió con una sonrisa – Eso me parecía a mí. Aunque no te esperaba tan pronto. ¡Pero pasa!

El hogar de Carmen olía a canela. Eso detectó su olfato una vez que atravesó el umbral y comenzó a examinar todo cuanto había en el hall: dos paisajes en la pared, un espejo ovalado al otro extremo, una mesita atestada de fotografías y recuerdos, y una alfombra mullida a sus pies. Carmen abrió la puerta que había enfrente y pasaron al salón. Lo primero en lo que se fijó fue en la chimenea encendida con dos troncos de considerable tamaño crepitando en su interior. También había dos sillones rojizos con una manta de pelo en cada reposabrazos. Aura respiró una generosa calidez que ni siquiera sentía en su apartamento. Por supuesto, no dudó en permanecer en La Alberca el tiempo que fuese necesario si ése era el premio que recibiría cada noche al entrar por esa puerta.

- ¡Te gusta…? – le abordó por la espalda. Aura dio media vuelta y se detuvo unos segundos en su chaqueta de lana gris.

- Si me haces una buena oferta, me quedo a vivir contigo para siempre.

Las dos se echaron a reír.

- De eso no debes preocuparte. Ya me dijo Leo que corría de su cuenta – Aura se quedó pasmada – Por cierto, dame esa bolsa que no quiero verte cargada.

Carmen la agarró por las asas y la dejó sobre un trillo que hacía la función de mesa.

- Me he fijado que has venido en coche. Luego puedes guardarlo en la cochera.

- Tampoco pretendo ser una molestia el tiempo que esté en su casa – le comunicó.

- ¡Pero qué molestia ni que leches, si encima lo tengo muerto de la risa! Lo utilizo para guardar trastos. ¡Oye, y nada de hablarme de usted que para eso vamos a ser compañeras! Se entera Leo y me canta las cuarenta – soltó una carcajada – No sabes la ilusión que me hace que haya vuelto a rehacer su vida. Ya era hora que conociese a una chica después de que esa pelandrusca lo dejara igual de tirado que una colilla.

- ¡No, no! – saltó Aura como un resorte – Leo y yo no somos nada. Simplemente me ha ayudado a buscar una habitación en el pueblo porque estoy de paso. No sé si te ha comentado que soy periodista.

- ¡Pero seré bocazas...? – y chocó a su vez las palmas de sus manos – Discúlpame. Pensé que quería alojarte en mi casa porque os estabais conociendo.

- Más bien porque estaba durmiendo en mi coche – le aclaró cuando descubrió que sus mejillas se habían sonrojado más de la cuenta.

- ¡En serio...? – alzó de nuevo la voz – ¡Pero a ti nadie te ha hablado de La Alberca? ¡Si aquí lo único que hay son chorizos y un aire que corta!

Aura se rio.

- Es la primera vez que visito el pueblo. Con el trabajo, apenas tengo tiempo de conocer otros lugares. Pero me sorprendió mucho escuchar esta mañana a esas mujeres que deambulan por las calles haciendo sonar sus esquilas, por no hablarte de las calaveras que vi en unas hornacinas al pie de la iglesia.

- El pueblo sigue manteniendo vivas sus tradiciones. Es lo que algunos vecinos llaman *el culto a los muertos de la Sierra de Francia*. La gente por aquí es muy supersticiosa; creen que si la moza se olvida de tocar la esquila en alguna esquina o no recita su salmodia, ocurre una desgracia. Lo mismo pasa en Mogarraz, otro pueblecito de la comarca. Siempre se han hecho ofrendas a la muerte, y me parece bien. Es la única manera de que nuestras costumbres perduren, ¿no te parece?

Aura se quedó pensativa unos segundos y dedujo que tenía razón. Al fin y al cabo, las generaciones futuras tendrían la obligación de perpetuar una práctica que formaba parte de las atávicas raíces del pueblo.

- A lo mejor piensas que estoy metiendo las narices donde no me llaman, ¿pero se sabe algo? – Aura se dio cuenta que Carmen se refería a la investigación – Como en vuestro mundillo siempre lo sabéis todo.

- Poca cosa – respondió de forma escueta al recordar que no podía romper su contrato de confidencialidad – Lo que se ha venido diciendo en la prensa hasta ahora.

- ¡Qué horror! – exclamó – Y pensar que haya podido ser alguien de la zona...

- ¿Es lo que se comenta en el pueblo? – le consultó con su astucia profesional.

- Hay muchas habladurías. Algunos creen que estaba metida en cosas raras por las pintas que traía. ¡Fíjate tú, por llevar el pelo rosa, ni que ellos no hubiesen hecho locuras a los diecisiete años! En fin, piensan que la muchacha se lo buscó ella solita, que a saber con quién diablos se juntaba.

- ¿En serio? – pronunció – Tampoco es que la conociera personalmente, pero por lo que sé, Penélope era una chica normal, preparándose para entrar en la universidad, con una familia, un novio...

- ¿Un novio? – le espetó confusa – Tengo entendido que ya no estaba con ese chico.

- ¿Te refieres a Jonathan Muñoz?

- Sí claro, al hijo de Maite y Gerardo. ¿Cuál sino? – se adelantó – No me hagas caso, pero escuché decir en el ultramarinos que el muchacho cortó con ella tiempo atrás porque le molestó que Penélope se fuera a estudiar a Salamanca. Creo que su idea era que se quedase en el pueblo.

Las palabras de Carmen le hicieron reconsiderar hasta qué punto podría estar Jonathan Muñoz implicado en la desaparición de Penélope Santana. Le escamó que su relación se rompiese meses antes de no volverse a tener noticias de su paradero. ¿Y si hubiese tenido algo que ver en su muerte?, se preguntó. ¿Pudo haber contactado incluso con Lorenzo Garrido desde prisión? Las conjeturas sobrevolaron en su cabeza mientras Carmen se desabrochaba su chaqueta de lana.

- Ya sabes cómo son los chicos a esas edades: se cogen, se dejan, se vuelven a coger... ¡Un drama! – puntualizó – ¡Anda, si aún no te he enseñado la habitación! Me pongo a cascar y se me va el santo al cielo. Acompáñame, que después encenderé unas velas por el salón. ¿Te parece bien?

Pero Aura Valdés no se atrevió siquiera a contradecirla.

Eran las 17: 58 de la tarde cuando Leo entró en Salamanca. Había recibido un mensaje de Elisa Vázquez para informarle que seguía practicándole la autopsia al cadáver de Penélope Santana y que ya tenía algunos datos. *¿Quieres pasarte?*, le sugirió al final del texto.

Una hora más tarde y con la certeza de que Aura estaría acomodándose en casa de Carmen, se adentró por las primeras calles de la ciudad en dirección al Instituto Anatómico Forense. Leo observó por el parabrisas que acababan de dar la iluminación a las catedrales. Después entró en una glorieta y siguió su camino con las manos fijas al volante mientras oteaba las aceras desiertas. Supuso que el frío que arreciaba fuera habría espantado a los viandantes que solían pasear a esas horas por la zona del río. El sargento atravesó otra tanda de calles y avenidas hasta detener la patrulla frente a un viejo edificio revestido con piedra de Villamayor. Leo salió del coche y se abrochó su anorak. El viento cortaba el aliento. Una vez que cruzó la puerta giratoria y pasó los rutinarios controles de seguridad, se perdió por un ramal de pasillos entrecruzados que conocía de memoria de los años que estuvo cubriendo su plaza en la capital. Luego descendió unas escaleras que se retorcían hasta las profundidades más insólitas donde, al cabo de unos minutos, apareció en los sótanos.

Leo comprobó que las luces de varios tubos fluorescentes parpadeaban según caminaba por aquel corredor solitario. El olor a humedad traspasó su olfato a medida que leía los distintos carteles pegados a las puertas metálicas. Sintió miedo. Leo sintió miedo y vio que su propia sombra se curvaba alargada contra la pared del fondo. Aceleró el paso. Los pensamientos del sargento se volvieron de pronto oscuros y aceleró sin querer el paso. Enseguida vio la sala que estaba buscando. Leo empujó la puerta batiente y sus ojos tropezaron con el rostro de estupefacción de la forense. Parecía estar ordenando papeles en aquella reducida habitación.

- ¿Te encuentras bien? – le soltó a modo de saludo.

- Como nunca – le reveló con una sonrisa forzada.

Elisa prefirió no aclararle que sabía detectar las mentiras con la misma facilidad que si estuviese diseccionando el tejido orgánico en un cadáver.

- He venido en cuanto recibí tu mensaje. No te imaginas las ganas que tenía de que llegase este día.

- Pues no te emociones, que aún no he acabado. Tengo a todo mi equipo trabajando a destajo. Ya hemos enviado varias muestras a Madrid. Pero todavía es pronto para tomar conclusiones. ¿Me acompañas?

La forense empujó con la mano la puerta que tenía delante y esperó a que el sargento cruzase. Rápidamente sus ojos se perdieron en aquella fría habitación destinada a los exámenes necrósicos. Lo primero en lo que se fijó fue en la hilera de lavatorios de acero inoxidable provistos de desagües para evitar olores. En el centro de la sala había tres camillas vacías del mismo material, con mesas supletorias a cada lado repletas de utensilios y otros instrumentales que no sabía para qué servían. Al otro lado de la pared, la cámara frigorífica se dividía entre distintas portezuelas con el manillar hacia arriba. Leo adivinó que en alguno de aquellos refrigeradores se hallaría el cuerpo de Penélope. Siguió oteando el pabellón y se cercioró que el suelo era blanco e impermeable, con una ligera inclinación para verter el agua y otros líquidos por un pequeño alcantarillado.

Una vez que Elisa hermetizó la puerta, un efluvio a lejía se coló en su olfato. A Leo le costó acompañarla por aquella estancia aséptica y desinfectada.

- Ponte esto – la forense le entregó una bata que el sargento se enfundó sin rechistar. Luego le ofreció unos guantes de látex y unas gafas de bioseguridad – Es por prevención. No sea que contamines algo al venir de fuera.

Elisa recogió la carpeta que encontró sobre una mesa de camino a la cámara frigorífica y desbloqueó la tercera puerta empezando por la izquierda.

- ¿Me ayudas? – le sugirió, viendo que el sargento se resistía a avanzar.

Leo escuchó el eco de sus pasos a medida que se acercaba a la oscura abertura de la pared. Sintió que un aliento gélido se deslizaba a la altura de sus piernas. También que su pulso se aceleraba. En cuanto echó un vistazo al hueco, las sombras comenzaron a despejar los contornos rosáceos de su cabello.

- Agarra por ese lado de la camilla – le requirió – El sistema está algo duro.

Ambos tiraron a la vez y la camilla se deslizó por sí sola. Penélope Santana apareció de pronto ante sus ojos. A Leo le sorprendió el color de su piel, de un blanco semejante al de la nieve. Todavía llevaba pintados aquellos símbolos en los párpados. Luego reparó en sus labios, amoratados del frío, y evitó bajar la vista hasta la zahína pelusa de su pubis.

- Veamos – pronunció Elisa – Por ahora he descubierto la causa de la muerte: un paro cardiaco. De eso no hay duda.

- No lo entiendo – respondió confuso – En el bosque dijiste que al no haber antecedentes familiares…

- Cierto. Pero yo no hablo de un paro cardiaco natural, sino provocado. ¿Ves esa marca en su piel, a la altura del pecho? – Leo detuvo la mirada en su seno izquierdo, perfectamente redondeado y con el pezón erizado, donde descubrió una diminuta circunferencia hecha con tinta roja – La he dibujado con rotulador para que pudieras apreciarlo. Parece una pequeña herida causada por punción, como si se tratase de una leve picadura por encima de su corazón, ¿verdad?

Leo agradeció su simplificado análisis para principiantes.

- El que lo hizo, le inyectó una sustancia intravenosa que desaparece o es indetectable a las horas. Eso fue lo que le provocó el paro cardiaco. Aunque como te he dicho, aún no podemos descartar ninguna otra hipótesis hasta que reciba los análisis de Madrid y los coteje con otras muestras. De hecho, es lo único reseñable que he encontrado ya que el resto del cuerpo no presenta hematomas o rasguños físicos.

- O sea, que quien le hizo esto...

- Es alguien bastante meticuloso – se adelantó – Es más, estoy convencida que a la chica le pilló por sorpresa.

- ¿Crees que el *modus operandi* encajaría con la personalidad de...?

- ¿Lorenzo Garrido? – le interrumpió.

Leo cayó en la cuenta que Elisa sabía que habían atrapado al Serbio. Recordó haberle enviado un correo electrónico la noche de su detención por si deseaba echar un vistazo al informe de Ainhoa Liaño, la joven del crimen de Oñate, y compararlo con las muestras recogidas en el cadáver de Penélope Santana.

- Tendría sentido – continuó – Sobre todo si nos ceñimos al parte que emitió el Centro Penitenciario de Topas y que mencionaba que Lorenzo Garrido se fugó cuando fue trasladado a la enfermería. Creo que se tragó una pila convencional de ésas que se ponen en las radios.

- ¿Qué insinúas? – le espetó al otro lado de la camilla.

- Que su propósito no era otro que robar algún tipo de medicamento del cual conocía sus efectos una vez que se inyecta a la altura del corazón. El plan era fácil de llevar a cabo, aunque no tanto lo de huir de prisión.

El sargento se quedó pensativo antes de que Elisa reanudase el examen pericial.

- ¿Y sobre los signos de los párpados? ¿Qué me dices?

- Henna común que puede adquirirse en cualquier bazar o hasta en internet. No tienen nada de peculiar salvo que te fijes en el símbolo que se encontró dibujado en el vientre de Ainhoa Liaño – la forense abrió su informe y extrajo una fotografía del tamaño de una cuartilla. El esbozo que se intuía sobre su piel sucia era similar al que pintaron en los párpados de Penélope – Al menos en apariencia, parecen coincidir. En el caso de la chica de Oñate, el tiempo que se tardó en localizar el cuerpo y las lluvias que arreciaron esas semanas, imposibilitaron extraer una copia exacta del dibujo. El análisis que se le practicó, confirmó que se trataba de henna; aunque las marcas halladas en su cuello revelaron una muerte por estrangulamiento. Le provocaron, como en el caso de Penélope, otro paro cardiaco.

Ni siquiera Leo era capaz de descifrar el significado de aquellos símbolos bosquejados en ambos cadáveres. Supuso que formarían parte de un extraño ritual que sólo el Serbio podría desvelar (si es que estaba entre sus planes).

- Por cierto, no es lo único que tienen en común – prosiguió la forense mientras colocaba la carpeta sobre la mesa supletoria para, después, mostrarle algunas imágenes – Si te fijas en las fotografías, los brazos de ambos cadáveres aparecen en la misma posición. Desde luego no creo que se trate de una mera coincidencia, pero desconozco el motivo de separarlos del cuerpo y disponerlos en forma de uve.

- Como si quisieran echar a volar – acertó a decir.

- ¡Exacto! – exclamó Elisa – Es evidente que su asesino los manipuló adrede para que su propia obra tuviese sentido, ¿me sigues? No se conforma con matar; necesita que su creación simbolice aquello que desea que los demás conozcan de él.

- Pero si observas aquí, las palmas de Ainhoa están bocarriba. En cambio, la mano derecha de Penélope está cerrada.

- Buena apreciación, Sargento – apostilló. Luego se acercó a una pequeña nevera que había al fondo de la sala y regresó con una bolsa de plástico transparente.

- ¿Y esto…? – preguntó Leo en cuanto se la entregó.

- Cuando llegamos al escenario del crimen, el cuerpo de la chica ya había entrado en fase de rigor mortis. No me había percatado que llevaba una castaña apresada en su puño hasta que comencé a practicarle la autopsia.

Leo escuchó boquiabierto su discurso a medida que curioseaba con detenimiento aquel fruto silvestre.

- No sé si la llevaba en la mano en el momento que fue atacada, o la recogió del suelo para lanzársela a su agresor. El caso es que la he analizado y no he encontrado nada.

- ¿Insinúas que pudo aferrarse a ella al haber un forcejeo...? – Leo se sintió apurado de terminar la pregunta que le rondaba en la cabeza.

- Aparentemente no hay indicios de agresión sexual – puntualizó – Tampoco los hubo en el de la joven de Oñate. Más bien lo descartaría si es a lo que te refieres. Pero por qué apareció la castaña en su mano, no sabría decirte. Puede que forme parte del ritual, como también que no exista ningún tipo de vínculo con su asesino.

Las palabras de Elisa disiparon algunas dudas para formar otras nuevas al cabo de unos segundos. A Leo le pareció todo tan complejo, que ni siquiera tuvo tiempo de calcular a lo que se enfrentaba fuera. Su mente, en cambio, revoloteaba sin cesar en la misma y contagiosa idea: ¿Dónde estuvo el Serbio la tarde que se fugó?

- Por cierto, aún te queda por escuchar la mejor parte.

- ¿Es que hay más? – le inquirió, sobrecargado de información.

- Me he reservado la guinda de la autopsia para el final. ¿Estás preparado?

- Más bien me estás asustando – le detalló – Pero sí, estoy listo. Dispara.

- He descubierto en el cabello de Penélope una alta concentración de agua salina. Los análisis practicados señalan que es agua de mar, lo cual sigo sin entender qué pinta en su pelo cuando todo indica que la chica estuvo retenida en la zona.

Leo se quedó sin habla.

- También he leído los informes de Ainhoa Liaño y el patólogo no menciona nada que me ayude a esclarecer por qué hay sal de mar en el cabello de Penélope. A parte que ya es tarde para saberlo.

- ¿Por...? – le interrumpió intrigado.

- Porque la chica de Oñate fue incinerada.

En ese preciso instante, Leo deseó avisar por teléfono a Aura y proponerle una segunda entrevista con Lorenzo Garrido para descubrir qué sabía al respecto. Era posible que se estuviese saltando las reglas al compartir con la periodista una información crucial para la investigación que aún se encontraba bajo sumario. Pero una voz le decía que debía actuar de inmediato.

- Imagino que en un par de días tendré el resto de análisis y podrás entregar el cuerpo a la familia – le avanzó.

- Todavía no me has dicho qué piensas – Leo advirtió una espesa niebla a su alrededor que le impedía avanzar – ¿Por qué tendría Penélope Santana agua de mar en su pelo?

- Seguramente me equivoque al decirte esto, pero puede que la chica no estuviera tan cerca como creías.

Acaba de acomodarse en su habitación – un amplio dormitorio con cama dosel, dos armarios empotrados donde guardó sus pocas pertenencias y vistas al jardín trasero – cuando Aura recibió una llamada de Leo. Durante algo más de cuarenta minutos, el sargento le narró con todo lujo de detalles la conversación que había mantenido con la forense en el Anatómico Forense y que venía a decirle que las circunstancias de Penélope, dónde estuvo en todo ese tiempo y con quién, eran todavía más extrañas de lo que a primera vista intuyó. La periodista no supo qué responder cuando Leo le aseguró que se habían encontrado restos de agua salina en su cabello. En cierto modo el examen preliminar era tan complejo, que Aura no dudó en aceptar una nueva entrevista con el Serbio en cuanto Leo se lo propuso desde el manos libres. Quedaron en verse en su despacho a las nueve – tiempo suficiente para pasarse antes por su casa y darse una ducha –. Aura llegó con cinco minutos de antelación una vez que se adentró por las calles del pueblo, donde el eco de las esquilas retumbaba contra la noche cerrada.

Una vez que atravesó el vestíbulo y saludó al guardia de la mesa, recorrió aquel pasillo que se sabía de memoria, contagiado por las voces de otros agentes. Después se detuvo delante de la puerta con el mismo cartel que rezaba *Despacho* a un lateral de la pared y golpeó con los nudillos un par de veces. Enseguida asomó la cabeza en cuanto escuchó un *¡adelante!* Aura se fijó en las ojeras que se concentraban oscuras bajo su mirada e intuyó por la sonrisa que esbozó al levantarse de su asiento que estaba encantando de volverla a ver. Lo primero que le preguntó fue si ya se había instalado en casa de Carmen. La periodista le agradeció la recomendación y le dijo que no podía estar mejor atendida. Luego le mencionó que Garrido ya se encontraba en la sala de interrogatorios y Aura le propuso ir a su encuentro. No quería defraudarle a sabiendas del esfuerzo con el que estaba bregando y el cansancio que carcomía su mirada. Aura necesitaba devolverle todo lo que estaba haciendo por ella, corresponderle con su pequeña aportación, ayudarle a que el Serbio admitiese por fin la verdad. Por eso le sugirió que la entrevista podía alargarse un poco más a pesar del tiempo estipulado en el contrato de confidencialidad. Sin embargo, Leo le confirmó una vez que llegaron a su destino que veinte minutos eran suficientes para un segundo encuentro.

Aura Valdés asió el pomo de la puerta y esperó nerviosa a que la desbloquearan desde la habitación contigua. En cuanto escuchó el pitido, el sistema accedió. Una fría penumbra se abalanzó sobre ella a medida que traspasaba el umbral. La lámpara del fondo iluminaba la misma porción de la sala, donde descubrió sus ojos felinos tras la tupida oscuridad que lo abrigaba. Entonces, dejó que la luz deshiciera las sombras y echó el cuerpo hacia delante. Su sonrisa se reveló deprisa mientras la puerta volvía a bloquearse a sus espaldas. Aura se dio cuenta que llevaba la misma ropa que la vez anterior, incluso la barba comenzaba a salpicar de más canas su barbilla. El pulso se le aceleró en cuanto el Serbio empujó con la punta de su zapatilla la silla que tenía delante. Aura comprendió el mensaje y caminó despacio sin apartar la vista de aquel hombre que no dejaba de avasallarla. Su presencia parecía excitarle, como si le estimulase el hecho de dominarla en aquella habitación. Se sentía tan seguro de sí mismo, que ni siquiera desenlazó los dedos de sus manos una vez que la periodista tomó asiento.

- Sabía que eras tú cuando me comunicaron que tenía visita – articuló con la voz cavernosa.

Su mirada se tornó intimidatoria. Tal vez Aura se sintió incómoda en cuanto volvió a posar los ojos en sus facciones remarcadas. Por un instante se lo imaginó con veinte años menos y dedujo que debió ser bastante atractivo pese a las canas que florecían en sus sienes. Su actitud reposada, en cambio, le provocó cierta desazón, como si en el fondo no alcanzara a traspasar la barrera que recalcaba con la disposición de sus brazos sobre la mesa.

- Me engañaste – le increpó. Aura necesitaba que le tomase en serio – Me engañaste cuando dijiste que me conocías de la prensa.

- ¡Ah sí...? – respondió pausado – Entonces, ¿se puede saber cómo es que te reconocí en la calle?

- Por mi blog – le retó, mirándole a los ojos – Tú eras el que se escondía tras el Nick *Rosa de los Vientos*. Por eso me lanzaste un señuelo justo en el momento que estaba a punto de abandonar la sala. Lo hiciste aposta; querías refrescarme la memoria sin ser tú el que lo dijera. ¿Por qué?

- ¡*Guau*! Me dejas impresionado. Ya veo que no se te escapa una. Al menos, ya sé que no me equivocaba escogiéndote como confidente. Posees la astucia y rapidez que necesitaba comprobar. Y ahora dime: ¿averiguaste algo sobre lo que hablamos anoche? ¿Conseguiste localizar el trauma de Penélope?

- ¿Cómo podías saberlo? – le espetó con dureza. Supuso que tras el espejo ahumado, Leo estaría grabando la conversación.

- ¿A qué te refieres, a que Penélope sentía miedo de su entorno?

- Más bien a que tomaba esas pastillas – le corrigió – ¿Por qué lo sabías? Ese dato ni siquiera llegó a publicarse en la prensa. ¿Quién te lo confesó?

- Tú.

Su sonrisa le provocó asco a medida que asomaba la lengua por una de sus comisuras, como si tratase de retener unos segundos más aquel placer en la boca. Aura seguía sin encajar su respuesta. No comprendía qué intentaba decirle con el talante sosegado.

- Me resulta extraño que no lo recuerdes, Aura. Aquel reportaje sobre el consumo de alcohol y drogas entre adolescentes no es que te reportase demasiadas felicitaciones entre los padres que leían tu blog – enseguida cayó en la cuenta de su astuto juego – Tú misma me diste la pista: según los datos que recogiste, si el cincuenta y cuatro por ciento de los jóvenes entre catorce y veinticinco años consume ocasionalmente algún tipo de estupefaciente, era de imaginar que Penélope formaba parte de ese porcentaje. ¿No crees?

- Dímelo tú, ya que eres el experto – le rebatió molesta.

- Tampoco te enfades, Aurita. Es evidente que su desaparición venía precedida por un profundo trauma que intentó ocultar a base de... ¿Sabemos ya qué tomaba?

- Eso mismo me gustaría saber – le mintió – ¡Ah! Y cuando te dirijas a mí, intenta no utilizar ningún diminutivo. Te lo agradecería.

- ¡Vaya, vaya, vaya! Al final va a resultar que sí estás cabreada – la situación parecía animarle – Piensa Aura. No te quedes en el simple detalle. Piensa en lo que tus compañeros publicaron en reiteradas ocasiones. Todos se unieron para sacudir los trapos sucios delante de la opinión pública.

- Sólo informaban.

- No. Sólo codiciaban ganar un poco más de lectores sugiriendo que la chica procedía de una familia desestructurada o que sus padres estaban a punto de divorciarse por culpa de sus continuos enfrentamientos.

- Pero ésa era la verdad – le ratificó sin saber siquiera si era cierto.

- Entonces, ¿cómo no iba Penélope a coquetear con lo que no debía? Ahí tienes tu ansiada respuesta.

Con la luz de la lámpara esparciendo sombras en derredor, Aura se percató que Lorenzo Garrido no estaba dispuesto a revelar su fuente. Algo sabía que no deseaba esclarecer pese a la insistencia de la periodista. Su juego consistía en seguir dando rodeos; en ocultar, como sospechó en ese instante, a la persona que le facilitó cierta clase de información que era imposible que averiguase desde prisión. ¿Podía tratarse de Anabel Ruiz, la madre de Penélope Santana? ¿O quizá de su expareja, Jonathan Muñoz? Aura decidió cambiar de tema a sabiendas de que no iba a colaborar.

- ¿Qué me dices de los símbolos pintados en su cuerpo? Son los mismos que los hallados en Ainhoa Liaño.

- Espero que no me hayas hecho venir para hablar otra vez de lo mismo – apuntó, desdibujando la sonrisa de su rostro – Ése no es un motivo para inculparme, si es lo que ese sargento te ha pedido que me preguntes. Cualquiera que hubiese seguido el caso, pudo habérselos pintado. Hay gente que prefiere imitar en vez de dejar salir su propio instinto. Pero dime una cosa, ¿también murió por estrangulamiento?

Aura supo que se refería a la chica de Oñate, de la cual había leído que ésa fue la causa de su muerte: estrangulamiento. Nada que ver con lo que le confesó Leo a la salida del Anatómico Forense, donde, al parecer, Penélope había sufrido un paro cardiaco provocado por una letal inyección en la zona del corazón. ¿Qué diablos se proponía, despistándola continuamente?, volvió a preguntarse sin apartar la mirada de la suya.

- El juez se encargará de facilitarte el resto del sumario cuando te juzgue por lo que has hecho.

- Lo estoy deseando – señaló con deleite.

- Sin embargo, la forense ha encontrado restos de agua salina en su cabello. Supongo que de eso tampoco sabrás nada.

- ¿Acaso debo? – le observó desafiante.

- Si la idea de hablar conmigo es que te ayude, deberías.

- Pues ya que lo mencionas, tendrías que informarte mejor. ¿O es que también se encontró agua de mar en la otra chica?

Aura enmudeció unos segundos.

- A diferencia de Penélope, Ainhoa Liaño apareció semanas después de ser asesinada y es de suponer que la lluvia diluiría la sal de su pelo en el momento que el perito realizó la autopsia.

- Si estás tan segura, ¿puedes explicarme cómo logré viajar a la costa el mismo día que me fugué, conseguir agua de mar sin ser reconocido y regresar a La Alberca?

Aunque su tesis parecía de lo más razonable (era prácticamente imposible que le hubiese dado tiempo a ejecutar dicho plan en tan sólo un día), Aura descubrió que el Serbio se sentía bastante irritado pese a intentar demostrar todo lo contrario con aquella disposición relajada y los dedos de sus manos entrelazados.

Orgullosa de su improvisación, continuó soportando su oscura mirada sin pestañear.

- Te equivocas – le espetó – Te equivocas si piensas que ése es el camino.

- Guíame entonces – le sugirió atenta.

- Tú misma has dado en la clave. Penélope siempre estuvo lejos de aquí. Eso seguro. Pero hubo algo que le hizo volver desde un lugar con mar. Encuéntrala – le retó.

El pitido de la puerta retumbó en el interior de la sala. A Aura Valdés le chocó que hubiesen transcurrido los veinte minutos de rigor y se levantó de su asiento. Ni siquiera le concedió unos segundos de despedida en cuanto atravesó la penumbra que se escurría gelatinosa y asió el manillar de la puerta. Su voz, sin embargo, le abordó por la espalda.

- Todavía no me has dicho cuál es tu propio trauma, Aura. Ése que no te deja dormir por las noches y al que eres incapaz de enfrentarte. ¿Me lo contarás la próxima vez?

Pero para cuando quiso girar la cabeza, Lorenzo Garrido había regresado a las tinieblas.

Leo Baeza estaba impaciente. Apenas podía controlar el hormigueo que le devoraba de un lado al otro del pasillo mientras volvía a mirar su reloj de pulsera. Había visto por el cristal de la habitación la conversación que Aura había mantenido esa segunda vez con el Serbio y estaba ansioso por compartir con ella sus impresiones. Por supuesto, Leo daba por hecho que sabía algo. No cabía duda que Lorenzo Garrido era el autor de la muerte de Penélope Santana pese a que aún existía un territorio sombrío colmado de interrogantes. Sus pensamientos se disiparon rápidamente en cuanto vio salir a Aura por la puerta. Leo acudió escopetado a su encuentro y la condujo hasta un rincón del pasillo para poder charlar tranquilos. Su mirada parecía intranquila.

- ¿Y bien? – le soltó la periodista a bocajarro – ¿Qué te ha parecido?

- Creo que su intención es que reconstruyamos el caso desde el principio. Va a seguir jugando con nosotros hasta que no encontremos una sola prueba que le inculpe directamente con el asesinato.

Leo se percató que Aura no reaccionaba, como si estuviese dándole vueltas a algo en su cabeza. Decidió entonces volver a insistir.

- ¿Qué opinas? – le sondeó – Al fin y al cabo, tus impresiones cuentan más.

- Puede que esté en lo cierto – le miró a los ojos – Puede que Penélope nunca estuviese en La Alberca y regresara por un motivo concreto.

DIA 3

Leo Baeza se removió dentro de las sábanas en cuanto su móvil comenzó a vibrar en la mesilla de noche. La habitación, todavía en penumbra, apenas dejaba traspasar la sucia claridad del día por las rendijas de la persiana. Estiró los brazos en alto y bostezó al mismo tiempo, como si aún no se hubiese percatado del parpadeo que arrojaba la pantalla. Fue entonces, mientras sus ojos se abrían despacio al mundo, cuando descubrió que aquel repetitivo sonido no formaba parte de sus sueños. Leo salió sobresaltado de la cama y atrapó su teléfono con el sopor todavía condensado en sus pupilas.

- ¿Quién es? – preguntó con el corazón alterado.

Leo reconoció su voz. Mientras escuchaba con desgana, se puso en pie y emprendió el camino a la ventana, sorteando de memoria los obstáculos que habitaban en su dormitorio. Una vez que rozó la pared con la punta de los pies, subió la persiana y oteó el cielo encapotado que se perdía en las lomas del fondo. Luego miró el reloj digital y confirmó, al igual que su interlocutor al otro lado de la línea, que se había quedado dormido. Imaginó que no era excusa anunciarle que era sábado y que llevaba más de veinticuatro horas sin pegar ojo.

De pronto, su mirada se quedó suspendida en el vacío. No podía siquiera reaccionar. Sólo sintió miedo y rabia por igual en lo más hondo de sus entrañas.

- No es posible… – balbució – Debe tratarse de un error.

Minutos más tarde, el sargento se introdujo por una carretera en mal estado que trepaba en zigzag hacia la cima de la montaña. Las vistas del sotobosque, cuajadas de helechos y acebos, se desparramaban salvajes por el arcén, donde las familias de pinos y rebollos desfilaban a toda prisa por la ventanilla. Leo alzó la vista y descubrió que una cobertura de nubes negras se deslizaba entre las cumbres escarpadas, devorando con su aliento invernal la naturaleza rocosa y el repetidor de telecomunicaciones. Enseguida accionó la calefacción de la patrulla mientras esquivaba a toda velocidad las innumerables curvas pronunciadas sobre el terreno. Por un instante creyó salirse de la carretera en cuanto se precipitó por la agresiva inclinación que bordeaba la cara externa de la ladera. Luego se abalanzó contra la cortina de vapor prendida en el ambiente. Leo encendió los faros antiniebla y una claridad ambarina alumbró las diminutas partículas de agua que revoloteaban en el aire. Comprobó que las orillas estaban espolvoreadas de nieve.

Una vez que atravesó el banco de niebla, el cielo se desplomó tormentoso contra el cristal. Las paredes de piedra levantadas a un margen, rezumaban infiltraciones de agua que reptaban hasta la carretera. Leo vio a lo lejos, dentro de aquel paisaje estéril, dos corzos encaramados a unas rocas. Se lamentó de no poder sacar una foto en condiciones cuando un cartel le anunció la llegada: *Peña de Francia, 0,5 km.* Nada más doblar la curva, aquel repetidor semejante a una torre medieval le dio la bienvenida. El sargento aceleró el último repecho y estacionó la patrulla entre la maraña de coches que encontró en una explanada a modo de aparcamiento. Abandonó deprisa el vehículo y sintió el crujido de la nieve bajo sus pies. Aquella extraña sensación le devolvió imágenes de su niñez a medida que subía por una calzada de pizarra. La iglesia se intuía al fondo, entre bloques de nieve que habían sido retirados contra los muros. Baeza dejó atrás un letrero con la insignia del Camino de Santiago y se apresuró en llegar por el suelo helado hasta las escalinatas que comunicaban con el interior. Le sorprendió no encontrarse a nadie. Miró de nuevo su teléfono y vio que no tenía ninguna llamada.

Al franquear la entrada del templo, le invadió un turbador silencio. Transitó precavido por la austera nave central, donde esquirlas de vaho sobresalían de su boca. Sintió que las corrientes de aire se enredaban entre los bancos de madera dispuestos a lo largo del santuario mientras contemplaba ensimismado el conjunto religioso. La patrona de la Peña de Francia, ubicada en una sencilla arquería por encima del altar, era negra. Portaba entre sus manos un niño Jesús del mismo color, ambos coronados por una diadema dorada primorosamente labrada. Se fijó que en lo alto de las paredes había unas palabras inscritas a modo de cenefa. Leyó: *En las culpas y penas de mi pobre alma, la Virgen de la Peña es mi esperanza.* Otro rótulo, esta vez ubicado en una de las columnas, rezaba que el peregrino se encontraba a 1727 metros de altura. Leo continuó vagando por el interior de la nave. De pronto, el chirrido de unas bisagras le hizo dar media vuelta. Barrios apareció tras un grueso portón y exhaló un rictus de contrariedad al ver al sargento.

- ¡Jefe, qué hace aquí? – su voz retumbó contra la bóveda – Estaba buscando al fraile.

- ¿Dónde se encuentran los demás? – le inquirió, confuso.

- Será mejor que me acompañe.

Atravesaron la estrecha galería que se abría tras el portón, donde las corrientes de aire se hicieron cada vez más fuertes. Las manchas de moho salpicaban algunas paredes a medida que recorrían los veinte metros que les distanciaban del exterior. Leo reparó en la nieve que se adivinaba más allá de la cancela abierta. Al salir, sus ojos tropezaron con los dos autocares estacionados a un lateral. Varios de sus agentes conversaban con los hombres de Rosales mientras la gente se agolpaba tras el cordón policial que se había instalado frente a una pequeña capilla. Baeza sospechó que se trataba de un grupo de turistas que habría adquirido uno de esos paquetes que ofertaban a un módico precio para visitar en un día los pueblos de alrededor. Sin embargo, aceleró el paso. Leo no se percató de Diana una vez que apartó a la muchedumbre que se concentraba por fuera de la zona acotada y se coló por debajo del cordón. Efectivos de la Guardia Civil entraban y salían de la capilla cuando reparó en Benítez.

- ¡Jefe, al fin! – exclamó. Estaba escoltado por David Ochoa y Luis Sastre, dos de los policías de Béjar. También se unió Estefanía Reyes, la única agente que había en la comisaría.

- ¿Se puede saber dónde cojones se ha metido el juez? – les abordó.

- Ilocalizable – le confirmó – Hemos llamado a su móvil, pero está inoperativo. Su secretaria cree que se fue a Marrakech con su familia a pasar el fin de semana. De todos modos, ha llegado el de guardia.

- Quiero que alguien le envíe el acta a su despacho – exigió, evitando cortafuegos en el protocolo – ¡Y bien, cómo ha sido?

- La mujer de la chaqueta roja avisó a la comisaría – anunció David mientras le dirigía con la mirada. Leo, en cambio, se detuvo en su poblada barba– Al parecer, el grupo es de Mérida. Dice que bajaron a inspeccionar la antigua cripta de la capilla cuando escucharon el sonido de un teléfono que parecía proceder de una tumba.

Luis Sastre le mostró dicho terminal dentro de una bolsa de plástico transparente. Leo no tuvo intención de pronunciar una palabra.

- El móvil está apagado – continuó – Creemos que lo que escucharon fue una alarma programada.

- De todas formas, para acceder a él tuvimos que retirar entre varios la losa que cubre el sepulcro – prosiguió Luis con la bolsa de plástico aún de la mano.

- ¡Pero quién diablos hay allí enterrado? – cuestionó Baeza a los agentes.

- Será mejor que vaya a echar un vistazo – le sugirió Benítez.

El sargento miró a los cuatro agentes y acto seguido dio media vuelta. Al lado de la entrada en forma de arco y grabada con tinta roja, se leía: *Capilla de la Blanca (S. XVI)*. Dentro, los peritos enfundados en sus trajes de bioseguridad criminalística reportaban pruebas en bolsas para ser fotografiadas en el laboratorio móvil que habían levantado tras una loneta. A la derecha, una puerta anunciaba la bajada a la cripta. Leo se apeó en el primer escalón y observó el resto de peldaños que se perdían dentro de aquel angosto túnel perforado sobre la roca. El propio descenso, húmedo y siniestro, le provocó antipatía. Según bajaba, un fuerte olor a tierra mojada se coló en su olfato. Las paredes, salpicadas de musgo, daban la sensación de desplomarse de un momento a otro. Escuchó igualmente un continuo goteo procedente de alguna filtración.

Una vez que llegó a la cripta, contempló la losa de la que le hablaron los agentes en el suelo. Leo traspasó el reducido espacio y se asomó precavido al sepulcro, pintarrajeado por la misma grafía roja a lo largo de la piedra. Entonces, sus ojos se perdieron en el rostro apergaminado de lo que parecía el cadáver de una mujer. El cabello, largo y oscuro, se arrastraba como raíces disecadas por su frente y pómulos. También se fijó en su cuello, consumido en un tono pajizo, así como en su pecho hundido bajo la cazadora vaquera que lo cubría. Llevaba unos pantalones del mismo tejido, donde se intuía la extrema delgadez de sus piernas. Las sombras de las que se alimentaba, apenas le dejaron apreciar el resto del cuerpo, la posición de sus manos, el calzado que se asomaba. Estaba tan absorto en averiguar qué pintaba ese cadáver ahí, que no reparó en la presencia que tenía a sus espaldas. Leo dio un brinco al escuchar su nombre.

- ¿Te he asustado? – pronunció Elisa Vázquez, la forense – Pensé que ya no vendrías.

- ¿Se puede saber qué significa todo esto?

- Ya veo que nadie te ha informado que ha aparecido un teléfono móvil.

- Eso lo sé – le detuvo – Me refiero a qué se supone que hay dentro de este sepulcro.

- Un cadáver – resumió irónica. Luego sacó del bolsillo de su bata unos guantes de látex y se los enfundó.

- No estoy para bromas, Elisa. ¿Quién es?

- No sabría decirte. He examinado su ropa y no lleva documentación.

Enseguida sacó una linterna pequeña y se la ofreció a Leo.

- ¿Me alumbras mientras…?

El sargento acató la orden e iluminó el interior de la sepultura. La luz evidenció los huesos que se dibujaban bajo su piel acartonada. Sus ropas, prestas al polvo eterno, le indicaron que podía llevar enterrada bastante tiempo. Después contempló las falanges de sus manos, enjutas y alargas. Prefirió no seguir inspeccionando cuando su mirada se detuvo en aquella boca seca y putrefacta.

- Se trata de una mujer. De eso no hay duda. Yo diría que en torno a veinte años tras un primer examen ocular, aunque puede que me equivoque. Necesitaría algunas pruebas complementarias para calcular su edad. Al menos hasta que el cadáver no sea trasladado al Anatómico y radiografíe su muñeca, clavícula y dentadura, no podré ser más precisa.

- ¿Sabrías decirme cuánto tiempo lleva muerta? – le interrumpió.

La forense comenzó a manipular sus manos y le pidió que alumbrase sus uñas. Luego hizo lo mismo, pero sobre los dientes que se revelaron al introducir sus dedos de látex por el orificio de su boca.

- Es difícil de saber. Date cuenta que el cadáver ha entrado en una fase de momificación gracias a las bajas temperaturas que hay en el interior de la cripta, aparte de encontrarse en la cumbre de una montaña a más de mil metros de altitud. ¿Me explico? –Baeza asintió sin pestañear – Pero diría que alrededor de cinco años.

Aquel dato le sedujo por un instante.

- Si estás pensando lo que creo… – continuó –, es bastante probable.

Ambos giraron el cuello cuando escucharon varios pasos que descendían a toda prisa por las escalinatas de la gruta. Enseguida descubrieron que Benítez venía acompañado por David Ochoa y Luis Sastre.

- Disculpe. No sabíamos que estaba reunido – masculló el guardia.

- Sólo queríamos saber qué hacemos con el móvil – le indicó Luis con el propósito de zanjar el tema cuanto antes.

- Que se lo lleve la Científica para que lo analice. Quizá así podamos averiguar quién es la chica.

El policía hizo un gesto con las cejas mientras portaba en su mano la bolsa de plástico con el terminal en su interior.

- Jefe – llamó Benítez su atención – ¿Ha pensado que el teléfono podría pertenecer a Penélope? He ojeado el expediente y al menos coincide tanto en el modelo como en el color. Y al no hallarse en el escenario del crimen... – dedujo – Quintanilla me ha dicho que su hija tiene uno igual en azul, que se lo compró el año pasado cuando salió a la venta.

La mente de Leo se iluminó y miró a la forense.

- Es muy posible – le aseguró a sabiendas que el móvil ya no podría pertenecer a la joven que descansaba en el interior del sepulcro por el tiempo que llevaba muerta y que Elisa estimó minutos antes de que apareciesen.

- ¿Podemos retirarnos? – le cuestionó dudoso.

- Antes necesito que echéis a toda esa gente. Quiero que la Peña se quede vacía y no llegue a oídos de la prensa. Si os preguntan, contad cualquier excusa. Es importante seguir manteniendo la discreción.

Cuando los agentes se perdieron escaleras arriba, Leo giró el cuello hacia el túmulo de piedra para que la forense continuase con su valoración pericial.

- ¿Sabes cuándo tendrás lista la autopsia de Penélope Santana?

- Tengo a todo mi equipo trabajando a contrarreloj, Leo – matizó con cierto desdén en su voz – La analítica ya está pedida, pero no creo que me den los resultados hasta la próxima semana. De todos modos, si regreso pronto a Salamanca y me da tiempo a comprobar unas cosas, puede que te entregue el cuerpo mañana mismo.

- Es la única manera de que los periodistas no metan las narices en el nuevo hallazgo. Oficiando su entierro, nos aseguraríamos de tener a la prensa cubriendo el gran acontecimiento.

La forense hizo el amago de asentir mientras calculaba las horas de trabajo que tenía por delante. El sargento prosiguió.

- En cuanto termines con Penélope, necesito que te pongas con ella. Quiero saber cómo murió, cuándo sucedió. Porque si realmente crees que fue hace cinco años, es posible que el Serbio esté implicado. No sé si has caído que por aquel entonces, todavía era libre.

Leo Baeza franqueó la sala de reuniones a toda prisa. Sus agentes le esperaban ansiosos ante los nuevos avances que habían aparecido a colación de la investigación en curso. Aún no estaba convencido que la chica de la Peña de Francia estuviese directamente relacionada con la desaparición de Penélope Santana. Por el tiempo que había estimado Elisa Vázquez en el interior de la cripta, el Serbio podía ser el responsable de esconder el cadáver en aquel viejo sepulcro al encontrarse fuera de prisión. Tampoco tenían nada contra él, pero a Leo le escamó que el repentino hallazgo de un móvil que coincida con el modelo y color (el cuál no se encontró durante los meses que estuvo desaparecida), Lorenzo Garrido fuera a ocultarlo en el único lugar que acabaría delatándole.

El sargento dudó de sus propias conjeturas y rodeó el escritorio que había al fondo, entre la pizarra magnética y la corchera con varias anotaciones. Ni siquiera reparó en Hugo Medina, sentado a la izquierda de Diana Barrios, que le saludó con un gesto tímido. Supuso que se habría repuesto del *shock* post-traumático que sufrió en la ermita cuando hizo el amago de acercarse a la agente. Pese a la bala que le rozó el brazo, sus intenciones con ella seguían siendo más que evidentes.

- Bien – pronunció en voz alta – Me acaban de confirmar que el teléfono móvil se lo ha llevado la Científica para analizarlo. Por lo visto tardarán unos días en averiguar la clave de acceso ya que el terminal se encontraba apagado cuando agentes de la Policía Nacional lo hallaron en el sepulcro. Para los que no estuvisteis presentes –miró a Medina –, creemos que fue una alarma lo que escucharon los turistas que dieron el aviso a la comisaría de Béjar. Hay indicios de que se trate del móvil de Penélope Santana. Al menos, el modelo y el color concuerdan con la descripción que aportó su madre el día que se le tomó declaración.

- ¿No sería conveniente interrogar al Serbio? – le interrumpió Pacheco.

- No lo descarto; incluso puede que fuese él quien lo dejase allí por algún motivo que aún desconocemos. Lorenzo Garrido es muy astuto y va a hacernos perder el tiempo si mezclamos el caso de Penélope con el de la chica de la Peña. Por ahora, hasta que la forense no me notifique lo que ha descubierto en el cadáver, prefiero que siga ignorando que le hemos cazado. ¿De acuerdo?

Todos respondieron de forma escueta.

- Lo que sigo sin comprender es cómo pudo mover la losa que cubre el sepulcro e introducir el terminal. Es demasiado pesada hasta para cualquiera de nosotros. Suponiendo que fuera el Serbio quien lo hiciera.

- La losa no fue movida, jefe – le aclaró Portu desde la fila de atrás – Cuando llegamos a la cripta, comprobamos que había una abertura de un dedo de grosor por donde entraba perfectamente un *Smartphone*. Nos cercioramos de ello antes de que llegase. Por eso el grupo de turistas pudo escuchar la alarma. La cuestión es si el que lo hizo, sabía que allí se escondía un cadáver.

- Buena pregunta – le agradeció –, aunque yo retrocedería a cuando la chica murió, que, según parece, la forense estima en torno a cinco años. ¿Por qué sabía la persona que la enterró en esa cripta, que la sepultura se encontraba vacía?

- Lo buscaría en internet – soltó Medina de pronto. Todos enmudecieron – Yo mismo lo he hecho y esa tumba pertenecía a Simón Vela, un peregrino francés que a su vuelta del Camino de Santiago allá por el siglo quince, encontró la imagen de la virgen en la Peña de Francia. Sus restos, depositados en un principio en la cripta, fueron trasladados posteriormente a Sequeros.

- Por lo que era de adivinar que el sepulcro se hallaba disponible para volver a ser utilizado – sentenció Baeza.

El silencio que se escurrió, sirvió para que cada uno tomase sus propias deducciones.

- Pero no es posible – se apresuró Benítez – Esa losa pesa como un demonio. Hace falta moverla por completo para poder introducir un cadáver. Además, ¡qué coño! Le hubiese llevado bastante tiempo. No creo que se le ocurriese perpetrarlo a plena luz del día mientras la ermita está abierta al público y con trasiego de turistas.

El teléfono de Leo comenzó a vibrar en el bolsillo de su anorak. Rápidamente lo sacó, creyendo que podría tratarse de Aura. Cuando leyó en la pantalla el nombre de Castillo, decidió cortar la llamada. No estaba por la labor de escuchar un nuevo sermón.

- Disculpad – abrevió – ¿Por dónde íbamos? ¡Ah sí! Por el dilema de cómo introducir un cadáver en un sepulcro sin ser visto. ¿Alguien sabría decirme quién custodia el Santuario de la Peña de Francia y quién se encarga de abrirlo y cerrarlo a diario?

Leo giró la cabeza para cerciorarse que Aura seguía enfrascada en sus pensamientos en el asiento del copiloto. Le había avisado una hora antes por teléfono para narrarle los últimos sucesos acaecidos esa mañana en relación a la chica aparecida en la Peña. La periodista ni siquiera se atrevió a conjeturar una hipótesis durante la media hora que la retuvo al móvil. Estaba igual de perdida que él. No era capaz de encontrar una explicación coherente que vinculase a Penélope Santana con el cadáver de esa mujer que, por de pronto, había perecido, según la estimación pericial, cuando Penélope contaba con doce años. Aura dedujo que era imposible hallar una relación entre ambas con esa diferencia de edad. Pero, ¿y con Lorenzo Garrido?, le desafió Leo al otro lado. La historia parecía retorcerse según se adentraban en el caso, y algo por dentro le decía que no habían hecho más que otear la punta del iceberg. ¿Hacia dónde les llevaba todo aquello?, se preguntó Aura a sí misma. Tampoco titubeó cuando el sargento le propuso hacer una vista a la Orden Carmelita, los encargados del mantenimiento y las visitas al Santuario de la Peña de Francia. *Ellos pueden darnos la clave al custodiar las llaves de la cripta*, le aseguró.

Así que no era de extrañar que Leo girase unos instantes la cabeza cuando se perdió por la sinuosa carretera que se descolgaba por la falda de la montaña. Supuso que Aura se habría dado cuenta que la necesitaba a su lado ahora que el caso había dado un giro. Aquella idea se esfumó deprisa de su cabeza al comprobar que estaba especialmente guapa con aquel gorro de lana que dejaba escapar su flequillo desigual por su frente.

- ¿Estás bien? – pronunció Baeza en voz baja. La periodista se percató entonces que no paraba de observarla.

- ¿Tú crees que esos frailes tienen algo que ver? Nadie más tiene llaves del Santuario de la Peña de Francia y la Capilla de la Blanca. Si alguien introdujo el cuerpo en la cripta hace cinco años, ellos son los únicos que podrían desvelarnos si ocurrió un hecho raro en esa época. Puede que vieran algo que nunca se atrevieron a contar.

- Por eso quería que me acompañases – Aura no supo encajar su respuesta – Eres periodista; supongo que poseerás olfato para percibir si el Abad nos miente. Ya sabes que no es igual entrevistarse con alguien cara a cara que contemplar la escena unos pasos por detrás. Necesito que estés atenta y analices sus gestos, sus palabras, si crees que oculta algo…

Aura se quedó ensimismada mientras sus ojos se perdían por el follaje húmedo de fuera. El otoño salpicaba de tonos cobrizos el paisaje.

- De todos modos, me escama que los frailes hubiesen tapado en todo este tiempo algún tipo de información relevante al caso. Se habrían puesto en contacto con la Policía de ver algo extraño. Es más, tendrán alguna televisión en el monasterio para estar al tanto de lo que sucede en el exterior.

- Lo dudo – discrepó Baeza.

- Sigo pensando que la clave está en el Serbio. Y no, no creo que fuese tan estúpido como para deshacerse de un móvil encendido en un sepulcro donde cualquiera acabaría por escucharlo.

- Si es que el teléfono pertenece a Penélope – le corrigió – Recuerda que estamos a expensas del informe de la Científica.

- Lo sé, pero Lorenzo Garrido es mucho más astuto. No se le pasaría por alto un detalle así si supiera que hay una chica enterrada en esa tumba.

- Salvo que alguien le obligase con intención de tenderle una trampa – concluyó mientras aceleraba por la carretera en pendiente.

- Te refieres a… ¿Un cómplice? – vaciló – ¿Con qué motivo?

- Puede que estuviera amenazado, o que actuara sin pensar en las consecuencias. A lo mejor desconocía que allí se escondía un cadáver.

Aura Valdés reconsideró unos segundos sus palabras para asegurarse una vez más que estaba equivocado. Ella era la que se había entrevistado con él, la que había tenido la oportunidad de mirarle fijamente a los ojos, la que comenzaba a entender su propio juego sembrado de misterio. Por mucho que Baeza intentara convencerla de camino al monasterio, Aura creyó que el Serbio era demasiado avispado; tanto como para caer en el simple error de esconder el móvil de Penélope en un lugar como aquél.

- Quizá él mismo pueda sacarnos de dudas – sugirió la periodista sin apartar la vista de la carretera.

- Te refieres a... ¿Contarle la verdad? – Aura asintió callada – Ni hablar. Sólo conseguiríamos que entorpeciese la investigación. Sería como boicotear el caso desde dentro. No tendría sentido.

- ¿Y cómo pretendes averiguar si el Serbio tiene algo que ver con la chica de la Peña? Tú mismo estás adentrándote en un callejón sin salida.

- A raíz de lo que descubra la forense – respondió – No es la primera vez que se identifica un cadáver gracias a una cicatriz, un tatuaje o el número de un implante dental. Entonces, y una vez que sepamos su nombre y las causas de su muerte, actuaremos. Además, aún nos queda el teléfono móvil.

A Aura le pilló por sorpresa su respuesta y le miró extrañada.

- ¿Acaso no lo habías pensado? – prosiguió – Puede que la clave se hallé en las tripas de ese teléfono, en la galería de fotos, en las llamadas que realizó...

- O en las que recibió... – añadió Aura – Lo siento, pero me cuesta creer que lo que escuchara la gente fuese una alarma. Prefiero esperar a los informes de la Científica y comprender por qué nunca localizasteis la señal de su móvil después de rastrearla durante los días posteriores a su desaparición.

Pero cuando todo parecía confuso y disparatado, Leo divisó al fondo, en la falda de la montaña, aquel solitario monasterio resguardado por la vegetación.

El monasterio del desierto de Batuecas se erigía macizo sobre un valle pincelado de colores otoñales y rodeado de profusos bosques, arroyos y montañas. Baeza estacionó la patrulla fuera del recinto y atravesó junto a la periodista la cancela de hierro. Sus ojos deambularon deprisa por aquel paraíso eremítico con árboles frutales a un margen y un huerto abandonado. El musgo y otras plantas trepadoras escalaban los cercados rocosos levantados por los antiguos frailes. Todo estaba diseñado para la vida contemplativa mientras el cielo, congestionado de nubes tormentosas, confería al edificio un aspecto húmedo y siniestro, como si las muescas ennegrecidas que se arrastraban por su fachada, formasen parte de los vestigios soportados a lo largo de varios siglos.

Aura se fijó en los austeros jardines a modo de claustro que se adivinaban al fondo, cerca de una ermita de estilo románico. Supuso que aquel lugar, contagiado por el rumor de una naturaleza acechante, estaría habitado por oscuras leyendas que todavía sus moradores relatarían al calor de la lumbre. Sintió un escalofrío por debajo de su nuca y se arrimó al sargento en cuanto éste golpeó la aldaba del portón de madera. Al cabo de unos minutos, la mirilla en forma de celosía se abrió. Descubrieron entonces que aquella mirada enterrada bajo las sombras no dejaba de observarles.

- ¿Hola? – pronunció extrañado – Soy el sargento de la Guardia Civil de La Alberca. Tenemos cita con don Damián Salcedo.

De pronto, escucharon un manojo de llaves. Leo y Aura se miraron expectantes hasta que la luz de fuera desempañó las tinieblas que brotaron enseguida por detrás de la puerta. La imagen de aquel fraile les sobrecogió. Ayudado por una vara retorcida de vid, el hombre dio un paso al frente y atravesó la espesura que lo cubría. Vestía una túnica marrón que le llegaba a los pies y una cuerda gruesa atada con varias vueltas a su cintura. Aura calculó que tendría alrededor de ochenta años.

- El Abad les espera – articuló con la voz un tanto temblorosa – Si hacen el favor de acompañarme…

Mientras el anciano enfilaba el camino de vuelta por un amplio recibidor, Leo recordó que Benítez se había encargado de avisar al monasterio tras tomar declaración al fraile de la misma Orden que se encontraba en la Peña en el momento que fue descubierto el cadáver de la chica. Rápidamente se adentraron por una austera galería con el suelo de barro cocido y un millar de velas encendidas en varias mesas a los márgenes de las paredes. Leo percibió un olor familiar, como a incienso de sacristía que le devolvió recuerdos de su niñez en un colegio de curas. Se fijó en el techo abovedado, difícil de averiguar su color original a causa del moho que se arracimaba por sus esquinas, al igual que en los azulejos de estilo portugués que trepaban hasta la mitad de los gruesos muros. El fraile les indicó una puerta abierta y Aura y Leo entraron por ella, sin saber qué otros secretos se escondían más allá de la galería que se perdía entre las sombras que palpitaban.

Al atravesar el refectorio, los ojos de Aura ni siquiera repararon en el hombre de edad madura que les estaba esperando con una tímida sonrisa en mitad de la sala. La periodista se maravilló con las dimensiones de aquella estancia con las mesas alargadas dispuestas en forma de herradura, una bóveda de cañón con lunetos, una sillería de respaldos corridos y un púlpito hexagonal al fondo, con entablamentos y relieves de San José y San Tomás. Leo, en cambio, avanzó hacia él con la mano extendida y se la estrechó brevemente a modo de saludo. Se fijó que vestía la misma indumentaria.

- Si desean tomar asiento... – indicó, señalando los bancos. Leo contempló las bolsas que colgaban por debajo de sus ojos y su barba canosa.

- No es necesario – respondió por los dos. Aura decidió regresar a su lado – Tampoco queremos robarle mucho tiempo.

- Ustedes dirán – insinuó cortante – Ya le dije al agente todo lo que sabía al respecto.

El sargento se cercioró que la presencia de ambos le incomodaba y optó por ir al asunto que le competía.

- Tenemos ligeras sospechas que alguien más aparte de ustedes pueda tener una copia de las llaves de la Capilla de la Blanca. Como le habrán informado, el cadáver de esa chica apareció en el sepulcro de la cripta.

- Ya le comenté a su compañero que eso es imposible – zanjó con cierta tensión en sus labios – Nosotros somos los únicos guardianes del santuario; o al menos, desde que el monasterio del desierto se atribuyera desinteresadamente esa responsabilidad cuando se fundó en el siglo dieciséis. Por la proximidad a la Peña de Francia, los padres dominicos decidieron custodiar ese lugar santo por la cantidad de devotos que lo visita al año. Dese cuenta que allí arriba, aparte de ser el santuario mariano a mayor altitud, se ofician misas cada domingo, bodas a partir de primavera y excursiones constantes.

- Pero también hay un repetidor de telecomunicaciones y una hospedería, independientes al monasterio – le rebatió.

- ¿Qué insinúa, si ellos tienen acceso a las llaves de la Capilla?

Leo le escudriñó sin apartar la vista de su rostro.

- Le vuelvo a repetir que nadie más posee una copia aparte de las que hay en este monasterio. Siempre deben conservarse en manos religiosas.

- Quizá alguien que acuda de vez en cuando por aquí sepa donde las guardan. Ya me entiende: un repartidor, un jardinero, cualquier persona de su confianza.

- Lo dudo – le garantizó con una sonrisa – En nuestra Orden no entra nadie que no sea de la congregación. Está expresamente prohibido. Y el hecho de que ustedes estén hoy aquí, es circunstancial. Los hermanos han consagrado su vida a Dios con los votos de obediencia, castidad y pobreza. Nuestra vida se resume básicamente a la oración, el estudio y el trabajo en comunidad. Celebramos misas en la Peña de Francia porque forma parte de nuestra labor; pero también cultivamos en el huerto y vendemos las hortalizas y perronillas que elaboramos en el obrador para continuar reparando algunas estancias. ¿Desea saber algo más...?

Aura reparó en el acentuado retintín que el hermano Salcedo arrojó a propósito. A Leo, en cambio, ni siquiera le incomodó y prefirió seguir con su particular interrogatorio.

- Las horas – abrevió con la voz ronca – El horario de la Peña de Francia.

- Con el trasiego de peregrinos que hay los fines de semana, la hermandad decidió ampliarlo. Si no recuerdo mal, el santuario y la capilla están abiertos hasta las seis de la tarde en inverno y hasta las ocho en verano. Aunque puede comprobarlo si entra en la página web que la Diputación de Salamanca ha habilitado.

- De acuerdo – remarcó conciso – ¿Alguna vez la cerradura de la Capilla de la Blanca fue forzada o cambiada?

- Nunca – respondió – Discúlpeme si parezco grosero, pero vuelvo a insistirle que en los años que llevo como Abad de este monasterio, arriba siempre ha estado todo en orden. Jamás hemos tenido ningún percance, ningún acto de vandalismo, nada fuera de lo común.

- ¿Es usted el encargado de abrir y cerrar el santuario?

- Por supuesto – subrayó – Desde hace tres años. Me acompaña el hermano Antonio en la furgoneta y luego se queda guardando el lugar por si aparece algún feligrés que necesite ayuda o algún tipo de información. Creo que le conoció esta mañana cuando le tomó declaración en la Peña.

Leo se dio cuenta que se equivocaba con el agente Benítez.

- ¿Y antes? – soltó de pronto – ¿Quién vigilaba antes el santuario?

- El hermano Enrique.

- ¿Podríamos hablar con él?

Baeza recordó que si la forense había estimado en cinco años la muerte de la chica, existía la posibilidad de que el tal Enrique pudiera ayudarles con sus pesquisas.

- No es posible – dijo.

- Será sólo un momento – le prometió – Tampoco es mi intención perturbar la calma de la comunidad. Quizá él pueda compartir con nosotros algo que viera o escuchara.

- Lamentablemente, el hermano Enrique falleció hace tres años.

La periodista y el sargento no pudieron por menos que mirarse. Ambos sintieron que ya no tenían nada más que hacer allí.

- Desde entonces soy yo, el nuevo Abad del monasterio del desierto de Batuecas, quien asume a diario el papel de abrir y cerrar el santuario de la Peña.

Leo dio un paso hacia atrás, como si la sensación de fracaso que vacilaba al fondo de su mirada le sugiriese que era el momento de abandonar el refectorio. Tampoco tuvo reparo en agradecerle el tiempo que les había concedido y le aseguró, además, que el cadáver había sido trasladado al Anatómico Forense de la capital y que podían reanudar su trabajo en la Peña a partir del día siguiente. Pero mientras se alejaban en silencio por aquella galería alimentada de sombras que titilaban tras las llamas de las velas, Leo temió conocer la opinión de Aura al respecto una vez que franquearon el portón de madera y avanzaron por el camino de fuera. El aire helado se enredaba a las ramas peladas de los árboles frutales.

- ¿Estás enfadado? – le inquirió la periodista antes de entrar en la patrulla.

- Más bien esperando un *te lo advertí* – se contuvo de golpear el capó – Tenías razón, ahora estamos en un callejón sin salida. Y encima el único que podía saber algo, está muerto.

- No podemos hacer nada más. Sólo esperar los resultados de la autopsia y que la Científica acceda pronto al móvil. Eso, o darle la razón al Serbio.

- ¿A qué te refieres? – le espetó inseguro.

- A reconstruir las últimas horas de Penélope Santana.

Damián Salcedo continuó espiando por la estrecha celosía hasta asegurarse que el coche patrulla desaparecía tras una nube de polvo. Después echó el cerrojo al portón de madera y chistó a la escurridiza sombra que recorría sigilosa la tenue claridad de la galería. El vello de su espalda se le erizó en cuanto vio que sus ojos llameaban como dos fósforos tras las tinieblas.

- Ya no hay de qué preocuparse – le anunció – Dudo mucho que vuelvan por aquí.

DIA 4

Se encontraban en un callejón sin salida. Eso mismo constató Leo aquel sábado por la tarde cuando después de dejar a la periodista en casa de Carmen, se dio cuenta que su entrevista con el hermano mayor había sido un auténtico fiasco. En cierto modo, se sentía decepcionado consigo mismo. No sabía cómo avanzar, qué pasos tomar, hacía dónde dirigir la investigación en curso con dos cadáveres en el depósito de Salamanca (relacionados o no, también lo desconocía) y un célebre asesino en los calabozos del Puesto que se negaba a hablar con la Guardia Civil y que Leo quiso retenerle a espaldas del mundo.

Con dicho panorama, no era de extrañar que el sargento se alegrara de recibir aquella llamada de Elisa Vázquez al anochecer. En resumidas cuentas le vino a decir que había acabado con la autopsia de Penélope y que como le prometió, ya podía ser devuelta a su familia para que oficiasen el entierro. *Al menos, ahora tendrás a la prensa entretenida*, le auguró al otro lado. *Ya mismo me pongo con la chica de la Peña*, prosiguió. *En cuanto tenga algo, te aviso.*

Leo informó a las autoridades pertinentes para que el cuerpo de Penélope Santana fuese entregado a su madre esa noche. Tampoco tuvo que dilucidar que la misa se celebraría contra todo pronóstico a la mañana siguiente cuando telefoneó a Anabel Ruiz y le confirmó que así era el expreso deseo de su marido (en coma inducido) y ella. Tan sólo le quedaba poner al corriente a Aura, que le cogió el móvil después de cinco tonos. Leo sospechó que le habría despertado, aunque la periodista no le dio mayor importancia cuando finalmente le esclareció el motivo de su llamada. En cuanto Aura se despidió de él al cabo de unos minutos, se puso manos a la obra. Envió un correo a Coto – su jefe –, y le resumió en dos párrafos lo que iba a acontecer el domingo al mediodía. Una vez que presionó el *Enter* y leyó en la pantalla de su Tablet *mensaje enviado*, supuso que era cuestión de horas que todos sus compañeros de profesión se personasen delante de la iglesia de La Alberca.

Aura volvió a frotarse las manos tras exhalar su aliento caliente sobre ellas. La niebla de la noche había dado paso a un *mojabobos* que, suspendido aún en el ambiente, se resistía a desvanecerse. La cortante humedad abrillantaba la piedra pulida de las escaleras de Nuestra Señora de la Asunción, donde el musgo que sobresalía de sus juntas afloraba con rabioso verdor. También se fijó en la torre de la iglesia, envuelta en una gasa plomiza que se diluía contra el horizonte cerrado. Entonces, sintió la presencia de Coto a sus espaldas. Había viajado temprano desde Madrid para presentar sus respetos de parte de todos los miembros de la agencia *Satellite*. Él mismo fue el que le encargó que localizase un lugar estratégico para cubrir el gran acontecimiento (Aura comprendió el mensaje y dedujo, en palabras de su jefe, algo así como: *ya estas moviendo el trasero y consiguiendo la mejor zona, que tengo a todos los suscriptores que muerden*). Esa misma mañana negoció por una sustanciosa cantidad el balcón que un vecino de la localidad poseía delante de la iglesia. Imaginó que Coto lo pagaría con agrado en cuanto descubriese dicho emplazamiento.

Sin embargo, todavía no había pronunciado una sola palabra en cuanto rebasó su altura y se aferró con ambas manos a la barandilla del balcón.

- Quiero que lo fotografíes todo – expulsó con la voz áspera –, y que elabores un reportaje de no más de seis páginas. Tampoco escatimes en detalles. La gente busca morbo y se venderá bien.

- Lo tendrás esta misma noche – le anunció con los ojos puestos en los grandes portones de la iglesia.

- ¿Te está suponiendo un gran esfuerzo el caso?

Aura comprendió que se refería a ese *problemilla* que no tardó en recordarle por teléfono la mañana que le exigió acudir a La Alberca. No tuvo tiempo de mandarle a la mierda (así como de revelarle que estaba trabajando paralelamente con el sargento de la Guardia Civil y entrevistando al que por ahora, era el único sospechoso), cuando las puertas de la iglesia se abrieron de par en par y el revuelo de dentro se manifestó como por arte de magia. Los periodistas congregados bajo el balcón donde se hallaba Aura con su jefe, comenzaron a lanzar una contagiosa estela de flashes mientras vecinos y familiares abandonaban la parroquia y se colocaban en desorden a los márgenes de la escalera, dejando un pasillo central para la salida del féretro. El coche mortuorio avanzó lentamente por la calzada y dio marcha atrás, situando el maletero al ras del primer escalón. Aura disparó su cámara fotográfica nada más aparecer la caja de pino a hombros de algunos de sus compañeros de instituto. Por el visor de la lente, observó que Anabel Ruiz estaba rota de dolor; lloraba desconsoladamente sobre el cuello de una vecina mientras Martina, su hija pequeña, iba de la mano de otra mujer. También reconoció a Carmen, la mujer con la que vivía, y a algunos de los agentes del sargento, que observaban la escena con las gorras de la mano y la actitud circunspecta. Los chavales descendieron la escalinata con lágrimas en los ojos e introdujeron el ataúd en el interior del vehículo. El silencio que irrumpió después, fue rasgado cuando uno de los operarios cerró con fuerza el maletero. La gente, vestida con atuendos oscuros, desdibujó enseguida el pasillo abierto en la escalera.

- Dicen que el asesino suele acudir al entierro de su víctima – masculló Coto con las manos aún soldadas a la barandilla.

- Puede ser – respondió escueta. Tampoco estaba entre sus planes contarle que más bien se encontraba en las celdas del Puesto de la Guardia Civil.

Aura continuó inmortalizando con su cámara al grupo superpuesto contra las escaleras hasta que el vehículo empezó a moverse dirección al cementerio. Vio que unos pasos más atrás, con la espalda apoyada al muro de piedra, se hallaba Leo. Sin saber por qué, Aura percibió en él cierto atractivo. Su rostro ya no estaba enmarcado por aquellas profundas ojeras que le acompañaron durante la noche que se conocieron. Se fijó que se había recortado la barba y que llevaba el cabello peinado con fijador. Aura presionó el botón de su cámara y capturó un primer plano suyo en varias instantáneas. Enseguida observó que sacaba el teléfono del bolsillo de su anorak verde. Leyó en la pantalla quién le requería y descolgó entonces la llamada.

El sargento Baeza se preguntó si hacía lo adecuado cuando pegó el móvil a su oreja.

- Ahora no puedo hablar – murmuró – Acabo de salir de la iglesia.

- Lo sé, pero es importante – le comunicó Elisa Vázquez, la forense, en el mismo tono – Tengo novedades respecto a la chica de la Peña de Francia.

El pulso de Leo se aceleró.

- Que conste que llevo trabajando toda la noche – le dijo con un matiz recriminatorio en su voz – ¿Recuerdas que ayer te comenté en la cripta que calculaba que la chica llevaba muerta alrededor de cinco años? Pues bien, me equivoqué en la estimación. Al desnudarla, he comprobado que su cuerpo está mejor conservado que las manos y el rostro. De ahí mi error. Le he practicado numerosas pruebas y ahora sí que te puedo confirmar que lleva muerta un máximo de tres años.

Leo se quedó absorto e intentó modificar en su cabeza la fecha anterior por la oficial.

- ¡Entonces? – soltó, todavía en *shock*.

- Entonces nos equivocamos de persona – le aclaró – Hace tres años Lorenzo Garrido se encontraba en prisión.

DIA 5

Aura era consciente que su jefe estaba en lo cierto cuando le expuso el tema de su *problemilla* aquella mañana por teléfono. En cierto modo sentía que estaba apuntalando sus miedos a base de vendas que no le permitiesen ver más allá de lo recomendable. No quería, al igual que tampoco se encontraba entre sus planes, ahondar en su pasado y volver a revivir los episodios que sufrió años atrás. Algo así relampagueó en su mente aquel lunes mientras desayunaba en la cocina y leía en su móvil las noticias de distintos medios que trataban la misa y el entierro de Penélope Santana con acertado tacto. En muchas de las informaciones, Aura reconoció alguna de las fotografías que envió por correo electrónico a Coto la noche anterior. Se figuró que debieron venderse en un abrir y cerrar de ojos cuando contactó con los directores de los diferentes medios con los que trabajaba y les mostró todo el material recopilado desde el balcón.

Carmen apareció enseguida por casa. Venía de hacer la compra en el ultramarinos que había cerca de la plaza. Al parecer, los vecinos se relacionaban cada vez más con los reporteros que deambulaban por las calles con sus cámaras.

- ¿Qué se comenta? – le preguntó con interés.

- Les incomoda que la Guardia Civil no tenga aún un sospechoso.

Aura Valdés adivinó en sus palabras lo que acabaría pasando. Era cuestión de horas que la prensa comenzase a atacar a los miembros de las Fuerzas y Cuerpos de Seguridad del Estado cuando ya no tuviesen ninguna otra información que ofrecer a sus lectores. Sabía de sobra que ése era el juego – o el circo, como calificó – al que los ejecutivos de la prensa amarillista les gustaba apostar desde hacía años. Si todavía no había un culpable al que linchar desde sus páginas, buscarían un sustituto mientras tanto; y la periodista vaticinó que Leo Baeza tenía todas las papeletas para convertirse en la nueva diana donde apuntar con dardos envenenados.

Agobiada por el peso de los días, Aura abandonó La Alberca en su coche y se adentró por una carretera comarcal. Necesitaba salir de allí unas horas a medida que retomaba en su cabeza la investigación. Era incapaz de desconectar mientras la luz gris colmaba de sombras el bosque que se filtraba tras la ventanilla.

Admitió con la radio puesta que el Serbio podía estar en lo cierto cuando se encontraron restos de agua marina en el cabello de la chica. ¿Y si nunca estuvo donde creyeron y Penélope acudió al pueblo desde un lugar con mar? Esa pregunta se enredó a sus pensamientos al cerciorarse que se hallaban en un callejón sin salida. Sin noticias del móvil encontrado en la cripta de la Peña, así como de las pruebas finales practicadas en ambos cadáveres, tan sólo les quedaba aceptar la declaración de Lorenzo Garrido como la más fiable e inspeccionar la senda que les había revelado.

Minutos más tarde, Aura estacionó el coche a las afueras de un pueblo y se perdió corriendo por *El Camino de los Prodigios*, una de las rutas que los deportistas solían tomar y que Carmen le animó a conocer junto con el *Camino de las Raíces, El Camino del Agua,* y como no, *El Bosque de los Espejos*. Aura aceleró el ritmo mientras atravesaba antiguos trazados de piedra que discurrían entre campos de cultivo y bosques de robles y madroños. El frío cortaba sus manos, aunque tampoco tuvo el amago de resguardarlas en los bolsillos de su abrigo. Sólo necesitaba correr, huir de sí misma, envolverse en el húmedo paisaje que le acorralaba sin descanso a medida que dejaba a sus espaldas otras obras escultóricas. Tal vez tuvo miedo en ese instante. Puede incluso que se sintiera sola y desamparada cuando decidió volver al coche con lágrimas en los ojos; pero una vez que regresó a La Alberca y recogió en una tienda las fotografías que había enviado desde su Tablet, supo que allí se encontraba él, entre el resto de imágenes de la habitación de Penélope que Leo le mandó por *WhatsApp* y la misa oficiada el día anterior. Aura rozó con las yemas de los dedos su boca, perfectamente delineada sobre el papel satinado. A lo mejor intuyó que su presencia le reconfortaba cuando lo único que ansiaba era marcharse de allí. Pero antes de comprender por qué lo había hecho, guardó el sobre con las fotos en la guantera y arrancó el motor.

Leo timbró la casa de Carmen pasadas las cinco. El aire de la sierra arañaba con sus garras la calle desierta mientras volvía a comprobar con el mando a distancia que había bloqueado las puertas de la patrulla. Aquel breve pitido irrumpió en el silencio de la tarde. Pensó que la gente evitaba abandonar sus hogares sin un motivo aparente; o al menos, eso vaticinó cuando la puerta de la vivienda se abrió y vio la sombra recortada de Aura contra el hall. Sorprendida, le invitó a pasar y le preguntó de camino al salón qué hacía allí. Leo no supo qué contestar. Quizás se conformó con narrarle que estaba patrullando la zona y se acordó de ella. Tal vez hubiese sido más sensato confesarle que seguía observándose a sí mismo en un callejón sin salida y que necesitaba ayuda. Pero en aquel preciso instante, mientras Aura preparaba en la cocina dos tazas de café, supo que de nada valdría exorcizar los demonios que llevaba dentro.

Sin mediar palabra, accedieron por las escaleras a la segunda planta y se refugiaron en su habitación. Leo echó un vistazo: la cama al margen izquierdo, un escritorio junto a la ventana, algo de ropa sobre el respaldo de la silla y un armario con las puertas de espejo. Aura despejó la silla en un santiamén y comunicó al sargento que tomase asiento. Después se enfrascaron en el caso Santana y todo lo que había sucedido hasta entonces. Sin embargo, aquella tarde las miras estaban puestas en Penélope.

- ¿En serio crees que pudo llegar al pueblo sin ser reconocida? – le preguntó Leo. Todavía seguía sin entrarle en la cabeza.

- Baja la voz. Carmen está acostada – le rogó – Ya sé que suena descabellado y que su imagen apareció en todos los medios. ¿Pero cómo explicarías que en su cabello apareciese sal marina? Al Serbio no le habría dado tiempo a viajar a la costa en menos de un día, coger agua del mar y regresar a La Alberca para cometer el crimen; suponiendo que ella ya se encontrase en el pueblo. ¡No lo ves…?

Leo parecía resistirse.

- Vale, sigamos con tu hipótesis. De ser cierto que Penélope vino de un lugar con mar: ¿cómo lo hizo? Te recuerdo que tenía diecisiete años y no sabía conducir.

- Puede que viniese acompañada – le espetó – Aunque, pensándolo bien, volveríamos a estar en el mismo callejón.

- Dudo que hiciese autoestop – objetó – Cualquiera le habría reconocido por el color de su pelo.

- ¿Entonces…? – se cuestionó Aura sentada a la orilla de la cama – ¿De qué otra manera pudo llegar?

- Como viene la inmensa mayoría de turistas – pegó un respingo – En autocar.

Aura se quedó boquiabierta y no supo si aquella deducción se trataba más bien de una soberana estupidez.

- ¡Piénsalo! – le sugirió con la mirada encendida – La línea La Serrana cubre a diario la ruta Salamanca–La Alberca. ¿Por qué no habría podido coger uno de esos autocares que parten de la ciudad, modificando ligeramente su aspecto? Por ahora sabemos que algo le requería en el pueblo y la mejor forma de llegar a su cita era viajando de incógnito en un autobús.

- Pero las cámaras instaladas en los andenes de la estación la habrían captado.

- Tienes razón. Voy a emitir una orden para que envíen al Puesto las grabaciones registradas el ocho de noviembre: el día que a Penélope la asesinaron. Si realmente fue así como sucedió, estoy convencido que llegó temprano a La Alberca.

La periodista comprobó en sus ojos un atisbo de emoción en cuanto se levantó de la silla para (supuso) regresar lo antes posible a la Comandancia. El atardecer caía en jirones azabaches contra el cristal de la ventana y encendió el flexo de su mesilla.

- Por cierto, ¿no te parece buena idea que entreviste al Serbio ahora que sabemos que no tuvo nada que ver con la chica de la Peña? – le lanzó de improvisto – Dudo mucho que si el terminal que se encontró en la cripta pertenece a Penélope, lo escondiese allí sin una razón aparente.

- Por ahora prefiero no desviar su atención – le indicó – Cuanta menos información reciba del exterior, más fácil nos resultará llegar a la verdad.

Leo Baeza ni siquiera se quitó el anorak cuando franqueó las instalaciones de la Guardia Civil y se presentó sin saludar en la sala de ordenadores. Tras una de las mesas que habitaban en desorden, el rostro de Quintanilla se enturbió mientras intentaba zamparse otro croissant relleno de chocolate.

- Necesito que te pongas en contacto con el Ayuntamiento de Salamanca y que te envíen al correo los vídeos que grabaron las cámaras instaladas en los andenes de la estación de autobuses el día ocho de noviembre.

El agente ni siquiera reaccionó con la espalda reclinada sobre el asiento.

- Es para hoy – concluyó.

- De acuerdo – descolgó el teléfono que había sobre su mesa – Por cierto jefe, vino el cartero hace un rato con un paquete. Como estaba a su nombre, lo dejé en su mesa.

La duda de quién le habría mandado un paquete al Puesto le acompañó de camino a su despacho. Una vez que traspasó la puerta, descubrió en su escritorio un sobre acolchado color garbanzo. Leo se acomodó en su asiento y buscó el remitente por ambas caras del embalaje. Sólo las señas de la Comandancia escritas con tinta negra junto a su nombre, fue lo único que constató mientras rasgaba el sobre por un lateral. Después introdujo la mano y extrajo una pequeña caja amarilla que examinó detenidamente. Sin embargo, se extrañó. Leo deslizó con cuidado la tapadera que lo cubría y advirtió que se trataba de un disco compacto con el número *6* inscrito en su superficie. Su cara traslució un gesto de contrariedad mientras metía el disco en la bandeja del ordenador y esperaba a que lo leyera. Una ventana apareció de pronto en mitad de la pantalla. Leo cogió el ratón y presionó el *Play*. El vídeo comenzó a reproducirse de inmediato.

Su mirada, en cambio, se tiñó de pavor.

- Me cago en la puta…

Cuando el Sargento salió por la puerta dando voces, ni siquiera se percató que la pantalla del ordenador seguía encendida. La misma escena se repetía una y otra vez, como si se tratase de un mecanismo macabro. Y es que en la parte trasera de aquel todoterreno, una chica golpeaba a cámara lenta el cristal de la ventanilla. Parecía pedir auxilio por su rostro aterrorizado; o al menos, lo intentó hasta que una mano emergió por su espalda y tapándole deprisa la boca, la sepultó para siempre en la oscuridad.

El ensordecedor ajetreo que se instaló en el Puesto tras la aparición de aquel disco compacto, arrastró una precipitada labor de búsqueda por parte de sus hombres. Y es que el sargento de La Alberca no tuvo más remedio que recurrir a sus agentes para resolver los varios frentes que se manifestaron en cuestión de horas. Enseguida ordenó a Benítez y Pacheco que acudiesen a la oficina de Correos para que averiguasen quién pudo enviar ese paquete a su nombre. Supuso que con la dirección de la Comandancia como única nota informativa, la persona encargada de atenderles tampoco les ayudaría a esclarecer el nombre del remitente que se ocultaba tras el envío ordinario. Quintanilla, por su parte, había avisado al Ayuntamiento de Salamanca en relación a las grabaciones de los andenes de la estación de autobuses del día ocho. Al cabo de una hora, le comunicó al sargento que acababa de recibir un correo electrónico con el archivo completo. Leo le agradeció la rapidez y le instó a que examinase las imágenes minuto a minuto. Necesitaba descartar que Penélope hubiese viajado al pueblo en autocar y echar por tierra las últimas insinuaciones de Lorenzo Garrido.

Una vez que el estrés comenzó a aflojar, Leo comunicó al resto de sus guardias que se personasen en la sala de investigaciones. Todos se colocaron alrededor del escritorio mientras Baeza encendía el ordenador portátil y volvía a introducir el disco en la bandeja de lectura. En cuanto apareció aquella ventana sobre la pantalla, pulsó el *Play* junto a un bloc de notas. Lo primero que anotó fue que el vídeo duraba ocho segundos y que se enlazaba de nuevo al principio, como si el formato hubiese sido manipulado para que la escena se repitiera una y otra vez a lo largo de diez minutos. También detalló que cuando el vehículo (un Land Rover granate modelo *Freelander*) aparecía a toda prisa por el margen izquierdo de la pantalla, la reproducción se volvía a cámara lenta hasta que desaparecía de nuevo por la derecha. En ningún momento se apreciaba la matriculación del todoterreno. Tan sólo el paisaje agreste (Leo observó el polvo que arrastraba al transitar por un camino de arena, así como algunos árboles diseminados al fondo) era la única nota discordante del vídeo que ninguno de ellos reparó en cuanto la chica emergió como un espectro tras la ventanilla trasera. El zoom granulaba la imagen en diminutos puntos negros que uno de sus hombres denominó como *píxeles*. Apenas se apreciaban sus facciones, lo que intentaba gritar a medida que abría la boca, el rostro carcomido por la era digital. Únicamente se intuía su cabello largo y oscuro, la postura de sus brazos mientras golpeaba el cristal, el miedo que escupía su rostro al intentar pedir auxilio. De pronto, aquella mano se abalanzó por su cuello y taponó enseguida su boca. Barrios objetó que se trataba de otra persona sentada al otro extremo del asiento. Sin embargo, la chica no mostró resistencia. Continuó suspendida en el interior del coche hasta que, casi sin advertirlo, desapareció.

- Corrales no ha sido capaz de definir mejor la imagen – se refirió al único agente que poseía en el Puesto unas nociones de informática. Después, bajó la tapa del portátil.

- Es posible que se trate de la chica de la Peña – sugirió Portu con los brazos cruzados.

- O de una nueva víctima – apostilló el sargento – Alguien ahí fuera nos ha enviado el vídeo para que sepamos de su existencia.

- A lo mejor intenta decirnos que el Serbio esconde mucho más de lo que a simple vista parece – argumentó Diana.

- O eso es lo que pretende que creamos – soltó Benítez.

El hombre cruzó la sala de investigaciones junto a Pacheco y ambos se detuvieron a escasos metros del grupo. Por la expresión de su rostro, parecía traer buenas noticias.

- Lo tenemos, jefe. El cartero le vio esta mañana introduciendo el paquete en el buzón que hay junto a la plaza – explicó ante el asombro de todos.

- Al parecer llamó su atención para que se lo diera en mano, pero se puso nervioso y se largó en su bicicleta – continuó Pacheco.

- ¿De quién se trata? – les cortó Baeza.

- De Jonathan Muñoz.

Leo apretó muy fuerte sus mandíbulas y notó un ligero escozor en sus muelas.

- Acompañadme – se dirigió a los dos guardias cuando echó a andar por la sala.

- Pero jefe, necesitaríamos una autorización del juez para…

- ¡Me toca los cojones el juez, su orden de arresto y la madre que lo parió! – vociferó – ¡Quiero a ese niñato en la sala de interrogatorios! ¿Entendido?

Nadie opuso resistencia cuando el sargento se alejó junto a sus agentes por el pasillo y se marcharon sin dirigirse la palabra en su patrulla. La noche caía como un manto helado sobre las calles solitarias del pueblo. Al cabo de diez minutos, Leo aporreó la puerta de la vivienda. Su impaciencia le devoraba por dentro. Estaba tan cansado de sus jueguecitos, que su mirada se encolerizó en cuanto el muchacho apareció nervioso tras la cortina que protegía la entrada.

- ¡Sargento! – exclamó.

- Hola, Jonathan. Acabo de recibir tu paquete. ¿Me acompañas al Puesto sin montar otro numerito o prefieres que pase a buscarte a medianoche con los dieciocho recién cumplidos?

Leo miró el reloj de la sala de interrogatorios mientras el vídeo se reproducía de nuevo en el portátil situado a un extremo de la mesa. Las 22:50 de la noche. Jonathan Muñoz apenas pestañeaba en la silla. Su madre, que había decidido estar presente durante el interrogatorio, no pudo por menos que aferrarse a su brazo con las dos manos. Una vez que la grabación cesó, Leo bajó la tapa del portátil y se sentó sobre la mesa, a un palmo de distancia del chaval. Tampoco dudó en arquear la espalda y acecharle fijamente con la mirada.

- Ya estás largando por esa boquita quién es la chica del vídeo – le forzó a confesar.

- No lo sé.

Leo se dio cuenta que Jonathan estaba atemorizado. Tenía el cuerpo engarrotado y la actitud huidiza. Maite le lanzó una mirada furibunda para que se le metiese al sargento en la cabeza que iba a proteger a su hijo con uñas y dientes. Demasiado tuvo que transigir permitiendo que se le tomara declaración sin su abogado, admitió.

- ¿Estás seguro? – le insistió – Pues explícame entonces por qué un muchacho de tu edad iba a tener un vídeo como éste. Te recuerdo que el cartero te vio esta mañana introduciéndolo en un buzón y que te fuiste echando humo en tu bicicleta cuando te sorprendió.

- Ya le dije que ese disco no es mío – respondió, encarcelado en sus propios miedos.

- ¡Y de quién si no, del vecino?

- De Penny.

Maite giró la cabeza y depositó la mirada en el rostro de su hijo. Leo, por el contrario, hizo una señal con los dedos para que los agentes que se encontraban al otro lado del espejo ahumado comenzasen a grabar la conversación.

- Ella me pidió que lo guardase días antes de desaparecer – declaró con la voz tomada – Sólo me pidió eso; que únicamente lo escondiera en mi casa y que nunca lo hablase con nadie.

Baeza esgrimió una sonrisa en su cara que confundió al propio chico. No entendía lo que estaba pasando.

- ¡Mientes! – gritó, dando un golpe contra la mesa.

- Por ahí sí que no, Leo – le advirtió la madre violentada. Leo ni siquiera le hizo caso.

- ¿Crees que a mí vas a engañarme como haces con tus padres? Ya puedes ir largando por qué guardabas ese disco en tu casa sino quieres celebrar esta noche tu cumpleaños entre rejas. Y hablo en serio; porque te juro por lo más sagrado que te empapelo por ocultar información y obstaculizar una investigación en curso.

- ¡Pero es la verdad! – gimoteó. Leo se fijó que le temblaban las manos – Es cierto que vi el vídeo un par de veces en mi ordenador, pero no sé quién es esa chica ni qué relación guarda con Penny.

- De acuerdo – pronunció – ¿Y por qué Penélope querría pedirte ese favor?

- ¡Tampoco lo sé! – exclamó sobresaltado – Supongo que no se fiaría escondiéndolo en su habitación por cualquier historia.

- ¿Por qué?

- ¡Yo qué sé! A lo mejor para que su madre no lo viera. Siempre se metía en todo.

- O sea, recapitulemos: ¿Pretendes hacerme creer que Penélope iba a pedirte el favor de que guardaras un disco que contiene unas imágenes donde se aprecia a una chica que está siendo retenida en un coche contra su voluntad, cuando ni siquiera estabais juntos desde hacía meses?

Jonathan Muñoz movió la tráquea al tragar saliva. No calculó que aquella información pudiera poseerla el sargento de la Guardia Civil, la cual supo por mediación de Aura Valdés, su confidente. Leo recordó que fue Carmen la que le narró aquel chisme que se departía en el ultramarinos del pueblo la tarde que se conocieron.

- Te noto sorprendida, Maite – le espetó a la mujer – ¿Acaso no te lo había contado?

- Que te quede bien claro que las madres somos las primeras en darnos cuenta de esas cosas – le contestó, molesta – Mi hijo tiene todo el derecho del mundo a estar con quien le dé la gana. Ni se te ocurra juzgarle por ello, ¿me oyes? – le amenazó.

- ¿Y por qué no dijo nada cuando se le interrogó la primera vez?

- Porque a ti eso no te importa – respondió Jonathan.

Leo clavó sus ojos en los suyos.

- ¡A mí me interesa todo lo que tenga que ver con Penélope, te enteras? –gritó – ¡Te recuerdo que está muerta y que no pararé hasta dar con quien la asesinó! Así que ya estás contándome por qué Penélope iba a confiarte ese disco si ya no erais novios.

- Bueno, quizás le debía una – aclaró con las manos intranquilas.

- ¿Por qué?

- A ver, yo quería que se quedase en el pueblo, ella no pintaba nada en Salamanca – soltó con atropello – ¡Joder, teníamos otros planes! Pero cuando echó la matrícula en la Facultad de Sociología, la cosa se enfrió y pasó lo que tenía que pasar.

- ¿Y qué se supone que pasó?

- Pues que corté con ella – confirmó, agachando la cabeza – Por eso le debía una. Ya sé que fui un egoísta y que no me porté bien con Penny. ¡Pero ésa es la verdad! Sólo quería deshacerme del vídeo por si ayudaba a resolver el caso. ¡No sé más!

- Tampoco sabías hace unos meses y ahora de pronto parece que has recuperado la memoria.

El megáfono irrumpió en la habitación cuando una voz le requirió en la sala de investigaciones. Leo se levantó de la mesa sin apartar la vista del muchacho. Se fijó en su semblante amedrentado y en el ligero tembleque de sus manos, que intentó disimular introduciéndolas en los bolsillos de sus vaqueros.

- Podéis marcharos, aunque esta conversación no acaba aquí – les aseguró.

- La siguiente será delante de nuestro abogado – zanjó Maite.

Leo les observó abandonar la sala mientras se preguntaba qué extraño vínculo habría mantenido Jonathan Muñoz en el pasado con Lorenzo Garrido. Existía la posibilidad de que se mensajearan por el móvil y que diseñaran un plan para acabar con la vida de Penélope. ¿El motivo? Aún lo desconocía; pero cuando se dirigió más tarde a la habitación donde estaban todos sus guardias reunidos, supo que algo no iba bien.

- ¿Qué ocurre? – preguntó en alto. Nadie se atrevió a resolver el misterio.

- Será mejor que se siente, jefe – le indicó Quintanilla, guiándole con el brazo hacia uno de los ordenadores que había encendidos – He revisado el vídeo de los andenes de la estación de autobuses y he encontrado algo. No se lo va a creer.

DIA 6

Aquel pequeño extracto de apenas quince segundos de duración, reproduce una escena muda donde la oscuridad de la noche queda patente con la hora que se lee en la esquina inferior derecha: las 06:40. La cámara, situada en lo alto de un poste delante de los andenes 3 y 4 de la estación de autobuses de Salamanca, graba ininterrumpidamente a los pasajeros que cruzan con sus maletas las dársenas del interior, así como los que suben y bajan de los distintos autocares que llegan deprisa para partir puntuales a sus destinos. De pronto, una chica entra en escena con una mochila a sus espaldas. Viste un abrigo de plumas y unos vaqueros elásticos que perfilan aún más si cabe su extrema delgadez. Entrega al conductor apeado delante de la puerta un papel del tamaño de un folio y éste rasga con los dedos un trozo. Aura se da cuenta que se trata del billete. La chica vuelve a coger el papel y lo dobla en dos mitades para guardárselo en el bolsillo de su abrigo. Antes de subir al autobús, camina dirección al andén.

La cámara registra su rostro mientras otros pasajeros guardan sus pertenencias en el maletero del vehículo. Aura descubre que es ella. No tiene dudas. Las fotografías que los medios publicaron desde que desapareció (la mayoría seleccionadas de una conocida red social), le ayudan a reconocer sus rasgos físicos en la distancia. Lleva una peluca morena de media melena para pasar inadvertida. Supone que el cabello rosa era demasiado evidente y no quiere que nadie la descubra. Cuando se detiene al final del andén, mira a un punto incierto, casi directamente a cámara. A Aura se le pone el vello de punta. Sólo dura unas milésimas de segundo, los suficientes como para plantearse qué intenta decir con aquella mirada suspendida en el vacío. Entonces da media vuelta, sube el primer escalón del autocar y desaparece de la imagen.

- ¡Guau! – exclamó Aura, todavía atónita de lo que acababa de presenciar.

Después dejó el móvil al lado de la palanca de cambios y notó que los ojos de su compañero buscaban desesperadamente los suyos.

- ¿Y bien? – intentó Leo tirar de su lengua con las manos fijas al volante.

- Ahora entiendo por qué insististe en que te acompañara a Salamanca – confesó.

- Portu telefoneó esta mañana a la empresa de transportes para que le remitiese el listado completo de los pasajeros que tomaron ese autocar con destino a La Alberca. Algunos de mis hombres han cotejado todos los nombres que aparecen en la lista… ¡Y equilicuá! Hay uno que no cuadra. El *dni* y el nombre con el que se inscribió ni siquiera existen.

- ¿Cómo que no existen? – le abordó la periodista.

- Resulta que ese pasajero adquirió un billete electrónico – le aclaró. Aura se fijó que el cartel de fuera anunciaba la llegada a Salamanca a 43 kilómetros – Si el dueño de la empresa nos facilita los datos bancarios desde donde se realizó la compra, o el lugar donde fue adquirido, podremos reconstruir sus pasos. Descubrir el origen de ese billete puede ser clave en la investigación.

- ¿Seguro que se trata de Penélope Santana?

- ¡De quién sino? – alzó la voz – Tú misma lo has visto. Penélope se escondía tras ese billete electrónico, de eso no hay duda; pero necesitamos dar con su posición para esclarecer por qué lugares se movía, si acaso fue retenida y se escapó, si alguien pudo llegar a reconocerla con esa peluca…

Leo parecía estar tan seguro, que a Aura le escamó la facilidad con la que pretendía resolver el caso y, por ende, el resto de peculiaridades que se habían aferrado a aquella historia como escurridizos tentáculos. ¿Qué pintaba entonces Lorenzo Garrido? ¿Y Jonathan Muñoz? ¿Y Anabel Ruiz?, se preguntó. Aura intentó advertirle que no todo era como se imaginaba, aunque prefirió que él solo se diese cuenta.

- Todavía no me has dicho si escuchaste la grabación que te envié por *WhatsApp* – cambió de tema. La periodista supo que se refería al interrogatorio que se le practicó a Jonathan, el exnovio de Penélope.

- ¿Quieres que sea sincera? – Leo asintió con la cabeza – Creo que Jonathan esconde algo. Es más, creo que no soportaba la idea de que la chica se fuese algún día del pueblo. No me extrañaría que sus celos le hubiesen empujado a hacer algo de lo que más tarde se arrepintiera.

- ¿Ocultar el disco en su casa, por ejemplo…?

- O desear que Penélope desapareciera.

El sargento la miró de soslayo y dejó que continuase.

- Por ahora sabemos que el Serbio es el único culpable. Las circunstancias de su huida y el lugar que escogió para ocultarse de la policía, le sitúan, de hecho, en el mismo escenario del crimen. Pero hay algo en la actitud de Jonathan que me hace sospechar. No sé si estoy en lo cierto o no, pero... ¿Por qué Penélope iba a confiar en un chico que, aparte de resultar ser su expareja, tampoco le animó a cumplir sus sueños? Hazme caso, Leo. Creo que Jonathan esconde un secreto.

Aura comprobó en su *Flik Flak* que eran las 10:47 de la mañana cuando Leo aparcó la patrulla delante de la puerta de la estación de autobuses. Los restos de la cencellada de la noche anterior persistían bajo una fina capa azulada que cubría los capós de los coches estacionados en hilera. La periodista se puso el gorro de lana nada más salir y se fijó en el edificio de La Escuela de Idiomas situado al fondo, donde años atrás cursó inglés hasta conseguir el título de B2.

Enseguida atravesaron las puertas de la estación y comprobaron que las oficinas de La Serrana se encontraban entre la cafetería con vistas a la calle y los baños públicos. Aura recordó que el edificio constaba de una sola planta y que los andenes se hallaban a un nivel inferior donde los pasajeros solían utilizar, o bien el ascensor, o bien las escaleras mecánicas. Baeza fue el primero en franquear las oficinas. Tras una mesa atestada de revistas de viajes junto a un monitor de ordenador, se encontraba el que supuso era el dueño de la empresa. El hombre, de unos sesenta años, vestía un traje oscuro de esos que anunciaban en las secciones de caballero de los grandes almacenes y una pajarita color mostaza como único aderezo. Además, llevaba un afeitado bastante apurado y un corte clásico en el cabello que le confería cierto aire de galán de cine. El hombre se levantó de su asiento con una sonrisa aprendida a base de práctica y les estrechó a ambos la mano. Aura se percató que no paraba de mirar el uniforme del sargento.

- Han venido antes de tiempo – pronunció con sutileza. Leo cayó en la cuenta que Quintanilla le había telefoneado temprano para avisarle de su llegada – Justo iba a salir a tomarme el café de rigor.

- Serán sólo cinco minutos – le aseguró.

- No se preocupe. Pero por favor, no se queden ahí de pie.

El hombre señaló afable las dos sillas que había delante de su mesa y tomaron asiento.

- Supongo que ya le habrán informado que gracias a las grabaciones que el Ayuntamiento nos facilitó de los andenes, hemos averiguado que Penélope Santana tomó uno de sus autocares el día ocho de noviembre a las seis cuarenta y cinco de la mañana.

- Lo sé – puntualizó – Y aún sigo consternado.

- Uno de sus empleados nos facilitó el listado de pasajeros del autocar que cogió Penélope. Tras comprobar los datos de todos los que viajaban, nos percatamos que cinco de los billetes fueron adquiridos de forma online por la plataforma que tienen a disposición de los usuarios. Resulta que la identidad de uno de ellos no coincide con ningún *dni*; es decir, ni siquiera existe. Por supuesto, sabemos que se trata de la chica desaparecida en La Alberca, aunque necesitaríamos acceder al sistema interno de la empresa para localizar la posición desde donde realizó la compra o la cuenta bancaria que utilizó para efectuar el pago.

- Entiendo – dijo a medida que deslizaba los dedos por su labio inferior – Es más, me alegro que el listado les haya ayudado a avanzar en ese espeluznante caso que he seguido en los periódicos. Pero deben entender que sin una orden judicial, tampoco puedo permitirles acceder al sistema. Yo también tengo que proteger la imagen de mi empresa y que los medios no la relacionen con la muerte de esa pobre chica.

- Y tiene toda la razón – señaló la periodista desde su asiento – Pero entienda que solicitar esa orden supondría paralizar varios días la investigación, cuando lo que todo el mundo desea es que la Guardia Civil rastreé los últimos pasos de Penélope hasta dar con su asesino.

- Por supuesto, mi intención no es interponer ninguna traba. Al contrario, yo mismo confío en los Cuerpos de Seguridad del Estado y que ese crimen se resuelva lo antes posible. Pero espero que comprendan que tengo bajo mi responsabilidad a muchos empleados que son el único sustento económico de sus familias y que se verían afectados si el nombre de mi empresa traspasase estas cuatro paredes. Saben mejor que nadie que La Serrana sería portada de muchos diarios.

- Pero con la pertinente orden ocurriría exactamente lo mismo – alegó Leo.

- Cierto – apostilló – Pero opino que las cosas bien hechas, bien parecen. ¿No creen?

Aura y Leo abandonaron desencantados las oficinas de La Serrana. Ninguno de los dos se atrevió a pronunciar una palabra mientras se dirigían cabizbajos hacia las dársenas de la estación. En cuanto cruzaron las puertas acristaladas, caminaron sin rumbo por los andenes, donde los pasajeros se agolpaban tras los conductores de los autocares que revisaban los billetes uno a uno. El frío se escurría por sus piernas como un aliento imperecedero.

- Creo que es hora de admitir que se acabó – balbució con la mirada perdida en la calzada de cemento – El juez no va a aceptar una prorroga mientras el Serbio se encuentre en los sótanos del Puesto.

- Tampoco lo sabes – puntualizó Aura cuando advirtió una hebra de fracaso en el filo de su mirada.

- Conozco a Castillo. El caso pasará de mano en mano y encerrarán a Garrido en Topas sin conocerse nunca los verdaderos motivos que le llevaron a asesinar a Penélope. ¿No lo ves?

- Yo lo que veo es que te estás dando por vencido.

- ¿Y qué sugieres? – le rebatió molesto.

- No lo sé. Pero algo se nos ocurrirá. No puedes tirar la toalla sin conocer al menos los resultados de la Científica y la forense.

El silencio volvió a vencerles mientras deambulaban por los alrededores de la estación. Los pensamientos de Leo parecían teñirse de oscuridad según avanzaba con la mirada carcomida por las dudas. Sintió una fuerte punzada en su estómago, esa espina clavada a la carne donde la memoria le jugó una mala pasada y le devolvió la imagen difusa de su compañero Gustavo Santana. En el fondo necesitaba saborear la derrota, escapar de su propia frustración, que el juez se hiciese cargo del caso para palpar por un instante la ilusión que perdió según fue escalando en su profesión. Quizá se afanó en su trabajo para olvidarse de ella, de Valeria, la misma que le rompió el corazón dos años atrás. Puede que aún no lo hubiese superado; pero cuando volvió a levantar la vista y observó a su alrededor, supo que Aura se había marchado. La reconoció por el gorro de lana al final de un andén vacío.

- ¿Qué haces? – le abordó por la espalda. Aura dio media vuelta con el rostro intranquilo.

- Este es el lugar donde se grabó a Penélope – Leo buscó con la mirada la cámara y la localizó adosada en lo alto de un poste – El ángulo de la grabación nos hizo crear una ilusión óptica.

- ¿Cómo dices? – le asaltó confuso.

- Penélope nunca miró a la cámara. Es más, creo que ni se percató de su existencia.

El sargento siguió la senda invisible que Aura señaló con el dedo índice y detuvo sus ojos en la valla publicitaria que se elevaba al fondo de la estación, a la misma altura que la cámara de vídeo. El anuncio, con el papel algo descolorido por el paso del tiempo, publicitaba La Alberca en una amplia fotografía a vista de pájaro, rodeada de otra tanda de imágenes de menor tamaño: la Peña de Francia, San Martín del Castañar, el Cabaco, Candelario, Mogarraz y el Mirador de los Lobos. Leo se fijó que en el margen inferior aparecían los nombres de sus patrocinadores: Ayuntamiento de La Alberca, Hotel El Templo de las Batuecas y Restaurante Mesón Los Almendros.

- Tenía miedo – sospechó Aura – Por eso miró el cartel, para convencerse a sí misma de lo que estaba a punto de hacer.

Baeza se preguntó el motivo por el cual la chica decidió regresar al pueblo después de varios meses desaparecida. ¿Qué te hizo volver, Penélope? ¿Quién te esperaba?

- Será mejor que nos marchemos – declaró Leo con la voz apagada – Aquí ya no pintamos nada.

- ¡Espera un momento, se me acaba de ocurrir algo! – exclamó la periodista a medida que sus ojos se movían deprisa de un lado a otro – Conozco a alguien que podría acceder al sistema de La Serrana en poco tiempo y sin que nadie se enterase.

- ¿Le conozco? – se adelantó.

- ¿A Hooded? Lo dudo.

Aura conoció a Juan Blasco, alias Hooded, cuando se trasladó a vivir a Madrid. Fue la primera persona con la que congenió recién llegada a la capital una vez que localizó una habitación que se ajustara a sus necesidades y no rebasara las escalofriantes cifras que se pedían por entonces (la crisis aún no había enseñado sus afiladas garras) en la zona de Malasaña. Aura concertó una cita por teléfono tras acudir a ver un millar de inmuebles que encontró en un conocido portal de internet y que resultaron ser de todo menos acogedores e higiénicos. Quedaron en verse en el zaguán del edificio una tarde de primavera y sucedió que tras un amigable recibimiento, Aura no se lo pensó cuando le comunicó que se quedaba con el dormitorio pese a ser bastante más pequeño de lo que parecía en las fotos y ruidoso por cierta tasca que cerraba, según confirmó horas más tarde, de madrugada.

Aura decidió quedarse a vivir en aquel sencillo apartamento por la primera impresión que le transmitió. Se le veía buen chaval, campechano en el trato, *sin malos rollos* como solía adjudicarse, un poco parco en palabras, aunque bastante friki por lo que descubrió más adelante (se quedaba horas jugando con sus videojuegos de estrategia en el salón). Hooded era de los que apenas cuidaba su aspecto. Solía llevar unos vaqueros roídos del uso y sudaderas con alguna que otra leyenda en la pechera, pero siempre con capucha (de ahí el mote con el que le invistió: Hooded. Pronunciado, *judid*; en inglés, *encapuchado*). Además de ser alto – medía metro ochenta – y lucir una barba de cinco o más días, era bastante delgaducho, de una delgadez incomprensible si tenía en cuenta todo lo que era capaz de engullir de una sola sentada – en cierta ocasión le vio comerse dos hamburguesas XL con sus respectivas patatas fritas más helado – y que, según la periodista, no entendía dónde lo guardaba. *Qué envidia me das*, le repetía.

Hooded trabajaba desde casa como informático para varias multinacionales (entre las que se encontraba IBM y una conocida cadena de supermercados). Implantaba altos sistemas de seguridad que versaban desde simples antivirus y antispyware, a complejos cortafuegos para bloquear la entrada no autorizada en una red que el hombre se afanaba en explicar a su compañera con innumerables ejemplos, pero que cejó al constatar que sólo había sido capaz de que detectase un troyano en su cuenta de correo electrónico o que descifrase el significado de ser, en palabras del informático, el puto amo de los hackers (*persona experta en el manejo de computadoras, que se ocupa de la seguridad de los sistemas y de desarrollar técnicas de mejora*, le recitaba Aura de memoria tras investigar en internet). *O más bien un listillo al que le pagan por colarse en los sistemas informáticos y fisgonear en sus secretos.* Añadía cuando deseaba tomarle el pelo.

Su relación se hizo cada vez más estrecha. Cierto es que Aura sospechó si las salidas nocturnas que repetían cada jueves, los porros que se fumaron en aquellos antros de mala muerte, las risas que desataron en las pistas de las discotecas de moda o los *selfies* que se hacían de vuelta a casa, todo aquello, acabaría dando rienda suelta a ciertos sentimientos que la periodista no compartía. Aura le consideraba como el hermano que nunca tuvo, el amigo que siempre estaba cuando más le necesitaba. Compartían confidencias, sabía de sus trapicheos en las empresas para las que trabajaba, su afición a las películas porno que le pilló en varias ocasiones en la pantalla de su ordenador; pero de ahí a algo más, en absoluto.

No sentía esa atracción física que probablemente Hooded sí que sintió hacia ella. Lo presintió cada vez que le requería con unos ojillos solícitos que hablaban sin decir. Quizá por eso prefirió engañarle cuando le comunicó al cabo de un año que regresaba a Salamanca; tal vez no hubiera hecho falta explicarle que, aparte de irse por exigencias de la agencia, seguía enamorada de un chico que conoció en la facultad. Hooded pareció encajarlo con una sonrisa y le animó a seguir su propio camino. *Ya sabes que aquí siempre tendrás un amigo*, le dijo mientras le ayudaba a introducir las maletas en el ascensor.

Esas mismas palabras relampaguearon en su mente cuando unos años más tarde, Aura pronunció su nombre delante de Leo Baeza. El rostro del sargento desprendió cierta desconfianza de vuelta a La Alberca y no fue capaz de expulsar sus pensamientos hasta que detuvo la patrulla delante del chalet de Carmen. Aura le intentó tranquilizar con argumentos que no venían al caso y que se resumían en: *dudo que nos la juegue porque sé de muchos tejemanejes que se traía con las empresas para las que curraba.* Así que sin otra alternativa factible, Leo dio luz verde a la operación y la periodista telefoneó a Hooded desde su habitación. La primera media hora se entretuvieron en ponerse al día. Después, Aura le narró que estaba colaborando con la Guardia Civil en relación al caso Santana.

- Pensé que no cubrías ese tipo de noticias por lo que te ocurrió de niña...

Aura se alegró de que evitara hurgar en aquella herida que aún le costaba acariciar.

- Mi jefe tampoco me dio opción – le confirmó a su pesar – Entonces, ¿crees que serías capaz de meterte en la base de datos de La Serrana y localizar el lugar desde donde se formalizó la compra del billete electrónico?

- ¿Acaso lo dudas? – le cuestionó sarcástico al otro lado de la línea – Rastrear una dirección IP y entrar en su sistema operativo te lo hace hasta uno de primero de informática. Depende del *firewall* que tenga instalado y las claves secretas. Eso me puede llevar algo más de tiempo. Aunque ya te voy avisando que la gente corriente suele utilizar sus *smartphones* para realizar las compras online. Lo único que podré conseguirte es el número de teléfono desde el cual se adquirió.

Aura prefirió no revelarle que dicho terminal (si es que resultaba ser el de Penélope) se encontraba en manos de la Científica.

- Lo que necesitaría es el nombre con el que realizó la compra – continuó – ¿Utilizó el suyo propio?

- La chica se cubrió las espaldas dando una identidad falsa. Espera un momento que lo tengo anotado y ahora mismo no encuentro el papelito.

La periodista rebuscó en los bolsillos de su abrigo y enseguida recordó haberlo guardado en la funda de su móvil cuando Leo le ofreció aquel trozo de papel. Aura esbozó una sonrisa al ver que se encontraba allí.

- Apunta: Lucía Lamaga.

- ¡Cómo dices? – le inquirió, no dando crédito a lo que escuchaba.

- Mejor te deletreo: L de Lérida, A de Asturias, M de Murcia…

- No sigas, te he entendido de sobra – le comunicó – Y por cierto, es separado. Lucía La Maga, uno de los personajes de Rayuela, de Julio Cortázar. ¡Qué bueno!

Soltó una carcajada. Aura, por el contrario, se quedó pensativa.

- ¿Por qué narices usaría un nombre ficticio? – se cuestionó en voz alta.

- Le molaría el personaje, a saber…

- Da igual. El caso es que en cuanto averigües algo, avísame sin falta. ¿Ok? A la hora que sea. Y por favor, máxima discreción. Lo digo en serio, Hooded.

- Si te parece, lo publico en el estado de *WhatsApp* – se rio – Venga Aurita, seguimos en contacto.

Y cuando el sonido de su teléfono le reveló que Hooded había colgado la llamada, Lucía La Maga continuó varada en un rincón de su mente.

Minutos antes de que Carmen le avisase a voces que había preparado un chocolate caliente, Aura salió de casa y se dirigió a su coche, estacionado delante de la vivienda. Ni siquiera se lo pensó cuando abrió la guantera y extrajo el sobre de fotografías que había revelado en una tienda del pueblo. Aura seleccionó aquéllas que Baeza le envío de la habitación de Penélope a su teléfono y regresó a su dormitorio con la certeza de que Carmen seguiría echada la siesta. Una vez que se sentó en la cama, observó con detenimiento las imágenes que mostraban partes de aquella habitación congelada en el tiempo. Tal vez conoció un poco más a la protagonista de esa historia que seguía reteniéndola – muy a su pesar – en La Alberca. Quizás se hizo una idea aproximada de sus gustos, de los colores que habitaban entre aquellas cuatro paredes, los posters de sus grupos favoritos, la colcha del Real Madrid perfectamente estirada, la mesa abarrotada de objetos personales, una estantería volada por encima de la cama.

Aura sintió un ligero golpe en el corazón al leer aquel título en el canto de uno de los libros que poblaban la primera balda. *Rayuela*, de Julio Cortázar. Hooded estaba en lo cierto, pensó; Penélope utilizó el nombre de Lucía La Maga para comprar el billete de autocar. Necesitaba ocultar su identidad para pasar desapercibida. La periodista cogió el móvil y entró en internet. Escribió el nombre en la barra de Google y abrió varios enlaces. Al cabo de cinco minutos, comprendió el significado de La Maga: la de una mujer misteriosa que ansiaba ser libre. Como Penélope, adivinó. Fue entonces cuando Carmen irrumpió en sus pensamientos.

Aura Valdés bajó las escaleras y franqueó deprisa el salón. La mujer estaba sirviendo el chocolate en dos tazas de porcelana mientras los leños de la chimenea crepitaban bajo la penumbra de la estancia. Había diseminado por las mesas varias velas aromáticas que se mezclaban con los efluvios a cacao que ondeaban en el aire. En cuanto se acomodó en uno de los sofás, se fijó en el cielo cargado de virutas de vapor que se intuía por un resquicio de las cortinas. Sospechó que la niebla caería con la noche.

- Tómatelo ahora que está caliente – le indicó Carmen con un cariz maternal. Luego depositó la taza sobre un periódico doblado por la mitad.

- ¿Es de hoy? – le preguntó a medida que apartaba la taza y descubría un cerco de chocolate sobre el texto.

- Es el especial que ha sacado el periódico de Salamanca sobre el entierro de esa pobre chica. Lo compré esta mañana porque vi que una de las fotos estaba firmada por ti.

La periodista le miró asombrada y buscó entre sus páginas el reportaje en cuestión. Enseguida localizó la fotografía de la que hablaba: una panorámica hecha desde el balcón, que mostraba parte de las escaleras de la iglesia con el féretro entrando en el coche mortuorio y los vecinos como únicos testigos de la tragedia. Sospechó que La Gaceta, pese a tener sus propios fotógrafos, habría caído en la tentadora oferta que su jefe le puso sobre la mesa.

- ¿No lo sabías? – le preguntó extrañada.

- Por supuesto – mintió – Coto me envió un correo electrónico para comunicármelo.

- Lo que me parece increíble es que la gente tenga la poca decencia de juguetear con el móvil delante del féretro. ¡Pero es que ya se han perdido los modales o qué? Cada día entiendo menos este mundo.

Sus palabras le condujeron de nuevo a la imagen. Aura examinó despacio a los vecinos que aparecían en blanco y negro apiñados alrededor de las escaleras de la iglesia. Sus rostros, vagamente desvanecidos por la calidad del papel, reflejaban un rictus serio más allá de sus vestimentas oscuras. De pronto, dio un sobresalto en el sofá. Si era cierto lo que estaba viendo, tal vez tendría sentido lo que confesó la última vez, se planteó. Aura se maldijo para sus adentros por no percatarse del detalle. Lo había tenido delante de sus narices todo el tiempo y ni siquiera se había fijado. Cogió el móvil y salió al jardín trasero de la casa.

Tenía que avisar a Leo antes de que fuera demasiado tarde.

El teléfono de Baeza comenzó a vibrar en el bolsillo de su anorak verde. Temió leer en la pantalla el nombre del juez cuando lo sacó con desconfianza. Nada más ver que se trataba de Aura Valdés, se disculpó con la forense y salió de la sala de autopsias dando grandes zancadas. Una vez que cruzó la recoleta salita donde Elisa Vázquez conservaba sus informes, descolgó la llamada.

- ¿Te pillo en mal momento? – disparó la periodista como un resorte.

- En el Anatómico – le aclaró – La Forense me avisó a primera hora de la tarde.

- ¿Por casualidad no tendrás a mano un ejemplar de la Gaceta?

Leo oteó el escritorio de Elisa, atestado con pilas de informes, y comprobó que bajo una carpeta marrón sobresalía la esquina de un periódico. El sargento tiró enérgico, arrojando la carpeta al suelo.

- Tengo un ejemplar de hoy – le comunicó – Dime.

- Ve a la página cinco. ¿Ves la foto que hay de la salida de la iglesia?

Baeza pasó la lengua por la yema de su pulgar y comenzó a pasar las páginas deprisa. Una vez que localizó el 5 en la parte superior del diario, sus ojos fueron instintivamente a la fotografía insertada en el centro de la noticia. Enseguida descubrió la firma de Aura en una esquina.

- Ya veo que es tuya – le confirmó – ¿Ocurre algo?

- Fíjate a la izquierda de la imagen, delante del coche fúnebre. ¿No te parece extraño que Jonathan Muñoz esté escribiéndose con alguien por el móvil? Si la vista no me engaña, diría que está incluso sonriendo.

Leo localizó con el dedo índice el rostro del chico y supo que Aura estaba en lo cierto.

- Después de lo que declaró en la sala de interrogatorios, no me sorprende que actúe así – añadió con repugnancia – Ese chaval se ríe hasta de sus padres.

- Ahí no acaba la cosa – le espetó al otro lado – Fíjate un poco más arriba, justo a la derecha de la entrada a la iglesia. Hay una mujer rubia de unos cuarenta y pico años con gafas de sol oscuras. ¿La ves?

- ¿Quién? ¿La que está trasteando con el móvil?

- ¡Exacto! – alzó la voz – Ahora dime: ¿ves lo mismo que yo o son imaginaciones mías?

Leo comprobó que la mujer esbozaba una sonrisa soterrada que intentaba camuflar bajo su bufanda. No tardó en ubicarla en su cabeza y recordó el día exacto que se vieron por última vez.

- Tendría sentido lo que Jonathan admitió durante el interrogatorio – prosiguió la periodista – Que cuando Penélope decidió estudiar en la universidad de Salamanca, rompió con ella y pasó lo que tenía que pasar. ¿Me sigues?

- ¿Tú crees que él y ella...?

- Hay una posibilidad – sugirió – La fotografía no miente. Muestra lo que ves.

- ¡Pero esa mujer le duplica la edad, está casada, es íntima amiga de Maite, la madre del chaval, y por si fuera poco, es la concejala de Urbanismo y Medio Ambiente de La Alberca! – soltó, desalojando esa pesada carga de su estómago – Yo mismo la vi la mañana que me acerqué a casa de Jonathan. Estaba tomando un vino con su marido y otra pareja del pueblo que acaba de abrir una casa rural.

- Deberías hablar con ella. Es posible que se traiga algo entre manos con él.

- ¿Y con qué pretexto, Aura? Tampoco puedo interrogar a alguien por *wasapear* a la salida de la iglesia. Además, por si no lo sabes, es la esposa del teniente alcalde.

- ¿Y no te interesaría saber lo que opina de la foto? – le retó, a sabiendas de cuál iba a ser su respuesta.

- Lo único que me interesa es que el Serbio cante de una maldita vez porque Castillo no para de llamarme y ni siquiera me atrevo a cogerle el móvil – le aseguró con cierta desazón – A parte, Jonathan era libre de estar con quien quisiera. Él mismo declaró que no estaba con Penélope. La única acusación que podría formular contra esa mujer es que posiblemente mantenía cierta *afinidad* con un menor de edad, pero como comprenderás, ya tengo suficientes problemas como para meterme ahora en otro, y encima, con el Ayuntamiento.

- Sólo era una sugerencia – le advirtió segundos antes de colgar – Pero la actitud que muestran ambos en la foto me hace sospechar que la muerte de Penélope les vino que ni pintada.

- Ya estoy de vuelta – anunció Leo a la forense, que se encontraba en esos instantes lavándose las manos en uno de los lavabos de acero inoxidable. El sargento cruzó raudo la sala de autopsias, evitando acercarse a las cámaras frigoríficas. Intuyó que tras una de aquellas puertas, se hallaba el cadáver de la chica de la Peña.

- ¿Asuntos de trabajo? – le preguntó.
- Más o menos – respondió lacónico.

Una vez que se secó las manos con tiras de papel que extrajo de un rollo, Elisa Vázquez se aproximó a una mesa que había junto al armario donde guardaba el instrumental y recogió su carpeta. Después caminó hacia Leo con la vista puesta en sus apuntes.

- Como te decía, he recibido los análisis complementarios que envié a Madrid por mi cuenta. No te quise contar nada en su momento porque tampoco estaba segura; pero con las muestras obtenidas, hay una teoría que no para de rondarme la cabeza.

Leo vio un atisbo de convencimiento en su rostro y esperó a que compartiese con él sus propias conjeturas.

- ¿Recuerdas que te dije que Penélope Santana murió de un ataque cardiaco debido a que se le inyectó una sustancia a la altura del corazón? – Leo recordó el círculo rojo dibujado sobre su piel – Pues bien, según los informes, es muy probable que lo que se le inoculó fuese *KCI*, denominado también cloruro de potasio, un haluro inodoro que causa arritmias graves e imita a un paro cardiaco sistólico.

El sargento escuchó boquiabierto su examen pericial.

- Una alta dosis de *KCI* provoca la muerte casi al instante. Sin embargo, una de las contrapartidas que los patólogos forenses nos encontramos ante casos de este tipo es que es bastante complejo, aunque no imposible, su detección. El cadáver, al entrar en las primeras horas, libera un elevado nivel de potasio en sangre que en la mayoría de los casos se debe a que las células continúan con el proceso de fracturación. De ahí la dificultad de saber si el potasio es expulsado de forma natural o… ¿Cómo te diría? Más bien forzado. ¿Me sigues? El diminuto orificio ubicado a la altura del corazón fue lo que me dio la pista.

- ¿Por qué? – le cortó Baeza, imbuido en su análisis.

- Si tenemos en cuenta que Lorenzo Garrido fue conducido a la enfermería de prisión minutos antes de fugarse, ya no hace falta cuestionarse el motivo que le llevó a tragarse una pila. Lo tenía planeado, Leo. Su propósito no era otro que hacerse con una jeringuilla y varias ampollas de cloruro.

Los hechos que Elisa expuso con la carpeta en mano, sumieron a Leo en un prolongado mutismo mientras intentaba encajar en su cabeza las piezas de aquel enrevesado suceso. Sin darse apenas cuenta, tomó la teoría de la forense como la más acertada. Posiblemente ésa fue la trampa que orquestó para acudir a la enfermería y ponerla en funcionamiento el día que decidió tragarse la pila. Leo creyó que era hora de volver a interrogarle.

- Aún hay más – irrumpió la forense su reflexión.

- ¿Cómo que hay más? – intervino.

- Verás, el motivo de avisarte a primera hora fue porque también he recibido los resultados de unas pruebas especiales que le practiqué al cadáver – le resumió con los ojos puestos en sus anotaciones – No me atreví a confirmártelo porque tampoco estaba segura al cien por cien.

- ¿De qué se trata? – expulsó, casi amenazante.

- Cuando exploré sus genitales para descartar una posible agresión sexual, me llamó la atención que una chica tan joven tuviese un pequeño hematoma intrauterino como consecuencia de una grave infección de la que debió tratarse. Después de hacerle varios raspados y enviar las pruebas a un laboratorio en obstetricia forense, se sospecha que Penélope Santana pudo haber sufrido un aborto.

El rostro de Leo se tiñó de perplejidad al otro extremo de la mesa.

- ¿Cuándo? – pronunció con la voz consumida.

- No sabría decirte. Ni tampoco si fue natural o provocado. Pero por el estado del hematoma, probablemente hace menos de un año. Eso sí, la chica tuvo que padecer fiebre y fuertes hemorragias durante los primeros días. De no tratarse a tiempo, pudo haber fallecido a causa de una septicemia.

Miles de dudas secuestraron la mente del sargento en la sala de autopsias a medida que se preguntaba si ese aborto tendría algún tipo de conexión con su muerte. A falta de más información, supuso que Anabel Ruiz, su madre, ni siquiera sabría que su hija estuvo embarazada. ¿O tal vez sí? Enseguida desechó esa hipótesis pese a que una nueva vía de investigación se abría irremediablemente ante él.

- ¿Qué hora es? – consultó a la forense. Ésta retiró el guante de látex de su muñeca.

- Las siete menos cuarto. ¿Ocurre algo?

- Debo regresar a La Alberca – dijo sin intención de contarle la verdadera razón de su repentina marcha.

- De acuerdo. Te avisaré con lo que descubra en el cadáver de la chica de la Peña.

Durante el trayecto de vuelta, Leo Baeza llamó por el manos libres al teléfono de Aura Valdés. Mientras los faros de la patrulla seccionaban con su luz amarillenta la gasa neblinosa que vagabundeaba en las inmediaciones de la carretera, el sargento no dudó en narrarle los últimos informes que la forense había recibido de un laboratorio de Madrid tras varias pruebas complementarias practicadas en las muestras extraídas del cadáver de Penélope Santana. Sin embargo, a Aura se le encogió el estómago cuando le confirmó que los resultados aseguraban que Penélope había sufrido un aborto durante el último año. El hecho de que aquella información pudiera tener algún extraño vínculo con el crimen perpetrado, le sumió en una profunda sospecha que no pudo por menos que expresar en voz alta.

- Penélope estuvo saliendo con Jonathan Muñoz.

Aura dejó que el sargento reordenara aquellas palabras en su cabeza.

- Tampoco hay manera de probar que el bebé que esperaba fuese de él. Te recuerdo que llevaban tiempo separados.

- Pero ése pudo ser el detonante por el que Jonathan y su querida concejala optaran por hacerla desaparecer.

A Leo le pareció descabellada aquella teoría casi conspiratoria y prefirió ir al grano.

- Te llamaba para proponerte una nueva entrevista con el Serbio. Quizá intimidándole con que ya sabemos cómo cometió el crimen, puede que se vea entre la espada y la pared y acabe confesando la verdad. ¿Qué me dices?

Aura le dijo que aceptaba su propuesta y quedaron en verse en el Puesto en media hora. Estaba bastante más nerviosa que la vez anterior. El hecho de encontrarse de nuevo con Lorenzo Garrido en aquella habitación aislada y vencida por las sombras, la inquietó de camino a la Comandancia donde la cerrazón de la noche ni siquiera permitía que la luna clarease la calzada por donde transitaba. Más allá de la raquítica iluminación de las farolas, la niebla barría en silencio las huellas que dejaba atrás. A veces, el sonido de una esquila brotaba en un punto lejano del pueblo. Aura aceleró el pasó mientras observaba las vigas de madera que sobresalían de las fachadas de las viviendas. Sintió miedo. Aura echó a correr y se perdió por un entramado de callejuelas en pendiente hasta que vislumbró al fondo la velada claridad del edificio de la Guardia Civil.

Al cabo de diez minutos, Aura apoyó la mano en el pomo de la sala de interrogatorios. *¿Estás lista?*, quiso averiguar Leo con la mirada puesta en la suya. La periodista asintió sin intención de pronunciar una palabra y éste hizo un gesto con los dedos para que sus guardias desbloqueasen la puerta desde la habitación adyacente. El estridente pitido que apareció segundos más tarde, le anunció que era el momento de franquear la entrada a sus miedos.

Una compacta oscuridad le cegó a medida que sus ojos se adaptaban al entorno. La luz del fondo la situó rápido dentro de aquel reducido espacio. Enseguida se percató que la lámpara suspendida por encima de la mesa, tan solo alumbraba un recodo del suelo gris. Las sombras devoraban la extraña silueta que se intuía bajo las capas marchitas. Únicamente aquellos ojos parecían rasgar como dos esquirlas de fuego las tinieblas que lo enmascaraban. Aura avanzó despacio por la habitación y notó el chirrido de su silla al desplazarla por debajo de la mesa con la punta de su deportiva blanca. Entonces, se arrastró hacia la luz. Su mirada tropezó con la sonrisa hueca que parecía retenerla contra su voluntad a medida que la analizaba con fruición. Era como si pudiera entrar en su mente y desvelar sus secretos más primitivos.

- Estaba impaciente – pronunció con la voz cavernosa. Aura tomó asiento y se situó delante de él. Percibió su aliento mentolado gracias al caramelo con el que jugueteaba en su boca – Sospecho que tu demora se debe a que has averiguado cómo llegó Penélope al pueblo y por qué tenía agua de mar en el pelo. ¿Voy bien?

Aura, en cambio, esperó a que terminase de hablar. Le notó impaciente por saber lo que sucedía fuera.

- He intentado leer tus crónicas sobre el caso, pero esos guardias me tienen privado de toda comunicación con el exterior. Supongo que estarás ofreciendo a tus lectores mi versión de los hechos tal y como acordamos, ¿no…?

Enseguida cayó en la cuenta que deseaba manipular la entrevista a su favor y rastrear en sus ojos lo que se decía en la calle. Aura optó por llevar las riendas del interrogatorio.

- Sólo tenemos veinte minutos, así que escúchame – le requirió – Que conste que no puedo hacer nada por ti al igual que tú tampoco has hecho nada por mí. Bueno, en eso me equivoco. Sí que has hecho algo durante estos días.

- ¡Ah, sí…? – alargó la última vocal – Me muero de curiosidad.

- Mentirme – le aclaró con el rostro serio – Has estado jugando conmigo con el propósito de retrasar la investigación. ¿Y sabes qué? La forense ya ha concluido con la autopsia de Penélope Santana.

- ¡No me digas! – dejó caer los brazos sobre la mesa. Aura sintió miedo al observar su mirada tan de cerca – Cuéntame, Aura. ¿Habéis descubierto algo nuevo?

- Sabemos por qué quisiste pasarte por la enfermería el día que te fugaste…

Miércoles, 7 de noviembre de 2018
Enfermería del Centro Penitenciario de Topas (Salamanca)
16:47 de la tarde

Las voces del preso se escuchaban de lejos. María Dávila, la enfermera en prácticas que llevaba varios meses cubriendo el puesto por una baja de maternidad, salió presurosa al pasillo, donde comprobó una vez más que las luces reflectantes emitían un molesto zumbido tras aquel incesante parpadeo. *A ver si las cambian de una vez*, imprecó para sus adentros mientras descubría bajo el paño de sombras que Toño Leal, Toñito para el resto de los funcionarios, traía a hombros a ese hombre de considerable estatura que no paraba de emitir profundos alaridos.

María se precipitó a su encuentro y tomó al enfermo por el otro brazo.

- ¡Qué pasa? – preguntó alarmada a Toñito, con cara de pocos amigos.

- ¡Pues qué va a pasar! – vociferó, meneando el hombro del preso – ¡Que el muy imbécil se ha tragado una pila de su radio portátil! Como le dije que aún quedaban diez minutos para abrir las celdas, no se quedó satisfecho y se zampó la pila delante de mis narices.

- ¡Me duele mucho! – se desgañitó Lorenzo Garrido a escasos metros de la puerta de la enfermería – ¡No lo soporto más!

La enfermera les guio hasta la camilla que había al fondo de la habitación una vez que traspasaron el umbral. *Un poco más*, le indicó al enfermo mientras se percataba que no estaba entre sus planes colaborar. Lorenzo Garrido arrastraba los pies con dificultad a medida que el funcionario de prisiones se enfurecía con los ojos enrojecidos. En cuanto consiguieron sentarle en la camilla, María Dávila se fijó que un hilillo de baba se precipitaba por su boca.

- Voy a avisar al médico de guardia – soltó con atropello – Creo que aún sigue en la cafetería.

En tanto la enfermera echó a correr por aquel pasillo sepultado por sombras vacilantes, el preso comenzó a retorcerse de dolor. Sus manos atraparon parte de la tela de la sábana que cubría la camilla, como si quisiera asfixiarla bajo sus palmas. Toñito, por su parte, se mantuvo expectante viendo el numerito de aquel preso que solía tocarle – como confirmó en ese momento – los cojones.

- ¡No soporto el dolor! – volvió a gritar – ¡Enfermera!

- Calla esa puta boca si no quieres que… – Toñito intentó contenerse al acordarse de su hijo de dos años. Al menos, eso le devolvía la calma – Si estás aquí es porque te ha dado la gana. Así que ahora aguanta un poco.

- Creo que voy a vomitar – dijo deprisa. Toñito observó que empezaba a hacer un extraño amago con la garganta.

- No me jodas…

Deprisa, buscó con la mirada algo que sirviese para amortiguar lo que se avecinaba. Tampoco sabía dónde guardaba la nueva enfermera las bolsas de plástico.

- ¡El bacinete! – señaló con aprieto hacia el recipiente que había en un recodo de la pared.

Toñito siguió la senda que le marcó con el dedo levantado y dio varios pasos al frente. Luego se agachó y atrapó aquel cacharro con repugnancia. *En un par de horas estarás en el sillón de casa viendo el partido con una birra,* masculló con resignación. El golpe que sintió en su cabeza nada más incorporarse, le emborronó la vista hasta que perdió finalmente el conocimiento.

Lorenzo Garrido aún llevaba el cenicero de cristal de la mano cuando comprobó que el funcionario ni siquiera se inmutaba cuando comenzó a removerle con la puntera de su deportiva blanca. Rápidamente esgrimió una sonrisa sagaz al percatarse de su suerte. Cogió las llaves que llevaba prendidas a la cincha de su pantalón y se las guardó en el bolsillo delantero de su sudadera. Era el momento de huir, caviló; mientras el resto de guardias hacían el relevo.

Sin embargo, aún le quedaba algo pendiente. Lorenzo Garrido se dirigió al armario y abrió sus puertas. Su mirada saltaba deprisa por los nombres de los medicamentos allí expuestos. Al cabo de unos segundos, perfiló una nueva sonrisa. Introdujo la mano en una de las baldas y ocultó su botín en el mismo bolsillo de su sudadera. Antes de huir, echó un último vistazo al funcionario que seguía en el suelo inconsciente. Le miró con ojos lastimeros y después, le escupió.

- Lo tenías planeado – concluyó.

Aura se limitó a descifrar bajo su rostro impávido la satisfacción que le producía el sentirse acorralado. Tampoco sabía si aquella exposición que le llevó algo más de cinco minutos, le ayudaría a arrancarle su confesión de una maldita vez. Al menos, debía intentarlo y continuar persuadiéndole.

- Por eso decidiste tragarte esa pila – le espetó a un palmo de distancia. Su sonrisa parecía regocijarse – El plan era acudir a la enfermería y sustraer cloruro de potasio para inyectárselo a Penélope Santana a la altura del corazón. Los informes de la forense no mienten, Serbio. Ahora sí que te hemos cazado.

Lorenzo Garrido se quedó un momento en suspense y repasó con la punta de la lengua sus labios resecos antes de hablar.

- ¿Y ya está? – elevó la voz – ¿Es todo lo que tienes? – Aura ni siquiera reaccionó – Di por hecho que cualquiera en la Comandancia te habría informado sobre cómo maté a Ainhoa Liaño.

- No sé de qué hablas – le soltó, evitando que cambiase de tema.

- Posé las manos alrededor de su cuello y noté que su piel se estremecía – Lorenzo emuló un gemido corto – Mis dedos percibieron sus pulsaciones. Tenía la piel tan suave...

- Basta – le advirtió.

- Era incapaz de quitar sus ojos de los míos. Me excitaba su forma de entregarse. Hundí un poco más los dedos hasta que sentí que su tráquea se estrechaba bajo mis manos...

- ¡He dicho que pares! – gritó.

Lorenzo volvió a esculpir aquella sonrisa fría en su semblante.

- Lo siento – se disculpó la periodista – No hace falta que continúes. Sé que murió por asfixia.

- A lo que nos lleva al principio de la entrevista y me pregunto: ¿la muerte de Penélope Santana fue similar a la de Ainhoa Liaño?

Aura intuyó que su propósito no era otro que despistar a los guardias que se mantenían atentos al otro lado del espejo ahumado y, por supuesto, a ella misma. De algún modo sabía que acabaría haciendo todo lo posible por salvaguardar su inocencia y retardar su estancia en La Alberca hasta ser puesto a disposición judicial. Tal vez cayó en la cuenta que estaba sentada delante de un hombre con un elevado coeficiente según rezaban los informes que leyó la primera vez en el despacho de Leo.

- También cabe la posibilidad que el que lo hiciera, hubiese mejorado su sistema para que no se le relacionase – le sugirió en tercera persona – No siempre el *modus operandi* es similar en cada escenario de un crimen.

- ¡Bravo, Aura! – exclamó – Ya veo que sigues pensando igual que esos mequetrefes. Ahora dime: ¿acaso se encontró la jeringuilla con restos de cloruro junto al cuerpo?

- Sabes perfectamente que ni siquiera se hallaron sus ropas.

- Entonces, ¿cómo piensas demostrar tu teoría delante de un juez? – le rebatió – No se sostiene; acabará desestimándola. ¿Es lo único que tenéis contra mí?

Lorenzo se relamía bajo la gélida máscara que ocultaba su propia satisfacción.

- Tampoco es que hayas cooperado en la investigación – añadió molesta – Aunque hay más. ¿Qué sabes sobre un posible aborto?

- ¿Un aborto? – entrecerró unos instantes su mirada – ¿De quién, de Penélope?

Aura asintió con los brazos cruzados. Estaba cerrada.

- ¡Vaya, vaya, vaya! – repitió con una risa floja – Al final va a resultar que la prensa tenía razón. Yo también estaba convencido que detrás de la imagen angelical que todos intentaron resaltar de la muchacha, se escondía una fulana de aúpa.

- No sigas por ese camino – le advirtió, cortante.

- Lo dice la forense, ¿no? – su mirada se llenó de oscuridad a medida que echaba el cuerpo hacia delante con la mandíbula rígida – Quizás alguien estaba más interesado en ocultar ese embarazo. Quizás alguien tenía más motivos que yo para matar a Penélope.

El sonido de la megafonía acuchilló la tensión de la sala cuando una voz apareció de la nada y requirió a la periodista. Aura se quedó extrañada y miró su reloj de pulsera: los muñecos de su Flik Flak marcaban las 21:45 pasadas. Aún faltaban cinco minutos para dar por finalizada la entrevista. Entonces, la mano del Serbio se afianzó a su muñeca. Aura se sobresaltó en la silla y enseguida notó la fuerza que ejercía sobre sus huesos. Su mirada le aterrorizó a medida que se colaba en ella.

- ¿Algún día me contarás por qué llevas esa llave al cuello? – su boca parecía excitarse – ¿O prefieres que no ahondemos en tus miedos?

Entonces, sintió que una puñalada atravesaba su vida en un segundo.

Las aletas de su nariz se replegaron en cuanto vio que Aura salía por la puerta de la sala de interrogatorios.

- ¿Me acompañas al despacho? – le pidió con cierto resentimiento en su voz.

Juntos recorrieron el pasillo en silencio mientras algunos guardias les saludaban con un gesto apocado. Aura advirtió que algo raro estaba sucediendo. Repasó cada instante de la entrevista en su cabeza y comenzó a inquietarse al no reconocer dónde podría haber cometido un fallo, si es que existía alguno por el semblante de su acompañante. Una vez que cruzaron el despacho, Leo la cerró de un manotazo. Aura se quedó inmóvil delante del escritorio sin poder apartar la vista de él.

- ¡Joder! – bramó. Sus ojos parecían salirse de sus cuencas – ¡Cómo ostias se te ocurre contarle lo del aborto! – en cierto modo, Aura respiró aliviada al discernir de qué se trataba – Ahora lo va a utilizar para desviarse del caso. Tenías que haberte limitado a las preguntas que te marqué desde un principio. No todo vale en un interrogatorio, Aura.

Leo se percató de su súbito estallido, y se aseguró de moderar la voz y sus modales.

- Tampoco hace falta que grites – le recriminó – Tal vez has pasado por alto que lo único que intenta el Serbio es culpar a alguien de fuera. Al menos, ésa ha sido siempre mi impresión. Creo que no se atreve a decir la verdad.

- ¿Estás segura? Porque a mí lo que me parece es que está intentando quitarse el muerto de encima.

- A lo mejor eres tú el que no ve más allá de sus narices.

El sargento se quedó atónito ante su sincera opinión.

- Haz lo que consideres, pero yo me aventuraría a seguir la pista – le alentó – Puede que alguien estuviera interesado en ocultar su embarazo. Puede que incluso Jonathan Muñoz y esa concejala tuviesen un motivo para quitarse a Penélope de en medio.

DIA 7

Aura Valdés se sorprendió al recibir a esas horas una llamada del sargento. Aún no habían dado las ocho cuando la periodista descolgó el teléfono. Lo primero que le preguntó fue que si podía acompañarle al Ayuntamiento para mantener una charla con Patricia Salas, la concejala de Urbanismo y Medio Ambiente de La Alberca. Aura se extrañó al otro lado, como si tras aquella voz cargada por los últimos acontecimientos, se escondiese un profundo empeño por descubrir la verdad. Sabía por cómo se dirigió a ella la noche anterior que le estaba suponiendo un gran esfuerzo la investigación. Quizás eran ya demasiados meses deshilvanando miles de conjeturas sin un camino fiable por el que transitar. Quizás fuese eso; aunque Aura sospechó mientras el sargento esperaba ansioso una respuesta, que la verdadera razón de su comportamiento, de sus airados episodios y la mirada intransigente, era producto de una herida todavía abierta. Tal vez seguía rindiendo cuentas a ese policía de la Comisaría de Béjar que continuaba en coma inducido. Puede que pese a que Gustavo Santana no era consciente del trabajo que estaba realizando, Leo arrastrase consigo un remordimiento difícil de reparar. Aura intentó destapar la causa de su desdicha, aunque en ese instante sólo prefirió darle un *sí* como respuesta.

Una hora más tarde, Leo estacionó la patrulla frente al edificio del Ayuntamiento. Aura llevaba algo más de cinco minutos esperando en la calle aterida de frío cuando le vio salir del vehículo. El sargento comprobó que aquel gorrito de lana que solía llevar con el flequillo asomándose por su frente, le confería un aire de estudiante universitaria que sin duda le gustó a medida que se acercaba a ella con una sonrisa sincera. Rápidamente se dieron dos besos y reanudaron la marcha hasta la entrada del Ayuntamiento, donde un guardia de seguridad les indicó que estaba cerrado al público hasta las diez.

- Sólo queremos hablar con Patricia Salas – le dijo al hombre uniformado.

- Aún no ha llegado – le reveló – Pero no creo que tarde mucho. Hoy celebran un pleno extraordinario.

Aura y Leo se alejaron de la puerta y decidieron esperar en el coche a que la concejala apareciese. La sensación de menos dos grados que marcaba el cuentakilómetros, le hizo activar la calefacción mientras oteaba la calle desde su ventanilla. Apenas transitaba gente en los alrededores. El aire helado procedente de la sierra parecía seguir reteniendo a los vecinos en sus casas. Leo advirtió el incómodo silencio que se había instalado entre ambos y prefirió borrar las asperezas que les impedía hablar.

- Siento lo de ayer – pronunció con la voz queda. Aura giró la cabeza y le miró a los ojos – No tuve que haber dado ese portazo, y mucho menos hablarte así después de todo lo que estás haciendo. Lo siento.

- Tranquilo – suavizó – Entiendo por lo que estás pasando. Y sobre lo del aborto, te juro que no volverá a suceder. La próxima vez me ceñiré a tus instrucciones.

- Más que nada para que el Serbio no continúe jugando al despiste, ¿lo comprendes?

- Perfectamente – respondió – Al igual que era de suma importancia que hoy estuviésemos aquí. Creo que no perdemos nada interrogando a esa mujer.

Los ojos de Leo se escurrieron reflexivos por el cristal de su ventanilla mientras se aseguraba una vez más que era la elección más acertada. Sin embargo, apenas pudo contener el movimiento que descargó contra el asiento cuando vio de lejos a un grupo de personas. Enseguida se cercioró que Patricia Salas se encontraba entre ellas.

- ¿Qué sucede? – le sondeó perpleja.

- ¡Es Patricia, la rubia del chaquetón de visón! – se exaltó al abrir la puerta del coche.

Aura vio que el sargento salió escopetado a su encuentro y no dudó en acompañarle. Mientras observaba cómo le abordaba entre el resto de sus compañeros del Ayuntamiento – imaginó –, se fijó que aquella mujer que sobrepasaba la cuarentena, llevaba el cabello teñido en un rubio platino pasado de moda, donde las raíces sobresalían oscuras tras un flequillo arqueado con cepillo y secador. Reparó también en sus uñas postizas y en el excesivo maquillaje que soportaba su rostro, aparentando mucha más edad de la que realmente tendría.

- Hola Patricia – escuchó decir a Leo – ¿Podemos hablar un momento en privado?

El resto de la comitiva, ataviados con trajes impolutos, se resistía a abandonarla. Fue Patricia quien dio la orden de que la esperasen en el Ayuntamiento.

- ¿Qué quiere Sargento, no ve que estoy ocupada? – murmuró. Aura se integró rápido.

- Es sobre el caso Santana – le precisó.

- Ya ve que no tengo tiempo. Pida cita a mi secretaria, o sino hable con mi marido. Él es el que lleva el tema en el Ayuntamiento.

- No creo que al teniente alcalde le interese saber lo que Jonathan Muñoz insinuó la otra noche sobre su esposa – notó que sus escuálidas facciones se contraían y Baeza insistió de nuevo – Supongo que le interesará saber lo que el chaval confesó durante el interrogatorio.

Patricia Salas miró a un punto incierto de la calle y resopló.

- Cinco minutos.

Aura y Leo escoltaron a la concejala unos pasos por detrás sin saber muy bien a dónde se dirigían. El fuerte taconeo que Patricia sacudía contra el asfalto le hizo a la periodista sospechar que estaba bastante cabreada. La mujer saludó con un escueto *hola* al mismo guardia de seguridad apostado a la entrada del edificio y los tres franquearon las puertas del Ayuntamiento en silencio. Al entrar en el amplio recibidor con una gran fotografía del rey Felipe VI presidiendo el aséptico espacio, Patricia Salas golpeó con los nudillos una puerta situada al margen derecho y comprobó después que no había nadie. Acto seguido pasaron al interior y Leo oteó la habitación con la misma curiosidad que un niño. Aparte de una mesa circular para dar cabida a doce de sus miembros – se dedicó a contar los respaldos de las sillas –, también se fijó en las banderas emplazadas en un rincón. Aura, por el contrario, atendió a sus gestos. Apenas podía disimular su nerviosismo cuando sacó del bolso un pintalabios fucsia para repasárselos. Su presumida coquetería y aquel estilo que rayaba los *años 90*, le recordaron a esas actrices americanas que siempre hacían el papel de temibles ejecutivas.

- ¿No será periodista? – descerrajó al evidenciar que vestía de calle y no llevaba el mismo uniforme que su acompañante.

- Nada que ver – se entrometió el sargento – Me está ayudando en el caso. Además, la conversación es confidencial.

- Pues usted dirá – soltó con cierto desaire.

- De acuerdo. Vayamos al grano: ¿Desde cuándo se veía con Jonathan Muñoz?

- ¿Cómo dice...? – le devolvió confusa la pregunta – ¿Él le ha dicho eso...?

- ¡Qué va! – esbozó Leo una sonrisa artificiosa – Tampoco hizo falta. Vuestra actitud a la salida de la iglesia os delató. ¿O es que ya no recuerda los mensajes que se enviaron por teléfono delante del féretro de Penélope Santana?

Aura advirtió que la concejala se estaba reponiendo de la primera embestida. Se había quedado completamente en *shock*.

- Oiga sargento, no es lo que parece.

- ¡Ah, no...? – escurrió unos puntos suspensivos – ¿Y qué es lo que parece?

- No sé qué diablos intenta insinuar, pero ese chico es el hijo de una de mis mejores amigas del pueblo. La única relación que me une a él es meramente laboral – esclareció agitada – El año pasado el Ayuntamiento le contrató como socorrista de las piscinas municipales al carecer de otros candidatos. Supongo que eso también se lo habrá contado. Yo me encargaba de supervisar los contratos y de suministrar los productos químicos. Nada más. Sólo intenté hacerle un favor a Maite. Me dijo que le habían quedado varias asignaturas para septiembre y quería darle un escarmiento. Eso es todo.

- Pues el chaval asegura que hubo más que un simple acercamiento.

Leo aguantó su férrea mirada y vaticinó que aparte de meterse en un buen lío por utilizar sucias artimañas, podían apartarle del caso si llegaba a oídos de los de *Arriba*. Al menos, quería intentarlo.

- Su familia no tiene por qué enterarse – le aseguró al ver que se resistía.

- Yo no sé lo que les habrá contado ese cretino – disparó, hincando sus largas uñas contra las palmas de sus manos – Aquel verano mi matrimonio no estaba pasando por el mejor momento. La verdad, me encontraba muy sola. Mi marido apenas pisaba por casa por culpa de esas dichosas elecciones y mis hijos se encontraban en un campamento en la sierra. Si empecé a hablar con Jonathan por el móvil, fue por pura casualidad. No estaba entre mis planes *wasapearme* con un adolescente que podía pasar hasta por mi hijo. Pero digamos que las conversaciones fueron a más; se preocupaba por mí, me daba siempre los buenos días. Quizás me hizo vivir algo que sólo existió en mi cabeza. Muchas veces he pensado que tal vez experimenté una ilusión pasajera de ésas que viven intensamente los jóvenes. Pero el caso es que conectamos y de algún modo me sirvió de distracción.

- No le creo – disparó Leo a bocajarro.

- ¡Pero es la verdad!

- Entonces, ¿por qué Jonathan decidió romper con su novia de toda la vida? Algo más tuvo que ocurrir en aquella época como para que se lanzara al vacío.

- ¡Yo de eso no sé nada! – dijo bastante alterada – En tal caso, pregúntele a él que era el que salía con esa chica.

- Esa chica se llamaba Penélope y ahora está muerta – le ratificó, como si no estuviese enterada del asunto por los medios de comunicación – Así que será mejor que me cuente el resto de la historia si no quiere que hoy mismo le abra un expediente por obstrucción en una investigación en curso y mantener aquel verano cierta relación sospechosa con un menor. ¿Me explico?

La mujer, indispuesta, abrió su bolso de firma y sacó un paquete de tabaco con la mano temblorosa. En cuanto se encendió uno de sus cigarros rubios, expulsó una bocanada de humo hacia el techo. Aura percibió el concentrado aroma que flotó en el aire.

- Sólo fueron unos vídeos y un par de fotos – le confesó con el cigarrillo a la altura de su boca – En ningún momento la cosa fue a más. Se lo juro.

- ¿Qué tipo de vídeos? – le atornilló. Patricia Salas empezó a revolverse.

- ¿Usted qué cree?

- Yo no creo nada. Es usted quien debe darme las explicaciones.

- Tampoco hace falta entrar en detalles, ¿no? De sobra me entiende.

- No, no entiendo nada – le rebatió – Aura, ¿he asegurado en algún momento haberla entendido?

La periodista negó con la cabeza cuando sintió la pesada mirada de ambos.

- Sigo esperando – apostilló el sargento – No es a mí a quien esperan en un pleno.

- Salía en ropa interior – respondió a medida que se sonrojaba –Ya está. No hubo más que eso. Lo hicimos porque nos divertía y punto. ¿Hemos acabado?

Aura se dio cuenta que Patricia Salas deseaba con todas sus fuerzas escabullirse de allí y olvidarse de lo que había sucedido. Por eso decidió intervenir y tirar un poco más de su confesión antes de que fuese demasiado tarde.

- Imagino que Penélope encontró los vídeos en el teléfono de Jonathan y puso fin a su relación.

- Ojalá... – acotó con un hilo de voz.

- ¿Qué pasó, Patricia? – insistió Leo de nuevo.

- Penélope se hizo con mi número privado y me envió varios mensajes. Me amenazó con publicar los vídeos en una red social para que todo el mundo los viese – sus ojos se tornaron vidriosos – ¡No podía dejar que lo hiciese! Tenía un marido, unos hijos, un puesto en el Ayuntamiento. ¿Saben por casualidad lo que habría supuesto en mi carrera si aquello hubiese salido a la luz? Acabaría siendo la comidilla del pueblo. ¡Lo perdería todo! – exclamó, aún herida – No podía permitir que esa niñata se saliese con la suya.

Aura Valdés y Leo Baeza se entendieron sin palabras cuando sus miradas tropezaron por casualidad. Estaba claro que la concejala tenía un motivo más que evidente para desear que Penélope desapareciese de su vida.

- Pero la cosa no quedó ahí, ¿cierto? – reanudó el sargento su interrogatorio.

- Tuve que acceder a su chantaje si no quería verme de la noche a la mañana envuelta en un escándalo – desveló angustiada.

- ¿Qué clase de chantaje? – le cuestionó con el ceño fruncido.

- ¿Cuál va a ser? Pues el que buscan todos: el monetario. No es la primera vez que me sucede, ¿sabe? Aunque esa vez no me quedó más remedio que transigir.

- ¿De cuánta cantidad hablamos?

- Recuerdo que la primera vez que quedamos, le ofrecí doscientos euros para que se estuviese quietecita y se olvidara de mí una temporada. Sin embargo, a Penélope le pareció poco. Me amenazó con colgar los vídeos y le pregunté entonces que cuánto valía su silencio. Penélope respondió que no me pensase que iba a deshacerme de ella tan fácilmente, que era una sucia zorrita que iba a pagar caro lo que había hecho a sus espaldas y que si no le daba quinientos euros todos los meses, se encargaría personalmente de destruirme. *A ver qué opina tu marido cuando se entere que a su mujer le gusta jugar en ropa interior con los novios de otras*, dijo. *Así que piénsatelo bien si no quieres ver cómo tu familia cae en la misma porquería que tú.*

- ¿Durante cuánto tiempo estuvo reembolsando esos quinientos euros?

- Si no me falla la memoria, cinco meses – aclaró abochornada – Aunque por suerte, esa niñata desapareció de mi vida. Tampoco me mire así – le indicó al sargento – Para algunos fue una verdadera suerte. Es lo que opino. Es mi verdad.

- Yo no opino nada. Únicamente escucho – le interrumpió tajante – Por cierto, ¿dónde hacía la entrega? ¿En la calle?

- Para que nadie nos relacionase, le propuse citarnos el primer sábado de cada mes en la cafetería de la gasolinera que hay a la salida del pueblo. Siempre a la misma hora, sobre la una del mediodía, cuando menos gente había. Supuse que en un lugar como aquél, nadie repararía en nosotras.

- Lo comprobaremos – le aseguró – Aunque sigo sin comprender por qué decidió ocultar esa información cuando era de esperar que acabaríamos enterándonos. No sé si se ha percatado que el juez puede imputarla por obstrucción a la justicia.

- Y asumo mi responsabilidad. Puede estar seguro. Pero sólo deseaba borrar de mi mente la estupidez que cometí aquel verano. Aunque ya veo que es demasiado tarde para rectificar.

El aire helado de la sierra les embistió nada más salir del Ayuntamiento. Aura notó la afilada humedad que traspasaba sus huesos y tiró de la cremallera de su abrigo hacia arriba. Según caminaban en dirección a la patrulla, se fijó que las ramas de los árboles se columpiaban al compás de aquellas mortíferas corrientes que la periodista comenzó a aborrecer según pasaban los días. Tal vez se acordó de la hogareña chimenea de Carmen y los leños que crepitaban en su interior en cuanto se acomodó en el asiento del copiloto y se puso el cinturón de seguridad. Leo arrancó el motor sin advertirle siquiera hacia dónde se dirigían.

- Supongo que querrás saber si es cierto – le sondeó con la voz templada.

- Las citas quedarían grabadas en alguna cámara –se convenció – Sólo necesitaríamos comprobar si es verdad que existieron esos encuentros en la cafetería durante los últimos cinco meses previos a su desaparición.

- Es mucho tiempo – le indicó Aura – No sé si el dueño de la gasolinera guardará el material registrado o el propio sistema destruye las copias de seguridad.

- Habrá que ir a comprobarlo – resumió mientras la patrulla se adentraba por una carretera en pendiente colmada de vegetación – ¿Tú crees que Penélope urdiría un plan tan maquiavélico? No me imagino a una cría de diecisiete años chantajeando con esa frialdad a la esposa del teniente alcalde.

- Digamos que ahora tendría sentido lo que Jonathan aclaró en el interrogatorio.

Leo giró el cuello y tropezó con sus ojos.

- ¿A qué te refieres?

- A la última parte de su declaración, ¿recuerdas? *Pasó lo que tenía que pasar.* ¿Eso no te da que pensar? – se estremeció desde su asiento – Puede que Jonathan dejase aposta esos vídeos en su móvil para que Penélope los encontrase y supiera lo que se perdía si se marchaba a estudiar a Salamanca.

- Muy mezquino por su parte.

- ¿Hola, estamos hablando de Jonathan Muñoz, el principal sospechoso junto con el Serbio del caso Santana?

Al sargento le hizo gracia su ironía y dibujó una sonrisa sutil.

- Aunque, ¿y si al localizar los vídeos, chantajeó igualmente a Jonathan? – continuó.

- Coincidiría con su declaración – precisó Leo con los ojos fijos en la carretera – El muchacho siempre afirmó que Penélope le obligó a guardar el disco compacto con las imágenes de esa chica en el interior del todoterreno.

- ¿Y por qué iba a sentirse coaccionado si ni siquiera estaban juntos?

- Por miedo a que Penélope se fuese de la lengua – matizó – Jonathan tenía todas las de perder si llegaba a oídos de su madre, que era, además, íntima amiga de Patricia. ¿Crees que Jonathan se jugaría el pescuezo si no accedía a ese extraño encargo?

Aura sopesó la idea en su cabeza y respondió:

- Por supuesto que no.

La estación de servicio era uno de esos gigantescos complejos emplazado a pocos kilómetros de La Alberca que contaba con dos hileras de surtidores, baños públicos, tienda de suvenires, cafetería y supermercado las veinticuatro horas. El bloque, de una sola planta, parecía intercalarse entre la espesa vegetación que se adivinaba más allá del bosque que lo resguardaba. Una vez que bajaron de la patrulla, Aura se fijó que las copas de los pinos se mecían suavemente por el aire de la sierra. Los dos caminaron en silencio por un suelo sembrado de grava y no fue hasta alcanzar la calzada de cemento cuando Leo señaló la cámara instalada por encima de la entrada.

Las puertas automáticas se abrieron nada más percibir la presencia de ambos. Leo fue el primero en entrar en la estación y otear el interior. Se fijó que el dueño de la gasolinera, un hombre de mediana estatura y avanzada calvicie, se hallaba tras el mostrador, cobrando unas bolsas de cacahuetes a una pareja de chicos. Leo avanzó con premura y levantó una de sus manos en cuanto reparó en él. Aura le siguió unos pasos por detrás y dejó que el sargento se encargase de las pertinentes explicaciones.

- ¡Qué hay, Pepe! – exclamó al apoyar los brazos sobre el mostrador. Aura sospechó que le conocería de repostar la patrulla en su gasolinera.

- Buenas, Baeza. ¿Qué te cobro? – le lanzó a modo de muletilla.

- Nada – le aclaró – Mi visita se debe por un motivo bien distinto.

- Tú dirás…

- He visto que tienes una cámara instalada fuera. ¿Hay alguna más en la estación?

- Es la única – le aseguró – ¿Pasa algo…?

- Necesitaría entrar en las grabaciones de esa cámara y comprobar un asunto en el que estoy trabajando.

El hombre se extrañó al otro lado del mostrador y pronunció:

- Supongo que referente a la muerte de esa chica.

- No tires de la lengua que no puedo, Pepe. Aún se encuentra en secreto de sumario. Sólo necesitaría que dieses tu consentimiento – le espetó al carecer de una orden judicial –, y que me digas si el material queda registrado en algún ordenador.

- Claro – le avanzó – El que tengo en mi despacho. Acompañadme.

El dueño de la gasolinera abandonó apresurado el mostrador y se dirigió a una puerta con un letrero que rezaba: *privado*. Después sacó un manojo de llaves de su bolsillo e insertó una de ellas en la ranura. Cuando la puerta cedió, introdujo la mano en el espacio umbrío y palpó la pared hasta localizar el interruptor. Los tubos fluorescentes del techo iluminaron de pronto la habitación. Aura franqueó la entrada junto a los dos hombres y observó que se trataba de un reducido espacio sin ventanas, con las paredes desnudas, una mesa lacada en el centro y el ordenador que mencionó encima. Se fijó también que algunos periódicos se amontonaban en desorden.

- Creo que está encendido – dijo mientras se aproximaba a la mesa y sacudía el ratón. La pantalla proyectó una imagen paradisíaca – Veamos; el sistema es sencillo porque, dicho sea de paso, no entiendo mucho de ordenadores. El informático que instaló el programa, me dijo que los vídeos quedan clasificados por días. Luego él se encarga de borrármelos cada seis meses. ¿Quién de los dos va a utilizarlo?

Leo miró a Aura al desconocer la respuesta y prefirió aventajarla.

- Ella – le comunicó – Posee más nociones que yo.

- ¿Necesitas saber algo en concreto? – la periodista notó su mirada en la suya.

- Es suficiente – agregó – Parece fácil.

- Pues entonces vuelvo a la tienda, no sea que a alguno le dé por robar.

Una vez que el dueño de la gasolinera se marchó, Leo cerró la puerta mientras Aura tomaba asiento e investigaba los enlaces esparcidos por la pantalla. Tras leer el nombre de cada uno de los archivos, se figuró que *FlashCámara* era la aplicación que estaba buscando. La periodista cliqueó un par de veces y la ventana del programa se abrió. Luego indagó entre los iconos que aparecieron como por arte de magia por las esquinas de la pantalla. Antes de tomar sus propias conclusiones, movió la silla giratoria y buscó la mirada de Leo, pausada y precavida por igual.

- ¿Sabes ya cómo funciona?

- El sistema tiene un buscador propio, por lo que no habría ningún problema si escribimos las fechas que necesitamos.

- ¿Eso significa…?

- Que ya estás buscando un calendario y dándome los días correspondientes.

Leo sacó el móvil de su anorak y arrastró el dedo índice por la pantalla. Una vez que abrió el calendario, localizó la fecha oficial de la desaparición de Penélope Santana: 7 de mayo del 2018. Luego no tuvo más que viajar en el tiempo y pararse a principios de enero.

- Según esto, la primera cita tuvo lugar el sábado seis de enero – le anunció.

Aura tecleó en el buscador la fecha y extrajo la grabación de ese día. Después pulsó encima y corrió las horas en una pista temporal hasta detenerse a la una del mediodía, hora en la que la concejala les aseguró que era cuando acudía a la cafetería y efectuaba el desembolso. Entonces, dio al *Play*.

La picada inclinación de la cámara suspendida sobre la entrada, capturaba imágenes mudas de la calzada y una porción del último surtidor por donde salían los vehículos. En una esquina, el cronómetro marcaba las 12:57 horas. Aura y Leo fijaron la vista en el ordenador y comprobaron que una clienta abandonaba en ese instante la gasolinera para desaparecer enseguida por un ángulo muerto. De pronto, la periodista se removió en el asiento. *¡Es ella!*, alzó la voz al descubrir el cabello rosa de Penélope Santana. Leo ni siquiera tuvo el amago de anotar la hora cuando la contempló. Vestía unos vaqueros ajustados y un plumífero del mismo tono que su cabello. Después entró en el interior de la estación y su rastro se perdió con ella. A las 13:01, Aura volvió a posar la mano sobre el cristal de la pantalla. El sargento comprendió el mensaje cuando Patricia Salas cruzó la escena mirando a un lado y a otro de la calzada.

- Entonces es cierto… – balbució Baeza de pie.

- ¡Corre! – se apresuró su compañera con los dedos sobre el teclado – Dame el resto de sábados.

Leo comenzó a declamar con el calendario abierto las demás citas que se concentraban entre los meses de febrero a mayo. En cada uno de los archivos grabados, se intuían prácticamente las mismas escenas con variaciones en el minutaje (ambas mujeres solían aparecer entre las 12:55 y las 13:04 horas), así como cambios en sus vestimentas según iban pasando de estación. Desde su estática posición, al sargento no le llamó la atención nada en particular. Se trataban de fugaces apariciones mezcladas con los vehículos que abandonaban la gasolinera por el carril más próximo a los surtidores. Aura encontró la última grabación (5 de mayo de 2018) y giró el cuello antes de pulsar el *Play*.

- ¿Te das cuenta que quedó con Patricia Salas dos días antes de desaparecer?

- Mucha casualidad, ¿no crees...?

La periodista regresó a su tarea y avanzó el vídeo hasta situar la escena a las 12:55 horas. Después accionó la grabación y esperaron a que Penélope entrase en escena. Eso ocurrió a las 13:02 minutos. La joven llevaba una cazadora vaquera, un bolso y unos *leggins* negros que realzaban su figura. Penélope franqueó el establecimiento mientras se retiraba el cabello hacia un lado. Nadie más volvió a aparecer en la imagen. Ni siquiera la concejala. No fue hasta las 13:12 horas cuando volvió a asomarse impaciente y miró a ambos lados de la calzada. La chica caminó en línea recta entre los surtidores y desapareció unos segundos del encuadre. Después, regresó corriendo a la gasolinera con un rictus aterrador enmarcado en su rostro.

- ¡Qué ocurre? – vociferó Leo.

A las 13:14 horas, Penélope parecía que deseaba abandonar la estación de servicio. *¡Entró a recoger su bolso!*, exclamó Aura señalando la pantalla. Sin embargo, la chica se detuvo unos instantes bajo la cámara que la grababa. Miró al frente, dudó si tomar un sentido u otro, hasta que, de pronto, echó a correr por la izquierda. Ésa fue la última vez que se vio a Penélope Santana con vida.

- Huye – cortó Aura los volátiles pensamientos del sargento – Huye de alguien al que ha reconocido. Estoy segura.

- ¿Pero de quién...?

En ese instante, el teléfono vibró en su bolsillo.

Leo Baeza sacó el móvil de su chaqueta y leyó el nombre que apareció de pronto en la pantalla de camino a la salida. El sargento exhaló un leve suspiro. Sabía que no podía retardar mucho más tiempo la charla que tenía pendiente con el juez Castillo desde que apareció el cadáver de la chica en la Peña. Quizás se resistió a descolgar la llamada que continuaba parpadeando bajo destellos luminosos; pero una vez que salió por la puerta acristalada y rozó con la yema de su dedo el botón verde, supo que era el momento de agachar la cabeza y rendir cuentas consigo mismo.

- ¡Qué hay, Castillo! – expulsó jovial mientras daba vueltas en círculo por la calzada.

El silencio le hizo retirarse el móvil y cerciorarse que la llamada seguía en curso.

- ¿Castillo…?

- ¿Cuándo tenías pensado comunicarme el hallazgo? – le echó en cara con la voz aguardentosa – No sé si sabes que me enteré por terceros.

- Los hombres de Rosales avisaron a uno de guardia cuando llegué a la cripta – se justificó con el corazón alborotado. Leo dilucidó que la batalla no había hecho más que empezar.

- ¿Seguro? –le insinuó– Porque más bien parece que sigues ocultándome información para apartarme del caso.

- No sé qué cojones tienes contra mí, pero estás muy equivocado si piensas que no tengo otra cosa mejor que hacer. Estoy hasta los mismísimos de dar explicaciones cuando lo único que pretendo es resolver el caso. Les dije a varios agentes que te enviasen el acta a tu despacho. Y supongo que lo recibirías. No era yo el que se encontraba de vacaciones el fin de semana con el móvil apagado.

El pulso de Leo se aceleró.

- ¡Pero está dentro de tus obligaciones! – le gritó – ¡Qué crees, que yo tampoco estoy hasta los mismísimos? Aunque con la diferencia que no puedo dar explicaciones al Fiscal y al Ministerio del Interior porque al sargento que dirige la operación no le sale de los huevos coger mis llamadas. ¿Hasta cuándo vas a saltarte las normas, Baeza? Dime, ¿cuándo vas a apartar lo personal del protocolo de actuación?

Leo soportó el duro golpe con las mandíbulas rígidas y se dio cuenta al levantar la vista que se hallaba en el mismo punto donde Penélope fue capturada por la cámara. Luego miró al frente y observó la carretera, con apenas tránsito. ¿Y si echó a correr cuando reconoció a alguien dentro de un coche?, se preguntó embebido por sus pensamientos.

- ¿Me estás escuchando? – llamó el juez su atención – Los de *Arriba* no paran de atornillarme. Quieren un culpable después de todo lo que se ha escrito en la prensa al respecto. No podemos seguir ocultando a Lorenzo Garrido en los calabozos y menos con una periodista metida hasta el cuello. Sabes que si se va de la lengua y publica las irregularidades que se han cometido, estamos acabados.

- Podemos confiar en Aura – le aseguró – Además, te recuerdo que firmó un contrato de confidencialidad.

- Me paso ese contrato por donde yo te diga.

- ¡Y qué pretendes, que paralicemos la investigación a estas alturas?

- Le he estado dando vueltas y he tomado la decisión de avisar a Topas para que se encarguen de trasladar al Serbio hasta que el juez dictamine qué hacer con él.

- ¿Cómo dices…?

- Lo siento Baeza, pero es hora de que vuelvas al mundo real.

El escalofrío que sacudió su espina dorsal, se expandió por todo su cuerpo a medida que buscaba en su cabeza la forma de hacerle cambiar de opinión.

- Me prometiste unos días – recalcó.

- Y seguimos sin una confesión – le aclaró – No insistas, Baeza. Hasta Gustavo habría entendido mejor que tú la decisión de acatar el reglamento. Las leyes no existen únicamente sobre el papel; también se llevan a la práctica.

- ¡Y todo lo que hemos avanzado? – le rebatió apresurado – Sabes que jamás se sabrá la verdad si Garrido entra a disposición judicial. El juez aumentará su pena por homicidio, pero ya está. Caso resuelto. ¿Es eso lo que has decidido?

- Como comprenderás, tampoco pienso jugármela.

- Y estás en todo tu derecho. Pero lo único que te estoy pidiendo son unos días.

El juez escurrió un silencio que el sargento interpretó como otra oportunidad.

- Necesito garantías – le solicitó.

- ¿Te vale con saber que Penélope Santana nunca estuvo en La Alberca?

- ¿Estás seguro de esa afirmación?

- La hemos localizado por las cámaras de la estación de autobuses de Salamanca. Cogió un autocar el mismo día que la asesinaron.

Leo esperó a que digiriese la información y prosiguió al cabo de unos segundos.

- Castillo, la chica regresó al pueblo por un motivo que aún desconocemos – intentó atrapar su curiosidad – Creemos que hay más implicados aparte del Serbio.

- ¿Qué propones?

- Que me des algo de tiempo – le solicitó.

- ¿Eso se traduce a…?

- Una semana. Te prometo que en una semana sabrás toda la verdad y podrás llevarte a Garrido.

- Ni un día más, Baeza. Si en estos siete días no eres capaz de resolver el caso, enviaré a los nacionales para que lo trasladen a su Centro Penitenciario. Luego no me vengas con ostias de que no te lo advertí. La paciencia también tiene un límite.

Y colgó.

Aura estaba copiando en su teléfono las últimas grabaciones donde aparecía Penélope corriendo cuando el sargento asomó la cabeza por la puerta del despacho.

- Ya estoy – dijo mientras la cerraba de un manotazo.

- ¿Malas noticias?

- Digamos que he conseguido que el juez nos conceda una semana para resolver el caso, si es que antes no cambia de opinión – pronunció asqueado – Por cierto, cuando estaba fuera, comprobé que Penélope miró hacia un punto concreto de la carretera. Creo que reparó en un vehículo que estaba entrando en la gasolinera en ese momento y por eso mismo huyó. Debió reconocer a alguien.

- Puede que no fuese exactamente un coche – se adelantó Aura – Al marcharte, vi unos minutos más de la grabación. Será mejor que prestes atención.

Aura presionó el *Play* y el ordenador comenzó a proyectar nuevas imágenes. El rastro de Penélope Santana se había perdido para siempre por un ángulo de la pantalla cuando el marcador del tiempo cambió de minuto: las 13:16 horas. En ese instante entró en escena un hombre con sobrepeso que vestía una camisa de cuadros verdes, pantalón vaquero holgado y una boina de fieltro en tonos tostados. Entonces se llevó a la boca el cigarrillo que aferraba entre sus dedos y se detuvo a escasos centímetros de la puerta de entrada. El hombre mantuvo la mirada puesta en el recorrido trazado por Penélope segundos antes de abandonar el encuadre. Parecía estar siguiéndola, como si supiera qué había ocurrido y hacia dónde se dirigía. Luego expulsó una bocanada de humo, restregó el cigarrillo por la rejilla del contenedor que había a un lateral y entró en la gasolinera con la mirada incierta.

- ¿Le conoces? – le interrogó Aura desde el asiento.

- No me suena de nada – acertó a decir – Tampoco se distingue muy bien su rostro por la altura de la cámara.

- ¿Crees que Penélope huía de él?

- ¿De quién sino? – soltó rotundo – ¿Acaso aparece la concejala en algún momento?

- Hasta donde he podido ver, no – le comunicó – Estoy pasando la grabación al móvil por *bluetooth*. De todos modos, hay una cosa que me rechina – la mirada de Leo quedó vagamente suspendida en los ojos de la periodista – ¿No te parece raro que dos días antes de desaparecer, Penélope se mostrase inquieta, como si algo grave le preocupase?

- Más bien me preguntaría por qué narices Patricia Salas no acudió a su cita como el resto de las veces. Que Penélope echase a correr justo el sábado que la concejala no se presentó, me escama.

- ¿Vas a volver a interrogarla? – le cuestionó, dudosa.

- En cuanto salga por esa puerta.

De pronto, la puerta que el sargento señalaba con el brazo extendido, se abrió. Pepe, el dueño de la gasolinera, esgrimió una sonrisa ladeada al cruzar la habitación.

- Pensé que la tienda no se vaciaba nunca – rezongó – ¿Os puedo ayudar en algo?

Aura se topó con la mirada de Baeza y ésta comprendió el mensaje. Avanzó el ratón por la pista temporal hasta que localizó el minuto exacto.

- ¿Sabrías decirme quién es el hombre?

Las imágenes salpicaron unos segundos la pantalla mientras Pepe atendía embelesado.

- ¡Claro! – anunció al momento – Suele venir mucho. Se llama Baltasar Escudero, aunque la gente le conoce por Balta.

Leo Baeza devoraba un sándwich en el silencio de su despacho mientras esperaba la llegada inminente de Patricia Salas. Aún quedaban unos minutos para que el reloj marcase las cuatro cuando intentó descifrar de qué estaba rellena la basura que acababa de comprar en la máquina expendedora. De pronto cayó en la cuenta que Aura le había pasado el vídeo donde aparecía Penélope Santana en la gasolinera hasta el instante que echaba a correr. Leo encendió la pantalla y buscó el archivo en su *WhatsApp*. Mientras repasaba y buscaba una lógica a las imágenes que desfilaban con atropello, el sargento recordó que había telefoneado a Portu una vez que Aura se despidió de él por la ventanilla de su patrulla. *Necesito que llames al Ayuntamiento y que le comuniques a la secretaria de Patricia Salas que quiero verla en el Puesto a las cuatro en punto, ¿te has enterado?*, se aseguró de que el agente hubiese anotado la información que acababa de darle. Portu emitió un sonido de conformidad. *Después le dices a Barrios que localice en la base a este hombre. Apunta: Baltasar Escudero. Que saque toda la información que encuentre y la dejé sobre la mesa de mi despacho. ¿Ok? Llego en cinco minutos.*

A menos de un minuto para que diesen las cuatro, y con los rebordes del sándwich asomándose por una esquina de la papelera, Patricia Salas frenó el paso en el quicio de la puerta. El sargento comprobó desde su silla que traía cara de pocos amigos.

- No tengo mucho tiempo, así que usted dirá.

Leo se fijó que intentaba recobrar el aliento tras sus anquilosadas facciones. Tampoco albergaba en su altanera disposición la idea de sentarse delante de aquel hombre que le propuso acomodarse en la butaca a medida que arrastraba su móvil por el escritorio y lo abandonaba al otro extremo. Patricia Salas reconsideró su planteamiento inicial y se sentó en la butaca mientras colocaba el bolso sobre su regazo sin entender aún qué estaba pasando.

- ¿Es una encerrona o algo así? – le preguntó con la voz cargada de inquina. Leo detuvo su mirada en la manicura de sus manos.

- Me gustaría que antes viese un vídeo – le esclareció cortante.

- Ya le dije esta mañana todo lo que quería saber.

- Pero creo que se le escapó un ligero detalle. ¿Por qué no ve primero la secuencia y después charlamos un rato?

Patricia Salas deslizó sus dedos por la pantalla y pulsó un par de veces sobre el icono del *Play*. Leo observó sus gestos a medida que las imágenes se reproducían en su teléfono. El sargento adivinó al otro lado de su escritorio que, o era muy buena actriz, o apenas se le escapaba un atisbo de nerviosismo tras el duro rictus que remarcaba con los labios fruncidos. Una vez que el vídeo finalizó, la concejala sacó del bolso su pintalabios y repasó – por decimoctava vez, sospechó – el carmín que cubría su boca.

- ¿No pensará que tengo algo que ver? – le preguntó al tiempo que remataba su labio inferior. Luego volvió a guardar el pintalabios en su bolso.

- Eso intento averiguar – la escudriñó igualmente – Supongo que habrá reparado en la fecha y hora de la grabación.

- Ya sé que Penélope salió corriendo. Yo misma la vi desde mi coche. Ni siquiera me dio tiempo a entregarle el sobre con el dinero.

- ¿Y qué hizo? – decidió deshilvanar poco a poco su testimonio.

- Intenté llamar su atención, pero no sirvió de nada. Penélope corría por la carretera a toda prisa. Después recuerdo que se metió por un camino del bosque hasta que la perdí de vista.

Leo grabó aquellas palabras en su cabeza antes de proceder con su improvisado interrogatorio.

- Nos habría facilitado las cosas de habérnoslo contado esta mañana.

- Tampoco lo vi relevante. Además, ¿qué hubiese hecho usted en mi lugar? Seguro que lo mismo, dar media vuelta y largarse de allí. No tenía sentido esperarla en la cafetería después de ver que se había marchado. Eso que me ahorraba.

- ¿Por qué lo dice? – echó el cuerpo hacia delante.

- Mire, no me malinterprete, pero fue un alivio que esa chica desapareciese de mi vida. Lo sentí por su familia, créame, pero no por ella.

- Comprendo – dijo vagamente impresionado – Al igual que también le supondría un alivio el hecho de que apareciese muerta meses más tarde. Total, ya nadie más se encargaría de chantajearla. ¿No es eso?

- Oiga, yo no tengo nada que ver con ese horrendo crimen si es lo que pretende insinuar – le advirtió – Reconozco que cuando me enteré que había aparecido en el bosque, tampoco es que sintiera lástima. ¡Esa niñata estuvo a punto de arruinar mi vida! – alzó la voz con los ojos impresos en un rencor todavía visible – ¿Y sabe que le digo? Que mi marido y mis hijos están por encima de todo.

El sargento no supo cómo encajar su ambigua respuesta tras el silencio que se coló en el despacho. Por un lado, entendía su imperioso deseo de volver a ser libre sin tener que rendir cuentas por los errores cometidos en el pasado. Pero por otro, Leo sintió que estaba sentado frente a una mujer que poseía todas las papeletas para ansiar una fría venganza por el daño que le causó y el miedo que padeció durante meses.

- ¿Hemos terminado? – le sugirió Patricia con el semblante árido.

- Una última pregunta. ¿Le suena de algo el hombre que aparece inmediatamente después?

- ¿El gordo del cigarro? – le consultó hastiada.

Baeza asintió sin quitar la vista en ella.

- No – respondió tajante – Es más, ni siquiera me importa. ¿Puedo irme ya?

- Puede irse.

La agente Barrios golpeó la puerta en el momento que la concejala se incorporaba de su asiento y cruzaba con paso ligero el despacho. Antes de perderse por el pasillo de la Comandancia, giró el cuerpo sobre sus talones y miró por última vez al sargento con la mano apoyada sobre el quicio.

- Espero no tener que volver más por aquí – señaló amenazante – No quiero que esos periodistas se piensen lo que no es.

El sonido de sus tacones se evaporó gradualmente a medida que Diana se aproximaba a la mesa de trabajo del sargento con el rostro confuso. Traía en su mano varios papeles.

- ¡Y a ésta qué mosca le ha picado? – le lanzó desconcertada.

- Ni caso – cortó flemático – Y bien, ¿localizaste lo que te pedí?

- He encontrado en el sistema los datos personales de Baltasar Escudero y cierta información de interés – le reveló a medida que ocultaba su cara entre los folios – Veamos, reside en el Cabaco y regenta una tienda de embutidos en el centro del pueblo junto a su mujer, una tal Florentina Pascual. Tienen una hija de treinta y tres años con una parálisis cerebral que, según he leído, le impide desarrollar su vida de forma normalizada. Al parecer, solicitaron una prestación económica en 2013 para adquirir un vehículo adaptado a su minusvalía y poder así efectuar desplazamientos fuera del domicilio. Pero eso no es todo. Baltasar Escudero está fichado.

Baeza reclinó el cuerpo contra el respaldo de su silla mientras exhalaba un suspiro de *lo tenemos* y *¡mierda, vuelta a empezar!*

- Una chica le denunció hace un par de años en la comisaría de Béjar – prosiguió – Supongo que querrá que telefoneé ahora mismo para que me den acceso a la base de denuncias. ¿Voy bien, jefe?

- Lo quiero todo – subrayó con la cabeza puesta en la posibilidad de que se tratase del tipo que estaban buscando.

Su móvil vibró en la mesa.

- Infórmame en cuanto tengas la denuncia – le comunicó a modo de despedida.

Una vez que su agente se esfumó del despacho, Leo cogió el móvil e insertó la clave numérica. Nada más comprobar que la Científica le había enviado un correo, no pudo por menos que ponerse en pie.

El teléfono móvil encontrado en la Peña de Francia y registrado a las 10:47 horas con número 528-Q-H2, en un primer estudio revela que el terminal tenía una alarma programada a las 8:00 horas en los días 9, 10, 11 y 12 de noviembre de 2018.

Se ha comprobado que la tarjeta SIM es de prepago, lo cual refuta el motivo por el que el terminal nunca pudo ser localizado. Se confirma que su propietaria es Penélope Santana gracias al IMEI extraído en el compartimento de la batería.

Se continúa descifrando la CLAVE-PIN para acceder al contenido del mismo, esperando poder revelar más datos.

En salamanca, a 14 de noviembre de 2018.

El perito facultativo.

La tarde caía plomiza sobre las calles desiertas de un pueblo que olía a chimenea. Aura y Leo continuaron vagando por sus calzadas empedradas mientras una débil humedad se deslizaba por las esquinas de aquellas estructuras serranas con los balcones tan próximos y las vigas de madera sobresaliendo de sus fachadas. Según transitaban por sus laberínticas callejas consumidas por el musgo y el moho, Aura reparó en el centenar de regaderas que había suspendidas bajo el techo de una galería y que se mecían con suavidad. Sacó su teléfono móvil y capturó la inusual escena. Quizás ya se habían dicho todo después de pasarse Leo a recogerla por casa de Carmen. Aura prefirió dejar a medias la crónica que estaba redactando en su Tablet cuando el sargento le propuso dar una vuelta y contarle los últimos avances del caso. La periodista escuchó atenta su discurso a medida que le ponía al día tras la aparición de la concejala en su despacho y el correo que había recibido de la Científica. Tal vez ya se habían dicho todo lo que tenían que decirse; pero en aquel momento, mientras avanzaban hacia la plaza de La Alberca, las conjeturas pesaban más que las propias certezas.

- Tampoco sabemos si es cierto lo que asegura – se refirió de pronto a Patricia Salas.

- ¿Por qué lo dices? – se adelantó Leo con la mirada puesta en las casas del fondo.

- Piénsalo fríamente: lo perdería todo si se supiera la verdad. Una mujer con un cargo político y en un pueblo tan pequeño, sería vilmente juzgada por su error. No sólo el Ayuntamiento le daría la espalda, sino también su familia. No creo que su marido se hubiese atrevido a apoyarla públicamente siendo el teniente alcalde.

- Entonces, según tú, la concejala tenía un motivo para que Penélope desapareciera de su vida – reelaboró en su cabeza – Aunque tampoco podemos cotejar su coartada con las grabaciones de la gasolinera. Ni siquiera ese día acudió a su cita.

- ¡Pero vio a Penélope desde su coche! – exclamó con cierto sobresalto en su voz.

- ¿Y qué vio, Aura? ¿Lo mismo que tú y que yo, que de repente echaba a correr? Eso no justifica nada. Es su versión, pero no la verdad.

- ¿Crees que oculta lo del aborto de Penélope?

- Lo he pensado, pero prefiero seguir reservándome esa información. Es demasiado tentadora como para arriesgarnos a que llegue a oídos de Anabel Ruiz.

Aura reconsideró sus palabras a medida que el eco de sus pisadas rebotaba contra el asfalto.

- Supongo que estarás conmigo en que es mucha casualidad que mientras Patricia contemplaba en su coche cómo Penélope huía de la gasolinera sin esperar a recoger el sobre con el dinero, Baltasar Escudero entrase en escena segundos más tarde y no le quitase el ojo desde la puerta de entrada. Parece que todo estaba planeado para que saliese de esa manera, ¿no crees?

- Sin olvidar que Escudero está fichado – le recordó – No creo que Barrios tarde en recibir el acceso a la base de denuncias de la comisaría de Béjar y averiguar de qué se trata.

- Lo que nos lleva de nuevo al principio: ¿Qué vio Penélope para huir de la gasolinera y desaparecer dos días después? – la duda quedó impresa en la mirada de ambos – Volvemos a estar en el mismo callejón, Leo. ¿No te das cuenta? De nada sirve leer la denuncia que se interpuso contra Baltasar Escudero si aún no comprendemos el origen de todo.

- Poco a poco, señorita – intervino tras percibir cierto derrumbe en su voz – Aún nos queda esperar los resultados del perito facultativo. Piensa que al menos ya sabemos que el móvil que se encontró en la cripta pertenece a Penélope Santana.

- ¿Y...?

- Pues que a lo mejor la historia que nos figuramos no se corresponde con la realidad.

Aura frenó de golpe sus pasos y le lanzó una mirada escrutadora.

- ¿Qué quieres decir?

- Tú misma has leído el primer informe de la Científica. ¿Por qué diablos iba a estar programada la alarma en su teléfono móvil?

- Tengo la sensación de que nos estamos alejando del tema – consideró al tiempo que volvían a reanudar la marcha.

- ¡Piénsalo, Aura! – quiso convencerla – ¿Y si Penélope tenía miedo de volver y se aseguró de dejar constancia de su regreso depositando el teléfono en ese sepulcro?

- ¿Con qué fin? – le rebatió.

- Para que supiésemos que había aparecido, y también para mostrarnos un secreto: el cadáver de la chica de la Peña.

Aura tomó aquellas palabras como sacadas del argumento de una película policiaca.

- Si Penélope programó su teléfono de cara al fin de semana, fue porque sabía que antes o después cualquiera que visitase el santuario lo escucharía – continuó, seducido por la idea – No dejaba de ser su propio seguro de vida. Era consciente que podía ocurrirle algo grave si regresaba a casa.

- Discrepo – manifestó rotunda – Creo que todo fue mucho más sencillo y que el Serbio se encargó de esconder el terminal una vez que acabó con la vida de Penélope.

- ¿Y por qué iba a ocultar el móvil en esa tumba? ¿Acaso conocía que estaba ocupada por esa chica? Te recuerdo que él no pudo haberla enterrado allí según el tiempo que estimó la forense. Hace tres años Lorenzo Garrido se encontraba en prisión.

- Lo que no significa que supiera de su existencia.

La noche se había desplomado fría y oscura cuando atravesaron la plaza y caminaron hasta la cruz de piedra encaramada sobre una estructura piramidal. La claridad que traspasaba los ventanales de los bares que había alrededor de los soportales, reflejaba destellos vaporosos contra los adoquines del suelo. De pronto, alguien pronunció el nombre del sargento y ambos miraron hacia un punto concreto. Tras las sombras que abrigaban las calles solitarias, emergió un grupo de policías vestidos con sus uniformes. Leo elevó el brazo a modo de saludo y esperaron solícitos a su encuentro.

- ¿Vosotros por estos barrios? – espetó a los cuatro agentes que se situaron en línea recta.

- Hemos venido a echar un vistazo – se dirigió a él Estefanía Reyes, la única policía de la comisaría de Béjar – Por si necesitáis ayuda con los periodistas que hay en el pueblo.

Aura agachó instintivamente la cabeza.

- Por ahora se están portando bien – le aclaró – Gracias de todos modos.

- También hemos venido a tomarnos unas cañitas. Te apuntas, ¿no?

- Tu amiga puede acompañarnos – soltó Luis Sastre.

Aura sintió que disminuía de tamaño en cuanto reparó que los policías no dejaban de observarla.

- ¿Te apetece? – le sugirió el sargento con la voz suave.

- Mejor ve con ellos. Todavía tengo mucho trabajo por delante – se excusó.

- ¿Quieres que te acompañe a casa?

- No hace falta, en serio. Tú diviértete y ya hablamos mañana.

Pero cuando Leo echó a andar con el grupo, no pudo por menos que girar la cabeza e intuir entre las sombras la figura recortada de una mujer que le acababa de robar por un instante sus pensamientos.

El Sainete era un conocido pub nocturno ubicado en una de las calles que partían de la plaza mayor de La Alberca. Leo solía pasarse por allí con bastante frecuencia cuando terminaba su turno en el Puesto y evitaba volver a casa. Tal vez el rumor de la música de fondo y la compañía del Rubio – dueño y camarero del antro –, que siempre le servía un plato a rebosar de cacahuetes por cada nueva consumición, le impedían renunciar a la distraída calma que hallaba acodado en la barra. Quizá por eso regresaba a casa cada vez más tarde. Desde hacía dos años, Leo rehuía de su soledad. Puede que se negara a estar a solas consigo mismo, que necesitase de alguien al otro extremo del sofá, en el lado izquierdo de su cama, frente a la mesa de la cocina. Leo había tomado la determinación de no hacerse más preguntas en cuanto abría la puerta y deambulaba a oscuras por el pasillo hasta caer rendido sobre la almohada. Era su forma de amortiguar los recuerdos; posiblemente los vacíos que le marcaron con cicatrices su memoria.

Leo no era tan estúpido como para imaginarse que sus frecuentes visitas al pub le habían otorgado cierta fama entre sus compañeros. En el fondo todo aquello le daba igual; le traía sin cuidado los chismes que se departían a sus espaldas sobre si bebía más de la cuenta por aquello de que era un soltero de cuarenta y tantos que no había superado lo de su ex. Seguramente eso le precipitó a cubrir sus traumas no resueltos con una fría máscara. Sabía que no había vuelto a ser el mismo desde entonces, que las pesadillas regresaban puntuales cada equis tiempo y que tendía a obsesionarse con su trabajo como una forma de huir de sí mismo. Leo impedía mostrar sus lacerantes debilidades al mundo, pese a haber entablado en el último año una habitual camaradería con algunos de los hombres de Rosales. Y es que cuatro eran los agentes de la comisaría de Béjar que solían acudir al Sainete con la excusa de cambiar de aires y darse, en palabras de Velasco, un garbeo por La Alberca.

Así que con ese paulatino trato que fueron forjando con el transcurso de los meses, no era de extrañar que la duda sobre quién era esa joven que acompañaba al sargento de la Guardia Civil, vibrase en cada una de sus mentes. Quizá la inesperada aparición del Rubio, que traía en ese instante cuatro tubos de cerveza, disipó sus ganas de saber.

- Un chinchín, ¿no? – alentó Estefanía Reyes al resto de los hombres mientras iba pasando las cervezas – Por el buen trabajo que estamos haciendo.

- Nada de trabajo, joder – escupió Velasco, el policía más veterano de la comisaría al que le quedaban, como anunciaba siempre, ocho años para jubilarse – Sería más justo que dijeras que por la mierda que nos comemos cada día. ¿Qué te parece esa?

- Olvídame un rato, ¿quieres?

- Tengamos la fiesta en paz... – concilió Leo con la espalda apoyada en la barra.

- Por cierto, Baeza – llamó David Ochoa su atención.

Leo se detuvo como hacía últimamente en la poblada barba que crecía bajo su nariz. Al parecer, se había convertido en uno de esos *hipsters* que tanto gustaban a las chicas, con la cabellera rapada y la camisa de su uniforme ceñida para remarcar con orgullo sus meses en el gimnasio.

- ¿Cuándo pensabas contárnoslo? Hasta ahora has guardado muy bien el secreto.

El sargento sintió que una vaharada de calor ascendía hacia su rostro mientras los cuatro policías no paraban de juzgarle con la mirada. Entonces descubrió que alguien del Puesto se había ido de la lengua. Que Lorenzo Garrido estaba encerrado en el calabozo, era ya un hecho.

- Esas cosas se comparten con los colegas, ostias – apostilló Luis Sastre, el otro policía que quedaba por pronunciarse – ¡Si encima la tía está bien buena!

Los hombres se rieron a carcajadas mientras Estefanía hizo el amago de negar con la cabeza. La tensión que estaba devorando a Leo empezó a disolverse en su organismo.

- Oye Baeza, ¿desde cuándo estáis juntos? – le lanzó Velasco.

- Por ahora nos estamos conociendo – añadió a la mentira.

- ¿Es del pueblo...? – prosiguió David con el interrogatorio – Porque no me suena de vista.

- ¡Qué va! Aura es periodista. La conocí durante el tiempo que estuve investigando la desaparición de Penélope. Venía a menudo por La Alberca para entrevistar a los vecinos y sacar material para sus reportajes.

- ¡Qué cabrón! – vociferó Luis con los ojos sonrientes – ¡Cómo te lo tenías callado!

- ¡Pero mira que sois tres porteras! – interrumpió Estefanía sus bravuconas chanzas subidas de testosterona mientras pensaba para sus adentros: *hombres*... – ¡Queréis dejarle en paz!

- Por cierto – le interrumpió Luis. Leo contempló el efecto húmedo que destellaba su particular tupé bajo la tenue claridad de la lámpara que colgaba bajo sus cabezas – Esta tarde llamó Diana a la comisaría para que le diese acceso a una denuncia que se emitió hace dos años contra Baltasar Escudero.

El sargento sintió el impulso de mandarle a la mierda por sacar el tema delante del resto de policías. No tuvo más remedio que soportar las miradas de incomprensión que se desataron de pronto.

- Yo mismo le di la orden – se justificó – Estoy examinando cualquier perfil de la zona con antecedentes sexuales que pudiese estar vinculado con el caso Santana.

- ¿Para qué...? – respondió boquiabierto – El Serbio es el único culpable. Si hasta se fugó de la cárcel el día antes de asesinarla.

- Eso es cierto – le secundó Estefanía – Los símbolos que dibujó en sus párpados son similares a los de Ainhoa Liaño, la muchacha por la que fue condenado. Creo que pierdes el tiempo si piensas que alguien de la comarca pudo hacerlo.

- Lo importante es localizar a ese hijo de puta – sentenció Luis – ¿Dónde cojones andará escondido?

- Tiene que estar al caer – puntualizó David al tiempo que se mesaba la barba – Habría que seguir intensificando la búsqueda en el bosque, aparte de ampliar los controles en carretera a nivel nacional.

Leo Baeza siguió escuchando con atención lo que los cuatro policías sabían al respecto mientras posaba una vez más sus labios en el filo de su tubo de cerveza. Sabía que lo único que deseaban era disuadirle de aquella estúpida idea de buscar nuevos culpables cuando conocía de sobra al verdadero autor del crimen. Quizá utilizó la excusa para asegurarse a sí mismo que nadie más tenía la pajolera sospecha del paradero real de Garrido. Sin embargo, no cejó en su empeño de buscar respuestas a las dudas que continuaban asaltándole sin descanso.

- Entonces, ¿qué diablos pinta ese teléfono móvil en la cripta y quién se supone que es la chica?

- ¡Pufff...! – soltó Estefanía con los labios en forma de O.

- La chica ni idea, y más sabiendo la cantidad de personas que desaparecen al año en España por tráfico de órganos y trata de blancas – argumentó Velasco con el rostro apesadumbrado.

- Pero que el móvil es de Penélope, de eso no hay duda – le secundó Luis.

- ¿Y por qué estás tan seguro? – le rebatió el sargento.

- Porque al igual que el Serbio se encargó de esconder las ropas de la chica – habló David por él –, también quiso deshacerse del terminal para que nadie lo encontrase. Y puesto a imaginar, qué mejor lugar que en un antiguo sepulcro en la cima de una montaña. ¿No te parece?

Entre los planes del sargento no estaba desvelarles lo que la Científica y la forense habían descubierto hasta la fecha. No obstante, esgrimió una sonrisa.

- Hemos dicho que nada de trabajo, ¿ok? – quebró la policía el silencio que se había instalado en aquel recodo de la barra – Antes de que se me olvide, pasado mañana es mi cumpleaños y quiero que te pases por mi casa. Pondré cervezas y algo para picar. ¿Cuento contigo?

- Sin problema – objetó Leo sorprendido.

- Díselo también a... ¿Cómo has dicho que se llama? ¿Aura, verdad?

El sargento se sintió de nuevo amenazado e intentó disuadirla de lo que estaba a punto de hacer.

- No creo que pueda – se adelantó – Me dijo que tenía mucho curro en la agencia.

- Bueno, tú dile de mi parte que no hay peros que valgan. Que la velada durará como mucho un par de horas. Así la podremos conocer formalmente y estas tres marujas podrán opinar al respecto. ¿Te parece bien a las ocho?

A unos 80 kilómetros de distancia, el megafonillo del vagón anunció a los pasajeros la llegada a la estación de tren de Salamanca. Hooded cerró la tapa de su portátil, donde la pantalla continuaba expulsando una cadena de números binarios en tonos verdosos. El informático había estado *hackeando* el sistema operativo de la compañía La Serrana durante dos noches consecutivas. Tal vez evitó aclararle a la periodista las complejas herramientas que utilizó para boicotear el programa de seguridad (escaneos del *firewall* para detectar los puertos abiertos, parchear la contraseña alfanumérica de autenticación desde un equipo remoto) y alcanzar así su objetivo tras no pegar ojo durante cerca de cuarenta y ocho horas. En el fondo, Hooded deseaba que Aura se sintiera orgulloso de él. No le servía el hecho de conseguir rastrear la señal por su cuenta y localizar el punto exacto desde donde Penélope Santana habría adquirido el billete electrónico. Hooded no buscaba eso; se negaba a copiarle una parrafada por *WhatsApp* y que la periodista le diese las *gracias* al final. Quería que se sorprendiera cuando le relatara que había acudido personalmente hasta el lugar, que le admirase por su valentía y predisposición; en definitiva, que le volviese a ver con esos ojillos que aún recordaba de su época en Madrid, aunque sólo fuesen unos segundos, aunque sólo fuese por el tiempo que llevaba ocultándole lo que sentía por ella.

Una vez que se abrieron las compuertas del vagón, cogió su bicicleta del portamaletas (Hooded admitió que era incapaz de cruzar la calle sin su *Canyon* y el portátil en la mochila) y salió de la fantasmal estación a toda prisa, donde su reloj le indicó que era cerca de la medianoche. Las puertas acristaladas se abrieron de par en par en cuanto el sensor detectó su presencia y una ráfaga de aire le embistió como si le acuchillasen miles de estiletes. Notó que el frío reptaba por sus tobillos desnudos. Abrigado por su capucha, Hooded deslizó la braga térmica por encima del tabique de su nariz y sacó el móvil de su cazadora con las manos temblorosas. Entonces abrió *Google Maps* (*algún día dominará el mundo*, pensó) y volvió a echar un vistazo al itinerario marcado por el programa. A poco más de 800 metros, se hallaba su siguiente parada: *Paseo de la Estación, 31*. Ésa era la dirección donde debía acudir: una línea recta que partía de la estación de tren y que en bicicleta calculó que tardaría cerca de cuatro minutos.

Hooded comenzó a pedalear por el margen derecho de la carretera. Apenas se veían transeúntes en las aceras bajo la fantasmagórica claridad que proyectaban las farolas. El silencio de la ciudad parecía haberse rendido al sueño de la madrugaba mientras sus ojos, presos del frío, continuaban derramando lágrimas que se perdían por sus sienes hasta dejar un rastro acuoso en su piel. El informático se secó la cara con el puño de su sudadera a medida que dejaba a sus espaldas grandes bloques de edificios con algunas luces desperdigadas por las ventanas de sus fachadas. Observó los números adosados a los portales, 79, 77, 73. Le quedaba poco para llegar al lugar desde donde se había gestionado la compra del billete electrónico, la cual nunca se cursó por teléfono móvil. Hooded había identificado por acceso remoto el *hardware* de un PC. Es decir, un ordenador de mesa o portátil. Se figuró que la joven tuvo que acudir a un locutorio o algún establecimiento para *enchufarse* a la red, salvo que hubiese estado escondida en una vivienda y el informático necesitase echar mano de sus programas de rastreo para averiguar al menos el piso. Hooded volvió a esbozar una sonrisa bajo su braga térmica al imaginarse la reacción de Aura ante su inesperado hallazgo. Sin embargo, sus ojos se quedaron petrificados frente a aquella mole de ladrillos donde una placa superpuesta contra la tapia le advirtió que se encontraba en el número 31.

No puede ser, balbució. Hooded bajó de su bicicleta y echó un vistazo alrededor. La profusa maleza devoraba bajo las sombras que palpitaban en el jardín la silueta de lo que parecía un palacete abandonado. La débil luz de las farolas arrojaba nubes de polvo contra aquella estructura solitaria de dos plantas, con varias ventanas frontales y dos balcones en la parte superior. El tiempo parecía haberse detenido a principios de siglo mientras la memoria de lo que fue una vez, intentaba insertarse en el tejido urbano. Su aspecto deshabitado le dio escalofríos. Hooded apoyó la bici contra el desvencijado muro perimetral que delimitaba la propiedad y se ayudó de sus manos para saltar por encima. Sus pies notaron de pronto la humedad que segregaba el suelo embarrado entre la descontrolada vegetación que crecía a su albedrío. Rápidamente sacó su teléfono de la mochila y encendió la linterna. Los haces de luz revelaron entonces las marcas de un sendero por donde transitaron sus antiguos moradores desde la entrada de la casa hasta la cancela de hierro, atrancada por unos varios metros de cadena.

Hooded echó a andar con cuidado de no tropezar con la basura esparcida y enfocó hacia la puerta del palacete. La hierba sobresalía salvaje entre las juntas de la escalera, donde contabilizó los escalones que le separaban de la entrada. También se fijó que una película de humedad abrillantaba la piedra en cada peldaño según iba subiendo. *¡Mierda!*, imprecó. No había reparado en el tablón de madera que alguien había colocado para que ningún mendigo u okupa – creyó – se colase en su interior. Dio media vuelta y profundizó en la espesa oscuridad que encontró de camino a la parte trasera. Algunos árboles interrumpían su visión mientras aclaraba con la linterna el destartalado muro exterior que parecía que iba a desmoronarse dentro de aquel angosto pasillo colmado de matorrales. El informático se dio cuenta que las ventanas estaban igualmente cegadas por otros tablones y entonces dudó si su portátil había localizado correctamente la señal. Era imposible que Penélope hubiese adquirido el billete electrónico desde esa posición, admitió. La luz arrancó destellos a una cubierta de plástico que se precipitaba desde lo alto de la pared como una lengua transparente. Hooded se acercó precavido y comprendió que su finalidad no era otra que ocultar aquel agujero hendido a la pared de ladrillos.

Una bocanada de aire se estrelló contra su cara nada más asomar la cabeza por la oscura cavidad. El aliento que procedía de sus entrañas, arrastraba consigo esquirlas de madera mezclado con un aroma rancio difícil de descifrar. Hooded se encaramó a la montaña de ladrillos desparramados en el suelo y atravesó el boquete como una herida abierta a la piel del viejo palacete. Una densa cerrazón abrigaba los contornos vacíos de aquella amplia habitación. Las esquinas del techo, consumidas por las manchas de moho, caían en jirones por sus paredes, donde una vez estuvieron empapeladas y ahora sólo conservaban frágiles porciones. Ni siquiera había mobiliario o una sucia antigualla de sus anteriores propietarios. Sólo una puerta abierta al corazón de la casa fue lo único que halló mientras filtraba la luz de la linterna por el largo pasillo que se intuía al fondo, sepultado por las sombras mortecinas que lo guarecían. Hooded dio un paso al frente y sintió el crujido del suelo de madera bajo las suelas de sus zapatos. Un extraño miedo se apoderó de él. Tampoco estaba seguro de si el caserío estaba o no habitado. Temió avanzar a lo desconocido y que alguien escondido tras una puerta, se abalanzase por sorpresa. Tal vez le animó pensar que Aura sabría valorar su hazaña cuando se adentró en las profundidades a medida que contemplaba las paredes desabrigadas, la capa de polvo suspendida en el aire, el suelo carcomido por los años, el silencio incómodo. A Hooded le escamó aquel silencio interrumpido de vez en cuando por el crujido de la madera. Más allá, el destello metálico de un objeto le robó sus recelosos pensamientos. Rápidamente se dio cuenta que se trataba de una barra de hierro apoyada contra la pared. Hooded la asió con empeño y continuó avanzando por el pasillo hasta que se coló en lo que parecía el recibidor. Enseguida se situó dentro de aquella maraña de opacidad y telarañas. La puerta que tenía delante, era la misma que vio desde el jardín, taponada por aquel tablón de madera. Al girar el cuerpo, descubrió que unas escaleras partían a la planta superior. Quizá no estaba entre sus planes averiguar lo que se escondía allí arriba; pero cuando reparó que la parte central de los escalones parecía no tener la misma cantidad de polvo que el resto de la escalera, algo le hizo sospechar.

Hooded subió cada peldaño con la sensación de estar cometiendo un error. Ni siquiera la barra que llevaba soldada a su mano le serviría para defenderse de los posibles intrusos que ocupaban la planta superior y que posiblemente ya lo habían detectado desde que invadió su territorio. La luz de la linterna despejaba las tinieblas que vagaban inertes en lo alto de la escalera. Poco a poco comenzó a divisar el suelo, donde una tenue claridad le reveló el contorno de varias puertas entrecerradas. Entonces, aquel ruido le detuvo en el antepenúltimo escalón. *¡Quién anda ahí?*

Nadie pareció escuchar su voz mientras el corazón le latía apresuradamente. Hooded agarró con fuerza la barra metálica y llegó al final de la escalera con el miedo asomado en su mirada. Alumbró un recodo del nuevo pasillo y reconoció en la penumbra el destello de unos ojos que no paraban de contemplarle. La luz comenzó a desempañar la bruma azulada que palpitaba en el interior y descubrió la silueta de un gato encaramado a una mesa que había arrinconada contra la pared. Hooded exhaló un suspiro mientras el animal le mostraba sus fauces. Después saltó de la mesa y salió escopetado escaleras abajo. *¡Será cabrón!*, le maldijo. El propio nerviosismo le condujo a explorar en las habitaciones que encontró de camino. Deprisa, proyectó la linterna por cada una de ellas intentando buscar el rastro de un sistema operativo que le alertase que allí había estado la chica alguna vez. No encontró nada. Únicamente nuevas manchas de moho prensadas sobre el techo y las paredes, así como algún que otro desprendimiento del tejado, donde la claridad de la luna colaba sus rayos entre las vigas de madera. Hooded revisó todas las habitaciones de la primera planta, alineadas a lo largo de la pared. Entonces reconoció al fondo, escondida por las sombras que habitaban en rededor, el picaporte de una última puerta. El informático se aproximó sigiloso. La luz de su linterna apenas llegaba a alumbrar las extrañas formas que anidaban dentro. Empujó despacio la puerta y el quejido de las bisagras aceleró aún más su ritmo cardiaco. Después dio un paso al frente y dibujó una sonrisa en sus ojos.

Hooded comenzó a mover su móvil entre las tinieblas que oscilaban en la habitación. Lo primero que reconoció fue un colchón en el suelo hundido por las esquinas. Al lado, varias bolsas vacías de patatas fritas resplandecieron a la luz por su cobertura plateada. Hooded atravesó el espacio seguro de sí mismo y se topó con una caja metálica dispuesta en el centro. Había restos de ceniza en su interior, como si hubiese servido para calentar la habitación a modo de brasero, evitando utilizar la vieja chimenea con molduras de mármol que observó al fondo, entre la ventana sellada por otro tablón y una mesa de aspecto ajado. Hooded sospechó de lo que veían sus ojos y se acercó a la silla, donde algunas prendas de vestir se descolgaban del respaldo. Los haces de luz revelaron el ordenador portátil que descansaba sobre la mesa con la tapa bajada. Sintió una punzada en el pecho a medida que apoyaba la barra contra la pared y se cubría las manos con los puños de su sudadera. No quería dejar sus huellas dactilares a la policía. El informático deslizó la tapa y presionó el botón de encender. Al momento, la pantalla comenzó a arrojar luz.

Mientras el ordenador se preparaba para iniciarse, Hooded sacó su portátil de la mochila y lo colocó sobre la mesa. Sospechó que alguien debía de cargar la batería en el exterior al carecer el palacete de electricidad. En cuanto la pantalla se encendió, soltó un taco al advertir que le quedaba un 7% de batería. Hooded calculó que tenía menos de cinco minutos para volcar los archivos del ordenador en su disco duro. Deprisa, activó el *Bluetooth* de ambos. Era bastante difícil copiar el contenido que almacenaba, por lo que decidió grabar las carpetas que había dispersas en el escritorio. Los nervios se apoderaron de él mientras una pequeña ventana le indicó que llevaba un 10% copiado. *Vamos, vamos,* repetía sin descanso. La batería del ordenador pasó de pronto a un 4%. *¡Joder!,* volvió a blasfemar. Miró una vez más lo que llevaba grabado: 45%. Hooded propinó un golpe a la mesa y despotricó contra su mala suerte. Era prácticamente imposible que registrase todo el material en las tripas de su ordenador. 67% copiado, confirmó de nuevo. 3% de batería. Hooded se arrodilló delante de los dos portátiles y esperó una resolución con la cabeza hundida entre sus brazos. Al cabo de un minuto, le ventana le avisó que llevaba un 96% almacenado. La batería, subrayada en color rojo, le advirtió que quedaban 37 segundos para que la sesión cerrase. *¡No puede ser!,* exclamó con rabia. *¡Venga bonita, que ya acabas, dáselo a papi!* Al momento, verificó que se había completado la acción. Hooded emitió un grito de entusiasmo y desconectó a toda prisa el *Bluetooth.* El portátil del viejo palacete, en cambio, se apagó.

Antes de abandonar la estancia, el informático desactivó la linterna de su móvil con intención de fotografiar la habitación donde posiblemente Penélope pudo haber sido retenida. Los flashes salpicaron durante breves segundos la vida que quedó suspendida entre aquellas paredes mohosas. Después, cuando comprendió que era el momento de regresar a Madrid en el siguiente tren, descendió las escaleras del caserío y salió por el mismo hueco perforado a la pared trasera. Retiró con las manos la cubierta de plástico y recorrió el estrecho callejón repleto de hojarasca y bolsas de basura. Una vez que trepó el muro y se montó en su bicicleta, Hooded sacó los cascos inalámbricos del bolsillo de su mochila y buscó en la agenda el número de Aura. Supuso que estaría dormida cuando el teléfono dio un primer tono. Continuó pedaleando por el medio de la carretera hasta que al fin escuchó un hilo de voz al otro lado.

- Siento avisarte a estas horas, pero no te lo vas a creer. Sé dónde ha estado encerrada Penélope Santana todos estos meses.

DIA 8

Leo Baeza intentó apartar como pudo a la muchedumbre que se agolpaba frente a las verjas del viejo caserón del Paseo de la Estación. Ni siquiera la cinta de balizamiento policial que rodeaba parte del perímetro de la finca, evitó que los más curiosos detuviesen sus ganas de averiguar lo que estaba sucediendo allí dentro. Leo bregó con aquellos que se resistían a abandonar su posición con las manos soldadas a los barrotes, y se aventuró a entrar en el jardín mientras se recolocaba su anorak verde tras una breve escaramuza con varios de ellos. Fue entonces cuando se fijó en aquel sobrecogedor palacete de planta cuadrada, revestido de ladrillo deslucido por el paso del tiempo y con una especie de porche con las ventanas cegadas por tablones de madera, que sobresalía en la planta superior respecto a los balcones que lo custodiaban. Enseguida reparó en los peritos de criminalística que, enfundados en sus trajes de bioseguridad y lentes transparentes, recolectaban pruebas en el jardín tras una profunda inspección ocular.

El sargento recordó la decisión que había tomado la noche anterior cuando Aura le avisó a las tantas para confirmarle que Hooded acababa de localizar el lugar exacto desde donde Penélope había realizado la compra del billete electrónico bajo el nombre de Lucía La Maga. *No te lo vas a creer*, le aseguró la periodista tras enviarle por *WhatsApp* las fotografías que el informático había realizado en aquella tétrica habitación. Ambos conocían el viejo palacete por su proximidad al centro de la ciudad. Sin embargo, Leo ideó un plan para que todo saliese según lo previsto y nadie sospechara de la infiltración de Hooded. Por la mañana temprano, Leo Baeza telefoneó a la comisaría de Béjar. Rosales no dio crédito a lo que estaba escuchando cuando le informó que había recibido una llamada anónima de una mujer que aseguraba haber visto a la chica entrando y saliendo de aquel caserío abandonado. *¿Qué propones?*, le lanzó el inspector jefe con la voz tomada. *Que mandes a varios de tus hombres mientras yo aviso al Cuartel de la Guardia Civil de Salamanca para que acudan al escenario. Hay que desplegar a todas las unidades e intervenir lo antes posible.*

Una vez cumplido su propósito, Leo volvió en sí y echó a andar por el mismo jardín que horas antes Hooded atravesó aterrorizado. Observó que la hierba que poblaba algunas porciones del terreno, aún conservaba esa apariencia reluciente de la helada que cayó a primera hora. Los débiles rayos de sol que intentaban asomarse por un lateral de un bloque de edificios, se enredaban juguetones entre las raquíticas ramas de los árboles que resistían incólumes dentro del recinto. El sargento saludó a varios policías con los que se topó de camino y continuó adentrándose en aquel jardín selvático con restos de basura. Nada más llegar a las escalinatas de acceso, se fijó que el tablón de madera había sido retirado de la entrada principal. Ahora descansaba apoyado contra la fachada de ladrillos, donde ni siquiera se percató que Benítez estaba observándole arrimado a la puerta.

- Buenas, jefe.

El sargento giró el cuello hasta que su mirada tropezó con la de su agente.

- ¿Y los demás? – saltó como un resorte.

- Dentro, en la habitación – acotó con el semblante árido – La forense se encuentra con ellos. Y también el juez.

Baeza esbozó una extraña mueca en su rostro a medida que traspasaba el umbral del viejo palacete. Una cortina de polvo suspendida en el ambiente le emborronó unos instantes la vista. Poco a poco sus ojos comenzaron a adaptarse a la penumbra que oscilaba en aquel vestíbulo con las paredes mordisqueadas por las manchas de humedad y donde una escalera de madera partía hacia la planta superior.

- Es arriba – le indicó Benítez por la espalda.

Rápidamente sus pies emprendieron el viaje a las profundidades del caserón mientras oteaba con curiosidad la entreverada disposición de cada uno de los elementos que le acompañaban. Ascendió por una escalera con los peldaños abombados a medida que reparaba en la destartala baranda tallada con figuras florales donde en ciertos tramos, el pasamanos había desaparecido. El mohoso papel que cubría la pared, permitía al intruso percibir las marcas renegridas de los cuadros que habían dejado de existir – sospechó – hacía años. Leo trepó por los desgastados escalones hasta alcanzar el primer piso. Los focos instalados en un recodo alumbraban la decrepitud que languidecía en aquel lugar. Varias puertas dispuestas en la misma pared mostraban los vestigios de su deterioro. El sargento se asomó por las habitaciones y constató que, aparte de estar despejadas de mobiliario salvo por las chimeneas que seguían encajonadas desde entonces, el techo se había vencido en dos de ellas, dejando a la intemperie las vigas del techo. Enseguida descubrió que las voces de sus agentes procedían del fondo del pasillo. Leo atravesó el resplandor que palpitaba tras los focos de emergencia y percibió su sombra quebrada contra la pared del pasillo, adelantándose a los acontecimientos que se agitaban tras la puerta abierta. Varios policías se abrieron paso cuando repararon en él.

- La Científica acaba de llevarse el portátil – le espetó Estefanía Reyes delante del resto de sus compañeros – La Guardia Civil de Salamanca lo halló esta mañana al entrar en la casa.

- Ya me ha contado Benítez – salió al paso con la mirada puesta en los peritos que operaban dentro y recogían muestras en bolsas de plástico transparentes.

- No estamos seguros si pertenecía a Penélope – continuó – Uno de tus hombres nos ha confirmado que Anabel Ruiz no echó en falta ningún ordenador cuando se le tomó declaración durante los días posteriores a la desaparición de su hija.

Leo supuso que cualquiera de sus agentes que pululaban por las tripas del viejo palacete les habría ratificado tal hecho. Sin embargo, tampoco albergaba el propósito de desvelarles que posiblemente la chica jamás estuvo retenida contra su voluntad en esa habitación puesto que había adquirido desde ese mismo portátil el billete de autocar que la llevó de vuelta a La Alberca. Imaginó que para acceder a internet, se habría valido de uno de esos pinchos prepago que anunciaban en varios establecimientos de telefonía. Por qué había elegido ese sitio, de qué lo conocía y de quién se escondía como para acabar viviendo en tales condiciones, continuaba siendo un enigma que aún era incapaz de descifrar.

- Que la Científica me avise cuando tenga algo – dijo ante el mutismo del resto de agentes. Luego se dio cuenta que el Juez no le quitaba ojo mientras charlaba con la forense – ¿Por qué no vais a echar a toda esa gente? No quiero que se filtre a la prensa y meta las narices en el asunto.

David Ochoa y Luis Sastre se retiraron del quicio de la puerta y enfilaron los pasos por un pasillo disuelto bajo la luz cegadora de los focos. Estefanía Reyes, por el contrario, amortiguó las ganas que el sargento tenía de adentrarse en la habitación cuando posó enérgica la mano sobre su hombro. Leo la contempló sin saber qué sucedía.

- Mañana os espero a las ocho – pronunció. El sargento entrecerró unos segundos los ojos – Por mi cumpleaños. ¿Recuerdas? No se te olvide avisar a Aura.

- Tranquila, me hago cargo – dijo lo primero que se le pasó por la mente.

Y es que Baeza deseaba averiguar qué confidencias compartía Elisa Vázquez con Castillo cuando tuvo la oportunidad de deshacerse de la policía y dirigirse a ellos. Uno de los peritos se retiró para dejar pasar al hombre que cruzaba la habitación con el rostro picado por las dudas.

- ¿Algo nuevo? – les avasalló sin tan siquiera saludarles.

- Hola Baeza – se dirigió la forense con las manos enfundadas en unos guantes de látex – Aparte del portátil que se ha llevado la Científica, hemos recogido la ropa que encontramos sobre el respaldo de esa silla – señaló hacia la mesa que había empotrada contra una ventana cegada por otro tablón de madera.

- ¿Crees que pertenecen a Penélope?

- Necesito realizar las pruebas de ADN en el laboratorio para confirmarlo y descartar otros materiales biológicos como semen, sangre, saliva… – enumeró – Por ahora sólo puedo decirte que posiblemente pasó aquí un tiempo, aunque no sabría decirte si retenida o no. Tendría que cotejar la ropa que hemos hallado con la que la madre aportó. Además, mi equipo ha localizado en ese colchón algunas fibras de pelo natural de un tono rosáceo.

- ¿Entonces es cierto? – se aventuró a pronosticar.

- Yo diría que sí. Aunque será mejor esperar a los resultados – resumió con los brazos en jarras – Ahora, si hacéis el favor de abandonar la habitación y no contaminarla más. Mis chicos van a apagar los focos para aplicar las lámparas ultravioletas en busca de huellas dactilares.

Ambos cruzaron la estancia sin dirigirse la palabra. Leo percibió que Castillo apenas soportaba su mirada en cuanto se detuvo en el pasillo con las manos metidas en los bolsillos de su pantalón. De pronto, las luces se apagaron y una luminosidad purpúrea resplandeció fantasmagórica tras la puerta abierta, creando sombras deformes que se desparramaban por el suelo entarimado.

- Te dije que Penélope nunca estuvo en La Alberca – escupió el sargento bajo la penumbra que lo abrigada – ¿Entiendes ahora por qué te pedí algo más de tiempo?

- Me sorprende que días después de aparecer la chica en todos los medios, una llamada anónima te asegurase haberla visto entrando y saliendo de esta pocilga.

- ¿Qué insinúas, Castillo? – le espetó confuso.

- Sólo espero que estés cumpliendo con tu parte y no me ocultes nada que deba saber. Odio los juegos sucios.

Su móvil vibró en el bolsillo de su anorak. Rápidamente lo sacó y leyó en la pantalla.

- Si me disculpas. Tengo una llamada que atender.

Tal vez consideró oportuno dejarle con la palabra en la boca nada más esfumarse de allí y bajar los escalones de dos en dos, sintiendo el inquietante lamento de la madera bajo sus pies. Al traspasar el umbral del viejo palacete, sus ojos se entrecerraron. La claridad de fuera apenas le permitía sostener la vista al fondo. Leo agachó la cabeza y descendió por la estrecha escalinata que le devolvió de nuevo al jardín. Una senda de piedra se perdía entre las altas hierbas hasta la cancela de la entrada.

- Cuéntame Diana – disparó, asegurándose que ninguno de los agentes que pululaban por el perímetro pudiera escucharle.

- Ya tengo una copia de la denuncia que fue interpuesta contra Baltasar Escudero – le reveló deprisa – Fue cursada en 2016 por Elena Villar, una muchacha de Villanueva del Conde que por entonces contaba con diecinueve años. Según he leído, le denunció por acoso laboral. La chica relató en la comisaría de Béjar que Escudero la contrató aquel verano para que le echase una mano en su tienda de embutidos. Sin embargo, pronto comenzó a hacerle comentarios obscenos y proposiciones bastante subiditas de tono, hasta el punto de intentar sobrepasarse con ella en más de una ocasión. Elena Villar también alegó que su comportamiento era similar con las jovencitas que acudían al establecimiento. Y cito textualmente: *ese tío es un viejo verde que, en vez de cascársela y dejarnos tranquilas, se entretiene con su asqueroso jueguecito de regalarnos cosas por si acaso caemos.*

- Qué hijo de puta – admitió con la mirada puesta en la gente que seguía agolpada tras las verjas del caserón.

- Todavía hay más. Meses más tarde, Elena Villar acabó retirando la denuncia, de ahí que no pudiese acceder desde la base. He telefoneado a la comisaría y nadie recuerda la explicación que dio. Supongo que al vivir en la misma zona y empujada por la presión de su familia, la chica decidió echarse atrás.

Leo se quedó pensativo antes de dar por finalizada la llamada.

- Buen trabajo, Barrios – apuró con la voz firme – En un rato me paso por el Puesto.

Después guardó el teléfono en su abrigo y echó la vista arriba. El imponente palacete se erigía tenebroso sobre una tierra inhóspita cuajada de ocultos secretos. ¿Cuál fue el que llevó a Penélope Santana a cruzar sus puertas y confinarse para siempre en el oscuro latido de su corazón?

Aura Valdés llevaba algo más de media hora esperando en el interior de la patrulla. De vez en cuando oteaba el viejo palacete desde su ventanilla, contagiado por el rumor de toda esa gente que continuaba vigilando la escena policial tras la desvencijada reja que mantenía su pátina verde original. Con la radio puesta en una emisora musical, la periodista comprobó en su *Flik Flak* que eran las 11:28. Por un instante dudó si debía acudir al lugar de los hechos en busca del sargento. Necesitaba contarle lo que había descubierto en una de las fotos que Hooded le envió al móvil de madrugada. Tras hacer sus propias pesquisas, pensó que tal vez era necesario comunicárselo al hombre que de pronto oteó en la distancia cuando una pareja de ancianos abandonó el recinto tras un largo parón en su camino. Entonces le advirtió por el estrecho hueco de las verjas. Parecía contemplar ensimismado el caserío entre el resto de policías y guardias civiles que transitaban el jardín. Aura cogió el móvil y le escribió un mensaje: *¿Puedes venir al coche?* Después volvió a filtrar la vista por las rejas y se dio cuenta que Leo estaba leyéndolo. *Ok*, respondió.

Al cabo de unos minutos, Baeza apareció tras la cadena humana que le impedía acudir a su encuentro. Atravesó corriendo la carretera del Paseo de la Estación a medida que esquivaba algunos coches que de pronto hicieron sonar el claxon. Nada más abrir la puerta y acomodarse en el asiento, Aura percibió un olor a yeso húmedo que parecía persistir en las fibras de su anorak. Su rostro parecía traer noticias alentadoras.

- ¿Todo bien? – le inquirió de sopetón a medida que bajaba el hilo musical.

- La Científica va a analizar el portátil – le aseguró – Espero que tu amigo Hooded tuviese el acierto de grabar cualquier cosa que nos permita seguir avanzando.

- Supongo que hoy me avisará para decirme si ha encontrado algo que merezca la pena examinar. Aunque de eso mismo quería hablarte. ¿Te has fijado en las fotos que hizo anoche en la habitación?

El sargento perfiló un gesto de incomprensión antes de dar voz a sus pensamientos.

- ¿Has averiguado algo? – indagó. Aura comenzó a buscar en la galería de su móvil una fotografía en particular. Una vez que la localizó, le pasó el teléfono.

- Si amplías la imagen sobre el portátil que hay encima de la mesa, podrás ver una pegatina con un código alfanumérico.

Leo llevó a la práctica su explicación e incrementó la imagen con los dedos de su mano derecha hasta que descubrió en un lateral del portátil la pegatina a la que se refería, compuesta por número y letras.

- ¿Qué es? – le solicitó a la periodista.

- Una de las cosas que aprendí en la carrera fue a catalogar registros bibliográficos, que proporcionan información sobre los nombres de los autores, sus títulos y las materias que describen los recursos. Algo así como las fichas que se usan en cualquier biblioteca, donde los metadatos ayudan a ubicar esos mismos datos.

- En cristiano…

- El código que aparece en el portátil es una signatura –le reveló– Un código formado por números y letras que permite, entre otras cosas, su ordenación alfabética en las estanterías gracias a una etiqueta adherida al libro denominada tejuelo, así como localizar cualquier soporte electrónico de préstamo. ¿Me sigues?

- ¿Insinúas que el portátil que encontró Hooded pertenece a una biblioteca?

- No exactamente – abrevió – Indagando en internet, he descubierto que las primeras letras corresponden al prefijo de la Universidad. ¿Penélope no pretendía largarse del pueblo para estudiar en Salamanca?

- Sí – pronunció algo desorientado – Pero tengo entendido que sólo presentó la pre-matrícula. Desapareció días antes de terminar el instituto y acudir a las pruebas de acceso a la Universidad.

- ¿Sabes por casualidad qué tenía pensado estudiar?

- Anabel me comentó en una ocasión que Sociología. ¿Por…?

- Habría que ir a la biblioteca y averiguar si el portátil pertenece a esa facultad. Es la única manera de saber a nombre de quién está el préstamo y cuándo se realizó.

Baeza inhaló una bocanada de aire antes de arrancar la patrulla. Ni siquiera albergaba la idea de regresar al viejo caserón con el juez Castillo merodeando por el jardín. Tal vez podía haberle rebatido que no necesitaba que nadie porfiase de su trabajo y de las llamadas anónimas que recibía – aunque fuese mentira – en su despacho. Quizás esperó un poco de ánimo por su parte mientras seguía dejándose la piel en el caso. Pero en ese instante, al apretar fuerte el acelerador, creyó encontrar un camino por el que transitar a su lado.

- Barrios me ha confirmado que la denuncia que se interpuso contra Baltasar Escudero era por acoso laboral. Parece ser que le gustan las jovencitas de la misma edad que Penélope.

Aura giró la cabeza y se encontró con sus ojos.

- Pero la chica en cuestión acabó retirándola.

Los tibios rayos de sol acariciaban el rostro de Aura por el cristal de su ventanilla cuando Leo se introdujo apresurado por las calles de una ciudad que poco a poco iba congestionándose de más coches. Según atravesaban sus arterias principales, repasó el itinerario más rápido para llegar al campus Unamuno, donde se concentraban la mayoría de facultades. Enseguida enfiló la patrulla por las calles colindantes, sobrepasando en el cuentakilómetros los noventa kilómetros por hora. Aura le advirtió que acababa de saltarse un semáforo en rojo nada más llegar al campus, contagiado por las voces de los estudiantes. Muchos de ellos estaban repantigados en los jardines que salpicaban el complejo, aprovechando el templado sol de otoño. El sargento se introdujo en el parking de fuera y estacionó el vehículo sobre la acera. Aura señaló el edificio de Sociología al abandonar el coche. Aún recordaba el trayecto que recorría a diario cuando estudiaba Periodismo en la facultad de Comunicación.

Avanzaron en silencio por aquel recinto provisto de bares, tiendas de fotocopias y residencias. Después abrieron las puertas acristaladas de la facultad y se colaron en el amplio recibidor. Un panel ubicado en la pared, les indicó las distintas aulas y servicios que se repartían entre sus tres plantas. Aura apuntó con la mano hacia el lugar donde se leía la palabra *biblioteca* y constataron que se hallaba en los sótanos del edificio. Las escaleras de acceso se encontraban a sus espaldas. Leo no perdió más tiempo y comenzó a descender el entramado de escalones que se retorcía en espiral hasta la planta baja. Al momento, descubrieron que la biblioteca estaba situada al fondo, tras una puerta de madera flanqueada por dos detectores anti hurto. La joven becaria que se hallaba tras el mostrador puso cara de circunstancias al reparar en el hombre uniformado que se aproximaba junto a una chica.

- Buenos días – pronunció insegura. Apenas era capaz de mantener la mirada.

- Hola – añadió Aura con el móvil de la mano – ¿Sabría decirnos si esta signatura pertenece a la Facultad de Sociología?

La muchacha observó el código alfanumérico que asomaba en la pantalla y respondió:

- Sí, es el localizador que utilizamos para los portátiles en préstamo.

Los ojos de Aura y Leo tropezaron por inercia.

- Disculpe que no me haya presentado aún. Soy el sargento de La Alberca y necesitamos saber a nombre de quién está hecho el préstamo de ese ordenador.

- Yo no puedo facilitar ese tipo de información sin una autorización de mi directora – articuló con la voz temblorosa – Ya sabe, por la Ley de Protección de Datos.

- Entiendo. ¿Y se encuentra en la biblioteca?

- Está en sala. ¿Por…?

- ¿Le importaría avisarla y decirle que hay un sargento que pregunta por ella?

La joven becaria deslizó hacia arriba el extremo del mostrador y abandonó nerviosa su puesto para escabullirse entre la penumbra que oscilaba en el interior de la biblioteca, rasgada por la luz de los flexos que se alineaban sobre las grandes mesas de estudio.

- Mira que eres malo – susurró Aura a su lado – La pobre se ha quedado en *shock*...

Sin embargo, Baeza continuó observando su rastro, que se perdía al fondo de la sala, entre estanterías repletas de libros y más mesas congestionadas de estudiantes. Se fijó que la chica empezó a hablar a una mujer de aspecto cursi que vestía una falda de cuadros y un cárdigan beis. Leo calculó que tendría alrededor de sesenta años. La mujer le sostuvo la mirada un rato hasta que echó a andar por la sala con la postura recia a la vez que encorsetada. El sargento reparó en su enjuta fisonomía mientras no le quitaba ojo tras sus gruesas gafas de ver.

- Buenos días – emitió con la voz un tanto aflautada – Ya me ha explicado Teresa que solicitan cierta información respecto a un portátil en préstamo. ¿Es correcto?

Aura se acordó de pronto de algunas escenas donde aparecía la señorita Rottenmeier en la serie Heidi. Evitó dibujar una sonrisa maléfica.

- Estamos trabajando en una investigación en curso – le aclaró el sargento de forma escueta. Tampoco estaba interesado en revelarle la verdad– La signatura que localizamos parece ser que pertenece a esta biblioteca y necesitamos comprobar el nombre de la persona que realizó el préstamo.

- Entiendo. ¿Me permite verlo?

Aura sacó el móvil de su abrigo y le enseñó la foto con aquel código alfanumérico.

- Sí, el número coincide con el de esta facultad – dijo tras las voluminosas lentes de sus gafas – Voy a comprobarlo.

La mujer cruzó el mostrador con paso diligente y se situó frente al ordenador de mesa. Luego le pidió a Aura que le dejase el móvil para copiar el código en la base de datos. Una vez que tecleó la información con su dedo índice, afloró en su rostro cierto recelo.

- ¿Ocurre algo? – preguntó Baeza.

- Es muy curioso. El préstamo lleva siendo renovado desde hace varios meses por la misma persona. Siempre hace la reserva el día antes de que caduque.
- ¿De quién se trata? – solicitó la información con urgencia.

Entonces giró la pantalla y la detuvo frente al sargento.
- De Sara Lago.

Las conjeturas sobre quién podía ser Sara Lago se precipitaron una vez que salieron de la facultad de Sociología. El sol de noviembre seguía suspendido a media altura, donde el césped de los jardines aún irisaba destellos glaciales. De camino a ninguna parte, Leo no paró de repetirle a la periodista que aquel nombre le sonaba de algo. *Estoy seguro*, le aseveró, *pero ahora no caigo*. Mientras intentaba hacer memoria, a Aura le sedujo otra idea que cruzó su mente en el instante que la bibliotecaria les mostró la identidad de la persona que hizo el préstamo del portátil durante varios meses. Era posible que Sara Lago y Penélope Santana ni siquiera se conocieran. Eso mismo le hizo saber al sargento cuando comprobó que se dirigían al parking donde se hallaba estacionada la patrulla. *Piénsalo*, le exhortó. *Si Penélope necesitaba un ordenador para comunicarse con el exterior, pudo robar el carnet de la biblioteca a esa tal Sara Lago. Al llevar peluca, se aseguraba que nadie la reconociera. Y si la chica no denunció el hurto...*

Pero Baeza seguía sin escucharla, presto en su particular presentimiento. Necesitaba averiguar si esa extraña sensación que culebreaba en su estómago se trataba de una señal. Por eso encendió la pantalla de su móvil y marcó el número del Puesto. Tenía que comprobar que Sara no estuviese involucrada en el caso. En cuestión de segundos le ordenó a Portu que investigara en los expedientes y le avisase con lo que descubriera. Al menos, así se quedaba tranquilo.

Para hacer algo de tiempo, Leo le propuso tomarse un café en la cafetería que había a un lateral del parking. Aura aceptó y se internaron por una especie de soportal con las columnas de cemento al descubierto, donde las mesas de fuera estaban atestadas de chavales. Nada más atravesar la puerta de la cafetería, detectaron al resto de estudiantes que jugaban al billar a esas horas. Leo y Aura se acomodaron en una esquina de la barra y pidieron dos cafés con leche al camarero.

- No creo que Portu tarde mucho – le garantizó mientras Aura cruzaba las piernas en el taburete.

- Tampoco hay prisa por llegar a La Alberca – dijo.

El camarero apareció con los cafés y los depositó sobre la barra. Después regresó a sus faenas.

- Por cierto, antes de que se me olvide, mañana estamos invitados al cumpleaños de Estefanía. Es en su casa a las ocho – escupió con atropello.

- ¿De quién...? – preguntó.

- ¿Recuerdas al grupo de policías con el que nos topamos anoche? Bueno, pues digamos que se interesaron por ti y piensan que tenemos algo más que una simple relación..., meramente laboral.

- ¡Pero tú te has vuelto loco o qué? – le increpó perpleja.

- Quizá sea lo mejor. Tampoco quiero que nadie descubra que me estás ayudando en el caso. Ambos nos meteríamos en un buen lío, lo sabes.

- ¿Pero cómo no se te ocurrió contarles otra historia?

- Sólo será un rato – intentó calmarla mientras removía el café con la cucharilla – En cuanto vea la oportunidad, nos largamos. ¿Te parece?

- Tenías que haberme avisado – arremetió una vez más – Ni siquiera tengo nada que ponerme.

- Así vas bien... – balbució con el filo de la taza sobre sus labios.

- ¡Vete a la mierda! – exclamó. Sin embargo, notó que una ola de calor ascendía inevitablemente por su rostro.

- ¿Te estás sonrojando...?

Leo soltó una carcajada al tiempo que la periodista le propinaba un golpe en el hombro.

- En serio. Prefiero que piensen eso a levantar sospechas. Ahora mismo no podemos arriesgarnos.

El móvil del sargento sacudió una sonora vibración sobre la tarima. Leo deslizó el dedo sobre la pantalla y comprobó que se trataba de un correo de Portu. Rápidamente descargó el archivo que le había adjuntado.

- ¿Pasa algo? – se atrevió a indagar mientras sus ojos no paraban de moverse de un lado a otro de la pantalla.

- ¡Bingo! – soltó de pronto – Ya decía yo que me sonaba el nombre de Sara Lago. Portu acaba de enviarme la declaración completa que se le practicó días después de que Penélope desapareciera. Sara era una de sus mejores amigas del instituto y ambas iban a estudiar Sociología en la Universidad de Salamanca.

Aura descartó la idea de que Penélope se hiciera con su carnet de biblioteca utilizando otros métodos menos ortodoxos.

- Al parecer, Sara declaró que llevaba tiempo sin saber del paradero de su amiga – leyó entre líneas –, que apenas pisaba el instituto desde que su padre tuvo el accidente y fue trasladado al hospital de Béjar. También admitió que Penélope no se comportaba igual a raíz de aquel suceso, que de alguna manera le había marcado su forma de ser y que estaba mucho más ausente.

- ¿Por qué? – le interrumpió.

- Ni idea. La declaración concluye que si se ponía en contacto con ella, avisaría de inmediato a la Policía. Cosa que nunca hizo.

- Lo que no comprendo es cómo pudo hacerse con el carnet de su amiga y renovar el préstamo cada mes.

- ¡No te lo vas a creer! – alzó la voz – ¿Sabes dónde se realizó la declaración? Aura negó desconcertada.

- En su casa. ¿Y adivinas dónde vive?

- ¿En La Alberca?

- En el Paseo de la Estación número 28, justo delante del viejo palacete.

- Pero… ¿Entonces?

- No hay duda. Sara Lago nos mintió.

Quince minutos más tarde, Baeza se adentró en su patrulla por un entramado de cruces y avenidas que le llevó a atravesar media ciudad mientras esquivaba algunos coches con el pie clavado al fondo del acelerador. La tensión que remarcaban sus mandíbulas, le hizo sospechar que posiblemente Sara Lago conocía el verdadero motivo de la desaparición de su amiga. Sin embargo, mintió a los agentes cuando le tomaron declaración en su casa. ¿Por qué?, se cuestionó.

Ella podía tener la clave que llevaba tiempo buscando, la llave a meses de dudas, a tantas noches en vela con otra taza de café de la mano. Notó un sabor fuerte en su boca, a sangre disuelta en su saliva, cuando se cercioró que él también se estaba lastimando. Quizá el propio trabajo ya le había empezado a pasar factura. Sentía tanta rabia y resentimiento en lo más hondo de su ser, que pensó que Aura era incapaz de articular una sola palabra desde el asiento del copiloto.

En cuanto llegaron al Paseo de la Estación, Leo vio que seguía estando libre el hueco que encontró a primera hora de la mañana. Parecía que la suerte estaba de su parte. Estacionó la patrulla maniobrando el volante con una sola mano y acto seguido, se apearon. El sargento echó un vistazo desde la acera de enfrente y comprobó que el equipo continuaba bregando con la situación en el interior del palacete. Aura interrumpió en cambio sus ganas de seguir averiguando en la distancia. La periodista volvió a preguntarle el número de la finca y éste señaló con el brazo hacia un portal con las paredes revestidas de mármol. Se acercaron sigilosos y descubrieron entonces que la puerta estaba abierta. Aura y Leo se colaron en el interior. Después, localizaron el nombre de Sara entre los buzones encajonados sobre una pared. Tan sólo les quedaba comprobar si la mejor amiga de Penélope se encontraba en casa cuando subieron en ascensor al sexto piso.

El sonido del timbre retumbó en el rellano. Ambos esperaron impacientes hasta que escucharon unos pasos por detrás de la puerta.

- ¿Quién es? – solicitó una mujer. La periodista sospechó que estaba observándoles por la mirilla.

- Pregunto por Sara Lago. Soy el sargento de la Guardia Civil de La Alberca.

El silencio que sobrevino, fue quebrado por el ruido de un manojo de llaves al desbloquear la puerta blindada. Aura y Leo se miraron unos segundos hasta que apareció ante ellos el rostro de una chica joven que intentaba ocultarse tras la penumbra del hall. Sus rasgos se intuían tras la diluida claridad que penetraba por el tragaluz de la escalera. Calcularon que tendría dieciocho años, los mismos que iba a cumplir Penélope de estar viva. Tenía el cabello corto, igual de negro que la oscuridad que la sepultaba. Aura reparó en el fugaz destello de la montura que soportaba el tabique de su nariz.

- ¿Eres Sara Lago? – volvió a inquirirle.

- Sí, soy yo. ¿Qué desean?

- ¿Podemos pasar? Nos gustaría hablar contigo. Es sobre tu amiga Penélope.

La joven parecía reticente en cuanto abrió la puerta del todo y encendió la luz del hall. Leo se fijó entonces en el caprichoso acné que acribillaba sus mejillas y en las gafas de ver que le conferían un aire de ratón de biblioteca como en la que acababan de estar hacía apenas media hora. Sara les indicó que pasasen al salón – una puerta situada justo a mano izquierda – y ambos advirtieron que aún llevaba puesto el pijama. Enseguida traspasaron el umbral, donde observaron que las paredes estaban cubiertas por granos de gotelé y molduras de yeso en el techo. Había tres butacas alrededor de una mesa y una tele de plasma encima de un moderno aparador con las patas inclinadas. Sara les sugirió que tomasen asiento mientras ella hacía lo mismo de espaldas a la ventana por donde se colaba una luz desgastada.

- ¿Se encuentran tus padres en casa? – le consultó Leo nada más sentarse.

- Están trabajando. Yo no entro en la facultad hasta la dos, por eso me han pillado en pijama. Estaba estudiando.

La chica parecía nerviosa. No paraba de cruzar y descruzar los dedos de sus manos con la mirada fija en un punto incierto del salón.

- Sólo te robaremos unos minutos – le confirmó – Nos preguntábamos si por casualidad habías recordado algún otro dato que nos sirviese para esclarecer quién pudo haberle hecho eso a tu amiga. Hemos comprobado que desde que se te tomó declaración hace meses, no has vuelto a ponerte en contacto con nosotros.

- Ya les dije a esos agentes que vinieron a mi casa todo lo que sabía – pronunció timorata – Dudo que mi testimonio les ayude.

- Creo que no me he explicado bien – le interrumpió – Me refiero a si sabes qué pudo haber hecho Penélope cuando desapareció de La Alberca, dónde se metió, por qué decidió largarse. Vosotras erais amigas, ibais al mismo instituto. Seguro que algo te contaría, si tenía problemas, si alguien le estaba molestando...

Aura se dio cuenta por la tensión que ejercía su boca, que Sara se sentía intimidada. No paraba de esconder la mirada y evitar soltar la bola que oprimía su garganta.

- Yo no sé nada, sargento. Penny apenas pisaba por clase, casi ni nos hablábamos. Ojalá pudiera ayudarles y saber qué le ocurrió. Pero sobre lo que intenta averiguar, ya dije en mi declaración que no sabía dónde podía esconderse o si tenía problemas.

Leo frunció el ceño por su inesperada respuesta y echó el cuerpo hacia delante.

- ¿Por qué crees que se escondía? No recuerdo haber leído ese detalle en el informe.

- ¡No, no me malinterprete! – alzó ligeramente la voz – ¡Tampoco quise decir eso!

- Pero lo has dicho – añadió con el semblante árido al ver que se contradecía.

- A ver, es una forma de hablar. Si Penny ha aparecido en el bosque, lo más lógico sería pensar que estuvo escondida en alguna parte todo este tiempo.

- ¿Por ejemplo, en el palacete abandonado que hay delante de tu casa?

Leo advirtió que los dedos de sus manos se hundían al mullido apoyabrazos.

- Lo sabemos todo, Sara – continuó. La chica comenzó a removerse en la butaca – Sabemos dónde se escondía Penélope Santana. Hemos encontrado en una de las habitaciones un ordenador portátil que pertenece a la biblioteca de la Facultad de Sociología. Resulta que el préstamo está a tu nombre y lleva siendo renovado el mismo tiempo que tu amiga estuvo desaparecida. ¿Por qué no mencionaste esto en tu declaración?

Sara ocultó su rostro con las palmas de sus manos y rompió a llorar. Su pecho sacudía intermitentes gemidos mientras intentaba recomponerse de la situación. Estaba bastante alterada. Aura echó una mirada de soslayo a su acompañante y dedujo que sería bueno esperar unos segundos hasta que se recuperase del todo. Sin embargo, decidió acudir a su rescate para que al menos tuviese el valor de relatar lo que tanto tiempo llevaba enquistado en su memoria.

- Puedes estar tranquila, nadie va a juzgarte – le susurró. Sara apartó las manos de su rostro y la contempló – Sólo necesitamos saber la verdad. Si realmente quieres que todo esto acabe, antes debes decirnos qué le ocurrió a Penny.

Sara asintió como si se hubiese quitado un peso de encima y se secó las lágrimas que cruzaban sus mejillas con la manga de su pijama.

- Ahora mismo ni siquiera sé por dónde empezar. Tengo la cabeza hecha un lío.

- ¿Por qué no pruebas por el principio? – le animó con una de esas sonrisas infalibles que siempre utilizaba en sus entrevistas – Por ejemplo, ¿cómo surgió la idea para que Penélope acabase recluida en el palacete?

- Fue a ella a quien se le ocurrió – dijo – Penny apareció por casa un domingo por la tarde. Lo recuerdo bien porque fue al día siguiente cuando su madre emitió la denuncia de su desaparición; ella misma lo contó en la tele en varias ocasiones. El caso es que Penny llamó al timbre bastante alterada. Me dijo que tenía que ayudarla, que necesitaba quedarse unos días en mi casa hasta saber qué hacer. Le pregunté qué le ocurría porque me estaba asustando y claro, alguna explicación debía darles a mis padres si finalmente se quedaba. Pero ella me insistió que no le preguntase, que únicamente quería desaparecer del pueblo dos o tres días hasta que ordenase su mente. El problema era que mis padres regresaban esa noche del pueblo. *¿Qué pretendes, que me calle la boca?*, le espeté. Pero Penny me suplicó que lo hiciese por ella, por nuestra amistad, que si ellos se enteraban que estaba allí, acabarían avisando a su madre.

- A lo que sospecho que accediste de mala gana – le detuvo el sargento.

- Tampoco tuve elección. Penny durmió esa noche en mi habitación sin que mis padres lo supieran. Se puso una manta en el suelo y allí se quedó hecha un ovillo hasta que me fui temprano al instituto. Mis padres hacía una hora que se habían marchado a trabajar y no regresaban hasta pasadas las tres, por lo que decidí pirarme las últimas clases y ver si se encontraba aún. Tampoco sabía cómo ayudarla por más que le insistiera y ella se negara a contarme la verdad. Pero no podía quedarse otra noche más. Yo también me estaba buscando un problema, por ejemplo, que mis padres no volviesen a confiar en mí. Así que con esa idea me fui a casa y al abrir la puerta, me la encontré asomada a la ventana – Sara señaló la que tenía a sus espaldas –. Me preguntó si el palacete que se veía desde el salón estaba abandonado. Yo no entendí a cuento de qué vino eso; pero cuando le confirmé lo que parecía que quería escuchar, giró el cuello y me dijo: *se me ha ocurrido algo*.

- Y supongo que los problemas no cesaron con su marcha – pronunció Aura atenta al relato.

- Por supuesto que no. ¡Tampoco iba a dejarla en la estacada! Me presté a ayudarle en todo lo que estuviese a mi alcance. A veces le suministraba en *tapers* la comida que sobraba, le compraba en el supermercado latas en conserva, galletas, surtidos de bollería que venden a un euro. Recuerdo que también le llevé una manta, rollos de papel higiénico, botellas de agua; lo que me pidiese por el hueco que había a un lateral del muro y que era por donde nos comunicábamos al caer la noche.

- Hasta que un día te pidió un ordenador para estar comunicada con el mundo, ¿no es así? – tuvo Leo la extraña certeza.

- Más o menos – respondió abatida – Por aquel entonces, yo ya me había matriculado en Sociología. Aunque fuese principios de verano, podía acceder gratuitamente a los servicios de la facultad; en este caso, a los de la biblioteca. Penny estaba muy asustada. Quería saber todo lo que se especulaba sobre ella en la prensa y que yo le resumía cada vez que le dejaba comida por el hueco o me pasaba a verla. Jamás se imaginó que aquello pudiese alcanzar las dimensiones que leyó en internet cuando, gracias a un USB, se dio cuenta del lío en el que se había metido. No hacía más que repetirme que ahora ya no podía salir de ese agujero, que nadie la creería, que la gente pensaría que había actuado como una niñata. Pero yo le insistía y le preguntaba que qué era eso tan gordo que había sucedido como para seguir perpetuando esa situación en un lugar como aquél. Por más que le daba vueltas, no me entraba en la cabeza. Penny parecía no ser la misma chica extrovertida, la que le importaba un bledo lo que opinasen de ella, la que se reía de los que la criticaban por sus pintas, la que siempre se esmeraba por no pasar inadvertida.

- ¿Y te lo llegó a contar? – le lanzó Aura por sorpresa.

- Sólo me confesó que al ver el circo que se había montado con su desaparición, prefería quedarse donde nadie pudiera encontrarla. Yo continué insistiéndole para que al menos llamara al teléfono que esos agentes me facilitaron cuando vinieron a interrogarme a casa. Pero Penny dudaba, incluso con la tarjeta de prepago que me pidió que le comprase para que no la localizasen si al final decidía llamar con su móvil. Tenía pavor de hablar con alguien de la policía, contarles lo que había ocurrido y quedar como una estúpida. *¡Pero no te das cuentas que no puedes vivir el resto de tu vida encerrada entre estas cuatro paredes!*, le gritaba. Entonces, esa vez me permitió entrever parte de su secreto. *Aquí no me encontrará*, me desveló.

- ¿Pero quién, Sara? – le exigió el sargento con los ojos desorbitados.

- Nunca me dio un nombre. Ni siquiera una explicación. Sólo sé que huía de alguien que la estaba buscando mientras vivía atemorizada y casi en la indigencia pensando que algún día acabaría encontrándola. Muchas noches, cuando me pasaba el portátil por el muro para que le cargase la batería, intenté averiguar algo en el historial del ordenador. A Penny sólo le interesaba lo que se hablaba de ella en los periódicos, copiaba una y otra vez su nombre en el buscador para seguir informada de su desaparición.

- A lo mejor es que ese *alguien* aparecía a menudo en los medios de comunicación y de ahí su interés por estar informada – sentenció Baeza desde su asiento mientras le venía a la mente su madre, Anabel Ruiz, y también su exnovio, Jonathan Muñoz, del cual se habló mucho al principio.

- Puede – dedujo sin más – Ya le digo que jamás me lo confesó. Aunque también he de decir que sólo se rayó al principio, durante los meses previos a su desaparición. Después vino la peor parte.

- ¿A qué te refieres?

- El verano lo pasó más o menos; y digo más o menos porque las noches eran frescas y Penny soportó aquellos cambios bruscos de temperatura en una casa deshabitada con parte del tejado al descubierto. Lo peor vino a partir de septiembre, cuando el ambiente se volvió frío y no tuvo más remedio que fabricarse un brasero, quemando las hojas de los libros que encontró en una de las habitaciones. Sin embargo, con las primeras lluvias, Penny enfermó. Había bajado bastante de peso y tenía unas profundas ojeras. Le insistí en acudir a un médico pese a negarse en rotundo. *¡Qué quieres, que la policía me encuentre?*, me gritaba. Le compré varias cajas de Ibuprofeno y Paracetamol, pero la fiebre se resistía. Estaba hecha polvo, me decía que le dolía mucho la garganta al tragar, así que opté por pasarme por mi Centro de Salud e inventarme una excusa con tal de que me recetasen un antibiótico.

- ¿Y funcionó? – se adelantó Aura al desenlace.

- Algo hizo. Al menos, no volvió a quejarse. Pero con aquel frío… Muchas noches, mientras mis padres estaban acostados, me asomaba a la ventana del salón y miraba hacia el palacete. Me la imaginaba tiritando en aquel horrendo colchón que había tirado en el suelo de la última habitación y tapada con la manta que le di. ¿Y saben por casualidad qué hacía? Lloraba; lloraba de rabia por no poder tenderle mi mano, por no acudir a la policía y desvelarles que mi amiga se estaba muriendo en aquella pocilga, por participar de alguna manera en su puta locura... ¡Joder!

Sus ojos se tornaron vidriosos.

- Comprendo – abrevió el sargento. Tampoco deseaba ahondar más en su historia, por lo que cambió de tema – ¿Penny tomó algún otro medicamento aparte de los que acabas de mencionar?

Aura se mordió el labio inferior, intentando averiguar qué escondía su pregunta. El propósito de Leo no era otro que adivinar si la muchacha era conocedora del aborto que sufrió su amiga meses antes.

- No que yo sepa. Y si lo hizo, lo desconozco – respondió confusa.

- ¿Y el motivo por el que regresó a La Alberca? ¿Alguna vez te dijo que quería volver?

- Tampoco. Una mañana fui temprano al palacete y ya no estaba. Supuse que habría salido a comprar algo ya que solía moverse por el barrio con esa peluca para que nadie la reconociese, aunque esa vez me extrañó que lo hiciese a plena luz del día. Lo siguiente que supe de ella fue por las noticias. Jamás comprendí qué se le pasó por la cabeza para que ni siquiera me contara su intención de volver al pueblo – relató con la voz consumida – Dudaba de si lo que me dijo acerca de esa persona que la estaba acechando era cierto.

- ¿Por qué? ¿Qué te hace creer que mintió?

- Penny tenía problemas en casa. No había superado lo de su padre puesto que siempre acababa llorando si le sacabas el tema, y con su madre tenía unas peloteras cada dos por tres. Si a eso le sumamos que también lo había dejado con Johnny... – se refirió a su exnovio – Puede que el verdadero motivo no fuese otro que largarse lejos de allí. Desaparecer un tiempo. Cortar por lo sano, ¿comprenden? Aunque ya veo que me equivoqué. En ese momento pensé que estaba pasando por una crisis personal, pero cuando leí que alguien la había matado en el bosque, me pregunté cómo pude estar tan ciega. De haberme puesto en su piel, estoy segura que nada de esto habría sucedido.

Aura y Leo se marcharon a comer con la cabeza anidada de conjeturas a una tasca cercana a la Plaza Mayor de Salamanca. Desde allí se pasaron por el piso de la periodista, donde recogió algo de ropa ante el improbable desenlace de un caso que con toda seguridad, la retendría (a su pesar) varios días más en La Alberca. Una vez que cargó la bolsa de viaje en el maletero de la patrulla, Aura le propuso dar una vuelta por las afueras de la ciudad aprovechando las últimas pinceladas de un sol que teñía el firmamento en tonos anaranjados. Quizá no se atrevió a confesarle que necesitaba volcar toda la información que había asimilado en casa de Sara Lago y que aún le quemaba por dentro. Leo accedió a su petición y se dirigieron en coche hasta la zona del río, donde tardaron más de un cuarto de hora en encontrar sitio.

La noche caía fría tras un velo neblinoso que humeaba en la ribera del Tormes cuando finalmente estacionaron la patrulla a la altura del Arrabal. Caminaron en silencio por la calzada mientras oteaban al fondo el puente romano. Las gotas suspendidas en el aire emborronaban la silueta iluminada de la catedral. Apenas se veía gente transitando por los alrededores una vez que cruzaron la carretera y se internaron en la trémula claridad de las farolas instaladas a lo largo del puente. Aura reparó en la fina película que abrillantaba los gruesos adoquines del pavimento. Tal vez nunca llegasen a adivinar lo que habitaba más allá del viaducto mientras una cortina de vapor engullía los contornos pedregosos. Sin embargo, aún les quedaba otro camino por recorrer cuando con las manos metidas en los bolsillos de su anorak, Leo frenó el paso con el frío arañando sus pupilas.

- Me extraña que Penélope no le dijese a Sara su intención de volver a La Alberca – le espetó mirando al horizonte velado – No me creo que desapareciese de su vida después de haberla ayudado durante meses y convertirse en su única confidente.

- Estoy convencida que ha dicho la verdad – le refutó su acompañante – Sara estaba muy afectada, ni siquiera aguantó la presión. Tú mismo viste cómo se derrumbaba.

- ¿Y por qué no quiso depositar su confianza en ella? Hubiese sido mucho más fácil explicarle los problemas que le impedían abandonar el palacete.

- Pero olvidas que ambas tenían diecisiete años y a esas edades las promesas se sellan con sangre.

- ¿A qué te refieres? – le lanzó Baeza.

- Pues que cuando eres adolescente, muchas veces no eres consciente de la magnitud de las cosas y el gasto que supone un dispositivo de búsqueda – le aclaró – Dudo que Sara nos haya engañado. Aunque de ser así, te aseguro que jamás conoceríamos la verdad, y menos a sabiendas de cómo acabó su amiga. Esa chica todavía sigue arrepentida de no actuar a tiempo.

El sargento de la Guardia Civil quiso entrever un atisbo de veracidad en su discurso a medida que reanudaban la marcha y se adentraban por la azulada bruma que barría los contornos de la ciudad.

- Tampoco digo que haya mentido en su intervención – prosiguió Leo – Ya sé que el móvil que está analizando la Científica pertenece a Penélope y que nunca localizamos la señal porque había cambiado su tarjeta por una de prepago.

- ¿Lo ves…? Sara decía la verdad.

- Entonces, sólo existe una razón para que programase una alarma. Asegurarse que alguien lo escuchara – se convenció a sí mismo – Quería que fuese encontrado y por eso la activó de cara al fin de semana. Era de suponer que cualquiera que acudiese a la Peña de Francia, acabaría avisando a la policía.

- Al igual que también lo apagó con intención de ahorrar batería – añadió – Aunque de ser así, dudo mucho que eligiese aquella cripta al azar.

- ¿Crees que Penélope era conocedora de que había una chica enterrada?

- Me chirría que no supiese donde depositaba el móvil a sabiendas de las penalidades que sufrió en los últimos meses. ¡Joder, que estuvo oculta en ese caserón muerta de miedo por si daban con su paradero! ¿Piensas que iba a ser tan estúpida como para arrojar su teléfono en cualquier lugar?

- A lo mejor lo que no quería era que ese *alguien* lo encontrase – sentenció.

- ¿Te refieres al Serbio?

- O a Baltasar Escudero.

Aura frunció el ceño y dejó que sus pensamientos volasen libres por tales sospechas.

- Piénsalo – interrumpió su embelesamiento – Penélope estaba atemorizada de que *esa persona* la acabase encontrando. Tal vez el mismo hombre que apareció en la gasolinera y del cual tenemos constancia de una denuncia en la comisaría de Béjar que fue retirada al poco tiempo, pero que le culpa no sólo de acosar a su denunciante, sino a otras jovencitas de la zona y de la misma edad. Es decir, un tipo que tenía fijación con las adolescentes.

- Vale, te compro la idea – pronunció la periodista mientras temblaba de frío – ¿Y qué papel pinta Lorenzo Garrido en esta historia?

- Puede que tuvieses razón y que el Serbio se hiciese con un móvil en prisión para mantener contacto con el exterior – dijo – Te veo helada. ¿Quieres volver al coche?

Aura asintió con la cabeza a medida que retomaban el camino bajo la espesa niebla que los envolvía.

- Tampoco sé si ambos fueron cómplices, pero todavía sigo sin encontrar respuestas. ¿Quién es en realidad Penélope Santana? Por más que me esfuerzo, soy incapaz de llegar a ella.

Atravesaron en silencio el puente romano mientras la luz de las farolas era seccionada por diminutas partículas de agua suspendidas en el ambiente. El aire gélido barría la calzada de piedra, donde dos siluetas recortadas en la distancia se perdían para siempre en las brumas de la noche.

Minutos más tarde, Leo accionó la calefacción en el interior de la patrulla. El vaho que despedía su aliento no le animó siquiera a desabrocharse el anorak. El móvil de Aura emitió un zumbido sobre el salpicadero. La periodista oteó la pantalla y perfiló un gesto extraño en su rostro.

- ¿Ocurre algo? – intentó averiguar.

Aura le mostró el mensaje que acababa de recibir. *¡Hola! He revisado los archivos del portátil de Penélope y creo que deberías ver esto.* Entonces apareció en la pantalla un vídeo que duraba aproximadamente diez segundos. Ambos se miraron sin comprender lo que Hooded deseaba mostrarle y lo descargó. La cámara se tambaleó un instante antes de que apareciese aquella chica enterrada en la penumbra. Lloriqueaba con la cara sepultada por su larga melena oscura mientras el tiempo corría por una esquina de la imagen. La picada angulación de la cámara mostraba su cuerpo arrodillado y parte del suelo de una habitación. También unas gruesas cuerdas con las que sus muñecas habían sido maniatadas. La chica levantó la cabeza y miró fijamente al objetivo, con el rímel escurriéndose por sus mejillas. Leo calculó que no tendría más de veinte años. Sin embargo, sus facciones se volvieron duras segundos antes de destapar su voz. *"Me da igual lo que hagas conmigo. No siempre podrás esconderte en las sombras. ¡Me oyes...? Algún día se sabrá todo".*

Después, el móvil volvió a vibrar. Hooded había enviado un último mensaje. *No sé si es importante, pero el archivo tenía dos siglas: V. M ¿Te suenan de algo?*

DIA 9

Leo Baeza había reunido temprano a sus agentes en la sala de investigaciones cuando les mostró en el portátil el vídeo donde aparecía aquella chica maniatada y con las rodillas hincadas al suelo. Nadie de su equipo se atrevió a pronunciar una sola palabra mientras uno de los tubos fluorescentes parpadeaba sin cesar al fondo. Una vez que se reprodujeron los diez segundos, el sargento sintió las miradas de todos y cada uno de ellos puestas en su semblante circunspecto.

- La Científica lo ha rescatado del portátil que se halló en el viejo caserón de Salamanca – evitó revelar la identidad de Hooded – Esta mañana se lo he pasado a la forense para intentar esclarecer si se trata de la misma chica que aparece en el vídeo del todoterreno que Jonathan escondía en su casa. Parece ser que guarda una estrecha relación con el cadáver que apareció en la Peña de Francia. Creemos que es la misma por la cazadora vaquera que lleva puesta y la camiseta de rayas marineras. Por lo que tanto el secuestro que presenciamos en la grabación del todoterreno, así como el hallazgo de este nuevo vídeo, me da que pensar dos cosas. La primera, que ambos fueron hechos con pocos días de diferencia por la vestimenta que muestra. Y segundo, que si estamos ante otro caso de homicidio, Lorenzo Garrido no pudo ser el autor. Hace tres años se encontraba en prisión. Justo el tiempo que la forense ha estimado que lleva muerta.

Pacheco levantó el brazo desde la cuarta fila esperando que el sargento le diese paso. El gesto que hizo con los labios fruncidos le hizo entender que podía hablar.

- Jefe, una pregunta. ¿Elisa aún no ha encontrado en el cadáver ningún indicio sobre cómo murió?

- Ya ves que no – zanjó – Cuando reciba el informe, seréis los primeros en saberlo.

- ¿Pero no sería conveniente interrogar de nuevo al Serbio? – prorrumpió Portu con la mano tímidamente levantada – No es que quiera contradecir a la forense, pero puede que sepa algo del asunto.

- ¿Y qué supones que conseguiremos si le aclaramos que hemos hallado el cadáver de una chica en la Peña de Francia?

- ¿Qué confiese lo que sabe…?

- O que nos esté puteando hasta que se canse cuando, ya de por sí, tengo a medio país paralizado por el crimen de Penélope Santana y a un juez que no para de tocarme los cojones con quitarme del caso.

- Entiendo – puntualizó Portu.

- Desde aquí os pido que actuéis con la máxima discreción. No me apetece que los periodistas se acaben enterando y lo relacionen con el caso Santana. ¿Me habéis entendido? Sería como tirar piedras sobre nuestro propio tejado.

Los agentes se mantuvieron callados desde sus asientos.

- Antes de que se me olvide, el archivo que localizó la Científica venía acompañado por dos siglas: V.M. No sé si corresponden a las iniciales de la joven que aparece en el vídeo. Pero por descartarlo, necesito que uno de vosotros investigue en la base de datos de desaparecidos del año 2015 por si coincidiesen con las de alguna chica. ¿Alguien se anima?

Nadie levantó la mano esa vez. Los guardias se miraban de reojo mientras el sargento analizaba la situación de pie al otro extremo del escritorio. Cuando reparó en Hugo Medina, supo que era el candidato perfecto pese a que no paraba de mirar con ojillos de enamorado a Diana Barrios.

- Medina, ¿qué tal sigue esa recuperación? – le recordó el *shock* postraumático que sufrió en la ruinosa ermita del bosque.

- Mejor – respondió sucinto al olerse el percal.

- ¿Te encargas…?

- ¡Pero jefe, a mí también me gustaría patru…!

- En cuanto tengas algo, pásate por mi despacho. ¿De acuerdo?

El ánimo del joven guardia decayó mientras cruzaba los brazos sobre su regazo.

- Sargento – llamó Barrios su atención – Ya tengo impresa la denuncia que se emitió contra Baltasar Escudero. ¿Se la dejo sobre la mesa?

- Está bien. Aunque creo que lo mejor será que me pase a hacerle una visita.

A media tarde, Leo Baeza recorrió en su patrulla el pronunciado repecho de la montaña. Apenas le separaban doce kilómetros del Cabaco cuando volvió a recordar que había enviado un mensaje a Aura después de comer para, no sólo contarle su intención de pasarse a ver a Baltasar Escudero por la tienda, sino para avisarle que tenían la cena de cumpleaños en casa de Estefanía Reyes. La periodista le respondió con un emoticono alarmista y Leo no pudo por menos que echarse a reír mientras conducía la patrulla por aquella sinuosa carretera. Había decidido en el último momento vestir de paisano (es decir, el mismo anorak verde pero sin su sempiterno uniforme de Guardia Civil) para, 1) no llamar la atención del tendero, y 2) evitar intimidar a la clientela que hubiese en el establecimiento.

En cuanto atravesó la calle principal del pueblo y estacionó minutos más tarde el coche delante de la tienda (o ultramarinos, según evidenció), Leo se percató por la cristalera de la puerta que no había nadie. Sin pensárselo, avanzó por la acera y empujó con la mano el grueso manillar de la puerta. De pronto, una campanilla resonó en el interior. Sus ojos se perdieron en la decoración antediluviana del negocio. Había embutidos y longanizas que colgaban de ganchos en la pared del fondo. También varias cuñas de quesos y encurtidos sobre el rústico mostrador de mármol, donde intuyó las señales a lapicero de varias cuentas. A un lateral, tras una mesa móvil cargada con cajas de verduras, se escondía una puerta encajonada de algún modo entre el resto de estantes diseminados alrededor del colmado con gran variedad de botellas de vino, latas en conserva, cajas de magdalenas al por mayor y bolsas de legumbres del Barco de Ávila. Esa misma puerta comenzó a empujar la mesa de hortalizas desde dentro, dejando entrever una porción de la cámara frigorífica diseñada con baldas de acero inoxidable.

- ¡Ya va…! – gritó una voz al otro lado.

Leo se arrimó al mostrador y esperó impaciente al hombre que estaba buscando. Baltasar Escudero, Balta para los allegados, salió de su guarida con una caja de lechugas y un palillo que columpiaba entre sus labios. El sargento tardó varios segundos en ubicarle en el vídeo de la gasolinera cuando se fijó en la calvicie que despejaba su cabeza salvo por la parte occipital, y recordó que esa vez llevaba una gorra en tonos tostados. Leo se percató entonces de su magra corpulencia. Vestía un uniforme oscuro que contrastaba con el mandil, el cual había dejado de ser blanco por los cercos de grasa que salpicaban la tela.

Escudero dejó la caja encima del mostrador y se limpió las manos en su mugriento delantal, donde el sargento reparó en sus brazos, robustos y velludos, al igual que en el pelo que asomaba curvo por encima del cuello de su uniforme. Sin embargo, el hombre no tendría más de sesenta años pese al color violáceo de su piel y las arañas capilares que surcaban las fosas nasales de su nariz.

- ¿Qué desea? – le preguntó a medida que retiraba el palillo de su boca y lo escondía en el bolsillo de su mandil.

- ¿Es usted Baltasar Escudero? – le lanzó de sopetón.

- ¿Quién lo pregunta? – su mirada se volvió sospechosa.

- Verá, soy el sargento del Puesto de la Guardia Civil de La Alberca – le reveló, mostrándole la placa por una esquina de su mano.

- ¿No vendrá por el caso de esa chica?

Leo Baeza percibió esa alarmista inquietud que afloró de inmediato en su rostro.

- Estoy haciendo una inspección rutinaria por algunos pueblos de alrededor sobre las denuncias emitidas en los últimos años relacionadas con…

- Ya sé a qué se refiere – le cortó. El sargento se dio cuenta que evitaba tocar el tema por el que fue acusado en 2016 por Elena Villar, su antigua empleada.

- Tampoco hace falta que se ponga así – intentó suavizar – Ya le digo que se trata de un mero trámite que me requieren los de *Arriba*. Tampoco le robaré mucho tiempo.

- De acuerdo – destensó sus facciones.

- ¿Sabría decirme donde estuvo entre las dieciocho y las veintidós horas del día siete del corriente mes?

- ¡Uf…! Ahora mismo no recuerdo. Si me deja unos segundos que haga memoria – le solicitó.

Leo comprobó el nerviosismo que volvió a vibrar en sus ojos mientras analizaba el lenguaje no verbal que sacudía su cuerpo: los dedos de sus manos agitándose en el mostrador, el continuo balanceo de sus labios. Supuso que se habría dado cuenta que la fecha era la misma que la prensa publicó sobre el asesinato de Penélope Santana. Aun así, albergaba demasiado interés en aquella respuesta que parecía elaborar en su cabeza.

- ¿Sabe ya…? – detuvo su ensimismamiento.

- ¡Ahora mismo acabo de caer! – reaccionó con una sonrisa templada– ¡Cómo podré estar tan bobo! El siete de noviembre es el cumpleaños de mi hija, ¿sabe? La muchacha estaba muy ilusionada porque cumplía treinta y tres años. El caso es que estuve todo el día en la tienda hasta que cerré a las nueve, como siempre. Luego subí a casa a celebrarlo con la familia.

- ¿Podría hablar con ella para corroborarlo? – disparó.

- Por supuesto. Aunque otra cosa es que le entienda. La pobre nació con una parálisis cerebral por falta de oxígeno en el parto y tan sólo se comunica con los ojos gracias a un complejo sistema informático. Necesita una atención constante, aparte de que no se le puede dejar sola. Por eso me acuerdo lo que hice ese día; para mi esposa y para mí ha sido como un milagro que la niña haya llegado a la treintena cuando ni siquiera los médicos daban un duro por ella.

- Entiendo – masculló – ¿Y con su mujer? Podría acercarme a su casa sin problema.

- No hace falta. Está aquí mismo.

Baltasar Escudero apartó la cortina que tenía a sus espaldas y pegó una voz dentro de aquella reducida sala de estar donde el sargento oteó sin querer las cajas de alpargatas apiladas en el suelo, la mesa camilla que soportaba un ordenador pasado de moda, así como un mueble de estilo castellano cargado de baratijas. También descubrió una escalera al fondo que partía hacia la planta de arriba e imaginó que la vivienda familiar se hallaba justo encima del establecimiento.

- Ya baja – le advirtió por el crujido de la madera.

Al momento apareció una mujer menuda, con el cabello corto y la mirada vivaracha. Tendría más o menos la misma edad que él (estimó), con unas incipientes arrugas que sobresalían del labio superior y sin mácula de maquillaje en un rostro lavado (sospechó) con jabón de lagarto. Un profundo aroma a lilas inundó su olfato según cruzaba su rebeca negra por encima del pecho, dejando al descubierto el crucifijo que rebasaba el cuello vuelto de su jersey. La mujer le lanzó una mirada intimidatoria y se colocó a la misma altura que su marido, intentando adivinar qué estaba pasando.

- Florentina – llamó el esposo su atención – Es el sargento de La Alberca. Ha venido a la tienda para confirmar dónde estuve el día del cumpleaños de la niña.

- Pues aquí, en casa – respondió cortante sin apartar su férrea mirada – ¿Dónde iba a estar sino…?

- Eso mismo intento esclarecer, señora. A lo mejor decidieron salir a celebrarlo.

- ¿Con la niña? ¿En su estado? – Florentina negó con la cabeza varias veces – De eso ni hablar. Beatriz es muy feliz en esta casa. No hace falta gastarse los cuartos por ahí para pasarlo bien. Comimos un trozo de su tarta favorita y después, a eso de las once, nos acostamos. ¿Por qué lo pregunta?

Baeza se percató que la mujer era dura de roer y prefirió reservarse la información de la denuncia por si no supiera nada al respecto.

- Estoy intentando comprobar qué hicieron los vecinos de la zona esa noche – le confesó parco.

- Es por esa chiquilla, ¿verdad? – el sargento no tuvo intención de responder – Aún no se me quita de la cabeza – se santiguó – ¿Quién podría hacerle algo así?

De pronto, notó que el móvil le vibraba en el bolsillo y quiso averiguar quién le estaba escribiendo varios mensajes. Decidió entonces abortar misión.

- Se me hace tarde – se disculpó – Si por casualidad recuerdan algo que crean que nos puede servir, no duden en telefonear al Puesto.

- Por supuesto – se adelantó la mujer – Espero que pillen pronto a ese malnacido.

En cuanto Florentina Pascual comprobó por el cristal de la puerta que el sargento se alejaba de la tienda, descorrió la cortina con intención de regresar a la planta de arriba. Fue su marido quien entorpeció su camino al sujetarla con fuerza del brazo. La mujer sintió sus gruesas falanges sobre su piel y se liberó de ellas de un tirón. Después volcó la rabia que oprimía su pecho contra el rostro preocupado de su marido.

- Que conste que lo hago por Beatriz – sus palabras sonaban amenazantes – Para que nunca sepa la clase de padre que tiene.

La pajiza luz de la tarde se consumía en el horizonte cuando vio por el ventanal de la cafetería la opaca figura del sargento, que se dirigía hacia el coche con el móvil de la mano. En ese instante, su teléfono vibró en el velador de mármol. Aura comprobó que Leo acababa de enviarle un mensaje. *¿Dónde dices que estás?*, le preguntó. La periodista escribió deprisa sobre el teclado virtual. *Delante de ti*, le esclareció. Baeza echó la vista al frente y descubrió que Aura le estaba saludando tras el ventanal de una cafetería situada al fondo de la calle. La claridad de dentro se colaba hasta la acera, donde comprobó que ningún vecino del Cabaco transitaba por ella. El sargento aceleró el paso y atravesó enseguida la puerta del local. Tal vez el rumor de unos cuantos parroquianos acodados a la barra captó de primeras su atención mientras esquivaba las mesas que encontró de camino a la de Aura. Sin embargo, la sonrisa que le regaló según se acercaba a ella, le robó en ese instante el resto de sus sentidos.

- ¿Qué haces aquí? – soltó al tiempo que le devolvía la sonrisa.

- Yo también me alegro de verte – respondió – Por cierto, me he tomado la libertad de pedirte otra caña.

El sargento oteó el tubo de cerveza al otro extremo del velador y decidió tomar asiento.

- No aguantaba más en casa de Carmen sin saber cómo te había ido con Escudero – le dijo – Y bien, ¿tuvo algo que ver?

- Negativo – escupió con los labios puestos en el filo del vaso. Después dio un trago a la cerveza – Su esposa también ha corroborado su versión. El muy cabrón tiene coartada. Ambos aseguran que la noche que asesinaron a Penélope en el bosque, Baltasar se encontraba en la tienda hasta que echó el cierre a las nueve. Luego celebraron el cumpleaños de su hija en casa y se acostaron a eso de las once.

- Mierda – imprecó – Te juro que pensé que era el hombre que estábamos buscando. ¿Y qué dijo sobre el vídeo de la gasolinera donde aparece segundos después de que Penélope echase a correr?

- No dijo nada porque no se lo mencioné – el rostro de la periodista traslució un gesto de incomprensión – Creo que su mujer no sabe nada al respecto. Además, tampoco tenemos nada contra él. Te recuerdo que la denuncia fue retirada por su ex empleada a los pocos días.

- ¿Y entonces, a qué has ido? – le increpó.

- Quería comprobar cómo reaccionaba. De hecho, se puso muy nervioso cuando me identifiqué y averiguó que mi visita era por el caso Santana – se intentó convencer a sí mismo pese a que no estaba del todo seguro – Supongo que volveré a pasarme estos días. Necesito pillarle a solas y que me explique por qué aparece en el vídeo, qué estaba haciendo allí y si conocía de algo a la chica.

Aura se quedó pensativa mientras digería en su cabeza la información de su visita.

- ¿Y si mienten? – disparó sobre el velador – ¿Y si ambos mienten?

- Explícate.

- Sara Lago nos confesó que su amiga se escondía en ese palacete por temor a que *alguien* la encontrase. Pero ese *alguien* no podía tratarse de Lorenzo Garrido puesto que cuando las cámaras captaron a Penélope huyendo de la gasolinera, él se encontraba en prisión – la periodista hizo una pausa – Se encontraba en prisión salvo…

- ¡Di! – exclamó el sargento con el rostro intrigado.

- Salvo que tuviese amenazada a Penélope, pongamos por ejemplo que mediante un teléfono móvil, y no le quedase otra elección que recurrir a esa *persona* para completar su tarea fuera.

- Lo veo rebuscado – declaró.

- Puede ser, pero me parece que has olvidado la noticia que tus hombres encontraron en su habitación. Me choca que una cría de diecisiete años coleccionase cosas de esa índole.

- ¿Adónde quieres llegar, Aura?

- A demostrarte que Baltasar Escudero tiene el perfil de acosador compulsivo que el Serbio estaría buscando desde Topas para acercarse un poco más a ella.

El camarero interrumpió sus espontáneas conjeturas con una sonrisa servicial.

- ¿Desean tomar algo más? Tenemos empanadillas, tortilla vegetal, ensaladilla rusa, jeta, patatas meneadas, pollo en escabeche… – enumeró de memoria.

El sargento le preguntó de qué estaba rellena la tortilla vegetal cuando los ojos de Aura atravesaron el amplio ventanal y se perdieron en la desolada tranquilidad de una calle en penumbra. Entonces, se percató que el establecimiento de Baltasar Escudero tenía las luces apagadas y que un hombre estaba echando la trapa. La periodista frunció el ceño y les interrumpió.

- ¿Pero no decías que la tienda cerraba a las nueve?

Leo giró el cuello y comprobó a qué se refería.

- ¡Quién, Balta? – intervino el camarero – Ése es el que mejor vive del pueblo. Chapa a media tarde y adiós muy buenas. En qué estaría pensando cuando entré a currar en la hostelería.

La periodista y el sargento se miraron a los ojos y se levantaron de la mesa a la vez.

- Cóbrate de aquí y te quedas con el cambio – dijo Leo al camarero mientras sacaba diez euros de su cartera.

Ambos salieron de la cafetería mientras la noche se desplomaba fría bajo la raquítica luz de las farolas. Aura le pidió a Baeza que le acompañase y doblaron enseguida la esquina del edificio. Al fondo del callejón, sepultado por las sombras que oscilaban en el silencio, se intuía su Golf blanco. Rápidamente entraron en el coche. Aura arrancó el motor a medida que se ponía el cinturón de seguridad. No había tiempo que perder. Tenía la certeza que Escudero había cerrado antes de la hora prevista tras la inesperada visita de Leo. De pronto, un vehículo cruzó por delante a toda prisa.

- ¡Es él! – gritó Leo– ¡Que no se nos escape!

Aura encendió los focos y aceleró hasta sentir bajo sus pies el prolongado chirrido de los neumáticos. El coche salió disparado mientras la periodista giraba el volante y se adentraba a toda velocidad por la calle principal del pueblo. A lo lejos, Escudero avanzaba bajo la débil claridad rojiza de sus luces traseras.

- Síguele a una distancia considerable – le instruyó – Veamos a dónde nos lleva.

- Estoy convencida que se ha puesto nervioso al aparecer en su tienda por sorpresa – dijo con la vista clavada en la carretera – Me da la sensación que va a ver a alguien.

Un cartel apostado a un lateral del arcén les anunció la salida del Cabaco. Dejaron atrás el alumbrado del pueblo para internarse en la vaporosa oscuridad de la noche. Las nubes que cruzaban por delante de la luna, permitían entrever las siluetas apagadas del bosque. La dirección que había tomado Escudero era la misma por la que una hora antes, Baeza transitó en su patrulla. Todo parecía indicar que se dirigía a La Alberca cuando, de repente, torció por un camino iluminado por un centenar de farolillos.

- ¿A dónde va? – le cuestionó Aura mientras le seguía a varios metros de distancia.

- Al Templo de las Batuecas.

El complejo hotelero se hallaba a un kilómetro escaso de la carretera comarcal. Cuando Baltasar Escudero aparcó delante del edificio con reminiscencias medievales, Leo le pidió a la periodista que detuviese el coche. Entonces, resguardados por la penumbra del parking, vieron que el hombre salía del vehículo para después subir las escalinatas principales y desaparecer por la puerta giratoria. Ninguno de los dos tuvo el amago de conjeturar nuevas teorías. Tan sólo Baeza apuntó la matrícula en el bloc de notas de su móvil para, minutos más tarde, regresar a la oscuridad de sus pensamientos.

Aura Valdés recibió un *WhatsApp* a las ocho en punto mientras terminaba de repasarse los párpados delante del espejo del armario. *Estoy fuera*, leyó. Enseguida se puso el abrigo de paño y un fular al cuello. Después cogió el bolso, echó un último vistazo a la habitación y apagó las luces. Aura descendió las escaleras de la primera planta y atravesó el salón sin reparar en Carmen, que estaba tumbada en el sofá viendo la tele.

- Adiós cosa guapa, pásalo bien – soltó tras una débil carcajada.

- ¡Perdona Carmen, no te había visto! – se disculpó acelerada.

- Nada. Mañana me cuentas.

La periodista enfiló el pasillo golpeando con sus tacones el suelo de parqué y salió por la puerta. Nada más verla, Leo no pudo por menos que silbar a la joven que atravesaba el jardín delantero del chalet. Llevaba un vestido escotado en tonos oscuros que contrastaba con sus pendientes. También una cartera de mano en tonos malvas a juego con sus sandalias de tacón. El cabello, recién planchado, le otorgaba un aire enigmático a su mirada azabache. Tal vez Leo era incapaz de apartar la vista a medida que se aseguraba que era la misma joven con la que había estado en El Cabaco hacía apenas dos horas. Pero para cuando quiso darse cuenta que nunca se había fijado en ella de esa forma, los labios apetecibles cubiertos de carmín, el colorete espolvoreado sobre sus mejillas, la tez ligeramente maquillada, Leo sintió un golpecito en el corazón.

- Creo que deberías arreglarte más – le sugirió sin pestañear.

- Lo mismo digo – respondió – A nosotras también nos gusta un tío con una chupa de cuero y unos tejanos bien apretados – le guiñó un ojo.

Aura detectó el aroma a *aftershave* que vagaba a su alrededor. Le notó distinto con aquella camisa de cuadros verdes y amarillos, el cabello peinado con cera hacia un lado y la barba recortada.

- Conduzco yo, ¿verdad? – le propuso – No he traído la patrulla.

- De eso ni hablar – matizó – A ver si te piensas que por llevar tacones, he perdido facultades.

Enseguida se perdieron por la carretera comarcal que descendía la montaña, donde la luz de los faros disipaba la oscuridad que abrigaba los aledaños del monte. Apenas les distanciaban cincuenta kilómetros de Béjar cuando Leo volvió a hacer hincapié en llevar a cabo su plan para que ninguno de los policías con los que iban a reunirse en casa de Estefanía Reyes, se percatase de la verdadera razón que los unía. *Sólo serán un par de horas*, recalcó con la radio puesta. *Tampoco quiero que te sientas incómoda, así que intenta disfrutar de la velada y seguirles la corriente.* Aura giró el cuello y le miró en la penumbra con las manos al volante. *De acuerdo papá.* Y se rio.

Una hora más tarde, la periodista aparcó el coche delante del portal de una vivienda de tres plantas. Leo ni siquiera le había sacado de camino el tema sobre qué hacía Baltasar Escudero en ese hotel de La Alberca cuando pulsó el interfono y escuchó al momento que la puerta cedía. Los dos subieron por las escaleras hasta el primer piso, donde Estefanía estaba esperándoles en el rellano.

- Pensé que os habíais rajado como Velasco – dijo con una copa de vino de la mano.

- Sentimos el retraso – pronunció el sargento una vez que llegaron arriba – Por cierto, había comprado una botella de cava, pero acabo de caer que me lo he dejado en casa.

- ¡Pues ahí puede quedarse! – exclamó – Tú debes ser Aura, ¿verdad?

La periodista asintió con una sonrisa y notó que apoyaba su mano sobre su hombro.

- Yo soy Estefanía. Encantada.

- Lo mismo digo. Y felicidades.

- Gracias – respondió – Pero pasad, que los chicos están en el salón. Andamos picando un poco de tortilla. ¿Tenéis hambre?

Rápidamente pasaron al salón, donde los dos agentes se levantaron del sofá para saludarles. El primero en darle dos besos fue David Ochoa. Aura se fijó en su escultural fisonomía remarcada bajo una camisa blanca ligeramente entallada y los vaqueros rotos a la altura de sus rodillas, donde se intuían unos muslos bien torneados a base de horas en el gimnasio. Aparentaba más edad de la que supuso que tendría gracias a esa poblada barba que chocaba visualmente con su cabellera recortada. Tenía unos preciosos ojos almendrados y unas facciones depuradas que le conferían cierto atractivo bajo aquella masa hercúlea y varonil. Luis Sastre, en cambio, era mucho más delgado que su compañero. Su cuerpo era atlético, aunque no superaba las cuadradas dimensiones de David. Aura reparó en su gracioso tupé tan de moda en ciertos espacios televisivos, con los laterales rasurados pese a adivinarse una pequeña pitera en la zona occipital. Llevaba una chaqueta gris junto con unos pantalones de pinzas en tonos castaños. El joven, con una sonrisa dibujada en su cara, parecía inquieto. Supuso que se trataba del *armadanzas* (o revoltoso) del grupo, por su rápida gesticulación y la agilidad de su mirada. Nada más sentarse junto a Leo en el otro sofá del salón, se dio cuenta que no paraba de observarla. Tal vez se sintió intimidada mientras notaba cómo dejaba caer los ojos por sus piernas desnudas al tiempo que Estefanía le ofrecía una copa de vino. *Tú como en tu casa, no te cortes, ¿ok?*, le espetó.

Sin embargo, los dos agentes se afanaron en saber más sobre ella cuando al cabo de unos minutos, comenzaron con el oportuno interrogatorio desde el sofá de enfrente. Luis y David se fueron turnando mientras le lanzaban preguntas referentes a su trabajo, cómo era currar en una agencia de noticias, qué se especulaba sobre ciertos representantes políticos, si estaba a favor o en contra de la exhumación de Franco, cuánto tiempo llevaba instalada en La Alberca, qué opinaba sobre el caso Santana. Leo intervino en todo momento con intención de rescatarla de aquellas dos porteras aburridas como objetó hiriente en un par de ocasiones. Pero si en un principio Aura se sintió algo violenta, poco a poco empezó a relajarse según iba rellenando su copa de más vino. No tuvo reparo alguno en responder a cada una de sus preguntas, a percibir la soterrada atracción que Luis ejercía con la mirada perenne, a advertir que David Ochoa estaba bien bueno y que en circunstancias distintas, no le hubiese importado vivir una noche salvaje en la cama de cualquier hostal. Se sentía tan cómoda teniendo a Leo a su lado (adivinó que lo otro eran puras fantasías producidas por el alcohol), que no le importó en absoluto hablar de su relación con el sargento, la cual, y según matizó, era lo mejor que le había pasado en mucho tiempo. Leo no pudo por menos que girar la cabeza y escuchar. Quizás continuó aderezando de más adjetivos aquella historia de amor que ni siquiera había empezado. Puede que en algún momento el sargento interviniese para refrendar lo que ella intentaba transmitir con tanta seguridad. Pero hubo un instante, cuando las voces se transformaron en leves susurros dentro de su cabeza, que aquellas palabras revolotearon en sus pensamientos igual que las alas de una mariposa.

- ¡Me la tenéis *atosigadita*! – gritó Estefanía a sus compañeros – Aura, ¿me acompañas a la cocina a preparar unas copas? No sea que a estos dos les dé por preguntarte qué talla usas de pantalones.

La periodista soltó una carcajada y se levantó del sofá con intención de acompañarla. Nada más perderse su rastro por el oscuro pasillo que se revelaba tras la puerta del salón, David Ochoa y Luis Sastre echaron el cuerpo hacia delante ahora que la joven se había marchado. Quizá llevaban un rato esperando a quedarse solos para compartir con el sargento los últimos avances en la investigación.

- Esta tarde hemos recibido noticias de la Científica – musitó Luis – Creemos que te lo van a comunicar mañana, pero ya que estás aquí y se ha ido Aura, preferimos que lo sepas por nosotros.

- Suelta – apostilló Leo en el mismo tono de voz. En el fondo estaba deseando averiguar que más había localizado la Científica aparte de lo que Hooded les envió.

- Han extraído del portátil del viejo caserón un vídeo donde se ve claramente a una chica de rodillas y maniatada. La muchacha se dirige a la cámara en un momento dado y amenaza a su secuestrador con que algún día se sabrá todo.

- ¡No jodas! – exclamó sorprendido. Necesitaba que su actuación fuese creíble.

- Eso no es todo – continuó David – Al parecer, el portátil tuvo acceso a internet y la Científica ha descubierto la última entrada que consultó Penélope antes de largarse de allí. Una noticia que aseguraba que su padre había despertado del coma.

- ¡Qué...? – alzó esta vez la voz – ¡Pero eso es imposible!

Leo no daba crédito a lo que estaba escuchando. ¿Pero cuándo y desde qué portal de internet se llegó a publicar semejante basura?, se cuestionó alarmado.

- Nosotros también nos hemos quedado de piedra – prosiguió – Ni siquiera teníamos constancia de la noticia.

- Sólo queríamos comentártelo aprovechando que no está Aura delante. Tampoco me malinterpretes, ya sé que en eso consiste su trabajo... – se aseguró Luis de decir las palabras correctas – Creo que mañana recibirás el resto del informe.

Mientras tanto, en el otro extremo de la vivienda, Estefanía Reyes detectó que la voz del sargento se colaba por el pasillo mientras sacaba una bolsa de hielo del congelador.

- Ya están discutiendo – le dijo a Aura, que se hallaba cortando unas rodajas de limón sobre la tarima – Son como críos, no se les puede dejar solos ni un segundo.

La periodista soltó una risa fingida.

- Por cierto, aún no he tenido ocasión de decírselo personalmente, pero ya que te tengo aquí, quiero que sepas que me alegro mucho de que os hayáis conocido. Hacéis una bonita pareja. Es más, ahora le veo feliz.

Aura paró de cortar el limón y dudó si hacerle aquella pregunta.

- ¿Antes no lo era? – se atrevió finalmente.

- Tampoco quería decir eso – Estefanía sintió que había metido la pata – Supongo que te habrá hablado de lo que pasó, ¿no?

- ¿Quién, Leo? – le lanzó de sopetón. Aura tenía tanta curiosidad por saber de su pasado, que se propuso esclarecer lo que se escondía tras aquel armazón que tanto le aprisionaba – Le conoces bien. Sabes que no muestra sus sentimientos con facilidad.

- Bueno, olvídalo. Tampoco merece la pena hablar de ello.

- O sí – le aclaró cortante – Me gustaría pedirte que me ayudaras a comprenderle. Por favor…

Estefanía Reyes levantó la cabeza y dejó que su mirada deambulase por el techo liso de la cocina antes de volver con ella.

- Verás, hace cosa de dos años, Baeza iba a casarse con la que por entonces era su novia de toda la vida. Por lo visto llevaban juntos desde que estudiaban en el mismo instituto, incluso se vino a vivir con él a La Alberca cuando le trasladaron al Puesto. Un mes antes de celebrarse el enlace, Leo pilló a Valeria en la cama con uno de sus compañeros de la Guardia Civil. Fue tal la movida que se montó, que para evitar que llegasen a las manos, el anterior sargento pidió el traslado de Unai, como así se llamaba el agente, a la comandancia de un pueblo de Almería. Por supuesto, Valeria rompió con Baeza; la tía se excusó con que ya no estaba enamorada de él y se largó, después de haberse enviado más de cien invitaciones entre familiares y amigos.

- ¿Y Leo? – preguntó perpleja – ¿Qué pasó con Leo?

- Leo lo pasó muy mal como podrás imaginar. Tanto, que hasta le cambió el carácter. De alguna forma acabó volviéndose más duro, más intransigente, mucho más suyo. Yo creo que lo hizo para volcar toda su frustración en él mismo. Tengo entendido que apenas pisaba por casa cada vez que salía del Puesto y se refugiaba en el Sainete hasta que el dueño le invitaba a marcharse a eso de las dos o las tres de la madrugada. Sin embargo, esa rabia que llevaba contenida, le ayudó a convertirse en uno de los mejores agentes de la provincia. Le ascendieron a sargento cuando el anterior dejó su plaza al jubilarse.

Aura recordó la dureza con la que le trató el día que se conocieron por primera vez en las escaleras del Puesto y comprendió entonces el motivo que le llevó a desconfiar de una simple reportera cuando sólo aspiraba a conocer algún dato más en relación al caso Santana. Supuso que se trataba de esa barrera de acero de la que le hablaba Estefanía y que pudo verificar por sí misma en circunstancias posteriores. Quizá aún quedaban restos de ese naufragio emocional arrinconados en una orilla de su memoria. Puede que saliesen a flote cada vez que se enfrentaba a un nuevo reto del que sabía que ya no tenía escapatoria. Pero mientras la policía continuaba relatándole otros episodios similares, Aura sintió lástima por aquel hombre que se había adaptado a su propia soledad.

Dos horas más tarde, Aura detuvo el coche delante de la casa de Leo. Apenas habían podido sofocar la risa floja que les acompañó durante el trayecto a medida que rememoraban algunas escenas del cumpleaños donde David Ochoa y Luis Sastre se convirtieron, sin lugar a dudas, en sus protagonistas. La periodista no paraba de repetirle que esos dos energúmenos eran dos salidos que no habían vuelto a catar mujer desde tiempos inmemoriales. *Son buena gente, ya les iras conociendo*, añadía Leo a las inverosímiles situaciones que la periodista evocaba cuando se los imaginó saliendo de fiesta por la zona. *Seguro que antes de preguntarle a una chica cómo se llama, le piden un extracto del currículo, antecedentes familiares y talla de sujetador*. Leo se removió en el asiento del copiloto con la cabeza algo embotada por el alcohol. No podía parar de reírse mientras Aura los imitaba con la voz grave. De pronto, propinó con la rodilla un golpe seco a la guantera y la puerta se accionó. Varias fotografías de la misa oficiada por Penélope Santana se esparcieron entre sus piernas y la alfombrilla del suelo. Leo comenzó a recolectarlas con torpeza mientas le confesaba a su compañera que estaba un poco pedo. Aura, en cambio, se puso cada vez más nerviosa.

- ¡Déjalas en su sitio, quieres? – le insistió – Todavía no las he enviado a la agencia.

Leo detuvo la mirada en aquel primer plano de su rostro que sobresalía de una de ellas.

- ¿Y esto…?

- A ver, estaba probando un filtro de la cámara y te utilicé como modelo – le aseguró.

- De acuerdo – respondió sin haberle convencido aún del motivo que le había llevado a ponerse a la defensiva – Era sólo curiosidad.

- Será mejor que me marche. Se ha hecho bastante tarde.

- Mañana te pego un toque. Creo que la Científica va a enviarme un informe sobre lo que ha averiguado en el portátil del viejo caserón.

- ¿Alguna novedad?

- Mejor hablamos mañana.

Leo abrió la puerta y puso un pie fuera. Dedujo que le había sobrado la última copa al comprobar que se le iba la cabeza. Antes de abandonar su asiento, miró a Aura por última vez. Quizás no estaba entre sus planes lo que se propuso hacer, puede incluso que el alcohol que corría por su organismo fuese en parte culpable; pero cuando alargó el cuello para darle un beso de despedida, cerró los ojos un segundo y sintió el contacto de sus labios a los suyos.

Esa vez, Aura no opuso resistencia.

DIA 10

Leo Baeza tenía un horrible dolor de cabeza. Ni siquiera había mitigado las sacudidas que convulsionaban sus sienes cuando se tomó varios analgésicos a primera hora de la mañana. Supuso que el lamentable estado que observó en el espejo del cuarto de baño, con los ojos hinchados y el rostro aún lívido, era fruto de la ingesta de alcohol que ya no toleraba como a los veinte. Eso mismo pensó en la mesa de la cafetería cuando dio un trago al café y sintió un dolor agudo en la garganta. Había escrito a Aura después de recibir un correo electrónico por parte de la Científica con los informes preliminares del portátil de Penélope. En ellos, el perito facultativo reseñaba que, aparte de localizarse una grabación donde aparecía una joven maniatada que se dirigía a su secuestrador, se había detectado que el ordenador tuvo acceso a internet y que la última consulta que se hizo fue el día 7 de noviembre a las 5:40 horas (una hora y veinte minutos antes de que Penélope tomase el autobús), para abrir la página de un periódico digital donde podía leerse una escueta noticia relacionada con un hombre que había despertado de un coma tras sufrir un accidente en La Alberca. Junto al texto, el perito había adjuntado el enlace rescatado del portátil; enlace que copió y pegó a Aura por *WhatsApp* cuando le indicó que podían verse en la cafetería de la plaza en quince minutos.

El sargento era incapaz de quitárselo de la cabeza. Todavía sentía el regusto de su lengua en contacto con la suya mientras rozaba con sus dedos el pezón que se intuía por debajo de su vestido. No sabía cuánto tiempo había durado, ni siquiera qué le ocurrió como para dejarse llevar por aquel impulso que se disipó al apoyar la cabeza en la almohada. Quizás las telarañas de la noche anterior aún se resistían a abandonarle al comprobar por el ventanal que la periodista se aproximaba con el paso ligero. Se fijó en su cara, bastante seria. También en su vestimenta, distinta a la que recordaba. Cuando atravesó la puerta de la cafetería, Aura no fue capaz de forzar una sonrisa. No en ese momento, mientras esquivaba el resto de veladores y se acercaba con un gesto adusto. Después pronunció un *hola* que cortaba la respiración y se sentó delante del sargento, donde tampoco tuvo el amago de responder a su *¿cómo estás?* Simplemente retiró la mirada de la suya y se concentró en romper el hielo con lo único que por ahora les unía pese a la tirantez que flotaba en el ambiente.

- ¿Quieres que te pida un café? – le sugirió con el mayor tacto posible. Al menos se alegró de no haberse acostado con ella.

- Acabo de tomarme uno en casa.

- De acuerdo – apostilló tenso – ¿Y bien, qué opinas de la noticia?

- No he podido leerla. Lo he intentado, pero la página da error; dice que no existe.

- No pasa nada – le quitó importancia – Aquí mismo tengo el informe.

Baeza encendió la pantalla del móvil y buscó el correo electrónico de la Científica en la bandeja de entrada de su cuenta de Gmail. Una vez que lo localizó, pulsó encima y le pasó su teléfono a la periodista. Notó el frío roce de sus dedos.

Aura leyó la noticia insertada por debajo del texto del perito facultativo.

Salamanca al Día
Despierta del coma el policía que sufrió hace un año un aparatoso accidente en La Alberca.

Fuente Externa. 06. 11. 2018 – 15:01H

El hombre, que responde a las iniciales de G.S, despertó anoche en el Hospital Clínico de Béjar tras caer con su patrulla por un repecho de la montaña en horas de servicio. Al sufrir una fuerte contusión en la cabeza y ser trasladado al Hospital Universitario de Salamanca, el hombre fue inducido a un estado de coma a causa del traumatismo craneoencefálico provocado por el brutal golpe contra el volante. Meses más tarde, fue desplazado al Hospital de Béjar por petición familiar, donde ha despertado.

- ¿Alguna idea? – disparó el sargento una vez que Aura levantó la vista de la pantalla.

- Tú primero – respondió, al presentir que tenía muchas más ganas de hablar.

- Creo, o mejor dicho, estoy convencido, que Penélope regresó al pueblo cuando leyó la noticia. Si te fijas en la parte de arriba, fue publicada el día antes de coger el bus que la trajo de vuelta. Supongo que debió impactarle el hecho de que su padre hubiera despertado. Tampoco habría sabido qué hacer al considerar en aquel viejo caserón la posibilidad de que le ocurriese algo inevitable si volvía.

- Por ejemplo, que ese *alguien* que mencionó Sara Lago la estuviese esperando.

- ¡Exacto! – alzó la voz – De ahí que ni siquiera se lo llegase a comunicar a su amiga. Penélope tuvo que pasar mucho miedo antes de decidirse a comprar el billete bajo el nombre de Lucía La Maga. Sé que estaba muy unida a su padre, pero su vida corría igualmente peligro de aparecer en La Alberca.

- Por lo que planeó llevar la peluca para pasar inadvertida. ¿Es eso?

- Sara nos lo confirmó en su casa. Dijo que solía salir a la calle algunas noches con la peluca que vimos en la grabación de la estación de autobuses.

- Lo recuerdo – abrevió – Aunque la noticia me lleva por otros derroteros.

- ¿Por ejemplo…?

- Posiblemente Penélope no fue la única que leyese la noticia. No sé si te has dado cuenta que la fecha coincide con la tarde que Lorenzo Garrido se fugó de Topas: 6 de noviembre del 2018. A lo que mi pregunta es: de ser así, ¿qué relación mantenía con Gustavo Santana? Hablo en el hipotético caso.

- No me encaja esa teoría; al menos de momento – dijo con cautela para que no sintiera su orgullo malherido – Pero es cierto que ese día fue cuando le trasladaron a la enfermería después de tragarse una pila y orquestar su fuga.

- Tiempo suficiente como para esconderse en el bosque y matar a Penélope.

La firmeza con la que pronunció su tesis, le hizo sospechar al otro extremo del velador.

- Habría que volver a interrogarle – escupió la idea que revoloteaba en su mente – ¿Estarías dispuesta a entrevistar al Serbio esta noche?

- Te recuerdo que aún tenemos un acuerdo que nos suscribe a los dos por igual – le aclaró – Ahora más que nunca necesitamos pedirle explicaciones cuando estamos a un paso de conocer la verdad, ¿no crees?

Leo se contuvo de opinar sobre el contrato al que aludía y decidió cambiar de tema.

- Por cierto, ¿qué significa *Fuente Externa*? No sé si te has fijado que viene escrito junto a la fecha.

- Pues, básicamente, que procede de otro medio – resumió.

- ¿Y habría alguna forma de conocer su procedencia? Me parece de muy mal gusto publicar algo así sin haberlo consultado previamente.

- ¡Pufff...! – lanzó dudosa – El problema es que al ser un medio digital, y encima de ámbito local, suelen seleccionar al tuntún las noticias que circulan en la red por falta de fondos y personal.

- Puede que me equivoque, pero tal vez la clave esté en quién la redactó. Creo que tenía demasiado interés en sacar a Penélope de su escondite.

De pronto le vino a la cabeza el mejor candidato para rastrear aquella dirección URL de la noticia, insertada en la página web del periódico.

- Puedo enviarle a Hooded el enlace. Otra cosa es que sea capaz de localizar el origen si la dirección ha caducado.

- Que pruebe. Tampoco perdemos nada – le sugirió el sargento mientras terminaba de tomarse el café – Otra cosa, ¿tienes algo que hacer por la mañana?

El sargento sospechó que le daría largas a lo que estaba a punto de proponerle.

- Quizá quieras acompañarme al hotel. Ya es hora de averiguar a qué fue Baltasar Escudero.

El Templo de las Batuecas era un imponente complejo turístico integrado en la propia naturaleza y muy próximo a La Alberca. Aparte del edificio central con reminiscencias medievales gracias a los torreones de granito que se elevaban por encima de las copas de los árboles, el conjunto combinaba los cánones tradicionales de la arquitectura serrana como los travesaños de madera, vidrieras en casi todas las ventanas, forja en el mobiliario y ladrillo rústico. Las instalaciones contaban, además, con varias casas rurales tipo dúplex, escalonadas a un margen de la montaña y rodeadas por multitud de jardines y fuentes que daban al espacio una sensación de confort. El lugar ideal para perderse un fin de semana entre sus piscinas naturales y el Spa, sino fuera porque Leo no se fiaba del motivo que había llevado a Baltasar Escudero, alias el Balta, a cerrar la tienda mucho antes de lo previsto. Tal vez el camarero estaba en lo cierto cuando le confirmó que solía bajar la trapa a media tarde. ¿Pero por qué demonios le engañó?, se preguntó una vez que estacionó la patrulla en el parking. ¿Acaso se puso nervioso y acudió al hotel para reunirse con alguien? El sargento dudó incluso de que hubiese celebrado el cumpleaños de su hija la noche que Penélope fue asesinada cuando atravesó junto a Aura la puerta giratoria del Templo de las Batuecas.

Los ojos de la periodista se perdieron por el laborioso artesonado del techo mientras avanzaban por un inmenso recibidor con las paredes embellecidas con placas de mármol y aderezadas con pinturas lóbregas y espejos de tipo isabelino. Quizás Aura censuró en su cabeza las modernas instalaciones que encontró a su paso con aquellos artilugios que intentaban reproducir la esencia monasterial que rezaba en un cartel del fondo. Enseguida se percató que Leo no paraba de hacerle señas a un camarero que empujaba un carrito repleto de cubiertos. El hombre detuvo su marcha hacia uno de los salones que se intuía tras una puerta abierta y se dirigió a él con el gesto enojado.

- ¿En qué puedo ayudarle? – le preguntó flemático bajo aquel anticuado uniforme.

- Estoy buscando información sobre un cliente que suele venir por aquí. Aunque, la verdad, no sé con quién podría hablar – Aura se dio cuenta de su táctica.

- ¿Por quién pregunta?

- Por Baltasar Escudero – despejó sus dudas.

El hombre se llevó una mano al mentón intentando hacer memoria.

- Baltasar Escudero…. – alargó la última vocal – No me suena de nada.

- Regenta una tienda de embutidos en El Cabaco. Tiene una hija que padece una parálisis cere…

- ¡Ah, Balta! – le interrumpió – Claro que viene por el hotel, sobre todo los fines de semana. ¿Ha ocurrido algo?

Su rostro traslució cierta sorpresa.

- ¿Recuerda haberle visto el siete de noviembre? – le lanzó sin intención de desvelarle el motivo de su visita – Fue el miércoles de la semana pasada.

- No estoy muy seguro – dijo – Déjeme que compruebe una cosa.

Sacó del bolsillo de su uniforme un bloc de notas y comenzó a pasar las páginas deprisa hasta que detuvo el dedo índice sobre unos garabatos ilegibles.

- El miércoles pasado fue cuando se celebró el evento con los japoneses.

- ¿A qué evento se refiere? – le interpeló.

- Una o dos veces al mes, el hotel organiza torneos y apuestas especiales en el casino con el bote acumulado a lo largo de las semanas. Cualquiera puede entrar y jugar, aunque la Dirección prefiere celebrarlos a puertas cerradas para sus clientes más selectos. En este caso, para el grupo de japoneses que de vez en cuando se hospeda en el Templo.

- Y supongo que Baltasar Escudero estuvo ese día entre ellos.

- No estoy muy seguro – señaló – Aunque lo que sí recuerdo es haberle visto en el vestíbulo bastante alterado. Había salido un momento a por más cava cuando le vi discutir con los agentes de seguridad. Estaba muy furioso, no paraba de gritarles que nadie le echaba de esas formas del hotel.

- ¿Sabe por casualidad qué ocurrió?

- No sabría decirle. Pero jamás le había visto comportarse así. Yo creo que iba un poco bebido.

- ¿A qué hora fue aquello? – continuó el sargento con su particular interrogatorio.

- Pues…, sobre las diez u once de la noche calculo.

- El problema es que necesitaría confirmarlo – le espetó – ¿Sabe si hay cámaras en el parking de fuera? Podría comprobarlo por la matrícula y el modelo de su coche.

- Pero ese día el parking estaba reservado a los autocares de los japoneses – le aclaró – Aunque existe otra forma de saberlo. Si son tan amables de acompañarme.

El hombre avanzó por el amplio vestíbulo cuajado de más puertas y escaleras de acceso a las plantas superiores, y se dirigió raudo hacia el mostrador de recepción, encajonado entre dos gruesas columnas de aspecto señorial con los cables de los ordenadores asomándose por fuera de la mesa. Las dos chicas que estaban clasificando una pila de papeles dentro de aquel reducido espacio, no repararon siquiera en los tres individuos que se acercaban en silencio. El hombre llamó la atención a una de ellas.

- Marisa, ¿puedes buscar en el ordenador si hubo un coche estacionado en el garaje del hotel el día siete de noviembre? – la mujer esperó al otro lado del mostrador a que completase el resto de la información – La matrícula es... – miró al sargento.

- 4185KL – disparó con el móvil de la mano.

- ¿No deberíamos avisar antes al gerente? – le inquirió con la mirada impaciente.

- Chica, que estás hablando con la Guardia Civil – le esclareció por si acaso no se había dado cuenta.

Mientras la recepcionista agitaba los dedos sobre el teclado del ordenador, el hombre volvió a mirarles con intención de proseguir con la conversación.

- El garaje está en el sótano. El lector por donde se inserta el ticket para que se active la barrera automática, está conectado a la base de datos del propio hotel. Si Balta dejó el coche en el garaje, la hora de entrada y de salida habría quedado registrada.

- En este caso, aparece en dos ocasiones – le rectificó la mujer.

Giró deprisa la pantalla del ordenador hasta su altura.

- ¡Cierto! La primera vez vino a las 19:22 horas y se marchó a las 20:03. Después regresó a las 21:10 y volvió a marcharse a las 22:27. Lo que yo decía, cuando le vi montando aquel follón ahí mismo – señaló hacia la puerta giratoria.

Leo anotó en su móvil las horas a la vez que Aura se mantenía expectante a su lado.

- ¿Recuerda haberle visto ayer por la tarde a eso de las seis y media?

- Ayer descansé. Pero ya le digo que Balta se deja ver mucho por aquí, sobre todo en el bar. ¿Por qué no pregunta al camarero de barra? Él seguro que se acuerda.

El sargento le agradeció su ayuda y le pidió a Aura que le acompañase fuera. El aire arreciaba con fuerza las ramas de los pinos que se distinguían al fondo del jardín. Leo levantó la vista y se cercioró que el cielo, cargado de nubes, presagiaba una tormenta más allá del nudo montañoso que crecía en el horizonte. Sin embargo, echó a andar hacia el lugar donde estaba estacionada la patrulla.

- ¿No piensas ir a hablar con el camarero? – le preguntó Aura sin entender aún por qué estaban bajando las escalinatas.

- No quiero levantar más sospechas con mi presencia. Debería haber venido sin el uniforme – se lamentó.

- Bueno, ¿y alguna conclusión? Porque a mí se me ocurren varias.

- Lo primero de todo, me escama ese lapsus de tiempo de casi una hora – comenzó a desembuchar – Sobre todo cuando la forense certificó la muerte de Penélope en torno a esas horas.

- Demasiada casualidad que se largase entre las ocho y las nueve de la noche, ¿no crees? – añadió la periodista – Y que justo a su regreso, montase ese numerito a los guardias. ¿Qué hizo durante esa hora que le puso tan nervioso? Ahora mismo no descartaría que mantuviese algún tipo de contacto con el Serbio.

El sargento intentó canalizar aquel planteamiento de camino al parking.

- ¿Y lo otro? – intentó Aura atrapar su atención – ¿Qué otra idea tenías en mente?

- Creo que Baltasar Escudero me engañó. Su mujer corroboró que después de cerrar la tienda, subió a casa para celebrar el cumpleaños de su hija. ¿Pero sabes qué opino en realidad? Que nunca existió tal cumpleaños.

- ¿Por qué supones que ambos te engañaron? – pretendió llegar a la raíz de su recelo.

- Es una corazonada. Tampoco puedo afirmarlo categóricamente. Pero hay algo que me dice que esos dos esconden un secreto.

Aura Valdés se quedó inmóvil entre las cortinas de vaho que la envolvían. Sólo el sonido de su respiración quebraba el incómodo silencio del entorno mientras los ojos del Serbio no dejaban de acecharla. Estaba delante de ella, de pie, con su metro ochenta de estatura diluida tras la gasa neblinosa que emborronaba su silueta. Su rostro, frío como el acero, se intuía de vez en cuando. Aura intentó desplazar la pierna hacia atrás, pero sintió que sus músculos se astillaban bajo su piel. No podía moverse. Apenas le quedaban fuerzas para soportar la tensión de su mirada. La niebla comenzó a acorralarla. Quiso gritar; su voz también se había congelado. Miró a ambos lados. Estaba sola. Notó que su ritmo cardiaco se aceleraba por segundos. Intentó mover la pierna de nuevo, pero un intenso dolor se apoderó de ella a medida que sus huesos se fragmentaban bajo la carne. Vio que Lorenzo Garrido se aproximaba. Su cuerpo atravesaba sin dificultad las capas brumosas. Aura se removió inútilmente. No tenía escapatoria. Una lágrima cruzó entonces una de sus mejillas. Después, cerró los ojos y sintió sus gruesas falanges sobre su cuello.

Gritó.

Aura se incorporó de la cama tras un grito de desesperación. Tenía los ojos húmedos y el rostro compungido. Tardó varios segundos en orientarse y descubrir que estaba en su habitación. Después miró su Flik Flak y comprobó que eran las tres de la tarde. Imaginó que Carmen estaría durmiendo la siesta y que no se habría percatado de su pesadilla al otro lado de la pared. Rápidamente se puso en pie y vio que una de las fotografías del caso Santana que reveló en una tienda del pueblo, se había desprendido del mural que diseñó horas antes en una de las paredes de su cuarto. Cogió un trozo de masilla adherente, lo torneó entre sus dedos y lo pegó en la parte trasera para volverla a colocar en su sitio.

Sin saber por qué, se acordó de Leo. En el fondo estaba deseando quedarse un rato a solas. Todavía estaba cansada de la noche anterior y se sentía bastante incómoda por lo ocurrido en el interior de su coche. Quizá se arrepentía de no oponer resistencia. ¿O acaso le gustó? No sabía qué pensar. Tal vez por eso decidió no sacar el tema cuando quedaron en la cafetería. Le daba pánico conocer su respuesta, lo que le había llevado a rozar sus labios a los suyos e introducir la lengua después. Puede que hubiese sido una estupidez por ambas partes; pero en ese instante, mientras su teléfono vibraba en la mesilla, dedujo que lo más sensato era olvidarse del asunto.

- ¡Qué hay! – dijo tras leer en la pantalla el nombre de Hooded – ¿Has averiguado algo sobre el enlace que te envié?

- Ya sabes que soy más rápido de lo que piensas – se rio – He rastreado el origen de esa dirección web y sé por qué no podías acceder al contenido.

Se refería, por supuesto, a la noticia del diario local que anunciaba que el padre de Penélope Santana había despertado del coma.

- La clave se encuentra en las redes sociales – continuó – Me explico: alguien con acceso a internet debió colgar la noticia en una red tipo Facebook, twitter, para después, un idiota con título universitario que trabaje para dicho medio, se le ocurriese la brillante idea de publicarla en la plataforma digital sin revisar su procedencia y veracidad. Por eso leíste en la noticia *Fuente Externa*. Al tratarse de una *fake news* generada desde una red social, es prácticamente imposible localizar su origen. Yo mismo podría haberlo hecho y propagarlo como un virus por distintas cuentas y canales. No sé si me explico.

- Más o menos – dijo al otro lado – Pero ni siquiera he podido entrar en la noticia.

- Eso es lo más curioso, que tiene por defecto una caducidad de pocas horas. Es decir, una vez que la información es posteada desde cualquier operativo, su entrada se elimina automáticamente del servidor. Por eso no podías entrar en la dirección web. El enlace que me adjuntaste junto con el correo electrónico de la Científica es, para que lo entiendas, la página que quedó registrada en el historial del portátil. Estaba guardada por defecto, ¿comprendes? Pero una vez que intentas extraerla del sistema operativo, la entrada da error. De ahí que me dijeras que la página había expirado.

- De acuerdo – apostilló con la cabeza cargada de tecnicismos – Y supongo que la inmensa mayoría sabrá hacer ese tipo de… ¿Noticias fantasma?

- Si tienes un Android y unas nociones básicas de configuración, es bien sencillo. Mentalízate que un bulo que navega en la red llega más lejos, más rápido y a más gente, que una verdadera. La cadena de *retuiteo* ininterrumpida está asegurada gracias a una imparable capacidad *viralizadora* desde según qué plataformas. En el caso de esta noticia, aparte de proceder de un medio local que casi nadie va a tener en cuenta, su caducidad ha favorecido que no se propague indebidamente. De lo contrario, te aseguro que hubiese llegado a oídos de su propia familia.

Aura no se atrevió a confesarle que sí llegó a oídos de la persona menos indicada: Penélope Santana. Estaba convencida que su precipitada huida venía precedida por el embuste que leyó en el portátil horas antes de aparecer muerta en el bosque. Quizás Lorenzo Garrido era el único responsable de aquello al recordar los mensajes que escribió desde prisión en su blog personal gracias a un teléfono móvil que guardaría a buen recaudo en su celda. Tal vez la necesitaba de vuelta en La Alberca y no dudó en tragarse una pila para huir de allí y provocar el encuentro. Al fin y al cabo (pensó), era de esperar que acabaría mordiendo el anzuelo.

Aura se despidió de Hooded y marcó deprisa el número personal de Leo. Al tercer tono, escuchó su voz.

- Escúchame bien. Sé dónde estuvo Penélope cuando llegó al pueblo en autobús – el crujido de la línea se escurrió tras un corto silencio – Se dirigió al hospital. Quería comprobar si era verdad que su padre había despertado.

La lluvia caía torrencial contra el cristal del parabrisas, enturbiando los arcenes de la carretera y la frondosidad del bosque que se intuía como una sombra tras los raíles de agua que corrían por la ventanilla. Llevaban algo más de una hora de viaje cuando el GPS les anunció que estaban llegando a su destino. Aura bajó el volumen de la emisora (un noticiero cargado de informaciones locales y avisos por temporal) en el momento que Leo aceleró el último tramo antes de entrar en la primera calle de Béjar. Las aceras del pueblo se adivinaban solitarias bajo el fuerte aguacero que arrastraba restos de colillas y hojas secas. Por el sistemático balanceo del limpiaparabrisas, Aura escurrió la mirada y observó una porción del cielo añil inflamado de nubes. Parecía presagiar una nueva tormenta frente a aquel horizonte apocalíptico. Minutos más tarde, llegaron al hospital. Leo estacionó la patrulla delante del edificio mientras Aura salía escopetada hacia la puerta de entrada con la capucha puesta. Notó la humedad bajo las suelas de sus *Converses*. Baeza hizo lo mismo y franquearon las modestas instalaciones del Centro, repartidas entre sus dos plantas más sótano. En la recepción, preguntaron por el número de habitación de Gustavo Santana. Una de las auxiliares administrativas que se encontraba tras el mostrador, introdujo los datos en el ordenador y les comunicó que se hallaba en la 14, al fondo a la derecha. Atravesaron el recibidor en silencio y se perdieron por un angosto pasillo donde varias enfermeras charlaban animadamente tras una de las habitaciones.

Leo fue el primero en entrar. Quizá se veía incapaz de acercarse hasta la cama mientras Aura exploraba aquel reducido espacio para dar cabida a dos enfermos. En la sigilosa penumbra de la habitación, la desgastada claridad penetraba por las rendijas de la persiana, creando sobre el suelo delgadas tiras de luz. Una puerta abierta dejaba entrever parte del estrecho cuarto de baño, con agarradores en las paredes y una ducha sin mampara. La estancia olía a desinfectante y medicamentos. Leo avanzó con esfuerzo entre las dos camas y se detuvo a los pies de un butacón en tonos verdes a la altura del cabecero. Se imaginó a Anabel Ruiz sentada a su lado mientras le cogía de la mano y le relataba los últimos acontecimientos. Se fijó que varios aparatos le vigilaban a escasos metros, con multitud de lucecitas que parpadeaban y emitían cortos pitidos cada cierto tiempo. También en los dos tubos que avanzaban por su boca hasta los confines de su organismo. Leo se maldijo a sí mismo por verle en aquel lamentable estado, con el pecho descubierto y alimentado de cables. Entonces, se desplomó en el asiento. Por más que retuvo la congoja que ascendía por su tráquea, no pudo evitar soltar una lágrima. Posó la palma de su mano sobre la suya y la acarició como una forma de mitigar su dolor. Aura oteó la escena a los pies de la otra cama vacía.

- ¿Estás bien…? – le susurró por la espalda.

Leo tardó en recobrar la voz.

- Se dirigía a mi casa cuando tuvo el accidente – pronunció con la garganta dolorida – Gustavo me llamó por teléfono porque tenía algo que contarme. Quería que nos viésemos en una cafetería de Béjar, pero le insistí en que se acercara en coche a La Alberca – después giró el cuello hasta dibujarse su perfil a contraluz – Yo soy el único responsable de que ahora esté aquí, ¿lo entiendes? De haberle hecho caso, habría evitado ese maldito accidente. Por eso nunca te dije nada. Aún me cuesta hablar de ello.

Aura apretó los labios con intención de no reprocharle lo que enseguida relampagueó en su mente, que él tampoco podía acarrear con esa culpa por mucho que hubiese evitado aquel trágico final.

- Nunca supe el motivo de su llamada, ni tampoco por qué quería verme – prosiguió – ¿Comprendes ahora mi empecinamiento con el caso? De alguna forma se lo debo.

En ese instante, entró una enfermera de recia complexión que arrastraba un carrito con varias bacinillas y material de aseo. Aura le saludó al tiempo que el sargento se levantaba de la butaca.

- Si no son familiares, no pueden estar aquí – les advirtió mientras ubicaba el carrito en una esquina de la habitación – Tengo que lavar al paciente.

- Discúlpenos. Ya mismo nos marchamos – soltó Baeza – Estábamos de paso en el pueblo y vinimos a interesarnos por su estado. ¿Ha habido alguna mejora?

- Todo sigue igual. El paciente parece responder al tratamiento, pero los cambios pueden tardar años si es a lo que se refiere. Cada caso es un mundo.

- Entiendo – puntualizó – ¿Es usted la encargada de atenderle a diario?

- Yo, y el resto de mis compañeras, que con los recortes en la sanidad pública la cosa tampoco está como para tirar cohetes – expresó nada más coger un pañal de la balda inferior del carrito.

- ¿Por casualidad no recordará la visita de una chica joven la semana pasada?

- ¿Dónde? ¿En esta habitación…?

Leo asintió a medida que la enfermera ponía cara de circunstancias. Aura, en cambio, prefirió aportar nuevos datos tras aquella exigua descripción.

- Es más o menos de mi estatura – llamó su atención – Delgada, con una melena oscura por encima del cuello. Vestía un plumífero y unos vaqueros elásticos.

Leo se percató que su descripción coincidía con las grabaciones de la estación de autobuses.

- Creo que se refieren a la muchacha que traía esa caja – dijo de pronto. Aura y Leo se miraron de soslayo – Sí, hace días sorprendí a una chica en la habitación que al menos coincide con esas características. Me dijo que era amiga de la familia, que se había pasado a ver al paciente para conocer su evolución. Pensaba que acababa de despertar del coma o algo así. El caso es que cuando le conté que su estado no había variado desde que fue trasladado a este hospital, me preguntó si podía entregarme una caja que llevaba en una mochila para que se la diese el día que despertara. *Estoy convencida que pronto volverá a abrir los ojos*, me confió segura de lo que decía. También me pidió que no le contase nada a Anabel, que no quería preocuparla por todo lo que estaba pasando a raíz de la desaparición de su hija.

- ¿Y qué hizo? – se apresuró a indagar Leo en su cabeza.

- Darle la razón – sentenció – Le prometí no decir nada y así hice. Después recuerdo que se acercó a la cama, le dio un beso en la mejilla y se marchó muy agradecida.

- Por cierto, no veo la caja por ningún lado.

- Es que la tengo guardada en mi taquilla. ¿Por…?

- ¿Le importaría que le echase un vistazo? – le sugirió. La enfermera volvió a dibujar ese extraño gesto en su rostro – Creo que no le he dicho que soy el sargento de La Alberca. Aunque tal vez prefiera que hablemos con el director del hospital. No sé qué opinará al respecto, la verdad…

La enfermera descargó sobre él una mirada letal segundos antes de abandonar la estancia. Aura le recriminó que podía haberse ahorrado la última frasecita mientras se dirigía al pasillo, descartando una nueva vía de investigación relacionada con esa chica misteriosa. Estaba seguro que se trataba de Penélope Santana.

Al momento, la enfermera regresó con una pequeña caja entre sus manos. Después se la ofreció y masculló:

- Quédesela. Me importa un bledo lo que haga con ella. Buenas tardes.

Y se largó.

Aura y Leo no inspeccionaron la caja hasta que entraron en la patrulla. La lluvia seguía arreciando contra la estructura del coche, generando un molesto martilleo como si un millar de guijarros cayese continuamente sobre el capó. El sargento colocó la caja entre medias para poder examinarla con precisión. Era de cartón, de forma rectangular, con una sencilla tapa que se deslizaba hacia arriba y del tamaño *DIN A4*. Había un extraño dibujo que asomaba en el centro, trazado con la punta gruesa de un rotulador. La imagen representaba una especie de dragón o de serpiente enroscada sobre sí misma, con la boca abierta y mostrando tímidamente su bífida lengua.

- ¿Te dice algo? – le lanzó a la periodista.

- Nada – le resolvió.

Leo agarró la tapa entre sus manos y tiró de ella. Un tibio aroma a lumbre de chimenea se precipitó en el aire mientras unos cuantos papeles asomaron a la luz artificial del vehículo. Sin pensárselo, Aura recogió lo que parecían unos informes caseros tras una grafía alambicada y disuelta en algunos tramos. Enseguida descubrió que algunas hojas estaban rasgadas, como si…

- Alguien no quisiera que supiésemos el resto – vaticinó Baeza.

- ¿Tú crees? – le interrumpió – Porque ese olor a hoguera me hace sospechar que ese alguien utilizó los papeles para calentarse con una especie de brasero que fabricó en una casa abandonada.

Leo adivinó que se refería a Penélope y el viejo palacete.

- O tal vez para censurar cierto tipo de información.

- Puede – abrevió – Aunque sigue sin encajarme esa escritura con su personalidad. La veo muy historiada para una chica de diecisiete años.

- Es que pertenece a Gustavo. Estoy seguro. Recuerdo que tenía una letra muy bonita, de ésas de antaño. Todos lo decíamos cuando leíamos algún dossier suyo.

- ¡Espera! – le detuvo – ¿Has leído lo que pone…?

El sargento se imbuyó en la composición del texto, dando saltos entre los párrafos para hacerse una idea global. Hablaba de una tal Vega Molina, de su partida de nacimiento en Alcalá de Henares en 1994, de la escasa información que había recopilado desde que le perdiera la pista en 2010 cuando la joven contaba con dieciséis años. Poco más pudieron esclarecer al estar incompletas muchas de las hojas.

- ¿Te das cuenta? – señaló Aura el nombre que se repetía entre los folios – Sus datos coinciden con las siglas que encontró Hooded en el archivo donde aparecía esa chica maniatada: V.M.

- ¡Joder! – exclamó – ¡Vega Molina es la chica de la Peña…?

- Y parece ser que Penélope sabía de su existencia.

- Entonces, tendría sentido lo que sospechábamos desde un principio: que se deshizo del móvil en aquella cripta para que encontrásemos su cadáver. ¿Por qué…?

- No sabría decirte. Lo que está claro es que se trata de una investigación iniciada por Gustavo Santana y que su hija continuó por alguna misteriosa razón.

- ¿Pero por qué se presentaría en el hospital con una caja donde sólo guardaba varias hojas desgarradas?

- Quizá la única justificación que haya es que al creer que su padre había despertado, acudió para advertirle que aún custodiaba el informe. Aunque cuando vio que todo era mentira y que la noticia que leyó en el portátil le había conducido a un callejón sin salida, se sintió en peligro y decidió dejársela a la enfermera.

Miles de conjeturas explosionaron a la vez en la mente del sargento. ¿Desde cuándo investigaba Gustavo Santana a Vega Molina? ¿Y Penélope? ¿Cuánto tiempo llevaba enterrada en la Peña de Francia? ¿Lo sabría el Serbio? ¿Y por qué diablos huyó de prisión la tarde que se publicó aquel bulo en internet? ¿Habría contactado previamente con Baltasar Escudero? ¿O acaso le avisó por teléfono cuando abandonó entre las 20:03 y las 21:10 horas el Templo de las Batuecas?

- Será mejor que regresemos a La Alberca – dijo después – Me parece que hoy vamos a adelantar la entrevista con Lorenzo Garrido. Ya es hora de atornillarle.

Las pesquisas en relación al caso Santana habían dado un giro de ciento ochenta grados cuando ya en el despacho, Leo introdujo el nombre de Vega Molina en el ordenador. Aura no paraba de darle vueltas a la posibilidad de que Penélope hubiese regresado a La Alberca para confirmar lo que leyó horas antes en el portátil del palacete: que su padre había despertado del coma. Era de suponer que una vez que descubrió que todo era mentira, decidiese dejar en un lugar seguro la caja que transportó con miedo en el autocar que la trajo de vuelta. Eso mismo pensó sentada en el butacón mientras seguía ojeando los informes con algunas de sus páginas despedazadas. ¿Por qué? ¿Tal vez le sirvieron para calentarse en aquella mugrienta habitación por el tufillo que desprendían? El sonido del teclado le distrajo y vio que el sargento estaba aproximando el rostro hacia la base de datos que emergió de pronto en la pantalla.

- ¡Bingo! – se exaltó – Está fichada.

- ¿En serio…? – se alegró de su rápido descubrimiento al otro lado del escritorio.

- Delito con arma blanca, denuncias por agresión, robo con violencia e intimidación, peleas callejeras, venta ilegal de estupefacientes en varias discotecas… – leyó su extenso currículo delictivo – Vamos, lo que se dice una joyita.

- ¿Hay foto?

- Sí – le confirmó – Espera que la descargue.

Leo cliqueó dos veces sobre un archivo comprimido en PDF y observó que unas barritas ubicadas en la parte inferior se rellenaban de un tono azulado. Al momento, apareció una ficha policial con dos fotografías de la detenida: una de frente y otra de perfil.

- ¡Es ella! – disparó Leo – ¡Es la misma chica que vimos tanto en el vídeo del todoterreno como la que Hooded encontró en el portátil del caserón! – se refería, sin duda, a la joven maniatada que hablaba a cámara.

- Entonces no hay duda: Vega Molina es la chica de la Peña – sentenció.

- Voy a enviarle un correo a la forense con la ficha policial. Seguramente ella nos dé mayores garantías.

- ¿Pero de qué conocía Penélope a esta chica? – se preguntó de nuevo cuando sus ojos tropezaron con el rostro de la joven que aparecía en el ordenador – Según mis cálculos, ambas se sacaban seis años. ¿No había nacido Penélope en el 2000?

- Tal vez la pregunta sea por qué Gustavo la investigaba a escondidas.

- A lo mejor has pasado por alto que alguien pudo entregarle el disco con las grabaciones del todoterreno.

Leo arrojó una mirada compleja a su compañera.

- Puede que ése sea el motivo por el que andaba detrás de la pista… – continuó.

- Averiguar qué había sido de Vega una vez que la secuestraron… – el sargento se imaginó al policía adentrándose en una turbia operación – Voy a pedirle a Barrios que telefoneé a Asuntos Internos para que le den acceso al resto del historial.

Enseguida descolgó el teléfono y pulsó sobre uno de los números. Una voz femenina se asomó al otro lado de la línea y Baeza le pidió a la agente que se presentara junto a Medina en su despacho. No tardaron en aparecer. De pie junto a la puerta, esperaron a que el sargento les desvelase el motivo por el que les había citado.

- Necesito que averigüéis quién era Vega Molina. Estaba fichada – les indicó – Y que a mayores cotejéis la información con los papeles que hay dentro de esta caja. Pertenecían a Gustavo Santana. Es muy probable que se trate de la chica de la Peña

Ambos guardias se miraron asombrados.

- De acuerdo, jefe – resumió Diana Barrios – ¿Algo más?

- Decidle a Portu que suba al Serbio a sala. Aura va a volver a entrevistarle.
- ¿Preparo el dispositivo de grabación?
- Que todo esté listo en cinco minutos.

Cuando los agentes desaparecieron, Leo clavó su mirada en la periodista.

- ¿Preparada?
- Más o menos – respondió, por no aclararle que su mera presencia le bloqueaba.
- Intenta ser más dura esta vez. Lleva en todo momento las riendas del interrogatorio. Tu objetivo es escarbar dentro de él y averiguar por qué se fugó de Topas la tarde que se publicó la noticia de Gustavo Santana. ¿Acaso le conocía...?

Aquella pregunta le acompañó de camino a la sala de interrogatorios. Por más que deseaba enfrentarse a sus propios temores, Aura era consciente que había una parte del Serbio que la noqueaba: su mirada lasciva, su boca sonriente, sus ganas de llegar a ella. Sabía que tenía todas las de perder pese a camuflar sus propios traumas bajo una fría apariencia que de nada servía. Lorenzo Garrido ya se había acostumbrado a devorarla a escasos metros, a introducirse sigilosamente en su mente, a recordarle cuál era su cometido dentro de aquella habitación donde sólo él podía disfrutar del dominio y la tiranía de la entrevista. Aura notó las palmas de sus manos sudorosas en cuanto uno de los guardias desbloqueó la puerta tras un breve pitido. La hiriente penumbra dispersa en la sala, le provocó un escalofrío al comprobar que estaba sentado al fondo. Su cuerpo, velado por una rocosa oscuridad, se presentía por debajo de la mesa, con las piernas estiradas hacia su silla vacía. Aquellas deportivas blancas se removían en un juego lento y sistemático. Parecía disfrutar de la situación a medida que avanzaba precavida por el espacio, revelándose un cerco de luz sobre el suelo anodino. La misma lámpara, suspendida por encima de la mesa, comenzó a mostrar el contorno grisáceo de aquel hombre que poco a poco fue emergiendo de sus sombras. Primero extendió los brazos con las manos esposadas; después, dejó aclarar el resto del cuerpo hasta los hombros. Antes de saludar a la periodista, situó la cabeza por debajo del foco y escurrió una sonrisa entre sus borrosas facciones.

- Hola, Aura – escupió con la voz grave – Pensé que no volvería a saber más de ti.

Apenas pudo sostener su mirada libidinosa bajo las capas sombrías que asfixiaban su rostro. Aquella situación le ayudó a rememorar las escenas de una pesadilla que aún conservaba en el subconsciente. Tal vez la niebla se hubiese disipado; pero esa extraña atracción que sintió mientras repasaba con sus ojos la musculatura de sus hombros, el contorno perfectamente labrado de sus antebrazos, las manos grandes y fuertes, le provocase un reparo mayor. Sintió que Leo la protegía de caer en el abismo al otro lado del espejo. Aunque esa vez, tampoco hubiese puesto resistencia a su oscuro deseo.

- Ya no hace falta que sigas fingiendo. Sabemos el motivo por el que te fugaste de prisión – dijo mientras tomaba asiento y dejaba sobre la mesa un portafolio de color garbanzo. Luego se fijó en el diminuto tatuaje que asomaba en la cara interna de su dedo anular. **0714**, leyó. Lorenzo se dio cuenta y entrelazó los dedos de ambas manos.

- Estoy ansioso de escuchar la versión – le retó con los ojos fijos en los suyos.

- Lo tenías planeado, lo de tragarte esa pila me refiero – se explicó – Habías organizado tu huida para esa misma tarde después de colgar la noticia en internet.

Aura extrajo una copia del portafolio y la deslizó por la mesa hasta la altura de sus manos. El preso la agarró con cierta apatía y se enfrascó rápido en su lectura.

- ¿De qué conocías a Gustavo Santana? – disparó al cabo de un minuto.

- ¿Por qué no le preguntas a él? Aquí pone que ha despertado del coma.

- Ése es el problema, la noticia es falsa – le confirmó – Alguien se tomó la molestia de publicarla a través de una red social para que cualquier medio local se hiciese eco y la insertara en su plataforma digital. Supongo que ahora dirás que tú no tienes nada que ver.

El Serbio desató una herrumbrosa carcajada que le puso la piel de gallina.

- Me han acusado de muchas cosas, pero jamás de periodista *amateur*. ¿Por qué piensas que tuve algo que ver, Aura? – su voz se volvió lúgubre. Quería entrar como fuese en su cabeza.

- ¿Lo dices en serio? – la periodista echó el cuerpo hacia delante mientras sostenía su mirada con fiereza – ¿Hace falta que te recuerde los mensajes que escribiste en mi blog personal desde Topas? Ya no hace falta que te molestes en ocultar lo evidente.

- Tampoco te pongas así, mi *Rosa de los Vientos*...

Le regaló otra de sus acartonadas sonrisas.

- Te lo voy a repetir por última vez: ¿de qué conocías a Gustavo Santana? – el Serbio se mantuvo en la misma posición, inafectado – ¡Que mires de nuevo la foto, joder!

La periodista se sintió segura de sí misma cuando Garrido se asomó a la fotografía que acompañaba al texto. Le asombró que por una vez le hiciese caso.

- No me suena siquiera – esclareció finalmente – Le recordaría de haberse pasado por prisión si es lo que intentas averiguar. Durante estos cuatro años, he recibido muy pocas visitas como bien sabrás...

Aura procuró encajar la respuesta en su cabeza sin comprender a qué se refería con *como bien sabrás*. Prefirió no cometer un nuevo error que más tarde el sargento le echase en cara cuando respondió, *por supuesto, estoy al tanto*. Sin embargo, el Serbio esgrimió otra sonrisa en la complejidad de su rostro y supo que se había percatado de su mentira.

- ¿Qué me puedes decir de ella? – cambió de tema en cuanto sacó otro impreso del portafolio. La imagen de Vega Molina se reveló en su ficha policial.

- No la he visto en mi vida... – articuló con los ojos fijos en la fotografía – Déjame adivinar. ¿Ha aparecido muerta y estáis tanteando la manera de que reconozca su autoría?

- Sólo intentamos averiguar si la conoces de algo y qué nos puedes decir sobre ella.

- Sigo sin comprender a qué has venido. Ése no era el trato. ¿Qué tiene que ver esta chica con Penélope?

- Eso es lo que quiero que me digas – le cortó – ¿La conoces o no?

- Ni se te ocurra reírte de mí porque te juro que se acabaron las entrevistas – zanjó.

Aura comprobó que el itinerario del interrogatorio le había descolocado por completo a medida que le mostraba sus lacerantes fauces.

- ¿Me estás amenazando…?

- ¡Di! ¡Qué tiene qué ver esa chica con Penélope? – insistió el hombre.

- El tiempo corre en tu contra – señaló el reloj de pared – ¿Me vas a decir algo?

- No entiendo por qué me ocultas información cuando sabes perfectamente que no conocía a Penélope, y mucho menos a ésta tal Vega – masculló iracundo.

- Entonces no hay nada más que hablar.

Aura recogió las hojas y volvió a guardarlas en el portafolio.

- Te equivocas.

Sus dedos se hundieron en la carne de su brazo con tanta inquina, que el dolor comenzó a propagarse por toda su extremidad. Sus ojos exhalaban una rabia difícil de paliar.

- Sé por qué llevas esa llave al cuello – farfulló – Te lo regaló alguien que considerabas especial. Alguien a quien deseaste olvidar, pero que no consigues puesto que aún no has encontrado la respuesta. Jamás podrás esconder la cicatriz, Aura. Jamás…

Leo Baeza esperaba intranquilo en el pasillo a que la periodista saliese por la puerta de la sala de interrogatorios. Nada más comprobar que el manillar comenzó a desplazarse hacia abajo, no dudó en acercarse con una sonrisa sutil dibujaba en su cara. Aura enarcó las cejas cuando al cerrar la puerta, descubrió a un sargento ansioso por charlar con ella.

- Te felicito – fue lo primero que pronunció mientras el resto de agentes cruzaban el pasillo por delante de su campo visual – He escuchado la entrevista. Benítez va a telefonear a Topas para averiguar qué visitas recibió el Serbio en estos cuatro años.

- Puede resultar útil – apostilló con la voz consumida de oscuridad. Leo se dio cuenta de su actitud distante.

- ¿Te parece que vayamos a tomar algo al Sainete? – le propuso.

- Mejor otro día – respondió con la mirada escondida en un punto incierto – Estoy cansada y prefiero irme a casa.

- Como quieras…

Tampoco se atrevió a preguntarle a las claras si le pasaba algo cuando de sobra sabía su respuesta. Tan sólo la observó alejarse por el pasillo a medida que se maldecía por la estupidez que cometió al darle un beso en el interior de su coche.

Sin embargo, la periodista no había vuelto a acordarse de aquello. Únicamente se llevó las manos al cuello y acarició con las yemas de los dedos el contorno labrado de la llave que pendía por fuera de su abrigo. Una vez que salió por las puertas acristaladas, se integró en la oscuridad de fuera y entonces, rompió a llorar.

DIA 11

Leo Baeza estiró el brazo por fuera de las sábanas hasta alcanzar el móvil en la mesilla de noche. La vaporosa luz añil parpadeaba en la gelatinosa oscuridad del dormitorio mientras oteaba con esfuerzo en la pantalla. Una vez que comprobó quién le reclamaba, se incorporó de la cama y encendió el flexo.

- ¿No te habré despertado? – le preguntó la forense a medida que restregaba los nudillos por sus ojos. Después reparó en el despertador y vio que eran las 07:30 de la mañana.

- Me pillas saliendo de la ducha – dijo lo primero que se le ocurrió – ¿Recibiste la ficha policial de Vega Molina?

- Por eso mismo te llamo. He cotejado las fotografías con su estructura ósea facial y ya puedo avanzarte que se trata de la misma chica que secuestraron en ese todoterreno – el corazón del sargento se agitó – El cadáver que encontramos en la Peña de Francia pertenece a Vega Molina. No hay duda.

Leo sintió que había puesto punto y final al misterio, pese a ignorar aún la razón que llevó a Penélope Santana (y también a su padre) a guardar dentro de una caja informes relacionados con su pasado delictivo.

- Supongo que ahora querrás escuchar el informe de la autopsia.

- ¿Ya lo tienes...? – se abalanzó sobre Elisa Vázquez al otro lado del teléfono.

- Vega Molina murió por estrangulación antebraquial – descerrajó sin aviso – El cadáver presenta fracturación en el hueso hioides y lesiones cartilaginosas a la altura de la glotis. Normalmente provoca una isquemia cerebral relativa, sobre todo cuando el pinzamiento es fuerte y afecta a la vía respiratoria. Sin embargo, la principal evidencia la hallé en el hioides; es un hueso que debido a su posición en la parte anterior del cuello y por encima del cartílago tiroides, no suele sufrir fracturas, salvo por una muerte violenta.

Baeza no supo que decir con el teléfono pegado aún a su oreja.

- Igualmente he analizado algunas fibras capilares y no he encontrado restos de sal marina en su cabello – prosiguió – Tampoco henna o algún tipo de tinta por si acaso le hubiesen dibujado algún símbolo en el cuerpo.

- ¿Entonces...?

- Lo siento Leo, pero Vega Molina no comparte ninguna similitud con la autopsia de Penélope Santana – pronunció con dureza – Al menos, en lo que se refiere al ritual.

Sus esperanzas de relacionar ambos casos se vieron de pronto volatilizadas.

- Aunque ahí no acaba la cosa – dijo tras un corto silencio – He localizado una profunda cicatriz en su bajo vientre.

- ¿Eso qué quiere decir...? – le interrumpió.

- Que a Vega Molina le practicaron una cesárea – aseguró – Después de examinar su útero y la cavidad pélvica, estoy segura que le realizaron una cesárea en un avanzado estado de gestación.

- ¿Insinúas que puede haber un hijo de Vega Molina en alguna parte?

- Bueno, digamos que en eso consiste tu trabajo: en averiguarlo.

Un poso de incertidumbre se alojó en su cabeza a medida que se levantaba de la cama y subía de golpe la persiana. Las brumas desgastadas del horizonte barrían las húmedas laderas de las montañas. Aquella imagen le asqueó.

- ¿Sigues ahí...? – la voz de Elisa Vázquez se coló en sus pensamientos.

- Te escucho.

- He hablado con Castillo y me ha dicho que el cadáver permanecerá en el depósito hasta que el fiscal decida – a Leo le pareció de lo más protocolaria su actuación – Lo que no le comenté es que mis chicos han efectuado las pruebas de ADN en las ropas halladas en el caserón del Paseo de la Estación. Los resultados han dado positivo; pertenecían a Penélope Santana. Quería que fueses el primero en saberlo.

Esa misma información se la simplificó a Aura Valdés cuando hora y media más tarde, deambularon por las calles de La Alberca. La niebla ascendía entre los adoquines de la calzada mientras Leo volvía a hacer hincapié en lo que la forense le reveló por teléfono: que Vega Molina había sido madre en algún momento de su vida. La periodista no parecía mostrar un ápice de asombro ante un hecho que el propio Baeza lo consideró fortuito. Desde que le avisó temprano para que le acompañase a casa de Anabel Ruiz, su actitud se había mantenido distante durante el trayecto. Únicamente se conformaba con añadir monosílabos a su discurso mientras notaba que era incapaz de resistir su mirada. De algún modo, Leo apreció que se había refugiado en una especie de mazmorra donde ni tan siquiera él tenía cabida. Pero aunque hubiese querido ayudarla, aunque por un instante se le hubiera pasado por la cabeza admitir su error, consideró que esa batalla ya estaba perdida.

- ¿Todo bien...? – al menos lo intentó a medida que subían por una cuesta repleta de chalets.

Aura giró el cuello, procurando descifrar el motivo por el que acababa de introducirla entre sus alegatos.

- ¿Por qué lo dices...?

- No sé, te encuentro muy callada desde anoche – le orientó – ¿Me perdí algo de la entrevista con el Serbio?

- Es sólo que me da bastante apuro entrar en esa casa y averiguar si Penélope guardó más documentos relacionados con el caso que estaba investigando su padre – le aclaró, evitando en la medida de lo posible contarle la verdad.

Luego escondió la llave que colgaba de su cuello bajo la palma de su mano sin saber por qué.

- En estos momentos no podemos dejar ni un cabo suelto – consideró el sargento pese a sospechar que en el fondo le estaba engañando – Déjame que hable antes con ella.

Enseguida atravesaron el sendero que cruzaba el jardín de Anabel Ruiz. Leo pulsó el timbre de la puerta y esperaron en silencio bajo el tejadillo del porche mientras el aire sacudía las ramas de los árboles. Al cabo de unos minutos, apareció la silueta recortada de aquella mujer derrotada por las sombras del interior. El sargento vislumbró que llevaba la misma rebeca de punto que la anterior vez bajo un pijama de listas en tonos malvas y unas zapatillas de estar por casa. En cuanto esbozó una sonrisa fría, la madre de Penélope abrió la puerta del todo y se asomó a la claridad de fuera con los ojos entornados.

- Buenos días, Anabel. ¿Te pillo en buen momento? – se aseguró de personarse a una hora adecuada.

- ¿Ocurre algo...? – le lanzó intrigada. Aura oteó su semblante fatigado.

- En absoluto. He venido a recoger un expediente que le presté a Gustavo sobre un caso en el que estaba trabajando en colaboración con la policía de Béjar.

Anabel destapó un rictus de incredulidad que el sargento tradujo como que la excusa no había colado. Sin embargo, decidió proseguir.

- También quería verte y saber cómo estás – se atrevió a decir.

- Bueno… – pronunció tras un hondo suspiro – Por ahora me estoy haciendo a la idea de que no volverá. Es lo que me ha pedido la psicóloga que haga, aunque tampoco estoy convencida que funcione. ¿Se sabe algo?

Aura se percató que aquella mujer no sería capaz de reconciliarse consigo misma hasta tener un culpable.

- Estamos haciendo todo lo posible por encontrar a su asesino, créeme – le confesó –Pero prefiero ser cauto y no afirmar algo de lo que pueda llegar a arrepentirme. Por cierto, te presento a Aura. Es nueva en el Puesto. Me está ayudando a organizar el papeleo – mintió.

- Encantada.

- Lo mismo digo, señora – respondió tímidamente.

- Sobre lo otro, no sé dónde pudo guardar Gustavo esos papeles. Recuerdo que sus cosas de la oficina las empaqueté con Penny en varias cajas. Quizá estén allí.

- Si nos permites echar un vistazo… – le lanzó con tacto – Sólo serán cinco minutos. No queremos molestarte.

- Descuida. Os acompaño al garaje.

Anabel Ruiz cogió un manojo de llaves que pendía de un pequeño panel que asomaba en la pared del hall y bajó presurosa los tres escalones de la casa, cruzando la chaqueta por delante de su pecho. Al presionar el botón rojo del mando a distancia, la puerta del garaje se accionó. Juntos entraron en aquel reducido espacio donde Aura observó que había un BMW estacionado delante de una mesa auxiliar abarrotada de herramientas y cubos de pintura. También descubrió dos bicicletas que colgaban de unos ganchos en la pared y un armario de metal con las estanterías a rebosar de más utensilios en desuso.

- Las cajas están ahí, apiladas en el suelo – señaló una esquina – Empezad a mirar mientras voy arriba a cambiarme. Ahora mismo vuelvo.

La mujer desapareció por una puerta que comunicaba con el interior de la vivienda. Leo arrastró las dos cajas hacia el centro del garaje, donde la luz polvorosa de la mañana lamía el suelo picado por manchas de grasa. Aura retiró la cinta aislante de una de ellas y comenzó a rebuscar con ambas manos. El sargento hizo lo mismo y fue apartando a un lado las primeras carpetas que encontró con los nombres de los casos ya prescritos en sus portadas. De pronto, extrajo un estuche bastante voluminoso con unas cuantas fundas para almacenar discos compactos. Aquellos números grabados en rojo sobre sus carátulas le cortaron la respiración.

- ¡No puede ser! – exclamó. Aura giró el cuello.

- ¿Qué pasa…?

- Compruébalo tú misma.

Leo le pasó la funda con el número **6** inscrito en gran tamaño sobre el frontal y con una fecha anotada en la parte inferior: 18 de julio de 2015. Aura lo examinó extrañada y comprobó que estaba vacío.

- ¡Te das cuenta? Falta el disco que Jonathan Muñoz escondía en su casa.

- ¿Qué quieres decir…?

- ¡Que la grabación del todoterreno debió pertenecer a Gustavo, Joder! ¡Se nos pasó ese detalle!

- ¿Y por qué estás tan seguro? – le preguntó impactada.

- Porque hay más discos aparte de éste – le mostró unos cuantos con otros números y fechas distintos en cada cubierta.

Ambos continuaron rastreando en las cajas sin dar con un informe que hablara de Vega Molina o la relacionase con la chica de la Peña de Francia. Al momento, apareció Anabel Ruiz. Leo se fijó que llevaba unos vaqueros holgados y un jersey de rayas.

- ¿Habéis encontrado el expediente? – les solicitó mientras se acercaba al sargento.

Baeza se incorporó y notó un ligero chasquido en sus rodillas.

- No – abrevió – Pero creo que esto debisteis meterlo por error en una de las cajas.

Rápidamente le entregó el estuche, donde la mujer reparó en los discos que se intuían de canto por su brillo acerado.

- ¡Qué hace esto aquí? – se extrañó – Son los vídeos caseros que mi marido grabó ese verano cuando salía con Penny en bicicleta. Estaba como loco por tener una de esas camaritas que se fijan al casco. Mis hijas y yo se lo regalamos por su cumpleaños.

- He visto que falta el disco número **6** – intentó tantear qué sabía al respecto.

- ¡Ah, sí…? Pues ni idea. Recuerdo que Penélope andaba siempre con ellos. Debió guardarlos en la caja.

- Y también este álbum de fotos – les interrumpió la periodista.

El sargento y Anabel se toparon con aquel álbum marrón que sostenía entre sus manos.

- Estaba en la otra caja – puntualizó.

La mujer se lo arrebató y comenzó a ojear entre sus hojas plastificadas. Leo contempló algunas escenas inmortalizadas (no todas) con una Polaroid, donde reconoció a Gustavo mucho más joven, acompañado de su mujer y una niña risueña de cabello trigueño que no le cupo la menor duda que se trataba de Penélope. Al pasar otra de las páginas, repararon en el reborde amarillento que se distinguía sobre una de las planas. Parecía que alguien había arrancado a propósito la fotografía que habitó una vez bajo la cubierta de plástico.

- Acabo de caer – soltó Anabel como un resorte, señalando el hueco con sus dedos – Penny solía revisar las fotos a raíz del accidente. Le echaba mucho de menos y se pasaba horas mirando los álbumes. Mi hija enmarcó esta foto porque decía que su padre salía muy guapo y que se le veía contento tras ganar el trofeo en el certamen de ese año.

- ¿De qué certamen hablas? – le inquirió Baeza.

- Ya sabes, esos concursos que se montan en la zona cuando se abre la temporada de caza. Supongo que estarás al corriente. El Cabaco es el punto de encuentro para los cazadores de Las Batuecas.

Aura y Leo se miraron de refilón cuando pronunció El Cabaco. Sin duda, el nombre de Baltasar Escudero relampagueó en la mente de cada uno.

- ¿Podríamos verla? – le insinuó con la expresión recia.

- Sí, claro – contestó confusa.

La puerta del garaje conectaba directamente con el salón de la casa. Baeza verificó que todo se mantenía tal y como lo recordaba mientras Aura oteaba por vez primera el cálido espacio. Anabel se acercó a la chimenea con restos de hollín y recogió una de las fotografías de la repisa de ladrillos con señales de humo.

- Es ésta – dijo mientras se la entregaba al sargento. Enseguida se abstrajo en la imagen – No me importó que la enmarcase. Pensé que le ayudaría a sobrellevar el accidente. Penny se había vuelto muy introvertida desde que los médicos nos comunicaron que iban a inducirle el coma; nunca se atrevió a traspasar la puerta del hospital cuando alguna tarde me acompañó a Béjar. Prefería quedarse dentro del coche y recordarle tal y como lo vio la última vez que comió con ella. Por eso no me importó que la colocase en la chimenea. Era su manera de tenerle presente.

Ambos escucharon atentos su discurso. Quizás ninguno de los dos encontró las palabras adecuadas a medida que Leo le ofrecía la foto a Aura para que le echase un vistazo. Sin embargo, un escalofrío sacudió su cuerpo. Y es que Gustavo Santana posaba sonriente junto al trofeo con una rodilla hincada sobre el terreno del bosque. Varios pinos sobresalían al margen derecho bajo un sol invernal que centelleaba tras la pruina capa que alimentaba los hierbajos del suelo. Al otro lado, disuelta en la fría claridad de la mañana, se abría una puerta a las entrañas de la montaña.

La misma puerta donde tiempo después, Penélope apareció muerta.

El viento batía las hojas de los castaños al fondo de la calle cuando abandonaron el chalet de Anabel Ruiz con miles de conjeturas bullendo en sus cabezas. Nada más atravesar la carretera despejada de coches, el sargento no pudo por menos que soltar la bola de sensaciones que oprimía su laringe.

- ¿Y si Baltasar Escudero conocía a Penélope por mediación de su padre? Ya has oído lo que ha dicho sobre que se juntaba en El Cabaco con el resto de cazadores.

- ¿Ésa es la conclusión que has sacado de la visita? – le cuestionó sorprendida.

Leo le lanzó una mirada suspicaz a medida que franqueaban la entrada de un jardín con varios árboles diseminados a lo largo de una tapia y rematada por una modesta ermita con un pórtico de estilo románico. Aura se sentó en el respaldo del primer banco que encontró de paso mientras su acompañante se quedaba de pie.

- ¿A dónde quieres llegar? – le retó con las manos metidas en los bolsillos del anorak.

- Supongo que habrás reconocido la puerta que se intuía por detrás de Gustavo Santana – le dijo – No me creo que Penélope enmarcase una foto cualquiera de su padre donde tiempo después, apareció muerta.

- Te recuerdo que la Diputación de Salamanca desperdigó hace años bastantes obras escultóricas en el bosque con intención de atraer turistas. ¿Qué hay de raro en ello?

- ¿Me lo estás diciendo en serio? – le increpó molesta – ¡Que a Penélope la asesinaron en ese mismo lugar no te da que pensar...?

- Vale, tampoco digo que no exista algún tipo de relación.

- ¿Pero...?

- Que para descifrar esa respuesta, antes debemos formular la pregunta correcta.

- ¿Y cuál es, según tú? – quiso adivinar.

- Por ejemplo, ¿qué cojones pinta Escudero en todo esto? – lanzó en voz alta – Al menos reconoce que es muy extraño que Gustavo se citase con los demás cazadores en el mismo pueblo donde vive y regenta una tienda nuestro principal sospechoso, aparte del Serbio.

La periodista lo reconsideró mientras rememoraba una vez más aquella puerta abierta a las profundidades del bosque. La imagen le estremeció.

- Penélope encontró las grabaciones que estaba investigando su padre. De esto estoy seguro – continuó – Quizá lo hizo como una manera de tenerle presente, de seguir sus pasos, de que se sintiera orgulloso de ella si algún día volvía a despertar. Al fin y al cabo, sólo ellos podían entender lo que les supuso grabar esas imágenes de forma accidental en una de sus excursiones en bicicleta.

- ¿Insinúas que quiso acabar lo que Gustavo comenzó? – intentó ir más allá – ¿Y por qué? ¿Por qué una chica de diecisiete años iba a perder el tiempo con eso? Ya tenía bastantes problemas por entonces.

- Porque quizás ella, al igual que su padre, reconoció al hombre que conducía ese todoterreno.

Aura supo que se refería a Baltasar Escudero.

- Mientras mis hombres revisan los informes que encontramos en la caja del hospital, tampoco nos quedan muchas más opciones. Hay que esperar a que Asuntos Internos nos facilite más datos sobre Vega Molina.

- ¿Qué propones?

- Se me ha ocurrido algo que posiblemente funcione. ¿Te lo cuento de camino?

Una hora más tarde, la campanilla retumbó en el interior del establecimiento. Baltasar Escudero apareció tras la puerta de la trastienda con un palillo prendido entre sus labios. Su mirada se tornó sonriente en cuanto se situó por detrás del mostrador.

- Buenos días, ¿en qué puedo ayudarle?

Aura Valdés giró el cuello y sorprendió a Leo por el pequeño ventanal del escaparate. Supuso que atendería a la señal cuando en ese preciso instante, se deshizo del fular. Ya nada le impedía asediar a Florentina Pascual sin la presencia de su marido.

El sargento se escabulló del encuadre para que el tendero no le reconociese y se dirigió a la puerta que había a pocos metros de la tienda. Estaba convencido que daba acceso a la vivienda familiar situada en la planta superior. Nada más llamar al timbre, esperó impaciente en la calle. Pocos vecinos del Cabaco transitaban por sus inmediaciones a causa del desapacible vendaval. Al momento, escuchó un manojo de llaves al otro lado de la puerta. El rostro de Florentina Pascual exhaló un rictus de contrariedad difícil de enmascarar.

- Buenas – masculló intranquila – ¿No está mi marido en el colmado?

- Es con usted con quien me gustaría hablar.

- Pues será mejor que se pase en otro rato – escupió entre dientes – Ahora mismo no puedo atenderle; estoy ocupada con mi hija.

- Sé que el siete de noviembre no celebraron su cumpleaños – pronunció sucinto – Me lo acaban de confirmar desde el Puesto.

- ¡Debe tratarse de un error! – se alborotó.

- ¿Por qué no me dice la verdad y me cuenta dónde estuvo su marido ese día?

Florentina miró presurosa a ambos lados de la calle y le invitó a pasar.

Aura se percató que el hombre esperaba una respuesta mientras descargaba una y otra vez la punta de sus dedos contra la tarima de mármol.

- No sé si tiene embutido típico de la zona – se decidió a entretenerle.

- Por supuesto. Está en el lugar apropiado – le ratificó con otra sonrisa intimidatoria – ¿Qué es exactamente lo que busca?

- No sabría decirle. ¿Qué suele llevarse la gente?

- Eso depende del gusto de cada uno. Los hay que prefieren la morcilla de piñones, el farinato bien fritito con unos huevos de codorniz, un buen surtido de ibéricos acompañado de un rioja, o mismamente la joya de la corona: un jamón de bellota.

- ¡Cuánta variedad! – se rio – Aunque la verdad, no sé por cuál decidirme. Si fuera tan amable de aconsejarme…

- Su cara no me resulta familiar. ¿Está de paso?

- He llegado hoy de Madrid – matizó – Estoy haciendo una tesis sobre los árboles endémicos de la comarca.

- ¡*Guau*! – admiró el hombre sin apartar la vista de su clienta – ¿Geología?

- Último curso de Biología.

- ¿Sabe que se encuentra en un entorno privilegiado? – le aseguró – En las Batuecas encontrará notables ejemplares de encinas, tejos, alcornoques, madroños, lentiscos y algún que otro almez. Seguro que sacará matrícula de honor en su tesis.

- ¡Dios le oiga! – exclamó entre risas.

- ¿Se aloja en El Cabaco?

Aura reparó que había comenzado a dar rienda suelta a su olfato detectivesco.

- En una pensión muy cerquita de aquí, en La Alberca – le informó.

- Conozco una tasca para que se tome unos vinos con su novio que es una maravilla.

- Pues si hace el favor de indicarme, esta misma noche me paso. Y sola – remarcó.

- ¿No ha venido acompañada? – se interesó con la mirada acechante.

- No he podido engañar a nadie para que me acompañase a ver árboles.

- Una chica tan hermosa no debería andar sola por las noches… ¿No cree?

La penumbra goteaba sigilosa en el interior de la vivienda mientras Florentina Pascual atravesaba el largo pasillo unos pasos por delante del sargento. El sonido de unas manecillas interrumpía débilmente el incómodo silencio que parecía proceder del cuarto del fondo. Leo siguió rastreando con la mirada la rústica decoración que habitaba entre sus paredes (pinturas cinegéticas en su mayoría) cuando intuyó tras una puerta abierta la silueta recortada de una mujer postrada en una silla de ruedas, con los ojos asomados a la ventana de la cocina. Leo adivinó que se trataba de Beatriz, la hija de los tenderos; la misma chica por la que sus padres se refugiaron tras una lamentable coartada. Baeza retuvo su imagen en la retina hasta que traspasaron el salón, rendido igualmente por un paño de tinieblas. La mujer se acercó a la pared y subió la persiana. La cenicienta luz de la mañana despejó la opacidad que se respiraba en el ambiente.

- Si hace el favor de sentarse – le indicó con la mano extendida hacia una silla de enea – ¿Le apetece tomar algo?

- No se moleste – respondió al tiempo que tomaba asiento – Sólo le robaré unos minutos.

- Se lo agradezco. No puedo dejar a mi hija un momento a solas, necesita muchas atenciones, ¿comprende?

- Entonces iré al grano – objetó – ¿Por qué mintió cuando le pregunté dónde estuvo su marido la noche del siete de noviembre?

Florentina se sentó en una mecedora y comenzó a restregar las manos por su falda de sarga.

- No quiero que Balta se vea envuelto en el caso de esa pobre muchacha – le espetó tajante – ¿Sabe lo que supondría en el pueblo si llegase a oídos de los vecinos? Dejarían de comprar en la tienda si le relacionasen con esa denuncia…

- ¿Se refiere a la que emitió Elena Villar, su antigua empleada?

- Tampoco puede señalar a mi marido por aquello. Elena acabó retirándola cuando me presenté en su casa y se lo pedí delante de mi hija. Eso ya es agua pasada, no hay más, fin de la historia – deseaba zanjar el tema a toda costa.

- No estoy juzgando a su marido por esa denuncia – le aseguró –, sino por lo que ninguno de ustedes fue capaz de explicarme cuando me pasé la otra tarde.

La mujer ladeó los ojos un instante.

- ¿Dónde estuvo su marido esa noche? – le inquirió una vez más – Sabemos que ese día acudió dos veces al Templo de las Batuecas. ¿Qué hacía en el hotel?

- ¡Pues qué va a hacer, gastarse los pocos ahorros que sacamos! – escupió con rabia – Eso es lo que hace, ir al casino y dejarse nuestro dinero en esas dichosas máquinas. Lleva años frecuentando ese lugar corrompido. ¡Qué se cree, que me chupo el dedo? Ya me hubiese gustado a mí divorciarme como hacen otras; pero para eso se necesitan muchos cuartos, que no es el caso. Esa niña que ha visto en la cocina, depende de mí. Alguien tiene que seguir sufragando sus medicamentos.

- También puede solicitar una ayuda al Estado – le ofreció un consejo.

- ¡Qué ayudas ni qué leches! – alzó furiosa la voz – Que todo suena muy bonito, pero la realidad es bien distinta. Mi vida está aquí, ¿comprende usted? Yo no sé hacer otra cosa que no sea atender a mi hija y a los clientes. Es la penitencia que me ha tocado vivir, y así ha de seguir.

- Entonces, ¿por qué me engañó la primera vez...?

- Porque, ante todo, mi familia está por encima – notó que sus facciones se entumecían – Aunque siga ocultando la verdad a los vecinos, aunque tenga que repetir una y otra vez que mi marido es inocente, mi familia está por encima. Me da igual lo que ese cretino haga después cuando se va en coche. Mientras al día siguiente cumpla con sus obligaciones, el resto me trae sin cuidado.

Baltasar Escudero envolvía una ristra de chorizos de capaduras sin apartar la vista de aquella joven foránea que continuaba mostrándole una amable sonrisa al otro lado del mostrador. Sin embargo, Aura sintió verdadera repulsión al comprobar la forma en que se deleitaba tras su hermético mutismo. El tendero se percató.

- De todos modos, si necesita que alguien de la zona le acompañe en sus excursiones, puede contar conmigo.

- Es muy amable – respondió impaciente por largarse de allí. Algo por dentro le decía que el hombre no pararía de persuadirla.

- Debería tener cuidado de andar sola por el monte – Escudero dejó de envolver el embutido para mirarle fijamente a los ojos – Ya sabe a lo que me refiero; todavía no han encontrado al tipo que mató a esa chica.

Aura notó que un sudor frío resbalaba por su espalda.

- Le apuntaré mi teléfono personal por si cambia de idea – anotó con un lápiz varios números sobre el papel de los chorizos – Así me quedo más tranquilo.

- Tampoco hace falta que se tome tantas molestias – intervino deprisa. Su cortesía comenzó a ser bastante molesta.

- En absoluto. Estaré encantado de guiarla. No se crea que es la primera persona que llevo a conocer la mejor especie de tejos de la comarca.

El móvil de la periodista vibró en el bolsillo de su abrigo. Enseguida cayó en la cuenta que aquel toque se traducía a que Leo ya había salido y estaba esperándola en el interior de su coche.

- Se me hace tarde – pronunció. Enseguida advirtió que sus ojos deseaban entrar en los suyos – ¿Cuánto es…?

- Invita la casa – respondió al tiempo que columpiaba el palillo entre sus labios – A las chicas hermosas nunca se les cobra.

Leo Baeza observó por el cristal de la ventanilla que Aura salía del establecimiento con una bolsa de la mano. Al verla desorientada, decidió presionar el claxon. La periodista lo reconoció de inmediato y acudió corriendo a su encuentro, donde le pidió nada más sentarse en el asiento del copiloto que arrancase el motor.

- Ya veo que no ha ido bien – soltó mientras tomaba apurado el camino de vuelta.

- La chica que le denunció estaba en lo cierto; no ha parado de tontear conmigo desde que entré por la puerta. Ese tío es un cerdo.

- Y un ludópata – añadió. Aura frunció el ceño – Me lo ha confirmado su esposa. Al parecer, está enganchado a las maquinitas tragaperras del casino.

- ¿Te ha dicho si se vio con alguien esa noche en el hotel?

- Negativo. Y mucho menos que le vayan las jovencitas. Esa mujer jamás se atreverá a contar la verdad en caso de que guarde algún oscuro secreto de Escudero.

- ¿Y por qué lo crees así? – quiso saber.

- Porque como me ha repetido al final, su familia, o mejor dicho, su hija, está por encima de todo.

Aura desmenuzó aquellas palabras en su fuero interno mientras el bosque por el que atravesaban en silencio desfilaba atropelladamente por el cristal del parabrisas.

- Sólo nos queda averiguar si alguna cámara del hotel le captó hablando con alguien. Me extrañaría mucho que esa noche sólo se pasase a jugar por el casino.

- Te equivocas – le corrigió cuando giró la cabeza– Aún nos queda por saber qué hizo durante esa hora que se ausentó del Templo de las Batuecas. La misma que la forense fijó como la muerte de Penélope.

Sin embargo, lo que ninguno de los dos se podía imaginar es que Baltasar Escudero echó el cierre a su establecimiento para refugiarse unos minutos en la trastienda. La rabiosa oscuridad de dentro era diseccionada por el dañino resplandor que sobresalía de la pantalla de su ordenador, abierta por una página de contactos con varias chicas semidesnudas en sugerentes posturas. Escudero apartó el teclado y extrajo una hoja perfectamente doblada en cuatro mitades que enseguida extendió sobre la mesa. Después se escuchó el cierre de una cremallera y comenzó a exhalar extraños gemidos a medida que su mano apresaba con más fuerza la imagen central.

Y es que tras el brillo azulado que radiaba el ordenador, se intuían los rasgos felices de Penélope Santana en una de esas hojas que los vecinos repartieron por los pueblos de alrededor al poco de desaparecer. Quizá él mismo le había pintado con rotulador una melena negra por encima de su cuello. Pero en ese preciso instante, mientras los ojos de la joven continuaban observándole, Escudero sacudió varios espasmos en el silencio de su trastienda.

Aura permaneció en su habitación después de almorzar con Carmen y obsequiarle con el embutido que compró en la tienda de Baltasar Escudero. *Es sólo un detalle*, le dijo tras recibir dos sonoros besos por parte de su inquilina, *por las molestias que haya podido ocasionarte*. Carmen le mandó literalmente al carajo y le comentó que iba a echarse un rato la siesta. Aura se propuso hacer lo mismo cuando minutos más tarde, se tumbó en la cama y cerró los ojos. Apenas podía despejar las imágenes que borboteaban ruidosamente en su mente. Todavía recordaba las palabras exactas que Garrido escupió en la sala de interrogatorios. *Sé por qué llevas esa llave al cuello... Te lo regaló alguien que considerabas especial... Alguien a quien deseaste olvidar... Jamás podrás esconder la cicatriz...*

Le costaba respirar. Aura notó que le faltaba el aliento y se incorporó deprisa de la cama. Quizás estaba deseando largarse de allí. ¿Qué diablos le ataba a ese pueblo?, pensó con la cabeza hundida entre sus manos. Supuso que Coto, su jefe, le mandaría de vuelta a Salamanca en cuanto aquella horrible pesadilla acabase. Pero... ¿De quién quería huir? ¿Del Serbio tal vez? ¿O del sargento de la Guardia Civil de La Alberca? Aura se acordó de pronto del beso de despedida, de lo que supuso aquel inocente acto que todo lo resquebrajó. ¿Por qué no había vuelto a comportarse de la misma manera con él? ¿Qué había cambiado como para evitarle constantemente?, reflexionó con la mirada perdida en el laborioso mural que congestionaba el frontal de la pared. Unas cuantas fotografías del caso Santana se revelaban como testigos silenciosos en su habitación. Se levantó por inercia y comenzó a examinarlas. Entonces, sus ojos se abrieron más de la cuenta. *No puede ser...*, balbució. Aura arrancó una y la colocó en su escritorio, apuntando con el flexo hacia el papel satinado. La luz despejó lo que parecía una ficha roja de casino. Pasaba inadvertida entre el resto de enseres personales que poblaban la repisa de la ventana de su dormitorio. La periodista sacó un bolígrafo de su bolso y lo rodeó con minuciosidad. Luego cogió el móvil de su abrigo y llamó al sargento. Su voz apareció al segundo tono.

- ¿Te pillo en mal momento? – se aseguró la periodista de que estuviese solo.

- En el despacho. ¿Por...?

- Acabo de ver en una de las fotos que hiciste a la habitación de Penélope una ficha de casino.

- ¿Cómo? ¡Estás segura...? – descerrajó confuso al otro lado.

- Compruébalo por ti mismo. Se encuentra sobre la repisa de la ventana.

- Hasta que no cuelgue, no puedo – le aclaró – Pero supongo que existirá otra razón. Penélope era menor de edad, los de seguridad le habrían denegado la entrada...

- Salvo que fuese acompañada por alguien que le encantase jugar a esas máquinas. ¿Recuerdas...?

Leo enmudeció mientras Aura dejaba que su mirada revoloteara por el resto del mural. Se detuvo en la valla publicitaria que fotografió la mañana que se pasó junto a Leo por la estación de autobuses de Salamanca. El mismo cartel que Penélope observó desde el andén minutos antes de regresar a La Alberca.

- No estoy muy seguro, la verdad – dijo finalmente – Ni siquiera tenemos una prueba concluyente que nos permita arrestarle. Esa ficha pudo haberla conseguido en cualquier otra parte.

- O no – se resistió a darle la razón – En un principio dijimos que por las grabaciones que se obtuvieron en la estación de autobuses, Penélope tenía miedo de volver. Su cara lo decía todo.

- Continua – le pidió el sargento.

- Pues bien, me estoy fijando que entre los patrocinadores que aparecen en la parte de abajo de la valla publicitaria, se encuentra El Templo de las Batuecas.

- ¿A dónde quieres llegar, Aura? – le inquirió.

- A convencerte de una maldita vez que de lo único que tenía miedo era de encontrarse con alguien de su pasado. Por eso huyó de la gasolinera segundos antes de aparecer Escudero. Porque en el fondo, no quería que la reconociese del casino.

Aura observó a Baltasar Escudero con la actitud intranquila al otro lado del espejo. No paraba de carraspear sentado a un extremo de la mesa mientras la lámpara que flotaba por encima de su cabeza, derramaba un pálido haz de luz en la bruma de la habitación. Sus manos correteaban una y otra vez por la superficie acerada, como si tratase con ello de amortiguar los nervios que reptaban como sanguijuelas bajo su piel. No había podido reprimir aquel involuntario *tic* desde que varios hombres de Leo se pasaron a buscarle por la tienda a media tarde. El hombre golpeó sin cesar la tarima de mármol mientras intentaba demostrar delante de su mujer y el resto de agentes que no tuvo nada que ver en el asesinato de Penélope Santana. Sin embargo, sus exiguas aclaraciones no le sirvieron de mucho en cuanto Barrios le leyó sus derechos de camino a la patrulla al tiempo que Pedro Oliveira, alias el Portu, le esposaba las manos por la espalda.

Al momento, Baeza entró por la puerta de la sala. Llevaba de la mano un portafolio con un extracto de la denuncia que Elena Villar, su ex empleada, emitió en el verano del 2016. También imágenes de las grabaciones de la gasolinera donde se le veía fumar en la entrada segundos después de que Penélope echase a correr, junto con una fotografía de su dormitorio en la que se apreciaba la ficha roja de casino sobre la repisa de la ventana. *Demasiada casualidad*, pensó el sargento a medida que descargaba las tapas de sus zapatos contra el suelo. Todavía seguía sin convencerse de las pruebas que almacenaba en aquella carpeta (y que venían a resumir, en palabras de la periodista, que el tendero pudo conocer a la joven en El Templo de las Batuecas) cuando Baltasar retiró las manos de sus ojos y le observó. Leo lanzó los documentos sobre la mesa y se sentó a horcajadas en una silla que arrimó al sospechoso, apoyando los codos sobre el respaldo. Lo que Baeza no se esperó fue la fulminante mirada que le lanzó el hombre mientras roía una astilla de lo que quedaba del palillo en su boca.

- Aún sigo sin saber qué hago aquí – resolvió ante el incómodo silencio que se instaló entre ambos – Se podía haber ahorrado el numerito de las dos patrullas si sólo iba a tomarme declaración.

- Lo habría hecho de haberme contado desde un principio la verdad y no ocultara información relevante en una investigación en curso; como, por ejemplo, el motivo que le llevó a acudir dos veces al Templo de las Batuecas la noche del siete de noviembre. ¿Qué se pensaba, que me había tragado la patraña del cumpleaños?

- ¡Se equivoca! – le desafió enardecido. Leo se fijó que la lámpara abrillantaba su calvicie – ¡No tienen nada contra mí, me oye? ¡Ni siquiera estoy obligado a darle una respuesta sobre lo que hago en mi tiempo libre sin la presencia de un abogado!

- Podemos llamar a uno de oficio mientras espera en el calabozo a que lo envíen.

El sargento advirtió que sus palabras habían surtido efecto cuando Escudero agachó unos instantes la cabeza.

- O también puede declarar libremente y contarme qué hizo entre las 20:03 y las 21:10 horas, cuando decidió ausentarse del hotel y regresar bastante alterado según tengo entendido.

Su mirada se heló tras sus endurecidas facciones. Leo se dio cuenta que necesitaba presionarle un poco más.

- ¿No tendría Penélope algo que ver? Más que nada porque la forense certificó su muerte a esa hora.

Baltasar Escudero se revolvió en la silla.

- ¡Yo no he hecho nada! – propinó un golpe a la mesa – ¡Fui a sacar dinero al cajero que hay en la plaza de pueblo! ¡Cualquiera de sus agentes puede comprobarlo!

- Y así haremos – le aseguró con la mirada firme – Pero vamos a empezar por bajar esos humos, ¿de acuerdo?

- Pues entonces no intente acusarme de algo que no he hecho – intentó recobrar inútilmente el aliento – No soy el hombre que andan buscando...

- ¿Y por qué debería creerle? Me resulta raro que alguien que va a gastarse el dinero a un casino, no utilice el cajero automático del hotel o no prevea lo que va a invertir. Si lo que pretende es que me trague su versión, al menos intente contarme algo creíble.

El hombre resopló con la vista puesta en un punto concreto de la habitación y carraspeó una vez más antes de continuar.

- Verá, yo soy uno de sus clientes más fieles; llevo años asistiendo a los torneos y a las apuestas que la Dirección del hotel organiza con el bote acumulado varias veces al mes. No es que suela jugar a la ruleta porque tampoco llevo demasiado dinero encima; pero sí el suficiente como para tirarme una o dos horas delante de una de sus máquinas hasta que se me acaban las monedas.

- Pero sí admite que alguna vez ha apostado en la ruleta, ¿no? – quiso desentrañar si la ficha roja que aparecía en la fotografía del dormitorio podía tener algún tipo de conexión.

- Sólo cuando me he llevado el premio de una de las máquinas – le aclaró –, pero siempre en apuestas bajas. Tampoco soy tan estúpido como para perderlo todo de un plumazo.

- Entiendo – pareció interesarse – ¿Y qué tiene que ver con su salida del hotel esa noche?

- Si le cuento esto es para que al menos comprenda que ser uno de sus clientes habituales también conlleva ciertos aspectos que en un principio suenan bien, pero que con el tiempo acaban por esclavizarte a sus propias normas.

- ¿Por ejemplo…?

- Que dejen de fiarte y te amenacen con denunciarte a la policía si no les devuelves el dinero en menos de veinticuatro horas.

Leo entrecerró los ojos. Necesitaba encontrar una evidencia que le asegurase que estaba diciendo la verdad.

- Esa noche la directora del Templo se acercó a hablar conmigo y me advirtió que tenía la entrada prohibida en el casino hasta que no saldara la deuda. ¡Por eso salí del hotel y tardé más de la cuenta, porque varios cajeros me denegaron la cantidad que necesitaba hasta que encontré uno en la plaza de La Alberca que me permitió realizar la operación! – alzó la voz – ¡Esa zorra me amenazó con denunciarme si no le adelantaba una parte! ¡Por eso regresé tan cabreado; porque en el fondo me tenía cogido por las pelotas y sabía perfectamente que estaba fichado por culpa de esa niñata que me denunció por acoso! – sus ojos estaban fueran de sí – Aunque ya veo que la directora se fue de la lengua…

- De todos modos, comprobaremos su coartada – pronunció Leo bastante confuso.

- Verá que es cierto – respondió – Es más, no soy yo el que oculta algo…

- ¿A qué se refiere? – le pidió explicaciones.

- Imagino que esa cretina no le mencionó el oscuro negocio de jovencitas que pululan por su hotel y del cual se beneficia.

Aura Valdés pegó la punta de su nariz al espejo ahumado.

- ¿Qué diablos está insinuando? – le enseñó sus dientes.

- Hablo de ver a Penélope con bastante frecuencia por allí.

DIA 12

El aire barría las hojas secas de las aceras cuando Aura Valdés bajó las escaleras del chalet y atravesó deprisa el pequeño jardín de fuera. Se fijó en su Flik Flak que aún quedaban cinco minutos para que diesen las nueve de la mañana. Sin embargo, Leo ya estaba esperándola en el interior de la patrulla con la ventanilla bajada. Le había avisado una hora antes para que le acompañase a hablar con la directora del hotel. *¿Cuento contigo?*, le escribió al final del texto. La periodista apenas tardó en contestar un *Ok!* que le envió junto a un gracioso emoticono que guiñaba un ojo. En el fondo, deseaba esclarecer si realmente eran ciertas las declaraciones de Baltasar Escudero cuando se le interrogó en el Puesto la tarde anterior. La duda sobre si Penélope formó parte de un oscuro entramado, quedó suspendida en el aire y Aura auspició por la noche que el sargento no tardaría en proponerle una visita al Templo de las Batuecas; como así constató horas más tarde, mientras entraba en el coche con aquella bolsa de papel de la mano.

- ¿Quieres? – le ofreció. Leo retiró las asas y coló la mirada. Enseguida reparó en los cruasanes que había amontonados – Los he comprado en una pastelería. Pensé que vendrían bien después de una larga noche en vela. ¿O me equivoco?

- Puede que no – dijo mientras atrapaba uno y le daba un mordisco. Apreció su sabor a mantequilla – Me cuesta creer que Escudero señalase a la directora como la responsable de perpetrar una red de prostitución con adolescentes. Ni siquiera me entra en la cabeza que asegurase haber visto a Penélope en su hotel.

- ¿Y por qué deberíamos creerle? – le espetó. Aura se encontraba igual de perpleja – Te recuerdo que ese tío es un asqueroso que se salvó de la denuncia que retiró su ex empleada gracias a la rápida intervención de su esposa y el chantaje emocional que le ocasionó al presentarse con su hija.

- Podría estar diciendo la verdad.

La periodista le lanzó una mirada recelosa.

- Al parecer, le comentó a Portu de vuelta al Cabaco que Penélope compró en alguna ocasión en su establecimiento.

- Miente – escupió.

- Y también que no le costó reconocerla en el hotel cuando la vio deambular por sus instalaciones con una peluca negra de media melena.

Sus palabras le dejaron sin habla mientras reconsideraba en su cabeza que aquel detalle no tenía por qué saberlo salvo que la hubiese contemplado con sus propios ojos, como parecía ser el caso.

- Tampoco digo que Penélope no se pasase por allí por la razón que fuese. Pero, ¿y si su propósito es desviar nuestras miras hacia el Templo de las Batuecas?

- ¿Con qué motivo? – intentó adivinar el sargento.

- Para hacernos dudar de sus palabras y que nos centremos en ese sucio negocio que afirma que existe en vez de, por ejemplo, averiguar dónde estuvo durante la hora que se esfumó del hotel.

- Me parece que nunca lo sabremos – señaló – Iba a comentártelo de camino, pero ya que has sacado el tema…

La periodista tragó saliva ante lo que estaba por anunciarle.

- He telefoneado esta mañana a la sucursal donde Escudero declaró que sacó parte del dinero. Parece ser que la cámara del cajero lleva sin funcionar algo más de un mes – Aura filtró la mirada por su ventanilla con una sensación de derrota – Puede que mintiera, como puede que no. Pero si realmente queremos esclarecer el motivo por el que Penélope acudió al hotel, por qué ocultó incluso unos informes que hablaban de Vega Molina, quizá lo mejor sea hacer una visita a esa directora y averiguar qué pinta el Templo de las Batuecas en todo esto.

Servicio de criminalística de la Guardia Civil de Salamanca
09:14 horas.

El técnico informático de la empresa *Stellar* corría apresurado por aquel laberíntico entramado sembrado de pasillos y puertas. Aún conservaba en las manos sus guantes de látex mientras localizaba desesperado el despacho del director del departamento de electrónica. Ni siquiera se había quitado la bata blanca cuando su superior le pidió que fuese a buscarle. Todos sus compañeros se habían levantado de la mesa para atender en silencio a las imágenes que arrojaba la pantalla del ordenador. *¿Qué demonios era eso?*, volvió a cuestionarse al doblar el último pasillo. De pronto, leyó en una de las puertas: *Director del Área de Electrónica e Informática Forense*. El técnico golpeó con los nudillos y entró sin permiso. La mirada del director, que se encontraba atendiendo una llamada en ese instante, denotó cierta preocupación en el rostro del joven.

- ¡No ve que estaba hablando! – le reprendió una vez que colgó el teléfono.

- Lo siento – se disculpó aún más agitado – Mi superior le requiere en el laboratorio. Dice que es muy urgente. Se trata del móvil de Penélope Santana.

El director se levantó de un brinco en cuanto pronunció aquellas dos palabras. Juntos cruzaron el intrincado conjunto de corredores y pasillos iluminados por miles de tubos fluorescentes hasta que al cabo de unos minutos, traspasaron las puertas del laboratorio. El encargado de la empresa *Stellar* salió azorado a su encuentro.

- Acabamos de volcar los datos del móvil en el ordenador – le espetó el hombre sin antes saludarle – Conseguimos desbloquear el PIN desarrollando un software para *hackear* el terminal.

- Buen trabajo – dijo el director. Pensó que fue todo un acierto contratar los servicios de aquella empresa especializada en liberar teléfonos móviles – ¿Algo reseñable?

- Lo primero que nos ha llamado la atención es que el terminal ha sido reseteado. Suponemos que la joven debió hacerlo para que no quedase constancia del registro de llamadas. La tarjeta de memoria, en cambio, se encuentra intacta: se conservan las fotos y los vídeos en la galería. Pero al restaurarlo como si viniese de fábrica, la fecha del material almacenado ha sido alterada y se remonta al 1 del 1 del 2007.

- De acuerdo. Redactaré un informe esta misma tarde.

- Eso no es todo – su mirada se tiñó de incertidumbre – Antes debería ver esto. Fue el último vídeo que grabó la chica con su móvil.

El dirigente de la empresa *Stellar* le indicó que le acompañase hasta una mesa situada al fondo del laboratorio, donde tuvo que apartar a varios de sus informáticos congregados alrededor del ordenador. El director del departamento de criminalística les saludó con desinterés a medida que el hombre retrocedía la grabación hasta el principio. Entonces, pulsó el *Play*. Los segundos comenzaron a correr deprisa por debajo de la pantalla mientras la cámara parecía estar fija en un punto concreto sino fuera por el inestable pulso de su dueña. Su honda respiración se percibía más allá de la plomiza luz que tamizaba los contornos sombríos del bosque, alimentados de helechos y frondosos pinos. El canto de algunos pájaros se colaba inevitablemente en la grabación. También el aire que soplaba bajo la inquietante bruma de un atardecer bañada en tonos húmedos.

El sonido de la cámara les alertó del zoom que comenzó a efectuar. Las imágenes se volvieron algo borrosas mientras avanzaba hacia el horizonte. *¿Qué intentas mostrar?*, se preguntó el director del Área de Electrónica e Informática Forense. De pronto, echó el cuerpo hacia adelante apoyando las dos manos sobre la mesa. Sus ojos no daban crédito a lo que estaba viendo cuando ese misterioso bulto de apariencia antropomorfa y considerable estatura, surgió tras unos pinos.

Aura Valdés y Leo Baeza atravesaron la puerta giratoria del hotel después de aparcar la patrulla en el parking de fuera. Los ojos de la periodista volvieron a perderse en el complejo artesonado que cubría el techo mientras encaminaban los pasos hacia la recepción, encajonada entre dos gruesas columnas. El sargento reconoció de inmediato a la recepcionista que les atendió la vez anterior. Su rostro exhaló un gesto de antipatía al otro lado del mostrador en cuanto vio que la pareja se aproximaba.

- Buenos días. ¿Desean una habitación? – les anunció como si se tratase de un eslogan publicitario.

- No exactamente – prorrumpió Baeza – ¿Sería tan amable de avisar a la directora del hotel y decirle que el sargento de la Guardia Civil de la Alberca pregunta por ella?

- ¿Tienen cita? – quiso averiguar con los ojos entornados.

- No. Aunque supongo que no tendrá inconveniente en hablar sobre el asesinato de Penélope Santana.

La mujer se mantuvo boquiabierta mientras intentaba asimilar que se trataba de la misma chica de la que últimamente hablaban en el telediario.

- ¿Algún problema? – le cuestionó con frialdad.

- Si me disculpan. Voy a ver si se encuentra en el despacho.

Rápidamente descolgó el teléfono y se puso a hablar en voz baja dándoles la espalda. Aura se fijó que no paraba de enrollar el dedo anular por el cable. Una vez que finalizó la llamada, se dirigió a ellos con una sonrisa artificiosa.

- Siento la espera – pronunció – Berta les atenderá encantada en su despacho. Es al fondo del pasillo, puerta izquierda. ¿Necesitan que les acompañe?

Leo le comentó que no era necesario cuando se adentraron por un pasillo con las paredes revestidas con losetas de mármol de diversas tonalidades y molduras en los techos. La joven periodista volvió a otear ensimismada la profusa decoración del interior y reparó en las lámparas de araña con cristales ahumados que parecía seguirles según avanzaban por aquel corredor alimentado de puertas. Leo señaló la última, donde leyó el rótulo suspendido a un lateral. *Dirección: Berta Ribelles.* El sargento golpeó con los nudillos un par de veces hasta que escucharon un *¡adelante!*

Al abrir la puerta, los ojos de Aura tropezaron con aquella exuberante mujer que les regaló una sonrisa luminosa desde su magnífico escritorio. En cuanto se levantó de su butaca, examinó su precioso conjunto de chaqueta y pantalón acampanado en un blanco marfil que le confería un aire de imponente ejecutiva a juego con sus zapatos de tacón y sus labios, de un rojo pasión. Calculó que tendría alrededor de cuarenta años. Llevaba el cabello corto teñido en un rubio casi albino, una contundente base de maquillaje, máscara de pestañas y manicura atrevida. Una sugerente mujer con pinta de modelo retirada (fantaseó), que les estrechó la mano con rotundidad dentro de aquel impoluto despacho de líneas depuradas, cortinas de lamas verticales, mobiliario de diseño y moqueta exquisitamente mullida.

- Apenas tengo unos minutos – les dijo con la voz aterciopelada – Hoy tenemos bastante trabajo. Se hospedan ciento veinte ejecutivos. Pero si hacen el favor de tomar asiento – les indicó con esa sonrisa radiante.

Leo se dio cuenta que estaba acostumbrada a dirigir con precisión las entrevistas y los tiempos.

- Sólo le robaremos unos minutos – le esclareció.

- ¿Y bien, en qué puedo servirles? – preguntó a medida que se sentaba en su butaca – Ya me ha dicho la recepcionista que están por el caso de esa pobre chica. Es una lástima lo que ocurre en este país…

- ¿Por qué lo dice? – le interrumpió.

- No entiendo cómo el Gobierno no se pone las pilas y mete en la cárcel de por vida a esos malnacidos. Lo siento por lo que puedan opinar, pero estoy completamente a favor de la pena revisable.

La mujer abrió uno de los cajones y sacó un cigarrillo de un paquete de tabaco.

- ¿Les importa? – miró al sargento. Luego se encendió el pitillo en cuanto vio que negaba con la cabeza.

- Digamos que no hemos venido a abordar los fallos que abundan en el sistema – le aclaró al soltar la primera bocanada. Aura se percató que el humo comenzó a flotar por encima de sus cabezas –, sino para charlar sobre un cliente habitual del hotel: Baltasar Escudero.

- ¿Balta? – preguntó asombrada – ¿No me diga que ese hombre fue el que...?

- No estamos seguros. Únicamente investigamos posibles perfiles que puedan encajar con el verdadero asesino de Penélope Santana, ¿entiende? – Leo quiso dejar las cosas claras – Si hemos venido hasta aquí, es porque hace unos días saltó la alarma en el Puesto de La Alberca. Nos llegó un chivatazo de que Escudero estuvo el siete de noviembre en su hotel, y que se ausentó entre las ocho y las nueve de la noche para, supuestamente, sacar dinero de un cajero. El problema es que barajamos esa fracción de tiempo con la hora en la que se cometió el crimen.

- Vale – respondió lacónica. Parecía inmersa en su relato.

- Su recepcionista nos lo confirmó cuando nos mostró en el ordenador las entradas y salidas de su vehículo en el garaje del hotel. Aunque nos gustaría saber si usted también refuta su versión: que se ausentó durante esa hora para ir a buscar dinero.

Berta Ribelles soltó otra bocanada de humo con la cabeza inclinada. Tal vez elaboraba una respuesta tras el movimiento ágil de sus ojos.

- Creo que se refiere a la noche en que los de seguridad tuvieron que pararle los pies cuando se puso..., algo violento en las formas – dejó entrever – No es que suela hacerlo con asiduidad, pero tampoco lleva muy bien lo de saldar las deudas cada cierto tiempo.

Leo y Aura se miraron desde sus asientos al verificar que el relato de ambos coincidía.

- Sin embargo, nos llamó la atención que ayer tarde, cuando se le tomó declaración en el Puesto, nos asegurase que vio a Penélope frecuentando el hotel – El rostro de Berta desprendió una brizna de resentimiento al cambiar de tema. Ni siquiera se esperaba aquel golpe – Es más, nos recalcó que se permitía la entrada a menores en el casino.

- ¡Cómo dice? – echó el cuerpo hacia delante con la mirada felina. Leo prefirió no reproducir su alusión a una posible red de prostitución con ella como proxeneta, por falta de pruebas. Tan sólo deseaba estudiar su lenguaje no verbal y lo que escondía, si fuera el caso, en relación al homicidio – ¡Ese tío es un miserable que no aguanta que una mujer esté por encima de él! – despotricó.

- Veo que el comentario le ha alterado.

- Como comprenderá, no voy a permitir que un paleto de pueblo que no sabe dónde caerse muerto, vaya con ese cuento a la Guardia Civil. Que una también tiene una reputación y algo más de responsabilidades que vender un par de chorizos – Aura advirtió que su sonrisa había desaparecido para dar paso a un ego herido – Siempre hemos tenido problemas con ese tipo; cualquiera de mi plantilla lo puede ratificar.

- ¿Qué tipo de problemas? – indagó.

- En primer lugar, con el juego. Hace años que Balta no controla su ludopatía. Estoy convencida que es capaz de gastarse en una hora todo lo que ha ganado en un mes. De ahí que muchas veces el hotel decidiese adelantarle una cantidad razonable para que continuase viniendo.

- ¿Y en segundo lugar?

- En segundo lugar, el alcohol. Balta es un bebedor empedernido que cada vez que pierde una suma considerable, ofende, insulta, y hasta puede llegar a agredir. No es la primera vez que los de seguridad le echan por montar un espectáculo bochornoso, por no hablar de las pertinentes quejas de algunos clientes.

- ¿Y por qué le siguen permitiendo el acceso? – se afanó esta vez Aura en escarbar.

- Porque para la empresa, Balta no deja de ser un número más. Las normas no las implanto yo, sino los que costean desde Madrid este complejo hotelero.

La periodista etiquetó a sus responsables de viles carroñeros por lucrarse con la enfermedad de un hombre.

- Aunque todavía no ha respondido a mi pregunta – le requirió Leo con brusquedad.

- Si se refiere a las azafatas que contrato regularmente para los eventos que celebramos varias veces al mes, entonces Balta está en lo cierto, permito la entrada en el casino a menores – soltó de pronto – Reconozco que muchas de ellas no tienen ni dieciocho años, pero que yo sepa, eso tampoco es un delito siempre y cuando estén emancipadas o me entreguen un consentimiento de los padres, ¿no es así…?

- Así es – puntualizó molesto por su oportuna coartada.

- Quizá lo que Balta no se atrevió a mencionarles, fue que intentó propasarse con una de mis chicas la última vez que estuvo aquí – escupió con asco – No me resultaría extraño lo que se rumorea en la calle. Supongo que sabrán a lo que me refiero; que como su hija está en silla de ruedas…, a veces se muestra demasiado cariñoso.

La mirada de Aura tropezó con la de Leo mientras se preguntaba si por casualidad hizo algo parecido con Penélope. La simple idea le repugnó.

- ¿Acaso tiene constancia de ello, alguna prueba que le incrimine directamente con lo que asegura? – intentó sondear el sargento.

- Por supuesto que no, aunque ya conocen el dicho: cuando el río suena… – lanzó todavía más furiosa – Lo que no pienso tolerar es que ese cretino insinúe que mis chicas se dedican a otros menesteres. Si el hotel contrata azafatas es para que den una imagen fresca al casino, para que atiendan amablemente a los clientes, para que repartan regalos, pero sobre todo, para que el evento no decaiga. Ésa es su única tarea; que la gente siga consumiendo y dejándose la pasta. ¿Me explico?

- Continúe – le solicitó. Aura no dejaba de observarla dentro de su mutismo.

- Las chicas están protegidas en todo momento. No existe nada turbio si es lo que piensa. La mayoría son estudiantes y este trabajo lo ven como una oportunidad para percibir dignamente un sueldo sin tener que depender de sus familias. Yo misma les tengo dicho a los de seguridad que si un cliente se sobrepasa, automáticamente le inviten a abandonar el casino hasta que sepa comportarse con el debido respeto.

- Supongo que no habrá ningún impedimento en que eche un vistazo a esos contratos.

- Ninguno – apostilló mientras apuraba el cigarrillo – En el Templo de las Batuecas todo está en regla. Para eso mi gestor me cobra lo que me cobra – se rio – Si lo prefiere, puedo enviarle una copia de sus contratos. Verá que tengo razón.

- ¿Y por qué Escudero insinuaría haber visto a Penélope en alguno de esos eventos?

Leo se asombró de la forma en que la periodista abordó a Berta Ribelles.

- Él sabrá – acotó– Pero me suena a otro de sus embustes. Imagino que al tener la entrada denegada, seguirá rabioso conmigo. De todos modos, mi equipo ya está al tanto. Balta no puede pisar el casino hasta que no salde sus deudas. Ya me han comentado que se deja caer de vez en cuando por la cafetería.

- ¿Está segura que la chica no fue contratada como azafata? Quizá se refería a eso – le insistió.

- ¿Está de broma? Yo misma entrevisto a las candidatas. ¡La recordaría por el cabello rosa tal y como aparece en televisión! – se revolvió en su butaca.

- ¿Y jugar? – le secundó Baeza – A lo mejor la vio jugando en el casino.

- Salvo que tuviese dieciocho años, lo dudo – simplificó – Los de seguridad están obligados a pedir los carnets de identidad.

- También podría darse la casualidad que se colara – persistió el sargento.

- Como en todas partes. Pero ahí el hotel se desentendería del asunto.

Leo reparó que se estaban quedando sin argumentos y decidió zanjar el interrogatorio.

- ¿Le importaría que mis hombres se pasasen más tarde y extrajeran una copia de las cámaras de seguridad? Bueno, y también de los contratos.

- En absoluto – pronunció con otra de sus pletóricas sonrisas – Es más, creo que será lo mejor para todos. Siempre he dicho que las mentiras tienen las patas muy cortas, y en este caso, parece ser que nombre propio. ¿No les parece?

Berta Ribelles, la directora del Templo de las Batuecas, se encendió otro cigarrillo mientras asomaba la mirada entre las lamas verticales de las cortinas. Tras esa reducida perspectiva, comprobó que los dos intrusos que acaban de largarse del hotel, se resistían a entrar en la patrulla que había estacionada en el parking. Supuso que ambos estarían compartiendo sus primeras impresiones de lo que habían visto en su despacho cuando se presentaron sin avisar. Berta admitió que había salido mejor de lo que esperaba; al menos (pensó), su improvisada maniobra sonaba creíble. Sin embargo, descargó una profunda bocanada de humo contra la ventana. Tal vez lo hizo como si de esa forma pudiera emborronar sus siluetas recortadas al fondo. Pero una vez que emergieron tras el cristal, sacó de sus entrañas lo que llevaba disimulando desde que entraron por la puerta de su despacho. *Lo siento Lucía, pero así debe continuar...*

Sábado, 3 de febrero de 2018
Casino del Templo de las Batuecas
22:40 de la noche

El ruido era ensordecedor. Las voces se mezclaban con la musiquilla de las máquinas tragaperras mientras en el centro de la sala, un centenar de personas (la mayoría clientes del hotel entre los que cabía destacar un grupo de altos ejecutivos de Barcelona), se agolpaban en las distintas mesas tapizadas en verde. La ruleta americana parecía estar causando furor entre sus asientes. Los crupieres no daban abasto a medida que recolectaban con sus *sticks* las fichas de colores que amontonaban a un extremo del tapete. *¡No va más!*, gritó uno. La tensión se percibía en el ambiente cada vez que la bola comenzaba a dar saltos entre sus casillas numeradas. Berta Ribelles reconoció con una sonrisa en su rostro que aquellos eventos con el bote acumulado a lo largo de las semanas fue la mejor idea que habían tenido los propietarios del complejo hotelero. El casino no había vuelto a estar tan concurrido desde que lo inauguraron, y de eso hacía ya tres años. La afluencia que recibía El Templo de las Batuecas a diario había superado los pronósticos del año anterior. Eran tantos los que cada vez se hospedaban en sus lujosas instalaciones (el reclamo había llegado a ciertos puntos del territorio asiático), que a la directora no le hizo falta convencerse para celebrarlo con un Martini seco en la barra del casino. Fue entonces, cuando reparó en ella.

Llevaba un vestido oscuro de estilo kimono con un nudo en la parte delantera, así como unos largos pendientes que sobresalían por debajo de su media melena simétrica. Berta adivinó que estaba sola mientras sostenía con sus dedos la cereza que removía dentro de su cóctel. Después la mordisqueó entre sus labios carnosos cubiertos de *gloss* y se fijó en la directora. Durante un breve lapsus de tiempo, la chica merodeó en su mirada y quiso percibir cierta empatía por su parte. Algo que confirmó al instante, cuando Berta se acercó con el talante seguro y su Martini de la mano.

- ¿No te unes a la fiesta? – arrojó a poca distancia. La joven la escudriñó con intención de deducir quién era esa mujer que le estaba regalando una bonita sonrisa – Me llamo Berta Ribelles. Soy la directora del hotel.

- Encantada – pronunció retraída.

- ¿Esperas a alguien? –rastreó bajo las capas de timidez que parecían inmovilizarla en el taburete. Berta se concentró en su lenguaje corporal y supo que estaba nerviosa.

- La verdad es que no – respondió cortante.

- Una muchacha tan linda debería divertirse en un lugar como éste. ¿No te parece?

Rápidamente abrió su bolso de firma y rebuscó en su interior. La joven no podía apartar la vista de su manicura. Al momento, depositó varias fichas rojas sobre la barra.

- Invitación de la casa – le obsequió con otra sonrisa – Para que disfrutes de la noche.

- Gracias – contestó sorprendida del gesto.

- ¿Estudias, trabajas…? – cambió de tema.

- Este año entro en la facultad.

- ¡*Guau*! Déjame adivinar – la examinó de arriba abajo – ¿Empresariales?

- Sociología.

- ¡Ni por asomo! – soltó una carcajada. El barullo del casino se colaba entre ambas – A lo mejor te resulta extraño, pero podría estar interesada en contratarte algún fin de semana. Bueno, si estás disponible...

La joven intentó comprender su mensaje mientras rastrillaba el flequillo con sus manos.

- ¿Ves las chicas que hay al fondo? – la dirigió con el brazo – Todas trabajan para mí. Se encargan de animar a los clientes para que sigan gastando y repartir los premios al final del evento.

Sin embargo, la directora filtró la mirada al otro extremo de la barra, donde uno de sus clientes habituales del casino le guiñó un ojo a medida que bebía de su copa de cava.

- Aunque pueda que quieras ganar más dinero – el rostro de la joven emuló un rictus de desconcierto – Digamos que también ofrezco servicios especiales a clientes muy especiales. No sé si me sigues…

- No estoy segura – dudó de su oferta.

- Intenta ser discreta – bajó la voz – Hay un hombre al otro lado de la barra que tiene ganas de conocerte. Podría resultar divertido. ¿Qué opinas?

La chica tomó su cóctel y le dio un sorbo al tiempo que oteaba al hombre trajeado que le estaba gratificando con una sonrisa camuflada. Ella le devolvió la señal.

- Ya veo que no te importaría – se relamió satisfecha – ¿Me acompañas?

Entonces bajó del taburete y guardó las fichas rojas en su bolso. Antes de recoger el vaso de cristal, la directora le apresó por su muñeca.

- Por cierto, aún no me has dicho cómo te llamas.

Ni siquiera se había preparado una respuesta. Tampoco estaba entre sus planes desvelar su verdadera identidad. Pero cuando comprobó que los ojos de la directora comenzaron a desconfiar de los suyos, se acordó de aquel personaje de Julio Cortázar.

- Lucía – manifestó – Me llamo Lucía.

El sargento de la Guardia Civil entró con el paso ligero en una de las oficinas. Había dejado a la periodista en su casa hacía escasos minutos (tenía que trabajar en la nueva noticia que Coto, su jefe, le había sugerido vía email ante la escasez de informaciones en relación al caso Santana) cuando le pidió a varios de sus agentes que pululaban entre las diversas mesas que le prestasen atención.

- Necesito que alguien se acerque al Templo de las Batuecas y recoja una copia de las cámaras de seguridad instaladas dentro y fuera del recinto. Sobre todo, me interesan la de los días en que se celebraron esos eventos en el casino. ¿Alguien se anima?

- Yo mismo – elevó el brazo Pacheco ante el sigilo de los demás.

- De acuerdo. Dile a Benítez que te acompañe. Aseguraos que la directora os dé un duplicado de las grabaciones de los meses previos a la desaparición de Penélope.

- Perfecto jefe – añadió – ¿Salgo ya?

- Espera – le cortó – Portu, Quintanilla, vosotros os encargareis de buscar su rastro en los vídeos. Sé que os tendréis que armar de paciencia porque va a ser como buscar una aguja en un pajar. Pero si realmente Escudero decía la verdad, estoy convencido que algo encontraremos. No descartaría que la chica fuese con una imagen similar a la de los andenes de la estación de autobuses.

- ¿Se refiere con peluca? – le interrumpió Pedro Oliveira, el portugués.

- Exacto. También necesito que comprobéis los contratos de las azafatas que trabajan allí. Esta mañana la directora me aseguró que están en orden, aunque no estaría de más que los agentes que os acerquéis al hotel les echéis un vistazo. Lo que más urge por ahora son los vídeos y que localicéis a Penélope en alguno de esos eventos. Así que todo el mundo a trabajar.

Los guardias arrastraron las sillas por el suelo en cuanto se dispusieron a abandonar la sala. Hugo Medina, por el contrario (y sin la presencia de Diana Barrios a su lado), se aproximó al sargento con el rostro cargado de dudas.

- Jefe, ¿podríamos hablar? – le espetó presuroso.

Leo le miró detenidamente y dedujo que se trataba de algo importante.

- Acompáñame al despacho.

Juntos se adentraron por un pasillo castigado por el rumor del resto de los agentes y el constante repiqueteo de los teléfonos. Parecía que ninguno de los dos tenía intención de cortar el áspero silencio establecido intencionadamente entre ambos. Nada más cruzar la puerta de su despacho, Medina se situó de pie delante del escritorio. Leo, en cambio, dejó caer el cuerpo sobre su asiento y encendió el ordenador.

- ¿Y bien...? – le ayudó a romper el hielo.

- He cotejado los documentos de la caja con la información que Asuntos Internos me ha facilitado sobre Vega Molina – Baeza supo que se refería a esos papeles, la mayoría rasgados y con un extraño olor a chimenea, que pertenecieron a Gustavo Santana y que su hija custodió hasta el momento que decidió entregárselos a la enfermera del hospital – El caso es que no se aprecia nada relevante. Los informes fueron extraídos de la misma fuente.

- A lo que sólo un policía podía acceder a esa clase de registros – dedujo – Buen trabajo, Medina.

- Hay algo más – le cortó – He examinado minuciosamente los expedientes que me enviaron los de Asuntos Internos y he comprobado que Vega Molina permaneció por orden de la Junta en una Casa Escuela de Palencia hasta diciembre del 2010. Vamos, uno de esos reformatorios en los que te ingresan por tu historial delictivo. El problema es que a partir de esa fecha, es como si se le hubiese tragado la tierra. No hay registros de renovación de *dni*, altas en la seguridad social, un contrato de alquiler, la compra de un coche. Nada.

Leo esperó paciente a que acabase mientras ordenaba la información en su cabeza.

- ¡Qué raro...! – soltó de pronto – La forense certificó su muerte alrededor de 2015. No me convence que haya un vacío de cinco años tras abandonar ese reformatorio. Es imposible no dejar rastro durante tanto tiempo.

- Quizá estuvo retenida contra su voluntad – concluyó Medina.

- Es la principal hipótesis que barajamos – le esclareció – Al menos, las grabaciones del todoterreno refutan nuestra teoría. Todos vimos cómo alguien le tapaba la boca mientras intentaba pedir auxilio golpeando el cristal de la ventanilla.

- Sin olvidar el vídeo que se encontró en el portátil del viejo palacete – añadió.

Los guardias compartieron sendas miradas de recelo.

- Tal vez los encargados del reformatorio sepan algo más – le insinuó el agente.

- Tampoco quiero que te pongas en contacto con ellos. Si solicitamos información sobre una de sus internas, vamos a tener que justificar un motivo. Y ahora mismo no nos interesa que se sospeche de la muerte de Vega Molina.

Baeza calibró una idea que podía resultar factible.

- ¿Puedo retirarme? – tanteó Medina.

- Claro – respondió – Acompaña a los demás al hotel. Sé que lo estás deseando.

En cuanto el agente salió por la puerta del despacho, Leo sacó el móvil de su anorak y buscó a la periodista en el *WhatsApp*. Una vez que comprobó que estaba en línea, tardó unos segundos en decidirse a escribir el mensaje. *Hola Aura. Hay novedades en el caso. Necesito que te pongas en contacto con Hooded.*

Una hora y media más tarde, el móvil de Aura Valdés comenzó a vibrar en la mesilla de su habitación. Pensó que se trataría del maquetador de la agencia *Satellite* para verificar si había rematado la noticia que Coto estaría esperando ansioso en su despacho, cuando se sorprendió de leer otro nombre en la pantalla.

- ¿Ocurre algo? – le lanzó de sopetón.

- ¡Hola, te recuerdo que me has enviado un mensaje para que investigue en la base de datos de ese reformatorio por si podía localizar alguna información extra de ésa tal Vega Molina? – le esclareció Hooded con sorna.

- ¡Vete a la mierda! – le siguió el juego – Creí que tardarías lo mismo que cuando entraste en la empresa de autobuses La Serrana.

- Te he dicho mil veces que no me subestimes, Aurita – apostilló – Sobre todo para confirmarte que no se puede acceder a la dichosa base de datos por control remoto. He intentado *hackear* la plataforma, pero su sistema de seguridad es bastante bueno.

- ¡Eso qué significa, que se acabó? – quiso percibir esa misma respuesta al otro lado del teléfono.

- En tal caso, y tampoco puedo confirmártelo, se podría acceder manipulando el ordenador físico. Sería más sencillo eliminar la contraseña del equipo y rastrear en sus archivos.

- ¡Joder…! – exclamó disgustada – ¡Pero ahora no puedo marcharme de La Alberca! Mi jefe me despediría si se enterase y tampoco quiero fallar a Leo. No en estos momentos, cuando estamos a punto de resolver el caso.

- Puedo seguir intentándolo – balbució – No me importa.

- Te debo una, Hooded. En serio. Más tarde se lo comento a Leo por si cambia de opinión y prefiere pedir una orden. Quizá sea el único camino que nos quede para llegar a Vega Molina.

Hooded dedujo que era lo más sensato en cuanto se despidió de la periodista y colgó la llamada. La cadena de números binarios continuaba reptando por la pantalla mientras irradiaba un fulgor verdoso en la penumbra de su dormitorio. Enseguida reparó que aún no había levantado la persiana pese a ser la una del mediodía. Pero en ese instante, cuando suspendió la operación en su portátil, algo se removió dentro de él.

Leo Baeza apenas pudo saborear el sándwich relleno de ¿pavo? (o lo que fuera aquella pasta compacta que compró en la máquina expendedora), cuando Portu se presentó en su despacho con el semblante impaciente.

- Jefe, ¿puede acompañarme a la sala de ordenadores? – le requirió con la voz dura.

El sargento se levantó molesto por no dejarle comer aquella porción procesada que depositó sobre su envoltorio, y guardó el móvil en el pantalón de su uniforme en cuanto avanzaron por un pasillo aliviado del fragor de la mañana. Algunas de las salas que se adivinaban tras las puertas, se hallaban vacías a las tres menos cuarto de la tarde. Muchos de sus agentes no regresaban hasta media hora más tarde, por lo que agradeció el sedoso silencio que a ratos era irrumpido por el zumbido de los tubos fluorescentes. Nada más traspasar el umbral de la sala de ordenadores (o lo que era lo mismo, una de las oficinas con varios ordenadores dispuestos sobre las mesas de trabajo), reparó en Quintanilla, que parecía rozar con la punta de su nariz la imagen detenida en la pantalla.

- ¿Qué es eso? – preguntó en alto. El agente se removió del susto en su asiento.

- Son las grabaciones del Templo de las Batuecas – le esclareció – La directora nos ha entregado una copia de los eventos celebrados entre marzo y mayo.

El sargento se abstuvo de felicitarles por su encomiable ligereza y prefirió escuchar lo que ambos parecían querer desvelarle con el rostro intranquilo.

- ¿Y bien…? – les alentó a desembuchar.

- Será mejor que se siente, jefe – le pidió Quintanilla mientras arrastraba con la mano la silla vacía que había al otro extremo. El sargento miró a sus hombres y decidió acatar la orden – Las imágenes corresponden al sábado 17 de marzo – prosiguió – Esa noche se celebró una de esas fiestas en el casino.

Entonces retrocedió la grabación hasta las 22:14 horas y pulsó el *Play*. La cámara exterior enfocaba los peldaños de piedra para acceder al interior del hotel. También recogía un pequeño recodo del parking que había justo delante. De pronto, apareció una chica en la imagen. Por su estructura corporal y la indumentaria (un vestido negro con pronunciado escote y pedrería a la altura de la cintura), parecía más bien joven. O al menos, eso dedujo Baeza mientras subía las escaleras con el rostro ligeramente inclinado y un bolso de mano a juego con su vestimenta. Quizá intentaba aparentar más edad de la que posiblemente tendría. Pero cuando Quintanilla congeló la imagen en el instante que la chica iba a desaparecer del encuadre, el sargento se fijó en aquella media melena oscura.

- ¿Es ella? – les pidió una respuesta con la mirada nerviosa.

- Eso parece – abrevió Portu de pie – Quintanilla puede mostrársela de cerca con el zoom, pero pierde bastante calidad. La imagen se granula.

- Da igual – desechó su idea – ¿Y ahora qué…?

- Ahora es cuando Penélope entra en el hotel y se dirige a la puerta del casino.

El agente abrió una nueva ventana en la parte inferior de la pantalla y retrocedió la grabación hasta las 22:16 horas. Después, presionó el *Play*. La cámara situada en lo alto de una esquina entre dos pasillos, mostraba a la chica cruzando con el paso ligero un corredor escasamente iluminado. Leo observó que dos clientes estaban abriendo en ese momento una puerta. Enseguida verificó que se trataba del casino por los dos hombres uniformados que se asomaron tras ella. La chica hizo una seña con el brazo y ambos esperaron a que entrase. Después, la puerta se cerró.

- ¡Pero si ni siquiera le han pedido el carnet! – vociferó el sargento.

- Pues aún queda la mejor parte – le anunció Portu.

Quintanilla avanzó el ratón por la pista y situó el cursor a las 23:08 horas, según había anotado en un Post-it a un margen del ordenador. Luego reprodujo la grabación en cuanto apareció una mancha deforme en la pantalla. Penélope salía presurosa por la puerta del casino. Avanzó unos metros a su derecha y miró a ambos lados del pasillo. No había nadie. Rápidamente abrió su bolso de mano y sacó una tarjeta del monedero que insertó en el cajero automático encajonado en la pared. Entonces tecleó una clave de seguridad y esperó impaciente a que la máquina le devolviese seis billetes de cincuenta euros. Después, regresó al interior del casino.

- ¿Trescientos euros? – se cuestionó boquiabierto.

- Hombre jefe, si tu intención es jugar en un casino… – le sugirió Quintanilla con precaución. Sabía de sus desniveles emocionales ante puntuales acontecimientos.

- ¿Pero trescientos euros…? – parecía no entrarle en la cabeza.

- Creo recordar que la concejala le daba quinientos cada mes – subrayó Portu – Pues ahora ya sabemos el destino que les daba.

- Me extraña que ingresase esas cantidades en su cuenta bancaria – dedujo – Y más siendo menor de edad. Supongo que Anabel estaría al corriente.

- O no – discrepó Quintanilla – Que yo también tengo una hija adolescente y a su padre no le cuenta nada. Todo el puto día enganchada al móvil y ni le preguntes porque encima te bufa.

Leo percibió que se desviaban del tema.

- ¿Habéis encontrado algo más?

- Creemos saber la clave de seguridad por el movimiento de sus dedos – el sargento esbozó una extraña mueca cuando Quintanilla le guio hacia el Post-it. Aquellas cuatro cifras se revelaron entre otras tachaduras a boli.

- ¿6686?

- A nosotros no nos suena de nada.

Ni tampoco a Baeza, el cual se preguntó si compartiría la misma combinación numérica que el teléfono móvil del que aún no había vuelto a tener noticias desde que se lo llevara la Científica.

- Jefe – irrumpió Portu sus pensamientos – Todavía no ha visto como acaba la fiesta.

- ¿Es que hay más?

Quintanilla avanzó hasta las 23:52 horas según rezaba el Post-it. Las imágenes reprodujeron la salida de Penélope por la puerta del casino. Enseguida se apresuró a recorrer el mismo pasillo de vuelta, donde su figura se diluyó en un trazo oscuro y fugaz.

- ¿Y ahora? – preguntó al agente – Faltan las imágenes del exterior.
- No las hay. Ése es el problema: Penélope nunca sale por la puerta exterior.
- ¿Cómo que no sale? – dudó.
- Las hemos revisado una y otra vez, pero la chica no aparece por ningún lado – dijo.
- Quiero que examinéis el resto del material por si acaso ocurre lo mismo. Y también que capturéis la hora donde aparece sacando dinero. Después os ponéis en contacto con la sucursal que gestiona el cajero y le pedís un extracto con los movimientos bancarios que Penélope realizó esa noche. ¿Está claro?

Los guardias asintieron a la vez mientras Baeza sacaba el móvil de su pantalón. Fue entonces, al fotografiar aquel Post-it pegado al ordenador, cuando aquellos cuatro dígitos, 6686, se revelaron como un oscuro secreto en la pantalla de su teléfono.

Eran las seis y cuarto pasadas cuando Hooded volvió a levantar la tapa de su portátil. El programa espía que había instalado horas antes, continuaba trabajando para acceder por control remoto al sistema *host* del propio reformatorio. Lo había intentado sin éxito desde que habló con Aura por teléfono. Todavía le costaba reconocer el motivo por el que le denegaba continuamente el acceso. Hooded finalizó la acción hastiado y repitió una vez más la operación que la periodista le había encomendado. Escribió la nueva contraseña en la ventana del programa y esperó impaciente a que se conectase. De pronto, apareció la base de datos de la Casa Escuela con el logo del Centro ubicado en la parte superior. Hooded sabía de memoria la ruta. Picó sobre la palabra *Menú*, donde el contenido se presentaba desglosado por áreas y servicios. Una vez que entró en la carpeta llamada *Internos*, el propio enlace le derivó a un nuevo archivo clasificado por años. El informático clicó en la de 2010 (no le hizo falta recordar que Vega Molina abandonó el reformatorio en diciembre de ese año) y, una vez dentro, se detuvo en las dos carpetas que emergieron en su pantalla y que era hasta donde había conseguido llegar: *Ingresos* por un lado,

Altas por otro. Hooded cruzó los dedos de su mano izquierda y colocó el ratón encima de la palabra *Altas*. Nada más hacer doble clic, el sistema le denegó el acceso. *Me cago en sus muertos*, imprecó malhumorado. Algo parecía no estar saliendo bien, como si el sistema de seguridad le desestimase la entrada a las carpetas donde se suponía que se encontraban los historiales de los internos. Al menos (se consoló), sabría cómo localizar lo que buscaba en caso de tener el ordenador físico delante.

Enseguida percibió un ligero temblor bajo las suelas de sus *All Star*. Hooded miró al frente y leyó la información que cruzaba en color rojo la pantalla del televisor. *Próxima parada: Palencia. Duración aproximada: 3 horas y 15 minutos*. Después se puso los auriculares inalámbricos y comprobó por su ventanilla que las puertas de la bodega comenzaban a cerrarse. Confió en que su bicicleta llegase sana y salva. Aunque en el fondo, más bien le daba igual. Su único propósito en ese instante, mientras el autocar empezó a moverse, fue adivinar las palabras que le dirigiría Aura a su regreso.

El cielo explosionó en colores púrpuras bajo un bello atardecer que languidecía entre las escarpadas montañas del fondo. Leo y Aura continuaron paseando sin rumbo por las afueras del pueblo mientras el sargento le resumía que en otras imágenes que sus agentes visionaron en la comandancia, Penélope repetía el mismo procedimiento: se escabullía del casino entre las 11:00 y las 11:30 de la noche (aprovechando que no había nadie en el pasillo), para sacar otra suma importante del cajero.

- Pero eso es lo que menos me preocupa – le interrumpió la periodista a medida que se adentraban por una calle en cuesta cuajada de pinos por su proximidad al bosque – Lo que me choca es que en ninguna de las grabaciones se la vea abandonar el hotel por la entrada principal. ¿Acaso se quedaba a dormir allí?

- No lo sé... – dudaba el sargento – Me parece raro que Anabel omitiese ese tipo de información cuando se le tomó declaración. Que yo sepa, Penélope no era una niña que faltase alguna noche de casa.

- La otra opción que se me ocurre es que saliera del recinto en coche, por el garaje.

Leo se paró en seco para intentar comprender su teoría.

- ¿Por alguna razón en concreto? – le lanzó con curiosidad.

- Por la misma razón por la que evitaba que la viesen sacando dinero del cajero: para que no quedase constancia de con quién se citaba. Te recuerdo que en el garaje no hay cámaras.

Baeza consideró factible aquel hecho. Podía estar viéndose a escondidas con alguien.

- ¿Y con quién? – dio voz a sus pensamientos – ¿Con qué motivo utilizaría el casino para reunirse con esa *persona* misteriosa?

- No tengo ni idea – respondió Aura con la mirada puesta en las luces malvas que atravesaban las copas de los árboles – Lo que está claro es que Escudero decía la verdad. Debió reconocerla con la peluca.

- ¿Y la directora? – preguntó en alto mientras retomaban la marcha – Escudero señaló que también la conocía de algo bastante turbio. Ahora no estoy tan seguro de lo que Berta Ribelles nos contó cuando nos pasamos por su despacho.

- ¿Por qué lo dices? ¿Aún no habéis echado un vistazo a los contratos de las azafatas?

- Todo en orden – le esclareció – Benítez me lo ha confirmado esta misma tarde.

- ¿Entonces? – le cuestionó insegura.

- Parece ser que en las grabaciones se ve a alguna jovencita abandonando el casino de la mano de… Digamos que de hombres que podían ser sus padres.

- ¡Pero eso era lo que afirmaba Escudero! – se aceleró la periodista – ¡Que en el hotel se permitía…!

- Lo sé – le reprimió sus ansias de continuar – Sé por dónde vas. El problema es que hemos verificado que todas tienen dieciocho años. Y aunque la directora utilizase el casino como una tapadera e intentásemos desarticular una posible trama de corrupción, los dueños del complejo alegarían que la presencia de las azafatas está más que justificada, que los contratos están en regla, que todas son mayores de edad y que lo que hagan de puertas para fuera, no es de su incumbencia. ¿Me explico? No hay forma de inculpar a Berta Ribelles, aparte de que me niego a abrir una nueva vía de investigación y meterme en otro embrollo.

Aura se percató que el caso estaba volviendo a dinamitar sus esperanzas.

- ¿Crees que Penélope participó de alguna forma en aquella trama? – Leo se dio cuenta que la periodista era incapaz de pronunciar la palabra *prostitución*.

- ¿Lo dices por lo que declaró Escudero en la sala de interrogatorios?

- Lo digo por la cantidad de dinero que sacaba del cajero cada vez que se personaba en el casino – dijo del tirón – O bien se lo facilitaba la directora; o Patricia Salas, la concejala del Ayuntamiento, no nos contó toda la verdad.

- ¿Sospechas que le ofreció más de quinientos euros? – quiso adivinar.

- De lo contrario, no me salen las cuentas – le convenció – Si cada vez que acudía a uno de esos eventos, retiraba una considerable suma de dinero: ¿de dónde conseguía tanta pasta? Que yo sepa, Penélope no trabajaba.

El sargento sintió que todas las piezas encajaban mientras continuaron caminando por aquella calle desierta con los arcenes en pendiente abarrotados de helechos.

- Aún no me has dicho si habéis encontrado una relación con la clave que introdujo en el cajero automático – Leo supo que se refería al 6686, el misterioso Pin de seguridad.

- Suponemos que era la clave que venía asociada a la tarjeta – se imaginó – Aunque la sucursal ha sido avisada para que nos facilite un extracto con la información más detallada y nos confirme si la combinación numérica es original o modificada.

- A lo mejor tenía algo que ver con Vega Molina – le lanzó – Al Pin me refiero.

- ¿Y por qué…?

- No lo sé – contestó mientras el aire removía su flequillo – Puede que el quid de todo se halle en el hotel y más concretamente en Vega Molina. Quizá pretendía acercarse a *alguien* de su pasado. *Alguien* que Gustavo Santana le dejó por escrito.

En ese instante, su móvil vibró dentro del anorak. Leo cogió la llamada y se alejó unos metros a medida que repetía unas cuantas muletillas. *¿Sería alguno de* *sus agentes?*, se preguntó Aura con la vista puesta al fondo de la calle. En cuanto volvió a guardar su teléfono, el sargento le esclareció la incógnita.

- Era Luis, uno de los polis de Béjar. ¿Le recuerdas del cumpleaños? – la periodista prefirió omitir las palabras que hubiese pronunciado al respecto. Aún se acordaba de la forma en que le invadió con la mirada – Dice que está con David en el Sainete, que van a tomarse unas cañas. ¿Te apuntas? Invito yo.

Pero antes de rechazarle el ofrecimiento, mucho antes incluso de mentirle con la excusa de que tenía que acabar un artículo esa noche, Aura decidió no implicarse más de la cuenta. En circunstancias distintas lo hubiese hecho; pero no en ese momento, cuando supo que antes o después acabaría marchándose de su lado.

Leo Baeza asomó la cabeza por la puerta del Sainete y descubrió al fondo de la barra a los dos agentes de policía. Las lámparas situadas por encima, rasgaban la fría penumbra del interior mientras el hilo musical (percibió que se trataba de una antigua melodía de *Guns N'Roses*), atronaba en los bafles situados en cada rincón del pub. El sargento cruzó con parsimonia entre las mesas que se topó de camino y saludó con la mano al dueño, que estaba secando con un paño varias copas de cristal.

- ¿Lo de siempre? – le preguntó animado.

Baeza asintió con una sonrisa. Enseguida reparó en David Ochoa y Luis Sastre, que le brindaron con otra sonrisa mientras comían cacahuetes de un plato junto a dos jarras heladas de cerveza. Ambos se habían desprendido de sus uniformes. Luis llevaba una camisa verde de listas blancas y unos vaqueros desgastados a la altura de las rodillas. David Ochoa, en cambio, un atuendo más deportivo, con sudadera azul que remarcaba sus bíceps y pantalón del mismo tejido con una franja gris a un lateral. Rápidamente se dieron un apretón de manos y le invitaron a sentarse en el taburete que quedaba libre.

- ¿Y tu periodista? – disparó Luis en el momento que el camarero dejó sobre la barra una nueva jarra de cerveza.

- No ha podido venir – dijo con la mirada escondida entre las botellas de alcohol que congestionaban las baldas de dentro – Me pidió que la disculpaseis, que tenía mucho trabajo atrasado para la agencia en la que curra.

- Ya habrá otra ocasión – apostilló David a medida que hundía los dedos en su barba.

- Pero estáis bien, ¿no? – interfirió Sastre – Te noto serio.

- Estaba pensando en algo que ha llegado a mis oídos – ambos le observaron impacientes por saber de qué se trataba – ¡Bah! Tampoco merece la pena.

- ¡Coño, ya puestos...! – le sugirió Luis.

Baeza se percató que los agentes estaban ansiosos por destapar el misterio. Entonces pensó que era el momento de actuar y adivinar que conocían al respecto.

- Alguien me ha comentado que las azafatas que trabajan en el casino del Templo de las Batuecas, también ejercen la prostitución.

David Ochoa y Luis Sastre no pudieron contener las risas.

- Lo digo en serio, joder – se molestó.

- ¿Por casualidad esto no tendrá que ver con el caso Santana? – indagó Luis al tiempo que se secaba las lágrimas de sus ojos.

- Claro que no, pero podría darse el caso. No es la primera estudiante que se saca un dinero extra publicando anuncios en internet.

- ¿Cuáles: las de griego o las de francés? – soltó David. Su compañero volvió a desternillarse de risa.

- ¡Iros a la mierda! – imprecó. Leo le dio la razón a Aura cuando aquella vez le comentó en el coche que ambos estaban más que necesitados.

- ¡Pero a ti se te ha ido la olla o qué? – prosiguió David mientras se calmaba – ¡Joder Baeza, que tampoco se encontraba en una situación como para acabar de pilingui! Y más sabiendo cómo era Gustavo, que la llevaba más tiesa que una vela.

- ¡Entonces es cierto o no? – alzó la voz de nuevo.

- ¿Te refieres a lo del hotel? – le preguntó Luis Sastre. Leo asintió con los brazos cruzados – Hombre, para qué vamos a engañarnos. Si son putas o no, tampoco me importa; pero que me las zumbaba a todas, dalo por hecho. Las mejores tías de la comarca se encuentran allí. No te diría yo que con alguna no haya intimado...

Leo se lo imaginó llevando a su conquista a la parte trasera del coche para intimar con ella en el mismo parking del hotel.

- Además, mientras las dos partes consientan... – llamó David su atención – Las muy zorritas no paran de manosearte desde que entras en el casino. ¿Sí o no, Luis?

- Forma parte de su juego – añadió – Luego tú decides...

- Siempre y cuando el juego no sea forzado por alguien que alberga un mayor interés.

- ¿Por quién lo dices? – le sondeó Luis con el ceño fruncido – ¿Por la directora?

- O por el proxeneta que esté detrás del asunto – pronunció con sequedad.

- ¡Ahora vais a poneros a discutir por unas tías? – David les cortó mientras dejaba la jarra de cerveza sobre la tarima.

- Nadie está discutiendo – dijo Leo molesto.

- A ver Baeza, mientras no ejerzan en zonas de transito público o destinado al uso de menores como puede ser a la salida de un colegio, tampoco vamos a organizar una caza de brujas, ¿no crees? – alegó David – Y en el caso de que fuera cierto, que la directora esté detrás como acabas de insinuar, no estamos en situación de ir contra ella. Habrás caído en la cuenta que guardará pruebas de quién ha podido consumir esos servicios, empezando por la mitad de la plantilla de la comisaría de Béjar. ¡Qué te pensabas, que el inspector Rosales no la conoce...?

El sargento se dio cuenta que Berta Ribelles se encontraba en una situación bastante privilegiada; hasta el punto de que jamás averiguaría si sus azafatas, e incluso Penélope, se vieron envueltas en una oscura trama de corrupción.

- ¡Venga Leo, olvídalo! – exclamó Luis al tiempo que le daba una palmadita en el hombro – Lo que tienes que hacer es pasarte un día con nosotros y sacar tus propias conclusiones. A lo mejor hasta le pegas una patada en el culo a esa periodista. Te prometo que serán los ciento cincuenta euros mejor invertidos de tu vida. Además, ¡qué cojones! Cada uno tiene derecho a ganarse el sustento como quiera. Que vale que somos policías, pero uno tampoco es de piedra.

DIA 13

Hooded volvió a bostezar en el velador de la cafetería mientras apuraba la tostada a la plancha untada en mermelada de melocotón. Trinchó con el cuchillo otro pedazo de pan y atravesó la mirada por el amplio ventanal, donde comprobó que su bicicleta seguía apoyada contra el muro exterior. El reformatorio que se intuía al fondo, aún no había abierto sus puertas. Varios metros de cadena rodeaban las dos cancelas de hierro tras el cual, un estrecho jardín reptaba hasta el edificio de dos plantas con desconchados en su fachada y unos cuantos cipreses que cercaban el perímetro de la parcela. El informático todavía tenía el frío metido en los huesos. Había pasado parte de la noche a un palmo de distancia de la tapia por si conseguía rastrear la ruta de acceso y entrar en la carpeta de *Altas* de su sistema operativo. Después de varios intentos y cansado de esperar, decidió trasladarse en su *Canyon* a un albergue a las afuera de Palencia, aprovechando el silencio de la noche con el fin de adelantar trabajo para las empresas en las que curraba. Horas más tarde, y con el alba rayando el horizonte, Hooded regresó a la Casa Escuela.

Lo primero que hizo fue entrar en la cafetería que había justo delante y aplacar el rugido de sus tripas con uno de los desayunos que anunciaban en una pizarra. Después se sentó cerca del ventanal, cargó la batería del portátil y continuó repitiendo la misma operación sin éxito. *Me cago en todo*, masculló para sus adentros. Hooded se negaba a pensar que había hecho el viaje en balde. No era posible; no para él, un experto informático en el *hackeo* de cuentas y rastreo de información confidencial. No podía tratarse de su primer fracaso (se maldijo); no para Aura, su querida y entrañable Aurita. Hooded se puso a investigar en internet y se dio cuenta que eran las 7:58 de la mañana. Las puertas del reformatorio estaban a punto de abrirse (según rezaba la página oficial de la Casa Escuela) y aún no tenía ni la más pajolera idea de cómo solucionar aquello. Tan sólo se le ocurrió una estupidez: localizar el ordenador central y manipular la clave de acceso. ¿Pero cómo...?

Un prolongado chirrido le devolvió de nuevo a la calle. Hooded oteó por el cristal y se cercioró que un hombre bastante mayor ataviado con una bata azul (se figuró que debía tratarse del bedel), estaba abriendo la cancela. Comenzó a ponerse nervioso. No estaba seguro de qué hacer mientras no paraba de removerse en su asiento. Entonces, guardó todo en su mochila y soltó un billete de cinco euros sobre el velador. Después salió escopetado de la cafetería, cruzó corriendo la carretera y blandió una sonrisa al hombre que no dejaba de mirarle ensimismado.

- ¡Disculpe! – le gritó. El bedel metió las manos en los bolsillos de su bata y esperó a que llegase el imbécil que le hacía señas con el brazo levantado – ¿Por casualidad no trabajará usted aquí? – le preguntó con la respiración entrecortada.

- ¿Quién lo pregunta? – le inquirió receloso.

- Estoy buscando información acerca de una interna que vivió hace años. Se llama Vega Molina. Hace tiempo que no sé de ella y pensé que a lo mejor sabrían decirme cómo localizarla – el hombre le lanzó una mirada de desconfianza – Era muy amiga de mi hermana y me gustaría darle una sorpresa. No sabe la ilusión que le haría.

El bedel destensó sus facciones al instante.

- ¿Cómo dice que se llama?

- Vega Molina – le volvió a repetir – Es morena, con el cabello largo, creo que se marchó de la Casa Escuela en diciembre del 2010, aunque antes vivió en Madrid – enumeró los escasos datos que poseía tanto de los vídeos donde aparecía retenida, como del expediente delictivo que le envió la periodista a su correo.

- ¡Ah, sí! – exclamó de pronto – ¡Vega Molina, la novia de Matías! – le esclareció.

Hooded reveló una sonrisa ficticia en su rostro con el propósito de seguirle el juego.

- ¡Claro que me acuerdo! – prosiguió entusiasmado – ¡Pero si eran como dos tortolitos, iban juntos a todas partes! Me parece que se conocieron en el Centro si no recuerdo mal. ¡Anda que no se hicieron bien el uno al otro mientras estuvieron aquí! – rememoró con la voz puesta en el pasado – ¿Siguen siendo novios? Como ahora la juventud se deja y se coge con tanta facilidad...

- ¡Sí, sí! Y con intención de casarse por las últimas noticias que tuve – sintió que hablaba en su mismo argot – El problema es que perdí el móvil y ahora no sé cómo ponerme en contacto. Mi hermana está como loca por saber de Vega.

- Normal – comprendió – ¿Por qué no pregunta en secretaría? Está nada más entrar, en el pasillo de la derecha. Ellas, las administrativas, son las que guardan los informes de cada uno de los internos que han pasado por la Casa Escuela. Seguro que podrán facilitarle algún número de teléfono.

- Muchas gracias – le agradeció con su imborrable sonrisa.

- Para eso estamos – remató con un deje castizo.

Pero justo cuando tuvo el amago de colarse en el interior para rastrear con su portátil la señal del ordenador central del reformatorio, el hombre le chistó por la espalda.

- Por cierto, no se le olvide darle recuerdos a Vega y Matías de parte de Gutiérrez.

Leo volvió a mirar su reloj de pulsera. Las 08:25 de la mañana. Por un instante notó que apenas podía disimular la zozobra que le carcomía por dentro mientras removía su café con la cucharilla y oteaba de vez en cuando por el ventanal de la cafetería. Enseguida reparó en la taza humeante depositada al otro extremo del velador. Imaginó que Aura estaría a punto de presentarse a pesar de llevar diez minutos de retraso. Miró de nuevo su móvil y abrió el *WhatsApp*: ningún mensaje. Luego atravesó por enésima vez el cristal de la ventana y distinguió a lo lejos la silueta de la periodista. El sargento le devolvió deprisa el saludo, rebasando el codo unos centímetros de la mesa. Vio que cruzaba con rapidez la plaza de La Alberca con el semblante soñoliento a medida que cubría parte de su boca con la bufanda que envolvía su cuello. Una vez que resonó la campanilla en el interior de la cafetería, Aura le regaló una sonrisa al joven camarero que se hallaba al otro lado de la barra. Después vadeó el resto de mesas y tomó asiento frente a Baeza. Sus ojos parecían secuestrados por una leve hinchazón.

- Ya te he pedido un café bien cargado – pronunció Leo con suavidad – Supuse que te vendría bien.

- Te lo agradezco – dijo mientras se quitaba la bufanda y el abrigo. Baeza observó entonces su colorida sudadera – ¿Qué era eso tan urgente que tenías que contarme? Llevo dándole vueltas desde que me he levantado.

- Esta mañana he recibido un correo con el informe de la Científica – desplomó sobre la mesa – Los informáticos ya han desbloqueado el terminal y han verificado el Pin. Supongo que te resultará familiar la contraseña: 6686.

- ¡Espera! – exclamó en el momento que iba a darle un sorbo al café – ¿Ése no era el número de seguridad que utilizaba para sacar dinero del cajero automático?

- Buena memoria – apostilló – Una combinación que me hace sospechar que para Penélope debía significar algo. Aunque no te he sacado de la cama para contarte esto – Aura enlazó su mirada a la del sargento – Al parecer, han encontrado el último vídeo que realizó con su móvil. No viene fechado porque según parece, el terminal debió de desprogramarlo y el material data del 1 de enero del 2007. Pero por las sombras del atardecer y su ubicación, todo indica que lo grabó minutos antes de morir. Es lo último que aparece en su galería.

Aura remarcó en su rostro un rictus de asombro mientras el sargento deslizaba su móvil por el velador del mármol con el vídeo asomando en la pantalla. La periodista lo tomó con precaución entre sus manos y dio al *Play*. La grabación captaba un recodo sombrío del bosque, rendido por la salvaje vegetación del entorno. Aura intuyó su entrecortada respiración a medida que efectuaba un pronunciado zoom hacia un punto concreto del horizonte. La calidad de la imagen se volvió áspera, devorada por diminutos píxeles al tiempo que se detenía en el espacio brumoso que se abría entre dos pinos. Entonces, una misteriosa figura de apariencia antropomorfa y pelaje verde surgió por el encuadre. Su corpulenta fisionomía era desproporcionada, maciza, de grandes dimensiones bajo la gruesa mata que lo cubría de pies a cabeza. Aura no supo catalogar en su imaginario aquel extraño ser arrancado de las profundidades de las montañas, que recorría con torpeza la senda mitológica de su propia y legendaria fábula. De pronto, la criatura suspendió el movimiento y giró despacio el cuerpo. Sus rasgos ni siquiera se intuían por la oscuridad que lo alimentaba. Aura se llevó la mano a la boca y comprobó que en milésimas de segundo, el monstruo echó a correr. Tal vez escuchase un estremecedor alarido en cuanto la cámara comenzó a grabar el suelo. Puede que incluso la chica sólo desease escapar entre el ruido de sus pisadas y otros gruñidos. Pero para entonces, todo, absolutamente todo, se volvió oscuro.

- ¿Qué diablos era eso? – le lanzó aún estremecida – Dime que esa cosa no era real.

- En la zona se les conoce como *Hombres de Musgo* – respondió a sus dudas.

- ¿Cómo dices…? – le cuestionó con cierto apuro.

- Antes déjame que te explique quiénes son *Los Hombres de Musgo*, por favor…

Aura esperó con los brazos cruzados a que le resolviese los miles de interrogantes que secuestraban sin remedio su mente. Por su hermética actitud, Leo adivinó que la tarea que se había encomendado no iba a resultarle sencilla.

- Cuenta la leyenda que allá por el siglo trece, un grupo de cristianos se escondió de sus invasores musulmanes en el bosque, cubriendo sus ropas de musgo y ramas para adentrarse en la naturaleza y arrebatarles por sorpresa la ciudad de Béjar. Todos se dirigieron a la fortaleza morisca y esperaron apostados contra la muralla a que los centinelas abriesen las puertas al amanecer. Según parece, su camuflaje les ayudó a pasar inadvertidos. Pero una vez que abatieron a los vigías y entraron en el recinto, se libró una dura batalla que culminó con la toma de Béjar y, por supuesto, con la reconquista de la tradición cristiana.

- ¿Me estás queriendo decir que…, ese *Hombre de Musgo* es real? – evitó utilizar la palabra monstruo.

- ¡Por supuesto que no! – matizó – Sólo intento darle nombre a lo que has visto y que Penélope grabó, con toda seguridad, minutos antes de ser asesinada.

- ¿Por quién? ¿Por esa cosa verde?

- O por quien se encuentre bajo el disfraz.

La periodista descruzó entonces sus brazos para apoyarlos enseguida sobre el velador.

- No sé por qué se dirigió al bosque, la verdad – prosiguió – Siempre pensé que fue retenida hasta el lugar donde los senderistas localizaron su cuerpo. Ahora creo que alguien le tendió una trampa. Sabía que había regresado al pueblo y la citó en un rincón apartado. Si te fijas bien al principio, se intuye parte de la puerta blanca donde apareció el cadáver – Aura encendió de nuevo la pantalla y reprodujo el vídeo – Por eso los de la Científica están convencidos que fue lo último que grabó con su teléfono.

- ¿Pero por qué un *Hombre de Musgo*? ¿Qué razón tiene en todo esto? – la periodista seguía devanándose los sesos a medida que adelantaba las imágenes hasta el momento en que apreció un fragmento de la puerta – Me cuesta creer que alguien se tomara la molestia de cubrir su cuerpo con ramas y musgo para matar a una cría.

- A lo mejor Penélope era la única que conocía su significado.

- ¿A qué te refieres? – le inquirió.

- A que tal vez no sólo mantuvo contacto con su amiga Sara durante su desaparición. Quizá se sirvió de esa tarjeta prepago para conversar con alguien al que poco a poco le fue descubriendo sus gustos e intereses.

- De ahí que reseteae el teléfono para que no quedasen las llamadas registradas – añadió Aura – Tendría sentido. Aunque sobre lo otro…, me cuesta admitir que su asesino la engatusase con un reclamo tan inocente.

- Tú misma lo acabas de decir, era sólo una cría.

- Por supuesto – contestó – Y tampoco discuto que no le apasionasen esas leyendas. Pero me da la sensación que todo es mucho más simple.

- ¿Por ejemplo…?

- Creo que alguien la engañó citándola en el bosque. Hasta ahí de acuerdo. Alguien que sí necesitaba pasar desapercibido para el resto del mundo – Leo escuchaba atento su discurso – Estoy segura que Penélope picó el anzuelo en el momento que aquella extraña criatura apareció ante sus ojos. Supongo que esa visión le generaría entre miedo y fascinación. Lo que no se esperaba es que mientras grababa con su móvil aquella quimera de la naturaleza, su propio asesino ya estaba acechándola en la distancia.

- ¿Te refieres a Lorenzo Garrido? – dedujo.

- Me refiero a que el Serbio la asaltó en su huida cuando Baltasar Escudero, vestido de *Hombre de Musgo*, comenzó a perseguirla.

Existía una posibilidad. Existía la sospecha de que empleasen aquella enigmática criatura extrapolada de los ancestrales mitos de la comarca para, en definitiva, asediar a su víctima en su propio letargo. Eso mismo consideró Aura de camino al Puesto cuando el sargento le propuso volver a entrevistarse con el Serbio. Tampoco tenían ninguna otra pista fiable que no fuese la que la Científica rescató del móvil: una grabación hecha minutos antes de fallecer en el bosque a manos de sus asesinos. Si alguien podía conocer la verdadera razón de aquello, sólo Lorenzo Garrido sabría desvelar el significado de ese horrendo espectáculo. Media hora más tarde, Leo pidió a sus hombres que le trasladasen a la sala de interrogatorios mientras descargaba el vídeo en el portátil. El revuelo que se precipitó en el interior de la comandancia volvió a sumir a la periodista en un estado de inquietud en cuanto Medina les confirmó que el detenido se encontraba listo.

El pitido de la puerta le convenció que podía pasar. Aura miró al sargento y leyó cómo pronunciaba en sus labios la palabra *suerte*. Una recalcitrante opacidad le invadió por completo nada más entrar. Tan sólo la lámpara suspendida por encima de la mesa desempañó el vaporoso itinerario que se abría paso entre las baldosas grises del suelo. Aura caminó indecisa con el portátil de la mano mientras oía que el preso, refugiado en sus propias sombras, no paraba de emitir sonidos guturales. Sintió miedo. A medida que avanzaba entre las brumas azuladas, sintió un miedo gelatinoso que ascendía como saliva caliente por su tráquea. Entonces, se abalanzó hacia la luz. Lorenzo apostó los brazos sobre la mesa y comenzó a desprenderse del vaho que asfixiaba su figura. Su sonrisa imperecedera volvió a guiarla hasta la silla vacía, arrastrándola cuidadosamente con sus deportivas blancas. La periodista se fijó entonces en el espejo ahumado que se revelaba por detrás. Se imaginó al sargento ordenando a alguno de sus hombres que empezase a grabar la escena.

- No te esperaba tan temprano – descerrajó con la voz cavernosa – Ni siquiera me han querido decir el motivo de tu visita. ¿Ha habido alguna novedad?

Aura no supo qué contestar al tiempo que depositaba el portátil en el centro de la mesa.

- Prefiero que observes antes un vídeo que la Científica ha encontrado en el móvil de Penélope – le espetó a medida que subía la tapa – Luego tendremos unos minutos para charlar.

Lorenzo Garrido le lanzó una mirada desdeñosa y entrelazó los dedos de sus manos, dejando entrever las diminutas partículas de tinta que asomaban bajo su tatuaje (aún podía recordarlo: **0714**). Después, reprodujo la grabación y se sentó delante del Serbio con intención de examinar sus movimientos fáciles. Rápidamente su sonrisa se evaporó de su rostro. Apenas pestañeaba al otro lado de la mesa a medida que sus ojos escupían un veneno tangible, casi devorador, como si tal vez hubiese estado demasiado tiempo enterrado en su organismo. Aura se fijó en la manera en que hiperventilaba. Era como si reconociese a su protagonista por el sonido de su aliento; también a la figura legendaria que cruzaba con el paso perezoso el corazón del bosque. Una vez que el vídeo finalizó, la periodista cerró la tapa.

- ¿Y bien...? – le preguntó. Lorenzo Garrido era incapaz de percibir su voz – ¿Qué me puedes contar?

El Serbio seguía recluido en sus pensamientos con la mirada hundida en sus rodillas. Su caja torácica no paraba de descargar un resuello sistemático aferrado a las profundidades de su pecho. Aura se levantó desconcertada y quiso traspasar el espejo ahumado. No sabía qué hacer. Buscaba desesperada una señal, un consejo, tal vez a Leo. Entonces se acercó a él y a un palmo de distancia, le susurró:

- Podemos parar unos minutos si lo prefieres...

Lorenzo Garrido ni siquiera pareció escucharla. No en su propio hermetismo, mientras permanecía inmóvil con la cabeza gacha. Tan sólo aleteó uno de los pulgares en cuanto emitió un grito de desesperación y volcó la mesa contra el suelo.

Aura tardó unos segundos en reaccionar. Tal vez intentó averiguar qué había pasado mientras sus ojos repararon en el portátil que descansaba ahora bajo las patas de una silla. Después, la fuerza de su proximidad le arrastró inevitablemente a él. A Lorenzo Garrido. Al Serbio como apodo delictivo. Al mismo que con los puños cerrados y la respiración agitada, le mostró el desconsuelo que vibraba al fondo de sus pupilas. Aura echó a correr hacia la puerta. Tiró con fuerza del manillar, pero aún seguía bloqueada. Comenzó a aporrearla; cada vez con más intensidad, como si notase su aliento a escasos centímetros. La piel se le erizó. *¡Abrid!*, se desgañitó. El miedo se ramificaba por su cuerpo. Un largo pitido apareció entonces. Aura volvió a tirar del manillar sin que la puerta cediese. Se puso a llorar. Una ahogada congoja se apoderó de ella evitando echar la vista atrás. No podía. Tampoco estaba segura en qué parte de la sala se encontraba. ¿Y si la golpeaba? ¿Y si le aprisionaba el cuello? Su mente le sometió a una tortura mayor en cuanto notó que las fuerzas le flaqueaban. Entonces, la puerta se abrió tras un segundo pitido. Notó que alguien tiraba de su mano mientras giraba por un instante la cabeza. Allí estaba él, acuclillado en un recodo de la habitación con la cabeza hundida entre sus brazos. Puede que en una milésima de segundo, se compadeciera de su desdicha. Puede incluso que le viera con unos ojos distintos a los que estaba acostumbrada. Pero cuando Leo la arrastró al exterior para estrecharla entre sus brazos, supo que aquel hombre acababa de traspasar el umbral de su propio infierno.

A Leo Baeza todavía le costaba reconocer qué era lo que había ocurrido dentro de la sala de interrogatorios. Sumido en la penumbra de su despacho, intentó hacer memoria con las persianas a medio bajar. No estaba seguro del motivo que le llevó a lanzar la mesa contra un recodo de la pared. Algo del vídeo de *Los Hombres de Musgo*, un detalle que quizá pasaron por alto, le originó un estado de cólera que ni los propios agentes que le condujeron más tarde a los sótanos comprendieron. El Serbio se ovilló en un rincón de su celda nada más suministrarle un sedante y continuó balanceando su cabeza como si de esa forma fuera capaz de acallar las voces que parecían martillearle por dentro. Eso mismo le escribió a Aura por *WhatsApp* una hora más tarde. Ante todo, quería saber cómo se encontraba, si había sido capaz de apaciguar la nerviosa tiritona que sacudía su cuerpo cuando Benítez se ofreció a llevarla a casa en su patrulla. Aura tardó varios minutos en contestar. *Algo mejor*, escribió. *Pero no puedo quitármelo de la cabeza.* Entonces, se le ocurrió tantearla y cerciorarse que aún podía seguir contado con ella. *¿Te atreverías a entrevistarle de nuevo?* Aura seguía en línea, sin responder. *Había pensado en los calabozos, separados por las rejas. ¿Qué me dices?*

- Jefe, ¿puedo pasar?

Baeza se sobresaltó ante la inesperada aparición de Quintanilla. Desde su asiento, apenas pudo apartar la vista de su voluminosa panza alimentada de bollería industrial y otras variantes. Vaticinó que un día no muy lejano, ni siquiera le cabría el uniforme.

- Entra – dijo mientras apartaba el teléfono en un rincón de la mesa. Enseguida se percató que llevaba unos papeles de la mano.

- ¿Qué tal está la chica? Menudo susto debió llevarse, y encima la puerta no se desbloqueaba...

- Se repondrá pronto, estoy seguro – intentó convencerse – Bueno, cuéntame.

- El banco acaba de remitirnos la información que solicitamos del cajero del hotel.

Quintanilla depositó sobre el escritorio una de las hojas y esperó de pie a que el sargento leyese detenidamente la copia del extracto bancario.

DETALLE DEL MOVIMIENTO

Descripción:	Disposición de efectivo de cajero ServiRed
Fecha movimiento:	17/03/2018
Hora:	23:09h
Tipo Tarjeta:	Prepago
Importe:	300€
Importe Comisión:	0,35€
Concepto:	Funelli

- El banco nos ha comunicado que se trata de una de esas tarjetas monedero donde uno la carga de dinero y puede realizar todo tipo de operaciones hasta consumir el total del importe cargado.

- Sé lo que es una tarjeta prepago – le esclareció con la mirada fija en el documento.

- El caso es que el dinero que extrajo Penélope del cajero procedía de otra cuenta distinta – prosiguió – Parece ser que sin la tarjeta física, es imposible obtener más datos de esa cuenta misteriosa que le enviaba trescientos euros cada cierto tiempo.

Baeza se maldijo en su fuero interno por no haber localizado aún sus pertenencias (la ropa que llevaba puesta, su bolso, la dichosa tarjeta) tanto en el escenario del crimen como en las inmediaciones del Bosque de los Espejos. ¿De quién o quiénes procedían esos recargos puntuales?, se preguntó al leer de nuevo el extracto. Probaron por las grabaciones de la gasolinera que Patricia Salas se personaba en la cafetería el primer sábado de cada mes para entregarle en mano el precio que acordaron para que no difundiese por internet los vídeos donde aparecía en ropa interior. ¿Tal vez Escudero no iba mal encaminado cuando insinuó que la joven ejercía la prostitución en El Templo de las Batuecas? Leo tuvo el extraño convencimiento de que aún no conocía a Penélope Santana por muchos meses que llevase inmerso en el caso.

- Sobre lo que viene escrito en el concepto, Funelli. ¿Habéis averiguado algo?

- Los de la sucursal no supieron decirnos. Creemos que debe tratarse de la clave que utilizaban Penélope y la persona que realizaba los ingresos. Aunque también puede darse el caso que sea un apellido, una sociedad mercantil... – enumeró al azar – Lo que está claro es que esos trescientos euros que le embolsaron en su tarjeta prepago, fue la cantidad que retiró esa noche en el hotel. Algo raro, ¿no le parece, jefe?

- Seguid rastreando ese nombre – le ordenó. El agente supo que le estaba invitando a abandonar su despacho – No descartaría que nos acabe llevando a otra parte.

En cuanto Quintanilla se retiró con disimulo, volvió a coger su móvil. Tenía un mensaje de Aura. *Déjame antes que me olvide de lo que ha pasado*, le escribió en relación a una nueva entrevista. Leo le envió un dulce emoticono como respuesta y valoró sin duda su esfuerzo. Después, cuando sintió que se había quedado solo, cogió el extracto bancario y repitió en voz alta aquella extraña palabra: Funelli.

El cielo borrascoso palpitaba al fondo de la ventana, donde a ratos lamía con su aliento húmedo la arboleda de la montaña. Aura Valdés apenas se removió del sofá mientras veía (sin atender) un programa de tarde en la televisión y filtraba de vez en cuando la mirada por el cristal de la ventana. De alguna manera necesitaba ruido, otras voces a su alrededor que interfiriesen con las escenas que asaltaban su mente. La periodista cogió el mando y subió el volumen.

- A este paso voy a padecer sordera antes de tiempo.

Carmen, la mujer con la que vivía en aquel apacible chalet, cruzó el salón con dos tazas de té que depositó sobre la mesa baja. Ni siquiera había subido a su habitación a echarse un rato la siesta cuando Aura se percató que aún llevaba puesto el delantal que usaba para fregar los cacharros.

- ¿Me vas a contar qué te ocurre o voy a tener que hablar seriamente con Leo? – remató con su peculiar sentido del humor mientras se sentaba en una de las butacas que había cerca de la chimenea. Aura se incorporó del sillón.

- ¿Y qué se supone que me ocurre? – imaginó que ya no merecía la pena ocultar lo evidente.

- Has comido tres cucharadas del potaje, no has abierto la boca en la mesa. ¿Sigo? – Carmen la escudriñó al tiempo que depositaba la bolsa de té en su plato – Parece mentira que aún no te hayas dado cuenta que huelo los problemas a distancia.

Pero no podía (o aquel contrato de confidencialidad le impedía) aclararle por qué se sentía amedrentada.

- Sólo estoy algo cansada – se excusó – Son muchos días de trabajo y la verdad, me apetece mucho volver a mi casa.

- Eso te iba a preguntar, porque me he dado cuenta que la mayoría de los periodistas que estaban cubriendo el caso, se han esfumado del pueblo. ¡Qué pasa, que a ti te han dejado castigada?

- Eso parece – respondió, por no decirle que sospechaba que su estancia se alargaría hasta que no se hiciese oficial la captura del Serbio. *¿Pero cuándo?*, se cuestionó con una extraña mezcla de abatimiento y agobio.

- Si yo estuviese en tu lugar, aprovecharía para conocer otros rincones de la comarca. Eres muy afortunada de poder vivir una temporada en un entorno como éste.

- Y tienes razón. Esta mañana, sin ir más lejos, he dado un paseo por las afueras del pueblo – evitó contarle que cada vez pasaba más tiempo en el Puesto de la Guardia Civil que en sus propios quehaceres. De pronto, tuvo una idea – El caso es que al rato entré en una tienda de suvenires y me llamó la atención una figurita que había en el escaparate. El dependiente me dijo que se trataba de *un Hombre de Musgo.*

Carmen sorbió un poco de té sin apartar la vista de sus labios.

- El chico me contó una leyenda de no sé qué siglo donde los cristianos se disfrazaron con esa extraña apariencia (desechó manifestarle que más bien le recordaba al *Hombre de las Nieves* pero en versión verde) y que su intención era asustar a los musulmanes que se hallaban al otro lado de la muralla para reconquistar de nuevo la ciudad de Béjar.

- Más o menos – recalcó Carmen – Aunque ésa es la historia oficial que se cuenta a los turistas cuando se acercan a ver la procesión durante la festividad del Corpus.

- ¿Es que acaso existe otra versión? – le preguntó sorprendida.

- Hará cosa de cuatro años, fui a una conferencia sobre criaturas y seres mitológicos de la zona. Recuerdo que una de las ponentes era Pepa, una vecina de La Alberca que vive en una casita de madera retirada del pueblo y que se dedica, por lo que tengo entendido, al cultivo de su huerto ecológico – Aura apenas pestañeaba desde el sofá – Pepa participó con el Ayuntamiento en la publicación de un libro, y fue precisamente ella la que narró al auditorio el origen y la historia oculta de *Los Hombres de Musgo*.

- ¿No tendrás por casualidad un ejemplar? – le espetó.

- ¡Qué va! Por aquel entonces andaba reformando el chalet y tampoco podía gastar mucho dinero. Aunque supongo que Pepa guardará alguno. Si quieres, puedo darte sus señas. Es bastante rarilla; pero si le dices que vas de mi parte, seguro que te trata bien.

Eran algo más de las diez de la noche cuando la agente Barrios comenzó a colocarle un micrófono inalámbrico por dentro del jersey. La periodista llevaba un rato aguardando en el Puesto a que varios de los hombres de Leo terminasen de acondicionar los sótanos con el fin de reanudar el interrogatorio con el Serbio. Estaba bastante nerviosa. Aura no paraba de removerse en la butaca del despacho mientras el sargento le repetía de nuevo que no debía preocuparse, que Lorenzo Garrido había prometido no volver a intimidarla siempre y cuando cumpliesen con su parte del trato: charlar a solas con ella. Había solicitado que no hubiese guardias alrededor, ni siquiera una grabadora con la que recoger una confesión.

Estaba tan deshecho, tan sumamente vulnerable, que Leo tuvo la certeza que pronto iban a conocer la verdad. *Nosotros escucharemos la entrevista desde la sala de investigaciones*, le aclaró. *No correrás ningún peligro; vamos a velar por tu seguridad en todo momento. Cíñete a las imágenes y que te explique por qué lanzó la mesa y el portátil al suelo. Qué vio en ese vídeo para dejar de ser él.*

Minutos más tarde, Aura probó a hablar con el micrófono oculto entre sus ropas. *Todo ok jefe*, le esclareció Medina por el *walkie talkie*.

- ¿Lista? – quiso rastrear en su cabeza.

- Antes he de decirte algo – el rostro del sargento emuló un gesto de fatiga – Al parecer, hay una mujer que vive a las afueras del pueblo que hace años escribió un libro sobre la verdadera leyenda de *Los Hombres de Musgo*. Puede que te resulte una estupidez, pero si nos hiciésemos con un ejemplar e intentásemos comprender su origen, quizá lleguemos a entender qué vio el Serbio en esas imágenes.

Leo no supo qué contestar.

- Me lo contó Carmen esta tarde y éstas son sus señas – le entregó un trozo de papel que guardaba en el bolsillo de sus vaqueros.

- Averiguaré más tarde de quién se trata – abrevió – ¿Lista entonces…?

Aura Valdés descendió atemorizada las escaleras que comunicaban con los sótanos del edificio. Podía percibir el olor a humedad que vagaba en el aire. También el miedo que escarbaba con sus afiladas garras la carne de su estómago. La periodista temió no estar preparada para volver a soportar su sólida mirada. Los recuerdos de la vez anterior se asomaban como esquirlas en su cabeza mientras apoyaba una mano sobre la pared. Notó el frío que desprendía el muro tras unos acentuados socavones. Ni siquiera la fantasmagórica luz procedente de los tubos fluorescentes le redimieron de lo que estaba a punto de hacer.

Aura llegó al final de la escalera y observó el pasillo que se abría dentro de una inquietante y grumosa penumbra. La pared de la derecha, revestida de arriba abajo por grandes bloques de ladrillo grises, se perdía en la oscuridad del fondo, donde una silla colocada a pocos metros le indicó el lugar al que debía dirigirse. Sintió un hormigueo en la piel de sus antebrazos. Aura comenzó a andar despacio, percibiendo el sonido de sus zapatillas contra el suelo de cemento. La primera celda que despejó la pared de la izquierda estaba vacía. Sólo un camastro y una mesa auxiliar componían el escaso mobiliario del interior. Prosiguió su camino. La siguiente celda era semejante a la anterior, con la diferencia de unos horrendos grafitis sobre una de sus paredes. Aura notó que le costaba respirar. Tragó repetidamente saliva mientras pasaba los dedos por su frente. Enseguida percibió una fina película de sudor. La tercera celda tampoco estaba ocupada. De nuevo se fijó en la silla abandonada a su suerte en mitad del pasillo a medida que el corazón le latía más deprisa. Dio un paso al frente y coló la mirada entre las rejas de la cuarta celda. Lorenzo Garrido se encontraba al fondo, sentado a la orilla de su cama con la cabeza enterrada entre sus brazos y el silencio carcomiéndole lentamente. Aura imaginó que aún seguía bajo los efectos del sedante. Entonces apartó la silla y echó la espalda hacia atrás, sintiendo la fría humedad de la pared. Después palpó con las yemas la rugosidad de los ladrillos y por un instante se sintió resguardada.

- ¿Hola...? – el eco de su voz rebotó en aquel reducido espacio. El Serbio ni siquiera se inmutó – ¿Me escuchas? Soy yo, Aura.

Poco a poco comenzó a levantar la cabeza, donde la periodista vislumbró la sensación de derrota que devoraba su mirada. También la fatiga que roía su actitud, con los dedos de sus manos entrelazados.

- Me dijeron que querías verme – continuó.

- Tenía que pedirte disculpas – sus palabras sonaban exhaustas – No sé qué me pasó.

- Ni yo tampoco. ¿Por qué estabas fuera de sí? ¿Qué viste en ese vídeo, Lorenzo?

- La verdad – resumió con desgana – Vi lo que he intentado evitar durante estos días: reconocer que yo maté a Penélope Santana.

Aura apenas reaccionó. Le costaba admitir lo que Garrido acababa de pronunciar con tanta facilidad mientras raspaba las palmas de sus manos contra la pared con intención de asegurarse que seguía en los calabozos. El micrófono que llevaba escondido en su jersey, habría recogido su confesión. Imaginó que arriba, en la sala de investigaciones, los agentes estarían celebrándolo.

- No lo entiendo – dijo– ¿Por qué? ¿Por qué ahora, cuando podías haberlo hecho mucho antes? ¿Qué viste en esa grabación?

- Y eso qué más da – articuló con la voz ronca – ¿No era lo que buscabais? Sólo os pido que me saquéis pronto de aquí. No soporto más este lugar.

Aura esgrimió un gesto de desconfianza.

- Está bien – respondió – Pero antes me debes una explicación. Tengo la sensación de que te has reído de mí. Me siento incluso estafada. De haberlo sabido, no hubiese aceptado el trato.

- Nunca te engañé – abrevió – Tal vez puse demasiadas expectativas en ti. Pensé que eras mejor periodista, aunque ya veo que me equivoqué.

Aura apretó las uñas contra las palmas de sus manos y sintió un ligero escozor.

- ¿Vas a decirme qué ocurrió? Tampoco tengo todo el día – lanzó con brusquedad.

- Hace algo más de un año, Gustavo Santana se pasó a verme por prisión. Supongo que los funcionarios de Topas ya os habrán informado al respecto. La intención de su visita no era otra que perjudicar mi situación en Topas. El muy cretino pretendía involucrarme en un caso de homicidio; algo que había descubierto durante el transcurso de una investigación y que sospechaba que alguien de la cárcel podía estar involucrado.

- ¿En algún momento te contó qué había descubierto? – le cortó.

- Jamás – contestó tajante – Sólo quería utilizarme de topo, que hiciese preguntas a otros compañeros de prisión, que averiguara información relativa a ese caso. Nunca llegué a enterarme de qué se trataba puesto que me negué a colaborar. Gustavo me amenazó con hacerme la vida imposible y a las pocas semanas, varios guardias me sacaron de la cama y me golpearon con toallas mojadas en los baños. Supuse que era el final. Creo que dejé de sentir los golpes cuando perdí el conocimiento. Ese policía era un hijo de puta y me alegré de lo que le ocurrió. Se lo merecía. ¿O te piensas que sólo se vengó ésa vez? El último aviso lo tuve días antes de ese accidente de coche; no te puedes hacer una idea de la sangre que escupí cuando extraje varios cristales de mi boca. Los guardias me los habían colocado dentro de un sándwich.

La periodista no pudo evitar cerrar los ojos ante aquella desagradable imagen.

- ¿Y por qué Penélope? – disparó a bocajarro – Ella no tuvo nada que ver.

- Eso depende de la manera en que se interprete – Aura intuyó en la penumbra que perfilaba una sonrisa – Dime Aura, ¿nunca has sentido el impulso de querer hacer daño, de dar rienda suelta a esa rabia que corre estrepitosa por tus venas?

No tuvo el valor de responderle.

- Era la única manera de devolverle el golpe – aclaró – Aniquilando su mayor posesión.

- ¿Cómo sucedió? – le preguntó, todavía impactada por sus palabras.

- Fue ella la que se puso en contacto conmigo. Nunca supe cómo consiguió mi número, aunque me figuro que debió encontrarlo entre las anotaciones que su padre guardaría en relación al caso que investigaba. Me dijo que Gustavo había sufrido un accidente mientras patrullaba cerca de La Alberca, que los médicos le habían inducido a un coma por la fuerte contusión que recibió al chocar la cabeza contra el volante y que si había decidido escribirme, fue porque su padre había apuntado que tenía que volver a hablar conmigo por si había cambiado de opinión.

- Y la vida te regaló la oportunidad que tanto implorabas – añadió – Vengarte de él.

- Muy astuta – puntualizó el Serbio con el cuerpo hacia delante. Las sombras de su celda continuaban asfixiando sus rasgos – Lo de *Los Hombres de Musgo* fue una excusa para ganarme su confianza. Ella me contó que le gustaban las leyendas de la zona y nuestras *"aficiones"* – remarcó las comillas con sus manos – conectaron al instante. El vídeo que me mostraste ni siquiera lo grabó Penélope. Lo encontré por casualidad en internet y se lo envié a su móvil.

- ¿Con qué finalidad? – le preguntó a sabiendas de lo que iba a responderle.

- Para atraerla. ¿Crees que me resultó difícil asegurarle que había encontrado unas pruebas que demostraban que el accidente que sufrió su padre había sido provocado? – Aura se mordió la lengua para evitar llamarle otra cosa – La pobrecita cayó en la trampa cuando la cité ese día en el bosque. Estaba seguro que acudiría.

- Supongo que gracias a la rápida intervención de un cómplice. Por ejemplo, Baltasar Escudero.

- ¿Cómo dices…? – Garrido emuló un rictus de incomprensión.

- Ahora no me irás con el cuento de que apareciste en La Alberca por tu propio pie. Alguien debió ayudarte.

- Claro – intervino – Un camionero portugués que me recogió en la carretera.

Aura dudó si era cierto lo que intentaba garantizarle mientras filtraba la mirada entre los barrotes de su celda.

- De acuerdo – apostilló – Pero todavía hay un detalle que sigo sin entender. ¿Por qué el cabello de Penélope tenía restos de agua marina?

- Quizá no sea el más indicado para responder a eso – Lorenzo Garrido parecía estar harto del interrogatorio.

- ¿Por qué?

- Porque se te escapa el ligero detalle de que jamás estuve con ella durante el tiempo que permaneció desaparecida.

- Pero algo te contaría en sus mensajes. Me extraña que no estuvieses al tanto del lugar en el que se escondía.

- ¿Y por qué debería saberlo? – le rebatió.

- No sé, tú mismo lo has dicho: te ganaste su confianza…

- Puede que una vez mencionase algo de una zona con costa cerca de Sintra. Aunque tampoco estoy del todo seguro.

- ¿Sintra? – pronunció con sarcasmo – ¡Guau! Tuvo que deseárselas para eludir los controles aduaneros de Portugal.

- ¿No han pasado ya los veinte minutos de rigor?

Aura se dio cuenta que le estaba invitando a marcharse.

- ¿Cansado?

- Más bien hasta los cojones. ¿Te vale así? – se levantó de su camastro – Ya tienes tu titular para mañana. ¿No era lo que querías? Pues ahora, si no te importa, dile a ese sargento que ya puede ir poniéndome a disposición judicial. Yo también conozco mis derechos. ¿O pensabas que iba a quedarme de brazos cruzados al retenerme más tiempo del permitido?

La periodista exhaló un hondo suspiro a medida que se retiraba de la pared. Entonces, Garrido caminó hacia ella y soldó sus manos a los barrotes. Aura no pudo esquivar la tensión que ejercía la piel de sus nudillos.

- A veces es imposible conocer el resto de la verdad – le susurró – Ni siquiera aunque tengamos esa llave que todo lo abre…

Sus ojos apresaron el colgante que pendía de su cuello.

- Hasta siempre, Serbio – le espetó, cansada de sus jueguecitos.

- Ahí también te equivocas, *mi Rosa de los Vientos…*

Y como si recitase una letanía ancestral, Lorenzo Garrido atravesó con sus palabras una herida que aún sangraba en la memoria de Aura Valdés.

El estrépito que se escuchaba tras la puerta de la sala de investigaciones, le retrajo aún más en sus pensamientos. Posiblemente la periodista no compartía la misma euforia que los agentes del Puesto de la Guardia Civil cuando subió las escaleras de los calabozos y se dirigió abatida hacia el fragor que bullía dentro. Antes de cruzar la puerta, se secó con las mangas del jersey la humedad suspendida en su lacrimal. No quería dar pábulo a chismes mientras avanzaba cabizbaja por un pasillo iluminado por la luz de los tubos fluorescentes y se liberaba del micrófono inalámbrico. En cuanto franqueó la sala, los guardias arrancaron en aplausos a medida que Leo la estrechaba entre sus brazos como resultado de su encomiable labor. Tal vez en ese instante, deseó retener en su memoria el agradable aroma que desprendía.

- Lo tenemos – le aseguró con una amplia sonrisa – Y todo gracias a ti, Aura. Mañana mismo aviso al juez para que lo ponga a disposición judicial.

- Muy bien – precisó. Baeza se dio cuenta que no estaba por la labor de celebrarlo.

- ¿Me he perdido algo…? – sospechó.

- Qué va. Lo que habéis escuchado.

- Entonces te animarás a tomar unas cañas en el pub, ¿no?

Baeza no estaba seguro que fuese a aceptar su invitación.

- Mejor otro día – respondió con la mirada esquiva – Prefiero irme a casa.

- ¡Pero Aura…?

- En serio Leo, no insistas. Estoy agotada – le cortó con brusquedad.

- De acuerdo, mañana nos vemos entonces…

Aura depositó el micrófono en una de las mesas y se escabulló sin hacer ruido. Tal vez el motivo de su repentina huida se debía al reflujo de sensaciones que comenzó a escalar por su tráquea y que desechó ya en la calle en cuanto rompió a llorar. Aura fue incapaz de controlar la congoja que escupió por su boca mientras correteaba por las calles desiertas de La Alberca. Quizás se agarró al muro de una vivienda para recobrar poco a poco el aliento. Pero una vez que sacó el móvil de su abrigo y abrió su correo electrónico, escribió un escueto mensaje al director de la agencia *Satellite*: *Hola Coto. Tenemos que hablar. Necesito dejar el caso.*

Horas más tarde, Hooded saltó las verjas del reformatorio. Llevaba un rato esperando fuera del recinto a que las luces que despedían algunas ventanas se apagasen por completo. Una vez que comprobó que tenía vía libre, se encaramó a los barrotes que cruzaban la verja de la entrada y trepó encapuchado por ella. La claridad de la luna espejaba sombras mortecinas por el jardín. Hooded rehusó encender la linterna de su móvil para alumbrar el camino y se escurrió sigiloso entre la vaporosa neblina que se deslizaba cadenciosa. El aire de la noche agitaba con ternura las ramas de los cipreses. El informático llegó apresurado hasta una de las ventanas y la abrió con sumo cuidado de no despertar a nadie con su inquietante chirrido. Se acordó de la idea que tuvo esa mañana al taponar con un chicle la pestaña de los cuartos de baño. Al menos (pensó), la estrategia resultó infalible.

Hooded se coló en el interior con descarada agilidad. Rápidamente sacó su portátil de la mochila y lo encendió de camino a la secretaría. La débil luminosidad de los focos de emergencia desprendía una aureola rojiza en el pasillo. Era como si transitase en el mecanismo de una pesadilla mientras aceleraba el paso con el sudor resbalando por el costado de su sudadera hasta penetrar en las tinieblas de aquella sala alimentada por el destello de algunas regletas. Entonces, encendió el ordenador de una de las mesas. Hooded depositó su portátil al lado y se sentó en la silla mientras atravesaba con la mirada la cristalera que comunicaba con el pasillo. El sistema le pidió la contraseña. *¡Mierda!*, imprecó. Utilizó un comando oculto para llevar a cabo su tarea y tecleó en la barra de búsqueda la palabra *netplwiz*. Al cabo de unos minutos, el PC le dio acceso.

Hooded conectó un cable a ambos equipos y rastreó entre las distintas carpetas organizadas a los márgenes del escritorio. En cuanto localizó la que buscaba, *Altas de Internos*, cliqueó encima del archivo *2010*. El año que Vega Molina abandonó la Casa Escuela, recordó. Entonces, volcó la información en su portátil. Una ventana le indicó que llevaba un 5% copiado. Se puso nervioso. Mientras los datos se filtraban, el informático tuvo una extraña sensación, como si alguien le estuviese acechando en la distancia. Oteó en la penumbra los techos de la sala y verificó que no había ninguna cámara apuntándole.

No puede ser, balbució. El informático sintió un haz de luz que recortaba la oscuridad del pasillo. Un breve fogonazo que le levantó de la silla y le dirigió al cristal. Enseguida escuchó un silbido acompañado del eco de unas pisadas. La luz volvió a asomarse al fondo. Hooded notó que su ritmo cardiaco se aceleraba y sospechó que debía tratarse del guardia de seguridad. Tampoco cayó en ese ínfimo detalle, por lo que regresó a la mesa y se asomó de nuevo a la pantalla del ordenador: 60% almacenado. Tiró entonces del cable e interrumpió la grabación. Hooded pensó en esconderse mientras guardaba el portátil en su mochila. Tal vez lo vio demasiado arriesgado en cuanto la claridad de una linterna iluminó del todo el pasillo. Pero una vez que se escurrió por la ventana de la secretaría y atravesó corriendo el jardín, escuchó unas voces a sus espaldas a medida que un rastro de luz intentaba apresarle.

Las cortinas de vapor flotaban por fuera del arroyo. Sólo el rumor del agua al escurrirse entre los cantos parecía desbrozar la quietud del ecosistema mientras el claro de luna se enredaba entre las ramas de los pinos y salpicaba de luz varias porciones del suelo.

Sin embargo, la chica del cabello pelirrojo continuaba desnuda bajo el dominio de los focos de un coche. Su piel era transparente, pecosa alrededor de sus brazos, con las venas azuladas asomándose por debajo de su vientre y un pubis rasurado que sobresalía tras su hueso pélvico. Unas manos enguantadas repasaron de nuevo el enhiesto contorno de sus pezones. Luego ascendió hacia sus aventajadas clavículas y terminó el trayecto en aquel rostro sumergido en su propia conmoción. Entonces bajó sus párpados y comenzó a dibujar con un lápiz negro aquellos dos símbolos que se sabía de memoria. Primero una espiral y más tarde un cubo con las aristas pronunciadas.

Después, cuando arrancó el motor, el bosque se encargó de sepultarla en la oscuridad.

DIA 14

Lorenzo Garrido se diluyó en las brumas de su sueño cuando el timbre de casa volvió a sonar. Lentamente abrió los ojos y descubrió que se encontraba en su habitación. La luz del alba intentaba colarse por las rendijas de la persiana a medida que se incorporaba de la cama y notaba restos de sangre en su saliva. Tal vez la herida que palpitaba en su carrillo interno formaba parte de un deseo no resuelto. Aura cerró de nuevo los ojos y se concentró en las imágenes que todavía sacudían su mente. Aún podía sentir el calor de sus brazos, sus labios acercándose a los suyos, el aire que le impedía avanzar hacia él. Era como si de alguna manera bloquease la fluida atracción que existía entre ambos; como si evitase reconocer que el Serbio simbolizaba *esa respuesta* a la que era incapaz de enfrentarse.

Aura descendió en pijama las escaleras del primer piso y franqueó la cocina. Su rostro emuló una señal de desaprobación en cuanto reparó en la presencia del sargento. Quizás ninguno de los dos tuvo el valor de dirigirse la palabra cuando Carmen giró el cuello y observó a su inquilina delante del quicio de la puerta.

- Ha venido a verte – le anunció – ¿Te hemos despertado?

- ¿Qué hora es? – pronunció con la voz pastosa.

- Las ocho menos cuarto – respondió Leo.

Carmen percibió la cortante tensión que se mascaba en aquel reducido espacio y sacó una bolsa de tela de uno de los cajones.

- Voy a salir un momento a hacer la compra. Por cierto Aura, acabo de hacer café. Si necesitas algo, pégame un toque. ¿Ok?

La periodista se refugió en sus pensamientos a medida que le daba la espalda a Leo y buscaba un vaso limpio dentro del lavavajillas. Después, se escuchó un portazo. Aura comenzó a ponerse nerviosa. Sentía la mirada de Leo en su nuca. También su agitada respiración.

- He comprado cruasanes – le anunció inseguro – Pensé en invitarte a desayunar.

- Tampoco era necesario – le cortó – Pero gracias. ¿Te apetece un café?

- Vale.

Leo se sentó en un taburete y depositó el paquete de cruasanes sobre la isla central. Luego vio que llenaba dos tazas de café y las introducía acto seguido en el microondas. No sabía cómo abordarla.

- ¿Estás bien conmigo? – soltó de pronto.

- ¿Por qué no iba a estarlo? – le contestó reacia.

- No sé, ayer te noté rara cuando subiste de los calabozos. No parecías la misma.

- Te dije que estabas cansada – alegó en su defensa cuando un pitido le anunció que estaban listos los cafés. Después dio media vuelta y depositó las dos tazas sobre la meseta. Le costaba mirarle a la cara.

- Y lo entiendo. Debió resultarte angustioso lo que ocurrió allí dentro. Pero a veces siento que pones excusas cuando te propongo un plan. No sé si hay algo que quieras decirme o que te haya molestado.

- ¿Por qué me da la impresión que siempre tengo que justificarme? – descerrajó. Leo no pudo apartar la vista de sus labios – Olvídalo. Tampoco quiero discutir. Voy a dejar el caso...

- ¡Cómo dices? – alzó la voz.

- Anoche le envié un correo a mi jefe. Quería que fueses el primer en saberlo.

- ¡Pero por qué? – se preguntó incluso a sí mismo – ¡Ahora mismo no tiene sentido, y menos después de haber obtenido la confesión del Serbio! Tú misma me dijiste que viniste en busca de un buen reportaje. ¡Pues aquí lo tienes, Aura! Te prometí el caso completo y su posterior publicación.

- Lo siento, pero no voy a cambiar de opinión – la periodista era incapaz de levantar la mirada de su taza – Estoy esperando una respuesta de Coto.

- ¡Mientes! – voceó – ¡Sé que estás mintiendo! No soy tonto, Aura. Huyes por lo que pasó esa noche en tu coche. Al menos, admítelo. Di que nunca debió ocurrir, que no tuvimos que besarnos.

- Te equivocas, y mucho, si piensas que me voy por ese motivo – recalcó.

- ¿Y por qué tengo la certeza de que me ocultas algo? – insistió – ¿Es por él, verdad? ¿Es por Lorenzo Garrido?

Aura esbozó una extraña mueca en su rostro difícil de disimular.

- ¡Lo sabía! – señaló bastante confuso – ¿Qué sucedió anoche en el calabozo? Te juro que no me iré de esta casa hasta que me des una respuesta sincera.

Una súbita congoja comenzó a trepar por su pecho a medida que taponaba su boca con ambas manos para entorpecer la llantina que le sobrevenía. Leo se levantó de la butaca y esquivó la isla con intención de consolarla. Sin embargo, Aura agachó la cabeza para que no viese su lamentable estado.

- Venga, suéltalo – le animó mientras acariciaba sus hombros – ¿Por qué estás así?

- ¡Me quiero ir! – gritó desconsolada – ¡Pensé que no me afectaría, pero me he dado cuenta que aún no lo he superado!

- ¿Qué es lo que no has superado, Aura? – intentó adoptar el rol de psicólogo. Ella lloraba amargamente.

- Lo de mi madre – dijo. Leo provocó un silencio para que siguiese desahogándose – Nos abandonó a mi padre y a mí cuando tenía diez años. Nunca más volvimos a saber de ella, ni siquiera la policía supo qué le ocurrió. Se fue sin más y nos dejó para siempre. Por eso le pedí a Coto que no me obligase a venir; temía que pudiese afectarme, que me desestabilizara como la vez que tuve que cubrir una noticia similar. Pero tampoco me dio otra opción. Mi compañero Juárez se encontraba en Inglaterra cuando apareció el cadáver y nadie más de la plantilla podía desplazarse.

- Lo siento – fue lo único que se atrevió a articular mientras Aura intentaba reponerse a medida que se secaba las lágrimas.

- Esta llave es lo único que conservo de ella – la apresó entre sus dedos – Por eso nunca me la quito. Mi padre me dijo que se la regaló al poco de conocerse.

- Lo que sigo sin entender es qué relación hay entre tu historia y la del Serbio.

- Tenías razón. Te mentí – Aura consideró que le debía una explicación al hombre que continuaba reconfortándola con sus manos – Antes de abandonar los calabozos, Lorenzo Garrido se acercó a las rejas y me susurró que por mucho que me aferrase a esta llave, jamás descubriría por qué mi madre me abandonó.

Leo se quedó pensativo sin entender todavía lo que estaba pasando.

- Pero… ¿En alguna ocasión le mencionaste algo al respecto?

- Ése es el problema. Jamás le he dicho nada.

- ¿Y en tu blog? Puede que leyera algo relacionado con…

- Tampoco – le interrumpió.

- Entonces su propósito no era otro que hacerte dudar. Posiblemente localizó tu punto débil durante las entrevistas y ahora está jugando con tus sentimientos. Créeme, no le des mayor importancia.

- ¡Pero no lo entiendes! – elevó de nuevo la voz – ¡Es imposible que supiera eso!

- ¿Qué insinúas…?

- Que el Serbio sabe algo sobre la desaparición de mi madre – subrayó – Y a mí, desde luego, no me conoce de visitar mi blog de vez en cuando.

Aura lo expresó con tanto énfasis, que Leo no supo a qué atenerse en consecuencia.

- Motivo por el cual deberías quedarte – aprovechó su argumento – Si has conseguido arrancarle anoche una confesión, estoy convencido que podrás averiguar qué oculta en relación a tu madre.

- Ya veo que no vas a parar de insistir… – dedujo afligida.

- No quiero que te marches hasta que todo esto acabe. Te necesito a mi lado.

El sargento estaba haciendo un sobreesfuerzo por mostrarle parte de sus temores. Tal vez aún no estaba preparado para dejarla marchar.

- Pues entonces, escúchame – cambió de tercio – Dudo mucho que Garrido contase toda la verdad.

- ¿A qué te refieres? – intentó adivinar.

- No sé, es como si quisiera cargar con la culpa de otro. El Serbio que me encontré ayer en el calabozo, dista mucho del que estoy acostumbrada a entrevistar.

- No tiene sentido – le rebatió – ¿Por qué iba a inculparse de algo que no ha cometido? Te recuerdo que ha reconstruido paso a paso su *modus operandi*.

- ¡Ah, si…? – alargó la última vocal intencionadamente – ¿Y desde cuándo estuvo Penélope en la costa portuguesa como aseguró? Porque, que yo sepa, siempre estuvo recluida en ese viejo palacete. Pero al no tener ninguna explicación lógica que ofrecerme respecto a la sal que se halló en su pelo, prefirió inventárselo junto con lo de esa entrevista que mantuvo en Topas con su padre.

- Ahí te equivocas – le aseguró mientras removía el café con la cucharilla – Esta mañana nos han confirmado desde prisión que Gustavo le hizo una visita un mes antes del accidente. El motivo lo desconocen, pero su presencia quedó registrada.

El teléfono de Baeza comenzó a sonar. Aura sospechó que de ser cierto lo que acababa de manifestarle, la clave de ese oscuro entramado debía esconderse en la conversación que Lorenzo Garrido mantuvo con el padre de Penélope. ¿Qué buscaba exactamente de él? ¿En qué momento decidió Gustavo pasarse por prisión? De pronto, desconfió de la historia que le relató al otro lado de las rejas.

- ¡Qué cojones estás diciendo! – clamó Leo con el teléfono pegado a su oreja.

Aura le lanzó una mirada reticente al otro lado de la isla. El sargento, en cambio, se resignó a estrujar sus mandíbulas.

- No pude ser. ¡Joder!

El bosque estaba sumido en una soñolienta penumbra cuando media hora más tarde, Leo comenzó a descender el abrupto repecho conquistado por una selvática flora. La humedad que traspiraba el suelo, apenas era invadida por la claridad del día; tal vez la compleja frondosidad de los árboles tamizaba con sus ramas las porciones de un cielo helado que intentaba asomarse en desventaja. Un juego de luces polvorientas que caían en perpendicular mientas el sargento se aferraba a los troncos de algunos pinos por miedo a resbalar. El musgo crecía voraz por su corteza. También el verdín espolvoreado entre las raíces que se retorcían como alimañas por fuera de la tierra. Leo hincó las suelas de sus zapatos sobre el terreno arcilloso y percibió el lejano rumor del agua entreverado con el canto de algunos pájaros.

Al fondo, el sargento intuyó un centelleo tornasolado procedente de varias patrullas. Luego se fijó en los trajes blancos de bioseguridad criminalística con el que los peritos técnicos cubrían sus cuerpos para no contaminar el escenario a medida que se movían en derredor cerca de la orilla. El sonido del agua empezó a vibrar mucho más fuerte en sus oídos y oteó en la distancia aquel puente de piedra. La hiedra se descolgaba como tentáculos hasta arañar el caudal del arroyo. Leo atravesó los últimos metros que le separaban de la senda que se abría en el corazón de Las Batuecas, y supo entonces que se encontraba en un lugar mágico y ancestral sino fuera por el verdadero motivo que le había llevado hasta *El Camino del Agua.*

David Ochoa y Luis Sastre fueron los primeros en advertir su presencia entre la maleza. Se distanciaron del resto de policías que charlaban a un palmo de las patrullas para salir a su encuentro.

- ¿Alguien puede decirme qué ostias está pasando? – disparó con la mirada furiosa. Después inclinó la cabeza a modo de saludo al advertir a varios de sus agentes.

- Rebeca Ortiz, veintidós años, natural de Mogarraz – escupió David con los ojos clavados en unas anotaciones – Sabemos que es ella porque anoche sus padres se presentaron en la comisaría de Béjar con intención de emitir una denuncia por su desaparición – Leo perfiló en su rostro un rictus de incomodidad – Se les informó que no se podía efectuar dicha denuncia hasta que no hubiesen transcurrido las veinticuatro horas reglamentarias.

- Estás de coña, ¿no? – emitió con la voz ronca.

- También se les comunicó que podían pasarse por la mañana en caso de que la chica apareciese por casa. Por si se trataba de un error.

- Órdenes de Rosales – lanzó Luis Sastre un salvoconducto a su compañero.

- El caso es que los padres insistieron y dejaron en la comisaría una fotografía de la muchacha junto con sus datos personales. Por eso sabemos que es ella – recalcó.

- ¿Por casualidad sabríais decirme porque nadie me informó? – ambos agentes se miraron al presentir que estaba a punto de estallar – Lo digo porque hace cosa de diez días, apareció otro cadáver no muy lejos de aquí. ¿Eso no os da qué pensar…?

- A ver Baeza, sabes perfectamente que al no pasar las veinticuatro horas preceptivas, tampoco se puede iniciar un dispositivo de búsqueda si es a lo que te refieres – intentó Luis calmar sus ánimos.

- ¿Eso también viene del comisario Rosales? Porque, que yo sepa, a veces se pueden hacer excepciones, y más habiendo un asesino suelto en una zona donde nunca, ¡nunca!, se han dado casos similares.

Todo el mundo paró de trabajar para depositar sus miradas en él. Baeza se percató que Elisa Vázquez le estaba haciendo una señal a lo lejos mientras los dos policías se mantenían callados con la actitud reservada. David no paraba de hundir sus dedos en su poblada barba *hipster*.

- Ahora nos vemos – se despidió sin más.

El sargento echó a andar hacia ella con el talante circunspecto. Enseguida cayó en la cuenta que ninguno de sus guardias se atrevió a cortarle el paso mientras la forense se retiraba sus guantes de látex para guardárselos en el bolsillo de su bata hechos un gurruño. Quizá la sonrisa con la que le gratificó de pronto, le sirvió para medir sus propios desaires (o esos arranques de furia a los que ya estaban familiarizados).

- No te he visto llegar – intentó localizar su vehículo entre el resto de patrullas.

- He aparcado el coche un poco más arriba – le esclareció, por no decirle que estaba tan nervioso por llegar al escenario que no se le pasó por la cabeza que podía tomar el sendero del bosque – ¿Entonces es cierto…?

- Supongo que te habrán informado que se trata de Rebeca Ortiz, una vecina de Mogarraz – le resumió con suma precaución, evitando un nuevo brote de cólera – El que la asesinó, abandonó su cadáver ahí mismo – señaló con la mano hacia un punto concreto.

La mirada de Leo siguió el itinerario por la suave pendiente que languidecía hasta el caudal del arroyo. Algunos técnicos forenses inspeccionaban visualmente el terreno, colocando unos carteles con números en ciertos puntos estratégicos. Otros, en cambio, aplicaban *luminol* sobre unas rocas en busca de restos de sangre (dedujo), u otras pruebas evidentes. Sin embargo, más allá de los eucaliptos que crecían entre las raíces de los chopos que se asomaban por fuera del agua, más allá incluso del inquietante silencio que a ratos era rasgado por una brisa que removía la hiedra que caía en jirones por el puente de piedra, Leo observó que el cuerpo de la chica descansaba sobre una isleta rocosa. Estaba completamente desnuda. Su cabello, rojizo, parecía haber sido cepillado, con las puntas por dentro del agua. Su complexión era esbelta, con la piel blanquecina y el pubis rasurado. Desde aquella posición percibió sus labios azulados a causa del frío, los ojos abiertos e inexpresivos; también los brazos ligeramente separados del tronco, como si quisiera acompañar en su vuelo a Penélope Santana. Leo tuvo el extraño convencimiento que ambos cadáveres coincidían en bastantes aspectos.

- Te habrás dado cuenta que el ritual es exacto – llamó Elisa su atención.

- ¿También le han pintado esos dos símbolos en los párpados? – fue lo primero que le vino a la mente.

- Al igual que una castaña en su mano derecha – le confirmó.

- ¿Qué más me puedes contar? – le requirió mientras volvía a sepultar la mirada en Rebeca Ortiz.

- Lleva muerta alrededor de ocho horas. No sí te han comentado que fue una de esas avionetas que utilizan los pilotos en prácticas quien dio la voz de alarma a la policía – Leo advirtió que su mal humor le había llevado a pasar por alto ciertas pautas del reglamento – Creo que estaba sobrevolando la zona cuando la vieron tumbada cerca del río. El caso es que fue asesinada de noche puesto que aún conserva el rigor mortis en su fase de inicio.

- ¿Sabes cómo murió? – le espetó como si se tratase de un desafío.

- Al igual que Penélope. Tiene una marca parecida a la altura del corazón. Utilizaron de nuevo una jeringuilla para suministrarle, sospecho, otra cantidad de cloruro de potasio. Es prácticamente similar: misma henna en los párpados, cabello húmedo pese a no haber llovido. Es posible que encuentre restos de sal marina en cuanto le practique la autopsia en el Anatómico – apuntó convencida – Baeza, no he querido decir nada por miedo a meter la pata, pero imagino que habrás caído en la cuenta que el patrón se repite...

Tal vez el sargento llevaba varios minutos eludiendo lo que ya sabía, que el Serbio era inocente pese a mantener su sello distintivo en el cuerpo de la joven. Quizá su propia torpeza le había conducido a un gravísimo error al considerar a Garrido como único culpable de un caso que le estaba devorando los sesos. Sospechó que le acabarían arrebatando la placa por su mala praxis y su indudable ineptitud; aunque tampoco presintió que las cosas podían ir peor.

- Tienes visita – le anunció la forense – Y por lo que veo, no trae muy buena cara.

Varios de los hombres de Baeza se apartaron cuando el juez Castillo salió de su coche con el talante adusto. Enseguida buscó con la mirada al sargento y comprobó que se dirigía a él con el paso apresurado mientras le hacía una seña para que se acercara hasta un recodo, fuera del alcance del resto de agentes que pululaban por las inmediaciones. Leo reparó en la rigidez de sus facciones; también en sus ojos con síntomas de fatiga, enrojecidos por la red de vasos capilares que secuestraban su esclerótica. Llevaba un abrigo oscuro de tres cuartos a juego con su traje de sastrería, al igual que una corbata vistosa, posiblemente regalo de su mujer por algún aniversario. En cuanto se detuvo a un palmo de distancia, su olfato advirtió el reconcentrado aroma a tabaco que despedía su ropa; después presintió que tal vez se habría servido de una copa de whisky antes de presentarse en la escena del crimen.

- Estamos literalmente muertos – pronunció con la voz aguardentosa.

Leo comenzó a ponerse nervioso, incapaz de articular una palabra. Al menos, verificó que compartían los mismos temores: Lorenzo Garrido.

- ¡Y ahora qué, Baeza? ¿Qué va a ser lo siguiente? Porque te recuerdo que si estamos aquí, es por tu culpa. Y mía por no frenarte los pies a su debido tiempo. Tenía que haberme dado cuenta que no estabas hecho para esto.

- Si has venido a tocarme los cojones, será mejor que te largues. ¿Qué piensas, que a mí no me preocupa tanto como a ti?

- ¡Pero no te das cuenta que te has metido tú solito en este callejón? – le espetó en voz baja. Parecía albergar demasiado interés en verbalizar sus errores – Te dije que no era buena idea retener a un preso sin dar constancia oficial a los de *Arriba*. No debiste ocultar al Serbio tanto tiempo cuando ahora parece que tenemos a otro asesino acechando la zona – Leo se abstuvo de explicarle que más bien a un imitador – ¿Y ahora, quién se supone que ha matado a esa chica? Tuviste que haber explorado otras vías…

- ¿Y qué crees que he estado haciendo durante estas semanas? – sonó amenazante.

- Baeza, te voy a ser muy claro: ¿por casualidad te has planteado qué ocurriría si esta mierda se filtrase a la prensa y llega a oídos del Ministerio?

- Sé que hay que atraparle cuanto antes. Intensificaré un dispositivo de búsqueda si hace falta – soltó con atropello.

- Me refiero a si llegasen a publicar las numerosas irregularidades que el sargento de la Guardia Civil de La Alberca al mando del caso Santana, ha cometido en el transcurso de sus investigaciones. ¿Te has parado a pensarlo por un momento? – su voz se tiñó de oscuridad – Aparte de comprometer al Puesto y a tus compañeros, el Gobierno instigará a los órganos competentes para que te abran un expediente disciplinario, con la consabida pérdida de placa en el mejor de los casos.

- ¿Y qué ostias debó hacer, según tú? – su respiración fluía entrecortada.

- Abre de una puta vez los ojos, Baeza. Has retenido a un hombre mucho más tiempo del permitido, has metido a una periodista en el caso. ¿Sigo…? – enumeró con las mandíbulas a punto de pulverizarlas – Por ahora es necesario hacerlo público, tienes que sacar al Serbio a la palestra.

- ¿Con qué motivo? – le exigió respuestas.

- Para tener entretenida a la prensa – matizó – Fingiréis haberlo capturado esta noche para inmediatamente después, hacer un comunicado. ¿Te enteras? Informarás a los medios que Lorenzo Garrido ha asumido la autoría de ambos crímenes. Esto no sólo nos dará algo de ventaja para distraer a los periodistas; también nos ayudará a que el verdadero asesino se asegure de que habéis culpado al tipo equivocado. No cuidará tanto sus pasos, aunque corremos el riesgo de que se sienta suficientemente seguro como para volver a matar.

Leo calculó de arriesgada su maniobra a tenor de cómo se habían planteado los últimos acontecimientos. Dudó que el Ministerio del Interior no les echase antes el guante.

- Mientras tanto, el Serbio permanecerá en los calabozos. Hablaré con el Fiscal para que nos dé una tregua – le confirmó.

- ¿Qué pretendes? – quiso averiguar a toda costa.

- Descartar que también esté involucrado en el homicidio – Castillo intentaba avanzar entre los riesgos que podían aparecer – Colaborarás con la Policía Nacional. Sin secretos, Baeza – le recalcó – El sistema de interrogatorios que llevaste a cabo junto a esa periodista, queda terminantemente prohibido. ¿Estamos? Serán tus agentes y los hombres de Rosales quienes ahora le presionen con el fin de desechar cualquier tipo de vínculo con su imitador. Debemos ser prudentes.

El sargento prefirió no emitir ningún comentario mientras soportaba su mirada feroz.

- No podemos perder más tiempo – le instó – ¿Hay alguna novedad, alguna pista por dónde rastrear...?

Ni siquiera tuvo la valentía de confesarle que al igual que Aura, sospechaba que el Serbio les había tendido una trampa la noche anterior.

- Creo que no... – masculló rabioso – Al menos, no encuentro una relación lógica.

- Pues pide ayuda si es necesario. Y mantenme informado de todos los avances. Ahora sí que quiero seguir el caso de cerca.

Aura sintió una pesada losa sobre su pecho a medida que volvía a releer en su móvil el correo electrónico. Tal vez tuvo incesantes ganas de llorar mientras reprimía la congoja en la base de su garganta al otear desde el sillón el cielo gris que empañaba el cristal de la ventana. Puede incluso que se planteara dejar su trabajo pese a no tener otras ofertas de empleo. Pero en aquel instante, cuando todo su mundo se desplomaba con estrépito bajo sus pies, el timbre de casa pareció redimirla de su sufrimiento. Aura atravesó el pasillo y se imaginó a Carmen al otro lado de la puerta buscando desesperada las llaves en su bolso. Sin embargo, sus ojos emitieron un destello confuso en cuanto se cercioró de su presencia.

- ¿Qué haces aquí? – disparó – Te hacía en...

- ¿Puedo pasar?

Aura arrastró la puerta hacia la pared mientras Leo franqueaba la entrada con una extraña mezcla de abatimiento e inquietud sobre sus hombros. Su rostro, en cambio, revelaba una preocupación mayor.

- ¿Te pillo en buen momento? – le preguntó de camino a la cocina. En el fondo necesitaba borrar de su mente la conversación que había mantenido con Castillo.

- Parece ser que la noticia de esa chica ha transcendido – le ratificó – Varios medios se han encargado de *retwittear* el mensaje de alguien que la vio en las alturas mientras sobrevolaba con una avioneta la zona.

- Es cierto – le aclaró a medida que se acomodaba sobre el taburete – Y también que hay suelto un fiel imitador del Serbio.

- Mierda… – balbució Aura con las manos apoyadas en la isla – ¡Joder!

- Eh… ¿Me he perdido algo?

- Coto me ha escrito para advertirme que no puedo marcharme – arrojó.

- Yo tampoco quiero que te marches – su semblante comenzó a relajarse – Aún te necesito aquí, a mi lado. Mañana voy a comunicar a la prensa que hemos capturado al Serbio y que ha confesado ser el autor de ambos crímenes.

La periodista hizo un gesto de vacilación.

- Parece que tú también te niegas a entenderme… – soltó herida. Después ladeó la cabeza y se refugió en sí misma. Leo, por el contrario, se levantó del taburete para detenerse a escasos centímetros de ella.

- Pensé que te interesaría cubrir la rueda de prensa – le susurró con la voz conciliadora – Déjame ayudarte, Aura. Al menos, déjame que lo intente. No me gusta verte así por culpa de ese cretino. Si crees que oculta algo relacionado con tu madre, lo descubriremos juntos. Pero no me apartes más, por favor; no me evites constantemente. Quiero que regrese la chica que conocí una mañana fuera del Puesto. La misma que parecía no tener miedo a los desafíos.

De pronto, posó la palma de su mano sobre su mejilla. Su piel, suave y tersa, parecía palpitar según avanzaba hacia el cabello que se asomaba por encima de su nuca. Leo hundió los dedos e intentó conquistar lo que tanto tiempo llevaba deseando.

- No te dejaré caer – clavó su mirada en la suya – Déjame que te lo demuestre...

Entonces, se abalanzó sobre él. Aura se aferró fuerte a sus hombros y deslizó su lengua por la cobertura de su boca. Tal vez en ese preciso instante necesitó sentirse poseída, dominada por su irrefrenable ímpetu, liberada de los miedos que retumbaban en su cabeza a medida que iban despojándose de sus ropas de camino a su habitación. La periodista filtró las manos bajo la tela de su camisa y sintió la compacta constitución de su tórax, el vello que sobresalía alrededor de sus pezones, su violenta respiración. La musculatura de su espalda se hinchó de aire a medida que le ayudaba a quitarse los pantalones. Notó la presión de sus piernas sobre sus muslos. Las manos de Leo continuaron adentrándose en ella mientras la encarcelaba con el peso de su cuerpo contra la pared. El sargento arqueó la columna y la aupó con urgencia. Aura entrelazó sus muslos alrededor de su cintura y sintió un húmedo escozor tras la primera embestida. Lentamente cerró los ojos e intentó soportar las rápidas sacudidas. Después, escurrió los dedos por los ligamentos de su espalda para apreciar la película de sudor que iba forjándose en el relieve de sus nalgas. Puede que exhalase un hondo gemido al romperse por dentro en mil pedazos. Pero cuando una poderosa sensación explotó en su organismo, Aura se entregó por completo a lo desconocido.

Aura Valdés abrió el grifo del cuarto del baño y se miró una vez más al espejo. Aún conservaba en el cuello unas pequeñas rojeces de su barba cuando introdujo las manos bajo el agua y alivió su piel con palmaditas. En el fondo, deseaba demorar aquella situación; no estaba segura de lo que acababan de hacer en cuanto salió presurosa del dormitorio y Leo caía abatido sobre su cama. *¿Y si de pronto aparece Carmen?*, se preguntó angustiada. Aunque eso era lo que menos le importaba. Aura se imaginó que el hombre que ahora estaría vistiéndose en su habitación, se habría percatado de la forma en que le rehuyó cuando intentó darle un último beso. ¿Por qué lo había hecho? Ni siquiera lo sabía. Era como si de pronto se arrepintiera de haberse acostado con él, como si en cierta manera se avergonzase.

- ¿Va todo bien…? – le preguntó tras golpear la puerta un par de veces. La periodista se aseguró de haber echado el pestillo.

- Ahora salgo – pronunció intranquila. No sabía cómo entretenerle – Estaba pensando que podíamos pasarnos a ver a Pepa, la mujer que colaboró con el Ayuntamiento en ese libro que hablaba de *Los Hombres de Musgo*. ¿Recuerdas…?

A Baeza no le hizo falta darse cuenta que Aura evitaba no sólo enfrentarse a él, sino también a lo que había sucedido hacía escasos minutos.

- ¿Y qué crees que va a contarnos esa señora aparte de una leyenda?

- No sé. Quizá pueda darnos una idea.

- ¿Sobre el comportamiento del Serbio? – dudó de su motivo.

- Ya sé que suena disparatado pero… ¿Y si la historia escondiese algo que sólo él supo interpretar y hemos pasado por alto? Tampoco perdernos nada por acercarnos a su casa. ¿No te parece…?

Josefa Jiménez, conocida en los alrededores como Pepa, vivía a un kilómetro y medio de La Alberca según le confirmaron desde el Puesto. Leo introdujo las señas en el *GPS* y arrancó el motor de la patrulla con la presencia de Aura en el asiento del copiloto. Según avanzaron hacia la salida del pueblo, el sargento intentó resumirle quién era Rebeca Ortiz y en qué circunstancias la halló la Policía Nacional a primera hora de la mañana.

- Varios agentes han ido a Mogarraz para informar a la familia – continuó mientras tomaba la carretera que subía hacia la montaña. El cielo se adivinaba plomizo tras el cristal del parabrisas.

- Me cuesta creer que apareciese con los mismos símbolos que Penélope – le confesó todavía impresionada – No me extrañaría que la forense encuentre restos de sal en su pelo.

- Es probable – abrevió. Después giró el coche por un camino sin asfaltar donde la arboleda nublaba ambos arcenes – Está claro que se trata de un fiel imitador de Lorenzo Garrido. Alguien que le conoce bien, aunque no sé si por lo que la prensa publicó cuando fue detenido por el crimen de Oñate.

- ¿Tú crees...? – le preguntó sorprendida. Los socavones de la vereda zarandeaban la patrulla sin cesar– Anoche tuve la sensación que el Serbio intentaba proteger a alguien, posiblemente al verdadero culpable.

- ¿Piensas que su confesión era falsa? – le interrumpió – ¿Por qué haría algo así?

- Ya sé que no tiene sentido. Pero créeme, hay algo más. Lo presiento...

La casa de Pepa pasaba inadvertida entre el conjunto agreste que la sepultaba bajo sus sombras. De una única planta, las paredes estaban revestidas con gruesos troncos de madera que le conferían un aire montaraz a juego con el tejadillo a dos aguas diseñado con planchas de pizarra, donde una chimenea de latón expulsaba un débil humo hacia las copas de las coníferas. Leo detuvo el coche a escasos metros de la vivienda y ambos bajaron del coche. Lo primero en lo que reparó fue en el terreno que pisaba, acolchado por unas agujas de pino que asfixiaban los pocos brotes que surgían. Aura y Leo caminaron hacia la entrada, situada por encima de unos escalones móviles y protegida por una puerta mosquitera abatible. Segundos antes de que el sargento golpease con los nudillos en el quicio, Aura oteó los cubos construidos con palés. Las verduras que brotaban de ellos le ayudaron a discernir que se trataba de un huerto.

El contorno de una mujer menuda apareció tras el paño de telarañas que enturbiaba el interior.

- ¿Quién es? – preguntó con la voz áspera.

- Me llamo Leo Baeza y soy el sargento de la Guardia Civil de La Alberca.

Ambos esperaron una señal mientras sus ojos tropezaban de vez en cuando por inercia. Al ver que la mujer seguía sin responder, Leo decidió proseguir con las presentaciones.

- Me acompaña Aura Valdés, una periodista que se encuentra en el pueblo cubriendo el caso de Penélope Santana y que estaría interesada en hacer un reportaje sobre *Los Hombres de Musgo* y otras leyendas de la zona – dijo lo primero que se le pasó por la cabeza.

- Estoy viviendo en casa de Carmen, no sé si la recuerda. Suele alquilar en temporada alta las habitaciones de su chalet – intervino – Fue ella la que me dio sus señas. Me dijo que escribió hace años un libro, que era la única que podía contarme el verdadero significado de *Los Hombres de Musgo*.

Pepa desatrancó la puerta abatible y su figura cobró formas en cuanto dio un paso al frente. Tendría alrededor de cincuenta años, aunque su aspecto parecía atribuirle más edad. Los mechones canosos sobresalían entre su cabello corto zaíno mientras que su rostro, sin mácula de maquillaje, mostraba las arrugas que cruzaban como ciempiés sus sienes y parte del labio superior. Pepa llevaba las mangas de su jersey remangadas y unos pantalones de faenar con restos de barro en sus rodillas. Su enjuta complexión era proporcional a su estatura, tirando a menudita. La mujer asió las gafas que pendían de un hilo sobre su pecho y las colocó por encima del hueso de su tabique.

- No esperaba visita – pronunció con la mirada afable – Pero pasen…

El salón de la casa estaba sumido en una bruma candorosa gracias a los troncos que crepitaban en la chimenea. Aura se fijó que las ventanas estaban resguardadas por unas cortinas de bolillos que posiblemente habría confeccionado en sus ratos libres sobre aquella mecedora apartada en un rincón. Su apariencia rústica conjugaba con el resto de elementos decorativos que salpicaban el espacio. Era como si las agujas del tiempo se hubiesen detenido para siempre mientras su dueña se colaba en una recoleta cocina ubicada al otro extremo. Retiró una tetera del fuego y la apoyó sobre la encimera, entre varios tarros de cristal surtidos de especias.

- ¿Una infusión de hierbabuena? – les preguntó a medida que escurría la mirada por encima de sus gafas de ver – La cultivo fuera, en mi huerto ecológico.

- Antes me fijé en los palés – le esclareció la periodista. Pepa, sin embargo, atravesó el salón con la tetera de la mano para depositarla en una mesa circular ubicada entre dos sillones color carmesí.

- Abastezco a los pueblos de alrededor con las hortalizas y verduras de temporada. Bueno, y también si hay excedentes de huevos – les informó en cuanto sacó unas tazas de la alacena – Al menos, me da para vivir. ¿Les sirvo un poco?

Ambos asintieron agradecidos mientras la mujer vertía la infusión con restos de hojas dentro de aquellas tazas con motivos florales. Luego, tomó asiento delante de ellos.

- ¿Y qué es exactamente lo que quiere saber de *Los Hombres de Musgo*? – le lanzó de sopetón.

- Me preguntaba si por casualidad tendría algún ejemplar de su libro – quiso averiguar – Estaría interesada en adquirirle uno.

- ¡Qué va! Ni siquiera tengo uno propio. El último lo vendí el año pasado a un cliente que estaba de paso. Le insistí al Ayuntamiento para que hiciese una nueva tirada, pero con esto de los recortes… Lo veo cada vez más difícil.

- He leído en alguna parte la leyenda oficial, la de los cristianos que se disfrazaron con ramas y musgo para asustar a los musulmanes y librar así una dura batalla con el fin de hacerse con la toma de Béjar.

- ¡Exacto! – exclamó – Hoy en día son muchos los vecinos que siguen rindiendo su particular homenaje durante la celebración del Corpus, cubriendo sus cuerpos de briofitas y rociando tomillo por sus calles. Tengo entendido que el traje en cuestión pesa alrededor de veinte kilos y que hay una larga lista de espera para ser uno de los seis *Hombres de Musgo* que recorre el pueblo cada año – Pepa hizo un breve descanso – Sin embargo, la verdadera historia es bien distinta…

Aura miró a Leo de soslayo y advirtió cierto interés en su compostura.

- Digamos que las persecuciones cristianas que se libraron durante la decadencia del Imperio Romano, condujeron al exterminio de toda tradición pagana. Hispania era un claro ejemplo del apego que sentían sus gentes por sus ancestrales creencias. La Iglesia no sólo se encargó de destrozar los templos, mutilar esculturas o desfigurar inscripciones; también de borrar del imaginario colectivo el culto que rendían a ciertas divinidades por medio de festividades, costumbres, o lo que era peor, por vía oral – describió al tiempo que le daba un sorbo a su infusión – Me refiero, por supuesto, a las leyendas conectadas a lugares geográficos. Sin ir más lejos, en Castilla pervivieron viejos cultos paganos en forma de deidad. *Las Matres* eran las diosas de la fertilidad y al mismo tiempo, de los muertos. *Las Dianas, Xanas* en asturiano, eran las hadas de la noche. Luego estaba *La Paparrasolla*, que se encargaba de amedrentar a los niños junto con *El Tragaldabas*.

- Y por supuesto, *Los Hombres de Musgo* – se adelantó Aura.

- Una criatura que el folclore castellano se encargó de otorgarle el sobrenombre de centinela de la naturaleza.

- ¿Por qué? – le cortó Leo interesado.

- Básicamente su cometido no era otro que cuidar de los bosques, defenderlo de los invasores, preservarlo para mantener ese orden cíclico que jamás, bajo ningún concepto, debía romperse. Ése era su papel mientras transitaba por las montañas y cruzaba ríos: convertirse en su centinela.

Aura consideró si la leyenda que Leo le contó aquella mañana en la cafetería, formaba parte de una estrategia por parte del cristianismo para desmitificar su verdadero origen.

- ¿Sabe por casualidad si esas criaturas, *Los Hombres de Musgo*, atacaban a las personas? – le cuestionó Aura dudosa mientras repasaba mentalmente el vídeo que apareció en el móvil de Penélope.

- Al contrario – aseveró con rotundidad – Más bien se mostraban huidizos ante la presencia de aldeanos y ermitaños que caminaban por los bosques. Sin duda, el mayor enemigo de la naturaleza.

Pepa descruzó las piernas al tiempo que remataba su infusión.

- ¿Hay algo más que deseen saber…?

El sargento denotó cierta impaciencia en su voz y se levantó del sillón.

- Creo que es suficiente – abrevió a modo de despedida.

Aura le acompañó en el gesto, no sin antes comprarle una bolsita de hierbabuena para regalarle a Carmen. Después se intercambiaron los teléfonos para futuras compras. *Si no cojo el de casa, escríbame al móvil. Muchas veces me pillan haciendo los repartos.* Ambos le dieron las gracias por su tiempo y amabilidad, y se alejaron de la cabaña del bosque mientras el aire les despojaba del tufillo a chimenea que despedían sus ropas.

En cuanto la patrulla recorrió el camino de vuelta bajo una nube de polvo suspendida en el ambiente, Pepa retiró las cortinas de la ventana para cerciorarse una vez más que se habían largado. Tampoco estaba segura si esos dos volverían algún día con la excusa de que les relatase otras leyendas. Pero mientras el silencio volvía a gobernar en el interior de la estancia, la mujer abrió el primer cajón de la mesilla y se aseguró que todo se mantenía en su sitio. Aquella pulsera de plata con el nombre de *Penélope* grabado en su superficie, recobró sentido en su cabeza bajo la cálida luz de la chimenea.

La llovizna que comenzó a salpicar el cristal del parabrisas sumió a la periodista en una visible apatía de vuelta a La Alberca. Las esperanzas que había depositado en su idea de visitar a Pepa, se resquebrajaron del todo cuando con la mirada perdida en el borroso horizonte, se dio cuenta que no había servido de nada. En ese instante sintió una ola de resentimiento que camufló con la cabeza ladeada. Puede que se convenciera de su error al intentar descifrar un motivo en el vídeo de *Los Hombres de Musgo* que le ayudase a esclarecer por qué el Serbio lanzó la mesa en la sala de interrogatorios. Leo reparó en su afilado sigilo y trató de averiguar si estaba bien.

- Lo has intentado – dijo con las manos aferradas al volante. Aura pareció no darse por enterada – No siempre encontramos respuestas donde pensamos.

- ¿Y dónde se suponen que están…? – descerrajó con frialdad.

- En la mente de Lorenzo Garrido – puntualizó – Sabes que guarda todas las piezas que necesitamos para completar el puzle. Lo más sensato sería volver a entrevistarle antes de que la Policía de Béjar intervenga – Aura se mantuvo callada – Antes incluso de que ofrezca esa rueda a los medios.

- Te refieres a… ¿Esta noche? – le increpó sorprendida.

- De lo contrario, será bastante complicado sustraerle algo sin tu ayuda. Dudo que reconozca que mintió en los calabozos, y mucho menos que protege a alguien en el exterior. En este caso, a su propio imitador.

Leo esperó impaciente una respuesta mientras se adentraba por las primeras calles del pueblo. La lluvia arreciaba con intensidad el parabrisas del coche.

- No puedo – pronunció azorada por el recuerdo de la última vez – Aún no estoy preparada…

El sargento se contuvo de decir algo y aceleró el motor con el propósito de dejar a la periodista cuanto antes. Estaba deseando quedarse solo. En el fondo, necesitaba evaluar otras vías posibles. Una vez que estacionó la patrulla delante del chalet, creyó que tal vez era el momento de rendir cuentas consigo mismo.

- Antes de que te vayas, me gustaría que supieras que no me arrepiento de lo que ha sucedido en tu habitación – de pronto, Aura fue capaz de detener su mirada en la suya – No sé qué opinarás al respecto, pero si sirve de algo, yo tampoco quiero que te marches. No todavía…– acarició su dedo meñique.

La periodista retiró la mano en cuanto notó el roce de su piel.

- Será mejor que te olvides. Sabes igual que yo que cuando todo esto acabe, me iré de aquí. Así que no compliquemos más las cosas. Lo nuestro es imposible.

Aura abandonó la patrulla y cerró la puerta tras de sí. Leo, en cambio, se conformó con intuir su figura diluida entre la cortina de agua que corría por la ventanilla.

Diana Barrios, la única mujer del Puesto de La Alberca, resopló segundos antes de llamar la atención del sargento, que acababa de cruzar el vestíbulo mientras dirigía sus pasos en dirección al despacho.

- Jefe, ¿podemos hablar?

- ¿Qué pasa ahora? – le espetó sin intención de interrumpir su marcha. Quiso disimular la exasperación que rugía en su interior, pero Aura seguía conquistando parte de sus pensamientos.

- La familia de Rebeca Ortiz se está planteando interponer una demanda contra la comisaría de Béjar – disparó agitada – Y también contra la comandancia.

Leo no pudo evitar tensionar las mandíbulas a medida que recorría el último trecho del pasillo y abría acto seguido la puerta de su despacho. El día no parecía estar saliendo como se imaginó.

- Al parecer, alegan que la muerte de su hija pudo haberse evitado si les hubiesen tomando en serio cuando se personaron en la comisaría para interponer una denuncia. Dicen que sólo recibieron un sinfín de trabas legales – soltó con atropello al tiempo que sentía cierto alivio. Baeza se acomodó detrás de su escritorio.

- ¡Qué pretendían, que hiciesen la vista gorda y se saltasen el tiempo establecido ante posibles desapariciones? – escupió encendido. Barrios le miró de pie sin opción a una réplica – Nosotros no hacemos las leyes. Además, el Puesto tampoco estaba al tanto de esa denuncia que intentaron en vano presentar.

- Ése es el problema – le interrumpió – El juez Castillo ha telefoneado esta mañana. Quiere que se pase por el domicilio familiar para interceder, con el fin de hacerles cambiar de opinión.

- ¡Cómo dices...?

- Fue el mensaje que me pidió que le trasladara – tragó saliva – Que al ser el máximo responsable del caso, debe evitar que se filtre a la prensa porque, de lo contrario, culparan a las fuerzas de seguridad de incompetentes, generando el pertinente debate sobre si esas veinticuatro horas son revisables y en qué circunstancias se pueden hacer excepciones. También dijo que los medios se pondrán a favor de la familia y que aducirán que ocultamos información relacionada con el asesino que anda suelto en la zona.

Un incómodo silencio se instaló entre ambos.

- Está bien. Puedes marcharte – respondió con una sonrisa fingida.

En cuanto el agente cerró la puerta del despacho, sus ojos se concentraron en las palabras que rezaban su taza de café en un rincón de la mesa: *es imposible derrotar a una persona que nunca se rinde*. Después la asió como si le costase un gran esfuerzo y la estrelló contra la pared.

Aura, mientras tanto, continuó alejándose bajo la lluvia en su memoria.

El aire se detuvo cuando su silueta emergió tras la cortina de vaho. La tamizada claridad desdibujaba sus facciones a medida que caminaba hacia él con los brazos abiertos. Necesitaba sentirle, apresar sus manos, satisfacer ese deseo arrinconado que le llevaba irremediablemente a su luz. Quizá tuvo el ligero amago de rechazarle, de evitar lo que Lorenzo Garrido representaba en mitad de aquel vacío infestado de gasas vaporosas. No podía; por más que intentaba luchar contra sus sentimientos, su mirada ladina, su cuerpo bien conformado, Aura acabó por fundirse a su pecho. Apoyó la cabeza sobre su caja torácica y escuchó los latidos de su corazón. Aquel pausado susurro le devolvió la paz que durante años persiguió sin éxito. Luego sintió que las yemas de sus dedos se adentraban por su cuero cabelludo y esbozó una sonrisa de felicidad. Tal vez creyó que aquello era un pedacito del cielo que de niña observaba buscando respuestas. Por eso apartó la cabeza; para comprobar que todo seguía en su lugar. Pero sus ojos se llenaron de lágrimas en cuanto descubrió que era su madre quien le abrazaba. *Aura, Aura, Aura...* El llanto taponaba las palabras que intentaba articular. *Aura, Aura, Aura...* Era incapaz de preguntarle por qué se marchó de su lado. *Aura, Aura, Aura...*, repetía como un mantra. El viento comenzó a separarlas. *Aura, Aura...*

- ¡Aura, Aura, despierta!

La periodista abrió los ojos y se encontró a Carmen a un palmo de distancia. De pronto, recordó que se había quedado dormida en el sofá después de comer.

- Aura, tu teléfono. Lleva un rato sonando en la cocina – le esclareció preocupada.

Salió escopetada del salón y notó una pequeña arritmia en su corazón que le asustó de camino a la cocina. Una vez que atravesó la puerta, comprobó que su móvil parpadeaba en la encimera bajo una atronadora melodía. Tampoco miró quién era cuando descolgó confusa la llamada.

- ¡Pero dónde narices te metes! ¡Llevo un rato intentando localizarte! – reconoció la voz de Hooded.

- Me he quedado traspuesta – se disculpó.

- Pues prepárate un café porque lo vas a necesitar. No te imaginas dónde he estado...

Hooded provocó un silencio, intentando atrapar la atención de la periodista al otro lado.

- Ya tengo la ficha de Vega Molina – disparó – Si Mahoma no va a la montaña...

- ¡Pero cómo, te has colado en el reformatorio? – le preguntó asustada.

- Es una larga historia, pero al menos me dio tiempo a grabar el sesenta por ciento de las *Altas* que certificaron en diciembre de 2010. ¡Y *voilà*! Tengo en mi poder su expediente completo.

- En serio Hooded, te debo una. No sé qué haría yo sin ti... – le agradeció.

- Por de pronto, una escapadita a Madrid para volver a retomar viejas costumbres – le sugirió – Más que nada porque mi buena estrella no sólo logró grabar la ficha de Vega, sino también la de Matías.

Aura esbozó un extraño gesto en su rostro.

- ¿De quién...?

- Matías Sandoval – puntualizó – Su novio por aquel entonces. Ambos salieron el diez de diciembre de la Casa Escuela. Por lo que he leído, los dos fueron tutelados, aunque en ningún momento se nombra a dicho tutor. Algo raro, ¿no te parece? Sin embargo, lo más curioso es que el resto de fichas que pude volcar en mi portátil van acompañadas por la respectiva foto del interno, salvo la de ellos dos.

- ¿Por qué? – se cuestionó dudosa.

- *NPI* – abrevió – De todos modos, te enviaré al correo las dos fichas por si os sirven de ayuda. Pero ya te voy avanzando que no vais a encontrar el tesoro de Alí Baba.

Enseguida percibió que Carmen avanzaba hacia la cocina. Su mente parecía resignarse a abandonar tan pronto el misterioso nombre de Matías Sandoval.

- Tengo que colgar – le espetó al ver que la mujer con la que convivía en su chalet se dirigía a la cafetera – Seguimos en contacto.

Aura guardó el móvil en el bolsillo de su pantalón vaquero y se cercioró que Carmen estaba sacando dos tazas del armario superior.

- ¿Necesitas ayuda?

- ¿Para calentar dos cafés en el microondas? Anda, no digas bobadas. Espero que no te haya molestado que te despertara. Ese dichoso teléfono no callaba...

- Al contrario, te estoy muy agradecida – recordó de nuevo el hallazgo de Hooded.

- ¿Era el sargento? – quiso saber con la mirada suspicaz.

- Un viejo amigo – respondió, pese a no estar del todo segura si debía aclararle cierta clase de información personal – ¿Lo preguntas por algo...?

- ¿Sabes qué ocurre? Esta mañana te noté fría con Baeza. Por eso decidí marcharme y dejaros solos; tuve la impresión que necesitabais hablar.

- ¿En serio? – intentó camuflar sus verdaderas razones – Estoy preocupada, es cierto. Pero no tiene nada que ver con Leo.

- Seguro que tiene solución – pronunció – Al problema me refiero.

- Lo dudo. Ojalá fuésemos capaces de viajar al pasado y trastocarlo a nuestro antojo.

- Entonces, ¿por qué te vas a preocupar por algo que ni siquiera puedes cambiar? – le rebatió mientras sacaba las dos tazas del microondas – ¿Azúcar?

- Dos cucharadas – señaló – Pero no es fácil; y más cuando su recuerdo te sigue doliendo y eres incapaz de encontrar una respuesta.

- Estoy de acuerdo. Aunque muchas veces somos nosotros los que tenemos la respuesta y nos negamos a verla.

- En ese caso, jamás tuve ocasión de conocerla – le rectificó – Aunque sé de alguien que podría resolverme ciertas dudas – la imagen del Serbio se asomó en su cabeza.

- ¡Y a qué esperas, alma de cántaro?

Carmen depositó los cafés sobre la isla central y se sentó en uno de los taburetes.

- Es que... ¡Me da tanto miedo! – elevó la voz – ¿Y si lo que intenta es jugar con mis sentimientos y engañarme?

- Tampoco pierdes nada escuchando su versión. A veces es mejor tener una respuesta que vivir siempre con la duda, ¿no crees? – avanzó la mano por la encimera de mármol hasta rozar la de la periodista – Cariño, no te permitas pasarlo mal cuando existe alguien que puede ofrecerte lo que ahora mismo necesitas.

Las palabras de Carmen deambularon en su cabeza a medida que intentaba adivinar qué consejo le hubiese ofrecido su madre si fuese ella con la que estuviera tomando un café a media tarde.

- Tienes razón – soltó de pronto – Es hora de enfrentarme a mis propios miedos.

El despacho del sargento estaba sumido en una sólida penumbra, deshilachada por la raquítica luz del flexo. Tal vez no había reparado en la tenue claridad de la luna que se intuía por las lamas de la persiana, asediada a ratos por un batallón de nubes negras. Leo no levantó la vista de las anotaciones que estaba tomando sobre un folio en blanco cuando alguien llamó a la puerta. Simplemente balbuceó un *adelante* para no enfriar su concentración y continuó garabateando ideas en distintos guiones que remarcaba a conciencia.

- ¿Interrumpo…?

Entonces, avanzó con la mirada entre las brumas que vagaban en el espacio y reconoció la silueta recortada de Aura Valdés.

- ¿Qué haces aquí? – le preguntó sorprendido. Luego giró el cuerpo sobre su butaca y presionó el interruptor. La luz de los tubos fluorescentes despejó las sombras – No te esperaba. ¿Qué hora es?

- Algo más de las ocho – le confirmó al tiempo que inclinaba la cabeza hacia el reloj de pared – Lo he pensado mejor y quiero entrevistarle. Tenías razón. No puedo seguir huyendo de mí misma…

- Me alegra saber que has cambiado de opinión – le regaló una sonrisa sincera – Justo me pillas preparando un guión para el interrogatorio.

- ¿Puedo…?

Leo le ofreció el folio garabateado y Aura se enfrascó en su lectura.

- No es mucho – le advirtió – Me conformo con que al menos diga una sola verdad.

- ¿Está el Serbio avisado? – Leo asintió de buena gana – Pues entonces acompáñame.

- ¿Y esas prisas?

- Aún tenemos un caso que resolver, ¿recuerdas? – le devolvió la sonrisa – Por cierto, Hooded va a enviarme al correo la ficha de Vega Molina. Pero te voy adelantando que el día que abandonó el reformatorio, lo hizo acompañada por Matías Sandoval. Su novio por aquel entonces.

Quince minutos más tarde, Aura descendió los escalones con la misma sensación de derrota alojada en su estómago. Tenía miedo de no saber hacerlo, de no soportar aquella mirada inquisitiva que la acorralaba como en tantas otras ocasiones, pese a estar controlada en todo momento por el micrófono inalámbrico que llevaba escondido entre su ropa. Aura llegó a los sótanos contagiada por sus propias inseguridades y notó una recalcitrante humedad en el ambiente. Su cuerpo comenzó a temblar a medida que avanzaba hacia la silla suspendida en mitad del angosto pasillo. De pronto, escuchó un silbido; un inquietante y repetitivo silbido que le acompañó de camino mientras dejaba atrás las primeras celdas. Aura intuyó sus manos aferradas a los barrotes; después, unos ojos juguetones que parecían disfrutar de su inexperiencia en cuanto se atrincheró entre la silla y la pared de ladrillos. Entonces, cortó su silbido.

- Hola, *mi Rosa de los Vientos*. Me sorprende que aún tengas ganas de volver a verme – pronunció con la voz ronca. Aura intentó que no le afectase mientras abría la carpeta que llevaba en las manos y extraía una fotografía de tamaño considerable.

- Me gustan los desafíos. Aunque esta vez no voy a entrar en tus jueguecitos. ¿Vas a decirme de una vez quién mató a Penélope o pretendes que me crea esa historia?

Lorenzo Garrido descolgó los brazos entre las rejas, como si estuviese harto del mismo y redundante interrogatorio.

- No pienso volver a repetirlo. Creía que íbamos a hablar de algo más interesante.

- De acuerdo, tú ganas – no discutió.

Aura dio un paso al frente y le tendió nerviosa la fotografía. El Serbio la atrapó hastiado al tiempo que oteaba la imagen sin alterar su semblante.

- ¿Quién es? – intentó descifrar.

- Rebeca Ortiz. Ha aparecido muerta esta mañana. Tal vez esto te guste más y tengas una idea de quién ha podido hacerlo; más que nada porque si te fijas, comparte los mismos símbolos que los que *supuestamente* pintaste en los párpados de Penélope.

El serbio la miró con repugnancia.

- ¿Alguna idea?

- ¿Acaso debería? – su rostro mostraba una inquietante inexpresividad bajo las sombras que dominaban su celda – ¿Sospecháis de alguien?

- Eso intento que me esclarezcas.

- ¿Dónde ha aparecido?

- Cerca de aquí – prefirió no entrar en detalles por si los utilizaba en su beneficio.

- Ese amigo tuyo, el sargento, tiene mucho trabajo encima – sonrió con descaro.

- Y al igual que yo, esperamos que nos sirvas de ayuda.

- Os equivocáis de persona – avanzó –, y también de estrategia si pensáis que voy a colaborar.

- Sólo queremos que nos ayudes a saber quién mató a Rebeca Ortiz – fue directamente al grano – El que lo hizo, es un fiel imitador tuyo.

- Es lo que tiene salir en televisión y que tus admiradores te envíen cartas a prisión – respondió sin apartar la vista de ella – Pero como cualquier copia, siempre resulta vulgar. ¿No crees, Aura? – destapó su dentadura bajo la penumbra que lo abrigaba.

- ¿Qué quieres? – le espetó con dureza.

- ¡Eres rápida! Ya vas comprendiendo cómo funciona el mundo: nadie da nada a cambio de…

- ¿Una reducción de la pena? – le interrumpió – ¿Regresar esta noche a Topas?

Aura tuvo miedo de estar metiendo la pata. Se imaginó a Leo golpeando el altavoz por el que escuchaba la entrevista en la sala de investigaciones.

- Puede que sea más sencillo que todo eso – dijo con cierto retintín.

- Dispara – le exigió.

- Estar informado en todo momento de los avances del caso.

La periodista dudó de su respuesta e intentó ir más allá.

- ¿Por qué…?

- Necesito saber hasta qué punto es buen imitador – esculpió una sonrisa nociva en su rostro – ¿Aceptas el trato?

Sin embargo, no estaba segura. Aquel inesperado giro en la entrevista ni siquiera estaba programado en el guión que redactó el sargento minutos antes en su despacho.

- Acepto – balbució con la mano apostada por encima del micrófono inalámbrico. Supuso que aquello no habría servido de mucho.

- Buena chica – puntualizó – Y ahora, ¿qué es lo que quieres saber…?

- Si observas la fotografía, Rebeca no sólo comparte los mismos signos en sus ojos y una castaña en su mano derecha, también tiene una edad similar a la de Penélope –el Serbio estudiaba con atención la escena del crimen – Pero ni Penélope, y creemos que tampoco Rebeca, mostraron evidencias de haber sido violadas. Por lo tanto, al asesino no le mueve un instinto sexual. Me cuesta comprender por qué elige a unas chicas en concreto y a otras, en cambio, las descarta.

Aura empleó aquella táctica con el fin de ahondar en su mente. Parecía sentirse mucho más cómodo alejándole de toda clase de responsabilidad.

- ¿Cuál es el patrón que escoge para seleccionar a sus candidatas? – remató.

- Puede haber varios motivos, pero siempre hay algo, un elemento, que todas tienen en común.

- ¿Y en este caso sería…? – arañó la superficie de sus lóbregos pensamientos.

- Un castigo.

Sus palabras le dejaron sin aliento. Sintió de nuevo el roce de los ladrillos a su espalda.

- ¿Cómo que un castigo?

- Por el simple y llano propósito de corregir un acto del pasado – expulsó.

- ¿Qué tipo de acto?

- Algo que para su asesino, traspasa los límites de lo moralmente permitido – su lengua parecía asomarse por fuera de su boca – O lo que es lo mismo, aquello que considera el mismo infierno.

Aura Valdés ni siquiera pestañeó a medida que Lorenzo volvía a escurrir sus facciones por las estrechas rejas de su celda.

- Supongo que el mismo infierno por el que pasaste cuando tu madre te abandonó – destapó con regocijo.

Las ganas de huir comenzaron a desvanecerse en cuanto tuvo el valor de soportar su fría mirada.

- Te equivocas. Mi madre no me abandonó. Mi madre desapareció – le rectificó.

- ¿Y cómo estás tan segura?

- Te dije que no pienso volver a entrar en tus juegos – contestó – Ya no, ¿te enteras? Eres un miserable si piensas que vas a hacerme dudar otra vez.

- Nadie desaparece sin un motivo aparente y dejando a su suerte a su pequeña – insistió – Tal vez se vio obligada para protegerte. ¿Nunca te planteas estas cosas?

- Eres un hijo de puta... – masculló – ¡Y sabes que te digo?

- Nada – señaló hacia un punto concreto – Es la hora. Han pasado los veinte minutos. Cuando vuelvas con más novedades, retomaremos nuestra charla.

Una asfixiante soledad le devolvió de nuevo a su camastro. Lorenzo Garrido se sentó con la cabeza apoyada entre sus manos y la mirada suspendida tras la desquiciante pared del fondo, revestida de arriba abajo por una masa uniforme de ladrillos. El silencio goteaba pausado en las tinieblas del calabozo. Ni siquiera podía percibir el rastro de esas risas desatadas en el primer piso. Solamente sus ojos, fijos y acechantes, parecían escarbar entre las fisuras del cemento.

De pronto, intuyó el grácil siseo de un elemento discordante. El Serbio bajó la mirada e intuyó en la penumbra el mecánico movimiento de una cucaracha que avanzaba sin miedo por debajo de las rejas. Rápidamente se acuclilló y recorrió los escasos metros que le distanciaban. Sus mandíbulas se anquilosaron mientras agachaba la cabeza a su nivel y observaba ensimismado el quebradizo aleteo de sus antenas. Entonces, decidió interrumpir su marcha. Lorenzo Garrido presionó el dedo índice contra su caparazón y examinó que el insecto no paraba de remover sus finas patitas. Después presionó un poco más hasta que sintió cómo su cuerpo crujía como una oblea bajo su piel. Fue entonces, cuando su mente le devolvió aquella escena...

Viernes, 21 de septiembre de 2018
Centro Penitenciario de Topas (Salamanca)
17:13 de la tarde

La cucaracha trepaba sin esfuerzo por la pared cuando Lorenzo Garrido saludó a dos presos y se puso a silbar una canción. Enseguida se percató que se alejaban por el pasillo e imaginó que estarían todos en el comedor degustando el refrigerio. Después, descolgó el teléfono público. Lorenzo insertó dos monedas y tecleó deprisa un número. Esperó impaciente su voz. Al cabo de varios tonos, apareció.

- No tengo mucho tiempo, así que escúchame – escupió furibundo – Sabes que voy a cumplir con mi parte. Pero te juro por lo que más quieras que soy capaz de fugarme de aquí si te atreves a jugármela. ¿Te has enterado? Ahora te toca a ti asumir tu parte del trato.

Y cuando notó que había colgado la llamada, el Serbio se ensañó con aquella cucaracha que avanzaba por la pared, golpeándola repetidas veces con el auricular.

DIA 15

A primera hora de la mañana, un centenar de furgones de distintas cadenas de televisión congestionaron las principales calles de La Alberca, atraídos por la avalancha de *tuits* que los internautas propagaron en las redes sociales el día anterior. Eran muchos los diarios digitales que abrieron sus portadas con pantallazos a ese escalofriante mensaje donde un monitor de aviación relataba la impresión que sintió al descubrir desde el cielo el cuerpo de aquella chica que parecía descansar sobre una roca al pie del arroyo. Nadie daba crédito a lo que estaba sucediendo en aquel encantador pueblo de la sierra de Salamanca; los usuarios escribían incendiarias opiniones al respecto donde La Guardia Civil, e incluso el Ministerio del Interior, salían mal parados. *#Nomasmentiras* fue el hashtag que colapsó Twitter e Instagram junto con fotografías de la nueva víctima, todas ellas extraídas de su cuenta personal de Facebook cuando alguien puso nombre a su rostro.

Las escasas informaciones que se tenían de Rebeca Ortiz, se compensaban con nuevos datos – la mayoría inventados – del caso Santana. Era como si la población se resistiera a olvidar un homicidio que había sacudido no sólo a la clase mandataria, sino también al ciudadano de a pie. Todavía se reponían en según qué programas las entrevistas que concedió Anabel Ruiz, lo que pensaban sus vecinos de la muchacha del cabello rosa, sus compañeras de instituto (incluida Sara Lago), o el procedimiento que se llevó a cabo en crímenes similares de la España más oscura de los últimos tiempos. La gente tenía miedo; sentía la obligación de reprender con dureza a las fuerzas y cuerpos de seguridad del Estado ante 1) la política de desinformación que parecían haber acordado desde que apareciese el cadáver de Penélope Santana en el bosque (habían transcurrido quince días desde entonces), y 2) la visible incompetencia del Puesto de La Alberca, por mucho que ahora se especulase con la inmediata colaboración de La Policía Nacional de Béjar.

Un millar de periodistas atrincherados por una horda de cámaras, acribillaron al sargento Baeza cuando a las diez en punto de la mañana, compareció ante los medios de comunicación en lo alto de las escalinatas. Apenas pudo responder a las preguntas que le formularon en cadena al encontrarse la investigación en curso – el interés general versaba en torno a detalles escabrosos de la nueva chica –, y bajo secreto de sumario. Únicamente les lanzó la presa que parecían ansiar tras sus micrófonos (la idea se la ofreció Aura minutos antes de acudir a su cita) y les confirmó que habían capturado esa madrugada al presunto asesino de las muertes de Penélope Santana y Rebeca Ortiz. Un extraño silencio se esparció como por arte de magia a la espera de un nombre. *Se llama Lorenzo Garrido y se fugó del Centro Penitenciario de Topas el día antes de aparecer el cuerpo de Penélope en el bosque.*

En cuestión de horas, las redes se inundaron de nuevos datos con lo que prometía ser la noticia del día. Pronto comenzaron a divulgarse informaciones imposibles de conseguir en un corto espacio de tiempo sobre quién era en realidad Lorenzo Garrido y cuál su historial delictivo. La mayoría recordaba su implicación en el crimen de Oñate y la frialdad con la que respondió en el juicio popular celebrado a las pocas semanas. Sin embargo, la madeja de primicias y especulaciones fue creciendo de tal forma, que al mediodía una joven periodista llamada Aura Valdés, firmó una suculenta crónica donde exponía su infernal etapa vivida en Bosnia en el año 93, así como la mella psicológica que le causó al ver a tantos civiles desmembrados en mitad de la calzada. Esa misma periodista no adiestrada en *Sucesos*, también relató el puesto que se le concedió en dependencias militares a su retorno, el abandono por parte de su familia (y su posterior traslado al extranjero), además de unas breves pinceladas de su trastorno obsesivo-compulsivo, extraído todo ello del informe psiquiátrico que se le practicó nada más entrar en prisión. Pero… ¿Quién era en realidad Lorenzo Garrido?

- ¿Algo nuevo? – intentó averiguar Leo con las manos al volante.

Aura no cesó de mover sus dedos por la pantalla del móvil desde que la recogió en su casa después de comer. Habían quedado para visitar a la familia de Rebeca Ortiz en Mogarraz con la idea de persuadirles para que no emitiesen aquella denuncia contra la Policía Nacional y la Guardia Civil al sentirse desatendidos cuando advirtieron en la comisaría de Béjar que su hija llevaba horas sin aparecer por casa. Leo tampoco estaba seguro de conseguir su propósito ante fatal desenlace. Pero se acordó de las palabras del juez y prefirió hacerles una visita de cortesía antes que escuchar otro de sus sermones.

- Es mi jefe – respondió la periodista sin apartar la vista del teléfono – Me felicita por la exhaustiva labor de búsqueda y para saber cómo he conseguido todos esos datos. Al parecer, mi crónica se ha vendido como churros en muchos portales digitales.

- Era mi parte del trato – en el fondo, se alegró de telefonearla minutos antes de comparecer ante los medios para que sacara provecho de lo que estaba a punto de anunciar – El resto del caso podrás publicarlo a su debido tiempo. Pero por ahora, intenta ser discreta.

- ¿Crees que el Ministerio tomará medidas…? – quiso entrever cuando guardó el móvil en el bolsillo de su abrigo – Entiendo que la gente esté cabreada y a su vez sienta miedo, pero tampoco es fácil atrapar al presunto culpable y arrancarle una confesión a la primera.

- Aún no te he preguntado qué opinas de la entrevista que mantuviste anoche con el Serbio – le lanzó con ánimo de encontrar respuestas – Parece que ahora intenta abrirse; o al menos, ésa fue mi sensación.

- ¿Te refieres a que tanto Penélope como Rebeca están vinculadas por un motivo que se originó en el pasado?

Leo asintió con la cabeza.

- Hablaba de un castigo. Un punto de encuentro en común que el asesino vislumbró en ambas; aunque ya no sé si un hecho en concreto, un episodio turbio, un estilo de vida… Pero un detalle que el asesino, o *"sus asesinos"* – hizo unas comillas con sus manos – interpretaron como ofensivo.

- ¿Sigues pensando que el Serbio protege a alguien fuera?

- Tampoco sabemos qué hizo y dónde estuvo tras fugarse de prisión – se cuestionó con toda la información que almacenaba de sus distintas intervenciones – Al igual que no me creo la versión que mantiene sobre que no se reunió con alguien de la zona – la imagen de Baltasar Escudero cruzó su mente – Estoy convencida que juntos tramaron un plan.

- Ahí discrepo. Si escuchas de nuevo la grabación, parece que lo que intenta es traicionarle – le rebatió – ¿Por qué ahora te advierte que el tipo que buscamos castiga a sus víctimas por un acto pasado, cuando ha tenido tiempo suficiente para orientarte en la investigación? Es más, ¿el único requisito que te pide es que le informes de los avances del caso en vez de, por ejemplo, que el juez le rebaje la pena al decidir colaborar...?

Aura leyó el cartel apostado en la carretera y comprobó que quedaban 5 kilómetros para llegar a su destino.

- Por cierto, dos de mis agentes han estado rastreando el nombre de Matías Sandoval y al igual que su novia por aquel entonces, una vez que abandonó la Casa Escuela, apenas existe información relativa a su paradero. Hemos cotejado el expediente del reformatorio con la base de Asuntos Internos, y tan sólo hemos verificado su fecha de nacimiento y otras casas de acogida en las que permaneció.

- ¿Revisasteis lo que Hooded señaló sobre que ambos fueron tutelados el mismo día?

- Claro – respondió – Pero el rastro de Vega Molina y Matías Sandoval se pierde para siempre un 10 de diciembre del 2010.

Mogarraz era una cautivadora villa medieval situada en pleno corazón de Las Batuecas y a escasos diez kilómetros de La Alberca. Levantada allá en el siglo XI por franceses, gascones y roselloneses, su arquitectura basada en arriostramientos y vigas de madera conjugaba a la perfección con las tradiciones folclóricas esculpidas sobre los dinteles de piedra. Sin embargo, no fueron los cultivos en terraza perfectamente integrados dentro de aquella naturaleza atávica lo que atrajo a Aura Valdés desde la ventanilla, sino los retratos que colgaban de sus fachadas y que representaban, en palabras del sargento, los vecinos que una vez habitaron en aquellas casas.

En cuanto el *GPS* condujo a Leo hasta la vivienda familiar de Rebeca Ortiz, aparcó el vehículo delante de la puerta y salieron con el semblante árido. El cielo, inflamado de nubes, arrastraba consigo un aire gélido procedente de la sierra que barría las hojas secas de la calzada. Baeza se dio cuenta que apenas había gente transitando por sus calles. Tal vez elucubró que los ánimos tampoco estaban para paseos. Enseguida presionó el timbre y una musiquilla retumbó al fondo, donde percibieron unas pisadas al otro lado de la puerta. Aquel joven que se asomó bajo la penumbra del recibidor, les miró detenidamente sin comprender muy bien qué estaba pasando. Tendría alrededor de treinta años. Era alto, de complexión atlética, vestía una camisa vaquera a juego con sus tejanos descoloridos y unas botas de montar a caballo. Aura se fijó en las violáceas ojeras que secuestraban su mirada. También en aquella barba de tres días que asomaba en su rostro, con varios puntos canosos alrededor de su mentón.

- ¿Qué desean? – preguntó con algo de impaciencia.

- Buenas. Soy el sargento Baeza, del Puesto de La Alberca – se presentó. La periodista prefirió mantenerse en un segundo plano – No sé si podríamos hablar con los padres de Rebeca Ortiz.

- Me temo que no es buen momento – ambos interpretaron sus palabras cuando se coló de pronto un sollozo del interior – Yo mismo puedo atenderles. Soy Ricardo, su hermano.

- De acuerdo. El motivo de nuestra visita es, en primer lugar, mostrarles nuestras más sinceras condolencias, y en segundo lugar, disuadirles de que arremetan contra la comisaría de Béjar y la comandancia. Me temo que los agentes únicamente acataron las leyes cuando sus padres insistieron en emitir una denuncia sin haber transcurrido las veinticuatro horas que estamos obligados a acatar – Ricardo parecía esconder una visible repulsión bajo su intencionado hermetismo –, pero me consta que la intención de la Policía en estos momentos es prestarles toda la ayuda que requieran y reconstruir las últimas horas de su hermana.

- Datos que nos faciliten una conexión con el caso Santana y que sirvan de prueba en el juicio que se celebre contra Lorenzo Garrido – le aclaró Aura – Nos gustaría saber cómo era Rebeca para intentar introducirnos en la mente de su asesino.

- ¡Que cómo era? – preguntó con cierto malestar en su voz – ¿Y cómo debía ser, según ustedes? Claro, ahora lo entiendo: están buscando una excusa para convencerse que Rebeca se lo buscó. ¿No es eso…?

- Al contrario – puntualizó Baeza – Intentamos comprender por qué su hermana y no otra chica de la comarca.

- ¡Y qué quieren que les diga! Rebeca era una chica de veintiún años llena de vida, de ilusiones, de sueños por cumplir. Rebeca era muy dulce en el trato, responsable en sus estudios, bastante madura. Estaba estudiando moda en el Centro *Saint Martins* de Londres cuando vino a casa a pasar unos días. Llevaba meses sin pisar España y estaba emocionada. Tenía muchas cosas que contarnos, planes que ahora se han ido al traste por su culpa...

- ¿A quién se refiere? – intercaló el sargento en su discurso.

- A la misma que mencionaron antes: a Penélope Santana.

Aura y Leo se devolvieron una breve pero intensa mirada.

- Mi hermana se puso muy nerviosa cuando vio a esa chica en las noticias y supo lo que le había ocurrido. No paraba de repetir que la conocía, que era ella, estaba segura. Mi madre intentó calmarla asegurándole que posiblemente se equivocaba de persona; pero Rebeca, convencida de lo que hablaba, se largó a su dormitorio y comenzó a revolver los cajones de un armario mientras buscaba algo que ninguno de los dos supimos hasta que al fin lo localizó dentro de su joyero. Se trataba de una cartera de piel en tonos granates con las esquinas melladas. *¿Y eso...?*, le preguntó mi madre. Rebeca deslizó la cremallera y sacó deprisa un carnet de identidad. *¿Veis cómo era verdad?* La fotografía mostraba a una chica joven con el cabello rosa. Al lado, venía escrito su nombre: Penélope Santana Ruiz.

- ¡Espere un momento! ¿Cómo es que acabó la cartera de Penélope en manos de su hermana? – le interpeló Baeza.

- Al parecer todo ocurrió en abril, exactamente el día antes de partir a Londres. Rebeca aprovechó la última tarde que tenía para liquidar el bono de Spa del Templo de las Batuecas que le había regalado por su cumpleaños. Al terminar el circuito y regresar a los vestuarios para cambiarse, se topó con una chica en los baños que estaba intentando ocultar delante del espejo unos mechones rosas por debajo de una peluca. Mi hermana se extrañó, evidentemente, pero tampoco le dio mayor importancia y se metió en una de las cabinas. Fue justo después de vestirse, cuando descubrió la cartera encima del lavabo. Rebeca salió en su búsqueda con intención de devolvérsela; pero para entonces, ya era demasiado tarde. La vio dentro de un coche con un hombre más mayor que ella. Por lo que tengo entendido, le hizo señas para llamar su atención, pero desgraciadamente...

- El coche no se detuvo – remató Aura la frase – ¿Y por qué no se le ocurrió dejar la cartera en recepción?

- Porque dedujo que una chica menor de edad tal y como rezaba su *dni*, que escondía su cabello bajo una peluca y que se marchó del hotel acompañada por un señor que podía pasar por su padre… ¿Sigo? – soltó en un tono amenazante – Además, Rebeca se imaginó que el hotel acabaría llamando a la policía para devolverles la cartera y no estaba entre sus planes exponerla de esa forma cuando sus padres le recriminasen qué se le había perdido allí un día de diario. Así que decidió enviársela a la dirección que venía en la parte trasera del carnet; pero con las prisas del viaje a Londres, se le olvidó.

- Necesitaríamos que nos la entregue – le exigió Leo.

- ¡Eso es imposible! – alzó la voz – La cartera quedaría en la comisaría de Béjar cuando mi hermana fue a entregarla el día que desapareció.

- ¿Cómo dice? – suspendió la mirada en la de Ricardo Ortiz.

- ¿Pero la Policía Nacional no estaba colaborando con el Puesto de La Alberca? – le lanzó atónito – Eso fue antes de ayer, el día antes de aparecer… – esquivó el resto de la oración – Nos dijo que iba a entregar la cartera y a poner una denuncia si era necesario porque creía que el hombre con el que vio a Penélope partir en ese coche, debía estar relacionado con su muerte.

- ¿Por casualidad les mencionó si tenía algún rasgo físico reseñable, algo distintivo que nos ayudase a reconocerle? – le inquirió Aura esta vez, esperando encontrar un aspecto similar al de Baltasar Escudero.

- En absoluto – recalcó – Aquello ocurrió hace meses, era imposible que se acordara. Pero mi hermana insistió en acudir a la comisaría para exponer lo que vio aquella tarde. Se fue de casa por la mañana y nunca más regresó. Mi madre se extrañó que no viniese a comer y fue ya de noche cuando mis padres se presentaron en Béjar para denunciar su desaparición. Aunque imagino que el resto de la historia ya la conocerán…

De vuelta a La Alberca, ninguno de los dos pudo contener las ansias de ahondar en la declaración de Ricardo Ortiz mientras la patrulla se adentraba por una carretera cuajada de pinos a ambos lados de los arcenes. El cielo se adivinaba ceniciento tras el cristal reflectante del parabrisas.

- ¡Maldita sea! – bramó el sargento contagiado por la exasperación – ¿Por qué nadie me habló de la denuncia que interpuso Rebeca cuando se presentó en la comisaría con la cartera de Penélope? ¡Joder, que llevamos quince días intentando localizar sus pertenencias en los alrededores del bosque!

- A mí también me cuesta admitirlo – respondió Aura aún en *shock* – Supongo que te habrás percatado que es posible que dentro estuviese su tarjeta prepago.

- Por eso estoy tan cabreado – reconoció – Porque de haberlo sabido, la sucursal ya nos habría aclarado a nombre de quién está la cuenta bancaria que le ingresaba esos trescientos euros cada cierto tiempo y que enviaba bajo el concepto de Funelli. Te juro que esta vez, Rosales va a escucharme... – amenazó.

- Puede que Rebeca no llegase a su destino – dedujo de pronto –, que su asesino se cruzara antes en su camino. Por eso el comisario no te avisó; porque Rebeca jamás pisó la comisaría.

Las conjeturas que lanzaron con ánimo de reconstruir las últimas horas de Rebeca Ortiz, les condujo minutos más tarde a La Alberca. Aura se apeó en la plaza del pueblo para redactar una crónica en la cafetería sobre los nuevos datos que se especulaban de la nueva víctima entre sus compañeros de profesión. Imaginó que la tarea que se había encomendado, no haría las mismas delicias en su jefe tras el reportaje que le envió a primera hora de la mañana sobre el expediente criminal del Serbio y su profundo estudio psicopático.

Mientras tanto, el sargento regresó al Puesto con la mente contaminada por el ruido de sus pensamientos. Atravesó el pasillo sin saludar a los agentes con los que se cruzó de camino y cerró la puerta de su despachó con ímpetu, comunicando a los demás que no quería que se le molestase. Descolgó el teléfono y resopló acto seguido, dudando si era conveniente lo que estaba a punto de acometer. Sin embargo, cuando marcó los nueve dígitos, se dio cuenta que ya no había vuelta atrás.

- ¡Baeza, sabía que eras tú! El nuevo cacharrito que me han puesto en la oficina reconoce las llamadas, ¿sabes? – su voz no parecía denotar vacilación – Por cierto, buen trabajo. Al fin apresasteis a ese cabrón.

- Gracias – musitó Leo cortante.

- Imagino que Castillo te habrá comunicado que mis hombres colaborarán con los tuyos en la comandancia. Espera ver cómo le retuercen los huevos antes de pasarlo a disposición judicial.

- Rosales – llamó su atención – Me he enterado que la chica que apareció ayer junto al arroyo, tuvo intención de interponer una denuncia en tu comisaría la mañana que desapareció. Al parecer, se había encontrado con la cartera de Penélope Santana por casualidad y se dirigió a Béjar para entregarla – decidió ocultar el resto de la confesión de Ricardo Ortiz.

- ¿Perdona…? – desató visiblemente sorprendido.

- Supongo que no te importará darme las claves de tus cámaras de seguridad para cerciorarme que no es cierto.

El comisario interfirió un amenazador silencio tras el crujido de la línea.

- ¿Acaso dudas de mi honestidad? – su tono se volvió áspero.

- No – respondió a su mismo nivel – Pero ya que el caso se está complicando, será mejor comprobar cualquier información que nos llegue del exterior. ¿No te parece?

Varios clientes de la cafetería se arremolinaron delante del televisor mientras la pantalla surtía imágenes de la chica de Mogarraz. Una voz en *off* detallaba el lugar exacto donde se había localizado el cadáver a primera hora de la mañana, comparando el inesperado hallazgo con el asesinato de Penélope Santana, acaecido quince días atrás en el mismo paraje. Sin embargo, Aura continuó escribiendo en su portátil pese al molesto runrún de fondo. La sucia claridad del día intentaba adentrarse por el amplio ventanal mientras otros compañeros de la profesión tecleaban con agilidad sobre sus ordenadores en distintas mesas. Nadie parecía querer interrumpir el ambiente de trabajo a falta de una biblioteca o un lugar donde componer un artículo. De vez en cuando, algunos se lanzaban miradas suspicaces, como si de esa manera pudiesen adivinar lo que anotaban con tanto énfasis y recogimiento.

El móvil de Aura vibró encima del velador. Echó un vistazo a la pantalla y se levantó de la silla (el miedo a posibles saqueos informativos por parte de los periodistas que la acechaban, le condujo inevitablemente a la salida). Aura recordó que dichas destrezas propias del gremio las aprendió en su paso por Madrid.

- Ya iba a colgar – le espetó Hooded impaciente.

- ¿Ocurre algo? – le preguntó con recelo.

- Ocurre que he encontrado algo que tal vez os sirva. Sólo dime una cosa: ¿el vídeo donde aparece Vega Molina maniatada y hablando a cámara, pudo haberse grabado en La Alberca?

Aura intentó centrarse al tiempo que le asaltaban fragmentos de esa horrenda grabación.

- Es posible – dudó incluso de su respuesta – Al menos sabemos que el otro vídeo, el del todoterreno que encontraste en el portátil del viejo caserón, se realizó en Las Batuecas – prefirió no desvelarle que más bien capturado accidentalmente por una mini cámara superpuesta en el casco de Gustavo Santana en una de sus excursiones en bicicleta – ¿Por qué lo preguntas...?

- Anoche estuve visualizándolo y se me ocurrió separar las imágenes del instante en el que habla. El caso es que al descomponer los archivos de audio en varias pistas, escuché algo que llamó mi atención. Puede que sea una estupidez, pero se intuye claramente en el segundo siete, justo después de decir: *no siempre podrás esconderte en las sombras.*

- ¿Pero de qué diablos hablas? – le cuestionó azorada.

- De los perros.

La periodista seguía sin entender a qué se refería mientras paseaba por dentro de los soportales.

- Me explico. En uno de los silencios que Vega Molina intercala en su discurso, se perciben los ladridos de al menos dos perros. Apenas se escuchan salvo que generes una nueva pista de audio durante el medio segundo en el que transcurre su sigilo y subas el volumen – Aura no daba crédito a lo que Hooded intentaba esclarecerle bajo una calma pasmosa – Por el sonido y la intensidad de los ladridos, y teniendo en cuenta que el vídeo se hizo, corrígeme si me equivoco, en el interior de una habitación, calculo que esos perros debieron estar a unos doscientos o trescientos metros de distancia. De estar más lejos, la cámara no hubiese captado las ondas acústicas de fuera. Por eso te preguntaba si la chica podría haber sido recluida en La Alberca; porque de ser así, sólo tendríais que localizar fincas o chalets donde haya, al menos, un par de perros. ¿Pillas...?

Aura era incapaz de abandonar su propio mutismo al otro lado de la línea.

- Aunque también cabe la posibilidad que el dueño de esos perros estuviese dando un paseo con ellos en ese momento o de paso por el pueblo – añadió – ¿He hecho bien en llamarte?

- Más que eso. Creo que acabas de localizar la pieza que nos faltaba.

Las cámaras del interior de la comisaría de Béjar carecían de sonido. El sargento apenas tardó unos minutos en localizar a Rebeca Ortiz aquella mañana tras introducir las claves de seguridad en el sistema interno y acceder a las grabaciones desde su ordenador. Rápidamente anotó en una libreta la hora exacta en la que la joven apareció en una esquina del encuadre. Las 12:13 horas. Leo no tuvo ninguna duda que se trataba de ella, de la misma chica que contempló el día anterior junto al arroyo, la melena pelirroja cayendo alborotada por sus hombros, su figura esbeltica, la estatura media. Atendió sin pestañear a las imágenes y apreció en ese instante que se sentaba tras un escritorio de la sala central, ubicado al margen izquierdo. De vez en cuando sacudía las manos al aire, como si estuviese relatando conmovida esa historia que guardó en su memoria durante demasiado tiempo. Sin embargo, la cámara no captaba la figura de su interlocutor. Era como si se negase a abandonar el ángulo muerto que le preservaba en las sombras. Rebeca continuó gesticulando de espaldas a la cámara hasta que a las 12:22 horas, extrajo de su bolso una cartera granate. *¡Mierda!*, escupió el sargento al tiempo que volvía a anotar la nueva información en su libreta. Rebeca dejó la cartera sobre la mesa y una mano emergió de la nada, recogiendo deprisa el objeto. Después cruzó las piernas, se retiró varias veces el cabello hacia atrás y a las 12:27 horas, firmó un documento. *La denuncia*, sospechó Baeza. A las 12:33 horas, Rebeca Ortiz se levantó y extendió el brazo con intención de estrechar la mano a su receptor. Un minuto más tarde, su figura se diluyó por el ángulo opuesto.

Al momento, el teléfono repiqueteó en su despacho.

- Lo acabo de ver – balbució Rosales nervioso – Estuvo veinte minutos en comisaría. ¿Pero por qué nadie me informó?

- Porque tal vez ése era su propósito – le lanzó de golpe – Ocultar pruebas relacionadas con la muerte de Penélope Santana.

Leo no tuvo ninguna duda que alguien de su plantilla albergaba cierto interés en sepultar el rastro de Rebeca Ortiz aquella mañana. *¿También se deshizo de ella por miedo a que se fuese de la lengua?*, elucubró.

- Debe tratarse de un error – intentó convencerse el comisario.

- ¿Y dónde se supone que están la cartera y la denuncia? – le reprendió molesto.

- ¡No lo sé Baeza, y yo qué cojones sé! – vociferó todavía aturdido por las imágenes.

- ¿Qué agentes se encontraban en el edificio a esa hora? – intentó esclarecer por sí solo.

- Todos, supongo – no estaba seguro – Otra cosa es adivinar quiénes se encontraban patrullando el pueblo, quiénes cubriendo varios puntos de la carretera tal y como nos solicitó Jefatura desde que se fugó el Serbio – intentó justificarse – ¡Pudo haber sido cualquiera, joder!

- Quizá la cartera de Penélope y la denuncia que firmó Rebeca aún se encuentren en dependencias de la comisaría.

Un incómodo silencio se escurrió en la línea telefónica.

- ¡Qué pretendes, hacer un registro? – dedujo Rosales.

- Sería conveniente – matizó – Puesto que uno de tus agentes está actuando a nuestras espaldas.

La lluvia comenzó a arremeter contra la ventana de su despacho cuando quince minutos más tarde, Aura Valdés golpeó el quicio de la puerta. Leo se estaba poniendo su anorak verde de espaldas a ella mientras una oscura cerrazón parecía reptar en el habitáculo bajo la hiriente luz de los tubos fluorescentes. Enseguida giró el cuello y descubrió a la periodista con el semblante estupefacto. Dedujo que traía malas noticias.

- ¿Te marchas? – disparó extrañada al tiempo que cruzaba el despacho y se detenía al pie de la butaca.

- Tengo que estar en Béjar en menos de una hora – generó intencionadamente una pausa – Voy a efectuar junto con Rosales un registro en las taquillas de sus agentes durante el cambio de turno para que coincidan todos.

- Parece grave… – sospechó por su tono de voz.

- Ahora no tengo tiempo de mostrarte las grabaciones, pero ya puedo confirmarte que Rebeca Ortiz acudió a comisaría para entregar la cartera de Penélope y formalizar la denuncia.

- Entonces, su hermano estaba en lo cierto… – masculló – ¿Pero quién…?

- Por eso mismo voy – frenó sus ansias de adivinar el nombre del agente – Sólo espero que se trate de un malentendido porque de lo contrario, me temo que el Ministerio urdirá una caza de brujas en cuanto se entere que ha habido ocultación de pruebas.

Si es que no estaba también implicado en el asesinato de Rebeca, caviló la periodista.

- No sabía que ibas a venir. ¿Me has llamado al móvil?

- Escúchame – su rostro desató un gesto de inquietud – Hooded ha descubierto en el vídeo que aparece Vega Molina maniatada, el ladrido de dos perros. Se escuchan justo en el momento que hace un silencio cuando se dirige a cámara para amenazar a su raptor; o raptores, me da lo mismo.

- ¿Qué insinúas…? – le apremió mientras se dirigía a la puerta. Leo se puso nervioso al ver que no iba a llegar con suficiente antelación al registro de taquillas.

- ¡No te das cuenta? Si Vega estuvo secuestrada en el pueblo, esos perros pueden llevarnos hasta el lugar donde la confinaron contra su voluntad.

- ¿Y cómo estás tan segura que aquello ocurrió en La Alberca? – le discutió.

- No lo estoy – se adelantó – Pero si yo fuese su asesino, tampoco se me ocurriría viajar a varios kilómetros de distancia con un cadáver en el maletero, cuando podría enterrarlo en el bosque en vez de, por ejemplo, la Peña de Francia.

Leo consideró que tal vez estaba en lo cierto y que no perdía nada por comprobar su teoría. Al menos, eso intentaba comunicarle con los ojos suplicantes.

- Acompáñame – dijo después.

Atravesaron el largo pasillo y franquearon deprisa la sala de ordenadores. A ninguno de los dos le sorprendió encontrarse a Quintanilla con una bolsa de pipas de la mano tras una de las mesas.

- ¡Jefe! – exclamó sorprendido mientras retiraba dos cascaras de su boca.

- Necesito que facilites a Aura un listado de las casas y fincas del pueblo donde haya, al menos, dos perros inscritos. Tira del registro censal de animales de compañía.

- De acuerdo – respondió el agente estupefacto al tiempo que encendía la pantalla del ordenador.

- Podéis empezar por ahí – se dirigió a Aura esta vez – Ahora tengo que marcharme. ¿Hablamos a la noche?

- Espero tu llamada.

Y percibió tras su sonrisa templada, un poso de gratitud.

La lluvia le acompañó de camino a Béjar cuando una hora más tarde, estacionó la patrulla delante de la vieja comisaría de tres plantas que se erigía fantasmagórica entre otros edificios. Leo percibió un profundo aroma a tierra mojada en cuanto se apeó del coche y corrió bajo una cortina de agua que los focos alumbraban desde lo alto de la fachada. Enseguida subió de dos en dos las escalinatas de la entrada y atravesó deprisa el umbral. La figura recortada del comisario Rosales se intuía tras las sombras que lo alimentaban al fondo del pasillo, con los brazos cruzados. Su actitud belicosa le impidió disculparse a medida que se dirigía a él dando grandes zancadas.

- Ya no sabía qué ostias contarles para retenerles en los vestuarios – disparó con la mirada encendida. Leo prefirió mantener la calma.

- La maldita lluvia… – se excusó.

Rosales ni siquiera le reprendió tal y como estaba acostumbrado a hacer con sus hombres. Únicamente Baeza le escoltó unos pasos por detrás en cuanto emprendieron la marcha por aquel corredor sembrado de sombras errantes. La luz del techo parpadeaba en según qué tramos. Nadie parecía pulular entre las puertas abiertas de los despachos mientras sus pisadas retumbaban contras las gruesas paredes de gotelé. Aquel amenazador silencio le inquietó durante el trayecto, con la cabeza anidada de pensamientos hostiles. Seguía sin comprender por qué demonios había tenido que desplazarse, cuando habría resultado más sencillo si el agente hubiese comunicado (¿o acaso su intención era no hacerlo?) que Rebeca Ortiz se pasó por la comisaría el día que desapareció. Le costó admitir que tenían un impostor en casa.

El comisario cruzó la última puerta y Leo le acompañó con el semblante circunspecto. Enseguida reparó en la veintena de agentes que comenzaron a cuchichear en cuanto el sargento de La Guardia Civil de La Alberca hizo acto de presencia. Un banco alargado parecía separar un bando de otro. Después, se fijó en la hilera de taquillas que revestían las paredes a ambos lados del vestuario.

- Veamos – se dirigió Rosales con la voz ronca – El sargento y yo vamos a proceder a hacer un registro en las taquillas personales de cada uno. Así que quiero que todo el mundo mueva el culo y abra ahora mismo las puertas.

Un precipitado revuelo inundó la habitación mientras Estefanía Reyes le lanzaba a Baeza una mirada de incomprensión. Quiso leer en sus labios un *¿qué pasa?* Sin embargo, evitó ofrecerle una respuesta en cuanto sus ojos tropezaron con el resto de agentes. Vio que Agustín Velasco y David Ochoa murmuraban por lo bajo mientras que Luis Sastre y Nicolás Sáenz abrían sus taquillas con el rostro contagiado por las dudas.

- Al menos, podría darnos una explicación – saltó Ruiz, uno de los últimos policías en incorporarse.

- Hemos escogido esta hora expresamente para que todos estuvieseis presentes – habló Rosales – Parece que uno de vosotros se ha tomado la molestia de entorpecer el trabajo de sus compañeros, ocultando cierta información relevante al caso.

Todos enmudecieron al instante.

- Si por casualidad alguien quiere aclararnos por qué no dijo nada cuando atendió a Rebeca Ortiz en comisaría, o si alguno conoce algún tipo de dato al respecto, prefiero que dé un paso al frente y se dirija inmediatamente a mi despacho – los agentes se miraron boquiabiertos – Así evitamos el bochornoso trance de husmear entre las pertenencias de cada uno.

Nadie tuvo el amago de rebasar la delgada línea de la vergüenza.

- Está bien – pronunció asqueado – Que todo el mundo se coloque al lado de su taquilla. Baeza, ¿te importa proceder por la izquierda...?

El sargento acató las órdenes y comenzó a hurgar en la primera mientras Rosales hacía lo mismo en el lado opuesto. El rostro de Estefanía Reyes se tiñó de confusión a medida que revolvía entre sus enseres (ropa, un neceser con maquillaje, dos botellas de agua) y se cercioraba que ella no había sido. Continuó husmeando en otras taquillas bajo la atenta y timorata mirada de sus dueños a medida que otros se quejaban en alto, alegando que aquello era inconcebible.

Enseguida llegó el turno de Luis Sastre. El agente le brindó una sonrisa de camaradería al tiempo que Leo reparaba en la modelo que sobresalía por detrás de la puerta, revelando su escultural cuerpo en una pose difícil encima de una moto. Luis se mordió el labio inferior para amortiguar la carcajada que le sobrevenía y atendió sin embargo al brazo del sargento, que extraía del interior varias revistas de coches. Entonces, sus dedos tropezaron con un objeto pequeño envuelto en lo que parecía un trozo de papel. Leo lo asió con desconfianza y lo arrancó de las sombras. Sus ojos se abrieron más de la cuenta al contemplar aquella cartera granate junto con lo que parecía un informe policial.

- ¡Eso no es mío! – vociferó asustado. El comisario detuvo su actividad al otro extremo de los vestuarios y se dirigió a ellos con estrépito.

- No lo entiendo, ¿pero por qué no dijiste nada? – intentó discernir tras las amilanadas facciones del agente – Júrame que no tienes nada que ver con la muerte de Rebeca.

- ¡Pero te has vuelto loco! – volvió a gritarle – ¡Joder, que ni siquiera sabía que había acudido a comisaría!

- Entonces... ¡Por qué cojones está la cartera de Penélope en tu taquilla? – perdió los nervios.

El resto de policías no salían de su asombro mientras atendían estupefactos a la escena.

- ¡Baeza, no lo entiendes? – se desgañitó – ¡Alguien lo ha colocado entre mis cosas!

- ¿Qué está pasando aquí...? – los abordó Rosales.

Tampoco se resistió a ignorar el documento que el sargento aferraba en su mano. Se lo arrebató sin permiso y echó un vistazo. Enseguida supo que se trataba de la denuncia que Rebeca interpuso aquella mañana.

- Será mejor que tengas una explicación si no quieres verte de patitas en la calle – le conminó su superior.

- ¡Pero jefe, yo no sabía que estaba en mi taquilla! – intentó eximirse de toda culpa.

- Claro, apareció de la nada. ¿No es eso?

Luis Sastre le lanzó una mirada fulminante.

- El arma y la placa – le exigió con dureza – ¡Vamos!

- Creo que tampoco es necesario… – intervino Leo.

- ¿Me estás escuchando? ¡He dicho que el arma y la placa!

El agente se desabrochó el cinturón policial bajo el amenazador sigilo de sus compañeros y después le entregó la placa.

- ¡Ahora las manos! – le requirió. Luis se las mostró y el sargento no dudó en esposárselas.

- Porque no intentamos todos mantener la calma – sugirió Baeza perplejo.

- ¡Ni calma ni ostias que valgan! ¡Éste se viene al calabozo conmigo como que me llamo Benjamín!

Entonces tiró de él mientras le leía sus derechos. *Tienes derecho a permanecer en silencio. Cualquier cosa que digas podrá ser usada en tu contra ante un tribunal. Tienes derecho a consultar a un abogado o a tener uno presente cuando seas interrogado. Si no puede contratar a un abogado, te será designado uno…*

El silencio que sobrevino después, pareció juzgar al resto de policías con severidad.

DIA 16

Los tibios rayos de sol se columpiaban templados entre las ramas de los árboles. Por un instante, Leo tuvo la certeza que el otoño acababa de explosionar entre la gama de tonos cobrizos que bañaban los aledaños del bosque mientras se dirigía junto a Aura por una calzada de cemento herida por multitud de socavones. Eran algo más de las 11:00 horas cuando se percató que ya habían acudido a dos de las direcciones que tenía anotadas en un trozo de papel. Fue Quintanilla quien le entregó a primera hora de la mañana la lista de las viviendas (dos fincas y un chalet) que habían registrado a más de un labrador en el Censo Canino. El esclarecimiento de la raza se la facilitó el mismo agente en cuanto le comunicó que se había puesto en contacto con un grupo de investigadores de la Escuela Superior de Informáticos de la Universidad Politécnica de Madrid, capaces de reconocer no sólo la familia a la que pertenecía el can por sus ladridos (Aura se encargó de suministrarle la pista de audio que Hooded le envió a su correo), sino también el sexo, la edad o el contexto en el que se encontraba el perro, gracias a un método estadístico computacional de identificación de patrones aplicados a dichos ladridos.

Así que tras pasarse por las dos primeras fincas y hablar con sus respectivos dueños, ninguno parecía recordar a una chica joven, morena y de pelo largo (descripción que les simplificaron de Vega Molina), merodear por la zona junto a uno o dos hombres (evidentemente, raptor/raptores) en julio del 2015 (año en que se grabó la aterradora escena del todoterreno). Leo adivinó que la tarea que se habían encomendado iba a resultar mucho más ardua de lo que a simple vista parecía, y se dirigieron dando un paseo al chalet que les quedaba por visitar a medida que disfrutaban de la cálida mañana de finales de noviembre.

- ¿Queda mucho? – preguntó la periodista.

- Poco más de trescientos metros – calculó – Es una de las últimas casas del pueblo.

Aura intentó hacer un esfuerzo y subió fatigada aquella cuesta invadida de helechos a los márgenes que parecía no acabar nunca. La simple idea de localizar la casa donde Vega Molina pudo estar retenida, le animó a seguir el paso marcial de su acompañante.

- Esta mañana he hablado con Rosales – Aura frenó de golpe para aspirar una bocanada de aire – Parece ser que ha estado interrogando a Luis toda la noche. Le ha asegurado que es inocente, que alguien escondió a propósito la cartera de Penélope y la denuncia que firmó Rebeca en su taquilla, y que no tiene ningún interés en ocultar información del caso.

- ¿Qué opinas? – le espetó Aura a modo periodístico – Tú le conoces bien.

- No lo sé – dudó – Es cierto que Luis es de los que babea hasta por una escoba con falda, incluso me confesó que en cierta ocasión solicitó los servicios de alguna de las azafatas del hotel. Pero de ahí a matar… ¿Con qué motivo?

- No es el primer capullo que asesina a una chica por negarse a mantener relaciones sexuales – disparó molesta.

- Pero en el caso de Penélope, su presencia en el hotel dista mucho de la red de prostitución que descubrimos en El Templo de las Batuecas – puntualizó – Ni siquiera apareció su nombre entre los contratos de las azafatas.

- ¿Y Rebeca Ortiz? – cambió de objetivo – Puede que Luis decidiera deshacerse de ella cuando escuchó su confesión en comisaría. Recuerda que vio a Penélope abandonando el hotel en un coche junto a un hombre mayor. Quizás tuvo miedo de que acabase recordando su rostro con el tiempo y…

- ¿Ya está? – le increpó – ¿La mató sin más…?

A Leo le costaba admitir sus sospechas.

- Nos olvidamos que también puede estar diciendo la verdad – agregó.

- Tampoco iba a declararse culpable en caso contrario – le rebatió – Total, con la cantidad de policías merodeando por comisaría, supongo que no tuvo oportunidad de deshacerse de las pruebas que guardaba en su taquilla – retomaron de nuevo la marcha – Aunque si localizamos la casa donde Vega Molina estuvo retenida, quizá encontremos una relación a todo.

Minutos más tarde, se detuvieron delante de la cancela del chalet. Tras los barrotes de hierro, podía intuirse una porción del jardín que avanzaba hacia la vivienda de dos plantas, levantada a escasos diez metros. Enseguida escucharon los ladridos de unos perros que salieron a su encuentro en cuanto percibieron una presencia extraña. Se trataba de dos ejemplares de labrador retriever, de unos cincuenta centímetros de altura y pelaje canela. Uno de ellos se encaramó a la puerta y Leo grabó los ladridos con su móvil. Sospechó que la misma empresa con la que Quintanilla se puso en contacto, podría cotejarlos con el audio que rescató Hooded del portátil del viejo palacete.

- Me da la impresión que no hay nadie – tuvo Aura la corazonada.

Leo lo había dado por hecho desde que se fijó en el candado que sobresalía por debajo de la manilla.

- ¿Necesitan ayuda?

Ambos giraron el cuerpo y descubrieron que aquel hombre de unos sesenta años que asomaba el brazo por fuera de la ventanilla de su coche, no les quitaba ojo.

- Estamos buscando al dueño de la vivienda – le esclareció el sargento.

- Román suele venir a primera hora de la tarde para dar de comer a esos chuchos – les aclaró con un deje castellano – Sobre las cuatro más o menos. Pero si necesitan que les dé su teléfono móvil…

- No se preocupe. Nos pasaremos a esa hora.

El hombre les hizo un gesto con la mano y continuó su camino por el sendero de arena que conducía a otros chalets de alrededor. En cuanto se esfumó tras una nube de polvo, Aura llamó su atención.

- ¿Tienes prisa?

- Eso depende de lo que quieras proponerme – le dijo con una sonrisa taimada.

- Nada deshonesto, por supuesto – matizó – Sólo pasarnos por el resto de casas por si alguien hubiese visto algo raro.

- Me parece bien. Pero al café de después invitas tú. ¿Trato hecho?

Nadie parecía recordar un suceso extraño acaecido en la cara norte del pueblo tres años atrás. Tal vez había pasado demasiado tiempo de aquello cuando Baeza cruzó las puertas del Puesto con la súbita convicción de que posiblemente Vega Molina jamás estuvo escondida en alguna de aquellas casas pese a la obstinada insistencia por parte de la periodista. Que la chica de la Peña hubiese sido recluida contra su voluntad en cualquier punto geográfico de la comarca, tampoco aseguraba que alguien sospechara de su presencia en la zona – si es que alguna vez tuvo ocasión de abandonar su cautiverio –, y mucho menos que unos ladridos les condujesen al lugar exacto donde la secuestraron. Con ésas y otras premisas similares vagando en su mente, el sargento fue asaltado por Pedro Oliveira, alias el Portu, en la misma puerta de su despacho.

- Siento haberle asustado, jefe – se disculpó – Pero traigo novedades respecto a la tarjeta prepago hallada en la taquilla de Luis Sastre.

Leo le dejó pasar mientras se acomodaba en la silla y sentía una reconfortarle sensación en su cuerpo. Admitió que necesitaba hacer ejercicio con mayor regularidad.

- Tal y como ordenó – continuó el guardia de pie –, llevamos la tarjeta a la misma sucursal que nos facilitó los extractos bancarios de las operaciones que Penélope realizó en el cajero del hotel.

- ¿Y bien...? – le alentó a que fuese al grano.

- El director de la sucursal accedió a la información de la tarjeta gracias al código Pin y nos verificó a nombre de quién está la cuenta desde la que le reembolsaban esos trescientos euros bajo el concepto de Funelli.

El sargento intentó no perder la paciencia cuando, de pronto, exclamó:

- ¡No se lo va a creer, jefe! ¡La titular es Vega Molina!

- ¿Cómo dices...? – le increpó mientras echaba el cuerpo hacia delante.

- Ya sé lo que estará pensando, que si la muchacha lleva muerta alrededor de tres años, cómo es posible que Penélope recibiera dinero de una cuenta a su nombre. Pero el director ha rastreado los códigos bancarios y parece ser que la oficina desde donde se abrió dicha cuenta se encuentra en el norte, exactamente en Vitoria.

Leo era incapaz de salir de su asombro.

- Después hemos llegado a la conclusión que como nadie denunció la desaparición de la joven, ni por supuesto tramitado la correspondiente acta de defunción, la cuenta debió seguir operativa. Por lo que se nos ocurre que alguien suplantó su identidad durante todo ese tiempo. Me explico; la persona que se hizo pasar por Vega Molina, tuvo por narices que ingresarle los trescientos euros a Penélope mediante una aplicación móvil. Es la única forma de manejar una cuenta libremente sin tener que personarse en la sucursal de Vitoria para efectuar los giros. ¿Comprende...?

A Baeza le costaba asimilar aquella maraña de informaciones y datos que iban creciendo y enredándose por igual según pasaban los días. Quizás tuvo el amago de abandonar el caso cuando dedujo que aquello le costaría un serio problema de salud.

- ¿Qué habéis averiguado acerca de ese nombre, Funelli?

- El director no supo decirnos ya que el concepto también es libre en cualquier operación bancaria. Puede tratarse de una clave que sólo Penélope y la persona encargada de hacerle las transferencias conocían, como de unas siglas, un apodo, una sociedad mercantil... – enumeró – Lo que sí nos confirmó es que todos los ingresos se hicieron bajo el mismo concepto. Funelli.

- De acuerdo – pronunció sucinto – ¿Algo más?

Portu negó con la cabeza.

- Buen trabajo. Felicita también a Quintanilla – le dijo – Antes de que te marches, necesito que extraigas de mi teléfono el audio de unos ladridos que grabé en una de las casas de la lista. Quiero que volváis a poneros en contacto con ese grupo de la Universidad Politécnica de Madrid y que os confirmen si podrían tratarse de los mismos perros que se escuchan en el vídeo donde aparece Vega maniatada.

El agente asintió con un golpe de cabeza y se largó deprisa de su despacho. Después, la sensación de miedo y fatiga que le sobrevino, le redujo a un execrable sigilo.

A las cuatro y media pasadas, Aura Valdés y Leo Baeza acudieron al mismo chalet ubicado a extramuros del pueblo. Tras el camino de arena flanqueado por una revoltosa arboleda, se intuían otras viviendas dispersas en el horizonte, entre campos de cultivo y demás senderos que se adentraban en el corazón del monte. Un lugar privilegiado para quienes pudiesen disfrutar del placer de residir en aquel bello paraje. Leo se dedicó a contarle las últimas novedades a la misma joven que parecía no salir de su asombro a escasos centímetros. Era incapaz de articular una sola palabra mientras el sargento le esclarecía que el dinero que sacaba Penélope del cajero del hotel, procedía de una cuenta a nombre de Vega Molina. Tan sólo filtró la mirada al fondo y pronunció: *ahora no hay duda que ambas muertes están relacionadas.* Leo quiso intervenir y aseverar su respuesta; pero en aquel instante, cuando sus ojos tropezaron con el tejado del chalet, se dio cuenta que a veces, los silencios, eran más efectivos.

La cancela estaba abierta. Aura se percató que más allá del envidiable jardín, un hombre estaba vertiendo el interior de una bolsa de pienso en un comedero para perros. Leo emitió un breve silbido y el hombre levantó la cabeza. En cuanto se percató de la presencia de ambos, no dudó en acercarse con la bolsa de la mano. Tendría cerca de cuarenta años. Era alto, con mechones canosos entremezclados en su cabello negro y unas discretas gafas de ver. Su rostro emuló un rictus de desconcierto.

- ¿Qué desean? – les pidió explicaciones según avanzaba por el camino de grava.

- Buenas tardes. Soy el sargento Baeza – le confirmó – ¿Son suyos los perros?

- ¿Ocurre algo? – pareció asustarse una vez que se detuvo al otro lado de la cancela.

- Tenemos indicios que en alguna casa de alrededor, ha habido cierto tipo de trapicheos y gente extraña merodeando – decidió tergiversar la verdadera razón que les había llevado a su hogar – Lo sabemos por una grabación que custodiamos y en la que se escuchan los ladridos de sus perros. Bueno, y también porque entre esas personas, se encontraba una joven de unos veinte años, morena y con el pelo largo, que estuvo transitando la zona hace años – el hombre seguía sin comprender muy bien el motivo de su visita – ¿La recuerda usted?

- Pues ahora no caigo – descerrajó violento – Ni tampoco nada raro en alguna casa de esta parte del pueblo. El problema es que sólo vengo entre semana a dar de comer a los perros. En verano acudo más, pero tampoco es que tenga mucho trato con los vecinos. Eso sí, gente joven hay poca. Recordaría, aunque fuese de vista, a esa chica que acaba de mencionar.

- ¿Y sobre las casas? ¿Ha percibido algún movimiento sospechoso en estos años? – viró de objetivo.

- A ver, en este camino hay tres en concreto – puntualizó – En una vive una familia de toda la vida que son muy buena gente. El matrimonio y los hijos se dedican a la chacinería. En otra que hay un poco más adelante, el propietario viene en un furgón de vez en cuando. La casa está prácticamente abandonada y tampoco es que tenga mucha relación con él. Luego hay otra metida en el monte a la que se accede por ese sendero – señaló el camino dibujado sobre el terreno arenoso y porticado por un grupo de castaños – Era de una señora que falleció sin herederos hace años por lo que me relató mi padre. Pueden ir a comprobarlo si quieren, pero la casa está igualmente abandonada.

- Mucha casa en desuso, ¿no? – le insinuó el sargento.

- La gente rehúye cada vez más de los pueblos, rechaza herencias o por la crisis, apenas puede mantenerlas – hizo hincapié – Lo que si acabo de recordar es que hace tiempo, el Ayuntamiento derribó una antigua masía que atraía a chavales cada fin de semana donde celebraban botellones. A los dueños no llegué a conocerles, pero siempre ha estado deshabitada.

Aura y Leo se lanzaron una mirada de soslayo.

- ¿Dónde estaba exactamente? – le preguntó Baeza intrigado.

- Si siguen el camino, se toparán a unos trescientos metros con un solar con restos de muros. Sé que la derribaron porque algunos vecinos se quejaron de las fiestas que organizaban con la música hasta los topes. Por lo visto daba miedo salir de noche.

- ¿Y por casualidad recuerda cuándo dio orden el Ayuntamiento de su derribo? – Leo tuvo la certeza que estaba a punto de llegar al meollo del asunto.

- No sabría decirle con exactitud. ¿Tres, cuatro años…?

En cuanto se despidieron del hombre, Leo aceleró la marcha con intención de regresar al Puesto. Aquel dato acababa de precipitar el transcurso de los acontecimientos.

- ¿Estás bien? – quiso averiguar la periodista al mismo trote que su compañero.

- ¡Claro que no! – escupió rabioso – Ahora conocemos el lugar dónde Vega Molina estuvo secuestrada y ni siquiera existe la prueba principal.

Aura supo que se refería a la vieja masía que Hooded tuvo el acierto de concretar por los ladridos que se intuían a unos trescientos metros en la grabación.

- También podemos preguntarle al Serbio – se le ocurrió decir.

- Pudimos – le rectificó – Los hombres de Rosales llegan hoy a la comandancia para colaborar en el caso.

La INTPOL era un amplio fichero informático de la Dirección General de la Guardia Civil que incluía datos del tipo: raza, vida sexual, aficiones, estilo de vida, lengua materna, pertenencia a clubes y asociaciones, así como el código genético del investigado. En muchos casos, esos datos que afectaban al ámbito personal, no se referían sólo a individuos condenados o procesados; también a detenidos incluidos en atestados, envueltos en hechos delictivos.

Eso mismo le pidió al agente Medina en cuanto traspasó la entrada de la sala de ordenadores y le vio en una de las mesas. El chico abandonó su ensimismamiento al comprobar que su jefe se aproximaba con el paso firme.

- Quintanilla ha preguntado por usted. Por lo visto ese laboratorio de la Universidad Politécnica ha confirmado con un 90% de fiabilidad que la intensidad y gravedad de los ladridos, coinciden con el audio extraído del vídeo donde sale la chica de la Peña – soltó con atropello – Eso me comentó que le dijera. Creo que ahora anda en el bar tomando el café.

Leo se abstuvo de pronunciar un *¡Lo sabía!* y prefirió reservarse su opinión al respecto mientras se acercaba a una pared de la sala y arrancaba un mapa físico del término municipal. El agente se quedó boquiabierto a medida que el sargento volvía a acercase a la mesa con intención de invadir su territorio.

- Entra en la base de datos y averigua el nombre de cada uno de los propietarios de las casas que hay en este camino – señaló un punto concreto.

Medina escurrió las manos por debajo del mapa y tecleó la dirección en el buscador interno. Una vez que la pantalla les mostró sus identidades, Baeza dibujó una sonrisa.

- Ahora introduce los datos en los archivos de la INTPOL – prosiguió en su empeño.

Medina buceó entre las diversas ventanas repletas de nombres, estados civiles, fechas, domicilios e imágenes lofoscópicas de los sujetos allí almacenados (junto a órdenes de búsqueda, reseñas, hechos imputados, resoluciones judiciales y administrativas, todo ello de interés policial) para, enseguida, descartar la casa abandonada del monte.

- Pertenecía a Marisa Buendía. Sin herederos. Falleció en junio del 85 – le esclareció el agente.

Leo se contuvo de decirle que el dueño de los perros le había dicho la verdad y continuaron investigando en otro domicilio. El sargento recordó que el hombre le había especificado que el dueño de la vivienda acudía de vez en cuando en un furgón.

- Víctor Herrero, sesenta años, casado, con dos hijos, residencia habitual en Zamora y sin antecedentes – le confirmó.

La siguiente parada fue la masía derruida, después de que Medina le ratificase que la familia de chacineros Rodero Álvarez también se encontraba limpia. Enseguida leyó el acta administrativa para la demolición de la casa – su construcción databa de 1896 –, y presentada a cargo del Ayuntamiento por la cantidad de quejas recibidas por parte de varios vecinos del pueblo, alegando sentir miedo cada vez que multitud de chavales de los alrededores se juntaban los fines de semana para hacer botellones y poner la música hasta altas horas de la madrugada. Leo sospechó si Patricia Salas, la concejala, tuvo algún tipo de interés en la demolición de esa masía.

- ¿Cuándo fue derribada? – le asaltó.

- Espere que lo mire... – contestó con los ojos clavados en la pantalla – Lo tengo. En octubre del 2015.

Ahora sí que no tuvo duda que Vega Molina estuvo recluida en una de las habitaciones de esa masía meses antes.

- Escúchame – llamó su atención. El agente denotó cierta preocupación en su voz – ¿Cuántos agentes de la comisaría de Béjar hay ahora mismo en el Puesto?

- Creo que cinco – intentó recordar.

- Avísame al despacho en cuanto se hayan ido. ¿De acuerdo? Necesito que Aura baje al calabozo sin que la vean.

- Pero jefe, no sé qué opinará Castillo cuando...

- Tú haz lo que te digo – sonó amenazante – Y de esto ni una palabra.

Leo vio un poso de incertidumbre en los ojos del guardia mientras consideraba el acierto (o no) de que la periodista volviese a entrevistar al Serbio. Necesitaba averiguar qué sabía de Luis Sastre, si era el tipo que estaban buscando. En definitiva, si podía tratarse del mismo hombre que castigó cruelmente a Penélope Santana y Rebeca Ortiz en el bosque.

Aura Valdés deambuló por las últimas calles del pueblo intentando hallar un remanso de paz. La escandalosa algarabía que parecía haberse instalado en la plaza central desde que aparecieron aquellos furgones de prensa, se resistía a abandonar La Alberca ahora que tenían al principal sospechoso de las dos muertes en los calabozos de la Guardia Civil. Muchos periodistas acamparon a sus anchas en distintos puntos estratégicos relacionados con el caso (algunos se habían desplazado a Mogarraz para atrincherarse delante de la vivienda de Rebeca Ortiz), ansiosos por ser los primeros en dar la última hora a los informativos nacionales para los que trabajaban.

Sin embargo, Aura seguía sin estar convencida que la tercera chica vinculada a la investigación, la única por la que aún mantenían cierta precaución para que su nombre no saliese a la luz pública, hubiese sido aprisionada en aquella vieja masía. De pronto, dudó si los pasos que estaban dando eran los correctos; si no se estaban dejando arrastrar por las ganas de que todo aquello acabase. En el fondo deseaba volver a Salamanca, a su vida, a esa rutina cuajada de viajes que le hastiaban a final de mes cuando se percataba que no tenía ni para pagar el alquiler. Era como si anhelase volver a reencontrarse consigo misma, con lo que dejó atrás antes de dirigirse a La Alberca, antes incluso de conocer a Leo Baeza. ¿En qué dirección caminaba? Esa pregunta le acompañó en su solitario paseo mientras recorría un entramado de calles con el horizonte pincelado en tonos rosas. Había vuelto a la zona de chalets donde estuvieron a primera hora de la tarde. Visitó los restos que aún quedaban del supuesto lugar donde Vega Molina vivió cautiva. Allí no quedaba nada más que las señales de lo que una vez existió bajo el viento que parecía llevarse consigo su memoria.

Una hora más tarde, Aura decidió deambular entre aquellas viviendas de estilo serrano que se mantenían bajo un silencio aterrador. Fue entonces, en una calle resguardaba por la arboleda que crecía próxima, cuando reparó en aquel vecino sexagenario que subido a una escalera, manipulaba una cámara de seguridad situada por encima de la entrada de su casa. La periodista dedujo que si Penélope acudió por su propio pie al lugar donde después fue asesinada, tal vez ése fuera el itinerario que escogió para llegar a la puerta que se abría a las entrañas del bosque.

- ¿Se encuentra bien? – le dijo el hombre en lo alto de la escalera. Aura volvió en sí y descubrió que la miraba con cara de circunstancias – Si busca el centro del pueblo, tiene que seguir bajando la calle y torcer a la derecha.

Imaginó que su aspecto le habría llevado a pensar que debía tratarse de una reportera.

- ¿Es nueva la cámara? – le espetó en cambio.

- ¿Este cacharro? ¡Qué va! Lleva dos años conmigo, los mismos que cuando me entraron a robar. Uno ya no se puede fiar de nadie. ¿Por qué lo pregunta? – sintió curiosidad.

- Verá, trabajo para la Guardia Civil y me preguntaba si usted conserva las imágenes que su *cacharro* graba a diario – modificó algunos detalles. El hombre comenzó a descender por la escalera.

- ¿No será por…? – quiso adivinar en cuanto se acercó con el rostro serio.

- Estoy obligada a no compartir información confidencial – imaginó que Baeza hubiese soltado algo parecido.

- Comprendo… – musitó – Pero es la empresa que contraté la que guarda el material durante un mes.

Aura esbozó una sonrisa en su mente.

- ¿Y sería tan amable de ponerse en contacto para que le faciliten la grabación del día siete de noviembre?

Se percató que se refería al día anterior a aparecer el cadáver de Penélope en el bosque.

- No tendría inconveniente – le confirmó.

Aura sacó del abrigo su bloc de notas y le anotó su número de teléfono.

- Si consigue que le envíen una copia, póngase en contacto conmigo. Se lo ruego.

- Descuide señorita. Así haré.

Una vez que la periodista retomó orgullosa su marcha, sintió la vibración de su móvil en el bolsillo de su pantalón. Aura lo extrajo deprisa y leyó en la pantalla. Algo le hizo sospechar que se trataba de algo importante.

- ¿Dónde estás? – le abordó el sargento con la voz impaciente.
- Me dirigía a casa. No sabes lo que me ha pasado. Resulta que estaba…
- Necesito que te acerques al Puesto – le detuvo – Tienes que interrogar al Serbio.

Aura percibió su agitada respiración al otro lado.

- Los hombres de Rosales acaban de irse a la cafetería. Sólo tenemos media hora.

El silencio que goteaba en los calabozos, le provocó un estado de angustia según avanzaba hacia la celda número cuatro. Su olfato detectó la humedad que vagaba en el ambiente a medida que los tubos fluorescentes emitían un turbador zumbido bajo el resuello de su respiración. Era como si aún no se hubiese acostumbrado a tenerle cerca, como si su mente le obligase de algún modo a cambiar el rumbo de sus pasos. La silla postergada en mitad del pasillo, le sobrecogió. Por un instante sintió sus oscuras facciones tras la penumbra que abrigaba el interior de su celda, con las manos aferradas a las rejas y la mirada acechante. Sin embargo, Aura recordó la urgencia con la que debía entrevistarle. La amenaza de que los policías apareciesen en cualquier momento, no le ayudó a clarificar sus ideas. Ni las suyas, ni tampoco las del Sargento, que no pareció reaccionar a su relato cuando le dijo que existía la posibilidad de que aquella cámara que había descubierto en plena calle, hubiese captado la presencia de Penélope la mañana que apareció de incognito en el pueblo.

Aura continuó adentrándose en el silencio del corredor hasta que tropezó con aquella mirada suspendida entre los barrotes de su celda. Las brumas que asfixiaban su figura, comenzaron a disolverse en cuanto arrastró los brazos por fuera de las rejas y permitió que la luz de los tubos desempañara sus rasgos. Fue entonces cuando deslizó la punta de la lengua por sus labios. Aura sintió un ligero escalofrío, aunque tampoco tuvo el valor de apartar la vista.

- No sé por qué han tenido que interrogarme esos polis esta mañana – escupió con un poso de ira remarcado en sus mandíbulas. Aura se fijó en su poblada barba – Ése no era el trato.

- Las cosas han cambiado para todos, así que escúchame porque no tenemos tiempo – le aclaró – Anoche detuvieron al principal sospechoso de la muerte de Rebeca Ortiz.

El semblante de Lorenzo Garrido aflojó su particular agarrotamiento.

- Se trata de Luis Sastre, uno de los agentes de la comisaría de Béjar – Aura dudó si hacía lo correcto identificándole. Supuso que Leo lo habría escuchado todo por el micrófono que llevaba escondido en su jersey – Por lo visto localizaron en su taquilla información relevante al caso que intentaba ocultar a los demás.

- ¿Qué tipo de información? – le sondeó a propósito.

- La cartera personal de Penélope y la denuncia que Rebeca Ortiz emitió el mismo día que desapareció. Estamos convencidos que fue él quien se encargó de atenderla.

- ¿Y por qué estáis tan seguros? – le rebatió mientras acariciaba con las yemas de sus dedos los barrotes que lo encarcelaban – ¿Acaso lo ha reconocido…?

- Las evidencias son bastante esclarecedoras, ¿no crees? Tampoco cabría otra interpretación posible – intentó azuzarle para ver hasta qué punto sabía al respecto.

- Entonces, no entiendo por qué has bajado al calabozo – se resistía.

- Pensé que te interesaría saberlo. Ése fue el trato que acordamos, ¿recuerdas?

El Serbio arqueó una extraña sonrisa con los labios fruncidos que le dio pavor.

- Es posible que conociera tu caso de cerca y sea el imitador que buscamos – le sugirió.

- ¿Quién? ¿Ese *mindundi*? – vocalizó con dureza – No me hagas reír, por favor…

- ¿Por qué crees que él no pudo ser?

- No sé qué me sorprende más: sí que la Guardia Civil no sepa identificar una pista falsa, o que la periodista con la que me entrevisto regularmente se niegue a ver unas simples evidencias halladas en la taquilla de un policía – señaló adrede.

- ¿Y qué se supone que ves que los demás somos incapaces?

- No es que me considere un experto, pero me resulta demasiado fácil – agregó – Ese agente no es más que un cabeza de turco dentro de esta historia. Supongo que la prensa se alegrará de tener un nuevo culpable.

- Pues que sepas que no compartimos el mismo punto de vista – puntualizó molesta.

Lorenzo Garrido soltó una carcajada hostil al tiempo que comenzó a pasear por el estrecho habitáculo de su celda. Parecía estar disfrutando de la situación a medida que los minutos apremiaban y Aura sentía el irrefrenable deseo de mandarle a la mierda.

- Me das asco… – balbució sin embargo.

El Serbio detuvo el movimiento y se abalanzó contra las rejas. Después escurrió los brazos con intención (imaginó) de apresarla. Aura no dudó en echar el cuerpo hacia atrás, rozando con su espalda la pared de ladrillos grises.

- Cuidadito con esas palabras, *mi Rosa de los Vientos* – reconoció su amenaza – Eres tú la que decidiste bajar en busca de respuestas.

- Pues te pido que no me tomes por idiota – se encaró a él.

- Muy bien. Entonces responde a esto: ¿Por qué Penélope? ¿Y por qué la otra chica apareció con los mismos símbolos en sus ojos? ¿Por qué siempre en el bosque…?

Le lanzó a modo de acertijo. Aura intentó retenerlo en su cabeza.

- Como ya habrás comprobado – continuó –, La Alberca es un pueblo de lo más singular. Sólo en un lugar como éste sus vecinos siguen alimentando sus tradiciones a base de rendir culto a la muerte.

- ¿Y eso qué tiene que ver? – le espetó, curiosa.

- Sigues sin entenderlo – pareció confirmar – ¿Cómo podría explicártelo? La Alberca es sólo una parada más en el camino del que Penélope tenía que formar parte. Pero Rebeca, en cambio, fue un daño colateral que pudo haberse evitado.

El móvil de Aura Valdés emitió de repente un pitido. Lo sacó enseguida del bolsillo de su pantalón y comprobó que se trataba de un mensaje de texto: *Llamada perdida de Leo a las 18:50 horas*. Sospechó que apenas tendría cobertura en los calabozos del Puesto.

- ¿Malas noticias? – quiso averiguar tras los barrotes.

- Debo irme – imaginó que los policías estaban de vuelta – Pero antes necesito saber algo.

El Serbio se mantuvo a la espera con la mirada impaciente.

- La última vez que nos vimos, me dijiste que mi madre se vio obligada a desaparecer para protegerme – resumió acelerada – ¿Para protegerme de quién...?

- Piensa Aura. ¿Por qué una madre huiría lejos de su pequeña? Hoy ya has aprendido que las causalidades no existen – apostilló con una sonrisa fría – ¿Acaso tuviste algo que ver en su desaparición...?

Pero Aura ni siquiera reaccionó cuando su móvil volvió a sonar.

DIA 17

Un incómodo *mojabobos* les acompañó de camino a primera hora de la mañana cuando la periodista recibió temprano una llamada del vecino para comunicarle que la empresa de cámaras de vídeo vigilancia, le había enviado las grabaciones del siete de noviembre a su cuenta de *Hotmail*. Aura no tardó en escribir un mensaje a Leo, citándole veinte minutos más tarde en el callejón trasero del Puesto (evitaron que los periodistas que aún merodeaban por los alrededores, interfiriesen en sus planes). El día había amanecido desapacible mientras un constante *calabobos* abrillantaba la calzada y sumía los contornos bajo una húmeda cerrazón. Aura se puso la capucha de su abrigo y echó un vistazo a su *Flik Flak*: las 08:43 horas. Después sacó el móvil y marcó los nueve dígitos que se sabía de memoria. Supuso que ya no hablarían de la conversación que mantuvo con el Serbio la tarde anterior cuando se percató que estaban a punto de llegar a la última calle del pueblo, próxima al bosque.

- ¿A quién llamabas? – intentó esclarecer Leo en cuanto vio que volvía a guardar el teléfono en su abrigo. La cortina de agua perlaba su rostro de diminutas gotas.

- A Juárez, un compañero de la agencia – le mintió – Asuntos de trabajo.

En ese momento, no estaba por la labor de confesarle que las palabras de Lorenzo Garrido continuaban dando vueltas en su mente y que apenas había podido pegar ojo desde que sintió la urgencia de hablar con su padre. Necesitaba encontrar respuestas. Necesitaba comprender si su madre les había dejado por su culpa. Necesitaba averiguar cómo se podía formular una pregunta de ese tipo a un padre también abandonado.

Minutos más tarde, Aura apretó el timbre de la casa. El hombre no tardó en aparecer por la puerta con una sonrisa amigable mientras les invitaba a pasar.

- El ordenador lo tengo en el despacho – les dijo al tiempo que atravesaban un pasillo con las paredes atestadas de cuadros – El problema es que no sé cómo se entra en la bandeja de correo. Ahí se encuentra la grabación por lo que me han comentado los técnicos de la empresa.

- No se preocupe – intervino la periodista – Yo misma puedo enseñarle si quiere.

Rápidamente traspasaron lo que a primera vista parecía un gabinete y se dirigieron hacia una mesa empotrada contra la pared, donde el fondo de pantalla del ordenador mostraba un paisaje agreste a los que podía contemplarse en La Alberca. El hombre les indicó las claves para acceder a su cuenta y Aura tecleó el número secreto sentada en una butaca. Enseguida vieron el último correo recibido a las 20:13 horas del día anterior. La periodista descargó el archivo en el escritorio y esperaron impacientes a que la acción se completara. El hombre, sin embargo, se ausentó unos minutos para atender la llamada de teléfono que de pronto resonó en el interior de la casa.

Una vez que el archivo terminó de realizar la operación, Aura entró en la bandeja de *descargas* y cliqueó un par de veces encima. El reproductor multimedia expulsó imágenes a color de la cámara superpuesta a escasos centímetros de la entrada. Por el ángulo del encuadre, podía observarse parte de la calzada de cemento por donde transitaban los vehículos y las personas. Aura situó el ratón en el icono de avanzar y aligeró el tiempo que corría en la pista inferior. Tan sólo detenía las imágenes cada vez que detectaba un movimiento extraño en la escena. Así estuvieron alrededor de diez minutos hasta que a las 17:40 horas, una mancha oscura cruzó la pantalla. Aura paró la reproducción y retrocedió las imágenes hasta las 17:39. Después, dio al *Play*. Las luces del atardecer parecían colarse bajo un tamiz ambarino mientras la calle se mantenía en una invariable calma. Entonces, una joven cruzó corriendo el encuadre al tiempo que giraba la cabeza hacia atrás.

- ¡Detenlo! – exclamó el sargento – ¿Puedes ponerlo esta vez a cámara lenta?

Aura accedió callada y retrocedió la imagen hasta el instante en que la chica aparecía en escena. Luego ralentizó el movimiento y presionó el *Play*.

- No puede ser… – balbució consciente de lo que sus ojos estaban viendo.

Aquella joven llevaba un corte de cabello similar a la peluca simétrica de Penélope Santana y una vestimenta (abrigo de plumas y vaqueros elásticos) idéntica a la que aparecía en los andenes de la estación de autobuses de Salamanca. En un momento dado, giró la cabeza hacia atrás mientras seguía corriendo a toda prisa.

- ¿De qué cojones huye? – soltó Leo exasperado.

Segundos más tarde, un todoterreno atravesó el encuadre. El modelo era el mismo que el Land Rover que contemplaron en la escena donde Vega Molina intentaba pedir ayuda desde la ventanilla trasera, aunque el color de la carrocería no era granate, sino oscura. Leo oteó la escena con la espalda reclinada hacia la pantalla y observó que esas mismas ventanillas habían sido tintadas. Aura, por el contrario, deslizó la mirada por el cristal del parabrisas con intención de reconocer al conductor. Sólo pudo intuir sus manos aferradas en todo momento al volante.

- ¡No es el coche, joder! – blasfemó iracundo.

- Pero la chica sí que se trata de Penélope – apostilló Aura – En cambio, el conductor no es el Serbio. Estoy segura. Me he fijado que no lleva la sudadera.

- El muy hijo de puta nos ha vuelto a engañar… – se maldijo.

- O quizá esté cubriendo a alguien como te dije desde un principio.

El sargento se mantuvo a la espera de que continuase.

- Perfectamente podría estar protegiendo al conductor de ese coche.

- ¿Y cargar con la culpa? – se cuestionó a sí mismo – ¿Por qué?

- Por la sencilla razón que no quiere que descubramos los verdaderos motivos que les llevaron a matar a Penélope.

- ¿Y quién se supone que es…? – intentó ir más allá – Te recuerdo que ninguno de los sospechosos posee un vehículo de tales características.

- Ése es el problema – dedujo – Con los policías en el Puesto, dudo mucho que pueda seguir realizando las entrevistas. No sé si sería conveniente transmitirles la información para que se encarguen ellos de atornillarle.

- Sabes que no hablará… – intentó borrar la idea de su cabeza.

- Entonces sólo nos queda una salida – sentenció – Entender por qué preserva la identidad de su cómplice sin nada a cambio.

Aura Valdés envió la grabación a su cuenta de correo electrónico minutos antes de que se despidieran del hombre y se alejaran de su casa tras una nube de agua suspendida en el ambiente. El molesto *mojabobos* comenzó a rociar sus rostros mientras Aura volvía a ponerse la capucha del abrigo e introducía las manos en los bolsillos. El sargento, por su parte, agachó la cabeza a medida que daba grandes zancadas parapetado contra los muros de las viviendas.

- ¿Te parece que vayamos a mi casa? – le sugirió la periodista – Te invito a desayunar.

- De acuerdo – respondió Leo con los hombros echados hacia delante – Necesito ordenar las ideas y pensar con claridad.

Según avanzaban a toda prisa, ninguno de los dos reparó en la presencia de aquel joven que les chistó a distancia, resguardado bajo la caseta de madera dispuesta en un ángulo muerto que se abría en un cruce de calles. El chico volvió a insistir sentado en un tajo al tiempo que removía con una espumadera las castañas del brasero. Aura ladeó los ojos un instante y entonces se dio cuenta que le estaba obsequiando con una amplia sonrisa.

- ¿Les apetecen unas castañitas? – preguntó en alto. Los dos frenaron el paso a la vez – Tengo la docena a un euro y con la mañana tan desagradable que hace…

Aura y Leo se miraron sin decir nada y después se dirigieron a él con cierta reticencia. Según se aproximaron a la caseta, Aura se fijó en su aspecto. Calculó que tendría su misma edad. Parecía más bien alto, con el cabello ensortijado y una incipiente barba de una semana. Llevaba un jersey de listas rojas y negras y un vaquero tiznado a la altura de sus rodillas. El chico cogió del suelo una plana de periódico y comenzó a elaborar un cucurucho.

- Pónganos dos docenas – decidió llevarle a Carmen un pequeño detalle.

- ¡Marchando esas castañas! – pronunció animado – El mejor remedio para sacar el frío del cuerpo. Que con esta maldita lluvia… – intentó darles conversación – Y eso que tengo entendido que se avecinan días soleados.

- Ojalá – deseó la periodista.

- Yo también estoy harto de esta humedad – continuó – No hace más que espantarme a la clientela. Nada que ver con octubre. Parecía que aún seguíamos en verano.

- ¿Desde cuándo lleva aquí? – le cortó el sargento con brusquedad.

- Desde finales del mes pasado – dudó de su respuesta – ¿Por qué lo pregunta? Tengo los papeles en regla; pedí al Ayuntamiento la licencia máxima.

Aura reconoció hacia dónde dirigía sus miras y le abordó ella esta vez.

- ¿Recuerda haber visto a una chica corriendo por esta misma calle y un todoterreno oscuro que parecía perseguirla? Ocurrió hace más o menos quince días.

- Claro que lo recuerdo – masculló – ¿Pasa algo…?

- Necesitaríamos que nos cuente qué vio – prosiguió Baeza – Estamos investigando el caso de Penélope Santana.

El chico se sintió de pronto acorralado mientras tragaba repetidamente saliva.

- ¡Pero esa muchacha no era la misma que sale en televisión! – se puso nervioso – La que yo vi esa tarde era morena. No tenía el pelo rosa.

- Era Penélope – puntualizó Aura – Pero con peluca.

Los ojos del castañero se salieron de sus órbitas.

- Yo no busco problemas – escupió lo que su mente parecía dictarle.

- Y no los tendrá – le indicó el sargento – Esta conversación es confidencial.

Un incómodo silencio se coló irremediablemente entre ellos.

- A ver, recuerdo que eran las seis porque estaba atardeciendo. De eso estoy seguro. En ese momento no había nadie en la calle, así que me dispuse a apagar el brasero y cerrar el quiosco un poco antes. Fue entonces, cuando escuché aquellas pisadas. Apareció corriendo por esa calle mientras giraba de vez en cuando la cabeza. Tuve la corazonada de que le sucedía algo, no sé si porque parecía asustada o por las prisas que traía; pero cuando intenté preguntarle si se encontraba bien, me di cuenta que ya no me daba tiempo y entonces la vi meterse por el camino que hay un poco más abajo, el que conduce al bosque.

La mirada de Leo volvió a tropezar con la de su compañera.

- Acto seguido apareció ese todoterreno – prosiguió intranquilo – Iba bastante rápido. En cuanto reparó en mi presencia, se detuvo en seco en mitad de la calzada y bajó la ventanilla un par de dedos. Me preguntó si podía acercarme. No me digan por qué, pero aquello me dio mala espina. El caso es que fui a ver de qué se trataba y fue cuando percibí su mirada. Solamente eso, unos ojos castaños que me intimidaron de pronto en cuanto los clavó a los míos.

- Supongo que hablamos de un hombre – quiso averiguar Aura.

- Sí, sí – repitió – La voz era la de un hombre.

- ¿Y qué pasó después…? – le interrumpió Baeza.

- Me preguntó si había visto a una chica morena corriendo por esa misma calle, que era su hija y que la estaba buscando porque había tenido una fuerte discusión con su madre, amenazándola con largarse de casa. *Ya sabe, cosas de adolescentes*, me dijo por el estrecho hueco de la ventanilla. Yo no sabía qué hacer. Llevaba relativamente poco en La Alberca y tampoco buscaba ningún tipo de enemistad con alguien del pueblo; por lo que desvié la mirada dentro del coche y me quedé observando aquello antes de decidirme.

- ¿A qué se refiere? – la periodista le pidió explicaciones.

- Al adorno circular con aspecto de dragón que colgaba del espejo retrovisor – les confirmó – Era negro, con una bola turquesa por encima y rematado por unas tiras de abalorios. Me llamó la atención que un vecino de la zona llevase un amuleto que representa el *yang,* y también la lluvia – ambos le miraron confusos – Ya saben a lo que me refiero, la historia del dragón chino...

- ¿Y qué le contestó? – cortó Baeza sus ansias de ahondar en las raíces mitológicas.

- El hombre volvió a insistirme que estaba preocupado y que no quería que le pasase nada. Sin embargo, había algo en todo aquello que me mosqueó. Por lo que se me ocurrió trastocar el asunto e indicarle una dirección errónea.

- Sigo sin entender por qué nunca se pasó por la Guardia Civil si consideró que se trataba de una situación extraña – precisó Leo.

- Porque de haber sabido que se trataba de la misma chica que apareció después en el bosque, no hubiese tenido inconveniente en presentar una denuncia. Pero supongo que ya es tarde para rectificar...

El teléfono de Aura vibró en el bolsillo de su pantalón minutos después de aparecer por casa. Aún no se habían quitado los abrigos desde que se pusieron a charlar con Carmen en la cocina cuando percibió que alguien la reclamaba. La periodista se disculpó y salió al jardín para atender la llamada. En ese momento, leyó su nombre en la pantalla.

- ¿Dónde te habías metido? Me tenías preocupada – le reprendió.

- Me pillas justo saliendo de la ducha. Voy a asistir a un taller en la Universidad para aprender a manejar internet – intentó convencerla. Aura sintió una reconfortante placidez en cuanto escuchó la voz de su padre – Estoy encantado con esto de ser jubilado. Pero cuéntame. ¿Pasa algo...?

- Es sólo que me apetecía hablar contigo – enseguida cayó en la cuenta que no era tan fácil engañarle – Bueno, y también para preguntarte si en estos años, has intentado ocultarme por qué mamá se fue en realidad.

Aura se mordió el labio inferior ante el incómodo silencio que se coló en la línea.

- No quiero que lo veas como un reproche, papá. Entendería tus motivos en caso de que lo hubieses hecho. Era tu manera de protegerme.

- ¿A qué viene esto, Aura? – pronunció con cierta decepción – Jamás te he ocultado nada. Sabes que tu madre dejó de tomarse ese tratamiento para la depresión y que se desorientaba fácilmente. No lo comprendo. Parece que de repente dudas de mí.

- ¿Te suena el nombre de Lorenzo Garrido? – quiso justificarse. En el fondo todo aquello le dolía mucho más que a él – Es el presunto asesino de Penélope Santana, el caso que te comenté que estoy cubriendo en La Alberca.

- Algo he leído en los periódicos – respondió cortante.

- Resulta que he tenido la oportunidad de entrevistarme con él en el Puesto de la Guardia Civil y en muchas de sus intervenciones, siempre me ha insinuado que mamá desapareció de nuestra vida con la excusa de protegerme.

Un segundo silencio se instaló entre ellos.

- No me puedo creer que me llames a estas horas para verificar si lo que te ha dicho ese cretino es cierto – subrayó con la voz queda. Aura se impacientó – Nunca se me ha pasado por la cabeza engañarte, Aura. Eres todo lo que tengo. Tu madre habría estado muy orgullosa de ver en lo que te has convertido. Eras su razón de ser, su mundo, su propia vida. Y a pesar de no estar ya con nosotros, he intentado criarte e inculcarte unos valores como ella misma hubiese querido.

Una lágrima rodó por su mejilla a medida que su mirada se perdía en el horizonte.

- Aura, jamás te he mentido. Es más, no habría sido capaz de perdonármelo. Por lo que me niego a que alguien de fuera te haga dudar de lo que tú y yo sólo sabemos.

- Lo siento, papá – balbució. Las palabras arañaron sin embargo su garganta.

- No me gusta verte así, ¿me oyes? Quiero que un día me llames y me digas que has sido capaz de perdonarla... – recalcó – Que has sido capaz de perdonarte.

Aura respiró algo más aliviada.

- Así que sécate esas lágrimas y olvídalo. ¿Me lo prometes?

- Te lo prometo – dibujó una sonrisa templada – Gracias por estar siempre ahí.

Y cuando advirtió que Leo estaba observándola por la ventana, decidió colgar.

Una vez que el padre de Aura Valdés dejó el móvil encima de la mesa del salón, extendió la mano hacia los viejos recortes de periódico que descansaban apilados en un rincón. Se sentó en la butaca enojado y desdobló uno de ellos. Al margen izquierdo, podía leerse una fecha: 14 de marzo de 2014. Después asomó los ojos en el titular: *"La policía atrapa a Lorenzo Garrido, el asesino confeso del caso Oñate"*. La fotografía en la que aparecía con las manos esposadas y escoltado por varios agentes, le provocó una honda repugnancia. Entonces, estrujó el papel contra su pecho.

- ¿Por qué juegas con ella? – le reprendió en vano – Prometiste tener la boca cerrada.

El sargento se cercioró que había estado llorando cuando apareció en la cocina con los ojos enrojecidos. La periodista ni siquiera les aclaró con quién había estado hablando; simplemente se fue directa a la cafetera que había a un extremo de la encimera y vertió café en dos tazas que introdujo acto seguido en el microondas.

- ¿Todo bien? – le susurró por la espalda en cuanto Carmen se alejó.

- Por supuesto – le reveló con una sonrisa fingida. Leo supo que no estaba diciendo la verdad – ¿Te parece que vayamos a mi habitación a revisar otra vez el vídeo?

Minutos más tarde, ambos franquearon la puerta de su dormitorio. Baeza se acomodó a un lado de la cama mientras sostenía una taza en cada mano. Aura, por el contrario, se sentó delante de su escritorio al tiempo que deslizaba la tapa de su portátil. Enseguida entró en su correo electrónico y descargó el archivo que se reenvió una hora antes desde la casa del vecino. Una vez que apareció el icono en su escritorio, lo reprodujo.

La chica de cabello negro se manifestó al margen izquierdo. A cámara lenta, sus piernas parecían apresurarse dentro del encuadre que capturaba un recodo de la calzada a medida que giraba la cabeza con cierta aprehensión. Sus ojos traslucían un poso de temor tras el paño de píxeles que emergieron en cuanto la periodista forzó un ligero zoom con el ratón. Se podía intuir la pronunciada inflexión de su musculatura mientras avanzaba hacia el margen derecho y desaparecía.

- Espera – le solicitó el sargento – ¿Existe la posibilidad de ver de forma simultánea el resto de vídeos?

Aura se quedó pensativa y reconoció que Hooded habría respondido a sus deseos en un santiamén. Abrió una página de internet y escribió en el buscador las dudas que ella misma también albergaba. Una vez que leyó en un tutorial que era posible realizarlo mediante el programa *VLC media player*, Aura distribuyó sobre la pantalla las cuatro grabaciones que poseía en su disco duro. En la esquina superior derecha, ubicó el primero de ellos: cuando Penélope apareció en el andén de la estación de autobuses de Salamanca. A su lado, situó el vídeo del todoterreno donde Vega Molina golpeaba el cristal de la ventanilla. Después emplazó en el margen inferior la grabación de la gasolinera en la que Baltasar Escudero contemplaba cómo huía la joven de allí para, seguidamente, emplear el último espacio para el vídeo que acababan de ver.

Ninguno de los dos fue capaz de quitar la vista de la pantalla cuando Aura presionó el *Play*. Los cuatro archivos se reprodujeron de manera sincronizada a medida que visualizaban a modo de resumen la reconstrucción de una historia que parecía no tener sentido. ¿De quién escapaba Penélope? ¿Por qué tardó seis meses en regresar al pueblo? ¿Cuál fue el detonante que le ayudó a salir del viejo palacete? ¿De qué tenía miedo? ¿Qué hizo para tener que ocultarse del mundo bajo una peluca simétrica? De pronto, Aura Valdés dio un brinco en su silla.

- ¡Es cierto! – gritó sobresaltada.

- ¿El qué? ¿Qué has visto? – alzó Leo igualmente la voz.

- Lo que dijo el castañero. El detalle. ¡Fíjate!

El dedo índice de Aura le condujo hacia varios puntos concretos de la pantalla mientras señalaba aquel adorno circular que se intuía vagamente en tres de los cuatro vídeos. El balanceo constante bajo el espejo retrovisor se apreciaba en un recodo de la imagen donde Vega Molina golpeaba el cristal de la ventanilla trasera. También en la última grabación en la que aparecía el misterioso todoterreno diez segundos después de cruzar Penélope por delante de la casa del vecino. Finalmente, en el Land Rover oscuro que atravesó la línea de surtidores mientras Baltasar Escudero apuraba su cigarrillo en la entrada de la gasolinera.

- ¡Es el mismo adorno, estoy segura! – señaló de nuevo la pantalla – Por lo tanto, se trata del mismo coche.

- O más bien del mismo modelo – le rectificó con las tazas humeantes en cada una de sus manos – El vehículo en el que se intuye a Vega Molina es granate. En cambio, en el resto de grabaciones aparece oscuro.

- ¡No lo entiendes? – intentaba agitar sus pensamientos desde su escritorio – Después de deshacerse del cuerpo de Vega Molina en la Peña de Francia, el dueño cambió el color de la carrocería y los cristales de las ventanillas por unos tintados.

- ¿Y por qué iba a hacer algo así? – dudó.

- Porque alguien debió descubrir lo que había hecho. Alguien que se tomó la molestia de averiguar que se trataba del mismo todoterreno – concretó – Hablo, sin duda, de Gustavo Santana.

El sargento ni siquiera pestañeó sentado al borde de la cama. Simplemente dejó que continuase con su exposición.

- En el vídeo de la gasolinera, Penélope no huía de Escudero como sospechamos desde un principio. ¡Huía de ese maldito coche! – vociferó – ¡De su asesino! ¿No te das cuenta, Leo? Ella le conocía. Y posiblemente su padre.

De pronto, tuvo la extraña sensación que el accidente del agente de la Policía Nacional fue provocado para que no abriese la boca.

- El conductor del todoterreno es el hombre malo al que se refería Sara Lago cuando la interrogamos en su casa – intervino de nuevo – Y si te fijas, también se aprecia la matrícula.

Leo depositó las dos tazas sobre el escritorio y se acercó sigiloso hasta el portátil. Tras la imagen detenida en la pantalla, podía observarse con nitidez parte del parachoques delantero y el capó a la misma altura que un surtidor de gasolina. La matrícula había pasado desapercibida cuando enfocaron la atención en Baltasar Escudero. *¿Cómo no se habían dado cuenta?*, se preguntó asqueado. El sargento sacó el móvil del bolsillo de su anorak y marcó el teléfono del Puesto. Al segundo tono, reconoció la voz de Portu.

- Soy yo. Necesito que mires una matrícula y me digas a nombre de quién está – le espetó agitado – ¿Te digo?

El agente emitió un sonido gutural al otro lado.

- Apunta: 3439 FYF.

Mientras Leo esperaba impaciente una respuesta, Aura comenzó a efectuar un zoom sobre el vídeo de la gasolinera, granulando la imagen según se acercaba a su propósito.

- Jefe, ¿sigue ahí? No se lo va a creer. El vehículo está a nombre de Lorenzo Garrido.

- ¡Cómo que está a nombre de Garrido?

La periodista giró rápido la cabeza.

- Eso parece – respondió.

- De acuerdo. Es todo, Portu – y colgó.

Después tropezó con la mirada de Aura, que le atendía sin comprender nada.

- ¡Me cago en mis muertos! – se exaltó.

- Pues hay más – le confirmó mientras ladeaba el portátil. De pronto, aquella extraña figura suspendida por debajo del espejo retrovisor abarcaba casi la totalidad de la pantalla.

- ¿No es el dragón que mencionó el castañero?

- O el dibujo que había en la caja que encontramos en el hospital, según se mire – precisó – Creo que Penélope conocía bien el significado de ese símbolo.

Leo avisó a la periodista a las ocho y media pasadas cuando los agentes de la Policía de Béjar se marcharon a cenar a un mesón cercano al Puesto. Sin duda, el sargento rechazó la invitación una vez que se le ocurrió aprovechar su ausencia para que Aura volviese a entrevistar al Serbio en relación a los últimos hallazgos. Eran muchas las incógnitas que aún sobrevolaban en su mente mientras una de ellas, la más importante, que un conductor aparecía en varias de las grabaciones que custodiaban, continuaba robándole las esperanzas de lograr atrapar al verdadero culpable de aquellos asesinatos. Que Lorenzo Garrido contaba con un cómplice, era todo un hecho cuando minutos más tarde, Aura llegó a la comandancia por la puerta trasera del edificio. Mientras Diana Barrios le colocaba el micrófono por debajo de su ropa, Leo le recordó que tenían unos minutos para que intentara sonsacarle quién se escondía tras el todoterreno modelo Land Rover que su dueño había tenido el acierto de alterar no sólo el color de la carrocería, sino también las ventanillas por unas tintadas.

La periodista se perdió enseguida por aquel entramado de escalones que se retorcían hasta las entrañas de los sótanos bajo un hediondo olor a humedad. El parpadeo de los tubos fluorescentes le ayudó a distinguir la silla suspendida delante de la cuarta celda. Entonces, echó a andar. Aura atravesó confusa aquel pasillo revestido de ladrillos mientras otras celdas se abrían paso tras unas rejas carcomidas por la herrumbre. Los nervios comenzaron a revelarse en su estómago. Aura se escudó por detrás del respaldo y vio que Lorenzo Garrido descansaba en su camastro tras las sombras que lo oprimían.

- Parece que te has aficionado a nuestras pequeñas charlas – lanzó sin intención de moverse. Después distinguió su brazo izquierdo por delante de su rostro, con los ojos aún cerrados – Te he reconocido por las pisadas. Son firmes, aunque inseguras. ¿Ha pasado algo…?

- Necesito que me prestes atención – le solicitó, apoyando la espalda contra el muro.

- Percibo que el caso te está empezando a afectar.

- Sabemos que no eres el único involucrado en la muerte de Penélope Santana – le descerrajó – Ni siquiera tenemos claro hasta qué punto tuviste algo que ver.

El Serbio retiró el brazo y giró la cabeza. Aura notó su mirada en la penumbra.

- Hemos localizado un vídeo del mismo día que Penélope fue asesinada, donde un hombre parece perseguirla en un Land Rover. Evidentemente, el conductor no eres tú. Tenemos otras grabaciones en las que aparece el mismo todoterreno mientras te encontrabas en prisión. Pero lo más interesante es que, aparte de que el aspecto del vehículo fue retocado intencionadamente, resulta que está a tu nombre. ¿Sabrías decirme quién es el conductor y por qué le proteges?

Lorenzo Garrido esculpió una sonrisa ladina en su rostro.

- Pensé que te había dicho que me lo robaron semanas antes de entrar en Topas – pronunció con deleite – Nunca llegué a denunciar su robo puesto que... ¿Para qué iba a querer recuperarlo con la condena que me impusieron? Los caminos del señor son inescrutables. ¿No te parece?

- A mí lo que me parece es que ya no merece la pena que sigas fingiendo. Antes o después acabarán localizando el coche y por supuesto, atrapando a su conductor. Y estoy convencida que tu amiguito no se molestará en encubrirte cuando testifique delante de un juez.

Aura hizo una pausa con intención de otear su comportamiento, totalmente indiferente.

- He de reconocer que me tienes intrigado – su voz sonaba arrogante – Has elaborado una historia que se venderá muy bien en las librerías. Estoy impaciente por conocer el final.

- Si me ayudas, puede que juntos podamos terminarlo – le animó igualmente – Creo que durante el tiempo que permaneciste en busca y captura, ocurrió algo con ese conductor. Era demasiada casualidad que aparecieses por aquí el día antes de que Penélope regresara al pueblo. Jamás quisiste confesarme cómo llegaste, ni siquiera qué hiciste. Es más, tampoco llegué a creerme la explicación que me diste acerca del vídeo de *Los Hombres de Musgo*. Intenté buscarlo en internet como me aseguraste, pero el programa de rastreo responde que no existe.

- Demasiadas preguntas. Pero estarás de acuerdo conmigo que no siempre obtenemos la respuesta que buscamos. ¿Verdad, Aura...?

- Sabes que no pienso volver a caer en tu trampa – le confirmó.

- ¿Seguro? – ahora era él quién parecía retarla – Creí que te interesaría comparar la versión que te ofreció en su día tu padre con la mía. ¿O acaso te da miedo...?

Y como si un puñal atravesase una y otra vez sus vísceras, el sonido de su móvil le advirtió que era la hora de abandonar el calabozo.

DIA 18

Leo tuvo la extraña sensación que los dieciocho días que habían transcurrido desde que el cadáver de Penélope Santana fue hallado en el bosque por dos senderistas, se había convertido en un episodio mucho más lejano en el tiempo cuando ese domingo acudió temprano al Puesto tras recibir una llamada de Benítez. A las 08:10 horas, el sargento de la Guardia Civil de La Alberca cruzó la sala de investigaciones con cara de circunstancias, tras atender al fragor que sus agentes ocasionaban más allá del pasillo. Varios policías de Béjar discutían tras el escritorio que fortificaban con sus uniformes con algunos de sus hombres. La duda sobre qué estaba sucediendo le acompañó de camino mientras advertía por el tono de sus voces que se trataba de algo grave. Enseguida reconoció a Estefanía Reyes junto a Diana, la otra mujer de la comandancia. También a David Ochoa, que había suplido la compañía del malogrado Luis Sastre (sospechó que seguiría arrestado por orden del comisario) por la de Agustín Velasco y Jorge Ruiz, dos de sus compañeros de Béjar. Rafita Benítez, Álex Pacheco y Hugo Medina conformaban, además de Barrios, el grupo de guardias civiles que trabajaban mano a mano con los nacionales por petición del juez Castillo.

- ¿Alguien puede decirme qué está pasando?

Todos giraron sus cabezas hasta reparar en la presencia del sargento, que parecía haber surgido de la nada.

- Será mejor que se acerque – le aconsejó Estefanía Reyes.

Algunos de sus hombres se apartaron gradualmente de la mesa a medida que Baeza avanzaba con el talante adusto. Después advirtió la carta que descansaba sobre la mesa.

- El cartero la trajo ayer tarde – declaró Benítez – A Bayón se le debió traspapelar.

- ¿Es para mí? – quiso averiguar tras el mutismo del resto.

- No exactamente – continuó – Va dirigida al Serbio.

Los agentes intentaron descifrar por sus gestos cuál iba a ser su reacción.

- Pero… ¿Quién la ha enviado?

- Es anónima – soltó Pacheco – No viene remitente.

El sargento sostuvo unos segundos su mirada y decidió extender el brazo hacia la mesa, atrapando la pequeña nota que sobresalía del interior. Supuso que todos conocerían el contenido del mensaje cuando desdobló las dos mitades y se sumergió en aquella caligrafía alambicada:

Cuando nos vimos la última vez, no me atreví a contarte que Vega dejó algo para ti. Eres el único que puedes acabar con esto. Haz lo correcto, nunca darán conmigo.

Después levantó la vista y se encontró con aquellos rostros picados por el desconcierto.

- ¿Dónde está el cartero? – escupió con cierto malestar en su voz.

- Hoy es domingo, jefe – le aclaró Benítez con cautela – Tampoco se le tomaron los datos porque nadie se percató que iba dirigida a Lorenzo Garrido.

- ¿Os habéis pasado por la oficina? – les lanzó igualmente – Tengo entendido que a veces adelantan trabajo para el reparto de pueblos al día siguiente.

- Si quiere, puedo ir a echar un vistazo – le interrumpió Estefanía Reyes.

- Yo puedo acompañarla – agregó David Ochoa – Quizá con suerte aún se encuentren allí y sepan quién entregó la carta en la oficina de Correos.

- De acuerdo. Informadme de cualquier novedad.

Ambos agentes salieron escopetados de la sala de investigaciones.

- Jefe, puede que se trate del típico gilipollas que lo que intenta es desviar nuestra atención – añadió, esta vez, Pacheco – Como el Serbio no para de salir en los medios…

- Lo dudo. Más que nada porque en la nota se menciona a Vega Molina, y ese dato no lo sabe nadie salvo que se haya filtrado por algún motivo que desconozco o alguien se haya ido de la lengua.

- ¿Con qué motivo? – se adelantó Barrios.

- El económico – concretó – No es la primera vez que un miembro de las Fuerzas de Seguridad del Estado recibe una oferta de la prensa para obtener información confidencial.

Varios agentes se miraron con desconfianza.

- Quizá no haya sido ninguno de nosotros – descerrajó Agustín Velasco, el policía más veterano de la comisaría de Béjar.

- Nadie ha dicho lo contrario – puntualizó.

- A lo mejor fue una periodista interesada en fingir un romance con uno del Cuerpo para sacar provecho de la situación.

Baeza se percató que se refería a Aura y le devolvió una mirada letal.

- Cuidadito con lo que insinúas que estás tratando con un superior – le advirtió, señalándole con el dedo.

- Que haya calma – intervino Benítez enseguida – No ha tenido por qué ser alguno de nosotros, ni siquiera la prensa – precisó, mirando a los ojos del policía – Aquella mañana había dos autobuses en la Peña repleto de turistas.

El sargento tuvo la impresión que aquel dardo envenenado procedía de Castillo cuando se enteró, tiempo después y por mediación (evidentemente) del comisario Rosales, que habían descubierto el cadáver de una joven en la Peña de Francia.

- Jefe, ¿qué quiere que hagamos con la carta? – llamó Pacheco su atención.

- Que la Científica la analice por si hubiese huellas dactilares. Y que avisen a un calígrafo para que elabore un perfil de la persona que pudo escribirla – solicitó – Ahora, todo el mundo a trabajar.

Mientras un ensordecedor barullo surgió en el interior de la sala, Leo llamó la atención del agente Barrios y le pidió prestado su teléfono de trabajo. *Creo que con las prisas, he debido dejarme el mío en casa.* Luego tomó la nota y la fotografió con el móvil para mandársela, como pensó en ese instante, a Aura Valdés.

La periodista escribió un mensaje a Leo cuando media hora más tarde, se personó en el callejón de la comandancia tal y como habían acordado vía *WhatsApp*. El día había amanecido soleado pese al desapacible viento que arrastraba consigo partículas de polvo suspendidas en el aire. El sargento no tardó en aparecer por la puerta trasera y bajó los escalones de rejilla con ligereza. Parecía tener prisa mientras caminaba hacia ella con cierta precaución de que nadie le viese. Supuso que no se sentía cómodo habiéndola citado fuera del edificio con todos aquellos periodistas merodeando en el pueblo y los agentes de Policía colaborando en la operación.

- ¿Te has asegurado de que nadie te viese? – le lanzó de sopetón.

- Afirmativo – abrevió en su propio argot.

- Hay que ser rápidos y con preguntas directas. No sé cuánto tiempo tardará en aparecer el primero de ellos.

Aura recordó que su presencia allí se resumía a que debía entrevistarse con el Serbio a propósito de la misteriosa carta que había recibido.

- Esta vez te acompañaré – le confirmó – Ahora sí que no podemos fallar.

- Me parece bien – intuyó cierta inquietud en su voz – Me gustaría hacer hincapié en varios aspectos. En primer lugar, en la nota queda patente que el Serbio se vio con alguien durante el día y medio que estuvo fugado. O al menos, ésa es mi impresión. Todo parece indicar que debe tratarse del conductor, aunque no descartaría que hubiese una tercera persona involucrada puesto que le afirma que nadie dará con su paradero.

- Dudo que te confiese con quien se reunió – le echó por tierra sus intenciones – Pero sigue.

- En segundo lugar, la nota muestra evidencias de que Lorenzo Garrido sabía de la existencia de Vega Molina. Descartamos en un principio esa hipótesis puesto que no tenía relación alguna con el año en que fue asesinada al encontrarse en prisión. Pero nos equivocamos, y mucho me temo – escupió – En cambio, hay algo que no tengo tan claro: ¿sabe Lorenzo Garrido que Vega murió?

- ¿A qué te refieres?

- No sé, me dio la impresión que el autor de la carta la nombra como si aún estuviese viva. Como si todavía estuviese viva para el Serbio.

El sargento se quedó unos segundos pensativo antes de ofrecerle su opinión.

- Quizá sea lo de menos – le restó importancia – Yo lo que veo es que las tres muertes guardan una estrecha relación y que de algún modo conoce el vínculo que las une. Estoy seguro que sabe el motivo por el que fueron asesinadas, al igual que a su propio imitador.

- Discrepo – matizó – Lorenzo Garrido no tuvo nada que ver en los homicidios de Vega Molina y Rebeca Ortiz al hallarse en Topas cuando se cometió el asesinato de la primera, y en los calabozos del Puesto con la segunda.

- ¿Y de Penélope? – pareció interrogarla – ¿Crees que él se encargó de aniquilarla?

- ¿Cómo dices...? – Aura dudó de lo que intentaba manifestarle.

- Tampoco estoy seguro que estuviese involucrado – le desveló al fin – Mi teoría es que alguien, Lorenzo Garrido, el conductor del todoterreno, quien sea, acabó con la vida de Penélope porque descubrió algo relacionado con la chica de la Peña. Posiblemente quién la mató. Por eso se refugió en aquel viejo caserón. ¡Por eso mismo escapaba de él cuando la vimos correr calle abajo en la última grabación el día que decidió volver! Tenía miedo de ser la siguiente víctima. Aunque no consigo conectarla con la muerte de Rebeca Ortiz.

- Quizá el Serbio decía la verdad – le ayudó a completar su hipótesis.

- ¿Sobre qué...?

- Sobre que Rebeca fue un daño colateral – enunció – De hecho, puede que alguien tuviera cierto interés en culpar a ese agente.

Baeza corroboró sus sospechas cuando recordó que Luis Sastre seguiría retenido en la comisaría de Béjar. Él no pudo haber enviado la carta.

- No perdamos el tiempo – le apremió – Nadie puede saber que estás aquí.

El inquietante zumbido de los tubos fluorescentes similar al de una cámara frigorífica, pareció juzgarle mientras se refugiaba en la gélida penumbra de su celda. Leo presionó con los dedos el tabique de su nariz y se distanció de las rejas para, aunque fuese por última vez, volver a interrogarle sobre Vega Molina. Sin embargo, Lorenzo Garrido no estaba dispuesto a colaborar desde su camastro cuando le repitió que ése no era el trato que habían acordado. Su presencia en el calabozo le fortificó bajo un escrupuloso sigilo contagiado por una actitud ofensiva. Aura se dio cuenta que aquello no iba a funcionar y comprobó que Baeza tampoco iba a desistir en su propósito mientras los agentes de la policía estuviesen fuera de las dependencias de la comandancia.

- Dinos de una vez qué relación te une a Vega Molina – le espetó en el instante que volvió a colar la mirada por las rejas. El Serbio ni siquiera se inmutó desde su cama.

- No pienso a volver a pasar por lo mismo – sentenció con la voz áspera – Ella es la única que conoce la respuesta.

Aura se mantuvo expectante cuando sintió que la nombraba de manera sucinta.

- Entonces, ¿insistes en que no la conoces de nada...? – le porfió.

- Eso dije cuando me mostró aquella vez su ficha policial.

- ¿Y por qué cojones la persona que ha escrito la nota, te advierte que Vega dejó algo para ti? – Leo era incapaz de hallar algo de paciencia en su interior – No te hagas el tonto conmigo. Quedaste con alguien cuando te fugaste de Topas y hablasteis de ella.

El Serbio arrojó una mirada lacerante al hombre que le oteaba de pie a un palmo de las rejas, con el rostro comido por las sombras que proyectaban los tubos del techo.

- ¿Qué intentas, impresionarla? – le increpó – No me hagas reír, por favor...

La periodista se apartó del muro de ladrillos para dar un paso al frente.

- Vamos a mantener todos la calma – se dirigió a ambos – Está claro que alguien del exterior está intentando ponerse en contacto contigo para darte un consejo: la oportunidad de decir la verdad. *Eres el único que puedes acabar con esto*, te ha escrito. Así que no lo hagas más difícil. ¿Qué relación une a Vega Molina con las muertes de Penélope y Rebeca?

- ¿Por qué iba a saberlo? – le rebatió – Os estáis basando en una carta anónima. En un fraude que un imbécil ha dejado por escrito para perjudicarme.

- ¿Y por qué iba a mencionarte el nombre de alguien que no conoces? ¿De alguien que posiblemente él tampoco conozca de tratarse de un farsante? Esa información es confidencial, Serbio. La prensa ni siquiera sabe de su existencia.

- Así que será mejor que vayas empezando a darnos un nombre – le exigió Baeza.

- A ti todo esto te da igual, ¿verdad? – le recriminó– Sólo buscas colgarte otra medallita más. Pero si tan desesperado estás por encontrar un culpable... ¡A qué esperas para devolverme a Topas!

Leo le escudriñó bajo la penumbra que lo oprimía.

- Tienes miedo – dijo Aura de pronto – Miedo de hablar, de defraudar al de fuera, de sufrir incluso algún tipo de represalia.

Lorenzo Garrido le miró desconcertado al lado del sargento.

- Ahora lo entiendo – prosiguió – Te está chantajeando para que calles. ¿No es eso?

- Me parece que no soy el único que guarda silencio – matizó con una sonrisa.

- Ahora no estamos hablando de mí. Aunque ya veo que no me equivoco.

- ¿Ah sí…? – alargó la última vocal – ¿Ya le has confesado cuáles son tus miedos?

Su juego comenzó a desestabilizarla.

- ¡Para de una vez! – alzó la voz – ¡He dicho que no estamos hablando de mí!

- A mí también está empezando a hartarme que decidas cuándo tengo que intervenir y sobre qué. ¿Te crees muy importante por colaborar con ellos? Porque te recuerdo que si estás aquí, es gracias a mi empeño – desató encolerizado.

- ¡Que te jodan! – escupió.

El serbio se reclinó en su camastro.

- Zorra traidora… Encuentra a Vega tú sola. ¡Pero aquí no vuelvas más!

- ¡Hijo de puta, esa chica lleva muerta tres años! – vociferó el sargento mientras sacudía las rejas – ¡Sólo espero que te pudras en la cárcel! ¿Me oyes? – el Serbio emuló un rictus de confusión – ¡Que pagues por todo el daño que has causado!

Lorenzo Garrido flexionó las piernas y retrocedió el cuerpo hacia la pared. Su actitud parecía revelar cierto abatimiento al tiempo que escondía la mirada entre sus rodillas y sepultaba el rostro bajo sus manos.

- ¡Largaos! – gritó. El sargento tropezó con los ojos de la periodista – ¡He dicho que fuera…!

La vena que cruzaba una de sus sienes parecía palpitar por debajo de su piel a medida que pulverizaba machaconamente las mandíbulas. Aura se dio cuenta bajo la tibia luz que se asomaba en el callejón, que el sargento apenas podía amortiguar la sensación de ira y desánimo que crecía por igual en su organismo. Era como si el encuentro que acababa de mantener con el Serbio en los sótanos, le hubiera devuelto la terrible frustración que sentía por no ser capaz de resolver lo que otros en su lugar hubiesen finiquitado con éxito.

- Olvídalo ya – le tendió una mano – No merece la pena.

Su semblante rígido denotaba cierta antipatía hacia sus palabras.

- Sabes que no va a cambiar su *modus operandi* – intentó prevenirle de futuras derrotas – Forma parte de su juego. Incluso puede que su comportamiento se deba a que lleva demasiado tiempo aislado sin la compañía de otros reclusos.

- Voy a llamar a Castillo para que lo trasladen a Topas – sonó desafiante – No quiero volver a verle en mi vida. Si por mí fuera, le caía la perpetua.

Aura intuyó que el dolor era más agudo de lo que a simple vista parecía. La sensación de desengaño que albergaba, sin duda le acompañaría hasta que no diese por finalizado un caso que, por de pronto, estaba comenzando a reprimirle. Le costaba expresar cada vez más sus emociones, la furia que intentaba disimular bajo aquella fría apariencia, las ganas de desechar por la borda todo lo que habían conseguido hasta el momento. Era tal el desconsuelo que alimentaba su mirada, que no pudo por menos que compadecerle en silencio, aunque sólo fuese por la *relación* (sin etiquetas) que habían trabado a lo largo de aquellas semanas.

Un pitido quebró sus pensamientos. Aura sacó el móvil de sus vaqueros y comprobó que tenía un mensaje de texto. *Llamada perdida del número 643...*

- No sé quién es – esclareció las dudas de Leo – Debo haberme quedado sin cobertura en los calabozos.

La periodista pulsó encima del número y esperó una respuesta. Entonces, saltó un contestador de voz: *Hola. Estás llamando a Pepa. Si quieres dejar un mensaje...* Colgó.

- Era Pepa. Seguro que ha recordado otro detalle relacionado con *Los Hombres de Musgo*. ¿Has comprobado si te ha llamado?

Leo palpó los bolsillos de su anorak y cayó en la cuenta que se había dejado el móvil en casa.

- ¡Mierda! – imprecó. Aura recordó por sus gestos que no lo llevaba encima.

- ¿Quieres que te acompañe a buscarlo? – le sugirió – Después podemos pasarnos por su cabaña. Quizá se encuentre en el huerto.

- Prefiero que te adelantes tú. No quiero que nadie nos vea juntos fuera del Puesto.

- De acuerdo – concluyó – Te aviso en cuanto llegue.

La periodista le regaló una sonrisa de complicidad y se escabulló a toda prisa por el callejón, evitando cruzar por delante de la puerta principal ante la presencia de posibles reporteros. Pensó que no estaba de más tomar ciertas precauciones con aquella horda de periodistas acechando cada perímetro del pueblo. Sin embargo, Leo se quedó varado en mitad de la calzada. Parecía no tener intención de regresar al interior cuando rememoró de nuevo su entrevista con el Serbio. Las escenas que golpeaban su mente como fogonazos de luz, le asquearon pese a las intenciones de Aura por que se olvidara. Tal vez se vio incapaz de llevarlo a cabo; pero cuando el contorno de aquella patrulla se detuvo en su horizonte gris, no pudo por menos que esbozar una sonrisa y admitir que estaba de suerte.

El tortuoso entramado de calles por las que se adentró la patrulla, parecía revelar un inhóspito abandono desde la ventanilla del copiloto. Leo apenas contabilizó la presencia de unos cuantos vecinos a las 10:45 de la mañana a medida que David Ochoa recorría los quinientos metros que le distanciaban de su casa (un adosado en la cara sur de La Alberca) para recoger su teléfono móvil. Supuso que lo habría dejado en alguna parte de su dormitorio cuando recibió la llamada de Benítez a primera hora. Eso mismo fue lo que les comunicó a los dos agentes que detuvieron el coche delante del callejón. Estefanía Reyes ni siquiera le preguntó qué hacía fuera de la comandancia. Simplemente le expuso tras enarcar sus cejas a modo de saludo, que se entrevistaron con uno de los carteros que estaba trabajando en la oficina en ese momento. Al parecer, el hombre no pudo ayudarles a identificar a la persona que envió aquella nota al tratarse de un envío ordinario. *Carece de número de localizador y por lo tanto, de remitente,* les aclaró. Una vez que la policía dio por concluida su intervención, David Ochoa le cuestionó si se dirigía a algún lado. Leo les relató el inconveniente que le había surgido con su teléfono, y éste se ofreció a llevarle mientras su compañera regresaba al interior del Puesto.

Fue después, nada más introducirse por las primeras calles de un pueblo habitado por el desapacible viento, cuando David optó por romper el silencio instalado entre ambos.

- ¿Quién crees que ha podido hacerlo?

El sargento ladeó la cabeza y supo entonces que se refería a la carta.

- Ni idea – articuló con la voz sucia. Le costaba admitir que aquello estuviese sucediendo en realidad – Pero alguien que está al corriente de la investigación.

- Es decir, alguien que conoce al Serbio – pareció corregirle – El que ha escrito la nota sólo está animándole a que nos cuente lo que todos ya damos por hecho, ¿no crees? – le lanzó una mirada fugaz – Está claro que antes o después se filtraría el hallazgo de la chica de la Peña. Pero en cualquier caso, el único que puede saber algo es él.

- Por eso he bajado a los calabozos.

David Ochoa hizo una extraña mueca con sus labios mientras sujetaba el volante con ambas manos.

- ¿Cuándo? – le interpeló sorprendido.

- Hace un rato – señaló – Aunque se negó a hablar. A veces tengo la sensación que conocía a Vega, que incluso ella es el origen de todo; pero me aseguró que no la había visto jamás.

- Ese maldito cabrón no va a colaborar, hazme caso. Lo mejor que podías hacer es ponerlo a disposición judicial y olvidarte del tema.

- Si al menos pudiera entenderle... – se lamentó – Hay algo que me dice que lo que intenta es proteger al autor de la nota con su silencio.

- Por mucho que insistas Baeza, el Serbio nunca va a admitir que mató a Penélope Santana, y con toda seguridad a Rebeca Ortiz – intentó disuadirle.

Enseguida advirtió por su tono de voz que le costaba hablar de Luis Sastre. Que su compañero estuviese involucrado en el homicidio de la chica de Mogarraz, era algo que todavía estaba por confirmar tras examinar junto a Rosales las grabaciones del interior de la comisaría. Pero en ese instante, prefirió no esclarecerle que Lorenzo Garrido se hallaba en los sótanos del Puesto la mañana que apareció la última víctima junto al arroyo.

- ¿Crees que Sastre...? – se arriesgó a introducirle en la conversación.

- No sabría decirte – sus palabras sonaron rasposas – Me cuesta aceptarlo, la verdad.

- Habrás caído en el detalle que él no pudo enviar esa carta – le espetó – Suponiendo que aún siga detenido...

- Ya conoces a Rosales. No va a ponerlo de patitas en la calle hasta que cumpla las setenta y dos horas de arresto preventivo – le confirmó – Pero si te puedo dar un consejo, olvida esa nota. Te digo yo que se trata de un *friki* obsesionado con el caso.

Y mientras Leo se resistía a admitir sus palabras en el asiento del copiloto, contempló al fondo la fachada de ladrillos cara vista de su vivienda.

Aura Valdés estacionó su Golf blanco a pocos metros de la acogedora cabaña. Habían transcurrido escasos quince minutos desde que dejó a Leo en la parte trasera del Puesto cuando se pasó por el chalet de Carmen para recoger su coche y adentrarse acto seguido por un camino cuajado de socavones que aún conservaba en la memoria. Durante el trayecto, el cielo se cubrió de nubes a medida que avanzaba por una senda polvorienta infestada de vegetación. El silencio que dominaba el entorno, era rasgado por el sonido de una naturaleza inquietante y turbadora más allá de la ventanilla. Aura subió el volumen de la radio y percibió el crujido de unas interferencias mientras se perdía en el corazón del monte, despejado de cualquier rastro humano. Entonces, intuyó las señales de humo por encima de las copas de unos pinos.

En el fondo, deseó con todas sus fuerzas que Pepa se encontrase en casa cuando abandonó su vehículo. Imaginó que la llamada perdida que registró su móvil después de entrevistarse con el Serbio, se debía a que posiblemente había recordado algún pasaje de interés para la elaboración de su reportaje (o más bien la excusa que le ofrecieron ésa vez) sobre los centinelas del bosque, conocidos popularmente como *Hombres de Musgo*. Eso interpretó según se acercaba a la puerta abatible de la cabaña y esquivaba a unas cuantas gallinas que escarbaban con sus patas sobre el terreno arenoso. Aura subió los tres peldaños que le separaban de la entrada y golpeó de manera espontánea en el quicio. Fue así cuando reparó que la puerta estaba abierta.

Aura tiró de ella hasta que su mirada traspasó la marchita penumbra que sofocaba el interior. El recuerdo de aquel salón comenzó a recobrar sus formas originales a medida que el paño de sombras que enturbiaba el horizonte se desvanecía milagrosamente. De pronto, aquella silla tirada en el suelo le impulsó a entrar en la cabaña.

Aura llamó a voces a Pepa mientras localizaba el interruptor en la pared. Una vez que la luz eléctrica desempañó por completo las brumas añiles, se estremeció al comprobar el estado en el que se encontraba la vivienda. Un puñado de cristales descansaba bajo sus pies a medida que barría con la mirada el resto del espacio. La mesa donde depositaron aquella vez sus infusiones de hierbabuena, ahora descansaba bocabajo en un rincón, resguardando de algún modo la chimenea. A su lado, los vestigios de lo que parecía un jarrón, se esparcían confusos sobre la alfombra persa. Aura volvió a llamar a Pepa, sin recibir respuesta. El hecho de que le hubiese ocurrido algo grave, le alarmó según iba comprobando las demás habitaciones. No entendía qué había sucedido. Por más que intentaba en vano encontrar una lógica (¿habría entrado alguien a robar?), una súbita impaciencia comenzó a devorarla cuando inspeccionó el último dormitorio y se asomó por la ventana que daba a la parte trasera. Pepa tampoco estaba entre los contenedores fabricados con palés de su huerto ecológico.

De repente, el sonido de un teléfono retumbó en el interior. Aura se sobresaltó y corrió por inercia al salón. Los insistentes repiqueteos desbrozaban cada segundo y medio el silencio de la cabaña. Tercer tono. Escurrió las piernas entre las sillas que sembraban el parqué y avanzó por la alfombra. Cuarto tono. Retiró los cojines de los sillones e introdujo las manos entre los huecos del apoyabrazos. Quinto tono. Comenzó a ponerse cada vez más nerviosa según se acercaba a la chimenea. Sexto tono. Aura retiró la mesa hacia un lado y contempló el teléfono inalámbrico dentro del cesto de la leña. Sin pensárselo, descolgó.

Este es su contestador de voz. Tiene un mensaje del número 643... Para escucharlo, pulse sobre la almohadilla. Aura presionó el botón y volvió a apoyar el auricular en su oreja. Se dio cuenta que le temblaba el pulso. *"¡Ya viene, se acerca!* – reconoció de inmediato la voz de Pepa – *¡No me queda tiempo! ¡En la chimenea! ¡Ya entra, Dios!* – gritó atemorizada – *¡Largo de aquí! ¿No me escuchas? ¡Fuera! ¡No...!"* El mensaje quedó interrumpido por la señal de comunicando. Aura dedujo que Pepa debió llamar al teléfono fijo desde su móvil para... ¿Comunicarse con ella? Eso sospechó mientras calculaba el tiempo que había transcurrido desde que recibió el SMS con su llamada perdida. Estimó algo más de media hora.

La periodista volvió a dejar el teléfono en el suelo y se acercó deprisa a la chimenea. Después apartó a un lado el enrejado de protección y buscó una señal entre los rescoldos que crepitaban en su interior. No entendía nada, ni siquiera sabía qué estaba buscando en realidad. Notó una presión en su pecho mientras su respiración se volvía cada vez más dificultosa. Enseguida atrapó unas tenazas y comenzó a remover las brasas, deshaciendo en cada desplazamiento lo que quedaba de los troncos. Varios fragmentos incandescentes se reflejaron en el revestimiento de azulejos ahumados a medida que escudriñaba una nota discordante, algo que le revelara lo que Pepa tuvo el ¿acierto? de mencionarle sin más. Aura escurrió las mangas de su jersey por debajo de sus manos y se aventuró a penetrar unos centímetros por dentro de la chimenea. Luego escurrió la mirada hacia el tiro de la campana. La punta de un objeto metálico sobresalía por encima de los ladrillos ennegrecidos. La periodista alargó el brazo con esfuerzo y rozó su superficie con las yemas de los dedos. Su tacto candente traspasó el tejido de su jersey. Aura apartó la mano impulsivamente y volvió a repetir el mismo proceso, golpeándolo esta vez con el puño. La caja que se precipitó al momento por fuera de la chimenea, le robó la atención.

El impacto contra el suelo desparramó unos cuantos informes por fuera de la caja. Aura reconoció a simple vista el membrete del reformatorio de Palencia en una de las hojas y se acordó entonces de Hooded. *¿Y esto?*, balbució. La periodista atrapó el documento y comenzó a pasar sus páginas. La fotografía de Vega Molina le paralizó unos segundos a medida que se sumergía en la información complementaria: datos personales que se sabía de memoria junto con la fecha en la que abandonó la Casa Escuela bajo tutela; 10 de diciembre de 2010.

Lo mismo hizo con el otro informe que descansaba en un rincón de la alfombra. Aura pasó deprisa las hojas hasta que apareció una nueva fotografía. El nombre que rezaba a un margen, le ayudó a reconocerle: Matías Sandoval. Era la primera vez que apreció su rostro mientras era incapaz de apartar su mirada de la suya. *¿Por qué diablos tenía Pepa las dos fichas?*, se preguntó. De pronto, tuvo la sensación que le conocía de algo; una especie de *déjà vu* que le llevó a cubrir parte de sus facciones con el dedo índice. *¡No puede ser!*, exclamó angustiada. Sus rasgos adolescentes tal vez le hicieron dudar, pero en ese instante, cuando supo que se trataba del verdadero Matías, un escalofrío sacudió su espina dorsal.

Después de ofrecerle a David una cerveza en la cocina, Leo se disculpó a medida que se escabullía por el angosto pasillo de su adosado y entraba en su dormitorio. Intentó hacer memoria del lugar donde podía haber dejado el móvil mientras removía el papeleo que congestionaba su mesa de trabajo. Enseguida cayó en la cuenta que atendió la llamada de Benítez sentado en la orilla derecha de la cama, su lado favorito. Baeza comenzó a desplazar el edredón hacia el cabecero al tiempo que cogía un extremo de la sábana y la sacudía con empeño. El resultado fue en vano. Después registró los cajones de su mesilla (por si acaso, admitió) y no halló más que otra pila de apuntes relacionados con el caso Santana que fue desperdigando por su habitación sin un orden determinado. Entonces, sintió una prolongada vibración bajo sus pies.

Leo apartó la falda de la cama e intuyó un reflejo azulado tras la opacidad que habitaba. Después dibujó una peculiar sonrisa en su rostro a medida que agarraba su teléfono móvil y averiguaba quién le llamaba. El nombre de Aura Valdés apareció en la pantalla tras otros iconos suspendidos en la esquina superior izquierda. Imaginó que ya habría hablado con aquella solitaria mujer, experta en las leyendas de la comarca.

- Me acabas de ayudar a encontrar el móvil – le lanzó agradecido.

- ¡Escúchame! – disparó. Su voz denotaba nerviosismo – A Pepa la han secuestrado. Ha sido el mismo tío que estamos buscando.

- ¿Cómo que la han secuestrado? – su mente era incapaz de admitir aquella revelación.

- Ahora no tengo tiempo de explicártelo – se apresuró – Pepa guardaba el expediente de Vega Molina que Hooded encontró en el reformatorio, y también el de su novio.

- ¡El de Matías…? – le cuestionó impactado.

- Leo, no te lo vas a creer. Pero ya sé quién se esconde detrás de Matías Sandoval. Hay una foto en su expediente en la que aparece mucho más joven.

El silencio que se instaló entre ambos, le dejó sin habla al otro lado de la línea.

- Matías Sandoval es David Ochoa, el compañero de Luis Sastre – pronunció.

El crujido de madera que detectó, se escurrió sigilosamente por su espalda. Baeza se arriesgó a dar media vuelta para comprobar que seguía solo en su dormitorio. Pero algo, una sensación de desamparo que le sobrevino de pronto, le forzó a actuar de manera natural mientras su corazón bombeaba estremecido bajo su pecho.

- ¿Sigues ahí? – le apremió la periodista.

- No te preocupes. Seguro que se trata de un error – respondió con dureza – En un rato me paso por la comandancia.

- ¿No me digas que estás con él? – quiso dilucidar por su tono de voz – Ten mucho cuidado, ¿me oyes? Avísame en cuanto puedas reunirte conmigo. Y no tardes, por favor. Tengo miedo…

Leo colgó la llamada deseando no apartarse de ella. En el fondo, prefirió no confesarle que él también albergaba cierto temor a medida que intentaba recomponerse. Por eso respiró profundamente; para cerciorarse que aquello no estaba sucediendo en realidad. Pero justo cuando volvió a escuchar un segundo crujido, aquel golpe sobre su cabeza contaminó de telarañas su visión.

Había pasado más de una hora desde que Aura Valdés habló con el sargento. La angustia que corría apresuradamente por sus venas, le llevó a otear de nuevo por el espejo retrovisor de su coche. Una cortina de agua golpeaba con insistencia el parabrisas trasero, emborronando los contornos agrestes de fuera. Aura había decidido abandonar la cabaña de Pepa una vez que la lluvia comenzó a sacudir el tejadillo, como si un millar de guijarros intentasen desbrozar las capas de uralita ocultas tras las vigas de madera del techo. Se propuso esperarle en el interior de su Golf mientras cambiaba repetidamente de emisora, deseando encontrar algún canal entre el crujido de interferencias. Al cabo de un rato, abortó el plan.

La humedad del ambiente empañó el cristal de su ventanilla. Aura restregó la manga de su cazadora y se cuestionó tras la opacidad que absorbía el entorno, si Leo estaría bien. No estaba segura de enviarle un *WhatsApp* cuando sacó el móvil del bolsillo y averiguó que hacía cuatro horas que no se conectaba. El hecho de que aún estuviese acompañado por David Ochoa, le incitó a actuar por su cuenta de forma impulsiva como tal vez hubiese hecho Leo – se justificó – en su caso. Aura marcó el teléfono de la sala de ordenadores y esperó impaciente una respuesta. Al segundo tono, se asomó una voz.

- Puesto de la Guardia Civil de La Alberca – disparó de manera mecánica.

Aura descubrió por su acento que se trataba de Pedro Oliveira, el único portugués del Puesto.

- Hola – respondió – Soy Aura, la periodista que está colaborando...

- Ya sé quién es – frenó su explicación.

- Te llamo de parte del sargento – continuó – Me dice que si puedes pasarme con el informático o algún guardia para que localice la posición de un terminal.

La periodista cerró instintivamente los ojos tras desechar aquella mentira (o idea, daba lo mismo), y dudó si habría surtido efecto en el agente cuando escurrió un afilado silencio al otro lado de la línea. Aura se dio cuenta que era la única posibilidad que tenía de averiguar dónde se encontraba Pepa – en caso de que hubiese llevado el móvil consigo – y descubrir si todavía se encontraba con su raptor. Supuso que Leo deduciría su estratagema si decidía pasarse antes por la comandancia.

- ¿Y se puede saber por qué no se pone al teléfono? – le insinuó, reacio a cooperar.

- Porque está discutiendo con el juez y parece que va para largo – le aclaró con el corazón a mil – Pero si quieres te lo paso y le cuentas por qué no estáis buscándolo.

Aura verificó que no hizo falta volver a convencerle cuando le pidió el número que había que rastrear. Le dictó los nueve dígitos y le dijo que le enviase un SMS en cuanto tuviese una ubicación. Imaginó que los servicios de triangulación policiales permitirían rastrear el posicionamiento del terminal gracias a la señal que emitía a las distintas antenas del pueblo por mediación del GPS.

Cinco minutos más tarde, su móvil emitió un zumbido. Aura entró en la bandeja de mensajes y descargó la fotografía que acababa de recibir. El mapa señalaba un ángulo concreto de La Alberca. *En esta zona se ubicó por última vez a las 09:50 horas*, le escribió el agente. Aura, en cambio, no pudo contener el estrépito que congestionó su mente al cerciorarse que era el mismo lugar donde Vega Molina fue retenida hasta que el Ayuntamiento decidió derribar la masía. Quizás tuvo una extraña corazonada que le devolvió sin querer la imagen del sargento. Pero para entonces, ya había arrancado el motor.

La lluvia continuaba arreciando contra la luna del parabrisas cuando Aura Valdés detuvo el coche delante de la explanada. Tras el aguacero que resbalaba por el cristal, se adivinaban los restos de algunos muros de piedra que la empresa contratada por el Consistorio se olvidó de limpiar en octubre de 2015, año que aprobó su inmediato derribo tras las quejas presentadas por varios vecinos. La periodista sacó de nuevo el móvil de sus vaqueros y comprobó que ésas eran las coordenadas que Portu le había enviado junto con una fotografía de la cara norte de La Alberca. En la localización del mapa, Aura orientó el lugar exacto donde el agente le marcó con una equis la señal del teléfono de Pepa, la cual se perdía a las 09:50 horas de la mañana. Rápidamente situó el dedo sobre su pantalla y señaló la casa de los perros por debajo de la equis. Luego trazó una línea imaginaria y se paró en una casilla simétrica, propiedad igualmente de la masía. Sin embargo, sospechó que la ubicación que Portu había dibujado sobre el plano, se hallaba unos centímetros por debajo. Enseguida maniobró el Golf y regresó por donde había venido. Un rayo cruzó el oscuro horizonte en ese momento a medida que avanzaba despacio por el camino. Después, un trueno desbrozó el sonido del agua. Aura encendió los faros de su coche y continuó oteando por el cristal de su ventanilla en busca de una señal, un rastro de neumáticos en el suelo embarrado, algo que le permitiese probar que allí había estado Pepa horas antes. Entonces, sus ojos tropezaron con una hendidura que se abría paso tras la espesura del monte.

La vereda que se intuía bajo la pertinaz lluvia, se perdía tras la arboleda que flanqueaba los aledaños. Aura giró el volante y se introdujo en aquel paraje desolador contagiado por matorrales y socavones. Avanzó bajo la amenazante cerrazón que consumía los contornos del bosque a medida que una nueva descarga relampagueó en el cielo. El trueno que le siguió, le erizó el vello de su nuca. Por un instante sintió miedo; miedo de no saber hacia dónde se dirigía, de encontrarse sola, de estar cometiendo un gravísimo error. ¿Y si para entonces, el secuestrador ya se había ido?, pensó. ¿Y si tampoco era el lugar que estaba buscando? Los faros alumbraron la hiedra que crecía como tentáculos sobre la corteza de los árboles mientras algunos campos de cultivos se adivinaban a varios metros de distancia. Aura continuó profundizando en lo desconocido hasta que aquel punto de luz le robó sus oscuros pensamientos.

El destello parecía estar fijo más allá del turbio horizonte. Eso sospechó según se acercaba a la luz que despuntaba entre las tinieblas del entorno. El sistemático balanceo del limpiaparabrisas desempañó entonces la silueta de una tapia, que se alzaba solitaria entre el copioso follaje. Aura frenó el coche y alzó la vista por su estructura ruinosa, salpicada de hierbajos y otras especies. Tras la tromba de agua que arremetía contra el armazón de su Golf, se adivinaba el tejado de un chalet. *No es posible...*, balbució. La periodista recordó que el dueño de los perros les había asegurado que aquella vivienda llevaba años abandonada. Tampoco estaba dentro del perímetro que Hooded señaló después de extraer el audio de la grabación donde Vega aparecía maniatada. Pero, ¿y si se equivocó calculando la distancia? ¿Y si los ladridos que captó la cámara, estaban a más de trescientos metros? De pronto, se alarmó. Cogió su móvil y escribió un mensaje a Leo. *Estoy delante de la casa abandonada del monte. Hay luz. Creo que Pepa se encuentra dentro. Envía refuerzos.* Luego comprobó que el sargento entró en su *WhatsApp*. *En línea*, leyó. Parecía que se resistía a contestar. Aura sospechó que posiblemente se encontraba con David Ochoa y abandonó enseguida el coche.

La lluvia comenzó a calar su cuerpo una vez que echó a correr hacia la tapia con la capucha puesta. Sintió que la humedad traspasaba la tela de sus *Converses* a medida que se atrincheraba contra el muro y sorteaba los charcos del suelo. Notó que el abrigo le pesaba cada vez más mientras la cortina de agua interrumpía su avance hacia la entrada que intuyó a pocos metros. Se agarró a las piedras que sobresalían de la tapia y apreció el tacto pegajoso que exhalaba la pared. Varios matojos de hierba se adivinaban entre las juntas de cemento. También una cascada de hiedra que reptaba como escurridizas culebras por encima del muro. En cuanto alcanzó la cancela de hierro, escurrió la mirada entre sus barrotes. Al fondo, contempló aquella casa solariega de dos plantas, con la fachada revestida por ladrillos oscuros y un descuidado jardín que se adentraba hasta la misma puerta del chalet. La luz procedente de una de las habitaciones del piso superior, le confirmó que era el destello que oteó en el camino. Al igual que la claridad que despedía una de las ventanas de la planta baja, le advirtió que había alguien dentro. Eso corroboró en cuanto entró apresurada en la finca y vio un todoterreno estacionado a un lateral del jardín. El miedo se adueñó de ella según se acercaba a la ventana y se asomaba precavida por un ángulo muerto.

Aura contempló un recodo del salón. La pared, en tonos ocres, mostraba las dos pinturas cinegéticas que rebasaban unos centímetros. Después se fijó en el sillón color bermellón próximo a una chimenea con restos de ceniza. Enseguida comprobó que no había nadie en su interior. Aura se puso de puntillas para observar el resto de la estancia y descubrió un rastro de sangre sobre la puerta del salón. Se asustó; la periodista sospechó que Pepa estaría herida y se aventuró a socorrerla. No podía abandonarla a su suerte. Necesitaba entrar, averiguar si se encontraba bien, avisar a la comandancia para que fuesen a recogerlas. Entonces, sus pies tropezaron con aquella barra metálica que descansaba en el suelo. Un breve chasquido rasgó el manso silencio de la lluvia. Aura la empuñó con fuerza y se acercó a la entrada del chalet.

La puerta estaba abierta. Aura levantó la barra a la altura de sus hombros y traspasó atemorizada lo que parecía un recibidor. La penumbra que abrigaba el largo pasillo, era deshilvanada por la fría claridad que se descolgaba en jirones por las escaleras de acceso a la segunda planta. Aura sintió bajo las suelas de sus zapatillas el chirrido de las tablas de madera. Comenzó a dar pequeñas zancadas hasta que su figura se diluyó entre las brumas que la acorralaban. Su respiración se volvió entrecortada según avanzaba hacia las tripas del chalet. También percibió los latidos de su corazón bajo sus sienes. Aquel lamento la paralizó en mitad del pasillo. Procedía del fondo.

- ¿Hola? – se atrevió a preguntar en voz baja. Después se arrepintió.

- Ayuda... – oyó el susurro de una voz.

Aura dedujo que se trataba de Pepa y recorrió el resto del pasillo tanteando con una mano la pared de su izquierda. Enseguida tropezó con el interruptor. Aura encendió la luz y las piernas de la mujer aparecieron ante sus ojos. Estaba tirada en el suelo, con unos hilos de sangre escurriéndose por su frente y presionando con sus manos la herida que intentaba taponar con empeño. Su mirada, en cambio, traslució una hebra de gratitud en cuanto verificó que se trataba de la periodista.

- Ha salido… – emitió con esfuerzo – Dijo que había visto una luz.

- ¿Pero quién? – le preguntó nerviosa.

- Ayúdame a salir – le solicitó – Luego te lo explico.

La periodista aupó con fuerza a la mujer y le ayudó a caminar por el pasillo, intentando alcanzar deprisa la puerta entornada del exterior.

- No nos puede ver – balbució – Nos matará. Sé que nos matará…

Pero justo en el instante que empuñó el picaporte para salir fuera, la figura recortada de aquel hombre bajo la lluvia se detuvo delante de ellas.

Un fuerte dolor de cabeza comenzó a desempañar las telarañas que distorsionaban su visión. Leo articuló un tibio gemido y focalizó con esfuerzo hacia un punto concreto de la pared mientras intentaba orientarse. Los martillazos que sacudían sus sienes parecían ir *in crescendo* a medida que apretaba sus mandíbulas con el fin de mitigar las descargas. Sintió una sensación de mareo que le impedía descifrar los contornos borrosos que habitaban a su alrededor. Leo pestañeó varias veces para limpiar el velo neblinoso que enturbiaba su horizonte y enseguida le sobrevinieron palabras e imágenes dispersas en su memoria: el sonido de un teléfono, la voz intranquila de Aura, el nombre de Matías Sandoval, un golpe seco en la cabeza y la oscuridad que se expandió deprisa ante él. De pronto, recordó a qué había acudido a su casa. Las formas que salpicaban su visión, empezaron a recobrar repentinamente sentido. Leo advirtió que se hallaba sentado en el salón. Notó un ligero escozor alrededor de sus muñecas y se percató entonces que David Ochoa, el agente de policía de la comisaría de Béjar, le había maniatado al respaldo de una silla. Su ritmo cardiaco se aceleró al tiempo que intentaba forcejear con las cuerdas. Era inútil. Por más que introducía los dedos por debajo de sus muñecas, no era capaz de deshacer los nudos que le confinaban a aquel lamentable estado.

- No te esfuerces – le susurró una voz por su espalda – Tampoco vas a ir a ninguna parte.

Leo giró la cabeza y descubrió que David Ochoa comenzó a rodearle, como si durante el tiempo que había transcurrido desde que le golpeó en su dormitorio hasta que le desplazó inconsciente al salón, no se hubiese separado de él. Enseguida se posicionó delante. Su rostro evidenciaba un rictus de satisfacción a medida que daba un último trago a su cerveza y abandonaba el botellín sobre la mesa. Luego cruzó las piernas para demostrarle que se sentía sereno y hundió varios dedos en su barba, intentando estudiar la situación.

- Debí imaginarlo… – soltó Leo tras percibir cierta frialdad en su talante.

- ¡No me digas? – sonó a pitorreo.

- Estaba convencido que Luis no tuvo nada que ver en la muerte de Rebeca Ortiz – las intermitentes convulsiones estaban destrozando su cabeza.

- Tampoco podía consentir que esa zorra lo echase todo a perder; ni siquiera correr el riesgo de que supiera más de lo que aparentemente decía. Jamás debió aparecer por comisaría.

- Claro – pronunció Baeza – Y por eso decidiste colocar la cartera de Penélope y la denuncia de Rebeca en la taquilla del que consideraste el mejor candidato: Luis. Total, nadie iba a tener dudas durante el registro: soltero, interesado en el caso, y por supuesto, mujeriego.

- Veo que no se te escapa una – apostilló con una sonrisa.

- Cometiste un error – le detuvo – Hacernos creer que el Serbio asesinó a Rebeca, pintando los mismos símbolos sobre sus párpados. Supongo que cuando te enteraste por alguno de mis hombres que Lorenzo Garrido llevaba tiempo retenido en los calabozos del Puesto, te viste obligado a buscar un culpable. Alguien que pudiera pasar por su cómplice. Alguien como Luis Sastre.

El agente le lanzó una mirada de indiferencia tras su hercúlea disposición corporal.

- Y el Serbio es, y seguirá siendo, el único culpable – le rectificó con la voz grave – Nadie conocerá la verdad en cuanto me deshaga de ti. ¡Qué pensabas, que no me enteré a lo que os dedicabais tú y tu amiguita la periodista?

- Ahí también te equivocas. Pero aunque decidas aniquilarme, Aura se encargará de terminar el trabajo y publicar la verdad.

David Ochoa expulsó una carcajada hiriente.

- Creo que tu amorcito se encuentra en tu misma situación. O incluso peor, diría yo.

- ¡No te atrevas a tocarla, hijo de puta! ¿Me oyes...? – gritó fuera de sí mientras forcejeaba con las cuerdas que lo retenían al respaldo – ¡Déjala en paz! Una sensación de desamparó se apoderó de él en el mismo instante que quiso adivinar en sus palabras que mantenía un secuaz en el exterior.

- Demasiado tarde – le confirmó – Ya nadie va a estropear nuestros planes.

La silueta recortada contra la cerrazón de fuera dio un paso al frente mientras el sonido de la lluvia agrietaba el silencio que pareció instalarse en el recibidor del chalet. La luz artificial despejó las sombras que camuflaban su rostro y Aura dudó si se trataba de él en cuanto sus facciones comenzaron a recobrar misteriosamente un aspecto que le resultaron familiares. Entonces, sus ojos se abrieron más de la cuenta. Aura notó que su corazón bombeaba estrepitosamente bajo su caja torácica a medida que una repentina tiritona se apoderó de ella bajo su ropa húmeda. Su mente era incapaz de asimilar que era el hombre que llevaba buscando desde hacía dieciocho días junto al sargento. Era imposible, se convenció. Era meramente imposible que se tratase de él pese a que su presencia en aquella casa abandonada le anunciase lo contrario. Pepa dio un paso atrás, como si de algún modo se sintiera a salvo.

- ¿Pensabais salir? – se dirigió a ambas con la voz áspera.

- ¿Tú...? – emitió Aura. El sobreesfuerzo le provocó una fatiga mayor – ¿Qué haces aquí?

- Yo también me alegro de verte, querida.

Aura reconoció la mueca que pronunció con el labio superior. Solía hacérsela cada vez que le entregaba un nuevo reportaje y tomaba anotaciones a los márgenes para futuras correcciones. Sin embargo, aquella vez el dueño de la agencia *Satellite* transformó su desaprobación inicial en un ventajoso ardid al darse cuenta que su empleada *freelance* no salía de su asombro. Coto dibujó entonces una sonrisa taimada.

- Parece que la lluvia no va a remitir – anunció – Será mejor que nos quedemos.

Coto empujó la puerta con el pie hasta que el choque retumbó en el interior. Pepa se asustó mientras presionaba con una mano la herida de su cabeza. Los raíles de sangre reseca surcaban parte de su frente. Aura, en cambio, no pudo apartar la vista de aquel destello metálico que se asomó de pronto a la altura de su cintura. Enseguida reparó en el arma que su jefe sujetaba de la mano.

- ¿Por qué…? – balbuceó todavía en *shock*. Jaime le miró expectante y enarcó sus cejas – Tú me enviaste a La Alberca. Hice lo que me pediste a pesar de no querer cubrir ese tipo de noticias. ¡No tiene sentido!

- Y he de admitir que me sorprendió que aceptases mi propuesta. Te felicito. Jamás pensé que llegarías tan lejos. Aunque quizá decidiste hacer las cosas a tu manera.

- ¡Eso es mentira! – alzó la voz con los nervios aflorando en su organismo.

- ¿Estás segura? – le retó – Porque tengo entendido que también colaboraste con la Guardia Civil. Lo siento querida, pero tú solita te has metido en este lío. Te pedí que me informaras del caso, no que te adentraras donde no debías.

El sonido del agua volvió a colarse en el interior de la casa al tiempo que Coto blandía el arma con resignación, apuntando hacia su estómago. Aura escudriñó en sus ojos una hebra de resentimiento.

- ¡Vamos, al salón! – les gritó.

Las dos mujeres emitieron un quejido mientras se apresuraban a entrar por la puerta de la izquierda. Aura reconoció la estancia que oteó minutos antes por la ventana y se aproximó junto a Pepa al sillón color bermellón suspendido en mitad de la habitación. Coto se situó por delante y tomó asiento en un butacón de espaldas a la ventana. Ambas hicieron lo mismo. Después, comprobó que Pepa no paraba de temblar, apartando la vista de aquella pistola que su dueño continuaba empuñando con firmeza.

- Nos va a matar… – gimió la mujer. Aura sostuvo la mirada de su contrincante.

- ¿Por qué haces esto? – le cuestionó con dureza.

- No estaríamos aquí si tu amiguita se hubiese estado quieta.

La periodista esgrimió un rictus de confusión en su rostro.

- ¿No te lo ha contado? Fue ella la que escribió esa nota al Serbio – Pepa no pudo aplacar la llantina que le sobrevino – La muy ingenua nos quiso tomar a todos por imbéciles y pensó que iba a poder engañarnos.

Aura seguía desconcertada mientras la lluvia golpeaba los cristales de la ventana.

- ¿A dónde quieres llegar? – le espetó.

- Supongo que aún tendrás muchas preguntas sin responder: por qué yo y no otro de los que sospechabas, por qué Penélope y no otra chica... – pronunció complacido de poseer la información completa del caso – Tal vez hoy estés de suerte y te conceda una última entrevista antes de terminar con esto.

La periodista frunció el ceño segundos antes de dirigirse a él. No estaba segura qué se proponía, pero tal vez le sirvió para que Leo diese antes o después con su paradero.

- Aunque también podemos dejarlo aquí.

- ¡Espera! – le solicitó nerviosa – Hay algo que me gustaría saber. ¿Cuál es el papel de Lorenzo Garrido en esta historia?

- Está claro – respondió David Ochoa al sargento – El Serbio siempre será recordado como el asesino confeso de los crímenes de La Alberca.

Leo se resistió a admitir su oscura maquinación desde la silla en la que se encontraba maniatado.

- En un principio pensé que la carta que escribió Pepa nos delataría – prosiguió – Pero reconozco que hemos subsanado el error a tiempo. Nadie sabrá la verdad Baeza, ni siquiera tus hombres. Ya estoy viendo el titular: *"El sargento de la Guardia Civil de La Alberca, cómplice de Lorenzo Garrido en el exterior, se suicida en el bosque ante la presión policial después de cobrarse las vidas de Aura Valdés y Pepa Jiménez,"*.

Aquellas palabras le sacudieron en la silla mientras intentaba liberar sus muñecas de las cuerdas que cortaban su piel. Por más que intentó escurrir una falange por el orificio que quedaba entre medias, apenas pudo maniobrar desde aquella posición a medida que el agente no paraba de pasear por el salón, como si la coyuntura de los acontecimientos le provocase una agitada inquietud difícil de disimular. Leo se convenció que con los brazos inmovilizados por detrás del respaldo, no conseguiría reducir su metro ochenta de estatura y complexión atlética que se elevaba por encima de él como un macizo torreón. Supuso que tenía los minutos contados.

- Eres un miserable si crees que mis hombres se tragarán esa bazofia – le espetó con el resuello entrecortado.

David no pudo contener la risa que desató a un palmo de su rostro cuando flexionó las rodillas para mirarle fijamente a los ojos.

- ¿Te refieres a…, esa pandilla de inútiles? – Leo trituró sus mandíbulas con tal de no seguirle el juego – Piensa Baeza. ¿Cómo supones que llegó la noticia del Serbio al dormitorio de Penélope? – le instigó – ¿Pensabas que la chica coleccionaba ese tipo de basura? Digamos que resultó muy sencillo engañaros. Necesitabais un culpable y mordisteis el anzuelo. Por lo tanto, ¿crees que tus guardias darán conmigo?

Leo supo que se refería al recorte de periódico que encontraron en uno de los armarios de la habitación de Penélope el mismo día que apareció muerta en el bosque. Imaginó que él mismo debió dejarlo aposta durante el registro.

- A Garrido no vas a poder cerrarle la boca mucho tiempo – intentó resquebrajar sus planes – Esta vez no, David. Acabará confesando la verdad en cuanto descubra lo que le habéis hecho a Aura.

- Lo dudo – pareció sentenciar mientras mesaba su poblada barba – Tengo entendido que recibió mi mensaje en el momento oportuno. ¿No es así…?

El sargento frunció el ceño.

- ¿De qué mensaje hablas?

- Evidentemente, del vídeo de *Los Hombres de Musgo* que yo mismo me encargué de volcar en el móvil de Penélope minutos antes de que aparecieses por la Peña – Leo se mantuvo interesado, a la espera de más detalles – La muy hija de puta me la jugó al esconder su teléfono en la tumba de Vega Molina y programarlo para que alguien lo escuchase. Aunque reconozco que tuve la suerte de acudir de los primeros a la ermita. Al final me dio tiempo a pasar el vídeo por *bluetooth* y resetear el terminal para que la Científica nunca supiese si fue lo último que grabó antes de morir.

Leo dudó tanto de su explicación, como de la manera de insertar a Lorenzo Garrido en aquella trama que, para su gusto, sonaba demasiado enrevesada.

- Sigo sin comprender cuál era el mensaje que tenías preparado para el Serbio.

- Supongo que debió volverse loco cuando se lo mostraste – intentó averiguar con los brazos cruzados.

- Aún sigo esperando una respuesta – le exigió con cierto desdén.

- Créeme Leo, hay cosas que por mucho que te explique, jamás llegarías a entenderlas.

- Te equivocas.

Aura pareció desafiar a su jefe después de aclararle de manera sucinta el significado de *Los Hombres de Musgo*. Con el arma apoyada sobre el apoyabrazos de la butaca y apuntando hacia su pecho, la periodista mantuvo una calma aparente pese a los sollozos que Pepa intentaba amortiguar con la mirada escondida en un punto incierto del salón. Aura no cedió a la actitud amenazante de Coto, aunque estuviese acongojada por lo que se proponía hacer de un momento a otro.

- Ahora entiendo lo que representaba el vídeo para él – se refirió al Serbio – El problema fue que nos centramos en analizar el concepto de esos seres, olvidándonos del verdadero mensaje que se ocultaba detrás. Por eso Lorenzo Garrido fue el único que lo captó y asumió la culpa del asesinato de Penélope. Teníais planeado utilizar el móvil de la chica para hacerle llegar vuestro aviso. Pero lo que sigo sin entender es cómo sabíais que el Serbio acabaría reaccionando de ese modo.

- Porque le conozco – puntualizó con la voz rasposa – Sé cómo piensa, cómo actúa. Hace años hicimos un pacto – forzó una pausa breve – Un pacto en el que debía asumir ciertos aspectos y guardar silencio, a cambio de cumplir con mi parte.

- ¿Y por qué iba a confiar en ti?

- Porque conmigo, su secreto jamás vería la luz – le lanzó, con la mirada empañada de sombras – El vídeo de *Los Hombres de Musgo* era sólo un pequeño recordatorio de nuestro acuerdo.

Aura se percató que Coto no iba a desvelar el secreto que guardaba celosamente tras su avasalladora actitud, con la espalda echada hacia delante y el rostro impertérrito.

- Supongo que David y tú planificasteis la fuga del Serbio para tener un cabeza de turco al que endosar la muerte de Penélope – le acribilló con una nueva teoría – Aunque dudo de la forma en que conseguisteis que escapara de Topas días antes de aparecer su cadáver en el bosque.

- Es que no hicimos nada – le corrigió – David recibió un chivatazo de un funcionario de prisión y le contó que se había fugado de la enfermería tras ingerir una pila.

- Demasiada casualidad – volvió a retarle – ¿No sería más bien que le empujasteis a huir cuando leyó aquella noticia falsa que afirmaba que Gustavo Santana había despertado del coma?

- Eres rápida… – le regaló una sonrisa que le dio pavor – Pero esa noticia la utilizamos para que Penélope saliese de su escondite. No estaba entre nuestros planes que Lorenzo Garrido se mezclara con ella. No en ese momento.

- Pero encontrasteis al candidato perfecto para que cargara con la culpa. ¿No es eso?

- Sólo tuvimos que añadir su firma sobre los párpados de la joven – Aura recordó las fotografías de la escena del crimen que Leo le mostró la primera noche en su despacho – Sabíamos que la policía y la opinión publica harían el resto.

El resto a lo que el dueño de la agencia *Satellite* aludía, versaba, sin duda, en relación al caso Oñate por el que Lorenzo Garrido fue acusado. Era de imaginar que los símbolos hallados en el cuerpo de Ainhoa Liaño servirían para delatarle, al reproducirlos exactos sobre los párpados de Penélope Santana.

- Qué casualidad que el Serbio se escondiera en La Alberca una vez que se fugó, sin tan siquiera saber de su paradero y hacia dónde se dirigía – le lanzó con aplomo.

Coto permaneció callado unos segundos hasta que al fin decidió levantarse de la butaca y dirigirse a la ventana. Afuera, el cielo enturbiaba los contornos del horizonte tras la espesa lluvia. Aura dudó si la oportunidad que parecía brindarle el destino, se traducía a que era el momento de escabullirse de allí y esconderse en cualquier parte de la casa. Sin embargo, el hombre arañó la superficie del cristal con la boca del arma y su inquietante sonido retuvo a ambas mujeres en el sofá. Después, sin apartar la vista del exterior, su voz se asomó contagiada por el recuerdo.

- Te olvidas de la parte fundamental de esta historia, Aura – le dijo – De cómo empezó todo, de Penélope...

Dicen que cuando morimos, una parte de nosotros subyace en la memoria de aquellos que se resisten a olvidarnos.

Habían transcurrido varios meses desde que papá tuvo el accidente. El fuerte impacto que recibió al golpear la cabeza contra el volante, reveló que había sufrido un traumatismo craneoencefálico severo. Los médicos decidieron inducirle a un coma tras valorar el tejido cerebral dañado y asegurarnos que había tenido suerte de salir con vida, después de despeñarse por la carretera que subía a La Alberca y dar varias vueltas de campana hasta que un árbol se interpuso milagrosamente en su camino.

Habían transcurrido varios meses desde entonces, y supe que ya no volvería a entrar por la puerta de casa. Eso mismo pensé cuando leí poco tiempo después que una parte de nosotros se resiste a marcharse cuando morimos. No es que fuera el caso de papá, pero a veces sentía que se había ido para siempre, que nada volvería a ser como antes; en definitiva, que había muerto. Mi madre se puso a gritarme en la cocina cuando una mañana le solté aquello. Me dijo que no tenía perdón de Dios, que era como si de algún modo tirase la toalla, como si intentara eludir lo que estaba pasando y no fuera consciente de la gravedad de la situación. Mi hermana se puso a llorar mientras le decía que no podía obligarme a verle (hacía una semana que le habían trasladado al hospital de Béjar), que prefería recordarlo a mi manera porque sabía que nunca más volvería a traspasar la puerta de casa. Luego, sentí una onda de calor que ascendió por mi rostro en cuanto me dio aquel bofetón. Quizá pude haberlo evitado; pero para entonces, acababa de estrellar el vaso del desayuno contra la pared.

Los meses que transcurrieron me hicieron darme cuenta que lo que me pasaba era, sencillamente, que le echaba de menos. Sentía mucha rabia dentro de mí, una especie de odio hacia los demás por el simple hecho de que nadie podría devolverme lo que tanto anhelaba durante muchas noches. A veces sólo hundía mi cara contra la almohada para silenciar la congoja que era incapaz de frenar. Otras, en cambio, tomaba alguna de esas pastillas que el psiquiatra recetó a mamá para que pudiese sobrellevar la angustia que crecía inexorablemente bajo sus violáceas ojeras. Sin embargo, nunca llegó a enterarse; sabía que las guardaba en el cesto de la ropa sucia de su cuarto de baño para que mi hermana y yo no las tuviésemos a la vista si nos daba por abrir el armario donde tenía sus cosas de aseo. La primera vez que tomé una, dormí diez horas del tirón. Ahora entendía por qué mamá se encerraba muchas tardes en su dormitorio y no salía hasta la hora de cenar. Era tal la sensación que producía, la candorosa pesadez sobre los párpados, ese hormigueo que ascendía por las extremidades y adormilaba lentamente los músculos, que comencé a sustraer el Triazolam muy de vez en cuando para que no sospechase. Supongo que jamás se enteró; ni tampoco los compañeros de papá, que acudían a visitarnos algunas mañanas cuando todavía ese efecto narcótico corría por mis venas. David Ochoa y Luis Sastre eran los que con más frecuencia se pasaban por casa. También el sargento Baeza, aunque no tanto como los dos policías que aparecían con la disculpa de estar patrullando la zona. Sabía que su propósito no era otro que consolar a mamá, infundirle ánimos, decirle lo que en el fondo deseaba escuchar, que Santana era un tipo duro, un poli de los que ya no se fabricaban y que podría con eso y con más. Pero a mí esas palabras no me valían; no me devolverían a mi padre por muchas horas que pasase viendo los álbumes de fotos y recordando todos los momentos que viví a su lado. Nada parecía llenar el vacío que dejó tras su repentina *muerte* hasta que una tarde, descubrí una misteriosa caja en el garaje. Dentro, había varios DVDs caseros. En todos, una fecha inscrita. Pero había un disco, el número **6**, que estaba fuera de su funda.

Vega Molina, la chica que golpeaba la ventanilla trasera del todoterreno, me obsesionó. A solas en mi habitación, reproducía una y otra vez las imágenes donde aquella chica de cabello negro parecía estar pidiendo auxilio mientras una mano zanjaba su propósito al taponar su boca y tirar de ella hacia atrás. Aquella escena me horrorizó. No me entraba en la cabeza que papá pudiera haber capturado aquello de manera fortuita con la mini cámara que le regalamos por su cumpleaños para que acoplara a su casco de bici. Por la fecha que venía en la carátula de la funda, 18 de julio de 2015, recordé que se trataba de una de las excursiones que hicimos por los alrededores de las Batuecas aquel verano que aprobé el curso con buenas notas. Supuse que Papá debió darse cuenta de lo que sucedió cuando segundos antes de cruzar el todoterreno por delante, me enfocó para pedirme que no cruzase. El coche iba demasiado rápido. Después volvió a apuntar hacia el camino y fue entonces cuando la chica apareció tras un prolongado zoom que se repetía a cámara lenta de manera sistemática. Sospeché que papá había editado el vídeo para comprobar lo que sus ojos habían visto en cuestión de milésimas; pero luego comprendí por qué había un taco de informes en la caja del garaje.

Al leer minuciosamente las anotaciones que había desperdigado en varios folios, me di cuenta que mi padre estaba investigando aquel *secuestro* por su cuenta. No encontré en su despacho, entre las carpetas que abarrotaban las estanterías, ni un solo archivo que aludiera al nombre de Vega Molina y que pudiese haber iniciado en comisaría cuando fuimos testigo de aquella macabra escena. Hojas y más hojas procedentes de Asuntos Internos fue lo único que hallé junto con un borrador en el que rodeó en un círculo rojo lo que parecía la información más relevante. Bajo el título *Vega Molina: No Oficial*, papá escribió que tras su salida de una Casa Escuela de Palencia en diciembre de 2010, no existía ningún otro dato. Tan sólo enumeró a modo de guiones unas aclaraciones que me llevó tiempo descifrar:

- *Matrícula Land Rover: 3439 FYF. Lorenzo Garrido*
- *Nº Topas: 053/78. Visita no concluyente. Móvil: 668.... (No llamar. Sólo mensajes de cuatro a cinco. Horario siesta).*
- *Hotel El Templo de las Batuecas. ¿Jaime?*

Puede que mamá se diese cuenta que estaba más introvertida de lo habitual. Me pasaba horas encerrada en mi dormitorio analizando cada segundo de la secuencia, los detalles más inverosímiles: la hora de la grabación por la inclinación del sol, el adorno circular que se movía por debajo del espejo retrovisor, la chaqueta vaquera que llevaba puesta. Era como si necesitase averiguar qué le ocurrió, por qué acabó confinada en la parte de atrás de un todoterreno mientras cruzaba a toda velocidad aquel camino de arena. Era como si de algún modo, me ensamblara a los pensamientos de papá.

Llevaba días sin pisar el instituto. Ni siquiera contestaba a los mensajes de Sara cuando me preguntaba si estaba bien y que si tenía pensado volver a clase para ponerme al día sobre las materias que estaban impartiendo de cara a selectividad. Todo aquello me daba igual; me importaba una mierda la pre-matrícula que había entregado en la facultad de Sociología o los nervios que albergaban mis compañeros ante la que se avecinaba a pocos meses de abandonar el instituto. Sólo deseaba examinar los motivos que llevaron a mi padre a abrir una investigación a escondidas, a introducirme un poco más en su mente, a mantenerle invariablemente presente. Quizá mi madre no se opuso a que algunas mañanas me escaqueara de coger el autobús que me trasladaba al instituto. Imaginó que mi propio encarcelamiento se debía a que aún no estaba preparada para enfrentarme a mi rutina diaria. Por eso no me sermoneó aquella vez; ni siquiera me preguntó a dónde me dirigía cuando decidí seguir la única pista que mi padre escribió junto al resto de anotaciones. *El Templo de las Batuecas.*

Durante un par de semanas, frecuenté las instalaciones del hotel. Paseaba por el amplio vestíbulo intentando encontrar una señal que me advirtiese que allí se encontraba el enigmático Jaime, el mismo que papá había anotado en el borrador y que de ninguna manera sabía cómo era su aspecto físico, qué edad tendría, a qué se dedicaba, por qué figuraba su nombre junto al del hotel. Tampoco era consciente de lo que estaba buscando; no en ese momento, mientras tomaba una fanta en la terraza de la cafetería y deambulaba después por el parking con la esperanza de localizar aquel todoterreno que ya conocía de memoria. Pronto mis expectativas fracasaron. Pensé que tal vez pudiera estar equivocada, que papá se refiriese a otro detalle que por entonces desconocía. Pero, ¿quién era Jaime en realidad? ¿Y por qué había escrito su nombre y el del hotel a tan poca distancia dentro del mismo guión?

La paciencia iba sucumbiendo en mi fuero interno. Por más que estudiaba cada rincón de la grabación, los gestos aterradores que pronunciaba la chica contra el cristal de la ventanilla, la nube de polvo que los neumáticos arrastraban consigo por el camino, no entendía qué intentaba transmitir papá con aquel nombre secuestrado entre dos grandes interrogaciones. *¿Jaime?* Aquella pregunta me la formulé sin descanso al tiempo que me proponía encontrar una respuesta en el parking de fuera. Circulaba entre los coches estacionados delante de la entrada, me acercaba a los todoterrenos que sobresalían en altura por encima del resto. Nada. Ni una señal. Ni una evidencia del Land Rover que contemplaba cada noche en el ordenador de mi habitación. Estaba a punto de dar por concluida mi visita cuando una tarde, lo vi. El modelo era el mismo, aunque la carrocería había cambiado de granate a oscura. Tenía el extraño convencimiento que se trataba del mismo todoterreno; no sabía si por la tapicería clara que se intuía igualmente en el vídeo, o por el colgante circular con cabeza de serpiente y abalorios en la parte inferior que pendía del espejo retrovisor.

Enseguida regresé a la cafetería y le pedí al camarero que me sirviese una Coca Cola en la terraza para atender desde aquella privilegiada posición la llegada de su dueño. Mi corazón estaba a punto de atravesar mi pecho. No podía controlar el nerviosismo que agitaba mi cuerpo a medida que ocultaba mis ojos con unas gafas de sol. Miraba fijamente a la gente que entraba y salía del hotel, los que bajaban la escalinata principal, los que paseaban tranquilamente por los jardines. Sospechaba de todos y cada uno de ellos al igual que renunciaba a mis infundadas conjeturas cuando descubría que no era el tipo que buscaba. Así transcurrió algo más de una hora. La impaciencia comenzó a apoderarse de mí; también la del camarero, que me trajo la cuenta para que abonase la consumición. Deposité unos euros en el recipiente metálico y me dispuse a entrar de nuevo en el hotel. ¿Se habría alojado en una de sus habitaciones?

Una de las recepcionistas me saludó al comprobar que me adentraba en el vestíbulo. Supuse que me habría confundido con un cliente. Después, frené el paso delante de un corredor alimentado de puertas. No me atreví a traspasar el umbral. Me daba miedo que alguien llamase mi atención y me preguntara a dónde iba. Entonces, la puerta del fondo se abrió. Un cartel rezaba a un lateral: *Casino.* El hombre que salió, parecía tener prisa según pisaba con firmeza sobre el suelo de mármol. Vestía un traje gris plomo junto con unos zapatos italianos y una cartera de mano. Luego pasó por mi lado, dejando un rastro de perfume que le acompañó hasta la salida. Rápidamente le seguí y observé que se dirigía al parking. Me fijé en su cabello peinado hacia atrás y en la barba recortada, con mechones canosos disueltos alrededor de su mentón. Era atractivo; el típico hombre de negocios que parecía gritar al mundo lo afortunado que era. Sin embargo, había algo en él que me resultaba familiar, como si aquella no fuese la única vez que le hubiera visto. Después sacó un mando a distancia y el todoterreno emitió un parpadeo. No me lo podía creer. Era él, sin duda. Era Jaime.

No tardé en averiguar que Jaime acudía a los eventos que se gestaban en el casino y que la web del hotel anunciaba con varios días de antelación. Solían celebrarse dos o tres sábados al mes, dependiendo del bote acumulado a lo largo de la semana y el interés que suscitase. La primera vez que me presenté a la hora señalada, vi que su coche estaba fuera. El parking se encontraba a rebosar de vehículos y el trasiego de gente entrando y saliendo del hotel, me ayudó a colarme por la puerta principal y descubrir que los clientes se agolpaban en la entrada del casino mientras dos hombres de seguridad les atendían. Mi intención no era otra que espiar a Jaime, observar sus movimientos, saber qué hacía, por dónde se movía, con quién se reunía. Necesitaba entender por qué mi padre había escrito su nombre en el borrador y qué relación le unía a Vega Molina. Pero no me atreví a acercarme. Estaba claro que cualquiera de los de seguridad me denegaría la entrada en cuanto me solicitase el carnet de identidad y comprobara que aún no era mayor de edad. Ésa fue la primera barrera con la que tropecé y que me urgía solventar con la mayor celeridad posible.

Por aquel entonces, las cosas con Jonathan no estaban bien. Yo le quería. ¡Claro que le quería! Pero desde el accidente de papá, nuestra relación había sufrido altibajos. A veces sentía que no era el chico del que me enamoré locamente aquel verano, el mismo que venía a buscarme en moto por las tardes y nos perdíamos en el corazón del bosque abrazada muy fuerte a su cintura. Él era para mí y yo era para él; o al menos, así lo proyectamos en nuestras cabezas cuando hablábamos del futuro, cuando soñábamos con los ojos despiertos mientras escribíamos nuestras iniciales en el candado que añadimos a las rejas de una ventana, cuando imaginábamos nuestro porvenir en La Alberca, él dirigiendo un taller de motos y yo ayudando a su madre en la farmacia; pero siempre juntos, sin secretos como repetía, esperanzado de tener algún día un hijo que llevase nuestros apellidos, Muñoz Santana, pero sin mentiras, sin engaños, sin dar cabida a ese torbellino de celos que experimenté en aquella ocasión cuando un chico me envió una solicitud al Facebook, o cuando otro me invitó a una cerveza en los recreativos. A Jonathan le cambiaba repentinamente el humor en el instante que sentía que me perdía. No podía controlar esa irascibilidad que parecía dominarle mientras me zarandeaba y gritaba que yo era la única culpable, que aquello me pasaba por dar pie a situaciones confusas. Sabía que era celoso, que me trataba así porque en realidad me quería, porque en el fondo sufría mucho más que yo pese a llegar a casa con los ojos hinchados para después, encerrarme en mi habitación. Papá llamaba a mi puerta y entraba con intención de pedirme explicaciones. Y aunque me negase a hablar de Johnny a sabiendas de que nadie me creería – que a veces tenía esos prontos pero que al rato se le pasaban –, papá me preguntaba si tanto le amaba como para soportar sus arrebatos. De algún modo sabía que no le gustaba mi novio, que lo respetaba, pero que no era la clase de chico que buscaba para mí. Me insistía en que estudiase una carrera, que aspirase a algo más que quedarme en el pueblo, que no podía dejar pasar ciertos trenes de los que más tarde me arrepintiera. Por eso presenté la pre-matrícula en Sociología una vez que papá tuvo el accidente. Sabía que era lo que quería, que se habría sentido la mar de orgulloso por haber pensado al fin en mí. Pero Jonathan no dijo lo mismo cuando se lo comuniqué. Después de una acalorada disputa donde volvió a zarandearme y a dejar la marca de sus dedos impresos en mi brazo, Johnny me amenazó con dejarme si era capaz de romper nuestros planes.

Todo mi mundo se tambaleó. De pronto, comenzó a mostrarse más esquivo, mucho más frío, como si evitase hablar conmigo cada vez que le acribillaba el móvil a mensajes rogándole que me perdonara. No entendía su actitud, esa manera cruel de castigarme, de decirme que si continuaba empeñada en irme a estudiar a Salamanca, lo nuestro había acabado. Pero seguía amándole; seguía sintiéndome en deuda por todo lo que había soportado tras el accidente de papá.

Había estado a mi lado pese a que durante aquel tiempo yo no era yo, no deseaba ser yo, de alguna forma ansiaba cambiarme por otro. Johnny comprendió que había perdido una parte muy importante de mi vida y se centró en aliviar los vaivenes emocionales que arreciaban mi comportamiento. Por supuesto que se lo agradecí; con el tiempo le di las gracias y se convirtió no sólo en mi novio, también en mi mejor aliado, el único en el que podía depositar la suficiente confianza como para revelarle que mi madre se pasaba la mayor parte del día tirada en el sofá, o que yo había vuelto a tomar sus pastillas porque apenas podía conciliar el sueño por las noches. Pero lo que me aseguró que acabaría pasando si no cambiaba de parecer, eso, me destrozó por dentro. Así que no me lo pensé dos veces cuando al cabo de una semana, me escribió al móvil y me dijo que quería verme.

Tal vez me imaginé lo peor. Puede que incluso me hiciese a la idea de que lo nuestro se había convertido en una quimera del destino mientras me repetía a mí misma que era lo mejor, que necesitaba algo de espacio, un tiempo para reordenar mi vida, mi cabeza, yo. Me sentía tan defraudada con todo lo que me rodeaba, que no me importó confesárselo cuando nos vimos en los recreativos. Le dije que yo también me sentía desbordada, que quizá un tiempo me ayudaría a recapacitar y a echarle de menos. Entonces se puso a trastear con su teléfono, como si de algún modo intentase decirme que le importaba un comino lo que opinase al respecto. Después se levantó de la mesa y me preguntó si me apetecía tomar otra caña. Así, sin más, como si la conversación que intentaba mantener no fuese precisamente con el chico que de pronto dejé de conocer. Jonathan se largó a la barra y su móvil empezó a pitar, cada vez con más insistencia. Le hice una señal, pero Johnny tan sólo respondió que mirase a ver quién era. Entonces, al entrar en el mensaje de una tal Patricia, descubrí por qué mi novio estaba tan interesado en romper la relación.

La mujer apareció ante mis ojos segundos después de descargar el vídeo. Llevaba un sujetador blanco a juego con su braguita de encaje a medida que deslizaba uno de los tirantes por su hombro y le regalaba una sonrisa endiablaba según se retiraba el cabello hacia un lado. Apenas pude apartar la vista de Patricia Salas, la concejala de Urbanismo que tantas veces había visto en casa de sus padres. Johnny apareció con dos jarras de cerveza y me preguntó quién era. No tuve el valor de pronunciar su nombre cuando le mostré el vídeo. Una temprana congoja comenzó a ascender por mi tráquea al tiempo que Jonathan me susurraba que todo era culpa mía, que no iba a quedarse de brazos cruzados viendo como me largaba del pueblo. *¿Lo entiendes?*

Durante varios días, me atiborré a pastillas. Únicamente deseaba desaparecer, huir lejos de mí, escapar de mi cuerpo. Me sentía estafada, vapuleada, insultada. Jonathan me escribió una retahíla de mensajes pidiéndome volver a vernos, pero para entonces, acababa de virar el rumbo de los acontecimientos. No podía quitarme de la cabeza la forma de entrar en el casino sin ser descubierta y averiguar por qué mi padre relacionó a Jaime con las imágenes donde salía Vega Molina en la parte trasera del todoterreno. Necesitaba pasar por alguien de más edad, modificar mi aspecto y no llamar la atención de los hombres de seguridad apostados siempre en la puerta. Tenía que conseguir rápidamente dinero y sin saber por qué, aquella idea relampagueó en mi cabeza.

Estaba bastante nerviosa. No sabía siquiera cómo iba a reaccionar. Tenía miedo de que saliese mal y las represalias fuesen mayores. De vez en cuando miraba mi reloj de pulsera. Habían pasado dos horas y aún no había dado señales de vida. Me pregunté si habría acudido al Ayuntamiento; si por casualidad no habría cambiado de planes o estaría indispuesta. Alrededor del mediodía, salió acompañada por otros representantes de su partido. Se despidieron en la misma puerta y se dirigió calle abajo para – supuse – regresar a su coche. Entonces le abordé. Su rostro emitió un gesto incómodo a medida que intentaba recordar de qué me conocía. Enseguida adivinó que era la nuera de Maite y me preguntó si me encontraba bien. Imaginé que la tensión que subrayaban mis facciones, le ayudó a comprender que pasaba algo. Entonces le solté aquello. Le dije en voz baja que era una zorra y que había visto los vídeos que le mandaba a mi novio a escondidas. Patricia enmudeció; tenía la cara pálida. Luego intentó disculparse con que tenía un poco de prisa y le agarré fuerte del brazo. *No pienses que vas a librarte de mí tan fácilmente*, le aclaré.

Patricia Salas apenas pudo controlar el temblor que sacudían sus manos durante nuestro breve encuentro. *¿Qué quieres?*, me preguntó finalmente. Los doscientos euros que me ofreció en un principio para que no publicase las imágenes en internet (cosa que no iba a hacer puesto que no obraban en mi poder), se transformaron en quinientos. Ése fue el precio que acordamos. Sólo puso una objeción: entregármelo en mano el primer sábado de cada mes en la cafetería de la gasolinera. *¿Por qué?*, quise averiguar. *Porque prefiero que nadie me relacione con una sinvergüenza como tú.*

El primer pago lo destiné a la elaboración de un atuendo que empastara con el ambiente al que estaba dispuesta a asistir junto con una peluca a la altura de las mandíbulas para ocultar mi cabello rosa. Durante varios sábados, frecuenté las partidas especiales que se desarrollaban en el casino bajo una ensordecedora algarabía. Los clientes habituales se dejaban el dinero en aquellas ruletas americanas ubicadas en el centro de la sala mientras otros apostaban con sistemática disciplina en las máquinas tragaperras. Contemplaba ensimismada aquel submundo que parecía rendirse bajo el fragor de las risas y la diversión. Nadie se fijaba en nadie. Todos tenían claro a lo que iban: embolsarse los suculentos premios que las azafatas anunciaban con picardía. Supuse que tendrían más o menos mi edad. Vestidas con mini faldas, polos ajustados y gorras deportivas, las chicas se pasaban por las mesas para entablar conversación con algunos de los caballeros, o con los que aquella mujer de cabello corto albino les exigía con un chasquido de dedos. Me figuré que debía tratarse de la directora del hotel por la imponente presencia que irradiaba y la calidez con la que era recibida por parte de ciertos hombres. Para pasar inadvertida (al menos mi indumentaria había colado en los de seguridad), solía menudear por la barra del bar o haciendo como que jugaba en una de esas tragaperras con la esperanza de localizar a Jaime entre la multitud. Aunque no apareció hasta días más tarde. Se encontraba en una de las ruletas acompañado por otros señores. De vez en cuando giraba la cabeza y le veía disfrutar del torneo; parecía entusiasmado, como si hubiese ganado una buena suma de dinero al tiempo que la mujer de cabello albino le gratificaba con otra botella de cava. ¿Por qué mi padre sospechaba de él? ¿Qué descubrió para añadirle en el borrador que escondía en el garaje? Esas preguntas me acompañaron durante el resto del mes hasta que una noche, la mujer se acercó. Depositó su bolso sobre la barra y se puso a hablar conmigo. No sabía qué se proponía, por qué de pronto me regaló unas fichas y me preguntó si me apetecía ganar dinero. *Digamos que ofrezco servicios especiales a clientes muy especiales.*

No sé si me sigues... Pero claro que le seguía. La mujer me condujo con la mirada hacia el fondo de la barra y enseguida le vi, con su copa de la mano a medida que me ofrecía una sonrisa. *Podría resultar divertido. ¿Qué opinas?*

La primera vez que me acosté con Jaime, no podía parar de temblar bajo el chorro de la ducha. Froté con un cepillo mi lengua mientras dejaba que el agua arrastrase el jabón que restregué con una esponja por todo mi cuerpo. Me sentía mal. Me sentía sucia. Por más que intentaba eliminar de mi mente aquellos recuerdos que me asaltaban, su pelvis acoplada a la mía, el escozor que me sobrevino tras la primera embestida, su sudor..., apenas pude amortiguar la entrecortada llantina que escupí al tiempo que golpeaba los azulejos del baño. Todavía seguía sin comprender por qué había accedido, en qué momento se me ocurrió llamarme Lucía (La Maga), hasta dónde estaba dispuesta a llegar. No había conseguido localizar una pista que me llevase invariablemente a ella. A Vega Molina. Tal vez a mi padre. De su coche accedimos por un camino hasta un chalet insertado dentro del monte, y de ahí a una habitación en penumbra en la segunda planta que me dio escalofríos. Después, cuando Jaime comenzó a vestirse para llevarme de nuevo a casa, le pedí permiso para entrar en el cuarto de baño. Mi imagen desaliñada, con el rímel corrido y los labios palpitando por el roce de su barba, reflejaron en qué me había convertido.

Quizá pude evitar regresar al hotel, engañarme como si aquello jamás hubiese pasado y volver a guardar el borrador en la caja de cartón. Pero para entonces, ya era demasiado tarde. Mi propia involucración en el caso que estaba investigando mi padre, me hicieron darme cuenta que era demasiado tarde, que necesitaba encontrar las pistas que faltaban para recomponer el resto de la historia, de su historia, incluso de la mía. Lo que en un principio conjeturé como algo pasajero, se prolongó más tiempo del que imaginaba. Acudía al casino los fines de semana que se celebraban aquellos eventos especiales; los mismos que Jaime aparecía por La Alberca y que Berta Ribelles, la directora del hotel, tenía la amabilidad (o el interés) de avisarme mediante un SMS para advertirme que el cliente estaba de camino. Fue ella, Berta, quien me propuso hacerme una tarjeta prepago para que Jaime reembolsara los servicios prestados (300€), y evitar así la autorización de un familiar al ser menor de edad. La directora sólo me aconsejó que retirase el dinero del cajero automático del hotel para que ningún vecino del pueblo me viese sacando dichas cantidades (su porcentaje, evidentemente, lo arreglaba con Jaime por su cuenta).

Sin embargo, para cuando quise darme cuenta del proceloso mundo en el que me movía, ya habían transcurrido dos meses; dos largos meses donde, apenas de no encontrar un solo indicio que le relacionase con la desaparición de Vega Molina, cada vez me sentía peor. Me sentía una puta, una sucia y desastrada puta que regresaba a casa pasadas las diez y que frotaba con ahínco, con fuerza incluso, los rastros de su saliva disueltos en mi boca. Todo me olía a él. Todo me sabía a él. Algunas noches su recuerdo se enredaba a mis pesadillas. Notaba su presencia entre la humedad de aquellas paredes mientras me internaba entre las sombras de los pasillos, las puertas entornadas, el techo adivinándose como una mancha negra y uniforme. Apenas podía moverme con libertad salvo cuando Jaime se ausentaba en el baño o atendía una llamada. Por lo poco que descubrí, supe que venía de Madrid, que el chalet perteneció a su familia y que acudía a La Alberca para hacer algunas gestiones o pasarse a ver a Berta. Pero me costaba deambular entre el silencio que goteaba en el interior de la vivienda. Los suelos de madera crujían según avanzaba hacia lo desconocido mientras oteaba sus rincones, el resto de dormitorios de aspecto envejecido, las paredes empapeladas con grecas, el salón rendido al calor de la chimenea. Me preguntaba si papá estaba en lo cierto, si tal vez no se habría equivocado de persona, si alguna vez Vega Molina estuvo allí. Aquel runrún me acompañó durante un tiempo hasta que una noche, mientras Jaime se ataba los cordones de sus zapatos en el dormitorio, me dirigí al salón para recoger mi abrigo. Entonces lo vi; me escurrí sigilosa hasta el trofeo que descansaba en una vitrina y lo fotografié con el móvil. Después, leí la plaquita adosada al pie de mármol. *Torneo de caza. Enero de 2015.* El mismo año que Vega Molina desapareció.

Una vez que Jaime me trasladó en coche dos calles por debajo de mi casa, crucé deprisa el salón y rebusqué entre los distintos álbumes que atiborraban uno de los armarios. No estaba segura, pero necesitaba comprobarlo. En cuanto localicé el álbum de papá, comencé a pasar sus hojas plastificadas hasta que apareció. Mi padre posaba sonriente en aquel recodo del bosque con una rodilla hincada al suelo. Entre sus manos, mostraba satisfecho el trofeo que su equipo ganó durante los dos días que duró el certamen de caza. Sin embargo, tanto las formas del cáliz como la leyenda que rezaba en la parte inferior de la fotografía, eran idénticas al premio que guardaba en su casa. Un escalofrío se propagó por mi espalda. Jaime había formado parte de la camarilla de cazadores entre los que se encontraba mi padre. Por lo tanto, si tuvo algo que ver en el *secuestro* de Vega, ¿también descubrió que papá le estaba investigando? Las imágenes del accidente desfilaron atropelladamente en mi cabeza. Noté un regusto amargo en mi boca al tiempo que volvía a cuestionarme otra duda. ¿Me habría reconocido como la hija de Gustavo?

Sentí que acababa de entrar en un callejón sin salida.

Había algo en él que me daba pavor. Tal vez la forma en que abarcaba con sus manos mi vientre. Quizás la manera de aupar mis nalgas para acoplarme a su cintura. Puede que incluso sus ojos, oscuros y juguetones, adentrándose en los míos cuando lo tenía a un palmo de distancia. De algún modo comencé a sentir miedo cada vez que me llevaba a su chalet y hacíamos el amor en aquella cama con los muelles desgastados. Parecía tener prisa mientras deslizaba mis braguitas por las piernas y detenía sus dedos a pocos centímetros de mi pubis. La ansiedad por poseerme le corroía y le dominaba de igual forma. Necesitaba respirar mi cuello, oler cada fragmento de mi piel, mordisquear mis pezones al tiempo que mis ojos se perdían por otros rincones de la habitación. La confianza que poco a poco depositó en la cama, se trasladó a esos minutos que parecía saborear con un cigarro en los labios. Jaime lo apuraba desnudo mientras yo me vestía dándole la espalda, como si intentase no admitir lo que acababa de ocurrir en el dormitorio. Después restregaba el pitillo dentro del cenicero y se introducía acto seguido en la ducha. Una de esas veces, se me ocurrió hacerlo.

La puerta del baño despedía una nube de vaho cuando decidí entrar a hurtadillas. Reparé que su teléfono móvil descansaba cerca del lavabo. Deduje que no encontraría ninguna señal de Vega salvo que indagase en la galería de su iPhone y bucease entre las distintas carpetas. En cuanto cogí el terminal, introduje la contraseña que me sabía de memoria. Había estudiado la forma en que aleteaban sus dedos sobre la pantalla. Jaime continuaba duchándose bajo el inquietante sonido del agua a medida que accedía a los vídeos y pasaba atemorizada las imágenes congeladas en cada recuadro. En cuanto llegué a julio de 2015, hubo uno que llamó mi atención. Las facciones sombreadas de una mujer se intuían vagamente. Entonces habilité el *Bluetooth* y volqué la grabación en mi móvil. 20%. De pronto, cortó el agua. Una angustia comenzó a invadir mi estómago. 45%. Jaime deslizó la mampara y sus ojos se abrieron más de la cuenta. *¿Qué haces aquí?*, me preguntó. Enseguida le ofrecí una toalla. Mi móvil, en cambio, continuó sustrayendo el archivo desde el bolsillo trasero de mis vaqueros. *Sécate bien, no vayas a coger frío.* Luego sentí una ligera vibración. Di media vuelta y regresé al dormitorio.

Vega Molina lloriqueaba con el rostro sepultado por su larga melena azabache cuando por fin levantó la cabeza. La angulación de la cámara mostraba su cuerpo arrodillado y parte del suelo de terrazo de una habitación; también unas cuerdas con las que habían maniatado sus muñecas. Entonces se dirigió a la cámara y expulsó: *"Me da igual lo que hagas conmigo. No siempre podrás esconderte en las sombras. ¡Me oyes...? Algún día se sabrá todo".* Después, todo se volvió confuso en mi mente.

No tardé en darme cuenta que la grabación procedía de la misma época que el vídeo donde aparecía golpeando la ventanilla trasera del todoterreno. Lo descifré no sólo por la fecha que el teléfono de Jaime me reveló, sino por la cazadora vaquera que la joven llevaba puesta mientras escupía tanto odio con la mirada. Pronto comencé a sospechar que debía tomar mis propias medidas de seguridad ante el peligro que corría. No podía quedarme de brazos cruzados si por casualidad Jaime se enteraba de lo que había hecho. Tomé la determinación de borrar parte del disco que hallé en la caja del garaje. Únicamente mantuve el fragmento donde aparecía el todoterreno cruzando a cámara lenta aquel rincón del bosque para que sirviese de prueba en el hipotético caso de que Jonathan (el candidato que elegí para depositar mi secreto) necesitase recurrir a la policía. Pero el que fuera mi novio tiempo atrás – las cosas habían cambiado aunque nos negásemos a admitirlo – enmudeció la tarde que le cité en los recreativos con la disculpa de que necesitaba hablar con él. Con la jarra de cerveza aún de la mano, me preguntó en qué lío andaba metida. *Sólo te estoy pidiendo que lo guardes en un lugar seguro.* Jonathan parecía no estar conforme con la respuesta, como si dudase de ayudarme pese a que su queridísima Patricia Salas ya le hubiese puesto en antecedentes cuando le asalté a la salida del Ayuntamiento. *¿Y por qué debería hacerlo?*, insistió. *Porque creo que me debes una, ¿no te parece? Sólo hazlo y punto.* Jonathan cogió el DVD y lo miró con recelo. Después lo guardó en un bolsillo de su abrigo. Estaba claro que antes o después, su propia curiosidad le llevaría a insertarlo en el lector de su portátil.

El siguiente paso que tomé fue enmarcar la foto de papá en la que aparecía junto al trofeo de caza y aquella puerta blanca abierta a la inmensidad del bosque. Nada más terminar de doblar los extremos, añadí el soporte a su cara interna y bajé corriendo las escaleras de casa para situarlo sobre la repisa de la chimenea. Mi madre entró en ese momento en el salón. *¿Y esa foto?*, me preguntó al acercarse. *La encontré en uno de los álbumes de papá. No sé, me gustaba como salía*, añadí con intención de averiguar qué sabía. *Eso fue hace tres años, cuando se apuntó al torneo de caza de Las Batuecas*, concretó. *De todos modos, las tiene más bonitas.* Entonces le miré a los ojos y respondí: *lo importante no es lo que ves mamá, sino lo que esconde detrás.*

¿Por qué motivo Vega Molina se convirtió en su prisionera? ¿Cuántos colaboraron en su rapto a tenor de las imágenes del todoterreno? Y lo más importante, ¿dónde se suponía que estaba? Durante varias noches, estudié cada movimiento del vídeo, las palabras que dirigía a cámara, la tempestad que corría vertiginosa por su mirada. Un turbador silencio se desplomaba cada medio segundo mientras la chica intentaba coger aire para poder continuar. Era como si le costase respirar bajo esa degradante posición; como si quisiera indicarme por el sufrimiento que circulaba en su rostro, que se encontraba malherida. Los auriculares me ayudaron a detectar los crujidos que de vez en cuando se escurrían en la grabación. Intentaba captar la voz sombreada de alguno de ellos al otro lado de la cámara, alguna señal que me mostrase una nueva información, otro dato, lo que fuera. No tardé en descomponer el audio en diferentes pistas. Necesitaba averiguar cuántos se hallaban en esa habitación, por qué decidieron grabarla, a quién iba dirigido el mensaje.

Los ladridos de dos perros aparecieron la segunda noche. El sonido era breve, aunque fiable. De pronto, tuve un presentimiento; un oscuro y extraño presentimiento al volver a escucharlo. Podían resultar los mismos; esos ladridos que se colaban en el dormitorio de Jaime cuando abría la ventana después de fumar. Comencé a ponerme nerviosa. Algo me decía que Vega estuvo allí, en su chalet, en alguna de las habitaciones que poblaban las dos plantas. ¿Pero en cuál? La penumbra que empañaba las imágenes ni siquiera mostraba un detalle que me ayudase a ubicarla. Por más que registré cada una de las estancias cuando Jaime se ausentaba para hablar por teléfono, la cocina de azulejos blancos en la parte de abajo, el salón siempre rendido al calor de la chimenea, cuatro dormitorios en la planta superior y otros dos abajo, las losetas de terrazo que se intuían bajo sus rodillas no coincidían con el suelo de tablas de madera. Me pregunté si la casa habría sido remodelada; si Jaime decidió cambiar algunas partes de la vivienda después de retener a la chica contra su voluntad.

La historia de Vega Molina me estaba aniquilando. Caía rendida en la cama y llegaba al instituto con telarañas en los ojos. Pronto empecé a suspender los primeros exámenes. Mi tutora se empeñó en averiguar si la bajada de notas se debía a que aún seguía consternada por el accidente. Evidentemente, no me atreví a confesarle que más bien se debía a que no había vuelto a coger un libro desde que aquella caja de cartón se cruzó en mi camino. Todo mi tiempo lo dedicaba a intentar acabar lo que mi padre emprendió en secreto, a rastrear nuevas vías de investigación, a examinar detalladamente los vídeos que aún conservaba en el teléfono, a cuestionarme quién era en realidad Vega Molina, si se trataba de una de las azafatas del hotel, si todavía seguía con vida, si alguna vez fue encarcelada en el chalet de Jaime tal y como sospechaba. Me sentía tan débil, que no pude amortiguar la arcada que me sobrevino una noche mientras mi madre hacía la cena. Sentí que me había vaciado por dentro, que había expulsado la angustia que crecía en mi estómago, aunque el espejo del baño revelase lo contrario. Las profundas ojeras que sepultaban mis ojos, me hicieron darme cuenta que aquello me estaba superando. Entonces, me tumbé en la cama aún indispuesta y me dormí.

La alarma apareció a la mañana siguiente. No estaba segura, pero tenía mis dudas. La desazón arañaba mis pensamientos a medida que esperaba a que la campanilla del recreo retumbase en el pasillo. A las once en punto, me dirigí corriendo a la farmacia. Después regresé al instituto evitando que Sara me viese y entré en los cuartos de baño. Cerré la puerta por dentro y me bajé los pantalones. El pulso me temblaba mientras sujetaba con una mano aquella varita de plástico. Una vez que transcurrieron los cinco minutos que aconsejaba el prospecto, me asomé con miedo a la lente transparente. Las dos rayas se revelaron como una broma del destino. Estaba embarazada.

Mi pesadilla comenzó el día que llamé a la primera clínica y me comunicaron que ellos no practicaban abortos a menores de edad salvo con autorización expresa de los padres. Sentí que todo mi mundo se despedazaba a medida que intentaba hallar una solución. Lo primero que se me ocurrió fue ingerir varias pastillas de Triazolam después de leer en internet que al duplicar la dosis de 0,125 a 0,5 miligramos, se conseguía interrumpir el embarazo en su etapa inicial y producir cólicos a las cuarenta y ocho horas. Falsa alarma. Mi propósito se materializó en unas súbitas palpitaciones durante la noche y una diarrea que me retuvo en el baño a lo largo del día. No conseguía sangrar. Empecé a ponerme cada vez más nerviosa. Dudaba si contarle a mi madre la verdad y anunciarle que estaba embarazada, que me lo había buscado yo solita por insensata, por ser una estúpida insensata y una estúpida zorra al mantener relaciones sexuales con un hombre que podía pasar por mi padre para, encima, nada. Porque eso es lo que había ocurrido: nada. Ni una sola evidencia que demostrara lo que papá sospechaba; que Jaime había participado en el secuestro de Vega Molina, que la habían maniatado en una oscura habitación él y sus secuaces, que posiblemente estaría muerta. Me vi incapaz de soltarle aquello y se me ocurrió pasarme por el único lugar donde los rumores la tachaban de bruja y otros calificativos. Me refería, sin duda, a la mujer de la cabaña.

Lloviznaba cuando me acerqué en bicicleta a casa de Pepa. El humo que despedía la chimenea serpenteaba bajo el cielo encapotado. Antes de llamar, me aseguré que ningún mechón rosa se escurriese por fuera de la peluca. Después, golpeé sobre el quicio de la puerta. El rostro demacrado de aquella mujer me sobresaltó según me observaba tras la rejilla de la mosquitera. Luego, me preguntó qué deseaba. Tenía indicios que Pepa había practicado varios abortos a algunas chicas de la comarca. O al menos, eso se decía en los recreativos. Imaginé que la historia que le resumí durante lo que me supuso una eternidad, le animó a abrir finalmente la puerta e invitarme a pasar. A medida que mis ojos rastrillaban la cálida atmósfera del interior, me advirtió que sólo utilizaba remedios caseros a base de infusiones con plantas y otros brebajes. *Sólo te voy a pedir dos cosas*, anunció; *la primera, que de esto ni una palabra. No quiero problemas.* Asentí aliviada. *Y segundo, que firmes este documento.* Pepa se dirigió a un mueble y extrajo una carpeta de uno de los cajones. *Es por precaución. Las hierbas suelen tener efectos secundarios y no me responsabilizo.* Pero ni siquiera dudé cuando escribí Penélope Santana en el recuadro inferior. Algo de lo que más tarde, me arrepentiría.

Enseguida me pasó a una habitación y me pidió que me desvistiera. *Necesito conocer tu peso real para darte la cantidad adecuada. Aunque creo que con cien gramos de llantén y artemisa será suficiente*, adivinó con una bolsa de plástico llena de semillas de la mano. Quizá su mirada me intimidó a medida que retiraba la pulsera con mi nombre y la chaqueta que llevaba puesta. Entonces, el teléfono repiqueteó. *Ahora mismo vuelvo*, dijo mientras depositaba la bolsa sobre una mesa repleta de fotos. La curiosidad me llevó a deambular entre los distintos rostros que sobrecargaban el mueble y que parecían juzgarme por lo que estaba haciendo. Tal vez era yo la que realmente se juzgaba por no tomar sus respectivas precauciones, por no frenar a tiempo aquella historia, por anhelar acercarme a un padre que, pese a estar ausente, se habría sentido defraudado. Una extraña sensación se instaló en mi estómago a medida que mis ojos saltaban de un retrato a otro. Después, me detuve en la última fotografía.

El cabello que se escurría por ambos lados de su chaqueta vaquera me ayudaron a reconocerla. Vega aparecía sonriente tras un fondo agreste que me resultó familiar gracias a la cima nevada de la montaña y su repetidor de telecomunicaciones. La Peña de Francia. Comencé a inquietarme. Me costaba admitir que Pepa tuviese una foto suya. ¿Por qué? La idea de que estuviese relacionada con su desaparición, se adueñó de mi cabeza. Sentí que Pepa colgaba la llamada. Apresé la bolsa de semillas y abrí la puerta. Pepa me miró perpleja al otro lado. *¿Te marchas?*, presintió. *Se me ha hecho tarde*, improvisé. Entonces, saqué de mi pantalón un billete de veinte euros y se lo entregué. Minutos más tarde, pedaleaba muerta de miedo por un camino solitario. La lluvia perlaba mi rostro de gotas a medida que los contornos del bosque se difuminaban bajo un cielo plomizo. Quizá todo tuviese una explicación y nada fuese como parecía. Pero de pronto, recordé que había olvidado mi pulsera sobre la mesa.

Tomé la determinación de acabar con todo una vez que me restablecí de los fuertes pinchazos que experimenté en el bajo vientre tras ingerir aquel brebaje amargo que me ayudó a expulsar un coagulo horas más tarde.

Los tibios rayos de sol parecían anunciar un incipiente verano cuando aquel sábado me dirigí a la gasolinera. Estaba decidida a romper con cada uno de los frentes que había desperdigado a mi alrededor durante los últimos meses mientras me recuperaba de las lesiones que aquel aborto provocó no sólo en mi organismo, sino también en mi memoria. La visión de aquella mancha viscosa desparramada en mi ropa interior tardaría tiempo en olvidarla. Aún seguía tomándome un arsenal de antibióticos que guardaba en mi habitación cuando llegué puntual a mi cita. Entré directamente en la cafetería y pedí una Coca Cola. Después, me senté en la misma mesa que habíamos interpretado como el lugar para efectuar la entrega de los quinientos euros que Patricia Salas, la concejala del Ayuntamiento, traía siempre en un sobre blanco dentro de su bolso. Por el amplio ventanal, observé el goteo de coches que entraban en el carril de los surtidores para repostar gasolina. Miré mi reloj de pulsera. Las 13:09. Me impacienté. Patricia Salas no solía retrasarse. Esperé unos minutos más hasta que a las 13:12 horas, salí por la puerta con intención de dirigirme al fondo. No estaba segura si había decidido modificar sus planes. Era bastante raro. No había rastro de su Volkswagen en las inmediaciones, ni siquiera una llamada perdida en mi móvil para advertirme que estaba de camino. Entonces, lo vi de lejos. El Todoterreno atravesaba solitario la carretera a medida que se aproximaba a la estación de servicio. El miedo a que me reconociese sin peluca, me devolvió al interior de la cafetería. Cogí deprisa mi bolso y miré de nuevo por el ventanal. Tampoco estaba convencida que me fuese a dar tiempo. Un hombre bastante corpulento acababa de salir de su vehículo. Era el momento. No podía perder ni un segundo más. Atravesé corriendo las puertas mecánicas y crucé sin mirar atrás la explanada de cemento. Sentí sus ojos posados en mi nuca, su respiración a escasos centímetros de mi piel. No dejé de correr hasta que me adentré en el bosque y me di cuenta que estaba salvo. Horas más tarde, Jaime me llamó.

Hicimos el amor en aquella cama con los muelles desgastados. Como habíamos hecho en tantas ocasiones. Como me prometí que sería la última vez.

Jaime se había quedado traspuesto después de depositar el cigarrillo en el interior del cenicero. Al parecer, había estado toda la mañana de reunión en reunión cuando decidió pasarse por La Alberca. Eso mismo me relató en su coche mientras me convencía al otro lado de la cama que no me había reconocido en la gasolinera, que no podía postergar un minuto más aquella situación, que debía huir de allí antes de que fuese demasiado tarde.

Descendí descalza los escalones para apaciguar el crujido de la madera que vibraba bajo las plantas de mis pies. Necesitaba echar un último vistazo, demostrarme a mí misma que Vega Molina estuvo años atrás encerrada en algún lugar de esa inhóspita vivienda (oscura, abandonada, comida por los recuerdos). Me aferré a la barandilla y continué descendiendo. El tacto rugoso de la madera me dio escalofríos a medida que mis ojos rastrillaban sus rincones sombríos, los cuadros de rostros marchitos suspendidos en el vacío, la luz añil perforando las vidrieras de la claraboya. El pasillo se abría paso hacia la salida, donde reconocí la puerta de la izquierda: el salón. Aunque esa vez, me adentré por el recodo que se perdía entre las tinieblas del fondo. Sabía que allí se encontraban las dos habitaciones de invitados. Entré en la primera. Todo en orden. Una cama de matrimonio en el centro, dos mesillas a cada lado y la ventana a la derecha. Después, vagué entre las brumas del pasillo hasta que intuí un dedo de luz por debajo de la segunda. Así el pomo y un chirrido se escabulló en el silencio. Mi corazón se heló. Sólo podía oír el resuello entrecortado de mi respiración. Entré deprisa y vi que se trataba de un estudio anodino con un escritorio a un lado y dos armarios de teca prácticamente vacíos. La luz del atardecer traspasaba en finas lochas las rendijas de la persiana, esparciéndose suavemente por el parqué. Aquellos arañazos sobre el suelo robaron mi atención. Tenían forma de media luna, como si uno de los armarios hubiese sido separado de la pared al arrastrarlo durante un tiempo en la misma posición. ¿Por qué? Las dudas anidaron mi cabeza en el momento que empujé el mueble y noté que su estructura se movía entre los profundos raíles que cruzaban la madera. *¿Pero qué diablos es eso?*, balbucí. El agujero hendido a la piel de la pared me bloqueó unos instantes. Tiré con más fuerza del armario hasta que la oscuridad de dentro exhaló un aliento húmedo. El paño de sombras que vagaba en su interior, comenzó a desvanecerse. Dudé si aquel cuarto fue utilizado como una especie de bunker o similar. Entonces, reparé en la cadenita que se columpiaba en el vacío. Debía tratarse del interruptor. La deslicé hacia abajo y la luz de una bombilla desempañó la penumbra por completo.

Apenas pude contener la respiración. Una súbita congoja me invadió al otear aquel terrorífico escenario entreverado por cámaras de vídeo, cables y otros instrumentos que parecían conjurar la pequeña sala. No me salían las palabras. Ni siquiera era capaz de atender al suelo de terrazo que un mes de julio de 2015, una chica llamada Vega Molina se dirigió a sus captores con las muñecas maniatadas. Comencé a caminar hacia atrás hasta que al fin noté que el aire limpio entraba en mis pulmones. No me acordé siquiera de tapar el agujero cuando avancé de nuevo por el pasillo y entré en el salón. Tampoco me cuestioné si Jaime seguiría en la cama al vestirme a toda prisa y largarme corriendo con los ojos inundados de lágrimas. Solamente corrí y corrí hasta que me di cuenta que para entonces, ya estaba muerta.

De algún modo me convertí en Vega Molina. Me convertí, sin duda, en su prisionera.

La primera noche fue la peor. El viento ululaba tras los tablones de madera que cegaban las ventanas del primer piso. La profunda oscuridad sumía en tinieblas la habitación mientras el frío se filtraba como una lengua glacial por las paredes. Tiritaba de miedo acurrucada sobre un colchón que encontré por casualidad en el suelo. El amenazante silencio que gobernaba la casa era agrietado por los incesantes crujidos de la madera, procedentes de todos los rincones. Estaba aterrada. ¿Cómo había llegado a esto? Supuse que Sara estaba en lo cierto cuando me dijo que si había perdido la cabeza, que cómo iba a quedarme encerrada en aquel viejo caserón en vez de avisar a la policía y contarles que había un hombre que deseaba hacerme daño. Pero me negué; me negué de ofrecerle a Jaime la posibilidad de encontrarme. No podía permitir que viniese a por mí después de descubrir en aquella mazmorra horadada al otro lado de la pared que mi vida corría peligro. No podía. Tomé la decisión de huir de La Alberca un domingo por la tarde y acudí a casa de mi compañera con la peluca de la mano. Necesitaba alejarme de aquello y pensar con claridad. Necesitaba alejarme de Jaime, al igual que de mi padre. Sara me dio cobijo en su dormitorio a escondidas de sus padres. Horas más tarde, decidí trasladarme al palacete que oteé desde la ventana de su salón. Apenas pude dormir más de una hora seguida. La idea de que alguien penetrase en las entrañas de aquel caserón, se instaló en mi mente. Los ruidos que habitaban al fondo del pasillo, serraban la inquietante calma que aparecía después. La noche se prolongó con exquisita animosidad hasta que unos tibios rayos de sol acariciaron mis párpados a la mañana siguiente, cuando se colaron por las fisuras del tablón.

Sara me compró una tarjeta prepago para que Jaime no me localizase. También algo de comida precocinada y un portátil que sacó en préstamo de la facultad de Sociología que tuvo el acierto de pasarme por la estrecha abertura perforada sobre la tapia de fuera, evitando así que algún vecino la viese entrando y saliendo. Después escogimos unas horas determinadas para hacer las entregas. Sara y yo nos comunicábamos por una red social que habilitamos bajo otras identidades. Por aquella plataforma le comunicaba cómo me encontraba, qué había hecho a lo largo del día (cuando ella se encontraba en el instituto o en clases particulares), si necesitaba algo. También me sirvió para rastrear en internet acerca de la Peña de Francia. Mediante el *USB* inalámbrico, averigüé que la tumba de Simón Vela se encontraba en la cripta de la Capilla de la Blanca, que sus restos habían sido trasladados a otro pueblo y que los padres dominicos eran los encargados del santuario mariano. Existía una posibilidad, aunque todavía me costaba descifrar el resto de elementos que observé horrorizada en esa habitación oculta tras un armario de teca.

Al tercer día de mi cautiverio, Sara me escribió temprano a la plataforma. *Entra en las noticias.* Abrí varios periódicos digitales y entonces un dolor punzante atravesó mi estómago al leer el primer titular: *"Buscan a una joven de 17 años desaparecida en La Alberca".* Después, tuve el valor de reconocer mi propia historia: *"Penélope Santana es el nombre de la chica a la que se busca después de que se denunciase su desaparición en el Puesto de la Guardia Civil de dicha localidad. Se trata de una joven de 1,70 metros de altura, con el cabello largo y teñido de rosa. Las redes sociales y establecimientos hosteleros de la zona han difundido el cartel de la joven, en paradero desconocido desde hace días al no regresar a casa. Por el momento, la Guardia Civil ha organizado un operativo de búsqueda con voluntarios"*. En la foto, mi madre aparecía ante los medios con unas gafas de sol oscuras. Entre sus brazos, sujetaba un retrato con mi rostro.

No logré calmar el desconsuelo que hallé dentro de mí mientras permanecí sentada a un lado del colchón. Me sentía una hipócrita, una cretina, una sucia impostora. El agobio que anidó en mi pecho, se propagó y ramificó por todos los rincones de mi cuerpo al tiempo que lloraba de rabia, de vergüenza, de impotencia. Nadie me creería; sabía que nadie me creería si aparecía en La Alberca y le confesaba a la policía que Jaime quería hacerme daño, que él era el autor material de la muerte de Vega Molina junto a otros individuos que aún desconocía, que la había encerrado en su chalet, en una especie de búnker que diseñó tras un agujero perforado en la pared, que necesité acercarme a él para comprobar si lo que investigaba mi padre era cierto, pero que no tuve más remedio que acceder a la oferta que me tendió la directora del Templo de las Batuecas ante la falta de medios. Algo me dijo que aquello no iba a funcionar.

Sara me llamó nerviosa al caer la noche. Me dijo que un par de agentes se habían pasado por su casa para tomarle declaración. *¿Y si nos pillan? Estoy acojonada.* Después, me comentó que uno de ellos le había entregado una tarjeta con su número privado por si recordaba algo que les ayudase a averiguar dónde me encontraba. *Podías probar y contarle por qué te da tanto miedo volver.* Pero tampoco estaba convencida de darle explicaciones a alguien que ni siquiera conocía. *Se llama David Ochoa.* Aquel nombre retumbó en mi mente. El compañero de papá, el que se pasaba a menudo por casa tras el accidente, el que siempre me preguntaba qué tal estaba.

La duda me reconcomió durante más de una hora hasta que al fin decidí coger el móvil. Oculté mi número en la bandeja de ajustes y marqué después su teléfono. Al tercer tono, reconocí su voz. Estuve a punto de colgar la llamada. Pero cuando volvió a insistir, apreté fuerte los ojos y pronuncié: *Hola David. Soy Penélope.*

Las reiteradas comunicaciones de un principio, fueron esparciéndose gradualmente a lo largo de aquellos meses. Siempre le llamaba a la misma hora, desde el mismo número oculto para que no me localizase y se pusiera en contacto conmigo. En cierta manera, me desnudé; sentí que me desnudaba y me vaciaba al otro lado de la línea mientras él escuchaba atento aquellos fragmentos que palpitaban en mi memoria, el miedo que culebreaba en mi estómago, el motivo por el que decidí desaparecer. David asentía y me aliviaba con la tibieza de su voz durante aquellas intervenciones que poco a poco fueron reduciéndose, haciéndose cada vez más cortas, como si sus intentos por averiguar dónde me escondía, generasen en mí un sentimiento de introversión difícil de derribar. David no dejó de repetirme que podía confiar en él, que quería ayudarme, que había estado investigando la casa de Jaime, pero que no había hallado nada extraño como para que la policía interviniese. *Yo te creo*, dijo una de las veces; *pero tampoco puedo emitir una orden de arresto si no me explicas qué viste. Después, te acompañaré a comisaría. Pero antes debes decirme cómo puedo localizarte.* Sin embargo, me di cuenta que aún no estaba preparada.

La idea de volver a ver a Jaime me angustiaba y torturaba por igual. Sabía que David no iba a parar en su empeño por dar con mi paradero mientras el verano fue extinguiéndose en el calendario para dar paso a las primeras lluvias. Me había habituado a aquella casa, a los largos pasillos alimentados de crujidos, a la habitación del fondo con el techo vencido, donde los rayos de luna se asomaban entre sus vigas en el silencio de la noche. Me acostumbré a deambular entre sus ruinas, a recorrer sus sombras siempre perennes, al olor a madera vieja, a las humedades que traspiraban los muros, al calor del brasero. Cuando el frío de primeros de octubre se instaló en el palacete del Paseo de la Estación, elaboré un brasero con un recipiente metálico con el que me calentaba. Miraba ensimismada la débil llama que consumía los trozos de madera que arranqué de algunas partes del suelo, la ropa sucia que dejé de ponerme; también los pasajes que seleccioné del borrador de papá. La tos se manifestó a mediados de mes; dos días más tarde, la fiebre se desató en mi organismo. Apenas podía aplacar la persistente tiritona que se adueñó de mi cuerpo mientras me recostaba en el colchón con una manta.

Sara me suministró antibióticos y más comida precocinada por la abertura de la tapia que era incapaz de ingerir; me di cuenta que necesitaba acudir a un hospital. Pronto desterré aquella idea de mi cabeza. No podía arriesgarme a que cualquiera descubriese mi verdadera identidad o me relacionase con la chica que continuaba apareciendo en los medios de comunicación. La gente se aventuraba a predecir qué me había ocurrido. Muchos pensaban que había sido captada por una secta; otros, me daban por muerta. La fiebre remitió una semana más tarde. La tos, en cambio, permaneció alojada en mi pecho. Ya no me quedaban más astillas que quemar, ni siquiera otros documentos de los que pudiese renunciar para transformar rápidamente en cenizas. A pesar de todo, volví a introducir la mano. Entre los expedientes delictivos que nutrían la caja, hallé aquel folio colmado de anotaciones donde papá había rodeado con un círculo rojo la información más relevante. Entonces, se me ocurrió hacerlo. Cogí el móvil y guardé en la agenda su número de teléfono. Mi padre había escrito un horario junto a su nombre: de cuatro a cinco. Esperé impaciente recostada en el colchón hasta que horas más tarde, le envié mi primer mensaje. *Hola Lorenzo. Tenemos que hablar de Vega.*

Sólo le escribí aquella vez. El hombre parecía no estar cómodo al preguntarme por qué había tardado tanto tiempo en dar señales de vida y si había ocurrido algo para tener que cambiar de número. Después, comprendí a quién se refería: *¿sigues dispuesto a venir a Topas, Gustavo?* No volví a saber de él. Tampoco respondí a sus mensajes. Pensé que ya me había metido en demasiados líos como para crear otro nuevo ocultándome tras la identidad de mi padre. Imaginé que nadie en la cárcel le avisó que había sufrido un accidente, que llevaba cerca de un año en coma y que su hija era la famosa Penélope que salía en las noticias desde que desapareció. Sin embargo, a principios de noviembre, volvió a ponerse en contacto. Lorenzo me adjuntó un enlace al *WhatsApp* junto con una pregunta que me dejó helada. *¿Quién eres?* La curiosidad me llevó a picar encima de la hilera de palabras subrayadas en azul que ensuciaban parte de la pantalla. *"Despierta del coma el policía que sufrió hace un año un aparatoso accidente en La Alberca".* Mi pulso empezó a temblar. Encendí deprisa el ordenador y busqué otras noticias relacionadas que ampliasen la información. No encontré nada. Únicamente aquel escueto suceso procedente de un medio local. Archivé el enlace a mi historial y entré en la página de La Serrana. Las lágrimas descendían por mis mejillas mientras adquiría un billete electrónico para la siete de la mañana del día siguiente. Estaba confusa. También emocionada. Pero sobre todo, feliz. Había acabado todo. Por fin había acabado todo. Tenía que reunirme con papá y contarle qué había pasado. Él me comprendería. Él sabría lo que hacer para emitir una orden de arresto contra Jaime. Por eso no avisé a Sara cuando me largué del viejo palacete con la luz del alba rayando el horizonte. Porque para entonces, sólo me importaba una cosa: él.

Las lucecitas de varias máquinas parpadeaban a escasos centímetros de su cuerpo a medida que la tupida claridad se adentraba hacia los dos gruesos tubos que se sumergían en las profundidades de su tráquea. Una sensación de abandono creció en mi interior mientras me sentaba en la butaca para cogerle de la mano. Sus párpados parecieron moverse. Estaba abatida. La felicidad que albergaba dentro se transformó en una extraña cerrazón similar a la de fuera. Cómo había podido ser tan estúpida. Jaime me había tendido una trampa; me había hecho creer que había despertado del coma al publicar aquella basura. No podía haber sido otro que el dueño de esa agencia, el mismo que sabría insertar un bulo entre la sobrecarga de informaciones que congestionaban la red a diario. El miedo se desató en mi cuerpo. Ya no tenía escapatoria. Supuse que Jaime sabría que me encontraba en el hospital cuando pensé en volver a huir. ¿A dónde? Necesitaba hablar con David y contarle que estaba en La Alberca. Sí, eso era lo que debía hacer; decirle que Jaime me estaba buscando y que iba a poner fin a esa historia. Enseguida entró una enfermera en la habitación. Ni siquiera me reconoció con la peluca en cuanto me sermoneó que no podía estar allí hasta la hora de las visitas. Entonces le pregunté si podía dejar una caja para que se la entregase al paciente cuando despertara. La mujer me miró extrañada y asintió al tiempo que depositaba todas mis esperanzas en sus manos. Antes de irme, le di un beso en la frente. *Te quiero papá*, murmuré. Después me despedí de la enfermera, que seguía sujetando entre sus brazos aquella caja con un dragón pintado en la tapadera.

La nieve crujía bajo las suelas de mis zapatillas a medida que avanzaba por la cumbre blanca. Desde allí arriba, el aire enfurecido arrastraba consigo un batallón de nubes grisáceas que a ratos velaban mi visión. El taxi me dejó en el aparcamiento una hora después de abandonar el hospital. Necesitaba averiguar si mis sospechas infundadas a lo largo de aquellos meses eran ciertas, si los restos de Vega Molina descansaban en la tumba que una vez perteneció a Simón Vela, el peregrino que promovió el culto a la virgen de la Peña de Francia. No podía quitarme de la cabeza que se hubiese convertido en la prisionera de aquella cima, en un cuerpo sin nombre abandonado a su suerte dentro de aquella ermita que pronto franqueé. Las paredes rezumaban una viscosa humedad mientras descendía por la escalera que daba acceso a la cripta. Me fijé que las manchas de moho mordisqueaban la cal de sus muros a medida que una corriente glacial reptaba hacia arriba, aferrándose a mis huesos.

Enseguida reparé en el sepulcro de piedra con algunos símbolos tallados y una leyenda que surcaba parte de su estructura en tonos rojizos. Me aproximé. La pesada losa apenas se desplazó unos milímetros de su posición mientras tiraba de ella con ambas manos. Necesitaba colar la mirada por alguna pequeña fisura y comprobar que Vega descansaba allí desde que Jaime se deshizo de su cuerpo una vez que la grabó con una cámara de vídeo; una vez que lo vi con mis propios ojos dentro de aquella habitación. De pronto, la piedra se movió unos centímetros. Encendí deprisa la linterna del móvil y un haz de luz desempolvó las sombras que alimentaban el interior. Entonces, apareció. El cabello oscuro y enmarañado sepultaba la totalidad de su rostro mientras intuí un fragmento de lo que parecía una vieja cazadora vaquera. Me asusté. Comencé a moverme nerviosa por la cripta a medida que marcaba el teléfono de David. Tenía que avisarle antes de que fuese demasiado tarde. Antes de que Jaime me localizara. Su voz se manifestó al tercer tono. *Escúchame. Estoy en La Alberca. Jaime me ha tendido una trampa. ¿Nos vemos a las seis en el bosque, junto al arroyo? Quiero emitir una denuncia en comisaría.*

Después de colgar, dudé. No estaba realmente segura que aquello fuese a funcionar. ¿Y si Jaime me encontraba en el pueblo? ¿Y si todo formaba parte de un complot para sacarme del agujero donde me sentía a salvo? Sin saber por qué, programé la alarma del móvil segundos antes de lanzarlo a la tumba. Supuse que alguien lo escucharía si me ocurriese algo; si para entonces, yo ya estuviera muerta.

Regresé a La Alberca por la ruta que atravesaba la falda de la montaña. El bosque, sumido en una turbadora calma, se volvía oscuro y acechante a medida que el viento helado de la sierra mecía las copas de los pinos. Una cortina de *mojabobos* suspendida en el ambiente comenzó a rociar mis ropas según me adentraba en aquel territorio abandonado, contagiado por la fragilidad del sonido de algunos pájaros. Tenía miedo; miedo a que Jaime me asaltase de improviso, que estuviera observando mis pasos en la distancia, que me castigara como hizo con Vega años atrás. Tal vez en ese instante, mientras descendía la ladera por un camino alimentado de coníferas y helechos, me arrepentí de arrojar el móvil por la hendidura que traspiraba el sepulcro de la chica de la Peña. Tampoco estaba convencida que las distintas alarmas que programé durante varios días, pudiesen ser oídas por algún vecino en caso de que me secuestrase. Pero sentí que era la manera de probar que mi repentina desaparición estaba justificada.

Una hora y media más tarde, me oculté tras unos arbustos a pocos metros de la calzada. Las primeras casas del pueblo se revelaban fantasmagóricas bajo un cielo húmedo y borrascoso. Salí de mi escondite y crucé el socavón hendido a la tierra que dividía el municipio de la complejidad del bosque. Me costaba admitir que hubiese vuelto, que estuviera caminando por aquella calle solitaria que tantas veces había recorrido de la mano de Jonathan. Era como si nada hubiese pasado; como si todo se mantuviese bajo el estricto orden al que estaba acostumbrada. Lloré; de pronto lloré de rabia e impotencia por no ser la misma de antes, por vivir atemorizada y en sigilo, por no poder acercarme siquiera a mi casa. Según avanzaba por la calzada, comprobé que ningún mechón rosa se hubiese colado por debajo de la peluca. Necesitaba seguir ocultándome de los demás; continuar viviendo una vida que tampoco me pertenecía. Entonces, sentí el motor a poca distancia. Giré la vista atrás y descubrí el todoterreno al fondo. Mi corazón comenzó a palpitar ahogado. Era él, estaba segura que era él. Rápidamente eché a correr. Hui calle abajo al tiempo que volví a girar la cabeza. Jaime había iniciado la persecución. El vehículo se desplazaba a mayor velocidad según intentaba alcanzar la siguiente abertura por la que desaparecer. Me había localizado. Ya no tenía escapatoria. Corrí y corrí desesperada hasta que traspasé la corteza del bosque y me perdí para siempre en su corazón.

Las gotas en suspensión empañaban el cristal del parabrisas. La humedad del ambiente se expandía más allá del horizonte plomizo a medida que el agente acercaba el *walkie* a sus labios para dar el aviso. *Código 341. Penélope ha aparecido. Nos dirigimos a comisaría. Cambio y corto.* David había llegado puntual a la cita. Enseguida bajó de la patrulla y me abrazó, incapaz de sofocar la llantina que derramé sobre su pecho. *Tenemos que irnos, Jaime me ha descubierto*, le anuncié con la voz entrecortada. *Viene a por mí, está en el pueblo.* David me cogió de la mano y me ayudó a entrar en el coche. Después, arrancó el motor.

Mientras nos dirigíamos por un camino plagado de baches, me dijo que estuviera tranquila, que conocía un atajo en el bosque que conectaba con la carretera de Béjar. *Ese hijo de puta ya no podrá encontrarte*, me aseguró con los ojos fijos en los míos. Él también parecía nervioso, como si todavía le costase admitir que estaba sentada en el asiento del copiloto tras todos los esfuerzos por encontrarme desde que desaparecí del pueblo. Entonces me preguntó qué tenía pensado hacer, como si le costase reconocer que aún estaba dispuesta a denunciarle. *¿Por qué lo dices?*, intenté adivinar tras el perfil recortado que se dibujaba contra su ventanilla. *Ya lo sabes*, intervine de nuevo. *Quiero poner punto y final a esta locura.*

El silencio se escurrió bajo la lluvia a medida que la patrulla penetraba en la laberíntica disposición del bosque. Las sombras que proyectaban los árboles, me dieron escalofríos. Una sensación de abandono se alojó en mi estómago a medida que el agente sorteaba con el volante los socavones arrancados de la tierra. David vadeó parte de una arboleda que sobresalía del camino hasta que de repente, frenó la patrulla en seco. Los focos de un coche nos alumbraban a poca distancia. *¡Pero no se da cuenta que está bloqueando el camino!*, exclamó. Tras el balanceo del limpiaparabrisas, descubrí que se trataba del todoterreno de Jaime. *¡Es él, David, da media vuelta por lo que más quieras, sal de aquí!* Pero el agente salió sin decir nada, bloqueando acto seguido las puertas. *¡No lo entiendes, te matará!*, grité, golpeando con los puños el cristal. David atravesó la lluvia bajo la penumbra del atardecer. Jaime salió a su encuentro y se estrecharon rápidamente las manos. Se conocían. Palpé los bolsillos de mi abrigo y enseguida caí que no llevaba el móvil encima. Luego intenté abrir la puerta, pero seguía bloqueada. Comencé a ponerme nerviosa. La idea de que ambos estuviesen conchabados no se me iba de la cabeza. De pronto, los dos hombres se dirigieron a la patrulla. Jaime me sonrió tras el vaho que empañaba la ventanilla a medida que David abría la puerta desde fuera. Entonces me agarró por los pelos y me sacó del coche. Intenté resistirme, pero su fuerza era mayor. Me puse a chillar.

- Hola Lucía. ¿O debería decir Penélope? – sus ojos se adentraron en los míos a medida que David me retenía por la espalda – Sólo una pregunta. ¿Tan mal me porté como para que quisieras jugármela?

- No te esfuerces, Jaime – pronuncié mientras sentía cómo los hilos de agua corrían por mi cara – He dejado pruebas para que no te salgas con la tuya. Esta vez no.

- Nunca debiste fisgonear en esa habitación, créeme – después, acarició con su pulgar mi mejilla – Me da pena decirlo pero…, hasta siempre querida.

El pinchazo que asestó la mano de David contra mi pecho, duró apenas unos segundos. Ni siquiera sentí dolor cuando mi visión comenzó a emborronarse a medida que el agente sujetaba la jeringuilla a la altura de mi corazón. Lentamente fui alejándome de mi cuerpo, de mis pensamientos, de cada una de las partículas que conformaban mi ser, hasta que, sin más, la oscuridad me asfixió.

Dicen que cuando morimos, una parte de nosotros subyace en la memoria de aquellos que se resisten a olvidarnos.

Leo Baeza intentó controlar desde la silla sus desatados impulsos. De algún modo le costaba admitir que aquello estuviese pasando en realidad mientras el agente paseaba por el salón, desmenuzando con sadismo los últimos meses de Penélope Santana. La historia que le proporcionó durante algo más de una hora, le despejó muchas de las incógnitas que no fue capaz de resolver junto a Aura. Dudaba que su exposición coincidiese con lo que vivió al desaparecer de La Alberca, que hubiese seleccionado ese nombre de una novela de Julio Cortázar para relacionarse con su asesino, que incluso telefonease a David Ochoa desde el palacete abandonado para verificarle no sólo que estaba viva, sino para confirmarle que su cómplice se había estado acostando con la joven de la que todo el mundo hablaba (imaginó la cara que se les debió quedar en cuanto admitieron que Lucía ni siquiera existía).

El tiempo que transcurrió en el salón de su casa mientras la lluvia golpeaba los cristales, le ayudó a forcejear con las cuerdas que secuestran sus muñecas al respaldo de la silla. Sintió una viscosa humedad que reptaba por su piel, como si el constante roce que ejercía sobre el cáñamo le hubiese causado unas pequeñas lesiones donde la sangre se escurría hasta las yemas de sus dedos. Leo continuó bregando contra su impasividad aunque tuviese las manos doloridas; aunque sólo fuese por ganar unos minutos más y friccionar una de sus muñecas entre los nudos que le inmovilizaban. Por eso mismo, decidió intervenir.

- Supongo que Penélope debió confirmar sus sospechas – dijo con la voz queda –, que el accidente que sufrió su padre fue provocado.

- Y he de decir que gracias a ti – le regaló una sonrisa al tiempo que abría una lata de cerveza. El chasquido metálico resonó en el interior – Yo estaba con él. Habíamos quedado en un bar de Béjar cuando le llamaste al móvil. ¿Recuerdas?

Los fragmentos de la llamada que Santana realizó una hora antes del accidente, *Baeza, ¿podemos vernos?, me gustaría saber tu opinión acerca un caso que llevo entre manos*, sacudieron su memoria en ese instante.

- Eres un hijo de puta – descerrajó con las mandíbulas en tensión. David, por su parte, emitió una estruendosa carcajada.

- Venga Leo, tampoco hace falta que te cabrees. ¿Y yo qué sabía que el muy estúpido iba a dejarse esa carpeta en la mesa cuando salió a hablar contigo? De no haber sido así, ni siquiera me habría enterado que estaba investigando a Vega.

Pero la casualidad quiso que leyera su nombre y el de Lorenzo Garrido en uno de los rebordes. Él mismo me lo confirmó cuando regresó al bar y le pregunté si pasaba algo. Me dijo que llevaba tiempo detrás de un caso extraoficial porque tenía la sospecha que se había cometido un crimen en la zona y que quería saber tu opinión como responsable de la Guardia Civil.

- Pero por miedo a que os descubriese, decidiste seguirle en tu coche mientras se dirigía a La Alberca. ¿Voy bien?

- No iba a permitir que se saliese con la suya – subrayó con inquina – Santana era buen poli, era cuestión de semanas que acabase conociendo la verdad. Tenías que haber visto la cara que puso cuando empecé a embestirle según subíamos el primer tramo de la montaña. Bajó deprisa la ventanilla y comenzó a gritarme que si me había vuelto loco, que qué ostias hacía. Entonces, en una de las curvas, volví a arremeterle contra el arcén hasta que de pronto perdió el control y se abalanzó por el terraplén, dando varias vueltas de campana. Si no llega a ser por ese árbol, te aseguro que su vida no estaría hoy pendiente de un hilo en el hospital.

- Me das asco – balbució con repugnancia – Era tu compañero. ¡Era tu amigo! Pero me alegro que no te salieses con la tuya cuando bajaste a comprobar que Santana ya no era un peligro y le usurpaste los informes. No contabas con que su hija fuera a meter las narices en esto.

El agente destiló un gesto de repulsión a medida que Leo continuaba haciendo presión con sus manos para liberarse de las cuerdas. Notó un ligero escozor en sus muñecas tras la pátina de sangre que resbalaba en su piel. David, por el contrario, caminó lentamente hacia él y se detuvo a un palmo de distancia. El sargento optó por levantar la cabeza y sostener su férrea mirada.

- Habrás caído en la cuenta que Santana sigue en coma – le aclaró – Es probable que se acuerde de todo una vez que despierte.

- Pero para entonces, tú ya no estarás aquí – y extrajo un arma por detrás de su espalda para apuntarle directamente a la cabeza.

La cerrazón que se adivinaba en el horizonte, parecía extenderse hacia los desolados rincones del chalet. La lluvia arremetía contra los cristales de la ventana del salón bajo una incómoda penumbra que recortaba la silueta de Jaime, aún sentado en la butaca delante de ellas. Apenas había movido un músculo con la pistola apuntando hacia el estómago de Aura mientras relataba los prolegómenos de una historia que acabó con la desaparición de Penélope en el bosque. La periodista sintió una rabia difícil de contener a medida que su jefe – Coto para los de la agencia; Jaime para la chica a la que había engañado con la publicación de una noticia falsa – rememoraba algunos episodios de los que se enorgullecía, como si los detalles que dibujaron en esa especie de ritual sobre su cuerpo, formasen parte del argumento de una novela policiaca. Aura se percató que Pepa intentaba mantenerse invisible al otro extremo del sillón a medida que una bola negra y gelatinosa trepaba por su esófago. Las palabras que emergieron de pronto por su boca, mantuvieron a Jaime expectante.

- Eres un miserable por aprovecharte de una chica indefensa – soltó con atropello.

- ¿Estamos hablando de la misma? – preguntó con retintín – Penélope sabía muy bien lo que hacía. Tampoco tuvo reparos en mostrarme sus encantos con tal de conseguir lo que se propuso: acercarse a mí. En tal caso, fui yo la víctima cuando deposité mi confianza en ella. Aunque la muy rastrera me la jugó. Y siento decirte Aura, que a mí nadie me la juega. ¿Estamos…?

- ¡Pero era tan sólo una cría! – elevó la voz con el corazón a mil. Pepa continuaba presionando con sus manos la herida de su cabeza.

- ¿Estás segura? – le increpó – Porque tendrías que haber visto la forma en la que se expresaba, la seguridad que transmitía cada vez que la recogía en el garaje del hotel, lo puta que era en la cama – Aura sintió asco y resquemor por igual – Si no hubiese cometido el error de desaparecer, te aseguro que nunca hubiera sabido quién era. Jamás se me habría pasado por la cabeza que se trataba de la hija de Gustavo.

- Pero lo era… – matizó.

- Hacía años que no había vuelto a ver a esa chica, ni siquiera la hubiese reconocido por la calle sin peluca – añadió – Pero cuando se largó del pueblo y comenzó a llamar a David, lo entendí todo. Entendí que necesitábamos hacerla salir de su escondite, que no podíamos arriesgarnos a que se fuese de la lengua después de haber deambulado por mi casa con otra identidad. Entonces se me ocurrió filtrar esa noticia en internet. Estaba seguro que algún medio local la rescataría; que incluso Penélope picaría el anzuelo.

- Y no fue la única persona que picó – se atrevió a recordarle – Tenías un cadáver en el bosque y necesitabas un culpable. Alguien con un oscuro expediente criminal. Alguien como Lorenzo Garrido.

Leo consiguió liberar una de sus manos mientras David Ochoa seguía apuntándole a corta distancia con el arma que empuñaba con seguridad. Apenas apartó la mirada de la suya en cuanto notó que las heridas que palpitaban alrededor de su muñeca, comenzaron a verter un nuevo hilo de sangre hasta la punta de sus dedos. Rápidamente maniobró con el cáñamo que obstaculizaba su otra muñeca e introdujo sus falanges entre los nudos que la aprisionaban. Sintió una sensación de alivio al escurrir sus dedos por debajo. El hormigueo que trenzaba su piel, se transformó en un lacerante escozor a medida que tiraba con disimulo del último nudo. Antes de percibir que la cuerda empezaba a escurrirse entre los huesos de sus metacarpianos, Leo intentó desviar su atención filtrando los ojos hacia la puerta.

- ¡Aura! – gritó.

Las milésimas de segundo que corrieron desde que el agente giró la cabeza hasta que Leo se abalanzó sobre él, se dilataron en su propio espacio/tiempo. Ambos perdieron el equilibrio, soltando David su arma durante el desplome. Entonces, el sargento efectuó un apresurado placaje al instalarse sobre su pecho. Inmovilizó parte de su cuerpo con la cara interna de sus muslos a medida que le propinaba un puñetazo tras otro, primero con agresividad, después con el propósito de bloquear sus movimientos a pesar de resistirse. La cabeza de David Ochoa se balanceaba en cada nuevo golpe mientras la sangre de su nariz se esparcía por su barbilla, también por el cuello de su camisa, abriendo y cerrando los ojos entre las intermitentes embestidas que el puño del sargento vaciaba contra su rostro. Sin embargo, Leo no atendió al aleteó de sus dedos en cuanto el agente rebuscó en el bolsillo lateral de su pantalón. El sargento continuó luchando por su vida hasta que sintió un intenso dolor en su pierna izquierda. Leo bajó la vista y vio que David aún sostenía la empuñadura de la navaja táctil que atravesaba su carne. Una mancha oscura empezó a formar un extraño cerco sobre la tela de su uniforme.

Leo emitió un alarido según se retiraba del agente. El dolor era insoportable. Se sentó como pudo en el suelo y rodeó con una sola mano el puñal. Una vez que cerró los ojos, tiró con fuerza. Baeza descerrajó un nuevo grito a medida que sentía cómo la hoja sesgaba el tejido muscular de su pierna. Una horrible quemazón se propagó en su muslo mientras la sangre se extendía por el pantalón. Entonces, David aprovechó para lanzarse sobre él y colocar su brazo a la altura de su cuello. El agente de policía presionó con dureza la tráquea del sargento. La tensión que ejercía su antebrazo, le impedía sustraer algo de aire. Notaba que se ahogaba, que la vista se le nublaba por instantes. *¡Vamos, joder!*, masculló entre dientes. Era el final; supo que era el final hasta que reparó en el pisapapeles de granito que había caído por el impacto sobre la alfombra.

Leo intentó rozarlo con la punta del zapato. Le costaba alcanzarlo desde aquella posición mientras Ochoa seguía aplastando su garganta con más fuerza. Volvió a estirar la pierna por el suelo hasta que por fin sintió el roce del pisapapeles bajo la suela. Baeza lo arrastró por el parqué y luego alargó el brazo con esfuerzo, al tiempo que el agente machacaba más y más su laringe. Notó que al aire apenas entraba en sus pulmones cuando acarició la piedra con las yemas de sus dedos. La colocó bajo la palma de su mano y flexionó el codo hacia atrás. David exhaló un quejido en cuanto Baeza volvió a repetir la operación sobre su cabeza. Poco a poco comenzó a recobrar la respiración hasta que el agente aflojó la presión de su antebrazo. Después, le liberó.

El sargento no podía parar de toser una vez que se incorporó con dificultad. Se fijó que Ochoa hizo lo mismo con uno de sus párpados entrecerrados por la contusión.

- Te voy a matar, maldito cabrón – dijo tras escupir sangre de su boca.

David expulsó un alarido y le soltó un primer puñetazo. Leo soportó el golpe en la cara a poca distancia. Rápidamente empezó a caminar hacia atrás cuando el agente volvió a repetir la misma maniobra, esta vez sobre su estómago. El dolor se ramificó por su cuerpo. No sabía qué hacer. La fibrosa musculatura del agente era tres veces superior a la suya. De pronto, sintió la viga de madera a sus espaldas. Se puso nervioso. Leo se vio en un callejón sin salida a medida que

David volvía a arquear el brazo para propinarle un nuevo puñetazo. Entonces, giró el pecho. Las milésimas de segundo que transcurrieron desde que Ochoa estrelló el puño contra la viga hasta que el sargento le embistió con sus hombros, no le dieron tiempo a observar cómo el agente perdía el equilibrio, desplomándose finalmente contra la mesa baja.

Los ojos de David se mantuvieron inertes en un rincón del salón con la cabeza apoyada en una de las esquinas del cristal de la mesa. Leo se acuclilló a su lado y hundió dos de sus dedos sobre su cuello. Verificó que estaba muerto. Después se levantó con esfuerzo y regresó a su habitación, renqueando la pierna izquierda durante el trayecto. Vio que su móvil seguía en el suelo. Lo atrapó deprisa y entró en su bandeja de *WhatsApp*. Aura le había dejado varios mensajes. *¡Mierda!*, imprecó. Su rastro se perdió para siempre por la puerta de su casa mientras el sonido de la lluvia limpiaba el dolor de dentro.

A pocos kilómetros de distancia, Aura Valdés percibió el amenazador susurro de unas manecillas tras la cortina de agua que arañaba el cristal del salón. A ratos, el cielo negro restallaba bajo un resplandor, despejando las sombras que consumían el horizonte. Pepa se removió al otro extremo del sillón mientras la periodista continuaba soportando la mirada de Jaime, plagada de telarañas de espaldas a la ventana. Se había levantado de la butaca para volver a echar un vistazo fuera. Un paño de vaho parecía trepar por la ventana al tiempo que atendía al chorro que caía de uno de los canalones. Entonces, le insistió con la voz dura.

- Sabíais que el Serbio huiría de prisión en cuanto leyese la noticia.

- Supusimos que caería en la misma trampa, sí – respondió. Luego giró la cabeza y caminó hacia su butaca. Antes de tomar asiento, volvió a encañonarla – David supo por Penélope que un buen día se hizo pasar por su padre para ponerse en contacto con él. Imaginamos que habría encontrado la manera de hacerse con su número privado y averiguar qué sabía de Vega. Pero cuando David se enteró que se había largado de Topas, dedujimos que su fuga debía estar relacionada con la noticia que publiqué horas antes. Lorenzo se tuvo que quedar de piedra al leer que Santana había despertado del coma. Se preguntaría con quién habría estado hablando cuando aquella vez, Penélope le escribió.

- Por lo que era de esperar que se acabaría dirigiendo a La Alberca para comprobar si era cierto lo que había leído – se aventuró a reconstruir el resto de la historia – Pero sé que en el hospital no estuvo. Y sospecho que tampoco contigo…

- ¿Por qué no le preguntas a ella? – escupió con desdén hacia la mujer que tiritaba en una esquina del sillón. Aura vio que aún seguía ocultándose entre sus brazos, sin comprender muy bien a qué se refería – Parece ser que dejaron algo pendiente. ¿No decía eso la nota?

Aura recordó entonces la hoja del tamaño de una cuartilla que recibió el Serbio por la mañana. Ni siquiera se le pasó por la cabeza que Pepa fuese la que envió esa carta al Puesto. ¿De qué conocía a Lorenzo Garrido? Las dudas volvieron a aflorar en su mente.

- ¡Yo no sé nada! – gritó desconsolada. Las lágrimas se confundían con el temor de su propia voz.

- ¡No mientas, embustera! – le reprendió. Pepa lloraba muerta de miedo.

- ¡Déjala! – intervino Aura – Da igual quién escribiese esa nota. Lo importante es que ahora sé que el Serbio es inocente.

- Pues si tan claro lo tienes, ¿por qué no vamos concluyendo la entrevista?

Un chasquido electrizante iluminó por completo el salón, dando paso a un trueno que desbrozó el manso silbido de la lluvia. Pepa se ovilló indefensa en tanto un nuevo relámpago clareó los contornos de fuera. La figura encapuchada que vislumbró en el jardín en una fracción de segundo, le provocó una desazón mayor al preguntarse si David – Matías Sandoval según rezaba el expediente de la Casa Escuela que halló en la chimenea de la cabaña – habría llegado para deshacerse de ellas. Los latidos de su corazón palpitaban bajo sus sienes a medida que atendió a un nuevo relámpago que iluminó el cielo. El anorak verde que oteó al fondo le arrancó una sonrisa por dentro.

- Todavía hay algo más que me gustaría saber – soltó con el propósito de distraerle para que Leo pudiese irrumpir en el salón.

- Dispara – le exigió desde su butaca. Aura sintió el cañón de su pistola cada vez más cerca.

- ¿Por qué Lorenzo sabía tanto sobre mí? En muchas ocasiones tuve la sensación que conocía mi pasado mejor que yo.

- ¿Y por qué debería saberlo? – le desafió. Aura, en cambio, desvió sutilmente la mirada hacia la ventana, sofocada por la penumbra – A lo mejor fuiste tú la que le invitaste a entrar en tu vida publicando tu trabajo en ese blog. ¿Acaso no pidió a ese sargento que le entrevistaras?

La periodista no tuvo el amago de responderle cuando esquivó de nuevo su mirada y se dirigió a la ventana. Al otro lado, el sargento le hacía una señal con la mano mientras en la otra sujetaba un arma, direccionada hacia su objetivo: Coto. Sin embargo, Jaime parecía ensimismado en un punto incierto del salón. Aura recorrió extrañada la ruta de sus ojos hasta que descubrió la imagen de Leo reflejada en un espejo de la pared. Por un instante deseó gritar su nombre; advertirle que se largara de allí y fuese a buscar refuerzos. Pero justo cuando Jaime dobló el brazo en un movimiento seco y disparó contra la ventana del salón, supo que ya era demasiado tarde. Una nube de cristales acababa de pulverizarse al otro lado de la pared.

El aire gélido penetró deprisa en el salón. Después, el sonido de la tormenta se coló por la ventana.

Aura y Pepa se pusieron a gritar aterradas cuando Jaime corrió a comprobar si el trazo oscuro que reflejó el espejo, había caído tras la detonación. La periodista no podía parar de imaginarse a Leo tumbado en el terreno entre súbitas convulsiones. Creyó oír un gemido que parecía agarrarse a la vida bajo la intermitente lluvia que mojaba su cuerpo. Jaime imprecó un *¡mierda!* con la cabeza asomada por fuera de la ventana. Ambas se miraron y dedujeron que le había dado tiempo a escapar. Luego giró el cuerpo con vehemencia y se dirigió a ellas con el rostro carcomido por la ira.

- ¡En pie! – gritó, empuñando su arma.

- ¡Por el amor de Dios Coto, qué vas a hacer? – le soltó con la voz plañidera. Pepa se refugió por detrás de su hombro – ¡No te das cuenta que no tiene sentido, piensa en tu familia, en todo lo que has conseguido en la agencia!

- ¡Calla esa puta boca si no quieres que te pegue un tiro aquí mismo! – volvió a increparle.

Aura se levantó nerviosa del sillón y ayudó a Pepa a incorporarse. La mirada del que fuese su jefe, centelleaba furibunda tras el paño de sombras que congestionaba el salón. La mujer se irguió con la espalda encorvada y se arrimó a la periodista, con el rostro escondido entre sus manos.

- ¡Hacia la pared! – señaló con la pistola.

Ambas se pusieron a caminar agarradas del brazo. Sus pasos cortos revelaban el miedo que secuestraba sus músculos. Aura siguió sosteniendo el brazo de Pepa y percibió la irrefrenable tiritona que le hacía castañear los dientes. Entonces, la miró; durante breves segundos, sus ojos tropezaron a medida que atravesaban el salón de espaldas a Jaime. El terror que adivinó tras sus lágrimas, le desveló que era el final. Coto se adelantó y abrió enseguida la puerta de un armario macizo.

- Adentro – les indicó. Ninguna pareció salir de su asombro.

- No lo hagas, por favor… – su voz se marchitaba en su garganta.

- ¡He dicho que adentro! – volvió a apuntarles con el arma.

Pepa entró deprisa en el armario y Aura le acompañó después. La oscuridad que las sepultó, se transformó en una pesadilla cruel y despiadada en cuanto Jaime cerró la puerta con llave. Al cabo de unos minutos, sus pasos se alejaron.

Una hebra de luz perforó la rendija del armario. Pepa lloraba desconsoladamente al tiempo que repetía con el resuello entrecortado: *nos va a matar, nos va a matar*. Sus lágrimas ahogaban el susurro de su voz. Aura sacó su móvil de la cazadora y la pantalla arrojó una luz azulada que clareó los contornos del interior. Comprobó que no había señal. *¡Joder!*, bramó. Se puso a dar patadas a la puerta al tiempo que la mujer se acuclillaba en un rincón. Entonces, escucharon el primer disparo. Luego, otro estruendo de cristales. Pisadas que se entrecruzaban en el salón con nuevas detonaciones que a Aura, sin más, le redujeron a la misma posición que Pepa. Quizá pudo haber pedido ayuda; pero en ese instante, mientras el fragor de fuera se atenazaba a su piel, sepultó el rostro entre sus rodillas y arrancó a llorar.

Una débil claridad atravesaba el estrecho orificio de las puertas del armario. Aura continuó con la cabeza reclinada sobre sus rodillas mientras Pepa escapaba de vez en cuando un tibio lamento. El silencio que habitó de pronto en el interior era perceptible, asfixiante, como si el eco de la lluvia que se adivinaba de fondo no fuese con ellas. El aire frío se colaba por la rendija. Su presencia pareció confirmarles que afuera, en el jardín que se adivinaba tras los cristales rotos de la ventana, dos hombres habían parado de descargar sus armas. Pepa deslizó la mano por el suelo del armario hasta que rozó las zapatillas de Aura. Necesitaba sentirla, saber que no estaba sola, que no moriría sin ver otro rostro que no fuese el de su asesino. Aura desenlazó los dedos y le ofreció su mano. Tal vez imaginó lo mismo que la mujer; pues, aunque no estaba entre sus planes acabar sus últimos minutos en ese chalet abandonado, al menos podía sentirse orgullosa de haber llegado hasta el final. El crujido de la madera resonó a poca distancia.

Pepa volvió a sollozar a medida que Aura se incorporaba con dificultad para filtrar la mirada por la apretada fisura del armario. Los pasos rebotaban por las tablas del suelo con más insistencia. Aura atendió a los trazos ensombrecidos del salón mientras Pepa le insistía si era él. *No lo sé*, le susurró intranquila. *Sólo veo el sillón*. Entonces, la mujer se puso a chillar en cuanto se percató que una sombra acababa de extinguir la escasa luz de dentro. Aura presintió que era el final y se alejó de la puerta con miedo; con mucho miedo e incesantes ganas de gritar. Luego cerró los ojos; la periodista se zafó al fondo del armario y cerró los ojos tras el ruido metálico de la cerradura. Primera vuelta de llave. Segunda. Antes de que la puerta se abriese, una lágrima rodó por su mejilla.

- Creo que lo he abatido – escuchó su voz.

Aura volvió a despertar y se topó con la figura del sargento. Le estaba extendiendo el brazo para ayudarla a salir cuando reparó en la mancha negruzca que cruzaba la tela de su pantalón. Se asustó.

- ¿Qué ha pasado? – le preguntó una vez fuera.

- Nada sin importancia – explicó con brevedad mientras cogía a Pepa de la mano para que abandonase el armario – Será mejor que salgamos de aquí.

Aura y Pepa echaron a andar detrás del sargento. La periodista se fijó que arrastraba visiblemente su pierna izquierda a medida que atravesaba el salón y recorría a oscuras el pasillo que le distanciaba de la salida. Luego abrió la puerta, donde la cortina de agua caía con intensidad. Pepa temblaba a pocos metros y volvió a depositar sus manos sobre la herida que sobresalía de su frente. De pronto, Aura sintió un fuerte tirón que le alejó del grupo. Tan sólo duró breves instantes, pero notó el tacto gélido de la pistola sobre su sien.

- ¡No lo hagas! – gritó Leo nada más volver la cabeza. Pepa se cobijó por detrás en cuanto entró de nuevo al interior.

- Tira el arma al suelo si no quieres que le vuele la cabeza – dijo con aplomo. Entre sus manos sujetaba a la periodista, que comenzó a llorar una vez que la arremetió contra su pecho. Aquella visión le estremeció.

- Si quieres, quédate conmigo. Pero antes deja que se marchen – le insistió.

- ¡He dicho que el arma! – vociferó exaltado. Después rodeó el cuello de Aura con su brazo y deslizó el dedo índice por el gatillo.

Leo temió por su vida y depositó deprisa su pistola.

- Muy bien. Ahora, acércamela – el sargento le propinó un empellón con la punta de su zapato que rodó hasta los pies de Jaime.

- No hagas ninguna estupidez. Mis hombres están de camino.

- Pues parece que tardan mucho, ¿no crees? – pareció rebatirle – Supongo que David habrá anulado la orden.

- Me temo que David ha muerto – soltó sin más. Jaime enarcó incrédulo sus cejas– Hablo en serio.

Coto enmudeció mientras movía precipitadamente sus ojos, como si quisiera descifrar en sus palabras un conato de falsedad.

- ¡Mientes! – elevó la voz. Luego arrastró a Aura de nuevo hacia su pecho – ¡Ninguno saldrá con vida de aquí!

- Recapacita – insistió una vez más. Apenas podía apartar la vista del rostro afligido de la periodista – La policía viene de camino y David ha muerto. ¿No te das cuenta que estás solo? Aún estás a tiempo de rectificar.

- Tu táctica no va a hacerme cambiar de opinión. ¡Te enteras…? – presionó la garganta de Aura.

- Te equivocas – soltó intranquilo – Todas las pruebas te inculpan directamente a ti. Tenemos los vídeos de Penélope y también los de Vega.

Tras la tupida malla de agua que enturbiaba el horizonte, comenzaron a escucharse las primeras sirenas. Jaime filtró los ojos por fuera de la puerta e intuyó el rastro rojizo y azulado de las torretas de varias patrullas que alumbraban la cerrazón del cielo. Su nerviosismo se adueñó rápido de sus facciones.

- Se te acaba el tiempo – le confirmó. El dolor de su pierna se ramificaba hasta los dedos de sus pies – ¡Suéltala!

Jaime reclinó la cabeza y susurró algo al oído de Aura.

- ¡He dicho que la sueltes! – vociferó. Pepa gimoteaba tras su espalda.

- Al menos, pude completar mi misión – esbozó una sonrisa helada.

Después elevó el arma y comenzó a tensar el gatillo hacia atrás.

- ¡Noooo! – gritó Leo.

Pero para entonces, el estruendo resonó más allá de la tormenta.

La lluvia remitía por fuera del chalet cuando Leo volvió a desviar la mirada hacia el pasillo iluminado repleto de agentes. La desolación que sintió en aquel instante le hizo olvidarse que aún seguía tumbado en la camilla después de que unos sanitarios le practicasen un torniquete sobre su pierna izquierda y le vendaran ambas muñecas, castigadas por las lesiones que se provocó al deshacerse de las cuerdas. Uno de ellos le comunicó que enseguida le introducirían en la ambulancia para llevarle al hospital y examinar la gravedad de la herida que todavía palpitaba en su muslo. Sin embargo, Leo no pudo evitar que aquella lágrima rodase por su mejilla cuando volvió a quedarse solo. No podía parar de rememorar los últimos segundos, el dedo clavado sobre el gatillo, el rostro de Aura comido por el terror, la detonación. Leo sepultó el rostro entre las vendas de su pierna en cuanto observó que dos hombres transportaban en una camilla su cadáver dentro de una bolsa de plástico. La soledad que acarició de pronto, le ayudó a recordar las facciones de la mujer por la que aún seguía sintiendo algo especial. Pero tal vez su propia derrota era síntoma de que ya no valía la pena luchar por sobrevivir.

Alguien apresó con suavidad su mano. Baeza levantó la vista y se perdió en aquella amplia sonrisa difícil de borrar.

- Puedes estar tranquilo. Estoy bien.

La preocupación que albergaba por si el disparo había afectado a sus oídos, se disipó.

- ¿Y Pepa?

- También. Sólo tiene una pequeña contusión en la cabeza, pero no reviste gravedad.

- Pues ayúdame a bajar de aquí. Todavía tenemos que echar un vistazo a la casa y...

- No señor – dijo Aura de manera tajante – Primero vamos a ir al hospital para que te revisen esa pierna. Por lo visto has perdido mucha sangre.

- ¿Y después? – parecía no estar conforme.

- Después vas a dejar que tus hombres continúen trabajando en el chalet. Pero como no me fio, voy a tener que acompañarte. Si a usted le parece bien, claro...

Enseguida aparecieron dos sanitarios y se dispusieron a introducir la camilla en la parte trasera de la ambulancia. Aura se apartó a un lado y preguntó:

- ¿Puedo ir con él?

Uno de ellos le miró de refilón al tiempo que inmovilizaba al herido con un cinturón de seguridad.

- ¿Es usted familiar? – la periodista dudó de su respuesta.

- Por ahora no – matizó – Aunque quizá algún día.

Leo soltó una breve carcajada que le martilleó los sesos y parte del cuerpo. El dolor parecía irradiar ahora hacia sus costillas. Justo cuando Aura subía al vehículo, Benítez irrumpió por detrás. Su rostro translucía cierta preocupación.

- Jefe, no sé si es buen momento, pero pensé que le gustaría saberlo.

- ¿Qué habéis encontrado? – quiso resolver sus dudas. El agente les mostró entonces la matrícula que llevaba entre sus manos.

- Ha aparecido en el maletero del todoterreno – explicó – Quintanilla se ha percatado que el número coincide tanto con el Pin del móvil de Penélope como con la clave secreta con la que operaba desde el cajero automático del hotel.

La periodista enmudeció al ver los cuatro dígitos sobre aquella placa alargada: **6686**.

- ¡Cómo no se nos ocurrió comprobar que podían corresponder a una matrícula? – elevó Aura la voz – ¡Penélope siempre nos advirtió de su asesino, joder!

- Es probable que el muerto, Jaime Cotobal, operase con ambas matrículas en la zona para pasar inadvertido – continuó el agente – Suponemos que debió cambiarla por la oficial en el momento que la chica desapareció y así no levantar sospechas.

- Aunque el vídeo de la gasolinera le delató – añadió Leo sin saber por qué el dueño de la agencia *Satellite* tenía un vehículo a nombre de Lorenzo Garrido – Está bien. Informadme de cualquier avance.

Las puertas de la ambulancia se cerraron y emprendieron el viaje al hospital bajo una estela de luces estroboscópicas que alumbraba por la ventanilla los contornos dormidos del bosque. Leo se percató que Aura estaba llorando en silencio con los ojos enterrados en las tinieblas de fuera. Supuso que era el momento de hablar desde el corazón.

- Siento todo esto – pronunció – Te pedí demasiado y no fui capaz de darme cuenta que estabas sufriendo. Te debo una disculpa, y también las gracias por ayudarme a resolver el caso. Supongo que ya es hora de que sigas tu camino.

Aura se alejó del cristal para mirarle a los ojos.

- Ése es el problema, que ahora no quiero alejarme de ti. Pensé por un momento que te perdía.

Leo se reclinó en la camilla y hundió sus dedos por debajo de su cabello para besar con ternura, con deseo, también con sinceridad, los labios de Aura. Puede que más tarde se arrepintiera. Pero en ese instante, mientras la ambulancia se alejaba del chalet, prefirió rendir cuentas con su pasado.

DIA 19

Aura Valdés no fue capaz de pegar ojo. El torbellino de imágenes que se enredaba a su recuerdo le condujo inevitablemente a la ventana de su dormitorio, donde las primeras luces del amanecer despuntaban a lo lejos entre las escarpadas montañas. Todavía podía sentir el roce de su brazo alrededor de la garganta, las vaharadas de su perfume impregnadas con su propio sudor, la sangre que salpicó parte de su cabello. Aura se metió en la ducha una vez que abandonaron el hospital de madrugada y frotó su piel con fricción mientras un reguero rojizo se escapaba por el sumidero. Entonces, rompió a llorar; lloró por la sensación de angustia que aún vibraba en su pecho, por los infernales minutos que transcurrieron hasta que Jaime decidió volarse la cabeza, por miedo a perderle. Aura se desahogó en realidad al no soportar la idea de estar a su lado. Quizá por eso le mostró sus verdaderos sentimientos en la ambulancia; aunque esa vez, el crujido de las sábanas le advirtió que Leo le estaba observando desde su cama.

- Buenos días – pronunció con la voz adormecida – ¿Llevas mucho rato despierta?

La periodista prefirió no preocuparle con la desazón que arañaba su pecho.

- Un rato – le reveló con una sonrisa – Pero cuéntame. ¿Qué tal has dormido?

- Me molestan un poco los puntos – le confesó.

Entonces, se acordó de aquella sonrosada cicatriz que zigzagueaba en su muslo como un ciempiés y que una enfermera le vendó con varios apósitos. Después, le volvió a curar los cortes de sus muñecas cuando el doctor le pidió reposo durante al menos tres días.

- Aunque lo que más me molesta es haber tenido que pasar la noche aquí. Siento el inconveniente que haya podido causaros – se refirió, igualmente, a Carmen.

- ¿Y qué pretendías, dormir en tu casa con un cadáver? – le hizo razonar – Supongo que la policía ya habrá terminado de recoger el resto de pruebas.

La luz del alba traspasó el cristal de la ventana y se deslizó por la colcha blanca.

- Castillo quedó en avisarme.

- ¿Te preguntó por…? – Aura dudó de terminar la frase.

- Me dijo que no le entraba en la cabeza que Ochoa estuviese implicado – dedujo Leo su incertidumbre.

- A mí también me pasa lo mismo. No soy capaz de quitarme a Coto de la cabeza.

Leo denotó un poso de aflicción en su voz y sacudió con la mano el extremo de la cama, donde las sábanas todavía retenían entre surcos el rastro de su cuerpo. Aura comprendió el mensaje y se dirigió con una sonrisa tibia. Notó que las agujetas secuestraban sus piernas una vez que se sentó en la orilla.

- ¿Cómo te sientes? – quiso adivinar sin apartar la vista de la suya.

- No sé cómo explicarlo. Es una sensación rara, como si jamás hubiese ocurrido. No paro de darle vueltas y preguntarme por qué no me di cuenta, por qué Penélope y no otra, por qué yo… – soltó con atropello – Sobre todo, no dejó de pensar en lo que me susurró al oído segundos antes de quitarse la vida

- ¿Cómo que te susurró? – Leo se incorporó de la cama – Creí que formó parte de su numerito. Tú ya me entiendes…

- Te entiendo. Pero no. Jaime posó sus labios en mi oreja y dijo: *no te olvides de mencionar en tu crónica que lo hice por ella.*

- ¿Por quién? ¿Por Penélope? – dudaba.

- Ya sé que no tiene sentido. ¿Pero por quién sino…? – Aura escurrió varios puntos suspensivos – Puede que por los nervios le entendiera mal.

Leo le cogió de la mano y la miró fijamente a los ojos.

- Ya no merece la pena seguir dándole más vueltas. Todo ha acabado – aunque en el fondo, sentía una sensación distinta – Por cierto, creo que todavía no me has dado los buenos días. ¿Puede ser?

Aura se echó a reír y arrastró los dedos por su barba para besarle. Enseguida percibió que su saliva fluía por dentro de su boca. Al momento, el móvil del sargento repiqueteó en la mesilla. Leo imprecó un taco y descolgó sin más.

- Jefe, soy yo. ¿Le pillo en mal momento?

Leo se resistió a manifestarle a Pacheco que sí que le había pillado en el peor momento posible. Sin embargo, dejó que su agente se explicara.

- ¿Qué ocurre?

- Ya sé que no son horas de llamar y que aún sigue convaleciente. Pero estamos en el chalet de Jaime Cotobal y será mejor que se pase. Hay algo que tiene que ver. Se lo aseguro.

La cinta de balizamiento policial rodeaba casi todo el perímetro de la parcela cuando Aura detuvo su Golf blanco delante del chalet. Enseguida salió del coche para ayudar a Leo a incorporarse y caminar los escasos metros que les distanciaban de la casa. Aún sentía molestias en su pierna izquierda cuando la periodista reparó en la leve cojera que le acompañaba en cada paso. Imaginó que el sargento estaba haciendo un sobreesfuerzo por permanecer al lado de sus hombres mientras entraban y salían de la vivienda bajo un cielo encapotado que a ratos se abría tras unos tímidos rayos de sol. Sin embargo, Aura sintió un devastador estremecimiento en el instante que atravesaron la puerta. Las salpicaduras de sangre ensuciaban parte de la pared del pasillo a medida que las imágenes de Coto hundiendo la pistola en su boca, volvían a invadir su mente. El aire comenzó a entrar con dificultad en sus pulmones. Aura notó que se ahogaba cuando de pronto, Portu interrumpió su silenciosa agonía.

- Buenas – les saludó. Después reparó en las vendas que sobresalían por fuera de las muñecas de su jefe.

- ¿Y los demás? – le cuestionó, evitando que el agente continuara con la mirada concentrada en sus lesiones.

- La forense y su equipo se han ido a primera hora después de que el juez autorizase el levantamiento del cadáver de Ochoa – Aura se dio cuenta que le costaba hablar del policía. Supuso que a todos les debía suponer el mismo esfuerzo – Algunos de los hombres del comisario Rosales han estado toda la noche trabajando en la recolección de pruebas. Fue Reyes quien dio el aviso alrededor de las siete.

Sin saber por qué, Leo se imaginó a Estefanía dando gritos al resto de sus compañeros.

- ¡Alguien puede decirme de una vez que habéis encontrado?

Portu tropezó con el rostro enmudecido de la periodista y decidió actuar rápido antes de que a su jefe le diese uno de esos brotes a los que ya estaban acostumbrados.

- Es por aquí – les indicó.

El agente se adentró por el pasillo de la casa en tanto otros guardias les saludaban con un golpe de cabeza. Varios focos alumbraban pequeñas secciones de la pared, donde Aura atendió a las grecas dibujadas sobre el papel envejecido. Luego doblaron el pasillo de la izquierda, dejando atrás la escalera que trepaba al piso superior.

- Reyes se percató por fuera del chalet que había una ventana que no correspondía con ninguna de las habitaciones – les relató unos pasos por delante – Revisamos la planta baja y descubrimos en el despacho del fondo unas marcas horadadas al suelo de parqué. Parece ser que de arrastrar un mueble. Aunque será mejor que cada uno tome sus propias conclusiones.

Nada más entrar en la habitación, repararon en la presencia de dos agentes, que sacaban fotos al agujero perforado en una de las paredes del despacho. El armario había sido retirado unos metros de la escena para dar paso al reducido espacio que se intuía bajo la claridad de otros cuantos focos. Leo y Aura atravesaron atónitos el orificio y sus ojos se estrellaron deprisa contra el muro frontal. Estaba abarrotado con fotografías de chicas, dispuestas aleatoriamente en una especie de gran mural que abarcaba la totalidad de la pared. Todas parecían guardar la misma edad, aunque de apariencia distinta. Aura se acercó temerosa y dedujo que la mayoría habrían sido extraídas de sus cuentas privadas mientras sonreían a cámara en diferentes posturas y atuendos; otras, por el contrario, se asomaban desprevenidas a la lente, como si no hubiesen reparado en la persona que las retrataba a corta distancia. Leo avanzó sin apartar la vista del mural.

- ¡Qué cojones es esto? – balbució. Los ojos de la periodista saltaban entre la multitud de rostros que cogestionaba la pared.

- ¿Te has fijado? – llamó su atención – Están divididas en varios grupos y dispuestas en distintos niveles. Aunque lo más curioso es que en cada agrupación, habrá por lo menos cinco o seis chicas.

- ¿Por qué? – le inquirió – ¿Cuál es el patrón de selección? ¿Acaso son todas de la zona?

- No sabría decirte – respondió apabullada – Pero me cuesta admitir que haya alrededor de cincuenta chicas de un mismo lugar sin contar, por supuesto, con las que se han desprendido de la pared.

Aura señaló el suelo, donde unas cuantas fotografías se asomaban en desorden. Sin embargo, sus ojos tropezaron con uno de los rostros de la parte central del mural, con la cabeza rodeada por una especie de aureola roja. Parecía haber sido pintada con el trazo grueso de un rotulador. Leo arqueó la espalda y se aproximó a la composición, donde la sombra rosa que se escurría por sus hombros le provocó un repentino sobresalto.

- ¡Es ella! – alzó la voz. La periodista curvó la espalda y observó entonces su rostro, distinto al que conservaba en la memoria después de que los medios publicasen a lo largo de aquellos meses el mismo retrato.

- Cierto – le confirmó – Es Penélope.

- ¡Por eso desapareció! – Leo parecía cada vez más exaltado. Sus agentes se alejaron del orificio para permitirles estar a solas – Debió descubrir el mural y también que había sido seleccionada entre el resto de las chicas.

- Coto no se dio cuenta que se estaba acostando con ella hasta que se largó de La Alberca y la prensa le dio nombre y apellidos. Él mismo me lo contó; con la peluca jamás sospechó que se trataba de la hija de Santana.

- Pero Penélope lo interpretó al revés. Se fue con la sensación de que le habían pillado, que iba a ser la siguiente víctima, que su vida corría serio peligro – ahondó en su propia tesis – Por eso ambos la buscaron desesperados; porque tenían que eliminarla por miedo que abriese la boca y contase lo que había visto.

Aura dio un paso atrás y volvió a contemplar aquella demoníaca composición, obra de un perturbado psicópata. Sintió que los ojos de cada una de las chicas les acechaban por encima de sus cabezas.

- ¿Por qué ella y no las demás? – lanzó al aire opresivo que vagaba en aquel reducido espacio – Ésa es la gran incógnita. Tanto las seleccionadas, como el agrupamiento a escala de las fotografías, no pueden ser fruto de la casualidad. Hay algo más que se nos escapa.

- Quizás se clasifiquen por edades, aficiones comunes… – enumeró Baeza al azar.

- O que buscasen a una candidata con unas características particulares para someterla a un castigo. Acuérdate que eso fue lo que el Serbio aseguró.

Leo se distanció del mural y reparó en una mesa baja de madera ubicada a un lateral, donde descansaban varios objetos sin un orden aparente. Se fijó en la estatuilla con forma de *Hombre de Musgo* que permanecía tumbada entre restos de periódicos.

- Lo vi nada más entrar – le confesó Aura a su lado

- Todavía sigo sin comprender qué narices representa – dijo, evitando tocar la imagen sin unos guantes para no contaminarla con sus propias huellas dactilares.

- Se supone que era un mensaje en clave para Garrido, aunque dudo si su simbolismo encarna otro significado.

Baeza no consiguió dominar sus ansias de contemplar el resto de la figura y escurrió la mano por dentro de la manga para apartar los pliegos de periódico, apergaminados por la humedad. Aquel libro con las tapas desgastadas en cartoné marrón, les atrapó de inmediato.

- *La vida de Simón Vela* – leyó la periodista – ¿Ése no era el peregrino que promovió el culto a la virgen en la Peña de Francia?

- El mismo que estuvo enterrado en el sepulcro de Vega Molina – añadió.

- Por lo que si nuestra teoría es cierta y Penélope estuvo aquí antes de desaparecer, debió deducir que la joven podía estar enterrada en esa cripta. Supongo que quiso comprobarlo una vez que regresó al pueblo. Buscaría información sobre la ermita hasta que averiguó que la tumba se encontraba vacía desde que los restos de Vela fueron trasladados a Sequeros.

- Existía una posibilidad y Penélope viajó a la montaña para corroborarlo – remató con frialdad.

La voz de Portu se asomó repentinamente a sus espaldas. Ambos giraron el cuerpo y atendieron callados a sus dudas sobre si deseaba que la Científica analizase cada rincón de aquel cuarto antes de desmontar el mural de la pared.

- Que comprueben con *luminol* si hay huellas de Vega Molina y sus captores – le anunció – Y que alguno fotografíe a cada chica y el resto de la habitación. Necesito tener una copia del mural en la sala de investigaciones. ¿Estamos?

Portu asintió con la cabeza y traspasó de nuevo el orificio taladrado a la pared que comunicaba con el despacho. Tal vez el sargento no tenía intención de revelar a ninguno que deseaba postergar su presencia en aquel cuarto, echar un último vistazo antes de regresar a la calle, retener en su retina que las persianas de la ventana estaban, por ejemplo, bajadas. Necesitaba sentir el rastro de Vega dentro de esa especie de búnker sin ventilación, con el aire viciado por la humedad y la luz de una bombilla que se columpiaba por un cable raquítico por encima de sus cabezas. Leo avanzó unos pasos y contempló el trípode en una de sus esquinas, con la cámara inclinada en un pronunciado picado. De pronto, se la imaginó arrodillada sobre el suelo de terrazo y dirigiéndose a uno de sus captores. *"Me da igual lo que hagas conmigo. No siempre podrás esconderte en las sombras. ¡Me oyes...? Algún día se sabrá todo"*.

Pero ese día, aún no había llegado.

Juntos atravesaron el estrecho pasillo salpicado por la luz artificial de los reflectores. Aura imaginó que su visita al cuarto infernal les había dejado sin palabras a medida que doblaban la esquina y se introducían por el último tramo antes de alcanzar el epicentro de sus pesadillas: el lugar donde su jefe descargó su arma a escasos metros de la puerta de salida. La periodista evitó mirar hacia las manchas resecas de sangre esparcidas por la pared cuando Leo se detuvo en el quicio del salón. Varios de sus agentes continuaban bregando en la búsqueda de más pruebas incriminatorias.

- Barrios, Medina – llamó su atención. Ambos se dirigieron con el talante adusto y las manos cubiertas por unos guantes – En cuanto volváis al Puesto, necesito que preparéis toda la información relacionada con la casa. Hablad con Quintanilla y que os eche un cable.

- De acuerdo, jefe – pronunció Diana circunspecta.

- Sigo sin entender cómo se nos pudo pasar que el chalet pertenecía a Jaime Cotobal – los guardias se miraron sin intención de responder – Es todo.

Los agentes se escabulleron de nuevo por el salón y comprobó que Aura se encontraba delante de una vitrina, observando algo ensimismada. Sin mediar palabra con el resto de sus hombres, se acercó sigiloso y le abordó por detrás. La periodista giró el cuello al notar su presencia. Después, le devolvió una mirada pruina.

- ¿Qué ocurre? – soltó intranquilo.

- ¿Te suena ese trofeo? – Baeza siguió el rastro de su mano hasta posarla a la altura de la segunda balda – Dime que es el mismo que sostenía Santana en la foto que vimos en su casa y que su hija enmarcó antes de desaparecer.

Leo leyó la placa adosada al pie de mármol. *Torneo de caza. Enero de 2015*. El mismo año que Vega Molina fue enterrada en la cima de una montaña.

- ¿Me quieres decir que Penélope sospechó que Coto estaba detrás del accidente de su padre?

- Y puede que nos dejase una prueba sobre la repisa de la chimenea.

El aire removía las hojas secas de la calzada cuando veinte minutos más tarde, Anabel Ruiz abrió la puerta de su casa con los ojos enrojecidos. Aura dedujo que habría estado llorando y se mantuvo en un segundo plano para permitir que el sargento le explicara el motivo de su inesperada visita. Sin embargo, Anabel se adelantó en cuanto deslizó su bata de lana trenzada por delante de su pecho.

- ¿Es cierto que Ochoa provocó el accidente de mi marido y asesinó a mi hija?

Baeza no supo qué responder mientras atendía a sus escuálidas facciones, socavadas por unas visibles cicatrices de acné a la altura de sus mejillas.

- Eso parece – pronunció con la mirada huidiza.

La mujer se echó la mano a su boca y sofocó la agonía que trepaba por su garganta. Leo decidió actuar rápido antes de que fuese demasiado tarde.

- Anabel, ¿te suena de algo el nombre de Jaime Cotobal? – imaginó que cualquiera de sus hombres le habría informado sobre el otro asesino que actuó en el homicidio de su hija. Su rostro evidenció lo contrario.

- ¿Debería? – le retó confusa.

- Creemos que formó parte de la cuadrilla de caza en la que participó Santana en el bosque de Las Batuecas – le resumió.

- Por eso nos hemos acercado a tu casa – le socorrió la periodista. Ambos la miraron con extrañeza – Para comprobar si la fotografía que Penélope enmarcó a propósito, guarda algún tipo de relación con su desaparición.

- ¿Cómo que con su desaparición? – se dirigió esta vez al sargento – No entiendo nada, Baeza. ¿Qué estáis intentando ocultarme?

Aura cayó enseguida en su propia torpeza mientras Leo, preso de sus pensamientos, intentaba buscar una salida y evitar así relacionar a Jaime con la muerte de su hija al no estar presente un psicólogo de apoyo.

- Sólo tardaremos cinco minutos – contestó nada convencido – Por descartar nuevos indicios – pero Anabel parecía no estar conforme con su respuesta – Te lo prometo.

Después retiró la puerta y les ofreció un gesto de aprobación.

- Aún sigue en la chimenea.

Ambos franquearon la lobreguez del pasillo y se perdieron rápido en el salón, donde todo se hallaba tal y como lo dejaron la última vez. El sargento volvió a reparar en la fotografía de Santana, que le miraba desde el aparador con los ojos sonrientes. Apenas pudo apartar sus ojos de los suyos en cuanto la periodista se dirigió a la repisa y asió el marco de madera. La puerta blanca que se adivinaba en la lejanía del bosque, le supuso un sortilegio difícil de enmascarar. Luego advirtió en la figura del hombre, que posaba orgulloso con el trofeo entre sus manos. Aura pegó el cristal a la punta de su nariz para leer la fecha inscrita en su base de mármol.

- ¿Y bien…? – susurró Leo para no diseccionar la calma que se respiraba dentro.

- Es la misma, no hay duda.

Sus dedos apreciaron entonces un ligero desnivel en la parte trasera del marco, como si las pestañas del cerrador hubiesen sido forzadas para que se mantuviera hermético.

- Parece que no encaja – dijo al voltear la foto y comprobar que algo oprimía su soporte.

- ¡Qué estás haciendo…? – preguntó Anabel desde el quicio al percatarse que la periodista deslizaba hacia arriba cada una de las pestañas.

Pero ni siquiera atendió a sus dudas cuando de pronto, la tapadera cedió. Aquel trozo de papel doblado en varias mitades, se manifestó ante sus ojos. Leo lo apresó entre sus manos y comenzó a separar intrigado sus partes. Enseguida comprendió el mensaje anotado en varios guiones.

- Es de Penélope – leyó con atropello la información confidencial que vibraba sobre la hoja – Dice que su padre dejó por escrito varios datos del caso que estaba investigando.

Baeza le mostró el papel, donde Aura atendió a las anotaciones sin pestañear. Su mente fue encajando algunas piezas.

- La matrícula pertenece al todoterreno de Lorenzo Garrido – escupió – Al igual que la *jota* que ha subrayado junto al Templo de las Batuecas es, sin duda, la inicial de Jaime.

- Por lo tanto, Penélope llegó a él porque su padre le despejó el camino – vaticinó el sargento – Fue en su búsqueda al hotel y de algún modo, sospechó que podía estar involucrado en el accidente de Santana.

- ¿Qué está pasando aquí? – alzó la voz Anabel Ruiz mientras atravesaba el salón.

Leo se vio en la tesitura de aclararle quién era Jaime Cotobal cuando Aura se fijó que la fotografía tenía los extremos curvados hacia dentro. La periodista desplegó cada uno de sus lados hasta que se dio cuenta que Gustavo Santana no posaba solo en el bosque junto al trofeo. Entre el grupo de hombres que sonreían a cámara al margen izquierdo, su pulso se aceleró en el instante que observó el rostro de su jefe. Quizá pudo haber pasado desapercibido para el resto gracias a la visera verde y su indumentaria de caza; pero no para Aura, que le trasladó al interior de aquel salón, con las ventanas sacudidas por la lluvia y el arma apuntando a su estómago.

- Pero aún hay que esperar a que el juez admita las pruebas – le aclaró el sargento mientras la mujer no cesaba de llorar.

- Y ésta puede servir – Aura no pudo evitar interrumpir la conversación cuando les cedió la fotografía – Jaime tenía un motivo personal. Le conocía.

El rostro de Baeza se tiñó de oscuridad al presentir que la joven había escondido por dentro del marco la prueba que admitía la relación entre Jaime y su padre. Ni siquiera se percató que lo había tenido delante de sus narices cada vez que acudió a ese mismo salón para tomarle declaración a Anabel. De algún modo se sintió desolado. Le costaba aceptar que Penélope hubiese hecho el trabajo que él no tuvo la avidez y la astucia de completar por su cuenta. De pronto, su teléfono vibró en el bolsillo de su uniforme.

- Ahora no es buen momento – disparó al otro lado sin saber quién le requería. Los gemidos de Anabel se colaron al otro lado tras un prolongado silencio.

- Disculpe jefe – reconoció la voz de Benítez – Es sólo para informarle que Castillo acaba de llegar al Puesto. En una hora van a proceder al traslado del Serbio a su Centro penitenciario. Imaginé que querría saberlo, por si pensaba interrogarle antes.

Aura Valdés bordeó en su coche las dependencias de la Comandancia de la Guardia Civil cuando el sargento oteó por la ventanilla que una horda de periodistas se encontraba emplazada delante de la entrada principal. *Sigue recto*, le comunicó. Leo barruntó que ya se habría filtrado la noticia de que Lorenzo Garrido iba a abandonar los calabozos de un momento a otro para su posterior traslado a prisión. Enseguida le indicó que entrase en el callejón. Aura maniobró con rapidez y estacionó su Golf delante de la puerta trasera. Antes de que algún compañero de prensa les sorprendiera, ayudó a Leo a subir los peldaños de rejilla para, inmediatamente después, perderse por los estrechos pasillos del Puesto.

La periodista no pudo evitar fijarse en la forma que arrastraba su pierna izquierda mientras avanzaban por aquel corredor contaminado por el repiqueteo constante de los teléfonos y el dañino resplandor que provocaban los tubos fluorescentes. Imaginó que aún era incapaz de flexionar su rodilla por completo y no sentir ese punzante dolor sobre el muslo pese a suministrarse un arsenal de calmantes desde que una enfermera le cosiera su herida horas antes. El sargento parecía hacer un sobreesfuerzo a medida que apoyaba la punta del zapato para coger un nuevo impulso cuando, de pronto, Castillo emergió tras uno de los despachos.

- ¿Baeza? – la determinación de pronunciar su nombre lo interpretó como un: *¿qué cojones hace ésta aquí?* – Pensé que todavía estabas en el chalet de ese Cotobal.

Sus ojos rastrillaron con crueldad el rostro de Aura.

- ¿Es verdad que te llevas a Garrido? – quiso escucharlo de su propia voz.

- Ya veo que las noticias vuelan – se dirigió a él inflexivo – Digamos que las conversaciones con el delegado del Gobierno no me han dado otra elección.

Aparte que su prolongada retención ya sobrepasa los límites constitucionales. ¿No crees?

- Deberías habérmelo comunicado anoche – le conminó

- ¡Para qué? – voceó – ¿Para volver a saltarte las normas y exponernos a todos con tus irregularidades?

Leo sintió que le había leído sus pensamientos.

- Ya es hora de que admitas que el caso se te fue hace tiempo de las manos. Dejemos que otros se encarguen de interrogar al Serbio. Me refiero a un tribunal, Baeza; no a cualquiera de la calle.

El sargento notó que la sangre le corría como lava por sus venas.

- Escúchame, Castillo – masculló entre dientes – Me dan igual los chanchullos que te traigas con el comisario Rosales y tus amiguitos de la cúpula ministerial. La investigación sigue estando bajo mi jurisdicción y todavía me queda una hora para preguntarle al Serbio por qué cojones se auto inculpó. Y por supuesto, Aura está bajo mi mando. Por si todavía no te habías enterado.

Tal vez Leo fue consciente que dejó al juez con la palabra en la boca cuando doblaron el pasillo de la derecha y descendieron con premura las escaleras del sótano. Los jirones de humedad que vagaban en el aire le devolvieron a la periodista remembranzas que aún conservaba inútilmente en su memoria. Puede que en ese instante, mientras sus ojos se adaptaban a la penumbra que goteaba en los bajos del edificio, sintiera ese extraño cosquilleo en su estómago al saber que iba a enfrentarse por última vez al Serbio. De algún modo le costaba admitir que él no había *castigado* a Penélope Santana, que sólo se limitó a cumplir con su parte del trato – el cual seguían desconociendo – en cuanto le mostró la grabación de *Los Hombres de Musgo* en la sala de interrogatorios. Sin embargo, sus pensamientos fueron poco a poco distanciándose de ella nada más llegar al calabozo. La luz parpadeaba sobre el techo del corredor. Las primeras celdas se abrían paso entre las nauseabundas corrientes de aire que derramaban los viejos extractores del fondo a medida que Leo aflojaba la marcha para mitigar el dolor que cruzaba su pierna. Aunque esa vez, ni siquiera se fijó en la silla que yacía en mitad del pasillo. Los ojos del Serbio brillaban como el fósforo entre la cortina de barrotes que desdibujaban su rostro. Aura se arrimó a la pared de ladrillo gris y atendió a la rigidez de sus facciones, anquilosadas bajo un provocador mutismo.

El sargento se sentó en la silla y notó entonces las palpitaciones de su lesión. Después levantó la cabeza y le desafió con la mirada al otro lado de las rejas.

- Lo sé todo – su voz parecía forzada, sin mover apenas un músculo de su cara.

- ¿Qué sabes? – le inquirió Baeza.

- Que a esos dos cabrones les habéis dado su merecido – la rabia brotaba por cada poro de su piel. La periodista se mantuvo en pie al lado del sargento.

- Entonces, ¿por qué les protegiste? – intervino Aura – ¿Por qué nunca dijiste la verdad? La muerte de Rebeca Ortiz podría haberse evitado.

Lorenzo Garrido desvió la mirada hacia un punto incierto de su celda.

- Lo hice por ella – respondió con la voz queda – Por proteger a Vega. A mi hija.

El silencio que se instaló en los sótanos, mantuvo a sus receptores en vilo. Ninguno de los dos se atrevió a pedirle explicaciones. Él solo se valió.

- Yo era feliz. Yo fui sumamente feliz pese a que la prensa intentó buscar siempre una razón para comprender por qué había asesinado a aquella chica en Oñate. Algunos dijeron que mi experiencia en Bosnia me traumatizó; otros, con tal de vender morbo en sus periódicos, añadieron que era un... Un psicópata narcisista. Eso es. Un psicópata narcisista con tendencia al engaño y falta de empatía hacia los demás. Pero ninguno sabe que yo fui feliz, que tenía un trabajo y una familia y que nada de esto hubiese pasado si aquella chica no me hubiera parado delante del portal de mi casa para preguntarme si era Lorenzo Garrido.

- Supongo que te refieres a Vega – interrumpió el sargento su testimonio.

- Su madre, Estela, ni siquiera me comunicó que se había quedado embarazada cuando abandonó el campamento de españoles en Bosnia a finales del 93. Nunca más volvimos a vernos hasta que veinte años más tarde, apareció – Aura notó que le costaba tragar saliva – Vega me resumió su vida en una cafetería. Me dijo que su madre había muerto de cáncer cuando contaba ocho años, que jamás le ocultó lo que ella y yo vivimos durante esos meses mientras las bombas caían más allá del alambre de espinos. Vega permaneció en distintos orfanatos y casas de acogida hasta que empezó a delinquir en establecimientos y frecuentar malas compañías durante su adolescencia. Después, la Junta la envió a una Casa Escuela en Palencia hasta que cumpliese la mayoría de edad a falta de parientes cercanos. Por lo que me narró durante las citas que mantuvimos a escondidas de mi familia, en aquel reformatorio conoció al que por entonces era su novio, un tal Matías Sandoval oriundo de la provincia de Salamanca. Sólo me dijo eso y que gracias a la intervención de un buen hombre que decidió tutelarles con dieciséis años, se largaron de aquel sitio. Vega estaba entusiasmada con su nueva vida. No paraba de repetir que ahora se sentía especial, que ya no eran unos despojos, ni unos tachados como la gente les recriminaba; que ese hombre les había dado una oportunidad y que les estaban eternamente agradecidos.

- Hablamos, por lo que deduzco, de Jaime Cotobal – averiguó Baeza.

- Hablamos de Jota, como ella le nombraba – le rectificó – Al cabo de varios meses, Vega desapareció. Ya no acudió a las citas que programábamos cada diez días en la cafetería, ni siquiera contestaba a mis mensajes. Todo me resultó bastante extraño hasta que un mes más tarde, me llamó. Me dijo que necesitaba ayuda, que estaba metida en un lío muy gordo y que la policía la andaba buscando. Yo me asusté, evidentemente, y le pregunté qué es lo que había pasado. Pero Vega se negó a hablar por teléfono y me pidió que nos viésemos en la cafetería, que no tenía mucho tiempo. El caso es que cuando la vi sentada contemplando la calle por los amplios ventanales, apenas pudo resistir la congoja que le sobrevino mientras me relataba atemorizada que estaba involucrada de forma indirecta en el asesinato de una chica. Una chica de Oñate llamada Ainhoa Liaño.

El sargento enmudeció. Ni siquiera atendió al hormigueo que propagaba su herida hacia los dedos de sus pies mientras se devanaba los sesos intentado calibrar si era cierto lo que parecía confirmar con tanto aplomo. La idea de que el Serbio fuese inocente le mantuvo expectante en su silla.

- Vega conoció a Ainhoa durante el último verano. Se había trasladado junto a Matías a una pedanía cercana a Oñate cuando las cosas, por lo que me confesó, dejaron de ir bien. Discutían a menudo; tenían fuertes enfrentamientos por culpa de Jota, cada vez más presente en su relación. Decía que Matías había dejado de ser él, que ya no se comportaba con ella como antes desde que ese tipo entró en sus vidas. Quería que se formara como policía y que Vega cuidase del hogar, de sus hijos el día de mañana, que así había sido siempre y que así debía continuar. Pero Vega no paraba de echarle en cara que Jota no tenía ningún derecho a decidir por ambos, y mucho menos por su relación. Sin embargo, Matías parecía estar en su mundo; salía a correr temprano y se machacaba en el gimnasio por las tardes para pasar las pruebas físicas. Un día, Jota le animó a relacionarse con otras chicas de la zona; le dijo que podía perder a Matías si no reaccionaba a tiempo y le ofrecía algo de espacio.

- Y picó el anzuelo – insertó la periodista en su soliloquio.

- Más bien fue Matías quien se acercó a Ainhoa y su grupo de amigas una noche que salieron a tomar algo a una discoteca de Oñate. Vega comenzó a quedar con ellas, lo suficiente como para tener a su novio contento. Él acudía de vez en cuando. Parecía entusiasmado mientras hablaba de sus proyectos o les mostraba orgulloso los musculitos que pronto se adivinaron bajo sus camisetas. Pero Vega empezó a sentir celos; una sensación de rabia e impotencia a medida que observaba cómo Matías se interesaba cada vez más por ella, por Ainhoa Liaño, la misma que comenzó a reírle las gracias o a apartar a Vega de su lado.

- A lo que deduzco que cuando su cadáver fue hallado tres semanas después de su desaparición, las sospechas viraron hacia ella – conjeturó Leo con el semblante árido – Imagino que las amigas fueron testigo de esas escenas de celos.

- Exacto – articuló Lorenzo – Vega vino en mi búsqueda y me contó con la voz entrecortada que le habían utilizado para que se ganara la confianza de Ainhoa. No paraba de repetir que Jota lo había planificado todo, que quería que se acercara a la joven para después, hacerle creer Matías que sentía algo especial por ella. Era como si ese hombre ya la tuviese fichada con antelación, decía, como si hubiese diseñado aquel plan con ayuda de su novio.

- ¿Qué plan? – le increpó Aura a corta distancia – ¿Asesinarla?

- Ni siquiera lo supo. Vega tenía miedo de que la policía la encontrase y la detuviese por ser la principal sospechosa. Le pregunté si Matías no podía testificar a su favor, confirmar que ella estuvo en todo momento a su lado cuando esa chica desapareció del pueblo. Pero Vega me dijo que ése era el problema; que Matías salió de casa la noche que a Ainhoa la asesinaron. Yo me puse nervioso, se me ocurrió insinuarle si quería que le acompañase a comisaría para que contase su verdad. Pero se negó; Vega se negó y comenzó a gritarme que jamás le haría algo así, que pese a que las cosas no estaban bien entre ellos, nunca, bajo ningún concepto, sería capaz de venderle. Entonces le dije que se estaba engañando si pensaba que lo que sentía por Matías era amor; que no podía tirar su vida por la borda, que necesitaba salir de ahí y empezar de cero lejos de él. Pero Vega se levantó de la mesa y me aclaró: *a lo mejor todo es culpa tuya. A lo mejor nunca estuviste cuando más te necesité. ¿Ahora te crees con el derecho a ejercer de padre? Vete a la mierda.* Y se largó.

El rastro del Serbio se desvaneció entre las sombras de su celda al tiempo que arrastraba los pies hasta el cabecero de su cama. Luego, se desplomó.

- Por supuesto que me remordía la conciencia – prosiguió fatigado – Tenía toda la razón. ¿Acaso pretendía ejercer de padre viendo como mi propia hija iba a acabar encarcelada por algo que no había cometido? Dudé mucho cuando la siguiente vez que nos vimos, extraje el número de Jota de su móvil. Fue así como localicé a ese hombre. Como al cabo de una semana, me cité con él en un polígono abandonado. Jota bajó de su coche y se acercó con un libro de la mano. Le dije que iba a avisar a la policía si no dejaba en paz a Vega. Él me respondió que estaba equivocado, que ella solita se había metido en ese lío y que por mucho que intentara protegerla, tarde o temprano acabarían dando con ella. *¡Pero no ha hecho nada!*, le reprendí. A lo que Jota insinuó: *llamar la atención de todo el mundo, eso es todo lo que ha hecho, especialmente la de su novio.* Entonces le dije que necesitaba recuperarla, que ahora que la había encontrado, no podía dejar que se marchara. Que no era justo. ¡Claro que no era justo! Entonces, le sugerí: *soy capaz de inculparme a cambio de que os alejéis de ella.* Jota me miró con los ojos sonrientes y me preguntó: *¿hasta dónde estarías dispuesto a llegar?*

- A Admitir el homicidio de Ainhoa Liaño – concretó el sargento – ¿Por qué?

- Porque estaba seguro que cumpliría con su parte del trato. No se arriesgaría a que me fuera de la lengua delante del juez.

- Pero Vega no saldría de una relación tóxica tan fácilmente – le abordó Aura.

- Mi intención era disuadirla, proponerle una vía de escape, darle otros horizontes ahora que podía. La policía sólo tenía un nombre y poco más. Era mi obligación como padre prestarle mi ayuda, ofrecerle dinero....

- Regalarle tu todoterreno – hilvanó Leo. Garrido asintió – Lo que sigo sin comprender es el mensaje que ocultaba el vídeo de *Los Hombres de Musgo.*

- Era la excusa que ideó para recordarme desde el exterior que el trato seguía vigente – le indicó – A Jota se le ocurrió aquella vez, en el polígono. Yo miré la portada del libro que sujetaba en la mano y me contó que se trataba de una publicación reciente sobre las criaturas que habitaron en la zona de La Alberca. Por eso lancé la mesa en la sala de interrogatorios cuando me mostraste el vídeo – se dirigió, esta vez, a la periodista – Jota me la había jugado disfrazándose de *Hombre de Musgo*. De alguna manera me estaba intentando decir...

- Que debías adjudicarte la muerte de Penélope Santana – prosiguió Aura – Algo así como un nuevo sacrificio en beneficio de Vega. Aunque por lo que veo, jamás sospechaste que tu hija llevaba tres años muerta.

- ¡Cómo iba a saberlo? – se exaltó – Sólo hablé con ella dos veces. O con la que se hiciese pasar por Vega mientras estaba en prisión. Ahora dudo que fuese cierto.

- Utilizarían un sistema modular de voz para engañarte y hacerte creer que todo estaba bien – dedujo Baeza – No es el primer caso que los captores se hacen pasar por la víctima para cobrarle a la familia una buena suma de dinero.

- El único que me dio la pista fue ese policía, Santana – matizó – Él se encargó de mostrarme la grabación donde mi hija intentaba pedir ayuda mientras golpeaba los cristales traseros de mi coche. Todavía sigo sin ser capaz de quitarme esa imagen de la cabeza.

- Pero colaboraste – Leo se dio cuenta que su ánimo estaba decayendo. Le urgía que continuase desterrando las telarañas de su memoria.

- Sólo le hablé de lo poco que sabía: de la existencia de un hombre llamado Jota y del chico por el que mi hija lo perdió todo, Matías Sandoval.

- Hemos encontrado en casa de Gustavo unas anotaciones en las que figuraban las horas en las que se podía poner en contacto contigo y el número de móvil al que debía escribir.

- Santana me mensajeó tres o cuatro veces para confirmarme que no había localizado a Matías Sandoval en la lista oficial de agentes de la Nacional, o para comunicarme que el tal Jota podía tratarse de un viejo conocido suyo al identificar mi todoterreno en La Alberca – abrevió – Aunque si te refieres a por qué me fugué, sí, estabas en lo cierto. Me tragué esa pila después de leer meses más tarde que Santana había despertado del coma. Me puedo figurar quién se escondía tras el último mensaje que recibí.

Ninguno se atrevió a pronunciar el nombre de Penélope cuando varios funcionarios de prisiones aparecieron en los calabozos. El sargento se incorporó con torpeza para saludarles al tiempo que dos de ellos abrían la celda de Lorenzo Garrido. Después le esposaron las manos por la espalda y le guiaron hacia la salida, sujetándole sin piedad por los hombros. Aura sintió una especie de zozobra al saber que nunca más volvería a verle. Quizá el miedo que sintió por primera vez hacia su persona – la mirada fija, su sonrisa siempre perpetua, los dedos visiblemente entrelazados – desapareció de su mente en el instante que se atrevió a rozar su pecho para detenerle. El Serbio esgrimió un rictus de perplejidad en su rostro.

- Sólo dime una cosa: ¿es cierto lo que hablaste de mi madre? – le espetó mientras rozaba con las yemas de sus dedos la llave que colgaba de su cuello.

- Era parte del juego – subrayó – Pero nunca olvides que somos lo que mostramos.

Esa vez, Aura sintió más dudas que nunca.

El rastro de Lorenzo Garrido se perdió para siempre entre una nube de flashes que salpicó la fachada de la comandancia cuando Barrios llamó su atención en el pasillo.

- Jefe, ¿podemos hablar? – Leo vislumbró cierto recato en su conducta – Hemos localizado una copia de las escrituras de la casa de Jaime Cotobal.

Enseguida franquearon la puerta de la sala de investigaciones, donde Medina se hallaba delante de la mesa recomponiendo entre los diversos folios que sujetaba entre sus manos, la historia del dueño de la agencia *Satellite* que pasaron por alto. Aura se sentó al lado del sargento y atendieron impacientes a que cualquiera de ellos iniciase la correlación de datos y fechas que impregnaban aquellos documentos.

- Según los informes que la Gerencia Territorial del Catastro de Salamanca nos ha facilitado – arrancó Diana –, la propietaria de la vivienda era, efectivamente, Marisa Buendía, natural de Madrid, fallecida a los cincuenta y ocho años de edad en el año 85 y sin descendientes.

- Sin embargo – prosiguió su compañero – parece ser que existía una relación entre esta mujer y Jaime Cotobal. Una relación materno-filial que hemos averiguado en la base de la PERPOL.

- ¿Era su madre? – se adelantó Baeza a los acontecimientos.

- No exactamente – le detuvo Barrios – Marisa inició una relación sentimental con el padre de Jaime, un tal Francisco Cotobal, al enviudar de su primera esposa, la cual pereció durante el alumbramiento de su único hijo. Ambos se inscribieron en el registro de Madrid como pareja y Marisa se convirtió por derecho en la madrastra de Jaime. Pero cuando nuestro protagonista tenía siete años, su padre les abandonó. La mujer emitió una denuncia en la comisaría de Getafe, pero al parecer, nunca más volvieron a saber de él.

- Y ahí empezó el verdadero calvario de Jaime Cotobal – se adelantó Medina – La mujer hizo frente a una serie de deudas que su desaparecido esposo contrajo en varias timbas ilegales celebradas en una vivienda de la calle Regueros. Perdieron la casa en el año 78 y se trasladaron a vivir al chalet de La Alberca, propiedad que heredó de sus difuntos padres.

- Según varios testigos del pueblo, Marisa Buendía era una mujer bastante huraña al trato y emocionalmente inestable; bebía más de la cuenta y en varias ocasiones, descargó la ira de su desdicha con la única carga que le dejó Francisco. Su hijo – Aura y Leo no salían de su asombro al otro lado de la mesa – Hay informes médicos de la época que revelan signos de maltrato al menor.

- ¡Pero…! – alzó la voz el agente – Marisa Buendía falleció en su piso de alquiler de Madrid años más tarde por, y leo textualmente el acta de defunción: *severo traumatismo craneal provocado por una contusión al caerse en el baño de su domicilio.* Exactamente, en la ducha. El estudio forense que se le practicó, aseguró que la víctima se encontraba sobria en el momento de la caída. La oportunidad que Jaime estaría buscando para salir de allí.

Ambos entendieron el ligero *matiz* que Medina le otorgó.

- Después, se casó con la hija del dueño de la agencia *Satellite*. La agencia para la que trabaja Aura – se dirigió a ella – Suponemos que andaría a la caza de ascender socialmente y pasar página a su traumática infancia. Hemos telefoneado a su esposa y ya está informada. Pero no ha mostrado mucho interés en la muerte de su marido.

- A esa mujer sólo le interesaba tener dinero en su cuenta corriente y preocupaciones las justas – emitió la periodista de pronto – Al menos, ésa fue la impresión que me dio cuando la vi en una de las fiestas. Era bastante engreída.

El sargento escuchó atento su alegato hasta que Barrios decidió continuar.

- El chalet pasó inadvertido porque aún figuraba en las escrituras Marisa Buendía, su propietaria hasta entonces. De ahí que dedujésemos en un principio que se hallaba deshabitada. Además, hemos comprobado que Jaime pagaba el IBI desde una sociedad fantasma para no dejar rastro. Utilizaba un generador eléctrico para suministrar luz a la vivienda y extraía el agua de un pozo. Así podía autoabastecerse sin tener que estar dado de alta.

- Es bastante probable que con el trasiego de turistas que recibe cada fin de semana La Alberca y sus alrededores, Jaime pasara por un forastero a pesar de participar en algunas batidas de caza o frecuentar El Templo de las Batuecas – remató Medina – Me atrevo a decir que muchos pensarían que se hospedaba allí.

Pacheco golpeó en ese instante la puerta.

- Jefe, me acaban de comunicar del hospital que doña Josefa Jiménez ha recibido el alta – Baeza supo que se refería a Pepa – ¿Quiere que me acerque a su casa para tomarle declaración?

Después miró a la periodista, que esperaba igual de impaciente una respuesta.

- No es necesario – remarcó – Yo me encargo.

Aura Valdés se adelantó al sargento en cuanto le propuso que le esperase en su coche mientras iba a su despacho a por una grabadora. La idea de interrogar a Pepa en relación a la nota que envió al Puesto el día anterior, se le antojó según avanzaba por el pasillo de vuelta, desangelado bajo el exasperante fulgor de los tubos fluorescentes. A esas horas de la tarde – ni siquiera habían probado bocado desde que miró su reloj de pulsera y comprobó que eran algo más de las cuatro – apenas se escuchaba el murmullo de teléfonos y voces al que estaba acostumbrada. Sólo el interminable zumbido de aquellas planchas que sobrevolaban por encima de su cabeza le acompañó hasta la salida, donde Aura empujó con esfuerzo la puerta metálica. Un aluvión de flases invadió de pronto su cuerpo. No podía distinguir los aledaños del callejón a medida que los fotógrafos disparaban sus cámaras a una velocidad infinitamente superior a la de su propia reacción. Se bloqueó. *¡Es ella!*, oyó de fondo. *¿Alguna vez sospechó de su jefe? ¿Vio peligrar su vida cuando la retuvo en su casa? ¿Es cierto que Lorenzo Garrido es inocente?*

- Por ahora no vamos a hacer ninguna declaración – sintió la voz de Leo a su espalda. Después le tomó por la cintura y la condujo hasta el coche – La investigación aún se encuentra bajo secreto de sumario. Muchas gracias.

Aura entró deprisa en su Golf y arrancó el motor. Todavía podía sentir los fogonazos de luz asediando su rostro cuando se internó por las primeras calles del pueblo. Baeza, en cambio, no pudo evitar soltar una carcajada.

- Cualquiera diría que eres reportera.

- No sé qué me ha pasado – dijo. La batida de preguntas continuaba resonando en su mente.

- Ya veo el titular: *"Aura Valdés, la periodista que atrapó a los verdaderos asesinos de La Alberca"*.

- ¿Por qué no te vas un poquito a la mierda? – imprecó, molesta.

- ¿A que ahora entiendes cómo me sentí la primera vez que me abordaste fuera del Puesto?

Y antes de que respondiera, Leo le lanzó un beso desde el asiento del copiloto.

El aire helado de la sierra removía las ramas de los pinos. Aura y Leo bajaron del coche y percibieron el tufillo a chimenea que vagaba en las inmediaciones. La periodista se fijó entonces en la estela grisácea que sobresalía por encima del tejadillo de la cabaña y que se diluía bajo el cielo encapotado. Nada parecía presagiar lo que estaba a punto de suceder hasta que el sargento se adelantó y golpeó con sistemática precisión el quicio de la puerta. La silueta de Pepa apareció recortada tras la malla tupida de la mosquitera. Acto seguido deslizó el pasador y les invitó a pasar mientras atendían al collarín que inmovilizaba su cuello y el apósito adherido a su frente. Sin duda, Pepa parecía haberse llevado la peor parte.

- ¿Cómo te encuentras? – le inquirió Baeza nada más entrar en el salón. Aura echó un vistazo y comprobó que todo se hallaba en orden.

- Aún me duelen las cervicales – respondió al tiempo que se dirigía a la cocina para retirar la tetera del fuego – Al menos, puedo contarlo. ¿Una infusión de hinojo?

Ambos asintieron a la vez mientras la mujer sacaba tres tazas de la alacena. Después, las depositó en la mesa baja del salón junto con un surtido de pastas.

- Supongo que sabrás a qué hemos venido – le espetó Baeza a medida que tomaba asiento en el mismo sillón que la última vez. Aura le acompañó. Imaginó que a esas alturas, sobraban las formalidades.

- Algo barrunto – dijo entre dientes.

Pepa se acercó a la mesa y vertió la infusión en cada una de las tazas. Antes de sentarse en la mecedora, Leo objetó que era momento de lanzarle la primera pregunta.

- ¿Por qué escondías las fichas del reformatorio de Vega Molina y Matías Sandoval?

- Porque Matías, o David, me da lo mismo, era mi hijo.

El silencio que se manifestó en el salón, quedó interrumpido por el crujido de los leños que ardían en la chimenea.

- En realidad, es una larga historia – añadió confusa. A continuación se acomodó en la mecedora y vertió dos terrones de azúcar en su infusión.

- Tenemos todo el tiempo del mundo – le animó. Luego sacó la grabadora del bolsillo de su anorak y la colocó en el centro de la mesa. Pulsó sobre uno de los botones.

- Hace años que Matías dejó de ser mi hijo. Tampoco lo consideraba como tal. Me da igual lo que la gente piense de mí, lo que diga a mis espaldas, que si una madre no puede pronunciar tal atrocidad cuando ni siquiera lleva veinticuatro horas muerto. Pero como digo, me da igual. Yo le crie, por supuesto; intenté ser la mejor madre del mundo aunque él no lo quisiera ver, aunque me costase admitir que ya no regresaría ese niño risueño que siempre me pedía permiso para hacer cualquier cosa o me daba un beso de buenas noches antes de irse a la cama. Matías desapareció el día que ingresó en ese reformatorio.

- ¿Por qué? – le tiró de la lengua.

- Porque no tuve otra elección – escupió dolida – Por aquel entonces, vivíamos en Valladolid. Más de una vez la policía acudió al centro donde trabajaba de enfermera para comunicarme que le habían detenido por allanar una vivienda, por haberse visto envuelto en una pelea, por delinquir en un centro comercial. Al principio imaginé que era su manera de llamar mi atención, de recriminarme que no tenía un padre con el que jugar al fútbol o compartir sus intimidades como los demás. Le dije que nadie tenía la culpa de que hubiese muerto, que yo había ejercido de padre y madre por igual, pero Matías no se conformó. Pronto empezaron las discusiones, esas acaloradas trifulcas donde los vecinos acababan avisando a la policía. También los insultos. Cuando Matías me llamó aquello, ya nada volvió a ser igual. De algún modo me perdió el respeto y comenzó a levantarme la mano por no darle dinero, a darme patadas por no comprar en el supermercado sus yogures favoritos, a lanzar las sillas contra el suelo por no dejarle poner la música alta. Matías se había convertido en un despiadado monstruo y yo vivía atemorizada en mi propia casa. Por eso tomé la determinación de denunciarle; para que Servicios Sociales me ayudasen antes de que fuese demasiado tarde.

- Y fue entonces cuando la Junta decidió internarle en la Casa Escuela – dedujo Leo.

- Más bien cuando don Agustín, el Abad del monasterio del desierto, intercedió.

Aura recordó de pronto su visita junto a Leo al poco de llegar a La Alberca.

- Él se encargó de buscarle una plaza en ese reformatorio – añadió.

- ¿Por qué? – quiso descifrar de nuevo bajo sus insondables facciones.

- Porque me lo debía, porque yo también me sacrifiqué por él en su día al marcharme del pueblo – les confirmó – Porque don Agustín era su padre.

Ambos se quedaron atónitos al otro extremo de la mesa, donde las infusiones seguían humeando.

- Nunca me atreví a contarle la verdad. Bueno, más bien me lo pidió él. Por aquel entonces, Agustín era seminarista. Los esporádicos encuentros que mantuvimos en secreto, dieron finalmente su fruto. Tenía diecinueve años cuando me quedé embarazada. Yo estaba enamorada de él, por supuesto; pero mis padres me quitaron esa idea de la cabeza y me mandaron a casa de una prima para que diese a luz por miedo al qué dirán. Luego, don Agustín removió cielo y tierra para registrar al niño en la parroquia del pueblo e inscribir a su hermano como padre de la criatura, el cual había fallecido en un accidente de tráfico meses antes. De vez en cuando me telefoneaba para saber cómo se encontraba su hijo. En el fondo se preocupaba por él y me enviaba algo de dinero para que le apuntase a clases particulares de inglés o matemáticas. Por eso cuando Matías creció y comenzó a insultarme y a pegarme, don Agustín se propuso auxiliarme desde la distancia. Primero se encargó de mover ciertos hilos para que le admitiesen en la Casa Escuela, y después me animó a regresar a La Alberca.

- Y accediste – intercaló Baeza en su discurso.

- Evidentemente – apostilló – Además, ¿qué pintaba en Valladolid si en el fondo estaba deseando cambiar de aires? Don Agustín se portó muy bien conmigo; incluso me ofreció un pequeño empleo limpiando el monasterio varios días a la semana.

- Aunque deduzco que los problemas volvieron en cuanto Jaime entró en su vida.

- Más bien cuando su abuelo paterno murió – le corrigió – Salcedo fue un famoso editor de posguerra que trabajó incansable entre Barcelona y París, ciudades donde conoció a muchos de los escritores que acabaron publicando en su sello. Su hijo, don Agustín, insertó la esquela en varios diarios de tirada nacional ya que decía que eran muchos los que habían tenido algún tipo de trato en vida con él. Sin embargo, Salcedo cedió todos los derechos de las obras que obraban en su poder, así como los legajos y manuscritos que acumuló durante más de cuarenta años en la imprenta, a la única persona por la que sentía predilección: su nieto. Matías se convirtió en el heredero de un millar de cajas que terminaron hacinadas en una de las habitaciones de la cabaña hasta que un día, me llamó eufórico desde el reformatorio. Me dijo que un hombre se había puesto en contacto con él para ofrecerle una considerable suma de dinero a cambio del legado de un viejo escritor que trabajó para el abuelo. Un tal Funelli.

Aquel nombre retumbó como un proyectil en la mente de ambos.

- ¿Qué buscaba exactamente? – le preguntó sobresaltado.

- Nunca lo supe. Cuando se lo conté a don Agustín, se opuso a que un desconocido se quedase con los manuscritos originales de un escritor que perteneció a la casa que fundó su padre. Decía que no lo iba a consentir, que era como robar parte de la memoria de lo que creó durante aquellos años de penuria con muchísimo trabajo y esfuerzo. Por eso discutimos; porque no me entraba en la cabeza que le estuviese arrebatando a su hijo la oportunidad que le brindaba aquel hombre. *¡Y a ti quién te dice que no guarde un oscuro interés por Funelli?*, me gritó. Entonces le invité a irse de mi casa. Pero antes de poder reaccionar, me di cuenta que entró en su furgoneta con varios legajos bajo el brazo.

- Pero Jaime le ofrecía una retribución por los escritos de Funelli – se entrometió Aura en su disertación todavía perpleja.

- Incluso más que eso – agregó apesadumbrada – Matías me confirmó que estaba dispuesto a tutelarle y pagarle la mejor academia de policía para que se hiciera un hombre de provecho con la condición de entregarle los viejos papeles. En ese momento pensé que era la oportunidad que mi hijo necesitaba, que se convirtiera en la figura paterna que siempre añoró pese a que su verdadero padre, don Agustín, parecía no estar dispuesto a dar su brazo a torcer. Una mañana, Matías y Jaime aparecieron en la cabaña y me confirmaron que ya habían formalizado los papeles de la tutela. Habían aprovechado uno de los permisos que le concedían en el reformatorio para formalizar la entrega. Entonces, se pusieron a mirar en las cajas durante algo más de una hora hasta que se dieron cuenta que allí no había nada. No sabía cómo explicarle que su padre le había despojado de los manuscritos para que no fuera feliz, para que siempre fuese un apestado, un delincuente, un bala perdida. Le insinué que quizá el abuelo se hubiese deshecho de todo antes de cerrar la imprenta. Pero Jaime me miró mal; me lanzó una mirada mortífera y me dijo que ése no era el trato que habían acordado, que estaba dispuesto a mantener su parte, aunque no estaba conforme. Entonces le pidió a Matías que le ayudase a cargar las cajas en su coche y se largaron sin despedirse.

- ¿Hasta cuándo? – le interrumpió Leo mientras recomponía las escenas en su cabeza.

- No volví a ver a Matías hasta cuatro años más tarde. Alguna vez llamó para decirme que estaba bien o para anunciarme que iba a ingresar en la academia de Ávila. De algún modo sabía que estaba dolido, que evitaba reprocharme que yo le había usurpado los papeles de Funelli por los que hubiese cobrado una importante cantidad de dinero. No volví a saber más de él hasta que una noche de tormenta, aquella chica llamó a mi puerta con un bebé entre sus brazos.

Aura y Leo se miraron, seguros de lo que estaban a punto de escuchar.

- Vega Molina llegó en un estado lamentable. Tenía la ropa calada y estaba muerta de frío. Le dije que pasase al salón para que se calentara junto a la chimenea mientras intentaba comprender qué estaba pasando. La chica me confesó aterrada que mi hijo estaba involucrado en el asesinato de esa chica de Oñate que salía a menudo en la prensa, que todo era culpa de Jaime, que le había metido en un mundo muy oscuro, que no había vuelto a ser el mismo desde que entró en sus vidas, desde que le comió la cabeza con Funelli. También me confesó que intentó averiguar los tejemanejes que se traían a escondidas, pero que en cuanto le pedía explicaciones, le levantaba la mano y le recriminaba que le debía un respeto.

- La versión coincide con la de Lorenzo Garrido – concretó Baeza.

- Ya sé que la pobre no sabía a quién acudir. Ella misma me contó que su padre se había entregado a la policía para que no se la relacionase con el asesinato.

- No obstante, me cuesta creer que tuviese un bebé sin dejar constancia en ningún hospital – soltó la periodista.

- Vega me contó que había dado a luz en una clínica privada, que tuvo que dar un nombre falso para que nadie siguiese su rastro – desveló – Esa noche me confirmó que la niña no era de Matías. Al parecer, había conocido a alguien mientras él se encontraba en Ávila. Por supuesto, jamás me reveló su identidad. Sólo me dijo que tenía miedo, que no podía enterarse Matías porque de lo contrario, estaba segura que la acabaría matando como hicieron con esa chica de Oñate. Le sugerí llamar a Asuntos Sociales para que se hiciesen cargo, pero Vega pareció volverse loca. Decía que no iba a abandonar a su hija en un centro de acogida porque no quería que pasase por lo mismo. Entonces me pidió que me hiciese cargo. Vega se puso de rodillas y con lágrimas en los ojos me rogó que le ayudase, que sería por poco tiempo, hasta que aclarase las cosas con mi hijo ya que en dos semanas salía de la academia.

- Y por supuesto, aceptaste – presintió el sargento.

- Acepté porque no me quedó más remedio. Esa chica estaba sola en el mundo, no tenía a nadie a quien recurrir. Y esa pobre criaturita... – rememoró afligida – El caso es que Vega no volvió a aparecer. De vez en cuando me escribía al móvil para preguntar por su hija y también para comunicarme que las cosas con Matías estaban resultando mejor de lo que esperaba. Sin embargo, dos meses más tarde, Jaime y mi hijo acudieron en mi búsqueda. Entraron en la cabaña y me recriminaron que había ayudado a su novia a abortar. Por supuesto, yo les respondí que de dónde se habían sacado esa patraña si ni siquiera había vuelto a verla desde que salieron del reformatorio. Pero Matías se puso a dar voces, a gritar que esa puta se la había jugado mientras se encontraba en la academia, que él mismo había visto la cicatriz en su bajo vientre.

Pepa derramó una lágrima a medida que los recuerdos acechaban su memoria.

- Estaba nerviosa. Pensé que la niña acabaría llorando por la discusión y descubrirían la verdad. Entonces, se me ocurrió preguntar por Vega; tenía que avisarla antes de que fuese demasiado tarde, antes incluso de que le hiciesen lo mismo que a Ainhoa Liaño. Matías me miró enfurecido y dijo que ya no debía preocuparme por ella, que la habían encerrado porque les amenazó con contar todo a la policía y confesar que su padre no tenía nada que ver con la muerte de esa chica. Después, se largó de la cabaña. Yo no podía parar de llorar. No me entraba en la cabeza que mi hijo estuviese involucrado en ese homicidio. Jaime se quedó pensativo cerca de la puerta y me soltó que dónde guardaba las llaves de la ermita. ¿*Qué llaves?*, le pregunté atónita. Él se mostró inflexivo y me dijo que no me hiciese la tonta, que sabía que limpiaba el monasterio y el santuario de la Peña de Francia y que allí nadie la encontraría. Por supuesto que no quise dárselas; pero después me amenazó con contarle a Matías que estaba cuidando en secreto al bebé de Vega. ¡*Pensabas que no había leído los mensajes de su móvil?*

- Y fue así como se deshicieron del cadáver en el sepulcro de Simón Vela – concluyó el sargento tras casi veinte días de investigación – Aunque hay algo que me escama. ¿Jaime no se aprovechó del secreto para pedirte otros favores?

- Digamos que con el tiempo se presentó de nuevo para intimidarme con hacer lo mismo a la niña si no le informaba periódicamente de las chicas en torno a dieciocho años que acudían a mi casa y el motivo. Nunca me contó qué buscaba en concreto. Sólo que me ciñera al encargo y que no me pasaría nada. Por eso cada vez que venía alguna muchacha, les pedía que firmasen un documento de compromiso. Era la manera de poder sustraerles el nombre completo sin levantar sospechas.

Aura Valdés fue incapaz de dar un trago a su infusión mientras escuchaba atenta aquel relato cargado de odio y falsedad, de sentimientos encontrados y afán de supervivencia. Tal vez presintió que la nota anónima que envió al Puesto, no encerraba otro misterio que la de mostrarle a Lorenzo Garrido su única verdad: la misma por la que ninguno de los dos se había atrevido a preguntar hasta el momento.

- El Serbio se fugó para acudir a ti. Buscaba respuestas que no hallaba en prisión – dedujo en alto – Pero no le contaste la verdad. Ni siquiera que tenía una nieta.

Baeza le miró de refilón a su lado.

- No me atreví – puntualizó – Me daba miedo que me la quitase. Esa niña es lo único que tengo. Yo la he criado en todo este tiempo, me he preocupado por cuidarla tal y como le prometí a su madre.

- Pero te arrepentiste – descifró la periodista en su rostro.

- Cuando apareció el cuerpo de Rebeca Ortiz junto al arroyo, me di cuenta que sólo él podía acabar con todo. Por eso mencioné a Vega en la carta; porque sabía que era el empujón que necesitaba para que confesase la verdad.

- ¿Dónde se encuentra la niña? – le cuestionó Baeza inseguro.

- Siempre ha estado aquí.

Pepa se levantó de la mecedora y les pidió que le acompañasen. Juntos franquearon uno de los dormitorios de la cabaña, donde la luz entraba por la estrecha vidriera de la puerta que se revelaba al fondo. La mujer giró el manillar y les invitó a pasar. Aura descubrió entonces que desde aquel porche, las vistas del bosque eran mucho más tentadoras que las que se adivinaban en la otra cara de la cabaña. Sin embargo, Leo oteó al fondo, camuflado por la voluminosa vegetación que se esparcía en derredor, los listones de madera de lo que parecía un cobertizo. Pepa se aproximó a una viga e hizo sonar la campanilla que se columpiaba por encima de su cabeza. El sonido de unas bisagras chirrió a pocos metros. Aquella niña de cabello lacio y trigueño abandonó su escondite para divisarles entre las ramas de un arbusto.

- Vega ya tiene tres años y medio – pronunció sin apartar la vista – Para ella es como un juego. Aprendió a escabullirse por la puerta y no moverse del cobertizo hasta que la campanilla sonara tres veces. No podía arriesgarme a que la encontraran.

- Hablaré con Servicios Sociales para que te quedes con ella – le prometió Leo.

- ¡Mami! – gritó la niña todavía recelosa de salir.

- Ahora mismo voy, cariño. Mamá está hablando con unos amigos – después miró al sargento con firmeza – No me importa que Lorenzo conozca a su nieta.

- Todo a su tiempo – remarcó.

- Por cierto, antes de que se me olvide...

La mujer entró en la cabaña y se dirigió de nuevo al salón, donde sacó una pulsera del cajón de la mesilla. Luego se la entregó a Baeza, que leyó asombrado la inscripción.

- Penélope se la dejó cuando vino esa vez para... – ni siquiera se atrevió a terminar la frase – Después até cabos y supe por qué se fue con tanta prisa. Debió aterrorizarle ver a Vega en una de las fotos de mi cuarto. Pero es el único recuerdo que la niña tiene de su madre.

- Se la entregaremos a Anabel – le confirmó igualmente – Una última cosa. ¿Por qué Jaime tenía tanto interés en comprar ese manuscrito de Funelli?

- La verdad es que no lo sé. Don Agustín me comentó que su padre había guardado toda su vida la segunda parte de un libro que nunca llegó a publicarse. Al parecer, su lectura era esencial para comprender el primero.

Las columnas de humo se divisaban más allá del cristal del parabrisas cuando Leo le pidió a Aura que no entrase en el pueblo. La idea sobre que el Abad del monasterio aún conservase el manuscrito de Funelli, le sedujo en el mismo instante que abandonaron la cabaña del bosque. El sargento tenía la extraña sensación que aquellos legajos podían guardar la clave a varios meses de trabajo. Quizá entre sus páginas hallasen el motivo por el que Jaime decidió ponerse en contacto con su heredero, la razón por la que juntos *castigaron* a Penélope Santana y al resto de chicas, dibujando sobre sus párpados unos símbolos relacionados con un oculto ritual, aparte de la sal marina encontrada en sus cabellos y una castaña en la mano. Aura descendió en su Golf la carretera comarcal que zigzagueaba por la falda de la montaña, donde la frondosa arboleda les impedía adivinar el horizonte, asediado por un batallón de nubes plomizas que parecía rozar las copas de los pinos. La radio emitía un hilo de interferencias. Leo la apagó molesto y entonces contempló una porción del complejo monástico, asentado en la garganta del valle. La periodista avanzó con premura el kilómetro y medio que les separaba de su siguiente destino hasta que al cabo de unos minutos, estacionó el coche delante de la austera fachada. El aire agitaba los árboles frutales esparcidos a los márgenes cuando el sargento golpeó la aldaba con empeño. Se fijó que las humedades trepaban como una lengua oscura por la piedra porosa. De pronto, el sonido de un manojo de llaves les inmovilizó al otro lado del portón. La luz de fuera desempañó la silueta recortada de aquel fraile octogenario que vestía una túnica marrón hasta los pies, así como una soga que bordeaba en varias vueltas su cintura. Aura reconoció enseguida sus facciones.

- Buenas tardes, no sé si nos recuerda – se adelantó Leo – Hace días estuvimos en el refectorio hablando con el hermano mayor.

El hombre frunció el ceño involuntariamente.

- Soy el sargento de la Guardia Civil – le ayudó a ubicarle en su memoria.

- Cierto – pronunció – Ustedes estaban investigando la muerte de esa joven…

- Ya sé que no hemos concertado una cita previamente, pero necesitamos volver a ver a don Agustín – el fraile entrecerró los ojos – Es bastante importante.

- Pero en estos momentos se encuentra en la sacristía – le aclaró.

- Sólo serán cinco minutos.

El hombre dudó unos segundos antes de abrir el portón por completo. Aura y Leo se internaron en la penumbra que oscilaba el amplio vestíbulo y acompañaron en silencio al anciano unos pasos por detrás. Enseguida cruzaron un corredor asediado por el débil fulgor de unas cuantas velas dispuestas a lo largo de unas mesas. El aire ululaba caprichosamente por encima de sus cabezas, enredándose a las lámparas de forja que se columpiaban por debajo de los techos abovedados. Los azulejos de estilo portugués trepaban hasta la mitad de sus muros. Aura sintió un ligero escalofrío según avanzaban entre las tinieblas cuando, de pronto, percibió ese olor.

- ¿Están quemando algo? – se anticipó Baeza.

- No que yo sepa – murmuró el hombre extrañado – Creo que procede de la sacristía.

- ¡Mierda! – blasfemó.

Leo echó a correr hacia la claridad que se abría al fondo mientras arrastraba inútilmente su pierna herida. El dolor comenzó a propagarse por sus tendones. Aura, en cambio, le rebasó en cuanto advirtió que el tufillo era cada vez más intenso. Corrió consciente de lo que estaba pasando hasta que las sombras se disolvieron bajo sus pies, dando lugar a unas baldosas de barro cocido que se perdían tras una puerta abierta. La periodista descubrió entonces a don Agustín, cercado por el pomposo mobiliario en tonos oscuros que adobaba la estancia. Las llamas sobresalían por fuera de un cubo, avivándolas cada vez que vertía unas nuevas hojas. Leo y el fraile llegaron al mismo tiempo.

- No debe preocuparse, hermano – dijo sin apartar la vista del fuego – Puede retirarse.

El hombre inclinó la cabeza y su figura se evaporó tras el paño de sombras.

- ¿A qué debo su visita, sargento? – escupió. Ambos cruzaron despacio la sacristía – Creo que llega un poco tarde.

- Pare de quemar esos papeles – le exigió a corta distancia. El humo se esparcía por las vidrieras de la pared – Le recuerdo que la investigación sigue en curso.

El Abad detuvo su acción y le miró fijamente a los ojos.

- El libro debe desaparecer – acotó – Hágame caso, es lo mejor para todos.

- ¿Pero qué relación une a Funelli con los asesinatos? – le increpó Aura en alto.

- ¿Y qué vinculaba a las chicas con Funelli? – le rebatió – Parece lo mismo, pero no lo es. Mi padre me pidió que destruyese su legado, lo que él fue incapaz de hacer antes de morir.

- ¿Por qué? ¿Qué esconde ese manuscrito? – le lanzó Leo intranquilo.

- Es la respuesta al primer libro. Un puente que abre el camino a dos mundos. O al menos, eso me explicó. Me dijo que debía acabar con él, que sólo traería más dolor.

- ¿Pero por qué ahora si hace años que lo posee? – le insistió – Pepa nos ha contado que no quería que su hijo se lo vendiese a Jaime.

- Digamos que ha llegado su hora – elucubró – Ustedes han cumplido con la tarea que se les encomendó, y ahora yo debo cumplir con la mía. Por fin todo acaba aquí.

- No se mueva – Leo sacó su arma por la espalda y le apuntó – Hablo en serio.

- Mi padre solía repetir que todo escritor desea que sus libros pervivan a su muerte – rememoró cerca de las llamas – Sin duda, algo sucio y aberrante. ¿No creen…?

- ¡He dicho que no se mueva!

Pero para cuando quiso apretar el gatillo, el Abad ya había arrojado el manuscrito contra el fuego, esparciendo al aire diminutas pavesas que se alejaron hacia el techo mientras sus páginas se consumían deprisa como si se tratase de una maldición.

UNA SEMANA MÁS TARDE

La vida en La Alberca volvió a la normalidad. Los furgones de prensa que alimentaban las calles del pueblo, desaparecieron sin hacer ruido para dar paso a una sensación de tristeza y abandono que podía respirarse en cada esquina. De vez en cuando, la campana de la iglesia retumbaba entre sus callejas empedradas mientras los vecinos retomaban sus viejos hábitos, liberados del miedo que generaron multitud de artículos. La prensa desplegó su artillería contra los dos asesinos oficiales de los crímenes de Las Batuecas, propagando en las redes sociales un exaltado odio hacia las figuras del director de la agencia *Satellite* y el policía nacional de Béjar, donde los usuarios compartían datos y curiosidades sobre un caso que difícilmente podrían olvidar. Quizá al que sí olvidaron fue a Lorenzo Garrido, el mismo al que continuaron apodando el Serbio, que regresó al Centro Penitenciario de Topas tras ponerle durante veinticuatro horas a disposición judicial. Fue el sargento y no otro quien redactó un informe para comunicar tanto al Fiscal General como al Magistrado de la Sala de lo Penal de la Audiencia Nacional, su desvinculación con los homicidios de Penélope Santana y Rebeca Ortiz, acaecidos en el mes de noviembre en el Bosque de los Espejos uno, y en el Camino del Agua otro. Si por algo tomó la determinación de dar la cara por él, fue porque en el fondo deseaba que las cosas resultaran justas para ambas partes, que tan sólo se le juzgase por disparar a un agente el día que lo capturaron en el bosque y por fugarse de prisión. En cierto modo, Aura Valdés le animó a dar el paso. Durante aquel tiempo invariable que la periodista continuó visitándole en su despacho, desnudándose ante su mirada atenta, conociéndose un poco más acodados a la barra del Sainete, la joven se compadeció del Serbio ahora que había abandonado los calabozos. Creyó que estaba en su deber auxiliarle para que la pena fuese lo más reducida posible al comprender los motivos que le llevaron a cumplir con su parte del trato, pensando que algún día recuperaría a Vega. *Después de todo, tal vez encuentre lo que perdió a través de los ojos de su nieta.*

El Puesto de la Guardia Civil fue apartado del caso una semana más tarde. Las hipótesis que deshilvanaron durante ese tiempo, vinieron acompañadas por una reproducción íntegra del mural que extrajeron en casa de Jaime, dispuesta sobre una de las paredes de la sala de investigaciones. Desde allí, ambos prestaron atención a la cantidad de rostros anónimos que poblaban en distintos grupos y niveles la entreverada composición de un siniestro mapa abastecido de chicas jóvenes. A falta de coordenadas y respuestas, Aura y Leo conjeturaron posibles teorías, repasaron sus pesquisas punto por punto, volvieron a hablar de los falsos culpables y fracasaron una vez más en el intento por descubrir el significado de ese enigmático ceremonial. Ninguno de sus hombres supo explicar qué representaban aquellos símbolos pintados con henna sobre cada uno de los párpados; ni siquiera se atrevieron a dar una opinión al respecto. Simplemente se resignaron a mirar aquella circunferencia deforme y el rombo de cuatro puntas con decepción. El sargento acudió al hospital para entrevistarse por última vez con Santana. Quizá todavía tuviese varios cabos sueltos; pero en ese instante, mientras le cogía de la mano, sintió que le daba las gracias.

Eso le contó a la periodista después de que hiciesen el amor bajo las sábanas de su cama. Aura comprendió que al fin estaba rindiendo cuentas con su pasado y le gratificó con un beso por el paso que había dado. Después, le comunicó la noticia que llevaba horas almacenando entusiasmada. *Una cadena de televisión se ha puesto en contacto conmigo para ofrecerme un puesto como reportera de investigación.* La fotografía que le tomaron en las escaleras traseras de la comandancia, apareció en diversos periódicos nacionales. Su popularidad se incrementó tanto en las redes sociales como en su blog, aumentando el número de seguidores en cuestión de días. En cierto modo, era lo mejor que le podía pasar. La agencia se encontraba en esos momentos en restructuración y prácticamente se había quedado en la calle a raíz de la muerte de Jaime. *Debes cogerlo*, le animó con una sonrisa. *Es la oportunidad que estabas buscando, sabes que puede abrirte muchas más puertas.* Pero no estaba segura. Aura era consciente que su inesperada aparición en los medios le había brindado lo que sus compañeros de profesión llamaban *nacer con estrella*. Nadie en sus cabales rechazaría una oferta de esa envergadura salvo... Salvo que le solicitase a la directora de Recursos Humanos unos días para pensárselo. ¿Por qué? En el fondo, Aura Valdés necesitaba hablarlo consigo misma, reordenar sus ideas, aligerar la carga que aprisionaba su cabeza. Los casi veinte días que había permanecido en La Alberca para 1) cubrir las informaciones del caso, y 2) colaborar fortuitamente con el sargento de la Guardia Civil, le había cambiado no sólo la vida, sino también su propia visión. Aura se dio cuenta que ya no era la misma, que las entrevistas con el Serbio habían causado una profunda mella en su fuero interno, que tampoco estaba entre sus planes enamorarse. Pero se enamoró, y mucho, de Leo.

La decisión de tener que elegir por los dos le suponía un gran esfuerzo. Le condenaba a, o bien largarse a la sede central del canal de televisión sita en Madrid, o bien dar rienda suelta a sus sentimientos y establecerse con él en el pueblo. Tirar hacia delante o frenar de golpe. Etiquetar su relación – qué somos, hacia dónde vamos – o mantenerlo en un prolongado *stand by* a tenor de los acontecimientos. Ése era, sin duda, su mayor temor: equivocarse. Le daba pavor estar cometiendo un error y equivocarse. Por eso lo habló con Leo esa noche; porque pese a camuflar con una sonrisa la decepción que corría vertiginosa en su mirada, sus palabras, visiblemente alentadoras, le transmitieron lo contrario. Hablaron de coger el puesto, de marcharse y saborear el merecido premio, del final. Aura sintió que se acercaba el final y no pudo contener las lágrimas que vertió horas más tarde en su habitación. Puede que en ese momento admitiera que si abría una puerta, debía cerrar otra a su vez; que la responsabilidad era solamente suya, que tomara la decisión que tomase, ya no habría vuelta atrás. Por eso encendió el portátil y enterró los pensamientos en una hoja de *Word*; porque mientras sus dedos aleteasen a toda prisa por encima del teclado, sabía que acabaría distanciándose de sí misma. Aura transformó la historia en palabras y empezó por el principio, por el origen de todo, por Vega. Tal vez algún día llegase a ver el reportaje en algún medio digital. Pero en ese instante, aunque le costase mirar al futuro, no tuvo dudas del título que lo encabezaría:

La Prisionera de la Cumbre Nevada

DÍA 1 DESPUÉS DE

A Leo Baeza le costaba admitir el incómodo silencio que se adivinaba más allá de la puerta de su despacho. Era como si tras la tempestad que sembró el caso en cada uno de los miembros de su equipo, ninguno se acostumbrara a la apacible vida que solía habitar en las dependencias de la comandancia. Apenas resonaban los teléfonos en el pasillo, ni siquiera percibió las voces que tiempo atrás, revoloteaban confusas a medida que se enredaban a su mente. La soledad que halló al otro lado del escritorio, le produjo cierto malestar mientras la luz tamizada de fuera sembraba de sombras los contornos de su despacho. Leo volvió a encender la pantalla de su ordenador y se dispuso a terminar la partida de mus. Tal vez se había ganado un merecido descanso, pensó. Su móvil vibró de pronto en la mesa. El sargento descolgó la llamada y atendió concentrado al otro lado de la línea.

- No es posible – su rostro descerrajó un poso de inquietud – ¿A Aura? ¿Pero por qué…? – frunció el ceño – De acuerdo, yo me encargo. Gracias por avisar.

Después se levantó de su silla y se aproximó a la ventana. El callejón se mostraba igual de solitario que la calma que se respiraba en las oficinas colindantes. Estaba indeciso. Leo se imaginó el coche de Aura estacionado allí abajo y entonces supo que todo seguía donde lo dejaron.

La periodista se encontraba inmersa en la redacción de aquel reportaje que tecleaba a toda prisa en su portátil cuando el sonido del móvil quebró el hilo de la narración. Aura echó un vistazo a la pantalla y dibujó una sonrisa al leer su nombre.

- Pensé que me llamarías después de comer – dijo sorprendida.
- ¿Puedes acercarte al Puesto? – le espetó. Notó una ligera preocupación en su voz.
- ¿Pasa algo…?
- Acaban de llamarme de Topas – le desveló – El Serbio se ha suicidado.

Aura ni siquiera se atrevió a confesarle que había estado llorando en el silencio de su habitación cuando una hora más tarde, el sargento le propuso ir a prisión en su patrulla. El hecho de que Lorenzo Garrido se hubiese quitado la vida, le provocó un hondo vacío en su pecho. En cierta manera se sintió en deuda con él por no acertar a leer entre líneas cada una de sus entrevistas, por no saber interpretar sus palabras; en definitiva, por no percibir que era capaz de hacerlo. Aura se maldijo a sí misma y notó que una extraña sensación comenzó a invadir su estómago mientras Leo continuaba con las manos aferradas al volante. Un cartel les advirtió que quedaban diez kilómetros para llegar a Salamanca. Todavía les quedaba un trecho por recorrer hasta alcanzar el Centro Penitenciario de Topas, situado en la cara norte de la provincia. Baeza le dirigió una mirada fugaz y entonces decidió bajar el volumen de la radio.

- Al parecer, uno de los funcionarios lo encontró muerto a primera hora – desterró de la memoria la sucinta conversación que mantuvo con el director del presidio – Se había ahorcado con un cinturón en su celda. Creen que al tacharle los medios de asesino, estaba sufriendo ataques por parte de otros reclusos. Es bastante probable que no aguantara la presión.

- O que se negara a admitir la noticia – apostilló, mirándole a los ojos – Supongo que te habrás percatado que Garrido seguía afectado al saber que nunca más volvería a estar con su hija Vega. No creo siquiera que pusiese resistencia cuando le atacaron. En el fondo, deseaba morir…

El sargento subrayó un rictus de estupor en su rostro. Dudó incluso si continuar.

- Aún hay más – se arriesgó – También me confirmó que varios de sus hombres registraron la celda y encontraron un cuaderno debajo de su colchón. Una especie de confesión o algo similar que había comenzado a escribir. Luego me dijo que iba dirigido a una tal Aura Valdés.

- ¿Cómo dices…? – le inquirió sobresaltada. Sus ojos parecían salirse de las cuencas.

- Por eso te pedí que me acompañaras – le aclaró – Aunque tampoco estaba seguro de cuál iba a ser tu reacción.

- Pues que no lo entiendo – Leo observó que había pasado de martirizarse, a un estado de indignación – No entiendo por qué dejó algo escrito para mí.

- Quizá lo que no se atrevió a decirte cara a cara – dedujo.

- ¡Pero sí cuando tenía planeado quitarse la vida? – en el fondo, necesitaba tiempo para digerir todo aquello – No me parece justo. Lo siento, pero no es justo. Lorenzo tuvo miles de oportunidades para confesarme lo que fuera durante los veinte días que permaneció en el Puesto. Te recuerdo que le entrevisté casi a diario, que pudo haber aprovechado el último día que estuvimos con él en los calabozos.

Baeza no supo cómo abordarla sin que saliese lastimada.

- A lo mejor nos ayuda a despejar ciertas incógnitas – el nombre de Funelli se asomó de pronto en su mente.

- O quizá sólo pretendía seguir jugando con nosotros hasta el final – respondió con la mirada perdida por fuera de la ventanilla.

- Prométeme una cosa – dijo – Sea lo que sea, prométeme que esto no va a influirte a la hora de elegir tu futuro profesional, que vas a tomar la decisión que mejor te convenga.

Pero esa vez, Aura no tuvo el valor de contestar.

La torre de vigilancia se elevaba monstruosa entre campos de alcornoques, soportando la estructura de hormigón sus más de treinta metros de altura. Una alambrada de acero galvanizado rodeaba la totalidad del perímetro del Centro Penitenciario cuando Leo detuvo la patrulla delante de la garita de acceso. Enseguida le atendió un guardia, que levantó la barrera de control nada más anunciarle que era el sargento de La Alberca. Imaginó que el director de la prisión, Valentín Ortega, ya le habría informado de la cita cuando se adentró por un camino sin asfaltar, sitiado igualmente por una malla de alambre de espino. La periodista oteó por la ventanilla el conjunto de tres plantas dividido en pabellones, donde un grupo de reclusos jugaba al fútbol bajo la atenta mirada de sus vigilantes. Una vez que estacionó el vehículo en un recinto habilitado como parking, ambos se dirigieron a una de las puertas de entrada. Un funcionario de prisiones les atendió con diligencia. Baeza le aclaró que estaban citados con el director y éste se propuso acompañarles a su despacho. *Pero antes necesito sus carnets de identidad para que mi compañero pueda tomarles los datos*, abrevió. Rápidamente se perdieron por un entramado de pasillos con las paredes pintadas en gris, donde Aura reparó en el concentrado olor a desinfectante que vagaba entre las corrientes de aire. Las voces de varios presos reptaron horripilantes al fondo. Leo se dio cuenta del miedo que vibraba en el filo de su mirada y le dio la mano. Por un momento se acordó de la primera vez que pisó una cárcel y la sensación de ahogo que sintió al ver todas aquellas puertas de chapa con una pequeña mirilla de cristal. Sin duda, se enorgulleció de la aparente calma que estaba mostrando desde que le pidió colaborar en el caso. Aunque esa vez, Leo le agarró fuerte por miedo a perderla.

Valentín Ortega les ofreció una sonrisa al otro lado de su escritorio. Su traje impoluto concordaba a la perfección con la barba canosa recién recortada y el cabello húmedo fijado hacia atrás. Después, les indicó que tomaran asientos.

- La verdad, no sé cómo ha podido suceder – fue directamente al grano – Ni siquiera la psicóloga observó evidencias de que fuese a quitarse la vida. Ese día me pasó su informe y señaló que el recluso se había mostrado frío y distante en todo momento, que tampoco quiso colaborar cuando se le preguntó por qué decidió fugarse.

- Quizá se le debió vigilar concienzudamente, o apartarle incluso un tiempo del resto de presos ante la presión mediática que sufrió – mencionó Baeza.

- El problema radica en la gravísima falta de personal que padecemos en el Centro, por no hablar de las plazas que seguimos sin cubrir, especialmente en el área de vigilancia – soltó como un resorte – Los sindicatos ya se han puesto en contacto con el Gobierno para anunciarles que más de la mitad de la plantilla se encuentra entre los cincuenta y los setenta años. Topas es la cárcel con funcionarios de más media de edad de España que, sin embargo, acoge a reclusos muy peligrosos cada mes.

Aura se quedó atónita y pensó que tenía delante material suficiente como para elaborar una crónica.

- El cadáver se encuentra en el depósito a la espera de que el juez dé la orden para ser trasladado al Anatómico – pareció concluir.

- En su llamada, me comentó que el Serbio había dejado algo escrito, una especie de confesión que guardaba debajo del colchón – cambió intencionadamente de tema.

- Mis hombres encontraron el cuaderno a primera hora. Sabemos que iba dirigido a Aura Valdés porque así lo solicitó en el encabezamiento – declaró – Sospecho que se trata de usted.

- Así es – respondió – Tengo entendido que Lorenzo Garrido solía leer los artículos que publico en mi blog. Soy periodista – se identificó.

, Aura se propuso desvincularse del caso ante la atenta mirada de Leo.

- No espere encontrarse gran cosa. He estado revisando el contenido y tampoco he hallado ningún indicio de lo que acabó haciendo días más tarde. Es más, tengo la extraña certeza que el hombre había perdido la cabeza.

- ¿Por qué? ¿Qué le ha llevado a pensar eso? – le abordó la periodista intrigada.

Ortega tardó unos segundos en contestar al tiempo que abría un cajón de su escritorio.

- Verá, no es que sea un experto en el estudio de la mente humana, pero digamos que el texto adolece de sentido común – le ilustró con la vista puesta en la mesa – Puede que esté equivocado, pero me dio la sensación que era prisionero de sus propias fantasías, como si el mundo hubiese orquestado un complot que solamente él conocía. Por supuesto, el cuaderno está incompleto; son esbozos de lo que pretendía enviarle. No se ilusione con descubrir a un nuevo Proust entre sus hojas. El relato parece estar elaborado en clave, como si deseara tenderle pistas dentro de un juego absurdo.

Acto seguido le entregó aquel cuaderno de tapas lisas resguardado por una funda de plástico.

- Sin embargo, ése era su deseo – acotó – Y actúo en consecuencia.

A Aura Valdés le costaba admitir que llevase entre sus manos un pedacito del Serbio cuando entró de nuevo en la patrulla y examinó con detenimiento el cuaderno, aún protegido por la funda de plástico transparente. Leo se mantuvo en un segundo plano mientras analizaba las confusas reacciones que la periodista gesticulaba en su rostro, como si no fuese consciente que el hombre al que había estado entrevistando semanas atrás, el que intentaba seducirla con una sonrisa perenne, el mismo que le zarandeó sus cimientos – en relación a su madre – en cuanto se adentraba más de la cuenta, había dejado de existir. Lorenzo Garrido había dejado de existir y lo poco que conservaba de él se resumía a unos cuantos recuerdos dispersos en la memoria y un cuaderno que custodiaba entre sus brazos como si la vida se le fuera en ello. El sargento posó su mano sobre la suya y robó su atención. Sus miradas tropezaron al instante.

- ¿Estás segura? – le inquirió.

- Creo que sí.

Aura extrajo el cuaderno de la bolsa y enseguida abrió la primera página. *Para Aura Valdés*, leyeron. Después, se sumergieron en su caligrafía angulosa, donde los párrafos se entremezclaban unos con otros dentro de un juego malabarista plagado de tachones y remordimiento. Se trataba de una carta inacabada en la que Garrido le agradecía su desinteresada contribución en el caso para, deprisa, reconocerle que tenía miedo de las consecuencias. *Siento que miles de ojos me persiguen. No estoy seguro, ni aquí ni en ninguna otra parte. La prensa no debió hacerse eco; no se da cuenta que lo único que provocará es otra marea de resentimiento. La oscuridad no ha cesado. No pararán hasta lograr su propósito. Ellos no pararan hasta completar la tarea. Por eso existen tantos culpables como víctimas (…). Recuerda que Jaime y Matías forman parte de un mismo juego. Un perverso juego en el que son igual de mártires que las chicas a las que asesinaron (…). Ése es el motivo por el que te escribo esta carta: porque es el momento de que descubras la verdad.* Aura miró a Leo extrañada. *No me atreví a confesártelo durante nuestras charlas porque no estaba seguro que Vega estuviera con vida. Pero creo que todavía estás a tiempo. Acude al 39 de la Gran Vía de Salamanca. Allí encontrarás la primera clave. El resto, te llevará a…*

- ¿A dónde? – se cuestionó la periodista en alto. Baeza pasó las páginas del cuaderno por si localizaba la continuación del texto.

- ¿No te das cuenta? – se exasperó – Alguien se tomó la molestia de entrometerse en su redacción. Fíjate en el rabillo de la *a*, la tinta cruza más de media hoja.

Aura observó que aquel rayón azulado descendía veloz entre el papel cuadriculado.

- ¿Y eso qué quiere decir? – le lanzó intranquila.

- Que ya no estoy tan seguro de que el Serbio pretendiera quitarse la vida – pronunció con el semblante árido – Más bien parece que le forzaron.

- ¡Pero quién?

- Un recluso, cualquiera que tuviese cierto interés en que regresara a prisión – dijo con atropello – No es al primero que se cargan por asesinar a una chica. Pero que la carta quedase inconclusa...

- Deberías hablar con el juez para que la revise – le sugirió – Me escama que quisiera dejar a Jaime y Matías como unos pobrecitos cuando ellos mataron a su hija.

- Ni hablar – sentenció – Tenemos que volver a revisar el caso. Si el Serbio deseaba ponerse en contacto contigo, era porque todavía hay algo que desconocemos.

- ¡Y qué pretendes, perder tu placa y el empleo? – vociferó.

- No. Sólo averiguar qué se esconde detrás del número 39. ¿Hay algo malo en ello?

Aura Valdés comenzó a extender sobre la mesa del despacho el voluminoso sumario del caso Santana cuando Baeza entró en la oficina donde se encontraban varios de sus hombres. Enseguida se dirigió a Medina, que le atendió absorto detrás de su escritorio.

- Pídele a Barrios que te ayude a examinarlo – le lanzó el cuaderno envuelto en su funda de plástico – Lo escribió el Serbio en prisión.

- De acuerdo – masculló perplejo. El agente ni siquiera se atrevió a recordarle que la investigación había pasado a vías judiciales.

- Averiguad si el número que menciona pertenece a una vivienda. Lo quiero todo sobre sus inquilinos, cuántos están fichados, quién podría haber tratado con Garrido en el pasado... – disparó – En cuanto encontréis algo, pasaos por mi despacho.

El sargento retomó el camino de vuelta bajo un aura de secretismo que ninguno de los allí presentes comprendió con exactitud. Nadie se aventuró a subsanar el error que estaba cometiendo a escondidas de sus superiores cuando franqueó de nuevo el despacho y comprobó que la periodista había emprendido el trabajo sin él. Enseguida se puso a revisar a su lado cada uno de los informes que almacenaba en distintas carpetas, apiladas a un lado de su escritorio. Tampoco sabía qué buscaba. Las declaraciones de los testigos que se vincularon durante el transcurso de la investigación a la joven que apareció muerta en el Bosque de los Espejos, se entreveraban con las entrevistas de Lorenzo Garrido, transcritas a papel por sus guardias. A Leo le urgía encontrar un *algo* (como así lo denominó); una variable imprevista en cualquiera de los sospechosos que respondiera a varias preguntas en particular: ¿Desde cuándo Jaime Cotobal y Matías Sandoval se habían convertido, a ojos del Serbio, en las víctimas de aquella historia? ¿Qué verdad les quedaba por descubrir? Y lo más importante: ¿Qué más sabía que se negó a compartir con ellos el mismo día que le devolvieron a prisión?

La luz de la tarde se fue consumiendo tras la ventana del despacho según iban diseccionando los informes forenses de Elisa Vázquez, a medida que compartían sus impresiones sobre lo que narró Pepa en la cabaña del bosque, mientras debatían acerca del manuscrito que quemó el Abad en la sacristía, consumido por el fuego delante de sus narices e irrecuperable. ¿Qué señal se les había escapado como para que afirmase en su carta que nada se asemejaba a la realidad? Las hipótesis comenzaron a escasear al cabo de varias horas. Cansados de divagar y repasar los expedientes, volvieron a ver las grabaciones en el ordenador al tiempo que comían un sándwich que compraron en la máquina expendedora. Después de visualizar los vídeos de Penélope Santana, llegó el turno de Vega Molina. El sargento reprodujo el primero que clicó: el de una joven castigada en un cuarto sin luz. Al momento, se dirigió a cámara. *"Me da igual lo que hagas conmigo. No siempre podrás esconderte en las sombras. ¡Me oyes...? Algún día se sabrá todo".*

- Ponlo otra vez – le solicitó la periodista. Leo retrocedió los diez segundos que duraba la grabación y presionó el *Play*. Vega Molina apareció de nuevo maniatada frente a la cámara. Después, se dirigió a sus captores.

- ¿Has visto algo? – le cuestionó inseguro en cuanto finalizó.

- Es sobre lo que el Serbio escribió en el cuaderno, que todos formaban parte de un perverso juego – el sargento continuaba sin comprender – Fíjate en la imagen. La chica aparece de rodillas hablando directamente a la cámara.

Leo desvió la mirada y tropezó con los ojos de la joven en la pantalla.

- Si hubiese querido transmitirle el mensaje a cualquiera de sus captores, habría levantado la cabeza para mirar por encima de la lente. Date cuenta que la cámara se activó gracias a que uno de ellos se encontraba detrás – dilucidó al otro extremo de la mesa – Pero imagino que de pie, no arrodillado a su altura. ¿Comprendes? Vega se comunicaba con una tercera persona; alguien a quien después, le enviaron la grabación.

- ¿Relacionado con el caso? – dudó sin embargo – Esto mismo ya lo hablamos en su momento. Además, ningún sospechoso mantenía relación con Jaime o Matías. Sólo Luis se vio envuelto en la artimaña de su compañero cuando colocó la denuncia de Rebeca y la cartera de Penélope en su taquilla.

- ¡No lo entiendes? – alzó la voz – ¡Me refiero a *ella*, la que Coto me nombró al oído segundos antes de volarse la cabeza!

El sargento recordó sus últimas palabras: *no te olvides de mencionar en tu crónica que lo hice por ella.*

- ¡Espera! – le exigió azorado – Tú misma dijiste que no estabas segura de lo que escuchaste. Aparte que de ser así, podía estar refiriéndose a Penélope.

- O no – le rebatió – A lo mejor Garrido estaba en lo cierto y Jaime y Matías formaron parte de un perverso juego que otro dirigía desde las sombras.

Era la hipótesis con mayor peso, la que mejor se asociaba a la interpretación del texto, la que barajaron incansables por el pasillo cuando Leo acompañó a la periodista hasta la puerta de salida. El sargento volvió a mirar su reloj de pulsera y se percató que eran algo más de la diez. La noche se precipitaba oscura por las ventanas del Puesto mientras retomaba el camino de vuelta a su despacho. Pensó que ya no tenía excusa para regresar a casa cuando Medina le abordó por la espalda. Baeza no pudo reprimir un sobresalto.

- Disculpe jefe, pensé que me había visto.

- ¿Qué tienes? – le requirió.

- Hemos averiguado que el 39 de la Gran Vía corresponde a un local – dijo – Su propietaria, una tal Nuria Cobo, está limpia.

Leo traslució un gesto de inconformidad.

- Sin embargo, Barrios ha sugerido que podía tratarse de un apartado postal. En esa misma calle se encuentra la Central de Correos. Es lo único que tendría sentido: que el número correspondiese a una clave.

DÍA 2 DESPUÉS DE

A primera hora de la mañana, Aura y Leo atravesaron el amplio vestíbulo de Correos, donde la luz resbalaba tamizada por las claraboyas del techo. La decoración de la Oficina Central de Salamanca destilaba un aspecto vetusto, con las paredes revestidas por grandes planchas de mármol y sitiada por una serie de columnas dispuestas entre hileras de mostradores. Baeza se acercó a una ventanilla y se dirigió a la mujer que trabajaba por detrás de un ordenador.

- Disculpe, ¿los apartados postales? – en ese instante, focalizó todas sus esperanzas en la única pista que tenían y de la que tampoco estaban seguros.

- Planta baja, escalera izquierda – respondió con fatiga.

Aura tiró de la manga de su anorak y señaló el cartel que rezaba *Apartados Postales* por detrás de la puerta acristalada del vestíbulo.

Ambos retomaron el camino de vuelta y se perdieron entre las corrientes de aire que escupían los sótanos. La penumbra que exhalaba el viejo subterráneo, apenas permitía ver los escalones que se prolongaban hasta los bajos del edificio, donde distinguieron un débil resplandor que se abría al fondo. Aura fue la primera en llegar y vio que los muros estaban recubiertos de arriba abajo por infinidad de taquillas con distintas numeraciones. Deprisa, comenzó a buscar el número 39 mientras Leo hacía lo mismo en el lado opuesto. El olor a humedad reptaba libre por la habitación. La luz escaseaba entre los antiguos apliques de pared a medida que rastrillaban con la mirada las cifras que se entremezclaban desordenadas sin una lógica aparente. Al cabo de unos minutos, la voz de Baeza retumbó en el interior.

- ¡Ahí está! – señaló sobresaltado la quinta puerta empezando por abajo.

Aura se agachó y descubrió que en cada taquilla había un cajetín para introducir la clave secreta y accionar así la puerta metálica.

- No puede ser... – balbució.

- ¿Y ahora qué sucede? – le cuestionó desde arriba.

- Pues que salvo que consigas una orden para abrir la taquilla sin autorización, me parece que nos volvemos a La Alberca con las manos vacías – descerrajó – ¿Cómo tenías pensado abrirla?

- Puede que el director de la Oficina sepa la clave – dijo lo primero que se le pasó por la cabeza.

- ¡No digas sandeces! Además, hay una nota que advierte que tras tres intentos fallidos, el sistema se bloqueará y dará aviso a la empresa de seguridad.

- Lo que me faltaba… – escupió indignado.

El sargento desvió la mirada hacia el otro extremo y resopló.

- Tampoco perdemos nada por probar – le sugirió.

- ¿Se te ocurre algo?

- ¿Cuál era la matrícula de Coto, la que Penélope usó como Pin de su móvil?

- 6686 – soltó con atropello.

Aura tecleó la cifra sobre la pantalla táctil y después leyó: *acceso denegado*.

- ¡Mierda! – imprecó el sargento.

- A ver, piensa. ¿Qué otro número podía estar relacionado con el Serbio?

- Como no fuese el que se le asignó en prisión – dedujo.

Rápidamente sacó el móvil de su abrigo y marcó el teléfono del Puesto.

- ¿Portu? – dudó – Sí, soy yo. Necesito que me hagas un favor. Entra en mi despacho y dime cuál era el número de preso de Lorenzo Garrido. Tengo el informe sobre la mesa. Sí, espero – Aura apenas podía apartar la vista de la intensidad con la que machacaba sus mandíbulas – Dime. 053/78

- ¿Cinco números? – pareció reprenderle.

- No introduzcas el cero – le susurró con el móvil aún pegado a su oreja.

La periodista pulsó la nueva cantidad, 5378, y esperó una señal. *Acceso denegado*.

- ¡Joder! – vociferó – Lo siento, no era a ti – se disculpó con su agente al otro lado.

- Esto es una locura…

- Tiene que haber algo que te dijera durante vuestros encuentros, un detalle que has pasado por alto – se esforzó en ayudarla – Él mismo te insinuó que encontrarías aquí la clave.

La joven notó que el sudor comenzaba a invadir las palmas de sus manos. Se puso cada vez más nerviosa.

- Piensa Aura. ¿Qué combinación hubiese metido el Serbio?

Sus palabras le devolvieron al interior de la sala de interrogatorios. Lorenzo la mira fijamente. Lleva las muñecas esposadas; sus dedos, largos y sólidos, entrelazados.

- ¡El tatuaje! – gritó de pronto – ¡El Serbio tenía tatuado un número en la cara interna de su dedo anular!

- ¿Serías capaz de recordarlo? – le lanzó exaltado.

- 0714. Estoy segura.

- Portu, ¿puedes comprobar en el historial de Garrido o en el de Vega Molina si existe dicho número? Te repito. Cero. Siete. Uno. Cuatro. Eso es. Vale, espero.

Ambos se mantuvieron en silencio, a la espera de lo que el agente hallase entre la pila de carpetas que nutría la mesa de su despacho. Aura ni siquiera se irguió mientras contemplaba cómo el sargento paseaba en círculos por la habitación. Apenas podía dominar los nervios que se reflejaron inútilmente en su rostro. Enseguida frenó en seco.

- Sí, sigo aquí – pronunció – Entiendo. ¿Estás seguro?

- ¿Qué pasa ahora?

- La cifra coincide con la fecha de nacimiento de Vega Molina – disparó – 14 del 07 de 1994.

- ¿Entonces…? – le miró amedrentada.

- Será mejor que pruebes – exhortó – ¿Se te ocurre algo mejor?

Aura acercó sus dedos al cajetín y tecleó sobre la pantalla la nueva cantidad: 0714. De pronto, la taquilla emitió un ligero chasquido. *Contraseña correcta*. Leo fue incapaz de reprimir la carcajada que le sobrevino. Después, vio que la periodista abría la puerta por completo.

- ¿Hay algo…? – le preguntó acto seguido.

- No te lo vas a creer.

El cielo encapotado oscurecía los aledaños de la Gran Vía de Salamanca cuando Aura y Leo abandonaron la Oficina de Correos y cruzaron a toda prisa la carretera. El sargento sacó el mando a distancia de su anorak y desbloqueó la patrulla. Nada más entrar, una lluvia fina comenzó a salpicar el parabrisas. Aura ni siquiera atendió al *mojabobos* que perlaba de gotas el cristal de su ventanilla cuando escurrió las manos por debajo de la tapa y la retiró de la caja de cartón que acomodó en su regazo. Todavía le costaba creer que el Serbio hubiese dejado aquel tesoro para ella. La sucia claridad de la mañana apenas desempañó las sombras que oscilaban en su interior. Leo percibió un ligero olor a humedad en cuanto la periodista extrajo aquel libro con las tapas en rojo y el lomo visiblemente desgastado. Ambos leyeron arriba de la portada: *Tomo I*. Después, se concentraron en su título. ***El Juego de la Serpiente***.

- ¿Un libro? – se cuestionó Baeza aturdido.

- ¿No te has fijado quién lo firma?

Leo descendió la mirada unos centímetros hasta que su corazón se heló. **Funelli**.

- Creo que se trata del mismo que publicó el abuelo de Matías – dedujo Aura.

- Pero no de la segunda parte que Jaime estaba dispuesto a conseguir y que el Abad tuvo la ocurrencia de quemar en la sacristía. ¿Por qué?

- Pepa dijo que la lectura del manuscrito era esencial para comprender el primero. Supongo que se refería a que la historia quedaba incompleta sin los dos.

- *El Juego de la Serpiente...* – volvió a leer – ¿Por qué tengo la sensación que se nos escapa algo?

- Pues espera. Aún hay más.

La periodista introdujo las manos por dentro de la caja y sacó una fotografía. El rostro sonriente de aquella chica les robó el habla durante breves instantes.

- ¿Pero no es...? – a Leo le dio reparó pronunciar su nombre. Aura, en cambio, giró el retrato y descubrió la identidad de la joven anotada en una de las esquinas.

- Ainhoa Liaño – confirmó.

- ¿Por qué diablos iba a guardar una foto suya en la caja? Sabemos que él no la mató.

- Quizá fuese su manera de advertirnos que Ainhoa Liaño y el libro de Funelli están relacionados por algún extraño motivo – interpretó.

- ¿Ahora vamos a jugar a los acertijos? – manifestó malhumorado.

- No estoy tan segura – respondió a medida que sacaba un nuevo objeto de la caja.

- ¿Qué es eso?

- Parece una tarjeta personalizada – dijo.

El sargento se la arrebató de los dedos para descifrar su contenido: *Antonio Peralta. Calle de la flor 18, entreplanta. A Coruña.*

- ¿Te dice algo? – quiso averiguar la periodista.

- Por supuesto – escupió – Regresar a La Alberca y poner a todo el mundo a trabajar. Salvo que el Serbio te haya dejado otro regalito de despedida.

- Es todo – puntualizó.

Leo le devolvió la tarjeta y arrancó el motor. Las dudas sobre por qué Garrido guardaba todo aquello en un apartado postal de la Gran Vía de Salamanca, le martilleó lo sesos según daba marcha atrás para salir de allí cuanto antes. Aura, sin embargo, deslizó la tapa de *El Juego de la Serpiente* para asegurar la foto de Ainhoa Liaño y la tarjeta de Peralta entre sus hojas. De pronto, sus ojos tropezaron con aquella dedicatoria.

- Tienes razón – desató sin previo aviso – Todavía queda algo más.

Baeza giró el cuello y tropezó con la caligrafía irregular del Serbio.

El juego no ha hecho más que empezar...

Nada más franquear las puertas del Puesto de la Guardia Civil de La Alberca, Leo le pidió a la periodista que le esperase en su despacho mientras se dirigía un momento a la sala de ordenadores. El sargento custodiaba en su mano la tarjeta que hallaron en la caja del Serbio cuando se dirigió a Quintanilla, que le observó por detrás de una de las mesas con la expresión impaciente.

- Averigua quién es Antonio Peralta y qué relación le une a Garrido – le espetó al tiempo que lanzaba la tarjeta sobre el teclado del ordenador – Avísame con lo que descubras.

Después, el tiempo se consumió entre las cuatro paredes de su despacho.

Durante algo más de hora y media, Aura y Leo analizaron *El Juego de la Serpiente* con el propósito de comprender el motivo que llevó al preso 053/78 a guardar un ejemplar del primer tomo de Funelli en la taquilla 39 de la Oficina de Correos de Salamanca. La posible conexión que intentaron hallar con el caso Santana y el resto de crímenes, se les escapaba de su raciocinio a media que volvieron a leer la dedicatoria escrita en la hoja de cortesía, *El juego no ha hecho más que empezar*..., mientras atendían a las diversas líneas que se cruzaban por fuera del título y el nombre del autor en la siguiente página, capricho de la casa editorial por atrapar la atención del lector. Sin duda, se centraron en buscar posibles respuestas entre la cantidad de ilustraciones que poblaba el volumen. Durante los minutos que transcurrieron al leer sus primeras hojas, la continuación se antojaba inverosímil en cuanto su protagonista les animó a seleccionar el siguiente capítulo mediante seis posibles variables. Una estructura insólita, confeccionada a base de partes desordenadas e independientes.

- Intento buscarle un sentido, pero me cuesta creer que exista – soltó la periodista de sopetón.

Leo pensó exactamente lo mismo mientras dilucidaba al otro extremo del escritorio nuevas variantes de interpretación. Sin embargo, aquellos golpes contra la puerta del despacho le robaron sus oscuros pensamientos.

- Jefe, he localizado en internet al tal Peralta – le comunicó su agente sin intención de traspasar el umbral – Al parecer, la dirección corresponde a su despacho de trabajo. Es detective privado.

Aura escuchó atenta desde la butaca.

- ¿Quiere que averigüe algo más? – remató rápido su intervención.

- Llama a esa oficina y entérate por qué el Serbio tenía una tarjeta suya.

Quintanilla asintió con brevedad y desapareció.

El cansancio físico y mental parecía estar haciendo mella en ambos después de tres semanas de investigación. Las dudosas conjeturas que deshilvanaron en un principio, se caían por su propio peso al tiempo que volvían a enfrascarse en su lectura. La falta de otros hallazgos les sometió a una tortura mayor.

- ¿Por qué los capítulos son aleatorios? Es decir, ¿por qué el libro te propone escoger entre seis caminos distintos? ¿Acaso la lectura no es equivalente si decides leerlo como nos enseñaron en el colegio, de principio a fin? – se exasperó Baeza.

- Puede que tenga algo que ver con lo que el Serbio escribió en su dedicatoria; que se trate de un juego.

- Un juego que me está empezando a tocar... – evitó terminar la oración – De todos modos, debe haber algún tipo de lógica como para que tu jefe buscara desesperado el segundo manuscrito del autor.

- Quizá ahí se encuentre la clave: en Funelli.

- Pero ya sabes que apenas hay información del escritor – le recordó – Ni siquiera sabemos si está vivo o muerto. ¿Qué deseaba Garrido que descubrieses en el libro, que somos incapaces de ver?

- ¿Y de Ainhoa Liaño, la chica por la que fue encarcelado?

El sargento cogió el libro y comenzó a pasar deprisa sus páginas. Intentaba hallar en vano una señal, una advertencia entre los grabados que se revelaban como un oscuro sortilegio dentro de aquel maremágnum de pasajes sin un orden establecido. Entonces, regresó a la portada interior. El retrato de Ainhoa Liaño pareció desafiarle al otro lado de la mesa a medida que repasaba con sus ojos las líneas que se prolongaban hasta crear una extraña figura romboidal que cercaba el título y el nombre de su autor. Así permaneció durante unos minutos hasta que no pudo reprimir dar un brinco en su silla.

- ¿Qué has visto? – la periodista paró de chascarse los huesos de sus dedos.

- ¡Claro, así tiene sentido! – hablaba consigo mismo.

- Me estás poniendo nerviosa. ¡Qué pasa...?

- ¡Esto es lo que pasa!

Aura enterró la mirada en la enigmática representación que Leo le tendió a un palmo.

El Juego de la Serpiente
Funelli

- ¿Y...? – le insistió después.

- Creo que ya sé por qué el Serbio te dejó el libro en la Oficina de Correos.

A unos 540 kilómetros de distancia, Concha de las Heras salió del cuarto de baño con las gafas pendiendo de un hilo sobre su pecho. Según avanzaba por el largo pasillo, notó que aún tenía las manos húmedas. Se pasó las palmas por el laborioso peinado que elaboró gracias a un arsenal de horquillas y se volvió a fijar la laca disuelta entre sus mechones delanteros. El deseo por aparentar menos edad de la que oficialmente tenía, le animó a pensar que esa vez Conrado se fijaría en el modelito que adquirió la tarde anterior en unos grandes almacenes. La excusa de ir al baño para retocarse el maquillaje delante del espejo, le excitó sobremanera cuando se imaginó a su compañero posando los ojos en su trasero al pasar por delante de él. Sin embargo, Conrado no apartó la vista de la pila de informes en cuanto apareció de nuevo en la oficina.

- Creí haber escuchado el teléfono – dijo con intención de atrapar su atención.
- Ni te imaginas quién ha llamado – soltó rápido. La mujer le miró al otro lado de la mesa con cara de circunstancias – Era un Guardia Civil de un pueblo de Salamanca.
- ¿Y eso? ¿Qué quería...? – preguntó extrañada.
- Saber si Peralta llevó el caso de alguien llamado Lorenzo Garrido.

A Concha de las Heras le resultó familiar aquel nombre.

- ¿Has mirado en los expedientes? A lo mejor encuentras algo por la G.
- En ello estoy – le confirmó con varias carpetas entre sus manos – Le dije que le avisaría si encontraba algo.

De pronto, cogió una en tonos azulados.

- Parece que tenía razón. ¿Te encargas tú...? – le solicitó mientras le pasaba la carpeta – Es mi hora del café.
- Descuida – pronunció a medida que esbozaba una sonrisa de aprobación.

La mujer dejó la carpeta sobre la mesa y se sentó en la butaca de escay, intentando capturar la estela de *varón dandy* que el hombre desperdigó en el aire según salía por la puerta. Una vez que se quedó a solas, sus ojos se fueron por inercia a la grafía discontinua de Peralta, en la que había escrito varios nombres en su portada. Leyó. *Nombre cliente: Lorenzo Garrido*. Después se detuvo en la palabra *Asunto*, con dos rayas horizontales marcadas por debajo. *Nombre de la madre: Victoria Gálvez. Hija: Aura Valdés.*

Leo Baeza atravesó la sala de investigaciones con el paso ligero y se detuvo delante del misterioso mural que sus hombres reprodujeron en una de las paredes. Los rostros de aquellas chicas agrupados en distintos niveles, le asediaron a escasos metros mientras la periodista observaba cómo arrancaba de la corchera una de las fotografías que los peritos capturaron de los párpados de Penélope Santana en la escena del crimen. Luego se dirigió a ella con la frente perlada en sudor. Imaginó que los tubos fluorescentes que alimentaban el techo, sumado a los nervios de la situación, le estaban provocando un irremediable sofoco difícil de disimular. Enseguida le mostró aquel símbolo con las aristas rebasadas por fuera del cuadrilátero, como si deseara hacerle partícipe de su extraño ceremonial.

- ¿Lo ves? Es el mismo dibujo que aparece en el libro de Funelli – se esforzó en demostrarle – Lo único que éste no tiene forma de rombo y las líneas están unidas. Por eso no hemos caído antes. Fíjate.

El sargento se acercó a la pizarra y comenzó a esbozar con rotulador ambos modelos.

Aura, en cambio, atendió impresionada a las imágenes, donde las líneas parecían encajar como una crueldad del destino.

- ¿Y el otro símbolo? ¿La espiral dibujada en el otro ojo? – descerrajó soliviantada.

- Es posible que se halle en el contenido del libro – infirió Baeza – Pero sin una guía de capítulos, difícilmente encontraremos una respuesta. Antes habría que averiguar la manera de interpretar *El Juego de la Serpiente*.

Aura se mantuvo concentrada en las representaciones que Leo bosquejó sobre la pizarra magnética para, acto seguido, virar el rumbo hacia el mural. Los grupos de fotos que se superponían en distinta altura, le causó pavor. Era incapaz de imaginarse un motivo por el cual, Coto almacenó en una habitación del chalé aquella obra arrancada de las llamas del infierno. La periodista volvió a contemplar a ambos lados de la pared hasta que se dio cuenta que existía cierto paralelismo en su conjunto.

- ¡Claro, es lo mismo! – exclamó.

- ¿A qué te refieres? – Leo la escudriñó según se acercaba a la pared.

- La composición es idéntica, pero las líneas son invisibles – continuó – Por eso no nos dimos cuenta. Las fotografías no están dispuestas al azar como pensamos en un principio. Están conformadas para representar el símbolo de Funelli.

Aura cogió el rotulador que descansaba sobre el tablero de la pizarra y lo descapuchó.

- ¿Puedo? – pidió permiso. El sargento asintió sin saber aún qué se proponía a hacer.

Después trazó varias líneas sobre la pared para unir los ocho grupos de fotos.

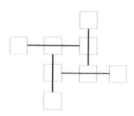

- ¿Lo ves así mejor?

Baeza ni siquiera respondió cuando apreció el esbozo pintado en uno de los párpados de Penélope sobre el frontal de la sala de investigaciones. Enseguida se convenció que su muerte estaba intrínsecamente relacionada con *El Juego de la Serpiente*.

- ¿Pero qué diablos significa? – lanzó al aire – ¿Y por qué el Serbio quiso dejarte el libro y un retrato de Ainhoa Liaño?

- Quizá para advertirnos que se trata de una de las chicas del mural.

- ¿Cómo dices? – inquirió – Benítez y Pacheco se encargaron de revisar las fotos. No era ninguna de ellas.

Aura eludió su respuesta y se dirigió a una de las sillas, donde recogió el retrato de la joven por la que Garrido fue encarcelado.

- ¡Qué intentas demostrar? – le espetó al ver que regresaba de nuevo a la pared.

Con la fotografía de Ainhoa en su mano, observó detenidamente cada uno de los rostros que se asomaban entre los distintos grupos que nutrían el *collage*. Aura se empeñó en localizar una señal, algo que le revelase la razón por la que el Serbio le entregó aquellos objetos en una caja de cartón y que de algún modo debían estar interconectados. Existía una posibilidad; un margen de error como para que alguno de sus agentes hubiese pasado por alto un detalle entre aquellas sonrisas felices, un gesto entre la diversidad de poses que escenificaba cada chica a su manera. Por eso se detuvo minutos más tarde en una de las fotografías; porque aunque apenas viese desde ese ángulo su cara, había un rasgo en ella que le hizo sospechar.

- Te equivocas – le abordó el sargento por detrás – Tiene el cabello distinto, aparte que tampoco se le distingue con claridad mientras habla por el móvil.

- ¿Te has fijado en el lunar de su sien? – Leo atendió al diminuto punto negro que se adivinaba por debajo del nacimiento de su pelo – Es igual al que tiene Ainhoa.

- ¿Crees que es ella?

- Estoy convencida – respondió – Pero nadie la reconoció porque tenemos asociado su nombre al retrato oficial que los medios divulgaron durante bastante tiempo.

Leo arrancó la fotografía de una esquina de la pared y leyó en la cara inversa: *sin grupo.*

- Era una de las que recogieron del suelo – le especificó Aura – No podemos saber a qué familia pertenecía. Pero el Serbio quería que supiésemos que la chica por la que fue condenado, formaba parte del mismo entramado.

- ¿Y el resto? ¿Quiénes son las demás chicas? – expulsó con la mirada puesta en el mural – ¿Están vivas, muertas, acaso corren peligro? Y sobre todo: ¿qué pinta el libro de Funelli en todo esto? ¿Hay alguien más detrás…?

- Tal vez Lorenzo Garrido estaba en lo cierto.

- ¿A qué te refieres? – le cuestionó dudoso.

- A que el juego no ha hecho más que empezar.

Las olas se arrastraban en un tímido vaivén por la orilla de la playa cuando sumergió la botella de plástico dentro del agua hasta que despidió la última burbuja de aire. Después enroscó el tapón y dio media vuelta mientras sentía la espuma marina alrededor de sus tobillos. Un pastor alemán que jugueteaba con su dueña a escasos metros, se acercó a olisquear su botín una vez que tocó la arena seca del suelo.

- ¡Ven aquí, Poncho! – gritó la mujer – Disculpe, el perro se va con cualquiera.

Sin embargo, continuó su camino por el sendero de listones de madera que atravesaba la hilera de hamacas vacías hasta el muro del paseo marítimo. Allí, resguardada por un contenedor de basura, recogió su mochila azul. Deslizó la cremallera deprisa y guardó la botella rellena de agua salada en su interior. Entonces, notó el roce del papel. Enseguida reparó en la gota de sangré que brotó de la yema de su dedo índice cuando extrajo el periódico y lo dobló por la mitad. Luego se colgó la mochila al hombro y al pasar por el cubo de basura, se detuvo unos segundos y lo arrojó con violencia.

Ningún transeúnte se percató del juego. Ni siquiera los chavales que depositaron sus latas de refresco en el mismo contenedor minutos más tarde. La figura de Aura Valdés continuó encerrada por un círculo rojo mientras la brisa mecía la noticia del crimen de La Alberca.

ÍNDICE

Christian Furquet (Salamanca, 1983) es licenciado en Comunicación Audiovisual y Máster en Guion Cinematográfico y Televisivo por la Universidad Pontificia de Salamanca.

En 2012 publicó su primera novela, *El Carnaval de los Sueños Rotos*; y al año siguiente, *Si las Paredes Hablasen*. Asimismo, ha participado en algunos medios de comunicación y en varios proyectos de guion cinematográfico.

Actualmente está escribiendo la segunda entrega de su trilogía *El Juego de la Serpiente*, con la periodista Aura Valdés y el sargento Leo Baeza al frente de una nueva investigación.

Sígueme en:

 Christian Furquet Escritor

 @christianfurquet_escritor

Printed in Great Britain
by Amazon

16143855R00308